21世纪
年度
小说选

2023 短篇小说

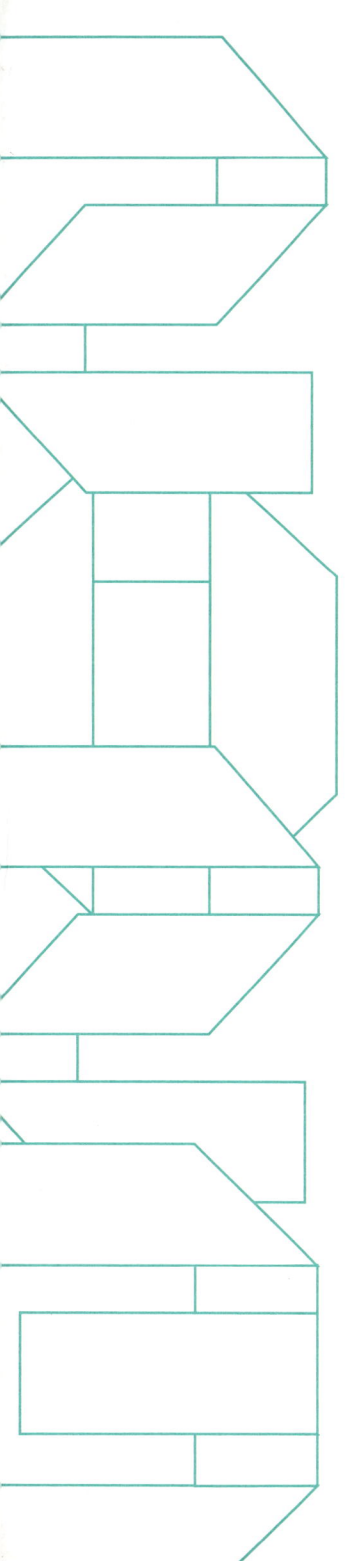

# 2023 短篇小说

## 21世纪年度小说选

人民文学出版社编辑部 编

人民文学出版社

图书在版编目（CIP）数据

2023短篇小说/人民文学出版社编辑部编.——北京：人民文学出版社，2024
（21世纪年度小说选）
ISBN 978-7-02-018634-1

Ⅰ.①2… Ⅱ.①人… Ⅲ.①短篇小说－小说集－中国－当代 Ⅳ.①I247.7

中国国家版本馆CIP数据核字（2024）第077711号

| | |
|---|---|
| 责任编辑 | 徐晨亮　向心愿　黄岭贝 |
| 装帧设计 | 李思安 |
| 责任印制 | 张　娜 |

| | |
|---|---|
| 出版发行 | 人民文学出版社 |
| 社　　址 | 北京市朝内大街166号 |
| 邮政编码 | 100705 |

| | |
|---|---|
| 印　　刷 | 三河市鑫金马印装有限公司 |
| 经　　销 | 全国新华书店等 |

| | |
|---|---|
| 字　　数 | 435千字 |
| 开　　本 | 880毫米×1230毫米　1/32 |
| 印　　张 | 17.875　插页3 |
| 印　　数 | 1—4000 |
| 版　　次 | 2024年6月北京第1版 |
| 印　　次 | 2024年6月第1次印刷 |

| | |
|---|---|
| 书　　号 | 978-7-02-018634-1 |
| 定　　价 | 65.00元 |

如有印装质量问题，请与本社图书销售中心调换。电话：010－65233595

## 出版说明

我社自1977年起，即每年编选和出版年度短篇小说选和中篇小说选，两种年选曾经深得读者的喜爱，在文学界和读者中具有广泛影响。1994年后，这项工作一度中断。21世纪肇始，根据文学界人士和读者的建议，我社决定恢复中、短篇小说年选的编选和出版工作，以便及时总结年度中、短篇小说创作的成绩，向读者集中推荐优秀的中、短篇小说，也为新世纪的文学积累做出我们的贡献。

恢复出版的中、短篇小说年选总冠名为"21世纪年度小说选"，以示我们一百年不动摇，长期做下去的决心。"21世纪年度小说选"分中篇小说和短篇小说，各编一册，于次年出版；编选范围为当年全国各报刊上发表的中、短篇小说，入选篇目的排列以作品发表时间先后为序。

"21世纪年度小说选"的编选工作得到许多著名文学评论家和编辑的支持和帮助，他们应我社之邀，对当年的中、短篇小说创作状况进行深入、广泛的研讨，提出许多极有价值的选目。我们在广泛阅读的基础上，充分参考专家们的意见，严格进行编选。在此，谨向诸位专家深表谢忱。

人民文学出版社编辑部

# 目录

- 001 · 三手夏利　杨知寒
- 017 · 松木的清香　万玛才旦
- 037 · 九三年　肖江虹
- 053 · 昙花现　黄咏梅
- 072 · 俗世奇人新篇（节选）　冯骥才
- 095 · 天空划过一道白线　东　西
- 108 · 大　师　马　拉
- 124 · 首次唤醒　周大新
- 143 · 火　柴　蔡　骏
- 171 · 失　稳　张怡微
- 201 · 午夜的海晏县大街　索南才让
- 218 · 手稿、猴子，或行李箱奇谭　徐则臣

- 232 · 骨头城堡　邓一光
- 245 · 北方秘诀　徐皓峰
- 256 · 山中有虎　焦　典
- 275 · 洗　澡　罗伟章
- 288 · 还　魂　张惠雯
- 302 · 鲁迅遗稿　黄　平
- 333 · 非洲鹩哥　马晓丽
- 357 · 外面下雨了吗　蔡　东
- 376 · 鲸　路　龚万莹
- 393 · 美人吟　南飞雁
- 416 · 兜　搭　斯继东
- 440 · 明月梅花　乔　叶
- 455 · 麦子秀了　汤成难
- 473 · 出城去　柳　营
- 494 · 照相记　杜　峤
- 509 · 春天果然短暂　马小淘
- 528 · 宛转环　慕　明

# 三手夏利

杨知寒

一

周一,吴天华做好了迎接客人的准备。地拖过,水果摆满,和洗净的茶杯放在一处,每个天青色的小杯子上,都映出清早的光泽。吴天华唯独没主意该怎么打扮自己。在玄关放下一排拖鞋后,她坐在破了皮的沙发上,养的两只狗,妞妞和闹闹,都来脚边绕。她推推它们,怕狗毛粘上新裤子,等待中,又拿出手机,端详起节目组发来的卜文彬的相片。卜文彬穿着件天蓝色衬衫,胖瘦、身量都合适,皮肤还比她白,两只肿眼泡,没精神地溜在镜片下面,头顶徒剩几根白毛。他比她大十二岁,面相看是个福气深厚的好老头儿。吴天华没留神点了根烟,她不知道对方抽不抽,在她二十岁、三十岁、四十岁上,若像今天这样要去相看一个男人,都会想藏住自己的缺点。现在她觉得不该藏,起码有些事儿,不该藏。

门铃响了,狗跟着叫。吴天华迎四人进屋,三个年轻的,一个年老的,不用说,最后那个蔫头耷脑的是卜文彬。年轻人里一个穿鲜红毛衣的小姑娘,热气腾腾攥上吴天华的手,嘱咐两个同事怎么站位。机器都架好了,姑娘笑靥如花,把卜文彬推到镜头前和吴天华站一块儿,夸,姨,你家真亮堂啊,哟,还有两只小狗儿。叔叔喜欢狗吗?卜文彬低头乐,喜欢。他两只肥厚的大脚掌挤在吴天华的小拖鞋里,走路有点儿局促,闹闹正紧着闻他裤腿上的气味儿。红娘坐到两人当中,手里的话筒,不是递给这个,就是递给那个,面前有摄像头,让吴天华怪别扭的,感觉自己被当成了小孩儿。他们这个岁数的人,其实不用被虚头巴脑地介绍来,介绍去。她答完一个问题,紧着张罗别的,问摄像喝不喝水,问红娘一行咋过来的,坐车还是走路,坐几路呢?卜文彬始终低着头,招手逗狗,在他没系严实的衣领下,透出一截挂钥匙的红绳。他还在脖子上挂着钥匙。红娘的又一个问题被吴天华忽略,她越过红娘,直接去够卜文彬胳膊,你咋回事儿,她拿笑话人的语气问,怕丢啊?卜文彬把钥匙绳从领口拽出来,像个让老师检查的学生,老师,就是个钥匙。老师,我记忆力不行,今天儿子把我带出来,说不能来接,等会儿我自己回去,怕给锁外面。

红娘说,姨,你俩等会儿再唠。咱一步步来,节目有流程。吴天华又有点儿忘了摄像头,她多年走南闯北,跟各色人等打交道的本事,都在身上攒着,此刻很想使用。跷起二郎腿,她说行行,要掏烟,冲红娘耳语,你抽不?红娘看看两个摄像,他们放下手里机器,都笑了。吴天华说,这也不能播。那,吃水果。都是我自己地里收的李子、杏,没打药,可有果子味儿了。红娘说,姨,你得让人说话。吴天华便闭上嘴。这回是卜文彬拿话筒,他说话没口音,慢条斯理开腔,我呢,先前是车辆厂工人,年年劳模,挺认干活儿。家里就我和我儿子,都单身。我妻子是十来年前，肺病没的。我没啥不良爱好，爱走个象棋，不影响正常生活。红娘把话筒给吴天华，这回说吧。吴天华问，你们想知道啥。红娘说，照叔叔说的来。吴天华说，退休前，我在长途客运站当售票员，跑大车。有个姑娘，有个外孙儿。老头儿也走十来年了，也是肺病，但死在脑出血上，走得挺静悄。我爱好多，不知道良不良，可能影响生活，但要是不管我呢，就不影响。

卜文彬扒一个又一个李子吃，他挺馋嘴，吴天华偷乐。红娘说，叔啊，别光顾吃。吴天华拿下巴颏点她说，我数呢，看他吃几个。卜文彬擦手，不吃了，问能不能下地走走。吴天华说，走呗。他背着手挨屋瞎转，一个摄像跟他，一个留下，录红娘和吴天华。红娘问，觉得叔叔人咋样？吴天华说，可能有点儿痴呆。红娘笑，姨，咋这说话。吴天华说，下象棋挺好，我不下，但好些老哥们儿都下，说下棋讲究走一步看三步，能锻炼脑子。我建议呢，他最好把麻将也学上。麻将更活，还锻炼人察言观色。红娘说，你意思是，叔叔不太会看眼色。你这方面挺擅长呗？吴天华寻思下，我也得练。姑娘你多大了，成家没？红娘说，我……姨，叔叔其实挺抢手的，在我们台一挂上号，好些老太太去电话问。你看，有劳保、有积蓄、身体健康，人谈吐也文雅，你俩一动一静，多合适啊。吴天华撇嘴，不当一回事儿。卜文彬转回来了，站到吴天华面前欲言又止。吴天华看他，你想说啥。卜文彬说，想问你，李子搁哪儿买的？吴天华笑，我说他痴呆吧。说了自己种的，刚才听啥了？拿走吧，回你家吃去。她扑扑身上的衣服褶，相比拉近关系，她更擅长对一段关系下总结，说，算了吧，你们感觉呢？

卜文彬不会玩儿，这点不行。她最后跟红娘这么说的，问题已经不是能不能成为伴侣，而是连和这人处哥们儿都没意思，你们还没明白我诉求。红娘说，姨，咱到这岁数，不求稳定？我不太信你这个理由啊，叔叔是家里条件，还是颜值，不可你心？吴天华说，他年轻时应该挺耐看的，现在凑合，但我不讲求这个。红娘也泄气了，说，吃喝嫖赌那样儿的，我们也不能给你找。吴天华冷笑，姑娘，工作几年了？理解人的能力没有？红娘说，我是不明白啊，咱俩差四十岁。吴天华说，我在你这个岁数上，不这么唠嗑。我会耐心听我不明白的话，脑袋得转啊姑娘，不能老让别人顺你转。红娘说，咱走吧。她招呼两个在阳台抽烟的摄像动身，其中一个既劝她，也劝吴天华，说他听半天了，有点儿明白。姨，他拧了烟头，你其实是想找个幽默的老头儿，对不？吴天华眼神温柔，凝视对方，你咋理解幽默的？男人说，说话受听。他逗不了别人能逗你笑，让你心情轻松。吴天华一声叹息，可惜啊，小伙。她说，我和我姑娘这辈子都没碰上你这样理解人的。不行你俩往一块儿走走呗？她示意红娘，红娘拂袖而去。

节目没播出，吴天华给电视台去了几次电话，抗议此事。她觉着应该播出，让别人知道，老年人有她这样的，除了求稳求感情，还求点儿别的，什么来着，心情轻松。不播出不耽误她跟周围人输出这场经历：卜文彬吃得一手红汁儿，不住嘴塞李子的场面，被她播讲得活灵活现。生活里什么样儿，她那天表现出来的，就什么样儿。她想卜文彬也没隐藏自己，这点很好，但也许两人是缺了头回见面的客气。姑娘晚上来陪她唠嗑，听她说完，埋怨不休，说幸亏没播，没给她丢人。咋想的，还电视相亲？你也不缺老头儿啊。我王叔、李叔，你们秧歌队那谁的爸爸，可别让我替你记了。愿意往前走一步，谁也没拦过你，可你不能这么闹。酒过三巡，吴天华委屈，我闹啥了？你们还是不理解我的诉求。姑娘摆手，嘚嘚，就这句絮叨，谁也不理解你的诉求，你上访吧。姑娘一走，吴天华站在窗后，看着黑色吉普驶出小区，风驰电掣，姑娘开车手法颇有她当年雄风。吴天华过去也开一手好车，往北去草原，往南到沿海，总在最痛快的时候踩下了刹车，没能一直跑下去——这是近二年她给自己人生下结论，认定的最大遗憾。

## 二

岁月是什么，人生又是什么，在被她拿到地里糊墙用的报纸上，有篇文章讲这些，吴天华看下去了，还在心里转了几转。文章说，岁月是坛美酒，人生是装酒的容器，那人呢？是酿酒的？酿给谁喝？吴天华不禁去想自己这坛酒，都同谁分享过。女儿当然是一个，可吴天华始终不明白，为什么她爱女儿，事事第一个想到女儿，却从未在对方那张如今也已长出黄褐斑的脸上，看到过领情。枯苗之间，吴天华坐下来，蹬开脚上外孙子不穿了的运动鞋，突然很想亲近土地，想躺在上头。她躺了，在阳光下晒着，继续想酿酒的事儿。退休后，她订了不少报纸，看过不少电视节目，里面总会谈到，父母子女之情。她想辩解，我们那代人，其实不会爱孩子，不叫宝贝儿，不会亲亲，太忙了。我们忙着生存，忙生存下来后，比别人家过得再好点儿，这贪吗？吴天华不信理论，觉得有严重的误会存于其中。而这种误会，她见过太多。如果不是到老了发闲，她根本不觉得这是个问题。她也想起了老伴儿，想他在世时的样子。在眼下她住的那幢楼房里，过去老伴儿总背对她，坐在床沿，戴着老花镜孜孜不倦地研究他那些X光片。她会对他说，研究自己啥时候死呢？人生最后阶段里，老伴儿总呆呆瞪着儿童似的眼睛，面对吴天华，像面对无解的一生之敌。

父女俩都怨自己，怨恨藏不住，没法儿藏。要是她晚生三十年就好了，就能想去哪儿去哪儿，把车随意开上一段公路，到大漠里扎营，谁也见不着谁，就谁也不怨谁了。吴天华最近常这么想。虽说平时跟麻将桌上的老姐妹儿，你家长我家短，闲不下嘴，唯独对这桩心思，吴天华隐藏极深。她知道，这太小儿科了。唯有像现在，躺在离城市十几公里远，这个她在女儿默许下动用储蓄，买下的小农家院里，吴天华才好无所顾忌想好些可笑的事儿。对着太阳，她一会儿睁眼，一会儿眯上，不断傻乐。屋里广播没关，一再强调，说众志成城，说万众一心，她隐约感到一点儿现在情形不对。最近她在小区里遛狗，保安看她的眼神不对，可没敢当面和她提。他们找到她姑娘，姑娘又在晚上过来，问吴天华，你就没观察观察，现在街上别人什么样儿？吴天华说，还那样儿，这两天冷啊。你屋子热不热？姑娘厌烦，说你不戴口罩的事儿。你得戴，这样上街谁不烦你。吴天华说她知道，有疫情，不严重，在武汉呢。姑娘声调拔高，你到底能不能听明白话？戴口罩，难理解吗？吴天华沉默地看她，最后蹦出一句，滚你妈的。姑娘滚了，吴天华一人看新闻，抽烟，寻思别的。当年她们姐儿四个都在世的时候，一旦吵架，也这么互相骂娘，都占不着便宜，但乐此不疲。

　　她知道自己说话不好听，这辈子成在嘴上，亏也在了嘴上，可谁也别想改变她。吴天华给自己倒上半杯白酒，入夜家里从不开灯，借电视的蓝光，屋内明暗闪动，好几次，她就在沙发上睡。狗会躺在她大脚趾破了洞的袜子旁，半夜蠕动，被她冷不防踹一脚，还动，人和狗都在午夜寂寞地哼哼。闹闹最近反常，黏人得厉害，每天就期待着出门看看新鲜物，好散它的精力。翌日吴天华醒来，早忘了口罩的事儿，擦擦哈喇子，像清洗桌台面一样卖力清洗自己的假牙，戴稳当了，领狗出去。出了门，她才记起口罩。街上的确没有不戴的。老娘儿们冬天怕冷，没疫情也戴，不足为奇；现在连大小伙子也戴上了，每人嘴巴上都糊块儿蓝布，见着吴天华和她的狗，见到病原似的，紧躲忙逃。吴天华清楚往后真得戴了，这事儿不难，只要别把两只狗嘴也糊上。抱着知错就改，明天再改的态度，她今天特意带两只狗去了远点儿的地方转。走上沿江修筑的大坝，工作日四周肃静，她带着闹闹跑了跑，妞妞则始终跟在她脚边。妞妞老了，眼睛都发白了，走走就停住，像不知道自己落在了哪儿。后半程，吴天华抱着妞妞走，坝上没人，有人她也不怕，放嗓子唱，九九，那个艳阳，天来哎哎哎哟，十八岁的哥哥——唱着唱着停下来，当她看见，差不多八十都有了的哥哥，正站在前方路上，老熟人似的对自己挥手，嗨，那个谁！

吴天华走近了笑，能不能讲点儿礼貌，哪个谁？卜文彬脸红，两手揣进棉衣口袋，还戴顶鸭舌帽，上面写着两个吴天华能认识的外国字，OK。自两人上回见面，过去已有半年，由夏入冬，彼此却都感到熟悉。卜文彬说他常来坝上遛一遛，尤其礼拜一到礼拜五的白天，就他自己，相当自在。吴天华和他找了个路边的公共座椅坐下，望着眼前一片银装素裹的洼地，江水没有浮沉，冻得很结实。他手揣口袋，口袋看着鼓鼓囊囊的，原来是他戴着棉手套，还往兜里揣。吴天华看他就乐，没话的时候，吴天华放声大笑，哈哈哈哈。卜文彬脸更红了，你精神真好，他说，那天我就瞧出来了。吴天华拿眼睛飞他，那天你咋那么完蛋。回家儿子没批你？卜文彬承认，批了。她问，批啥？卜文彬说，说我贪吃，惦记你的李子。吴天华没笑背过气去，不是，她说，这事儿你也和儿子讲？他说，得讲，儿子现在是我监护人。说笑间，吴天华一张瘦条脸上，肉渐渐坠下来，透出她也不知道啥时来的同情。卜文彬是她最不希望成为的一类老人，可现在这样看着他，又总会叫吴天华想起她那研究X光片的、绝望的老伴儿。

她发现卜文彬衣服口袋里，鼓囊不说，还簌簌发响。问他，藏啥呢？卜文彬真一副藏着掖着的样子，不好意思说，话打上磕巴。吴天华追问,他只能解释,我口齿不灵,平时练一练。他到底掏出来了,是一卷打印稿,标题《长江之歌》。吴天华拿过来瞧了两段,词儿挺硬,朗朗上口不说,光看都让人心潮澎湃。她念着念着,想起来了,外孙课本里有过这篇课文,当时孩子在她面前,还激闹呢,做崩溃状仰倒在沙发上,说,姥,我万念俱灰。吴天华问他怎么灰的。外孙说,背诵全文。此刻卜文彬却在她面前,声音由磕巴到连贯,由胆怯到激昂,脱稿背得一字不差。卜文彬忍不住从椅子上站起来,面对茫茫冰野,把吴天华和世界都甩到脑后,帽子脱了攥在手套里,背影岿然不动。吴天华瞧见他头上的几根儿白毛,都在随风摇曳,随诗念出了长江蜿蜒的形状,经风一吹,成为气魄。她像个乖顺的学生听卜文彬朗诵:

　　你,跨越横断山脉健美的臂膀
　　一泻千里的行囊,若野马脱缰
　　创造源源不断的能量
　　你西接蜿蜒曲折的雅砻江
　　连起岷江的山高水长
　　酿造天下醉美的纯酿
　　任嘉陵江、乌江依岸相望……

　　朗诵完,卜文彬发现吴天华根本没看他,便默默把帽子戴上,摸摸两只狗的脑袋,丢下一句,妹子,我先走。吴天华点头,走吧,留联系方式。卜文彬说,不用,有你电话。说完,彼此看一眼,有种微妙的革命感情,就这么各回各家了。回家后,吴天华反复转一个合计,她到底是为什么突然看上这老头儿了。朗诵并没多浪漫,几十年来她遇到的比他会玩儿会浪的老爷们儿不胜枚举,都成为她生命中一厢情愿的过客，如今一个个又老、又秃、又痴呆，浪的那几个，还落下一身病。相比之下，卜文彬似乎没有什么特别，可她非想给他安个特别。又是半杯下肚，枕着重播新闻睡觉，她听到说武汉形势不容乐观，只有你减少出行才安全，十四亿人才安全……那些漂亮年轻的面孔苦口婆心，没一个不以她姑娘的口吻说着话。但此时此刻，借助酒劲儿，吴天华很想对姑娘说，妈动心了。妈这种感觉，不太安全。动心不为别的，为他今天朗诵时脸上的小孩儿模样。我没想到，千人千面，连一个人也会有一千面。

　　卜文彬就像大漠里一段没怎么被人探索过的、陌生的路。当晚梦中，吴天华梦见卜文彬，他俩都是老人模样，却都穿着外孙的校服。课堂中，卜文彬被点名抽查，背诵《长江之歌》。等他背完，屋里一人不剩，只有她，还说着粗话给他拍巴掌。受宠若惊的卜文彬，张口结舌，打出一个嗝，从嘴边淌下紫红色的果汁儿，离近了，他张口都是李子味儿。卜文彬对吴天华鞠上一躬，转头将脖子上的钥匙绳，套到她的脖子上。

## 三

　　一周后的一个工作日下午，天光暗淡下来，吴天华家的二楼窗下有人喊她名字。家里狗跟着叫起来，打开窗户，吴天华见到一个不认识的男人。四十上下，体格不小，戴灰棉线帽子，五官在见着她时全被笑容挤在一起，有些面熟。男人身后停一台夏利车，没熄火，暗红色的，车身脏兮兮的，有不少划痕。他从车上陆续取下豆油、大米，两箱啤酒，还笑着跟吴天华打比画，哪个门儿？吴天华以为是女儿的朋友，打开门禁，听着男人抱着东西的、敦实脚步声越来越近。男人把东西都搬进来，在地垫上蹭脚，哼哈出连续不断的白气，说，姨，真不好意思，知道你讲究礼貌，可在外面找你的时候，我必须喊你大名，关键我不知道这楼里几个吴姨啊，我爸嘱咐我，东西得亲自送你手上，才算交代。吴天华整整头发，没大用，她穿了条破绒裤，一边儿腿上一个洞，要多邋遢，有多邋遢。当得知男人就是卜文彬的儿子，这趟来送年货，也认认门儿，她有点儿紧张。小卜看出来，吴天华是下午觉刚醒，顿觉冒失，连说就不坐了。吴天华缓过劲儿说，起码坐下喝口水。你不待，姨心里不明不白的。

小卜坐了十分钟不到，话说得很明白，让吴天华觉得，节目没播出，真是个好事儿。她那天对卜文彬不够客气，对所有人都不太客气，以为自己到一个岁数，就能享受岁数的特权。事实却像那天红娘对她说的，世界上还有好些人和你不同，去忽略他们，有时很残忍。卜文彬没记恨，她就挺高兴，没想到卜文彬还这么感谢她。聊天知道，卜文彬和儿子两人过生活，爷儿俩也会像吴天华和女儿一样，说好些没对错、没结果的话。卜文彬告诉儿子，他第一眼就看上了吴天华，知道对方没看上他。现在他没别的心思，只想交一个像吴天华这样性格的好朋友，因为他觉得，自己一辈子过得无聊。他不属于会唠会玩儿的爷们儿，被人冷淡惯了，连小卜母亲都嫌弃了他几十年。他希望能和吴天华一起度过一段时间，从她身上学点儿什么。吴天华点头，说她大概懂。小卜起身要走，吴天华让他把东西拿回去。她还没开始带卜文彬玩儿呢，没必要这么早交学费。小卜说，姨，我爸知道你会开车，想让你教他开车。我这辆夏利不打算要了，太旧太破，也拉不上活儿。你们留着玩儿吧，先放你这儿。吴天华更惊恐，这怎么行。小卜说，姨，听我说完。上周我爸坐公交吧，让人赶下来了。现在大家都害怕，他上车没有绿码，身份证也总忘带。人家赶他，他没说啥，说个好嘞，自己往车下走，我听了挺心疼的。说让你教，其实也就是陪陪他，你开车，带他各处转转。他岁数大，上道我更不放心，不像就姨你，看着就年轻爽利，心眼儿也活。

小卜走了，夏利停在楼下，吴天华怎么也想不到现在它竟会属于自己。她打电话问姑娘，夏利现在值多少钱。姑娘说她也不懂，等回头问问姑爷。姑爷得知车是三手的，年头已久，此前小卜也跟吴天华承认，除了能跑能刹，不剩啥功能了。姑爷说，三五千吧。吴天华下楼看车，拿小卜留的钥匙开门，座儿又冷又硬，烟灰积蓄在每一个卡槽，玻璃上鸟屎斑斑。她几乎是颤抖着去摸车上的一切，心说，老天爷呀，你咋那么知道我想啥，那么惯着我呢。我是真想大跑啊。她熟练地拧火，听发动机就跟他们这个岁数的人一样，发出运行前呼哧带喘的咳嗽声，胸腔逐渐蓄力，好能平稳说出一些没人听的话，继续跑它慢当当的泥土路。和过去一样，手稳，油离配合，挂挡，拔营。开着这辆三手夏利，她在小区不大的面积里转上四五个圈儿，见自己后视镜里的脸，门牙随笑容一咧，龇出来，也那么闪光。姑娘当晚过来，跟吴天华说，赶紧让他来把车开回去，这事儿不对。吴天华说，放心，我不让卜文彬开，我就是教他一些原理，我开，带他遛。姑娘急了，你也不能开。你驾照还在我家呢，我拿着扣分用。吴天华说，那你还我，明天就还。姑娘似老师一眼看穿小孩的心思，不遮掩地轻蔑问，你到底咋想的。吴天华也急，碍着谁了，我咋想的，碍着谁了？

卜文彬穿着第一次见她时的衣裳，羽绒服脱下扔后座，里头是小格衬衫，配枣红色毛背心，他这次把钥匙绳好好地藏在了线衣里。吴天华也打扮了打扮，坐驾驶位上，打趣儿地看他，今天你咋过来的？听说坐公交车让人赶下去了。卜文彬把兜脸的蓝口罩取下，手在两条腿上边摩挲边说，走路。我老忘东西，还老想着出门。吴天华问，在家待不住？他说，不知道干啥。吴天华说，看报，看电视呗，手机也有不少好玩儿的。卜文彬说他就会打电话，想看别的，手机老让他交钱，他点啥，手机让他买啥。吴天华说，我反正是不买，但电视上好些东西看着还是不错的，我身上这件外套，你看咋样？卜文彬扫了一眼说，黑棉服，看着像领导穿的。吴天华说，巴黎货。电视上说，刘涛同款。知道刘涛是谁吧？他说不知道。吴天华一声长叹，演媳妇的。老卜啊老卜，你太封闭。卜文彬又不知所措地揉自己的腿。吴天华最后问他，想去哪儿，今后我就是你司机。卜文彬不假思索，上大坝，爱看江。

坝上总那么安静，卜文彬下车掏出他的朗诵稿，这次是《沁园春·雪》。吴天华留在车上，听卜文彬的话，不跟着他，让他自己走，自己念，享受没人笑话他的一段时间。她也给卜文彬准备了个小礼物，或者说课件。一本她到新华书店买的《机动车驾驶员考试科目一通用教材》，信手翻翻，吴天华发现变化挺多，她也需要学习。外头起风了，卜文彬小跑回来，吴天华把书交给他，嘱咐说，第一页，你看二十分钟，二十分钟后考你。咱一页一页学。卜文彬乖顺地翻书，看书的时候，他后背坐得很直，聚精会神。吴天华把从家带的、洗好了的冻柿子，摆在旁边，两人就这么开着一条窗缝儿，在封冻了的自然里上他们的老年大学。回答吴天华每个提问时，卜文彬都眼皮略往上翻，想半天，他想尽可能准确答出来，一遍过。答对了，他就能吃上吴天华准备的冻柿子，他会小心拿牙嗑开外头的冰皮，吸果汁喝。柿子清甜的味道在车里溢开，吴天华也馋，拿起一个，和他一块儿吸。吸溜声不绝，时光也倒退，让她想起小时候放学回家，和邻居家孩子一起分享那个年月里难得的零食。他们当时比谁吃得慢，好能延续美味。现在他们则比谁吃得干净，吃得体面，像提防着衰老，怕它通过生活里每个细节,每次将自己打倒。

## 四

  他们竟成了彼此晚年意外的好朋友。吴天华想,可能她再也不需要别人关心,不需要被人需要的感觉了。冬天漫长得像过不完,年已经过完很久,这是个很没滋味儿的新年,让人忧心忡忡,怀疑自己在制造一场灾难的历史。吴天华每天期待的就是开车,在市里泥泞的街道上,她和卜文彬以无人知晓的雄心壮志,把路上那些比他们年轻得多的驾驶员当成对手,超越一辆又一辆的车。吴天华坚持自己付油钱,虽然除了拉卜文彬到处玩儿之外,她平时不开这辆夏利,她只是在享受给车加油的过程,感觉自己真拥有了这辆车,还能在加油站工作人员看到她摇下车窗露出脸时,露出的诧异表情中寻回一种满足。对方会问,姨,车你开的?寻思谁呢,漂移着进来了。吴天华把钱从腰包掏出,递进对方一双棉手套里,说,要不是结冰,我能漂得更带劲。一旁的卜文彬拽着身上的安全带,心有余悸,偷看吴天华一眼。吴天华温柔地问他,老卜,又吓着了?卜文彬说,我在习惯。他说话还总会低头,腺眉耷眼一笑。在和卜文彬越来越多的相处时光里,吴天华有了一份感触,她看到了一个和自己完全不同的灵魂是怎么度过另一种人生的。他也会被人喜欢,被人当珍宝呵护着,可很多时候,他自己全不知道。

  闹闹、妞妞紧贴着吴天华的腿和脚,不知道几点了,吴天华发现自己又睡在沙发上了。她最近容易困,也许是白天心情太好,也许是和她那些养在地里的苗儿达成了共识——它们都对眼下不抱期望了,想着多睡会儿,等春天到来,冬眠成为安心的选择。醒来她看到还亮着的电视，新闻早放完了，现在是某个访谈节目的重播。窗外显得比室内还亮，月亮大又圆，感觉离人间很近。四处是熟悉的安静，电视里说话的几张嘴还絮叨着，都像默片演员认真对他们的台本。吴天华去厨房烧水，知道这个点儿一旦醒了，难再睡着。她准备等到天再亮一些，趁清晨无人，到小区里自在地带狗玩儿一会儿。狗都老了，都不爱动，妞妞的眼睛最近有了问题，看着浑浊，里头白色的东西在扩大，听到吴天华叫自己时，它总生硬地把头转到另一个方向，可能耳朵也不好了。吴天华泡上茶，捋着两只狗的皮毛，想找找哪个台还播电视剧。这时候，电话响起来。她忙按住心口，几十年的人生经验告诉她，这时间来的电话，充满惊悚色彩，每次接到，她都必须接受失去的发生。像一只跳不灵便的老蛤蟆，电话里她怯声问，谁啊。小卜声音哑着，姨，我爸走了。吴天华说，哦。什么时候的事儿？他说，今儿晚上。送医院已经不行了，他让我带给你两句话。吴天华想想说，等我拿笔记一下。小卜说，好，话不长。吴天华进屋拿纸笔，端端正正搁在腿上，手直打哆嗦。小卜说，第一句，早认识你就好了。吴天华笑了笑，哎。小卜也笑一下，说第二句是，现在认识也不晚。吴天华想她这时候应该掉眼泪，可眼眶很空，许多时候都这样，父母葬礼上，姐妹葬礼上，和老伴儿见最后一面，她的眼都是干涸的，像杀人犯。

　　吴天华说想现在过去，送老头儿最后一程。小卜劝她不要来。吴天华问，为啥，我能帮忙啊。他说真不用，我就带两句话，还有很多事儿要处理。我现在安慰不了别人的情绪了，姨。小卜反复道再见，吴天华只好说，到底让我把车给你开回去。小卜说，不要了，也是我爸的意思。往后你开车的时候，能想起他这个老朋友。她问，你们在哪儿？我不添乱，看看他，行不行？小卜忍无可忍，不用。电话就这么被挂掉了。吴天华充耳不闻，往腿上套棉裤，披她那件巴黎货，黑漆漆的，这个场合正适合穿。打开车门，车里就像个冰造的世界，冷硬，没半丝温度，她半天拧不着火。吴天华想，我差了一个重要的步骤。摸出口袋里的塔山，她给自己点上一根儿，另一只手也拿一根儿，点好后，搁上车窗。老卜不抽烟，听他说起过，曾经抽，在他出了一件大事儿后，很多习惯都变了。当时听他说起，吴天华也像现在这样，在车里抽烟，打量卜文彬那张已显露出老年痴呆的脸，很难去信，这么个人，还能经历大事儿？卜文彬说，曾经我一天两包，真的。吴天华给他递烟，示意抽口看看，好知道他说的是不是真的。卜文彬摇头，戒就是戒了。吴天华又说起她在青海开车的事儿，讲述一天开三百公里，牦牛围着她的车转圈圈，其中一头把整个牛脸都贴在了她身旁的玻璃上。吴天华边咳嗽边乐，指着表情木讷的卜文彬。真的，她开怀大笑，牛就你这死出。

卜文彬说，小华，后来他总这么叫吴天华，像叫爱人，更像在部队里，称呼一个战友。他低声叫她，我发现，最近和我在一起，你特爱笑。吴天华点头，是，你招笑。卜文彬面带微笑，我前妻，和我一块儿生活这么久，很少看她因为我笑。儿子也是。有时他们娘儿俩说上话，笑个不停，我一加入，笑就没有了。我挺悲哀的。吴天华有种冲动，想抱抱他，看到卜文彬毛衣下软和的小肚子，觉得抱上去一定很舒服。卜文彬先发制人，突然拽上吴天华的胳膊，把她往自己怀里塞。吴天华给了他一撇子。他喘着气说，我都这岁数了……吴天华说，是啊，这岁数打你一撇子咋了？拿你当哥们儿，你拿我当啥？他问，小华，你不喜欢我吗？吴天华整整头发，将带来的水果都收进塑料袋，扔在了后座。她开车送卜文彬回家，一路上，谁也没说话，卜文彬有点儿出神。到小区西门时，他转向她，在车里腾高屁股，笨拙地鞠了个躬，小华，我向你道歉。第一次跟你录节目，你是因为我不会玩儿，才没看上我，我以为你不是正经人。吴天华说，好，就说到这儿，往后别提这茬儿了。谁是什么样人，嘴说没用。明天吧，拉你去我地里看看，虽然现在天冷罢园了，你去看了就知道，我过日子很本分。我自给自足，不馋爷们儿。他说，我期待明天。柿子我能拿两个走吗？吴天华下车给他拿，卜文彬接过，仍哆哆嗦嗦弯腰，转身往家走去。吴天华望了他背影一阵，一种说不清的滋味萦绕心头，想她或许在对待卜文彬时，还是不够客气。

得知卜文彬死讯的午夜，很快变成了早上。找不到地方也联系不上小卜的吴天华，开着老卜留下的三手夏利，穿行在城市的楼房间，开向郊外的菜园。她思考车是三手，也许冥冥中有因缘，人和车一样，被反复交易，经三回手，是合理的结果。青年时磨过自己一回，中年也磨过一回，到老年，她无比渴望结束，却仍怀最大希望，车程能落得漂亮。她知道国内有地方已经封城，国外情形更乱，好些人被困住，正承受苦痛，她还是更信过去人的老办法，自己种，自己收。交朋友和种庄稼，都总有收获，别管命是什么。吴天华再没跟人赛车或在晚高峰中争抢，但野心仍在。保持驾驶，眼下她就想以她的速度自由自在。

原刊《草原》第 1 期

# 松木的清香

万玛才旦

我气喘吁吁爬到三楼楼梯口时,远远看到一个穿皮袄的牧民蹲在我的办公室门口抽烟。

我走到办公室门口,停下来看那个牧民。那个牧民二十几岁的样子,鬈发,古铜色皮肤,是个青年牧民。

青年牧民站起来问我:"这个办公室里上班的人是不是你?"

我看着他,点了点头。

青年牧民的样子有点张扬,站起来看了看自己手腕上的电子表,问:"你为什么迟到了二十三分钟?"

我也看了看自己手腕上的手表,确实迟到了二十三分钟。我们下午两点半上班,现在是两点五十三。

我问他:"你有什么事吗?"

青年牧民咄咄逼人,问:"你们国家干部上班可以随便迟到吗?"

我往前一步,拿出钥匙准备开门。

我开门时，青年牧民还在抽烟。

我开门进去后，青年牧民也准备跟进来。他手里还捏着那根已经抽了一半的烟。

我把他挡在门口，说："你先把烟掐掉再进来！"

他看了我一眼，把手里的烟头扔到门口的水泥地上，用脚尖使劲踩了踩。水泥地上的烟头被他踩成了碎末，散发出烟丝的味道。之后，他就进来了。他带进来一股浓烈的烟草味和身上的汗臭味混杂在一起的奇怪的味道。

我只好走过去打开了窗户。窗户外面的阳光白晃晃一片，冬天凌厉的寒风"呼呼"地扑了进来。

青年牧民进来慢条斯理地坐在了靠墙的那个长沙发上。

之后，青年牧民手腕上的电子表响了，发出一种怪异的女人的声音："北京时间，下午三点整。"

我被这怪异的女人的声音吸引了一下，扭头看他。他也在看我。

我拿一块抹布一边擦办公桌，一边问："你有什么事？"

青年牧民说："我们村里的一个人死了，我来开那个人死了的证明。"

我说："那叫死亡证明。"

青年牧民看着我说："就是那个东西。"

我又问："那个人是在哪里死的？"

青年牧民说："在医院里死的。"

我说："那你应该先在医院开死亡证明，没有医院的证明我们开不了。"

青年牧民说："那个人没有身份证，没有户口本，医院让我们先来找你们开证明。"

我问:"那个人的身份证、户口本哪儿去了?"

青年牧民说:"没找到,应该是丢掉了。"

我问:"死者年龄多大?"

青年牧民说:"三十二岁。"

我警惕地问:"怎么死的?"

青年牧民说:"喝醉酒骑摩托车撞到大车,拉到医院没多久就死了。"

我接着问:"死者跟你什么关系?"

青年牧民说:"我跟死者一个村子。"

我停下擦桌子的手,问:"你有没有报案?"

青年牧民说:"没有,我直接从医院赶来的。"

我问:"肇事司机现在在哪里?"

青年牧民说:"肇事司机和我们村主任在医院里,肇事司机吓坏了,跟丢了魂似的。"

我问:"死者家人呢?"

青年牧民叹了口气说:"没有什么家人了,都死了。"

我问:"医院怎么联系到你们的?"

青年牧民说:"死者手机里有我们村主任的电话号码。"

我坐下来,打开了电脑。

我问:"死者是哪个村的,叫什么?"

青年牧民说:"多杰太,纳隆村的。"

我坐下来在电脑里查找,很快就找到了。

我问青年牧民:"你过来看,是不是这个人?"

青年牧民站起来,走到我后面,看着电脑屏幕上的照片说:"就是他。"

我盯着照片看了一会儿,说:"这个人我也认识。"

青年牧民从侧面看着我,问:"你怎么认识他?"

我说:"我们在小学里一起念过书。"

青年牧民说:"我知道了,他父母死后,他县上当局长的舅舅把他接到县上念书了。"

我说:"他小学没毕业就又回去了。"

青年牧民说:"后来他县上当局长的舅舅也死了,他又回来了。"

多杰太和我是小学同学。我记得他刚到我们班上时应该是二年级,他的汉文很差,连自己的名字也不会写。

老师把"多杰太"三个字分开写在黑板上,让他跟着念。三个字占了整个的黑板。

老师念:"多,多少的多。"

多杰太念:"多,多少的多。"

老师念:"杰,杰出的杰。"

多杰太念:"杰,杰出的杰。"

多杰太停下来问:"老师,杰出是什么意思?"

班里的同学都笑起来,老师看着他说:"不要管它什么意思,跟着我念。"

老师接着又念:"太,太好了的太。"

多杰太跟着念:"太,太好了的太。"

后来,同学们就叫他"多少的多,杰出的杰,太好了的太",一长串名字,不知道的人总是问这是什么意思。他当时觉得这样叫他很有意思。

青年牧民可能也觉得这个有点好笑,就笑了一下,但是笑得很勉强。

那时候，我的学习成绩很好，基本上每个学期期末考试都是班上的第一名。多杰太为了提高自己的学习成绩，就从家里带来各种零食巴结我。我得到那些平时根本吃不到的零食之后也尽可能地帮他。我不知道那么多零食是从哪里拿来的，每次都不一样。有一次我还问他你舅舅家是不是开小卖部啊，他笑着说不是，是他舅舅给他买的。我当时想，他这个当局长的舅舅家里该多有钱啊！

可是没有想到小学三年级第一个学期的期末考试成绩出来之后，多杰太成了我们班里的第一名，藏文考了九十八分，数学考了九十一分，更没想到的是汉文竟然考了一百分。而我的名次是全班第三名。班主任老师一个劲地夸他，叫那些学习差的学生要好好向他学习。当年教他写汉文名字的那个老师也对他竖起了大拇指，说这样下去以后上个大学没有任何问题。那个时候，我们那里还没有多少大学生，平时听说谁谁家的谁谁谁是个大学生，都惊讶得说不出话来。这种情况让我对他恨之入骨，十二分地后悔这两年收他各种零食，给他补习功课。之后，他对我还是很好，时不时从他舅舅家里拿各种零食到学校给我吃，但是此后我连他的一个水果糖都没有再吃。他总是说："没事，你就吃吧，哪怕你吃了也不用给我辅导功课。"我放狠话说："要不是你之前一直死皮赖脸地求我，我才不愿意给你辅导功课！"三年级第二学期的期末考试成绩出来后，他还是考了第一名，而我成了第五名。从那之后，我就没再好好理他，他也不怎么理我，班里原先看不起他的那几个同学，反而成了他的朋友。

青年牧民笑着说："你们城里的小孩心眼挺小的。"

我也笑了笑说："现在想想还真有点小心眼的意思啊。"

青年牧民说："那就是小心眼。"

我只好转移话题，说："再后来，我们小学快毕业时，他又回去了。

几个老师都说这个孩子这样回去真是太可惜了。我心里倒是挺高兴的。他走后的那个期末考试,我的成绩又上去了,考了全班第一名。"

这时,青年牧民有点不耐烦地打断我说:"行了,行了,既然已经找到了,就赶紧给他开已经死了的证明吧。"

这次我没有纠正他。

我正要开死亡证明时,青年牧民说:"后来他没再继续念书,成了一个小混混。"

我停下来看他一眼。

青年牧民没再继续往下说,而是突然打了一个喷嚏。

青年牧民接着又打了一个喷嚏。

我觉得他的样子很奇怪。

青年牧民做出继续要打喷嚏的样子,我盯住他看,他就忍住了,没有打喷嚏。

外面的风变大了,我把窗户关上了。

青年牧民说:"赶紧开吧,多杰太的尸体还在医院的停尸间里放着呢。"

我突然停下来对他说:"我先去请示一下我们所长。"

青年牧民说:"在你们这里办个事情真是很麻烦!"

我没有理他,自己出去了。

所长的办公室在二楼,他正在里面喝茶看一本书,我跟他汇报了情况。

所长说:"开上证明你也跟着去一趟,到县交警大队备个案。"

我和青年牧民开着警车出发去县上。

刚上路,青年牧民说:"我这辈子没坐过警车,心里有点害怕。"

我说:"只要没做坏事,就不用害怕。"

青年牧民说:"这是专门抓坏人的车,没做坏事心里也害怕。"

路上,我给青年牧民又讲了多杰太的一件事。

大概三年前,多杰太还找过我一次。

那天下午,我正在上班,一个牧民突然推开了我的门。

我被吓了一大跳。

那个牧民站在门口看我。

我问:"你有什么事?"

那个牧民站在门口突然哈哈大笑起来。

我又问:"你有什么事吗?"

那个牧民突然变得很严肃,说:"我是多少的多,杰出的杰,太好了的太。"

我站起来说:"多杰太!"

虽然我喊出了他的名字,但是我基本上认不出他了。站在我面前的这个牧民已经不是我记忆中的那个多杰太的样子了。只是他用那样的方式念出自己的名字之后,我才叫出了他的名字。

他说:"你总算认出我了,哈哈哈。"

我敷衍着说:"你变了,我差点就认不出你了。"

他说:"你没多大变化,走在大街上我也能认出你。"

之后,他说:"今天我请你吃饭吧,咱们出去吃。"

我刚好中午没事,就跟他出去了。

那天,他穿得还算整洁,气色也不错。

我俩去了一家看上去还干净整洁的藏餐馆。那天不知咋的,吃饭的人特别多。那家餐馆的老板我认识,是个充满活力的小伙子。他笑着说:"今天上菜可能不会那么快,需要等一等啊。"我说:"没事没事,我们可以慢慢等。"老板说:"那好吧,我们尽量快点上。"我问多杰太想吃什么，他说："你看着点吧。"我就要了两斤手抓羊肉，一份牛肉包子。我问他这些够不够，他说："够了够了，吃不了等于浪费。"

老板给我们先上了一壶奶茶，说："你俩先喝点奶茶吧，不然等着干着急。"

我说："谢谢，谢谢。"老板说："不好意思，不好意思，奶茶是我送你们的。"

我们喝奶茶时，我问多杰太："咱们念小学时你的学习成绩不是很好吗？你后来怎么没有继续念书啊？"

多杰太叹了一口气说："命嘛，每个人的命不一样嘛。"

我说："你那么聪明，你应该继续念下去的。"

多杰太说："我也觉得我这个人脑袋瓜还挺聪明的，就是命不太好。"

我说："其实命还是有改变的机会的。"

多杰太笑着说："说实话，你的脑袋瓜没我脑袋瓜聪明，这个你承认吗？"

我也笑了，说："我承认，念小学时你很快就超过了我，这个我是万万没有想到的。"

他还是笑着说："后来我才想明白了，那时候你不太理我，不吃我给你的零食，是因为你嫉妒我，是不是这样？"

我说："后来我上了大学之后，想起小时候的一些事，觉得那时候我确实是有点嫉妒你的。我想你一个牧区来的孩子，刚来时连自己的名字也不会写的家伙，为什么就能超过我。"

多杰太笑了，说："你终于承认了，我还以为你不会承认呢，你们这些读了书的人就是心胸开阔，就是不一样。"

我说："这有什么不敢承认的，那时候我们都是小孩子嘛。"

多杰太笑着问:"那你现在还承认我的脑袋瓜比你的脑袋瓜好使吗?"

我笑着说:"现在就不好说了,要是咱俩一起读了大学就知道了。"

他一下子变得伤感了,说:"是啊,这就说明我的命没你好啊!如果我的命跟你一样好,我想我现在也跟你一样读了大学,成了国家干部了吧?"

我赶紧说:"当然当然,这是肯定的。"

他马上又开朗起来,说:"算了,说这些没有用,这些都是命里注定的事情,谁也改变不了。"

我看着眼前这个几乎认不出来的小学同学,不知道该说什么。

他却指着我说:"本来今天我是准备好了请你吃饭的,但是现在一想,今天应该由你来请啊,你都堂堂正正的国家干部了,应该请我这个小老百姓的小学同学吃个饭啊,哈哈哈。"

我马上说:"好,好,完全没问题,完全没问题。"

我们喝完一暖瓶奶茶时,点的东西终于上来了。老板说:"手抓羊肉给你们多加了半斤,包子多加了六个,送的,不收钱。"我说:"感谢感谢,不用这样。"

最后,手抓羊肉基本上被多杰太吃了,我吃了几个牛肉包子。

他边吃边说:"手抓羊肉不错,牛肉包子也不错。"

吃饭时,他还喝掉了几瓶啤酒。

那天中午,除了吃饭,我们还没话找话地聊了一些事情。

最后,我问他:"你真的相信命吗?"

他说:"当然相信,不然咱俩之间为啥会有这么大的差距呢?"

我看着他,不知道该怎么接话。

他却说:"人跟人的命运就是不一样,这是改不了的。"

我说:"你也不能这样说吧。"

他说:"人跟人的命就是不一样,我这种人注定只能活成这个样子了。"

我没再说什么,也不知道该说什么。

青年牧民突然问我:"他没有问你借钱吧?"

我说:"没有,他没有跟我提过钱的事。"

青年牧民说:"那算好的。他借了很多人的钱,借了都不还。"

我问:"他借那么多的钱干吗?"

青年牧民说:"唉,几年前多杰太开始打麻将赌钱,我们村里也有几个跟他差不多的混混,但是那几个根本就不是他的对手,几个月之后他们就把一点本钱在多杰太手里输了个精光。多杰太后来去了州上,跟州上的那些混混赌,我们都担心他很快就会输个精光滚回来,没想到他在州上也站住了脚。听说还赢了不少钱,买了个二手的桑塔纳,找了个城里女人,过起了城里人的日子。有一次他还开着那个桑塔纳,带着那个城里女人回村里了,很风光,村里人看他的眼神都是羡慕中带着嫉妒的……"

我一边开车一边问:"那他后来怎么就成了那个样子?"

青年牧民说:"后来,后来他就不行了。"

我问:"怎么了?"

青年牧民说:"后来听说他惹了州上的一个地头蛇,那个地头蛇专门从兰州请来了一个打麻将赌博的高手,设局让他上当。听说那时候多杰太手上都有一百万元人民币,我们都吓坏了,心想这家伙真是很厉害!听说他们打了三天三夜的麻将,最后多杰太输了,一百万元就没有了,那个二手桑塔纳也没有了,那个女人也离开了他……"

青年牧民叹了一口气,我继续开车。

青年牧民接着说:"他到处找人借钱就是从那时候开始的,他说他一定要把输掉的赢回来,但是从那以后,好运气好像就离开他了,他越赌越惨,最后背了一屁股的债,而且喝酒喝上瘾了,你要知道之前他虽然赌博,但酒是轻易不喝的。"

我一边开车一边想,我那次见他应该是在他输了钱之后吧,但是我想不通他怎么就没问我借钱。他那次即便问我借钱,我也是没有什么钱可以借给他的。我那时候正在凑钱买房,准备跟交往了三年的女朋友结婚呢。

看我不说话,青年牧民问:"之后你还见过他吗?"

我说:"没有,那是最后一次见他。"

青年牧民说:"等会儿你又能见到他了。"

我点了点头。

青年牧民说:"听说他还借了高利贷,最后还不上,右手的一根手指头被人剁掉了呢!"

我没有说话,继续开车。那天还下了点小雪,路面有点滑。

到了医院,青年牧民指着一个中年牧民说:"他是我们村主任。"

中年牧民过来跟我握手。他看上去满脸沧桑,额头上的皱纹一道一道的,整个人裹在藏袍里,疲惫不堪。

青年牧民又指着另一个人说:"他是肇事司机。"

肇事司机不是本地人,应该是甘肃人。他看上去很紧张。

我们拿着证明办了医院的手续。

我见到死者时,有点出乎意料。死者身上没有明显的伤痕,差不多跟我上次见到他时一样。

我问肇事司机:"是你撞的吗?"

肇事司机辩解道:"不是我撞的,是他自己撞我车上的。"

我问肇事司机："什么意思？"

肇事司机有点紧张，说："那天我给寺院拉水泥，回来路上突然从倒车镜里看到有人骑着摩托车直接撞到我车上了。"

我问："然后呢？"

肇事司机说："然后我停车下去看，一个人和一辆摩托车翻倒在路边，摩托车挡风玻璃碎了，人倒在地上一动不动。"

我问："然后呢？"

肇事司机说："然后我把他送到了医院。"

中年牧民插话说："我们接到医院电话，赶到医院时，他已经死了。"

肇事司机说："他那天喝了酒。我送他去医院时，他身上全是酒的味道。"

中年牧民补充道："医生也说他喝了酒，我们到医院时还闻到他身上的酒味。"

我仔细看了看躺在太平间床上的赤身裸体的死者的尸体，他的右手确实缺了一根手指头。

我对中年牧民和青年牧民说："你们先去火葬场办手续，我带肇事司机去一趟交警大队，再来找你们。"

之后又对肇事司机说："你开上卡车跟在我后面，注意不要跟丢了。"

肇事司机点头，嘴里说："不会跟丢，交警大队的位置我知道，去过好几次。"

下午五点半，我和肇事司机、交警扎西赶到火葬场时，中年牧民跟我说："你们来得刚好，我们请寺院的活佛算过了，正好今晚八点可以火葬，不用再等。"

我马上问:"死者在哪里?"

中年牧民说:"我们已经收拾好了。"

随后,他带我们去了火葬场停尸间。

我们看到死者已经被绑成了一团,呈双手合十打坐状放在墙角,上面盖着一条哈达。

我问:"你们怎么这么快就收拾好了?"

中年牧民说:"火葬前就得这样收拾好啊,再过几个小时就火葬,不然怎么让亡者入葬?"

我看了看交警扎西,他马上说:"死者今晚不能火葬,死者死因可疑,我们得等法医的尸检报告。"

中年牧民说:"不行,已经绑好了,不能再解开!"

交警扎西对我说:"你跟他们解释,必须等尸检报告出来才可以!"

中年牧民和青年牧民态度也很强硬,鼻子里发出"哼哼"的声音,不理我们。

交警扎西看着他俩问:"听说死者出事之前还喝过酒?"

中年牧民说:"我们到医院时从他身上闻到了酒味。"

肇事司机也赶紧说:"我送他去医院时,他身上全是酒味!"

交警扎西问:"出事之前他跟谁一起喝的酒?"

中年牧民和肇事司机赶紧摇头,说:"不知道。"

交警扎西说:"所以我们必须得查清楚。"

中年牧民说:"他平常就是个酒鬼!"

交警扎西说:"调查清楚前,你不要随便讲话,这是要负法律责任的!"

中年牧民和青年牧民互相看了看,又一起看我。

我把他俩拉到一边讲了事情的严重性,但他俩似乎还是没有意识到事情的严重性。

我只好说:"今晚火葬肯定不行。"

中年牧民看着我和交警扎西说:"这尸体一旦绑上了就不能解开,而且下葬的时间也不能随便改,你们年轻也许不懂这些规矩,但你们可以问问你们的长辈啊。"

交警扎西说:"规矩是规矩,法律是法律,现在得按法律来。"

我对中年牧民说:"打个电话跟活佛解释一下,不然出了问题谁也负不了这个责任!"

中年牧民拉上青年牧民去给活佛打电话。

他俩拿着手机点头哈腰说了不少话。

打完电话,中年牧民过来说:"错过今晚的时间节点,下次火葬还要等七天。"

交警扎西不说什么,拿出一根烟点上。

我说:"只能这样了。"

青年牧民说:"现在怎么办?"

交警扎西说:"你俩先回去吧,有事再找你俩。"

肇事司机站在一边,可怜兮兮的样子,问:"那我怎么办啊?"

交警扎西说:"事情查清之前你不能离开县上。"

肇事司机张了张嘴没再说什么。

第二天,我开始调查死者喝酒的事情。我按死者手机里的通话记录将他最后联系的一个电话号码拨了过去,找到了最后跟他联络过的人。

那人听说多杰太死了,不相信,说这怎么可能。

我说我是派出所的,他就马上相信了。

那人在电话里说了一些生命太无常了之类的话。

我在电话里问那人:"他去找你干什么?"

那人说:"他来找我借钱。"

我问:"你有没有借钱给他?"

那人说:"没有。谁都知道借给他钱等于打水漂。"

我问:"你跟他是怎么认识的?"

那人说:"我跟他是在州上认识的。那时候他有点钱,人也挺张扬,我们就认识了,成了酒肉朋友。他这个人喜欢花钱,我们出去吃饭喝酒玩都是他埋单,从来不让我们埋单。对了,那时候我也在州上做点小买卖,后来买卖不行了就回来了。"

那人顿了顿之后又说:"其实我对他这个人了解不是很多,我们也就是酒肉朋友而已。"

我问:"他说了借钱干啥吗?"

那人说:"他说他遇到了一个女人,他要娶那个女人做老婆。"

我问:"那天他有没有喝酒?"

那人说:"没喝。"

我问:"你之前知道这个事情吗?"

那人说:"不知道。我只知道那两年他有钱的时候有一个城里女人跟过他,后来他输光之后那个女人就离开他了。"

我问:"他还跟你说了什么?"

那人说:"我没借给他钱之后,他还拿出一个女人的照片说我可能觉得他在跟我撒谎,他向三宝发誓,他这次说的可是真话,他遇到这个女人之后,就去寺院对着佛菩萨发誓以后不再赌博了,发誓以后要好好过日子。我还看了一眼照片上的女人,就是一个看上去三十多岁的女人,长得挺朴素的,红脸蛋,感觉很老实。我还问他你以前借别人的那些钱怎么办啊?他说以后想办法还呗,总会有办法的。"

我问:"他问你借多少钱?"

那人说:"他说十万元,十万元就够了。"

我咳嗽了一下,那人接着说:"虽然他那天的样子看起来不太像在撒谎,但我也不可能借钱给他的,他欠别人的钱实在是太多了。"

我点了一支烟,问那人:"还有什么要补充的吗?"

那人说:"他那天穿了一件半新的黑西装,还打了一条红领带,看上去感觉怪怪的,不太像平时的他。"

我问:"还有吗?"

那人想了想,接着说:"对了,他那天还带着一瓶青稞酒。"

我赶紧问:"然后呢?"

那人说:"然后就没什么了。没借到钱他就骑摩托车走了。"

我问:"他走之前没喝那瓶青稞酒吗?"

那人说:"没有,他走之前没有打开那瓶青稞酒。"

我说:"他有没有跟你说什么?"

那人想了想又说:"他走之前从随身背着的包里拿出那瓶青稞酒说我们认识这么多年了,他以为我和他是那种真正的朋友,来之前他还想着我借他钱之后我俩可以喝掉这瓶青稞酒,小小地庆祝一下,现在看来是不用打开酒瓶盖子了。"

我问:"他还说了什么吗?"

那人肯定地说:"没有,没有再说什么。他把那瓶青稞酒装回包里就骑着摩托车走了。"

我说:"他被送到医院抢救时,医生说他喝了酒。"

那人:"那我不知道。他可能是在路上喝掉了那瓶酒。"

我问:"为什么这样说?"

那人说:"我猜的。可能他没借到钱,心情不好就喝了青稞酒。他离开时，我看他情绪有点低落。"

查来查去，最后的结论是他自己在路上喝了酒。

周一下午三点，尸检报告出来了。

交警扎西把尸检报告交给我说："可以排除其他因素，就是一场正常的交通事故，而且是死者自己的责任。我们调看了监控，是死者自己超速撞上卡车导致颅内出血死亡的。"

我还想问几个问题，最后都没有问。

交警扎西说："你通知他们可以火葬了。"

过了几天，中年牧民和青年牧民开着一辆皮卡车来了。

他们也不跟我说话，直接去收拾尸体。

尸体放太长时间变得僵硬了，但他们最后还是让尸体呈现出双手合十打坐的样子。

火葬场管理员是个腿部有残疾的人，四五十岁的样子。他穿着一件油腻的大衣一瘸一拐地过来问我们用柴油烧还是用松木烧。

中年牧民和青年牧民问："有什么区别？"

管理员说："主要的区别就是价钱的区别，柴油烧六百元，松木烧一千元。"

中年牧民和青年牧民商量了一下说："柴油烧就可以。"

管理员点点头，一瘸一拐地往焚尸间门口走。

我叫住管理员说："用松木吧，这个钱我出。"

中年牧民和青年牧民看着我，似乎在猜我在想什么。

我只是对他俩点了点头，没有说什么。

死者被我们放进了那个佛塔状的焚尸炉里面，被管理员一把火点着了。焚尸炉里面发出噼里啪啦的奇怪的声音。

没过多久，焚尸间里面充满了一股奇怪的刺鼻的味道。我有点不适应，用手捂住了鼻子。

之后，我和中年牧民、青年牧民出来抽烟了。

点上烟之后，我问中年牧民和青年牧民："亡者之前有没有跟你们说过要跟一个女人结婚之类的事？"

青年牧民表情木然地摇头。

中年牧民想了想说："有一天晚上他突然给我打电话说他跟一个女人好上了，打算娶她。还说那个女人也愿意嫁给他。"

我问："还说了什么？"

中年牧民说："他说他想回村里住了，问我修缮一下他家的老房子大概需要多少钱，还问我娶个女人各种乱七八糟的开支大概需要多少钱，我估算了一下就说简单一点十万元差不多了，他说他大概知道了。我问他怎么突然想回来了，他说他年纪也不小了，就想回来了。"

这时，青年牧民说："他那么个人，回村里踏踏实实过日子不太可能吧，再说还有女人愿意嫁给他也是很奇葩的事情呀！"

中年牧民说："不知道，也有可能吧，这世上什么样的事情都是有可能的。"

青年牧民突然问我："你为什么问这些事情？"

我说："没什么，没什么，随便问问。"

他们没再说什么，我也没再问什么。

我们三个正在抽烟时，管理员拿着一根木头往焚尸间走，随口说："刚刚落下了一根木头，我把它放进去。"

我喊住管理员，从他手里接过那根木头仔细看。那是一根松木，似乎还没有干透。

四周没有风，空气像凝固了一样，很冷。我把那根松木拿到鼻子下面闻了闻。我突然间闻到了一股淡淡的松木的清香，很特别。

管理员和中年牧民、青年牧民用奇怪的眼神看着我。

我把那根松木递给中年牧民，他也把松木拿到鼻子底下闻了闻，说："这味道很好闻。"

中年牧民把那根松木递给青年牧民，让他闻。

青年牧民闻了闻，说："嗯。"

管理员看着我们说："肯定是松木的味道好闻啊，柴油的味道太冲了，我到现在还不适应。"

我们没再说什么。青年牧民把那根松木递给管理员，管理员拿着松木进了焚尸间。

之后，我们三个又各自抽起了烟，谁也不愿意再多说一句话。从我们站着抽烟的位置能看到焚尸间房顶的烟囱里冒出一股黑乎乎的烟。中年牧民偶尔突然念诵几句经文。

抽完烟，中年牧民对青年牧民说："咱俩去给亡者点个酥油灯吧。"

说完，他俩就去了专门为亡者家属定制的小佛堂。我继续站在那里点上了一支烟。

大概三个小时之后，多杰太变成了一小袋骨灰。青年牧民手里拿着那袋骨灰，面无表情地看着管理员把焚尸间的门关上。我看着青年牧民手上的那一袋骨灰，有一种很恍惚的感觉。

中年牧民和青年牧民问管理员哪里可以撒骨灰。

管理员指着火葬场门口右侧一个小山包说可以撒在那里，那个地方被某个大活佛加持过。

我说："你们可以把骨灰带回村子里吧？"

中年牧民说："这种非正常死亡的，我们一般不会把骨灰带回村子里的。"

我把手头的烟扔掉，跟他们一起往外面走。

那天外面的风不是很大，我们把骨灰撒到外面那个四周全是各种垃圾的小山包上，一些细碎的粉末状骨灰沾在了我们的手上，我们的脸上，我们的头发上，我们的衣服上。

我想，一些骨灰肯定也被我们吸进了肺子里。

撒完骨灰，掸掉残留在手上、脸上、头发上、衣服上的骨灰后，我们三个人不由得咳嗽了起来。

"喀，喀喀，喀喀喀，喀，喀……"

我们三个人咳嗽的声音短促而有力，听起来是那么富有节奏感。

原刊《十月》第1期

# 九三年

肖江虹

一九九三年,四川内江来的建筑队开进了我们无双中学。

那个寒风凛冽的黄昏,父亲站在学校大门口,眼睛不停地往马路尽头眺望,不时抬起手看看他那块掉了秒针的上海牌手表,喃喃自语:根据客车的速度和路况,应该差不多到了呀!

一直等到天黑,客车才带着怒气将一群外乡人吐在学校大门口。三十来人,全都灰头土脸,一人肩上扛着一只鼓鼓囊囊的蛇皮袋。笑逐颜开的父亲赶忙上去握住一个年轻人的手使劲摇,说:辛苦了辛苦了。年轻人戴副眼镜,眼镜右边的架子骨折过,用黑色的棉线实施了包扎。灰尘没能掩住他脸上的羞涩,他慢慢把手抽离,指了指后面一个又矮又黑的中年人对父亲说:他才是工头。父亲愣了一下,看看面前的年轻人,又看看他身后的矮黑工头,扬了扬手说:到了就好,终于可以开干了!

父亲叫许觉民,我们初二(3)班的语文教师,无双中学校长,上任半年来，一直在为学校新建教学楼四处奔走。

他弯着腰觍着脸跑了半年，教学楼建设项目总算获批。父亲说了，要不是县教育局基建科科长是他同班同学，腿跑断了都未必有结果。去见科长那天，父亲把母亲养了三年的两只老母鸡和厨房里最后一块腊肉一并装进蛇皮口袋带走了。

拿着审批文件，父亲表示建筑队一定要请四川的，他说四川人除了勤快，还专业。

建筑队的临时住所安排在学校食堂，和我们学校教职工宿舍仅一墙之隔。我站在食堂门口，看着这群人默默打着地铺，我惊异于他们随身携带的那只蛇皮袋，仿佛一个聚宝盆，不停吐出来形形色色的物品：铺盖卷、饭盆、卫生纸、瓦刀、麻绳、灰铲……

最后我注意到了他，那个戴着断腿眼镜的人。他一共从包里掏出来几样东西：铺盖卷、一个包子、两套换洗衣服和几本书。

包子他吃掉了，铺盖卷和衣物后来被父亲烧了，那几本书被父亲放到了自己的书架上，我还记得书名：《罪与罚》《几何原理》《我的世界观》《清宫十三朝演义》。我最喜欢那本演义，一直到高中都在看，成为我此后很多年聊天吹牛的重要素材库。

新教学楼建在老教学楼的后面，那里原先是个知青点，石头建筑，知青们淌着眼泪离开后就被推平了。这块地慢慢荒草丛生，几个潦倒的代课老师却看准了这块福地，刨开荒草种了些白菜、萝卜，去自己地里扯两棵白菜都得偷偷摸摸的，就怕其他老师看见后笑话自己。

四川人就是四川人，半个月不到，教学楼的地基就夯实了。父亲站在地基上，呼呼的北风吹着他瘦削的身子，他拿起钢钎四处乱戳，戳到空洞处就对着工头破口大骂：不马上给老子把空洞处补上，你们休想拿走一分钱。工头点头哈腰连声说好，父亲绿着脸抓起钢钎继续四下乱戳，像极了营养不良的恶毒小地主。

在父亲面前，矮黑的工头是弱者；在工头的面前，其他工人是弱者；在其他工人面前，"眼镜"是唯一的弱者。通过半个月的观察，我注意到，这个眼镜其实啥都不会干，是典型的混在工人阶级里的寄生虫。他抹不了灰，修不了石，拉不了线，砌不了砖。他唯一能干的就是挑灰浆，一担灰浆在他肩上摇摇欲坠。他的瘦弱比父亲更甚：父亲瘦而矮，底盘低，风要撩起来得抄底；他瘦而高，肩膀以上基本都在风中，所以他的大部分精力都用在如何抵御北风上了。一担灰浆从挑起到落下短短一百米距离，他能给你走出西天取经的九死一生来。工地上大部分时间是沉默的，但凡有声音响起，那一定是工人们在诅咒这个戴断腿眼镜的四川老乡。

卢开智，整哪样，你是爬过来呢吗？

眼镜，整快点呀！你狗日的是蹲在那里吃灰浆吗？

挑灰浆的，麻利点嘛！属王八的吗？

接下来，就是卢开智不停的应答声：要得要得，马上马上，快了快了——

这个在工地上地位和地基一样低的戴断腿眼镜的人，连在娱乐场所都不能翻身。工人们晚上唯一的娱乐活动就是看电视，电视在我家客厅，凯歌牌，黑白的，为了让电视的颜色更加五彩斑斓，父亲在电视屏幕上加了红黄蓝三色卡片。屋子被塞得满满当当，卢开智基本都在靠门的最后一排，脖子不伸长，连包青天和展大侠都分不清楚。

这个时候，我都在里屋做作业，一般先做语文，这是我擅长的学科，翻烂了"飞雪连天射白鹿，笑书神侠倚碧鸳"后，我就成了语文老师眼里的香饽饽。我最怕的是数学，特别是几何，一个扁平的图案，硬是要求你看出三维来，鼓着眼足足瞪了二十分钟，他妈还是扁平的。

不得已，只能推开门对坐电视前排的父亲说，爸，这道数学题我不会。父亲还沉浸在刚刚刀铡驸马爷的兴奋中，对我挥挥手说，再想想，独立思考是最大的美德。我走过去把作业递给父亲，指着那道题说，都美德一小时了，还是不会。父亲拿过作业看了半天，摇着头说：我也不会。

场面尴尬，屋里的氛围瞬间就僵了，四川内江工程建筑队几十双眼睛齐刷刷盯着父亲，所有人的表情都是希望能得到一个合理的解释：你不是人民教师吗？还是校长，你连道初二的数学题都不会？父亲四下环顾，读出了一众人眼神里的恶毒，然后一字一顿地说：看哪样看？老子是教语文的。

突然门边一个声音响起：要不我看看？

父亲迟疑了一下，把手里的纸片递了过去，纸片几经辗转，最后到了那只细长粗糙皲皮发白的手中。

卢开智把眼睛凑到纸面看了好半天，一声不吭，父亲走过去一把从他手里抄过纸片，手指隔空对我一戳，说：去问你的数学老师，他一个挑灰浆的懂什么。

卢开智抬了抬鼻梁上的断腿眼镜，仰头看着父亲，轻声说，一共五种解法，我是看哪种解法更适合他。

面对摆在面前的五种解法，我仿佛看到了数学这门学科的不怀好意和诡诈异常，也陷入了如何选择的艰难处境。卢开智应该是看出了我的心思，食指按住其中一种解法，说，这个吧！这是最简单的，也符合你现在的知识结构。我摇了摇头，选了最难的那一种，没其他意思，我就是想让我的数学老师看看，如今，我身后站着的可是风清扬。

那天数学课上，我的数学老师盯着我的作业沉思了八分钟二十五秒，其间共抬起头看了我四次，最后他说：你回去问问教你做题的人，这样简单的一道初中二年级数学题，有必要用到微积分吗？

教学楼一楼完成主体，无双镇下雪了，悄无声息下了一夜，第二天，天地间都是耀眼的白。恰逢周末，静寂的校园里看不见一个人，几只麻雀在雪地上起起落落，那些平日里刺眼的脏乱和坑洼，都被贴心地一一掩盖。

我捏着父亲给我的十块钱，小心翼翼寻找着出去的路，雪很厚，得靠路两边凸出的荆棘判断它的曲折和走向。脚下在试探，心头却在盘算：一盒花溪牌香烟三块五，一瓶酱油一块三，一袋洗衣粉一块二，三块五加一块三再加一块二等于六块，还余四块 —— 这就是我的跑腿钱，父亲让我出门买东西时就谈好的，天寒地冻，我挣的也是血汗钱。

转过蓄水池，我看见肥嘟嘟的操场上立着一架枯瘦的躯体，他正沿着篮球架慢慢挪动着脚步，远远看见我，他朝我笑笑，笑容里掺杂着白色的雾气，笑意也变得若隐若现。我朝他点点头，他扶了扶眼镜，嘴里喷出的雾气更粗壮了：怎个早就出门啊？出去买点东西，我答。今天歇工，雪太大了，大家都还在睡瞌睡哩！他又说。那你跑出来干啥？我问他。他紧了紧身上又皱又薄的西装，拢起手放在嘴边哈了一口气说：雪天多难得啊？不赶紧看看很快就化了。

从镇上回来，雪地上已经看不见他，雪停了，不过风还在，贴着地面跑，吹得雪末子四下乱飞。我嘬了一口嘴里的棒棒糖，又看了看手里另一根棒棒糖，环顾空寂的四野，心里有些失落。走到高处，我回身又看了一眼肥实的操场，居然发现了一朵玫瑰花，对，就是那人用脚走出来的一朵玫瑰花，正在呼啸的风中绽放。

我到家推开门，惊讶地发现断腿眼镜居然坐在我家破了洞的沙发上，手里还端着一杯热腾腾的茉莉花茶，他的脸色还泛着青紫，脚上的解放鞋在水泥地上洇出两摊水迹。

他朝我笑了笑，说：找许校长借本书看。

父亲端着茶杯从里屋走出来，递给他一本书。

父亲坐下来，说：《爱弥儿》，我喜欢"直观教育"这个理念，你认真读一读，对你以后教育孩子肯定有好处。

断腿眼镜放下茶杯，两腿并拢，盯着父亲小声说：我不太赞成他认为《鲁滨孙漂流记》是进行儿童教育最理想的教材这个观点。通过这本书是能认识自然，接近自然，但说到底还是丛林法则，接近和认识的唯一目的还是生存。当然，如果卢梭写作《爱弥儿》的时间晚一百年，我相信他会推荐《瓦尔登湖》。

父亲僵住了，愣了一阵，伸手一把从卢开智手里扯过那本书，说：看过早说嘛，我再去给你找一本。趁父亲找书之际，我把手里的那根棒棒糖递给了他。他把糖接过去，朝父亲站立的方向偷瞄了一眼。

那天父亲进进出出拿出来多少本书我不记得了，唯一印象深刻的是卢开智最后拿走了一本黑皮药典，叫《贵州草药》，里面有手绘的草药图。

教学楼主体完工，学校请建筑队吃饭，场面铺得很大，父亲专门让人买回来一头猪。猪肉当然得搭配本地苞谷酒，一块钱一斤，纯粮食酿造，度数高，不上头。才下去两碗，工头就向工人们打招呼：明天要干活，都不要喝了。正在兴头上的工人们面面相觑，咬牙瞪眼看着工头。这时一个声音在食堂西边的角落响起：难得一顿，要尽兴嘛！工头转身一看，那头卢开智满脸通红，工头手指隔空一戳，说：干活懒散，吃饭大碗，你还有脸说？马上放下碗给老子滚回去。卢开智酒碗往桌上一掼，脖子一梗，说：你是资本家吗？资本家都比你好。工头眼一横，撩起衣袖就准备冲过去，父亲一把拉住了他，慢条斯理地说：他说得对，要尽兴嘛！工头努力挤出一线笑，两手一摊，说：许校长，你的活儿，你说了算。

那晚父亲喝了不少，拉着同样步履踉跄的卢开智到家里，他们俩先是坐在我家破了洞的沙发上骂工头，父亲又红着眼描绘无双中学未来十年的远景规划，他们还花了一个多小时聊周树人，意见大都不合，几乎是在争吵中结束了这个话题。

卢开智打了个哈欠，站起来，我家沙发发出了"唧"的一声长叹。他说：该回去睡觉了，明天贴外墙砖，还要挑灰浆呢！父亲喊住他，从里屋拿出了一副围棋，吹了吹棋盘上的灰尘，说：来一盘？卢开智一看到棋盘，眼睛直勾勾盯着父亲问：校长还会这个？父亲怅然一叹：无双镇地窄人稀，我十年未逢敌手。

父亲执黑先行，落下一子说：就一盘，不影响你明天挑灰浆。

卢开智盯着棋盘摇了摇头说：有棋下，管他妈啥子卵灰浆哟！

父亲哈哈大笑，说：还是第一次听你娃开黄腔呢！

卢开智缩缩脖子，其声如蚊：酒壮怂人胆嘛！

确实不影响挑灰浆，棋局半小时就结束了。无双镇的独孤求败和四川内江建筑工程队的灰浆工人卢开智酒后对弈，行棋未到中盘便投子认负。胜者摇摇晃晃离开后，父亲盯着棋盘足足看了一个小时，还自言自语：为啥子输得这样快哟！

从大门口挪到电视机前排，卢开智花了一个月时间，坐在第一排的灰浆工人显然还不太适应，看一集《包青天》要调整五六次坐姿，总觉得如何摆放都不合适。只要我一打开里屋的门，他就一下绷直身子，满脸期待问：哪道题不会？

他做题时不看我，也不问我，低着头自顾演算，一算就写满好几张草稿纸，很多字母和公式我都不认得，我们数学老师也不认得，做完了他也不问我会不会，用笔勾出一个最简单的答案给我后就回到电视机旁。

那天电视里播的是《包青天》的最后一集，外面展昭带着王朝马汉正和奸臣决战，叮当乱响的兵器撞得人耳膜发麻。卢开智正低头给我演算一道几何题，其间他抬起头嘿嘿一笑，说：恁个久，总算遇到一道拐了弯的题目了。

我歪着脑壳看着他，他突然抬起头问：有啥理想不得？

我说：当无双镇镇长。

他说：就这个？

我说：出门有吉普车，顿顿有酒喝，安逸得很。

他想了想，说：读书呢？有啥想法不得？

我说：想考个电力学校，出来分在供电局，当电老虎，工资比镇长还高。

他说：其实你还可以有更高远点的想法。

我说：那我就上高中，考最好的大学。

我问他：你晓得最好的大学是哪所不？

他说：是不是最好不敢说，但是我觉得校园里应该有湖，湖边还得有松，古松，古画里头才能见到的那种。

我说：具体点嘛！

他笑了笑，说：走之前一定告诉你。

教学楼眼看竣工在即，不料还是被突如其来的事情延缓了进度。

这段时间无双镇发生了两件事，一大一小。

先说小事：镇西头的一个郎姓个体户打了镇文化站的干事，原因不得而知，反正打得挺狠，全家齐上阵，文化干事的肋骨断了好几根，文化干事走路一直都挺拔，经此一劫，撒泡尿都得猫着腰。

再说大事：派出所所长把配枪搞丢了，要命的是弹匣里填满了子弹。

丢枪的原因众说纷纭，比较可靠的说法是派出所所长去镇上酒馆喝酒，回家路上醉倒在马路边，迷迷糊糊中有人把枪给拿走了。县刑侦队下来调查，详细盘问了所长丢枪的过程。所长揉着浮肿的双眼很肯定地表示，虽然当时迷迷糊糊，但他可以确定拿走配枪的绝对不是本地人，无双镇谁脸上有颗痣子他都一清二楚。

理所当然，外来建筑队成了重点调查对象。

盘问地点在初一（3）班教室。

我躲在窗户下面偷听了他们对卢开智的讯问，也只听了对他的讯问，其他人我才懒得管。

两个民警先问了姓名、年龄、性别、籍贯、民族，然后进入正题。

民警：六月九号晚上七点到十点之间你在哪里？

卢开智：在床上看书。

民警：看书？

卢开智：《我的世界观》。

民警：没问你世界观，问你在干哪样？

卢开智：我说我看的书名字叫《我的世界观》。

民警：哪个可以证明？

卢开智：狗屁！

民警一声怒喝：你说哪样？

卢开智：哎哟！对不起对不起，我是说翻译水平。

民警：问你哪个可以证明你在看书？

卢开智：嗯！我都盯着书了，具体点不出名字。

盘问时间不长，两个民警估计很难把眼前这个风大都能带走的人跟一把冰冷的制式杀伤性武器联系起来。

最后喊来派出所所长，前前后后上上下下左左右右打量了一番卢开智后，摇着头说：拿我枪的日绝户没戴眼镜，狗日的是个络腮胡。

接下来，镇上唯一的络腮胡被警察带走了，他是镇上的铁匠。传言很快就在镇上传开，说枪是铁匠拿的，熔掉后做成了锅碗瓢盆。

六月的无双镇空气里弥漫着黏稠的沮丧，唯一值得高兴的就是无双中学教学楼最终顺利竣工了。教育局基建科科长带着人仔细检查了一通，微笑着对父亲说这是他见过的质量最好的教学楼。父亲笑逐颜开，又把母亲刚刚养了半年的一只母鸡杀了招待科长，科长抹着油嘴对父亲说：楼再好也只是硬件，老许啊！软件得跟上，升学率冲进全县前三，才对得起这栋楼。

六月末的阳光照在新落成的教学大楼上。教学楼三层高，外墙有雪白的瓷砖，反射着白晃晃的光芒，气势力压镇政府办公楼。父亲站在大楼前，对建筑队一拨人表达了感谢，他两手叉腰，看样子是想说些豪言壮语，突然教导主任跑来对他说县教育局来电话，要他马上去县城开个紧急会。

父亲点点头。

教导主任脸上有了难色，说：你接下来有两节初二（3）班的语文课，我查了一下，所有语文老师都在课上，这个咋整？

父亲指着卢开智说：你去给我代两节课吧！

卢开智往后退了两步，慌忙摇手。

父亲说：正好上到《狂人日记》，就按你的想法上。

教导主任表达了他的担忧，说这厮毕竟不在编制内。

父亲指着自己的鼻尖说：首先我是校长；又指着卢开智说：他能不能上我心里有数。

满头水泥灰、双脚泥汤水的建筑队灰浆工人走进教室的一瞬间，当即惊起一滩鸥鹭。倒不是同学们以貌取人，关键是建筑工人介绍自己时都显得脸色惨白、惊魂未定。

他介绍周树人时才镇定下来，两手撑在讲桌上，先讲了大先生和弟弟以及弟媳的公案。

八卦总能让人聚精会神。

接下来，他在黑板上写下《狂人日记》的标题。灰浆工人没有立即进入课文内容，他先说了一个古怪的名字：尼古拉·亚历山大罗维奇·杜勃罗留波夫（这个名字当时我是没法记住的，很多年后查阅资料才搞清楚全名）。灰浆工人说这个名字很长的人有个观点，文学必须强调真实性和人民性，人民性表现得最充分的地方，也就是生活的真实性最充分的地方。灰浆工人说要反映人民的思想、感情、意志和愿望，就必须抛弃偏见，努力走进他们的精神世界，这里的他们，就是你们无双镇上的每一个人，也包括在座的你们。体验你们的生活和感情，只有平视，也只能平视，才能表达出你们真正的情感，而这种表达如果带有哪怕一丁点认知上的优越感，都是不真实的。

消化这段话，我花了整整十五年的时间。

那堂课具体讲了什么我只能记个大概，但是短短四十分钟，我们初二（3）班的所有人见证了一个灰浆工如何从结结巴巴到自信满满。讲到最后，卢开智把满是尘灰的头发往脑后一拢，大声说：最后送你们一句话，不要相信眼睛和耳朵，要相信脑髓，脑髓才是人最后的篱笆。

从县城回来，父亲让母亲准备了几个菜，打算把建筑队几个管事的叫到家里喝一顿酒。给工头表达了这个意思后，父亲随口说：把他也叫上吧！

工头问：哪个？

父亲：眼镜呀！

工头愣了一下说：肩不能挑，手不能抬，喊他干啥。

父亲依旧坚持，工头只能点点头，临了还小声嘀咕：没得他，活儿怕早他妈干完了。

父亲点点头，说：干活儿他确实不行。

包工头手一摊，说：都跟我们干了三年了，还是这个样，早晓得是这个样子，三年前狗日的找到工地上来的时候我就不该要他。

晚饭还没上桌，卢开智先来了。他身上还是那件窄瘦的西装，还洗了头，一股子洗衣粉味儿。进门他就探头探脑问父亲：你家儿呢？我在里屋应了声，他轻轻推开门走进来，拍了拍我的肩膀说，活儿干完了，明后天就得走了，以后作业只能靠自己了。

他从西装口袋里掏出一张纸，展开递给我。我接过来，纸上画了一座拱门，清式皇家风格，门上悬着一块匾，匾上无字。

送给你的，他说。

还没来得及细问，父亲在外喊他上桌。他笑着又拍了拍我的肩膀，便转了出去。

那天是父亲这些年来最快乐的一天，从头到尾都在笑。他们一直喝到深夜，几人才跌跌撞撞离开了我家。

父亲站在月光如银的星空下，一直目送着他们走进临时宿舍。

现在我时常会想起父亲，他的颓伤，他的感奋，他的激越，他的哑默，这些都算常见，也能具体到很多不同的场域。唯独他的惊惶，我只见过一次，因为次数极少，所以想起父亲，总是从那天他的惊惶开始。

酒局次日是个周末，天气很好，我睁开眼就看见了太阳，它卡在我家窗棂上，散着淡淡的柔光，不晃眼，也不灼人。我翻了一个身，想睡个回笼觉,刚闭上眼,父亲咣当一声推开大门,冲进屋子朝着母亲大声喊:拐了拐了,天,咋个会这样嘛?他的声音短而急,充满了惊惶和无助。

还没等母亲发问,父亲嘶哑着说:卢开智死了,狗日的卢开智死了。

卢开智躺在无双镇镇西松林里的湖泊边,那件又短又窄的西装盖在他的脸上,一条黑色的血线沿着湖岸一直向远处延伸,风一过,密集的古松发出呜呜的声响。县里下来的法医用解剖刀剖开了他的胸膛,将他的心肝脾肺掏出来挨个检查了一遍。法医把内脏塞回去缝合好,站起来对几名警察说:典型的贯穿伤,子弹从左胸射入,半扇肺叶碎裂。法医又举起沾着黑血和泥土的弹头,说:近距离射杀,人没有立即死去,试图爬出森林求救,终因伤势过重死在了这里。

法医朝林子深处看了一眼,说:短短一百多米,他起码爬了三到四个小时。

后来听说经过弹道检测,那颗子弹正是从派出所所长搞丢的那把五四式手枪里射出来的。

那把枪此后再也没有出现过。

父亲顶着灼热的阳光从林子里慢慢走出来,他的脸上除了汗水,还涂满了哀伤。这时候工头走过来对父亲说:许校长,我们在贵阳三桥还有活儿,明天一早就得到位,你看这事情咋个整?父亲说:你先通知他的家人吧!工头摇摇头,说:要晓得我早通知了,三年了,我们也没搞清楚他具体是从哪儿来的,只晓得是四川的。总得把他埋了吧?父亲说。工头怔了怔,从兜里掏出一沓钱递给父亲,说:恐怕只能麻烦你了,我们实在没法子,这是他的工资,一共二千一百六十四块八,几个老乡合计了下,给凑了一千块钱,一起交给你,买口薄皮棺材开个路,或者挖个坑扔进去盖个土,你看着办。

父亲把一千块钱还给工头，说：我们这里物价低，他的工资够埋他了。

无双镇的黄昏很短，眨巴一下眼睛就没了，不过血红的残云却一直都在，月亮起来了，血红的残云还悬在天边。

初二（1）班的教室变成了灵堂，很多老师反对这样做，说教室是教书育人的地方，这样敲锣打鼓成何体统。父亲没有争辩，最后还是教导主任站出来力排众议，说：校长都说了，只需要一个晚上，做完了收拾成原样就行了嘛！

道士先生是从邻镇找来的，他跟父亲说：开个路也行，但需要个孝子送行。

父亲两手一摊，指着躺在教室中间的人说：哪点来的都不晓得，哪来的孝子嘛！

父亲说完转头看着我。

父亲干咳一声对我说：他教你做过题，名义上也算老师了，一日为师，终身为父，你就给他戴回孝吧！

我和父亲蹲在教室外面烧纸，他正了正我头上的孝布，说：去给他磕个头吧！明天一早就要抬出去埋了。

我们慢慢折进教室，道士先生在对着经书念经，我站在道士身后，发现他一直在偷工减料，念错字就算了，还夹着页翻。站了好一会儿，我拍了拍道士的肩膀，指了指门板上躺着的卢开智对他说：他识字的。道士一怔，看看我又看看门板上的人，小声嘀咕：难怪戴副眼镜。然后他正了正身，把经书翻到了第一页从头开始念。

我双膝一软，跪了下去，水泥地有些凉，凉意从双膝处上下蔓延。我抬起头，看见了那张脸，有些胡楂儿，眼镜片磨损得很严重，脸色乌黑，嘴唇都是黑的，还有那件西装，实在太小了，完全裹不住他的身体。

我确定他是死了,那些公式,那些符号,那些将父亲按在黑白世界里使劲摩擦的奇思妙想,那些藏在他脑子里的秘密,跟着他一起死去了。

此刻我只希望能把他埋掉,越快越好。

父亲花了一百二十八块钱和一条过滤嘴香烟,请镇上的风水先生找个下葬地。风水先生很敬业,带着父亲一直从清晨跑进黄昏。余晖中,风水先生抹掉额头上细密的汗珠对父亲说:两个地方,一个在山那头,状如蛇鳝,弯曲而长,体势柔顺,前有笔架砚台,后有扶椅倚身,典型文曲地,后世定能金榜题名,科举高中;另一处就在我们脚下,也算好地,但普通了许多,后世最多也就衣能暖其身,食可果其腹。

父亲想了想,叹口气说:就这里吧!

下葬那天,镇上铁匠赶来蹲在新坟前烧了一沓纸钱,他说要不是这一枪,他恐怕还在看守所呢!头七那天,父亲带着我给他坟前送去了火种,把他的铺盖和几件换洗衣服烧掉,父亲还给他烧了一套新买的西装。父亲说:根据他的身板,估计还是买大了。沉默一阵,父亲又说:大了总比小了好。

从那天开始,无双镇连续下了两个月的雨。我依旧在里屋做作业,父亲还在客厅看电视,包青天走了,许仙和白娘子在西湖开始了人蛇恋,刺耳的喧闹没了,只有父亲连绵起伏的鼾声。我照例有很多不会做的数学题,数学老师每次看到我的答案都会长舒一口气。

只是我的父亲,从此变得沉默了。

父亲一直都不明白,那个夜晚,来自四川的灰浆工为啥会出现在镇西松林的湖泊边上。

**补记:**

新冠疫情肆虐的第二年,我接到了父亲的电话,说当年卢开智下葬的地方要修高速公路，涉及迁坟，镇政府打听到卢开智是父亲当年负责埋葬的，要他去处理迁坟的相关事宜。电话里父亲表示他身体实在不好，让我回去处理这件事。我当时正开着车穿过北京的街头，摁掉电话，我花了很长时间才想起那张戴着断腿眼镜的面孔，他站在那个冬日的雪地里，远远看着我笑。

车经过海淀区时，我看到了当年卢开智画中的那座拱门，清式皇家风格，正门上悬着一块匾，匾上有四个字。

原刊《天涯》第1期

# 昙花现

黄咏梅

阳台那里有一个区域，信号一定会不稳定。有可能是那根粗大的廊柱，挡住了网络通行。这是父亲的判断。不过语音竟然不受影响。从疫情开始到现在，两年不能回家，视频通话变成我的必修课。做惯家务的母亲动手能力强，加上比父亲年轻几岁，她操作手机更流畅，提及家里每个角落每件物事，她都能准确移动镜头让我看见。她每次非要炫耀她种的花，一说起，就动身晃去阳台，手机扫向凌空加盖的那排花架子，月季、海棠、石斛兰、绣球花……运气好的时候，镜头会定格在一朵绛色的月季花上，背景是河对岸绿茵茵的榜山，看着像一幅画。但大概率画面会停留在她脸上某个松垮垮的局部，或者一排锈迹狰狞的铁栏杆。

"妈，别往阳台走。"我对着手机大声喊，像来不及阻止一个人踏进路边的水洼，眼睁睁看她麻利地拉开那扇镶嵌着隔音玻璃的移门，又迅速关上。

这一次，镜头刚好停在晾衣竿一端挂下来的几只年代久远的竹篮。闭着眼睛我都能认出那里用牛皮纸包着的草药，凤尾王、一点红、百花草、蒲公英、车前草……

"林姨妈走了。"母亲的声音从几只满当当的竹篮里跑出来，跑到一千多公里以外我的耳边上。

"我知道，妈你说过了，是在养老院。"

频繁视频，我们已经没有什么话题可聊，不像真的坐在一起，围着工夫茶盘，东扯西扯，就连微微感受到空气中湿度加重了，我们都可以一起抱怨今年的"黄瓜季"过于绵长，导致人酸软无力，然后顺着这个话题交流去湿养生的做法。我们相聚的时间多半是这么度过的。屏幕画面有限，一周或两周甚至更早以前说过的话，又经常被当作新的事情被母亲说一遍两遍，倾听很考验我。要是有耐心，我会装作第一次听，间或还提些已经知道答案的问题，但多半我会像现在这样，简单总结，试图阻止她主题不集中的絮叨。

"嗯。她好像知道自己要走，给我打电话说，阿莲，我要回家了。我问她是不是小坚要来接她回家，她没说是，也没说不是，又重复两句，我要回家了。之后电话就断了。不像是挂断的。养老院那里信号总是不好。"

第一次讲这些的时候，母亲尽力克制，哽咽得像个孩子。我比她更早流下了眼泪。母亲自责在电话断掉以后没回拨过去。她反复强调自己以为林姨妈说的回家，是指小坚来接她回家过中秋，就想着等过两天，中秋节再给她打电话，毕竟她接电话的时候，锅里正处于小火转大火的收汁阶段，她怕搞焦了那只花一下午工夫卤起来的猪肚。她们之间从来没有什么要紧的事情要急着打电话，几十年都没发生什么要紧的事。母亲责怪自己现在很没用，已经不能同时做两件事。

"我哪里知道,她说回家,其实是走。"已经过去两个多月了,母亲说得平静。我也静静在听,眼睛盯着屏幕,希望信号如同福至心灵,会跳出母亲的脸。可那几只静止的篮子一动不动。

"妈,翻篇吧,不要再去想这些负能量的事。"

不记得从什么时候开始,父亲将一些不好的消息统统称为"负能量",要求我们的通话避开负能量,恨不得在耳朵外竖起一根粗粗的廊柱。对于七八十岁的老人们,不好的消息无非就是生病和死亡。这些年,陆陆续续从他们那里听到的负能量,多数来自他们认识或者知道的远远近近的人。与其说害怕这些负能量会影响血压、脉搏的数值,不如说是害怕负能量的残酷本身。中年以后,我也不知不觉害怕残忍的事情,在手机上看网剧,遇到诛心的情节,会不由自主拉进度条跳过。

"嗯,你爸在书房。"我忽然意识到母亲跑到阳台的廊柱后边,不是为了重复讲林姨妈的去世。一下子心被揪了起来。说到底,害怕听到他人的负能量,不就是害怕负能量最终降临我们自身? 我担心那里微弱的信号支撑不了母亲的吞吞吐吐。好在,那几只篮子虽然纹丝不动,但母亲的声音还很连贯,除了一些地方是因为她本人的停顿。

母亲是求我做件事——找一找钟俊仁,如果他还在的话,"告诉他,林姨妈回家了……但是要让他明白,她是走了,时间是二〇二一年九月十六日,酉时。"

我的几个姨妈当中,林姨妈最好看。母亲一直是承认的。她们当年一起从农村被招到文工团,到各个区县演样板戏。不是科班出身,但都在十七八岁的年龄,学东西也快。林姨妈必然是主角。《红灯记》里她是铁梅,母亲是慧莲,而徐姨妈和王姨妈因为骨架宽大、肉多、显老，往往只能轮流化装演李奶奶。《红色娘子军》里，林姨妈是吴琼花，她的腿又长又直，"向前进，向前进，战士责任重，妇女怨仇深"，她稳立舞台中央，腿绷直抬高，一点不影响脸上昂扬的表情，母亲她们几个则站边边，矮下去半截，腿潦草上踢。林姨妈身材比例好，腰短，腿长，脖子细，穿肥大无形的土布衫都好看，又有一张小鹅蛋脸，化妆最省心。母亲说，她最费事的是眉毛——样板戏要求一字粗眉。林姨妈的柳叶眉是她的苦恼。我看过林姨妈演戏的照片，只觉得她五官精致，哪里都好看，唯独那道粗黑的眉毛突兀，好在底下有一双明眸救场。在她们几个人的生活合影照中，即使不站在中心，我也能一眼确认林姨妈的主角相。我母亲仅有过一次主角时刻。因为长得的确蛮像陶玉玲，她在《霓虹灯下的哨兵》里捞到了演春妮。

主角往往会遭到嫉妒，但林姨妈和配角们玩得很好，她们的友谊跨越半个世纪。文工团解散之后，她们得到了样板戏的回馈——安排进城里工作。林姨妈在棉纺厂，徐姨妈在印刷厂，王姨妈在工人医院，而母亲因为早在进城前嫁给了父亲，作为家属被安排到了政府后勤处。四个人按着时间给出的剧本，各自演着人生这出大戏，结婚生子，工作至退休，继而含饴弄孙。那些样板戏的岁月，仅作为几张黑白照片存放在各家的相册或抽屉里。父亲书桌的玻璃板下，压着母亲演春妮的一张后期放大处理过的黑白照片，不过已经不完整——围巾、额头、脸颊、脖子以及斜襟扣子系得紧紧的胸部，这些地方都被我和弟弟的彩色照片盖住了，而我们那些彩色照片又陆续被他们两个孙儿的搞怪大头贴盖住了大半。

林姨妈跟我母亲最亲密，她是我家的常客。她挨着母亲窃窃私语的样子，倒像她是母亲的妹妹，实际上她比母亲大一岁。奇怪的是，我并没有遗传到母亲对林姨妈的亲密，整个童年我最怕见到她——她的到来必然伴随一个热烈的见面礼，这种热烈不见得是有多喜欢我，而是进他人家门那一刻的开心。她抓住我，像啃苹果一样，口水印在我胖嘟嘟的脸颊，接着又从正面乱亲一气。我肯定是挣扎躲避过的，但这讨厌的见面礼几乎伴随我整个童年，等我长到有足够的力气，能让她感到我的挣扎是认真而不是出于小孩子的忸怩，她才停止这样做。有一次，林姨妈开玩笑问我："妹妹，分了新班级，同桌男同学好不好看？"我大方地点点头。她又问："有多好看啊？"我恶作剧地大声喊："像钟俊仁那么好看。"那时，我已经不止一次从母亲与林姨妈的窃窃私语中听到过这句话。林姨妈用手把整张脸捂起来，手心里传出一阵咯咯咯的笑声，像是在害羞，笑过之后，忽然将我一把拉到她的腿边，不顾我的挣扎，对我一阵乱亲。她亲得很用力，好像怀着某种善意的报复，又好像在我脸上撒娇，嘴里咬牙切齿般喊出钟俊仁这个名字。

"妈，林姨妈嘴巴好臭。"我终于确认我的不适来自那些口水的臭味。我小时候有一些奇怪的逻辑，比方说看到满脸皱纹的老人，我会悄悄对母亲说，这个老爷爷好痛唉。同样，林姨妈的口臭让我认定她总是不开心，甚至觉得她身体里藏有什么东西在腐烂。

"你林姨妈白长了一张好脸壳。"母亲认为林姨妈不经营自己，更不经营家庭。样板戏主角在台上演着别人的人生，催人振奋，台下却一塌糊涂。但这反倒使林姨妈和母亲她们之间构成了一种平衡，她们和谐安好一辈子。她们时常聚会，各自牵着两个或三个孩子，呼呼喝喝，鸡飞狗跳。只有林姨妈单丁独户，偏坐一侧，瘦瘦的两腿间夹着一个同样瘦瘦的小萝卜头。小坚向来不合群，融入不到我们这些时而合作时而互相抢地盘的孩子中间，他咯嘣咯嘣咬完一块水果硬糖，就开始闹着要回家找爸爸，嘴里被塞进一块新的水果硬糖才消停。塞多两次，他不干了，脸埋在林姨妈腿上故意使自己憋气，两只手在林姨妈身上抓来挠去。林姨妈一点办法都没有，只得草草收兵回家。她们说，小坚好像不是林姨妈生的一样，养不熟，也治不住。林姨妈根本没有心思研究出对付小坚的办法，同样，她也没心思研究出跟林姨父家和万事兴的秘诀。那个沉默寡言的林姨父，一辈子在生产资料局工作，凭票购物的时候有过点小权力——我们家第一台黑白电视机，就是托林姨父拿到票买的。新旧世纪交替之际，单位转企，毫无斗志的林姨父干脆提前退休回家。林姨父总是一个人到河边小公园看人下象棋，间或按捺不住低声发几句议论。像小坚一样，林姨父也没能融入棋局作为对弈的任何一方。他和林姨妈各玩各的，直到最终先于林姨妈独自走上黄泉路。

　　二十世纪七十年代，"独生子女"这个词还没有被造出来，只有一个孩子的家庭，时常被人暗戳戳地揣测问题出在男方还是女方身上。林姨妈生下小坚，刚出月子，就跑去工人医院找王姨妈，瞒着林姨父做了结扎。我母亲知道这事后，把王姨妈大骂一通。王姨妈说："你来拦拦看？林莉这个癫婆，死都解不开那个结。"她一遍又一遍搬出钟俊仁来说："你叫我怎么劝？"母亲一听，怒气顿时变成叹气。

　　那只节育环早早地在林姨妈子宫深处套上了一个结，就好比现在一个已婚人士把一枚戒指套在了无名指上。只不过，这种宣誓的形式不是出于爱，而是——拒绝。因为身体里的这枚"戒指"，林姨妈跟林姨父关系变得很糟糕。有段时间，林姨妈像是把家当成旅舍，一到晚上就爱跑我们家。有时给我妈的家务搭把手，更多会坐在窗下一张板凳上，默默地织毛衣。母亲没工夫理她，父亲在书房写领导发言稿，我和弟弟趴在桌子上写作业，差点忘记了屋子里还有个林姨妈。到我们准备刷牙洗脸睡觉了，她才理平针脚，毛线团一卷，小篮子一装，塞到板凳底下，伸个懒腰，好像刚结束夜班收工。隔天，她又来我家上"夜班"。

中秋节晚上，林姨妈也照样来。月亮还没升起，她就拎着用油纸包的四只大月饼和一网兜柚子，直接爬到天台等我们。那时我们住在宿舍楼最顶一层。我家门口往上还有一截楼梯，尽头是一扇虚掩的小木门，从小木门走出去是个公共的天台。除了邻居偶尔趁天好爬上来晒晒被子，这里几乎属于我们家自用。母亲施展农民出身的本领，在天台四周用大大小小的花盆种满了蔬菜，中央搭起一个高高的瓜架，丝瓜、苦瓜、葫芦瓜、葡萄……藤蔓四处攀爬，绿叶密密麻麻隔出来一个小天地。父亲从家里牵出根电线，在瓜架上吊两只小灯泡，这里就变成了一个小茶室。天气好的时候，我们在地上铺席子，放张小茶几，坐到这个小天地里喝喝茶嗑嗑瓜子望望天。逢着节假日，父亲有空，检查我和弟弟背诵唐诗宋词，也在这里进行。"谁知林栖者，闻风坐相悦。草木有本心，何求美人折？"父亲最欣赏这几句，摇头晃脑单拣出来背。这些时候母亲是插不上嘴的，她只会简单的"鹅鹅鹅"。母亲指着夜空中那三颗等距排列的星说："看，扁担星，多平。"白毛女逃进深山老林，夜夜望星空，盼救星。林姨妈穿着破衣裳，一头披散的白发，对着夜空苦大仇深地唱。舞台一侧那棵纸皮糊起来的树梢顶端，挂着三颗整齐的红五星。团长在台下一看，蒙了，这一场，八路军还没杀到，哪里来的红五星？仔细又一想，后边出场那些八路军帽子上不是两颗扣子？谢幕之后，团长调查这几颗无中生有的星星，才知道，我那几个没文化的姨妈，为了增加舞台效果，请钟俊仁在部队仓库里翻出些褪色废弃的旧红旗，剪下三颗红星，用毛线整齐穿在一起。高高挂着的扁担星陪伴凄苦的白毛女。

样板戏从上边出发到区县，专业性会大大减弱，业余班子业余演出，在故事情节大方向不变的情况下，道具会因地制宜做些微调整，有时细节也会结合当地观众的喜好进行改动。比方说,《沙家浜》的芦苇荡在我们这里变成了一塘荷田,《智取威虎山》里座山雕的皮草大衣改成了我们这里有钱人穿的香云纱袄。类似这样的改动很常见,是为了更能引起当地观众的共情。反正这里的观众谁也没有看过正版的演出。但这三颗被姨妈她们发挥出来的扁担星,使团长大发雷霆,责令她们逐个写检讨书。

"这个死馒头,差点要给我们定性为'破坏革命样板戏'。"母亲笑着骂的那个人,我们经常见。中山电影院放映新电影时,等观众都在位置上坐好,我和弟弟到门口跟检票员讲:"馒头让我们来的。"要是还不给进,我们会绕到电影院的侧门,那里有间小屋子,馒头叔叔一准儿在那里面办公。他会赶在剧场熄灯前把我们领进去。在空旷的影院前厅,他挺着圆滚滚的肚子在我们前面小跑,腰上一串钥匙抖擞雀跃,如同我们看"霸王戏"的心情。退休后,姨妈她们经常约他在西江边饮早茶,杯盏一推,几个人打斗地主,轮番赢他的钱。

"妈,八路军帽子没有红五星的啊?"我弟弟那一阵的理想是当解放军,他拿母亲做衣裳余下的布条绑在小腿上,皮带在腰上一捆,深深吸着气,木头枪困难地插进皮带内侧,敬起军礼也是雄赳赳的。

"救白毛女的八路军是没有的。"母亲只记得戏里的服装。

父亲说:"八角帽才有红五星,国共合作后,红军改编为八路军,帽子正前方缝两颗扣子,是为了跟国民党军的帽子区分开来。"

弟弟就吵着母亲给他的帽子缝上两颗扣子。

比起父亲那些"小园香径独徘徊"的诗词,我更爱听母亲讲她们演样板戏的故事,台前和幕后,戏里和戏外。

天台的避雷针塔下,有块小平阶,林姨妈在那里扦插种下了两盆昙花。林姨妈不知从哪里听说,昙花好养,又可以入药,煲汤清热解毒,种昙花符合她的日常需求。这两盆昙花也是她经常来我家的一个理由。施肥，修剪枝叶，在林姨妈的精心照料下，它们长得比母亲种的菜还肥壮。每到夏天，叶子边缘会伸出一些长长的花苞。大清早，母亲给她的蔬菜浇水，翻开那些像海带一样肥厚的叶子，找到一朵垂头丧气软塌塌的花，咦，这朵昨晚开过了，好像刚发现昨晚那里发生过一些不为人知的事情。

　　总会有那么几朵昙花像是被林姨妈施下了魔法，准时在月圆时分开放。我从没见过昙花开放的整个过程。往往只看到，昙花挣脱紫色的衣裳，昂起头，好像下定决心要出来跟我们一起望月。它的嘴巴刚刚张开一个小口，我就呵欠连连。那些发誓要等昙花开的话，就像大人哄孩子入睡前的承诺。迷迷糊糊被父亲从天台上抱回床，第二天醒来记起，跑去看，那几朵昙花又整齐地扣好了紫衣裳，什么事都没发生似的，开花只是做了个梦，跟我一样刚醒过来。不过它们不再昂起头，泄了气般垂落在叶子下，远远看就像那里晾着我和弟弟的几双白袜子。

　　除了林姨妈，我们家没人看见过昙花开到尽头的样子。在我们小时候的那个年代，大家作息都还很"农民"，早睡早起。我们小孩子自然是抵挡不住瞌睡，父母那时候似乎也特别缺觉，绝对不会为一个月亮一朵花熬夜。但林姨妈对熬夜很不以为奇，好像在夜晚醒着是她练习出来的一个本领。她独自在天台守一整夜，等昙花开，又像是为了送走天上那轮圆月。南方的中秋夜，暑气仍盛，躺在席子上一夜到天明也不觉得凉。暗夜里，昙花与明月同色，因过于洁白亦有光一样的明亮。

　　"昨晚昙花怎么开的呀？"我们问林姨妈。

　　林姨妈表演给我们看。她将五个手指尖拢在一起，自己制造出某种节奏，一下，一下……直到将手掌张开到最大，每根手指仍保持微微的弯曲。"最大的时候，有我们吃饭的碗那么大。"

很多年以后，我在微信上看到有朋友发夜晚昙花开放的全过程视频。类似于孔雀开屏。在那洁白的花苞里，仿佛含着一股力量，先是挣开了紫红色的棱脊，接着冲破白色花瓣的重重包裹。绽放如同破裂。由于经过剪辑技术处理，五小时的花开过程，被压缩成一分多钟，但不觉得急速，倒使人安静地看到一种时光流淌的节奏。最终，视频定格在花开的极致处，果然"有我们吃饭的碗那么大"。

开过的昙花，林姨妈会将它们剪下，用毛线针在粗茎上穿个小孔，绳子一穿，倒挂在晾衣竿上，跟那些她不时从北山上、河滩边、公园里摘来的凤尾王、一点红、车前草、蒲公英、百花草、鸡骨草之类的挂在一起。等到晒干晒透，这些她称为"看门药"的东西，就会被逐样分成几等份，包在一种黄色的牛皮纸里。"看门药"在我家以及每个姨妈家的阳台上都挂着。我结婚后搬到现在住的家，阳台上也同样有，只是，在我的那些牛皮纸面上，母亲生怕我不会分辨，让父亲用钢笔分别写上了：凤尾王2015；一点红2015；车前草2018；蒲公英2019……

这一类常见的野草晒干后变成了"看门药"，它们分别负责一些常见的病症：凤尾王负责小腹坠胀、车前草负责小便不畅、蒲公英负责白带异常、鸡骨草负责口苦口臭……事实上，这些仅仅是林姨妈的常见病症。久病成医，她总觉得大家——主要指女人，都会像她那样，在戴上那枚"戒指"之后，仿佛就携带了终生不愈的妇科病，从小腹到腰到双腿的整个下半身，连绵不绝的酸酸胀胀，描述不准是什么滋味，总之是那种可以忍着不去医院的症状。

记得有一次，我生完孩子回家度产假，林姨妈专门拿一包金婴子来，吩咐母亲用四十度酒加红枣枸杞浸泡。每天饮半两，专门保养被胎儿伤害过的子宫。初为人母，我仍沉浸在婴儿奶香芬芳的甜蜜期，听到她用"伤害"二字，心里觉得印证了小时候对她母爱淡薄的判断。不过有一次，我突然感到小腹剧痛，母亲从阳台的篮子里扯了一把凤尾王，煮水，一大碗喝下去，症状竟很快消失。从此对林姨妈那些"看门药"有了些许迷信，虽然极少使用，还是会让它们挂在我家，看门。

我母亲认定，最终是那枚"戒指"要了林姨妈的命。对照自身，母亲甚至认为那"戒指"早已经腐烂在林姨妈的子宫里。五十二岁告别月经那年，母亲在父亲的陪同下，去医院将那枚戴了二十多年的"戒指"取下。本来以为是个门诊小手术，没想到，随着子宫的衰老、萎缩，"戒指"嵌入肉内，与子宫相连相生，需要用钳子将它一点点剥离。手术花两个多小时才结束。因为出血量大，母亲从门诊转到住院部，吊水消炎，前后三天才出院。母亲说，比任何一次生孩子都疼。她朝父亲乱发脾气，好像这"戒指"真的是父亲当年送给她的劣质礼物。父亲任由母亲骂，他向来严肃的脸上出现一种我几乎没怎么见过的坏笑。

经母亲这次经历的提醒，我那几个姨妈才忽然记起她们身体里的那枚"戒指"。日久年深，她们已经忘记了它的存在，如同忘记了自己年轻时的模样。徐姨妈退休后马不停蹄接连带大三个孙子，一直拖拉到六十多岁才有空闲想想自己的身体，多亏了一次剧烈不止的腹痛，检查出那枚戴了三十多年的"戒指"已经逃离她荒芜的子宫，跑进腹腔里试图继续寻求安居的沃土。幸而发现还不算晚，做一个腹腔的大手术后，徐姨妈说话的中气少去一半。"好在几个孙子已经念书了，完成任务了。"提起自己的身体状况，徐姨妈总不免这么说明。

但林姨妈一直都记得的。她的一生被它硌得酸酸胀胀，下半身状况迭出,但却从未曾想过将它取出,她与它共存到生命的最后一刻,直至将它带进坟墓。她的去世离奇,听小坚说,突然连着几天吃不下东西,人就没了。后来,养老院里有个母亲认识的护工,小心翼翼在电话里跟母亲讲:"你那个姐妹,刚走掉的那个林莉啊,一点不'突然'的。来这里之前就有子宫癌,不治疗,不让吃。儿子也没来管。难受了,就让我们护工帮忙煲点草药喝喝。癌啊,喝草药能喝好的?"放下电话,母亲哭一阵,骂一阵。两个姨妈知道后,也是哭一阵,骂一阵。

我以为林姨妈害怕怀孕是为了保持身材,就像现在很多女明星那样。

"你别忘了,林姨妈怎么说都是女主角,跟你们不一样的,她会在意自己的形象。"跟母亲逛街买衣服,懊恼一条裤子的加大码断货时,我不止一次这样打击过她那如同怀胎六月的大肚腩。

母亲哈哈一笑,一副云淡风轻的样子。"草台班子的女主角,谁还记得谁演过谁?"那些几十年前坐在台下看到过她们的人,用母亲的话来说,"多半已经入土的入土,老懵懂的老懵懂了吧。"

林姨妈吃再多再好都不可能胖。"这个钻牛角尖的人,怎么会胖?"母亲接下去又要提到钟俊仁。

掐腰的红衣裳,翠绿色的裤子,喜儿的大辫子扎上了红头绳。林姨妈把钟俊仁看痴了。作为当时地委书记的贴身警卫员,常常得以坐在前排看戏,谢幕接见演员的时候,他也在场。他近水楼台,顺利获取了林姨妈的芳心。在人们眼里,他们两个的确般配。无论什么时候,母亲讲起钟俊仁,即使往往带着一种惋惜的语气,都不忘赞美他的英俊。退休在家,母亲跟我一起看港剧《原振侠》,见到黎明出场,她会指着屏幕说,钟俊仁就长得像他,脸形和鼻子特别像。我曾经狂热喜欢过黎明,无数次想过,不知道什么样的女人才能嫁给他。要是我有一个这样的林姨父，我跟林姨妈会不会亲密一些？不过也有可能会更疏远，至少她不会以经常到我们家玩为乐。

在情感道路上跌跌撞撞，我拖拉到三十四岁终于出嫁，婚事定下之前，母亲有一次拉我进房间，关上门，那架势像是要独授我一份沉甸的家传之物。"妹妹，结婚一定是要跟自己喜欢的人。"仿佛一句经典的台词，母亲存了好多年终于说出口。

林姨妈没能跟自己喜欢的人结婚，原因在她。人生中某件重要事情出了一个错，好像之后容易一错再错。而对于那个时代的女人而言，没有什么比嫁人更为重要的事情了。林姨妈跟钟俊仁的恋爱在那个小县城是很轰动的，又因为得到地委书记的认同而有了极大的正确性——这其实在很多人看来可以列为光荣了。没想到，一九六八年，我们这一片开始武斗，两派对垒，地委书记错站在了"422"一派，钟俊仁不可避免跟着倒霉。

在一个明月皎洁的夜晚，钟俊仁拿着一张地委书记签署的结婚介绍信，跑来征求林姨妈的意见。那个时候，传言已经四起，大趋势大家也看清楚了。地委书记命运未卜，他此前所有的政绩都将被推翻甚至被视为反面教材，他的派系队伍即将溃散，有他名字签署的文件将统统失效。而林姨妈和我母亲她们，也已经听说钟俊仁将被"流放"到山区农场护林。时年二十七岁的钟俊仁向林姨妈拿出那封信，但并没有提及自己的明日厄运。他不提，她也没问。两个人，坐在被黑夜笼罩的小河边，隔着这张未被捅破的窗户纸。黎明到来之际，希望跟月亮一起隐去，失望渐渐日出东方。年轻的林姨妈没能正确地做出决定。我猜，"正确"这两个字，是跟我说起这事的时候，母亲自己加上去的。

在这张结婚介绍信作废之前，像是部署某个战略，由地委书记牵线，钟俊仁迅速跟另一个女人结了婚。一个黄昏，县长途汽车站的黎司机给母亲她们几个带来了一包喜糖，托运人是来自二百多公里以外松村农林站的钟俊仁。

"妈，这不能怪林姨妈，他不说出来，难道打算骗她结婚？"

"从来就没有人怪她，是她自己怪自己。"母亲苦涩地笑笑。

在母亲仅存的几张老照片里，有一张林姨妈和母亲、徐姨妈三人的剧照。林姨妈坐在铺满稻草的木板上，母亲和徐姨妈则分别坐在她的左右，大概是因为寒冷，三个人身体紧紧挨着，目光望着同一个远方，脸上却是那种夸张的坚定。这是在狱中临刑前话别。再说几句话，母亲和徐姨妈就会被国民党拉出去枪毙，独剩林姨妈一人，等待乌豆那一幕经典的刑场救人。《杜鹃山》，林姨妈演视死如归的铁血队女党员柯湘。她们演过很多场类似于这种表达坚强意志的戏。演得多了，好像感觉自己真的连赴死都不害怕。我母亲告诉我，有一个晚上，她们到梅花村演出，因为第二天一早要开大会迎接最高指示，她们连夜走三十几里的山路回县城，半途掉队了，她们举着仅有的一盏煤油灯，路过一片磷火乱飞的山坟地，她们大声唱着歌走过去，一点都不感觉害怕。可是那次，她们商量了一整夜，拼命劝阻林姨妈，再也不能回到松村那种穷山旮旯里生活了。她们更对那种穷及无望的生活感到彻骨的害怕。她们对"新生活"满怀激情和希望，坚强的意志在"新生活"的召唤下变得风吹草动，即使用爱情这种美好的东西也难以固定。

谁说不是？爱情从来就是生活的一种。仅仅是其中一种。

母亲在舞台上只演过一次爱情戏，就是她当主角的《霓虹灯下的哨兵》。春妮的丈夫——三排排长陈喜，被上海南京路的"香风"腐化，一度丧失革命意志，幸而最终被英雄感化，回归正确的革命道路。有一幕：陈喜嫌弃糟糠之妻，将他们的定情物——一只针线包，扔得滚落舞台。那只针线包是林姨妈一针一线做出来的，被母亲像勋章一样留下来，纪念自己的这次主角身份。小时候我时常偷穿母亲的衣服，在一只大大的樟木箱里见过它。红缎面上一只手绣的小鸟，展着灰色的小翅膀。

挂掉视频，不一会儿，我收到母亲微信传来的照片，不是原图——她总是忘记点下边那个小圈。但那张旧纸片上的字够大，够严肃，笔画不做潦草的勾连，好认：钟俊人邕县良宁镇自然资源所。我第一个反应竟然想笑。原来他的名字是这样的，几十年来，我一直很自然地认为是钟俊仁。要早知道是这样的"俊人"，估计每次听到我都会忍不住笑出来。我甚至怀疑，之所以隔着那么遥远的记忆，使得她们对他的俊美不减赞赏，多半是受这个名字的暗示。

为了腾出老房子给小坚二婚，林姨妈收拾好一些自己的东西，准备住到北山脚下的养老院。这张旧纸片就在这些东西里面。去养老院之前，她把它放到我母亲的手中。

"哪天我走了，想办法，告诉钟俊人。"这句话让我母亲伤心了好多天。她们在一起好了那么多年，互相帮忙的不过是些柴米油盐，芥豆之事，这张旧纸片就像一个即将奔赴"刑场"的人托下的愿望。母亲想起前半生她们一起演过的那些英勇故事，觉得这件事情非做不可。

我其实并不太抱希望，潜意识里还有些嫌麻烦。这不是一个电话打过去就能完成的。人海茫茫，大费周章去为一个已经离世的人完成一件事，其实只是为了告慰活着的人。何况是这样的一件事。这又算是一件什么事呢？

在电话里，我跟母亲兜来兜去，最后说出了我的心里话："妈，你算一下，五十三年了，五十三年间没任何联系的一个人，说不定他早就不在那个地方了。"其实我想说的意思是，说不定他早就不在了。但这话我不敢对一个跟他年龄相仿的人讲。

"我觉得不会。嗯，不一定会。她之前还去找过他。"母亲把声音压得很低，很轻。

我才忽然醒悟，这张旧纸片上的地址不是松村，不是那个把母亲她们吓怕的穷山旮旯。

"之前是什么时候？有电话号码吗？"我仍然希望一个电话能搞掂，或者加个微信搞掂。现在跟人联系，即使是一个陌生人，不需见面，在微信上也能说很多话，交代很多事。

"呃，只有这个地址。"母亲在心里算了一下，"林姨父去世那年，应该是二〇〇七年。"

我在心里迅速地算了一下。"妈呀，十五年前了唉，那还叫什么之前啊，妈，你这是什么时间概念呀……"十五年前，我的孩子才刚刚出生。

二〇〇七年，林姨妈偷偷跑去松村找钟俊人。谁也不知道她想干吗。她对母亲她们从没说过，直到她将那张纸片放到母亲手上。她也只是简单告诉母亲，她"之前去找过他"。那时，松村已经不存在了，合村并镇，钟俊人就在纸片上这个地址。现在，拉进度条一样，我从五十三年前前进到十五年前，要找到十五年前的钟俊人。即使时间"咻"一下缩短，我也觉得并不是件容易的事。

我默默在我的人际圈里搜索了一番，确定在邕市有联系的只有一个老同学，不过她的工作跟自然资源一点不沾边，她是个中学老师。硬着头皮电话打过去，简单把事情说了一下，装作好像为了找这个人我在很多地方已经说过很多遍似的。我认为她顶多只会帮我打几个电话，毕竟只是——这样的一件事。倒是反复回味刚才在那通电话里，我灵机一动，将钟俊人这个人定义为"我姨妈的前男友"。老同学还以为要找的是这个单位的在职人员,觉得难度不大,答应得也干脆。不过,当我接着说出他的年龄。她沉默了好一会儿,最后改口说:"那我帮你问问,我尽力啊。"

这事要不是身处其中,外人总归是会觉得过于戏剧性,能否做成,但也不是编剧说了算。

那通电话后,几天没消息。有一天傍晚,在社区做核酸,工作人员扫一扫我的健康码,一个机器里立即准确地念出了我的名字。我的心里亮了一下。

按照我提供的思路,那个老同学找到了她一个学生的家长,这个家长在邕县卫健委工作。果然,几天之后,万能的大数据让我们锁定了生于一九四一年的钟俊人。他属于良宁镇一个叫益民社区的网格管理范围。

我添加了一个微信名为"人在旅途"的人,头像是有山有湖的风景。此人是良宁镇平安养老院的院长。对于我和母亲来说,"人在旅途"现在是这个世界上离钟俊人最近的人了。在我的微信朋友圈里,居然有几个人不约而同叫"人在旅途",有男有女。如果不是及时添加备注,我根本分辨不出谁是谁。他们平时不怎么发圈,一到周末,美景美食几欲刷屏,各种节假日会分享官方制作的贺卡。我猜,"人在旅途"也属于这类中年人。

加上不到一分钟,"人在旅途"发来一张照片。他老得不像一个刚跨入八十岁的人。要是按照我小时候那种奇怪的逻辑,这个人一定会被我列为"好痛唉"的那类。除了因为肉少而倔强挺直的鼻子,他脸上每一个地方都塌下来了。不过他花白的板寸头,让我确信他就是我要找的钟俊人。这一点跟母亲多年来对他的描述是吻合的。吸引我注意的是,在他长满老年斑的手上,竟然拿着一张报纸。从他的姿势上看来，拍照是为了使镜头更好地展示这张报纸。

这张照片不是特意为我拍的。每个月，"人在旅途"都会为那里边的老人拍这样的照片，然后上传到社区街道办的一个系统，照片被确认后，这些老人才能领到每月八十元的养老补助金。疫情的缘故，本人没法前往街道办确认身份并领取八十元，"人在旅途"每个月就多出了这么一桩任务。像道具一样，他们手上会拿着一张当天的报纸，上边的日期就是他们当月活着的证明。

"他只认得出少数人。脑萎缩啦。""人在旅途"用语音发给我。她果然懒得打字。

我将照片转给母亲。隔了很久，母亲才给我回电话。"怎么那么老了啊。好像真的是他，眼睛和鼻子都像钟俊人。"

又过了一阵。"人在旅途"发来一段视频。时长一分三十七秒。

跟我想象的不相上下，"人在旅途"的确是个中年妇女，肥胖。唯一称得上特征的是她的穿着——一件紧身的橙色毛衣，一条黑白竖条纹的阔腿裤。她一出现便夺走了我的注意力。

她凑近椅子上的老人，嗓门很大，说出了我写给她的那段话。

"你还记得林莉吗？"她跟我说过，钟俊人是那里边唯一一个讲普通话的老人。好在，她的普通话讲得还行。

在养老院做久了，"人在旅途"很能把握跟老人说话的节奏。她停顿了一下，看看他的反应。

"嗯，是的，住在梧市的那个林莉。"我不清楚她是怎么能接收到他表达过"是的"的意思。我一点都看不出他有任何反应。

"林莉有个亲戚，让我告诉你，林莉回家了，时间是二〇二一年九月十六日，傍晚六点左右。"在我写给她的那段话里，在"酉时"的后边，我用括号注明"傍晚六点左右"。看到她这么讲，我竟生起一丝得意，仿佛相比整件事，我更期盼这个地方的出现，更为自己的用心感到满意。

"人在旅途"又停了下来。这次停得比上一次久一点。

"你听懂了吗？林莉过世了。林莉过世了，听懂了吗？"

说完，她指了指我这边，让他看过来。他的眼睛就看向我了。我突然感到有些慌乱，好像他真的能看见我。好在，他那双深凹下去的眼睛，一如往常只能看见他所身处的熟悉的周遭，那些将伴随他到达人生终点的时间、地点和人物。他脸上的迷茫没有一丝改变。想到这个，我顿时释然。

视频结束了。那么短，短到我都很难在它底部的进度条进行拖曳。一拖就到了开始，或者到了结束。它并非像人们回忆中的时间，自成节奏，有的会被无限压缩，有的会被尽力拉长。

原刊《钟山》第1期

# 俗世奇人新篇（节选）

冯骥才

## 万年青

西门外往西再走三百步，房子盖得就没规矩了，东一片十多间，西一片二三十间，中间留出来歪歪斜斜一些道儿好走路。有一个岔道口是块三角地，上边住了几户人家，这块地迎前那个尖儿，太小太短，没法用，没人要。

住在三角地上的老蔡家动了脑子，拿它盖了一间很小的砖瓦屋，不住人，开一个小杂货铺。这一带没商家，买东西得走老远，跑到西马路上买。如今有了这个吃的穿的用的一应俱全的小杂货铺，方便多了，而且渐渐成了人们的依赖。过日子还真缺不了这杂货铺！求佛保佑，让它不衰。有人便给这小杂货铺起个好听的名字，叫万年青。老蔡家也喜欢这店名，求人刻在一块木板上，挂在店门口的墙上。

老蔡家在这一带住了几辈，与这里的人家都是几辈子的交情。这种交情最金贵的地方是彼此"信得过"。信得过可不是用嘴说出来的，嘴上的东西才信不过呢。这得用多少年的时间较量，与多少件事情较真，才较出来的。日常生活，别看事都不大，可是考量着人品。老蔡家有个规矩，从早上日出，到下晌日落，一年到头，刨去过年，无论嘛时候，店门都是开着的，决不叫乡亲们吃闭门羹。这规矩是老蔡家自己立的，也是立给自己的；自己说了就得做到；而且不是一天一月一年做到，还得十年二十年三十年做到，没一天不做到，或者做不到。现在万年青的店主是蔡得胜，他是个死性人，祖上立的规矩，他守得更严更死。这可是了不得的！谁能一条规矩，一百年不错半分？

这规矩，既是万年青的店规，也是老蔡家的家规。虽然老蔡家没出过状元，没人开疆拓土，更没有当朝一品，可是就凭这天下独有的店规家规，一样叫人敬佩，脸上有光。老蔡走在街上，邻人都先跟他招呼。

一天，老蔡遇到挠头的事。他的堂兄在唐山挖煤砸断了腿，他必得去一趟看看，连去带回大约要五天，可是铺子就没人照看了。他儿子在北京大栅栏绸缎庄里学徒，正得老板赏识，不好叫回来。他老婆是女人家，怵头外边打头碰脸的事。这怎么办？正这时候，家住西马路一个发小马得贵来看他，听他说起眼前的难事，便说他一个远亲在北洋大学堂念书，名叫金子美，江苏常州人，现在放暑假，回家一趟得花不少钱，便待在学堂没走，不如请来帮忙。他人挺规矩，在天津这里别人全不认识，关系单纯。

老蔡把金子美约来一见，这人二十多岁，白净脸儿，戴副圆眼镜，目光实诚，说话不多，有条有理，看上去叫人放心。寻思一天后，便把万年青交给他了。说好五天，日出开门，日落关门，诚心待客，收钱记账。老蔡家的店铺虽小，规矩挺多，连掸尘土的鸡毛掸子用完了放在哪儿都有一定的规矩。金子美脑袋像是玻璃的，放进什么都清清楚楚。老蔡交代完，又叮嘱一句："记着一定守在铺子里，千万别离身。"

这北洋大学堂的大学生笑道："离开这儿，我能去哪儿？除去念书，我什么事也没有。放心吧！"

老蔡咧嘴一笑，把万年青放在他手里了。

金子美虽然没当过伙计。但人聪明，干什么都行。一天生，两天熟，干了两天，万年青这点事就全明白了。每天买东西不过几十人，多半是周边的住家。这些老街坊见了金子美都会问一句："老蔡出门了？"金子美说："几天就回来了。"老街坊互相全都知根知底，全都不多话。这些街坊买的东西离不开日常吃的用的。特别是中晌下晌做饭时，盐没了，少块姜，缺点灯油，便来买，缺什么买什么；过路的人买的多是一包纸烟；馋了买个糖块搁在嘴里。

金子美每天刚天亮就从学堂赶到万年青，开了地锁，卸下门板，把各类货品里里外外归置好，掸尘净扫，一切遵从老蔡的交代。从早到晚一直盯在铺里，有尿就尿在一个小铁桶里，抽空推开后门倒在阴沟里，有屎就憋着晚间回去路上找茅房去拉。在铺子里，拿出全部精神迎客送客，卖货收钱，从容有序，没出半点偏差。他一天三顿饭都吃自己带来的干粮。下晌天黑，收摊关门，清点好货物和收银，上好门板，回到学堂去睡觉。一连三天，没出意外，一切相安无事。

转天一早刚到了万年青，一位同室学友找来说，从租界来了一个洋人，喜欢摄影，个子很高，下巴上长满胡子，来拍他们的学堂。北洋大学堂是中国首座洋学堂，洋人有兴趣，这洋人说他不能只拍场景，还要有人。这时放暑假了，学堂里没几个人，就来拉他。金子美说店主交代他这铺子白天不能关门，不能叫老主顾吃闭门羹。学友笑了，说："谁这么死性子，你关门了，人家不会到别的地方去买？"他见金子美还在犹豫，便说："你关了一会儿门怕什么，他也不会知道。"金子美觉得也有道理，就关上门，随着这学友跑到了大营门外运河边的北洋大学堂。

金子美头一次见到照相匣子，见到怎么照相，并陪着洋人去到学堂的大门口、教室、实验室、图书馆、体育场一通拍照，还和几位学友充当各种角色。大家干得高兴，玩得尽兴，直到日头偏西。赶回到城西时，天暗下来。在他走到街口，面对着关着门黑乎乎的店铺，一时竟没有认出来，以为走错了路。待走近了，认出这闭门的小店就是万年青，心里有点愧疚。他辜负了人家老蔡。在点货结账时，由于一整天没开门，一个铜钱的收入也没有，这不亏了人家老蔡了吗？他便按照前三天每日售货的钱数，从铺子里取出价钱相当的货品，充当当日的售出；再从自己腰包里拿出相当货价的钱，放在钱匣子里。这样一来，便觉得心安了。

再过一天，老蔡回来了，金子美向他交代了一连五日小店铺的种种状况，报了太平，然后拿出账目和钱匣子，钱货两清。老蔡原先还有些莫名的担心，这一听一看，咧开满是胡楂的嘴巴笑了。给子美高高付了几天的工酬。子美说："这么多钱都够回家一趟了。"

这事便结了。可是还没结。

一天，金子美在学堂忽接到老蔡找人送来的信儿，约他后晌去万年青。子美去了，老蔡弄几个菜半斤酒摆在桌上，没别的事，只为对子美先前帮忙，以酒相谢。老蔡没酒量，子美不会喝，很快都上了头。

老蔡说:"我真的挺喜欢你。像你这种实诚人,打灯都没法找。我虽然帮不了你嘛忙,我这个铺子就是你的,你想吃什么用什么 —— 就来拿!随你拿!"

金子美为了表示自己人好,心里一激动,便把他照看铺子时,由于学堂有事关了门,事后怕亏了老蔡而掏钱补款的事说了出来。他认为老蔡会更觉得他好。谁想到老蔡听了,脸上的笑意登时没了,酒意也没了,直眉瞪眼看着他。好像他把老蔡的铺子一把火烧了。

"您这是怎么了?"他问。

"你关了多长时间的门?"老蔡问,神气挺凶。

"从早上。我回来的时候……快天黑了。"

"整整一天?一直上着门板?"

"上了呀,我哪敢关门就走。"

静了一会儿。忽然老蔡朝他大叫起来:"你算把我毁了!我跟你说好盯死这铺子绝对不能离人、绝对不能关门!我祖上三代,一百年没叫人吃过闭门羹!这门叫你关上了,还瞒着我,我说这些天老街坊见了我神气不对。你坑了我,还坑了我祖宗!你 —— 给我走!"老蔡指着门,他从肺管子里呼出的气冲在金子美脸上。

金子美不明白发生了什么。他惊讶莫解,但老蔡的愤怒与绝望,使他也无法再开口。老蔡的眼珠子瞪出了眼白,指着门的手剧烈地抖。他慌忙退身,出来,走掉。

这事没人知道,自然也没人说,但奇怪的是,从此之后这一带人再也没人说老蔡家的那个"家规"了;万年青这块牌子变得平平常常了;原先老蔡身上那有点神奇的光也不见了。

一年后,人说老蔡得了病,治不好,躺在家里开不了店,杂货铺常常上着门板，万年青不像先前了！过了年，儿子把他接到北京治病养病，老伴也跟着去了，居然再没回来。铺子里的东西渐渐折腾出去了，小砖房空了，闲置一久，屋顶生满野草，像个野庙荒屋。那块"万年青"的店牌早不知嘛时候没的。再过多半年，老蔡的儿子又回来一趟，把这小屋盘给了一个杨柳青人，开一个早点铺，炸油条、烙白面饼、大碗豆浆，热气腾腾，香气四溢，就像江山社稷改朝换代又一番景象。

## 洋（杨）掌柜

杨掌柜和洋掌柜是同一个人，一人二姓，音同字不同。这因为他有两个古董店，开在不同地方。在租界那边他叫杨掌柜，店名叫杨记古董铺，专卖中国的老东西。在老城这边他叫洋掌柜，店名叫洋记洋货店，只卖洋人的洋东西。

洋人喜欢中国人的老东西，中国人喜欢洋人的洋东西。头一个看明白这些事的是他，头一个干这种事的也是他。于是，他拿中国的东西卖给洋人，再弄来洋人的东西卖给中国人。这事他干得相当成功，不少赚钱。关键是他还有许多诀窍。

要想把东西卖得好，首先要把店铺、车马、行头都做得像模像样。租界那边的杨记古董铺看上去无奇不有，老城这边的洋记洋货店看上去古怪离奇。杨记古董铺在戈登堂西边街对面，戈登堂东边是利顺德大饭店，来天津办事或游玩的洋人都住在利顺德大饭店里，走出饭店便能瞧见古色古香的杨记古董铺了。洋记洋货店在海河边娘娘宫前广场旁的一条横街上，到娘娘宫来上香的人很容易逛到洋货店。两边店铺的选址都好，风水宝地，人气旺足，买卖好做。

他更着意在自己的行头上做文章。

在租界那边，他把自己扮成一个地道的中国人。一身袍子马褂，缎帽皮靴，材料上等，做工考究，关键是样子一定要古里古气，大拇指套着鹿骨扳指，叫洋人看得好奇。在老城这边，他胸前总垂着一根怀表的金链子，脖子上系一根深红色细绳领带，洋里洋气；洋人看不伦不类，中国人看洋气十足。还有，他身上总冒一股子只洋人才用的香水味儿。这一来，他就成了店铺里最招人的肉幌子。

他刚刚干这买卖时，不缺中国古董，就缺洋货。他想出了一招——以物易物。这招很得用。若是洋人喜欢上哪一样中国的老东西，不用钱买，拿件洋东西来交换即可。然后他把这些从租界那边换来的洋货，再拿回到老城这边的洋货店来卖。两边的货源都不缺，买卖都好做。尤其是，洋人不懂中国东西的价钱，中国人也不懂洋东西的价钱。中间的差价全由他随机应变，怎么合适怎么来，这种无本买卖干起来就太容易了。

没有几年，他就在粮店前街买了一块挺宽敞的空地，六七亩，盖一座两进的大瓦房，磨砖对缝的高墙，石雕门楼，比得上东门里的徐家大院。他还买了一辆新式轿车，去到宫前或租界全都舒舒服服坐在自家的车上。有多少钱享多大的福。在海河两岸上干古董这行的，没人不羡慕他。有人骂他吃里扒外，吃洋饭，卖祖宗，可是你有他这种本事——一手托两家，两头赚，来回赚，华洋通吃吗？人家杨老板还下功夫学了几句洋话呢，谁行？再说，在租界里开古董店，人家是第一家，在老城这边开洋货店，人家也是头一号。过去天津人知道嘛叫洋货店吗？都是人家杨老板开的头儿。别听人骂他，这帮人一边骂他，一边学他，也开洋货店。如今在他周边至少冒出六七家洋货店来。这条原本不知名的小街，人人都称作"小洋贸街"了。

洋货店多了，争嘴的人多了。做买卖的人都是各显其能，各出招数，渐渐使他的洋记洋货店变得平平常常。同时，租界里的洋人们更喜欢跑到南门外的破烂市上淘老东西，那边的杨记古董铺也不新鲜了。

这事难了他，却难不住他。一年后，他忽然在两边古董店各花一笔钱，各使出了一招，这招别人同样想不到。

他从租界花钱请来一个法国人，叫马尔乐。人高腿长，金色鬈发和胡须，尖鼻子可以扎人，八哥赛的蓝眼睛，胳膊上长了许多金毛，个头至少比中国人高两头。这种人若是发起疯来，会不会咬人？但是马尔乐分外和蔼可亲，总是迷人地笑着，身上散出一种特殊的既不好闻也不难闻的气味。他用磕磕巴巴的中国话，耐心向买家解释每一件洋货。他还挺会开玩笑，这很适合天津人的口味。

洋人才能把洋货说明白。马尔乐的出现，表明只有洋记洋货店里的洋货才是地道的洋货。别的店里的洋货都是靠不住的。于是，杨家的大旗再一次在老城这边飘扬。

他租界这边也用了一个奇招。

他花钱把杨记古董铺后边一个空仓库买下来，打通了隔墙。这仓库铁顶木墙，高大宽阔，纵深很深。他从老城那边找了三四十个倒腾古玩的小商贩在这里摆摊。待小商贩们把中国人的老东西五彩缤纷、五花八门地一铺开，这仓库就像一个魅力十足的古玩市场。租界里的洋人不用再跑到老城那边去找古玩市场了。它开在了洋人身边，一扭身就进去了。半年之后，这里便成了洋人们来天津必来逛一逛、十分好玩和必有收获的"黄金去处"。杨掌柜一句话切中其中的奥秘："洋人最喜欢自己来发现。"

他目光如炬，能够看中买家的心理，买卖必然是战无不胜了。他还不时把马尔乐调到租界这边来，帮着洋人寻宝淘宝。洋人信洋人，买卖真叫他玩活了。

北京那边干古董的，都羡慕他；但那边没有杨掌柜这种人。

## 查理父子

自打洋人进了天津，长相像洋人的人也成人物了。

查家老二又胖又壮，鼓脑门儿赛球，肚大赛猪，臀肥赛熊，勾鼻子赛鹰，深眼窝赛猩猩。胳膊腿儿还有毛儿，更赛洋人。要在平常，这长相还不叫人嘲弄取乐？现在洋人有钱有势，他这长相也变得金贵、吃香了。有人说他是水西庄查家的后人，查家都是地道的文人墨客，哪来这种神头鬼脸？查家哥仨，唯独他这个长相，难道他是个野种？

可是人家查家老二不觉得自己这副长相别扭，相反看准自己这长相有用，反其道行之，索性装起洋人，留起鬓角，蓄足胡须，学说洋话，举手投足各种做派全学洋人；而且还穿上洋装，穿得分外讲究。比方裤裆要短，才好叫前边滚圆的肚子凸出来，后边的屁股翘上去。他说，国人的屁股垂着，洋人的屁股翘着，所以洋人看起来精神。

他在洋行管海运，外出办事时常常叫人误当作洋人。这种误会给他的感觉极好。洋行里的同事便打趣给他取一个洋名，叫查理。"查"字与他的姓氏同字。他喜欢这名字胜过本名。以后熟人就叫他查理，真名便没人知道了。

查理刚五十，腿脚爽利，却喜欢执一根洋手杖。多半时间，不是挂着，而是拿着。他爱喝咖啡，但他儿子说他在家从不喝咖啡，喝大碗的花茶，喝咖啡睡不着觉。他出门不坐火车，爱坐飞机；那时洋人出远门多坐飞机。他常把"我明天飞上海"，或者"我刚飞回来"挂在嘴边。他给儿子取的名字叫查高飞,小名飞飞。

他坐飞机遇过一险,听了叫人头发倒立。

那次他在上海出差办事,办完事后便买张机票,想快快回家,和儿子飞飞亲热亲热。到了机场后觉得事情还留着个尾巴,应该办圆满了再回去。他掏出票来想退,又有点犹豫。这时跑过来一个中年男人,脸消瘦,气色暗,谢顶。急急渴渴对他说:

"您要退票吧,给我吧。这班机没票了,我急着回去!"

当时查理心里还有点犹豫不决。这谢了顶的男子拉着他的胳膊说:"我娘病了,快不行了,一连三个电报催我马上回去,怕晚了就见不到了。您得帮我!求您了!"他说的是天津话,乡音近人,叫他动了心。

查理便把票让给了他。这人掏出一把钱塞给查理,也不算钱,千恩万谢急匆匆走了,中间还停下来回头对他喊道:"我住东门里大街三十七号,姓华,您在中国有事找我!"

查理觉得自己帮了人家,人家还把自己当成洋人。他自我的感觉挺好。随后他又想这人真是急糊涂了,自己若是洋人,怎么会听懂他的中国话?

他回到旅店重新住下,转天就听说他昨天回天津要坐的那架飞机出了事,满满一飞机的人全丧了性命!

他的命实实在在是捡来的。

等到他人回天津,全家人,还有整个洋行上上下下人都为他庆幸,夸他命大,大难不死,才是大福。那天若不是那个谢顶的男人买走他的机票,说不定他就上了飞机,一命黄泉。

为什么就在他上机前的最后一刻——心里还在为是否退票而犹豫不决时,这个人突然出现了?这不是替他一死吗?洋行里的同事们围着他议论纷纷这事时,他忽然说:"这人姓华,他告诉我他家的地址,我记得！我得到他家去看看。"

同事们说："你可不能去，人家不知道原先是你的票。要知道，还不吃了你？"

查理说："这可不怪我，是他死活非买我的票。是他该死，我该活！"说到这儿他有点得意。

事后，行里一位年纪大些的同事对他说："这该死该活的话你以后就别说了。你和这人的命里有结。你不能咒他，小心'父债子还'，一命偿一命。"

这话叫他听了后背发凉，心里发瘆。

另一位同事在旁边看他的神气不对，说："别信什么冤结报应，这都是中国人自己吓唬自己，洋人从来就没这套，你不是查理吗？"这话引得大家笑了，他也笑了。

一件事不管多强烈，日子久了，便被重重叠叠的生活埋起来，渐渐也就忘了。十多年后，飞飞都已成人。但飞飞一直还没结婚成家，他迷上一位影星。这位影星分外妖娆，连娇里娇气说话的声音都挠他心。可是这影星大他七岁，也从来不认识他。他对她是单相思，完全不沾边，他却非她不娶。一天飞飞听说她在杭州举行新片的开拍仪式，执意去见她一面，谁也拦不住他。他瞒着查理跑到老龙头车站，当天没有去杭州的车次，掉头又到机场，去上海的飞机两班，上一班飞机票卖完，只有下一班的飞机，可是下一班飞机到上海已是半夜，从上海到杭州还有一段路程，时间不赶趟，他费了老大劲，找到一位上一班飞机的乘客，死磨硬泡要跟这人换票。他心里好像有一股劲，好像中了魔，非要上这架飞机不可。最后又加上两倍的钱，才把这班飞机的机票弄到手。

他上了飞机。谁会知道飞机会出事，谁会知道他居然会和当年那个谢了顶、替爹去死的男人一样。可他是替谁去死？

　　事情过去许久，家里人也没把这件事的实情告诉查理，只说飞飞为了追求一个女人出了国。他们以为成功地瞒住了查理。但哪里知道查理早就知道这件事并查明了真相。查理不捅破这事，是因为他领略到命运里因果这东西的神秘和厉害。

## 胡　天

　　胡天，一个大白话，嘛事也不干，到处乱串，听风就是雨，满嘴跑火车。再添油加醋，添点歪的、加点邪的、扯些不着边际的；也别说，这种胡说人们还好喜听，好喜知道，好喜传。正经八百的事有嘛说道呢。

　　这两天胡天到处说一件事，劝业场大楼剪彩那天，有个干买卖破产的人从这楼顶跳下来，正好马路中央下水井没盖盖儿，大口敞着，这人恰恰好好不偏不斜一头栽进去。人们捞了半天没见人影，这人竟给井里边的水冲进了海河，捞上来居然还活着。这个荒唐透顶的胡诌，一时传遍了天津，而且传来传去，这个人居然还有名有姓了。

　　再一件事，更瞎掰，传得更厉害。据说也是打胡天的破嘴里冒出来的——

　　说的是大盐商罗仕昆家的大奶奶吃橄榄，叫核儿卡在食管里了。橄榄核儿不像鱼骨头，咽一块馒头就能顶下去。核儿两头尖，扎在食管两边，愈咽东西扎得愈牢、愈疼，喝水更疼，疼得直蹦，叫老爷急得在屋里背着手转来转去，有钱也没辙。这时忽然有个老道从门口路过，说能治百病，罗家的佣人上去一说，老道说能治，便赶忙把老道请到家中。

这老道青衣黑裤，长须长发，斜背布囊，手拄一根古藤枝，这种人一看，总跟深山老庙连着，气相异常不凡。老道问明白大奶奶病由。解开背囊，拿出个竹筒，拔下塞子，往外一倒，竟是一条七寸青蛇，光溜溜，筷子一般细，弯起小脑袋口中不停地吐着芯子，不知有没有毒。老道把青蛇放在小碗里洗了洗，对大奶奶说了一句："它不伤人。"然后叫大奶奶把嘴张大，只见老道手一甩，袖子上下一翻，那小青蛇已经进了大奶奶口中。大奶奶先惊，后呆，两眼朝天，身边的丫鬟以为大奶奶咽气了，未及呼喊，却听大奶奶说：

"凉森森到肚子里了。"

道士俯下身子问：

"那核儿呢？"

大奶奶竟说："没了。怎么没了？"她瞪大眼睛，感到惊讶。

道士说："叫我那青儿顶下去了。"随即给了大奶奶一包朱砂色的药末子，叫大奶奶冲了喝下。道士说，这药末子下去一个时辰后便会出恭，那小蛇自己会跟着一块儿出来。道士嘱咐道这小蛇万万不可倒入粪池，一定要用井水洗干净后送到河里或水塘中放生。道士说罢起身告辞而去。老爷再三道谢并送一大包银子给他。

大奶奶喝掉药末子后，肚子开始发胀，有股气咕噜咕噜，跟着放两个响屁，出恭时屁眼奇痒，原来是道士的"青儿"爬出来了，同时那橄榄核儿也"咔嗒"一声掉在恭桶里。

老爷忙叫人把小青蛇洗净，拿到海河放生。老爷是念书的人，知道的事多，心想这老道为什么用"青儿"解救大奶奶？而且如此灵验！蛇是保家五大仙中的柳仙啊。这老道必是柳仙化身来救他家的。想到这儿，当即叫人去纸画铺请来一幅五大仙像，挂起来，烧香磕头，磕头烧香。

这事一传开，天津卫就洛阳纸贵，买不到五大仙像了。天津的神像都是从出名的画乡杨柳青张家窝那边趸来的。据说很快连杨柳青那边也买不到五大仙像了。

今年以来，天津卫传得最厉害的事，全是打胡天的嘴说出来的。其中一事有鼻子有眼儿，而且有年有月有日——就是今年七月二十八日天津卫要闹大地震。翻天覆地，房倒屋塌，鼓楼成平地，租界变开洼。最厉害的是娘娘宫要被夷为平地，娘娘塑像顷刻间化作一堆黄土。这就麻烦了！天津人都知道当年建娘娘宫时，老娘娘像的下边是海眼，直通渤海。老娘娘屁股坐在这儿，就是为了镇住大海。老娘娘的像决不能动，一动海水就从这海眼里冒出来，立马万里汪洋，淹掉天津。这传闻吓坏了天津人。这些天去娘娘宫烧香的人眼瞧着多起来。老城里地势低，平日下雨时雨水都从街上往屋里倒灌。海水一上来怎么办？于是家家户户都在门前筑拦水坝，杂货店里淘水用的木桶铁桶连同水舀子也被抢购一空。

还有个传闻更好玩。刚刚到任的天津警察局长细皮嫩肉，弯眉俊眼，女里女气，纯粹一个娘儿们局长。胡天说，他听人说，这局长是个"二刈子"，单身一人，结过两次婚都没孩子，最后全离了。至于为嘛没孩子，就任凭人们瞎掰去了。

这话如果叫新局长听见可就麻烦了，人家可是能够拿枪抓人的警察局长。

人人都说这事听胡天说的，可胡天说打死他也不敢去惹新到任的警察局长。一连好几天，胡天没有公开露头，有人说他吓得躲在家，有人说他被这新局长弄进去了。

其实,胡天嘛事也没有。

这天下晌他在四面钟附近,被两个穿袍子戴礼帽的男人拦住,人家说话挺客气,说要请他吃饭,把他拉进一个馆子。这两个人一个面黑,长得威武,一个脸白,模样英俊。不等他问,其中面黑的人说:"我们是警察局的。"然后直截了当问他,"是你说我们局长是二刘子?"

他慌忙摇手否定。面黑的便衣警察接着问他:

"你认不认都一样,反正现在全天津没人不知道警察局长是二刘子。你说该怎么办?"

胡天干瞪眼,不知怎么回答。

旁边那个白脸的警察笑嘻嘻地说:"你能不能再加上几句,叫这位老娘儿们在天津待不住,滚蛋算了!"

胡天一听,蒙了。他没马上听明白。可是他四十多岁了,脑子够用,又在世面上混了二十年,嘛不懂? 嘛能不懂?

警察找他,原来不是因为他满口胡天,妖言惑众,辱骂局长;恰恰相反,人家是想借他的巧舌和烂嘴,再给这娘儿们局长泼几盆脏水,把他赶走。

这事对他不难,但他有他的打算。他嘻嘻对这两个便衣警察说:"你俩听说过盐商家罗大奶奶吞橄榄核那个段子吧,那可是我特意为天祥画铺编的,这段子立竿见影,直至今天五大仙像还是供不应求!"他停了一下,接着说,"再有,今年闹大地震的传闻也是我帮振兴木桶厂造的,木桶也一直脱销。你们俩可听明白,我可不是白编 —— 白说的。"

白脸警察露出会意的笑,从衣兜掏出十个银圆"哗"地撂在桌上。

黑面的警察说:"真是做嘛买卖的都有,敢情你胡说八道也能赚钱。"可是他忽然板起脸说,"这娘儿们要是走不了,我们可还来找你。"

胡天笑道:"不是谁胡说八道都能赚钱。"然后眼睛看着这黑脸白脸两个警察,把银圆揣在兜里走了。

十天后,上上下下到处都说新任警察局长正托人找一个太太。他这太太要的特别,要身上有孕的,当然这事不能叫人知道。

两个月后,这位新局长便给上边调走了。

## 歪脖李

独眼龙本来就姓龙,兄弟排行老二,人称龙二爷。他坏了一只眼,人们背地叫他独眼龙。

龙二爷原先是画画的,画得相当好,后来左眼闹红眼病,听人说用娘娘宫的香灰冲水洗眼,能治眼疾;谁想愈洗愈坏,最终瞎了。挤着一只眼还能画好画?他一火,把砚台和墨全砸了,笔和纸全烧了。从此弃文从武,在家练气功,一直练到走火入魔。据说发起功来,院里那株比缸还粗的老洋槐来回摇,吓得一直住在上边的乌鸦全跑了,只留两个黑乎乎的乌鸦巢。

光练武靠嘛活呢? 人家龙二爷过得可不比城里的富人差。尤其近几年,过得叫人羡慕。一家老小老婆孩子吃得个个脸蛋赛苹果,从头到脚穿戴光鲜,身上垂下来的坠儿链儿全都金灿灿;出门叫洋胶皮,串门坐玻璃轿车。龙二爷家住东城,靠近鼓楼,最喜欢去到南门里广东会馆的戏园子看戏。那里嘛戏都演,他嘛戏都看。他自打左眼坏了,总戴一副圆圆的小茶镜。戴镜子怎么看戏? 这你就不懂了,懂行的听戏,不懂行的才看戏,人家龙二爷听戏。再说,广东会馆里听戏最舒服,桌子椅子,油着大漆,又黑又亮,亮得照人;桌上有茶水喝,有点心吃,有瓜子嗑。

这一来,渐渐就有人琢磨他整天花不完的钱是哪儿来的。

人穷没人琢磨,人富必被琢磨。

城里边有个文混混歪脖李就琢磨上他了。文混混与武混混不同。文混混决不弄枪弄棍,比凶斗狠;文混混认得字,心计多,用脑子杀人。这个歪脖李姓李,自小睡觉落枕,脖子歪了之后没再正过来,站在那儿,脑袋往一边撇着,所以人称歪脖李。

歪脖李的长相天生不讨人喜欢,青巴脸总绷着,光下巴没胡子,好穿一条紫色的长袍,远看像个长茄子。他人也住在东城,离龙二爷家不算远,知道龙家祖上两代有钱,而后家道中衰,到他这一代老宅子只剩下一大一小两道院。前几年女儿墙上的花砖掉了都没钱修补。他要是这么一直穷下去就对了。可是近几年龙二爷忽然咸鱼翻身,活得有劲儿了。大墙有钱修了,大门也换了。歪脖李还发现龙二爷的一大怪事 —— 他家大门紧闭,从不待客,亲戚也不来串门。更怪的是他家里不用佣人,有钱为嘛还不用人?家里有见不得人的事吗?歪脖李叫小混混去把龙家门口的土箱子都翻了,也找不出半点端倪。

表面愈是看不出来,里边就愈有东西。歪脖李派一个小混混装成收破烂的,坐在龙家不远的墙根,几条麻袋一杆秤扔在地上,脑袋扣一顶破草帽挡着半脸,从早到晚盯着龙家。还有两个小混混专事跟梢,只要龙家出来一个,一个小混混就跟上去,盯着这家每个人的一举一动。一张网就把龙家罩起来了。可是一连死盯三个月,还是嘛也没看出来。瞧上去,龙二爷就是一个只花钱不赚钱的大闲人,要不在家吃了睡、睡了吃,要不四处闲逛。他喜欢独来独往,不好交际,没朋友;听戏、听时调、听相声,全一个人,自己陪着自己。龙二爷倒是不嫖,从来不去侯家后那边寻花问柳。龙二奶奶几天出一趟门，有时带着孩子，有时独自一人，逛铺子买东西，每次买回来的东西都是大包小包，叫人看了眼馋。可他的钱是怎么来的，没人能知。

歪脖李忽想，这小子白天闲着没事，夜里呢？夜里干吗，干吗赚钱？歪脖李想不出来，想不出来就憋火。他真想派两个混混夜里翻墙到龙家看个究竟，可是传说独眼龙气功相当厉害，别叫他逮着。

终于一天，事情裂开一条缝，可以往里看了。

这天，龙二奶奶出门，手里拿个包儿，坐东洋车，一路向西，到鼓楼拐向北。歪脖李手下的小混混一直紧跟在后。车夫在前边小跑，小混混在后边紧追不舍，没走多远，车子停在城北路东的宜雅堂画店前，龙二奶奶下车进店。

二奶奶刚登台阶，一个穿长袍留长胡子的男人就迎出来，把二奶奶请进去，并神乎乎一起绕过屏风去到后边。沉了好一会儿，那长胡子的男人才把二奶奶送出来。二奶奶一脸春风得意，手里的包儿没了，空手坐车子回家。

小混混把亲眼所见全告诉给歪脖李。还说，画店那个长胡子的男子打听清楚了，是老板蔡子舟。

歪脖李有心计，想了一天，明白了大概，也有了办法。这天他用蛤蜊油把头发梳得亮光光，换一件干净的长袍，黑缎洒鞋，像去做客。随身带着一个小文混混，这小混混看上去弱不禁风，穿一身皂，手持一根亮亮闪闪的藤杆。藤杆打人比棍子疼。他俩一高一矮来到宜雅堂。

宜雅堂是老城里最大的画店，店面一连五间，满墙挂着名人字画，多宝格上都是上好的瓷器玉器。几把老紫檀椅子中间放一口画了一圈暗八仙的青花画缸，里面长长短短插满画轴。歪脖李是出名厉害的混混，一进门就把店里人吓坏了，好像吊死鬼耷拉着舌头进来了。

歪脖李谁也不理，拉把椅子坐下，那个留长胡子的店主蔡子舟已经赶到。歪脖李歪脸扭脖不说话，不说话比说话更吓人。蔡店主一个劲儿说客气话，他像全没听见。蔡店主心里打起鼓来，不知嘛事惹上了他。忽然，他仰起一张白白的脸冷不丁问道："你小子和独眼龙商量好成心瞒我是不是？"

蔡店主一下蒙了。这句话好像一脚把自己一直关得好好的门踹开。他怎么开口就问到自己和独眼龙？独眼龙因为嘛事惹上他了？自己和独眼龙的事一直裹得严严的，谁会知道？独眼龙全供给他了？为嘛？难道现在独眼龙在他手里？谁都知道歪脖李很少出头露面，他亲自找上门来肯定不是小事。

蔡店主虽是老江湖，机灵练达，但素来胆小怕事，再一瞧歪脖李那张想杀人的脸，一张嘴就把藏在肚子里的"秘密"全吐露出来——

"假画全是他做的，二奶奶送来的，叫我卖。他做假做得确实好，我不说是真的，人家也都当真的买——

"他决不能叫人知道他在做假画。知道了，画就没人买了。所以他不与任何人交往。白天闲着，装着无事，夜里干活——

"他'独眼龙'也是假的，他眼睛没事；独眼龙是造给人看的——

"他的气功也是假的，他怕人知道他有钱，偷他、劫他。拿假气功吓唬人……"

歪脖李摆摆手，不叫店主再说了。好像这些事早就在他肚子里，其实他对独眼龙和宜雅堂的事一点也不知道，只是他诡诈多谋，猜出大概，连蒙带吓，硬把事情的真相全诈出来。

这就说文混混有多厉害了。当然，更厉害的要看歪脖李接下去怎么干。

歪脖李把左腿的二郎腿换成右腿的二郎腿，换一种表情说："我再问你一句，你说独眼龙画得不错，为什么他不画自己的画，不写自己名字，非去做古人的假画？"

蔡店主这才露出一点笑容，说："自己的画卖不出价钱，名人的画才能卖大价钱。"

歪脖李听了"嘿"地一笑，说："原来画画也能坑人。"随后，他又板起脸对店主说："我本想把你们的事折腾出去。那些花大价钱买了你们假画的人保准上门来找你们算账。这等于砸了你的铺子，也砸了独眼龙的饭碗。我今儿对你们开恩了，不给你们折腾出去了。你去找独眼龙，就说是我让你找他的，你们合计一下该怎么孝敬我？"说完抬屁股就走，头也没回。

不打不闹，不费力气，话也不多，句句如刀。歪脖李走后，蔡老板一动不动站在画店大堂，像根柱子。随后，宜雅堂关门休业，哪天开门营业没人知道。龙二爷家也是大门紧闭，没人进出，好赛全家出了门，去哪儿了，多久回来，也没人知道。半年后，宜雅堂悄然启门，照常营业；龙家也有动静了，家里的人有出有进，一如既往。可是歪脖李不一样了，他把家旁边一个当铺买下来，和自己的宅子打通，一并翻新，大门改成一个，大漆描金，虎头铺首，像个突然发起来的小富商。

## 罐 儿

罐儿是码头最穷的人。

爹是要饭的，死得早，靠他娘缝穷把他拉扯大。他娘没吃过一顿饱饭，省下来的吃的全塞进他的嘴里，他却依旧瘦胳膊瘦腿，胸脯赛搓板。打他能走的时候，就去街上要饭。十五岁那年白河闹大水，水往城里灌。城内外所有寺庙都成了龙王庙，人们拿木盆和门板当船往外逃。他娘带着他跑出了城，一直往南逃难，路上连饿带累，娘死在路上。他孤单一个人只能再往下逃，可是拿嘛撑着，靠嘛活着，往哪儿去，全都不知道。

这天下晌，来到一个村子，身上没多大劲儿了，他想进村找个人家讨口吃的。忽然，他看见村口黑森森大槐树下有个窝棚，棚子上冒着软软的炊烟，一股煮饭的香味扑面而来。这可是救命的气味！他赶紧奔过去，走到窝棚前，看到一个老汉正在煮粥。老汉看他一眼，没吭声，低头接着煮粥。

他站在那儿，半天不敢说话。忽听老汉说：

"想喝粥是吗？拿罐儿来。"

他听了一怔。罐儿是他名字。他现在还不明白，爹娘给他起这个名字，是叫他有口饭吃。爹是要饭的，要饭的手里不就是拿个罐儿吗？

可是，他现在两手空空，嘛也没有。

老汉说：

"没罐儿？好办。那边地上有一堆和好的泥，你去拿泥捏一个罐儿，放在这边的火上烧烧就有了。"

罐儿看见那边地上果然有一堆泥，他过去抓起泥来捏罐儿。可是他从小没干过细活，拙手拙脚，罐儿捏得歪歪扭扭、鼓鼓瘪瘪，丑怪之极，像一个大号的烂柿子皮。老汉看一眼，没说话，叫他放在这边火中烧，还给他一把蒲扇，扇火加温，不久罐儿就烧了出来。老汉叫他把罐子放在一木案上，给他盛粥。当他把罐儿捧起来往案子上一放，只听"咔嚓"一声，竟散成一堆碎块。他不明白一个烧好的罐儿，没磕没碰，怎么突然散了。

老汉还是不说话，扭身从那边地上捧起一堆泥，放在案上，自己干起来。他先用掌揉，再用拳捶，然后提起来用力往桌上"啪啪"地一下下摔，不一会儿这堆泥就变得光滑、细腻、柔韧，并随着两只手上下翻卷，渐渐一个光溜溜的泥罐子就美妙地出现在眼前，好赛变戏法。老汉一边干活，一边说了两句：

"不花力气没好泥，不下功夫不成器。"

这两句话像是自言自语，又像是对他说的。他没弄明白老汉这两句话的意思，好像戏词；听起来，似唱非唱。

老汉捏好罐儿，便放在火中烧，很快烧成，随即从锅里舀一勺热腾腾香喷喷的粥放在里边，叫他喝。他扑在地上跪谢老汉，边说：

"我一个铜子也没给您。"

老汉伸手拦住他。嘴里又似唱非唱说了两句：

"行个方便别提钱，帮帮人家不叫事。"

等他把热粥喝进肚里后，对他说："这一带的胶泥好烧陶。反正你也没事，就帮我把地上那些泥都捏成罐儿吧。你照我刚才的做法慢慢做，一时半时做不好没关系。"

罐儿应声，开始捏罐。按照老汉的做法，一边琢磨一边做，做过百个之后，一个个开始像模像样起来。他回过头想对老汉说话，老汉却不见了。窝棚内外找遍了，影儿也没找着，怎么找也找不着。

窝棚里还有半锅粥，够他喝了三天。原打算喝完粥接着往前走。可是他待在窝棚里这三天，慢慢把老汉那几句似唱非唱的话琢磨明白了——

老汉不仅给他粥喝，救他一命，原来还教他做罐儿。

前边的两句话"不花力气没好泥，不下功夫不成器"，是教他活下去的要领；后边两句话"行个方便别提钱，帮帮人家不叫事"，是告诉他做人做事的道理。

这个烧陶的棚子不是老天爷给他安排的一个活路吗？那么老汉是谁呢？没人告诉他。

多少年后，津南有个小村子，原本默默无闻，由于陶器做得好都知道了。这人专做陶盆陶缸陶碗陶盏。这地方的胶泥很特别，烧过之后，赤红如霞，十分好看；外边再刷一道黑釉，结实耐用，轻敲一下，其声好听，有的如磬，有的如钟，人人喜欢，渐渐闻名，连百里之外的人也来买他的陶器用。他的大名没人知道，都叫他罐儿。他铺子门口堆了一些罐子，那时逃荒逃难年年都有，逃难路过这里，便可以拿个罐儿去要饭用，他从不要钱。有人也留在这里，向他学艺，挖泥烧陶，像他当年一样。

又过许多年，外边的人不知这村子的村名，只知道这村子出产陶器，住着一些烧陶的人家。家家门口还放着一些小小的要饭用的陶罐，任由人拿。人们就叫这村子"罐儿庄"，或"罐子庄"。一个秀才听了，改了一个字，叫贯儿庄。这个字改得好，从此这小村就有了大名。

（原文共十八则，节选六则）

原刊《北京文学》第1期

# 天空划过一道白线

东 西

　　杜八又喝醉了，躺在后山的草地上乱喊乱叫，一会儿骂他老婆一会儿骂他儿子。全村人都听得见，但他们听多了听烦了就下意识地屏蔽他的内容而只听他的声音，好像他的声音是一种自然现象，时不时会来那么一下。也有连声音和内容一起听并听得心惊肉跳的，那是他八岁的儿子杜远方。杜八喷出来的每一个字都跟杜远方有关，哪怕他只喷他的老婆或他的命运，那也是指桑骂槐含沙射影。所以，每次杜八开骂杜远方就远远地躲着，把脖子缩了再缩，恨不得一头钻进泥里。杜八的骂声时高时低时远时近，像锋利的钢针扎得杜远方头皮发麻脊背冒汗全身颤抖。直到杜八骂累了，睡过去了，杜远方才踮着脚尖来到他身边，把手指伸到他的鼻孔前试探，感觉还有气进出，心里便又腾起一丝美好的盼望。他像等待一个即将改正错误的孩子那样坐在一旁等待，有时从上午等到傍晚，有时从傍晚等到深夜，没有其他选项，他就他爹这么一个亲人。

现在是午后，天空一片碧蓝，干净得像用水刚刚洗过，太阳照得地皮发烫，整个山谷瓦亮瓦亮。阳光树叶青草泥土以及水塘的气味混合发酵，一股熏人的杂香弥漫。鸟虫声不时响起，偶尔插入人的呼喊、鸡的打鸣和牛马的走动，空气因这些声音的突然闯入产生微妙的气流，即开即合。杜远方坐在后坡的那棵伞状的树下，一团椭圆形的树荫像一滴硕大的墨汁滴在他身上，仿佛一团水珠滴在一只小小的蚂蚁身上。离他十米远的草地上躺着杜八，由于担心他被晒坏，杜远方折了一些枝叶把他覆盖。每次折枝叶时杜远方都一边折一边怨自己不够狠心，想这么丢脸的爹醉死他算了晒死他算了，可每次他所做的和他所怨恨的总是相反。

太阳往西偏了一点，树荫大了一圈，热气在风的吹拂下减弱。杜八已经睡了一个小时，胸腔顶着的枝叶一起一伏。透过枝叶的缝隙，杜远方看见杜八额头上大颗大颗的汗珠。他想帮他擦汗但没带毛巾，他想把他叫醒，但试过多少次了，这种时候即使摇他拍他掐他拉他都是白干。至少他要睡到太阳落山，杜远方正想着，却不料杜八忽地扒开枝叶坐起来，大叫一声儿子哎，快来看啊……他一边呼喊一边指着天空，根本没看见儿子就坐在离他不远的身后。可他知道只要他这么一喊，杜远方无论躲在哪个犄角旮旯，准会停下手里的动作抬头张望，跟他分享这份不期而至的眼福，他也会因为儿子能够分享而产生美妙的获得感和幸福感。

一切仿佛静止了，包括心跳和时间，包括听到呼喊的村人和动物，甚至包括植物、风和那些飘荡的气味……杜远方随着他的手势看去，心里顿时涌起莫名的欢喜。他看见天空划过一道白线，那是一道又直又细的白线，像一团雾一束云一根长长的香烟，在碧蓝的天空无声地迅速地划过，最终两边都看不到头。或一年或半载，村庄的上空就会划过一道白线，而每次划过最先发现的都是杜八，仿佛他对这道白线有第六感。大家都觉得白线好看，比什么彩虹什么火烧云都好看，尤其是在碧蓝碧蓝的晴天，但大家都不知道它是什么划出来的。有人说那是超音速飞机划的，可白线的前方却看不见飞机。有人说那是火箭划的，也有人说那是导弹飞过留下的印子，可谁都说得不够自信，下结论时连舌头都捋不直，每个音节都打飘，仿佛它是无法破解的世界第十大奇迹。

奇迹还发生在杜八的身上，无论他喝得多醉睡得多沉，只要这道白线一出现他就立刻清醒，好像它是他的 Wi-Fi，一下就把他激活了。他突然觉得天空是那么漂亮，好看得都让他想哭，连疙疙瘩瘩的心情都荡平了。他兴奋，好像他是这道白线的发明人，抑或因为自己最先发现它而发现了自己与众不同的天分。我跟他们不一样，他想，我本来就不属于这里，老婆跑了算什么？孤单和被人看不起又算什么？通通都抵不上这道白线，仿佛它把他所有的困难都打败了。

在杜八心情好的时候杜远方会向他打听妈妈的情况。他说你妈好漂亮。说完他得意一笑就咬紧了嘴唇，不愿再多说关于她的任何一个字，好像伤自尊了。但是杜远方忍不住要问，而他有时也忍不住想说，尤其是喝醉以后。于是，他断断续续地像吝啬鬼发红包似的一次说一点点，一次比一次说的信息量少。你妈怪我只讲这里空气好风景好，却没告诉她这里偏僻。你妈是在广东瓦塞皮革厂打工时跟我好上的。你妈说别指望我们家抽屉里会有什么像样的东西，其实我们家连一只像样的抽屉都没有。你妈骂我是酒鬼醉汉。平心而论，你妈没跑之前我也喝酒，可从来没醉过。你妈叫刘丽洲。你妈说我骗了她的感情。儿子哎，长大了你就知道，感情这东西是能骗的吗？谁骗我试试？

从八岁问到十岁，杜远方才获得这些零零星星的信息，但这些信息怎么也不能让他拼凑出一个完整的母亲。他一直在找母亲的照片，装衣服的箱子里没有，装稻谷的木桶里没有，米缸里没有，镜框后面没有，枕头下席子下也没有。家里能藏的就这些地方，他找了不知多少遍，以为只要这么找下去总有一天照片会被感动得跳出来。他找得眼圈都撑大了，眼珠子都定了，杜八才从衣服的夹层掏出一个扎紧的小小的布袋。他接住，手心仿佛被烫了一下，问，这是什么？杜八说你妈走之前把照片烧了。他仔细地打开布袋，里面是一撮纸灰。他把纸灰倒到桌上摊成照片的形状，每天要看好几回，幻想纸灰能变回照片，就像幻想衣服能变回棉花。倒腾中，纸灰越来越少，有的沾在桌面再也装不回去，有的被风吹走，于是，他再也舍不得把纸灰从布袋里倒出来，生怕连这一点纪念也会从指缝里溜掉。

一天晚上，杜八又喝醉了。这次他没骂老婆也没骂儿子，而是一把鼻涕一把眼泪地哭，哭得全村人都不适应，好像发生了自然灾难，连牲口和家禽都竖起了耳朵，连树也静悄悄的，没有一丝风。杜远方突然看不起他，觉得他像个小孩自己反而像个大人，他矮下去了自己却高大起来。他说，你为什么不骂了？语气里除了不习惯他的不骂之外似乎还夹杂着一丝挑衅。杜八心里一阵内疚，说对不起，儿子，有时骂不是骂而是爱。杜远方说那你继续骂呗，骂了你心里会好受些。杜八说你都读初中了，再骂人家就笑话你了。杜远方问，那你为什么哭？杜八说想你妈了。杜远方说，想她为什么不去找她？杜八说，我要是去找她了，那你怎么办？杜远方说家里那么多粮食，够我吃两年了。杜八说，你当真？杜远方说当真。杜八不信，久久地盯着杜远方的眼睛。杜远方一点都不露怯，跟杜八对视。杜八第一次从杜远方的眼里看到了一股蛮气。

几天之后的早晨，杜八背起了行李，杜远方站在门口送行。天亮了许久,但太阳还没露出来。山谷腾起一层层雾,把远山近树都染白了。雾越来越宽越来越厚,朝着村庄缓缓飘移。杜八说只要一找到你妈,我就立刻把她带回来。杜远方问,你知道她在什么地方吗?杜八说不知道,然后抬头看了一眼灰蒙蒙的天空,接着说,但我知道她是沿着天空划过的那道白线走的,我会沿着这个方向找下去,直到找到她为止。说完,杜八转身走去,他的背包一耸一耸的,他的铁壳水壶在屁股上一甩一甩的。随着杜八的远去杜远方感到左胸被强大的吸力拉扯,仿佛要把他的皮肤撕脱,仿佛要扯出他的心脏。他用意念按住自己的双脚,但双脚却不由自主地飞奔起来。他叫了一声爹。杜八停住,回过头来,说你要上学,你有你的前途。杜远方说可我想跟你一起走。杜八说如果你要跟着走,那我就不走了。杜远方停住。杜八又转身走去,他走一步回一次头,回一次头说一句你回去,像驱赶一只跟随的小狗。他一连说了五次你回去,就被大雾笼罩了。杜远方再也看不见他的背影,只听到噗哒噗哒的远去的脚步声。杜远方想追,但天上忽然哐的一声,太阳冒出来了,它的万道金光像万道金箭穿雾而下,噼噼啪啪地扎向大地,震得地皮都抖了。真好看,雾里有一条条斜斜的金黄的光线,光线里有一团团一缕缕飘浮的乳白色的雾。儿子哎,快来看啊……杜远方听到从远处传来杜八的呼喊,便坚持着仰视。他知道这一刻不能看爹的方向,否则他又会忍不住追上去。

　　从杜八离开的那一刻起杜远方就开始了等待。这天,他眼睁睁地看着日光怎么一点点变淡,又怎么一点点变暗,直至整个被夜色吞没。他没开灯,坐在门槛上盯着黑沉沉的坳口,想象他爹像一盏灯那样突然出现,想象他爹带着他妈像两盏灯那样一起出现,他们一边奔跑一边喊他的名字。可是,坳口没有出现他期待的灯,眼前只有萤火虫在飞舞,它们像他爹发回的信号,左三圈,右三圈,亮一下,灭一下，一共三下。它们重复着循环着，让他生起希望又坠入失望。他提醒自己没那么快，爹最多才走到县城，从县城往前走，一边走一边打听，至少要走一个月才走到海边。即使到了海边他也不一定马上能找到，至少要打听一个月吧。掰着指头一算，两个月过去了，就算他爹撞了狗屎运真把他妈找到了，但她还愿不愿意回来？她有没有重新成家？如果她没有重新成家，那得给他爹三天时间劝她。三天后他把她说服了，他们一起坐车往回赶，这得多少时间？至少也得两三天吧？也就是说他们回来至少是两个月之后的事情。那太久了，他恨不得现在他们就回来，恨不得他们从来就没有离开。

　　杜远方不停地想，竟然忘记了饥饿，虽然有几个瞬间真切地感受到了饿意，但他不愿意承认，也不想生火做饭，好像只有一动不动地坐在门槛上想，他爹才能快点回来。所以，一旦有了饿意他就赶紧想他爹，仿佛想爹能填饱肚子。他一遍一遍地想象他爹寻找他妈的过程，从他爹出村时开始，到他们回村时结束，如此循环反复，想象陷入了怪圈。想到天亮，他满怀信心地认为七天，只要七天时间他爹和他妈就会出现在他面前。他甚至认为这都不是想象，而是伸手可及的真实，因为他连他们的声音、表情、气味、动作都想象出来了，虽然母亲的面貌有些模糊。

　　可是，他等了两年多时间，把自己等高了，把坳口看矮了，把门槛坐光滑了，也没把他爹等回来。他开始担心爹是不是出事了。有人说，两年多时间，即使你爹找不到你妈也应该回来了，他怎么忍心留下你一个人不管？有人说没准儿你爹已经成了孤魂野鬼，也有人说你爹是不是被哪个女的拐走了……不会的，我爹不会不管我的。虽然他总是这么斩钉截铁地回答，但心里却越来越虚，因为他的等待已远远超出了他的预期。他开始感到害怕，害怕自己的等待没有意义，害怕某天突然传来关于爹的坏消息。于是，他自言自语以舒缓压力，有时也跟墙壁说话，好像墙壁能听懂他的心事能录下他的声音。他把想跟他爹说的话全部说完，写了一张字条压在饭桌上，就背起了行囊，锁上了大门。村民们站在路边为他送行，有的人送钱，有的人送食物，有的人送祝福。他把他们送的揣在身上，沿着他爹走的方向去寻找。走着走着，他感到前方的吸力渐渐变弱，身后的吸力却越来越大，忍不住一回头。全村人都在朝他挥手，他们的手像风里翻飞的树叶。而他的家孤独地站在村头，被狂风呼呼地吹着，仿佛快要被吹哭了。

杜家的小屋从此大门紧闭，既没有人的声音也没有烟火气，更没有坐在门槛上的盼望眼神。外墙的颜色越来越深，上面渐渐出现了褐色的水渍。从屋后长出的一株青藤沿着墙壁往上爬，即使枯萎了也仍然紧紧地趴在上面，好像那是它的床。小草从地缝拱出，沿着墙边断断续续弯弯曲曲。天黑以后，屋里屋外被夜虫的声音淹没，每当人们经过它们就停止鸣叫，一旦脚步远去，它们又放肆地歌唱。风吹断了屋角李树的两根枝丫，一枝断落了，另一枝还没有完全折断，吊在树上渐渐枯黄。三格玻璃窗被石头砸坏，一些玻璃碴掉进屋内，一些没有完全破碎的玻璃仍卡在框上。路过的村民偶尔会趴在窗口朝内张望，看着满地的灰尘和零星的鸟粪，感叹这一家子就这么消失了，一个都可能回不来了。

嘭的一声，杜家的大门在杜远方出走两年后的一个深夜被打开，打开它的人是刘丽洲。刘丽洲拿起压在饭桌上的字条，拍掉上面的灰尘，看见一行字：爹，饭我帮你做好了，在锅里。刘丽洲转身揭开锅盖，锅里黏着一坨黑，那坨黑变得已无法辨认，就像一团黑炭。她不知道字条是什么时候留下的，没写日期。他的字写得比她的还工整好看。他该长得比我还高了吧？孩子他爹为什么没回来吃这餐饭？明显，这屋里已经很久没人住了。难道他们进城打工去了？也许我不该回来，也许他们并不欢迎我。但大门的锁头还是原来的锁头，钥匙还放在老地方，这钥匙到底是他们为我放的还是他们其中一个为另一个放的？一时间她竟无所适从，好像她不曾是这里的主人，好像他们就躲在某个角落看着她，考验她，继而再决定接不接纳她。生疏了，这地方，这房子，已经没有她的半点痕迹。要不是老高被人谋杀了，要不是老高被人谋杀后突然冒出三个妻子和六个子女驱赶她谩骂她，让她分不到丝毫遗产，甚至怀疑她是凶手，那她是无论如何也没有脸面回到这里。人就这么贱，只有落难的时候才想起谁对自己好，才知道自己最想依靠谁。她对着空荡荡的屋子叫了一声远方，叫了一声杜八，说了一声我回来了，就像跟他们打招呼或者给自己壮胆，然后放好行李，打开水龙头，清洗落满灰尘和鸟粪的地板。起夜的人听到杜家有响动，看见杜家的灯突然亮了，便悄悄走过来，趴在窗口一看，当即惊叫：天杀的，你怎么现在才回来？他们都去找你，你怎么现在才回来？你跑到哪里去了？怎么跑了这么多年？她想不清这些问题，更回答不了，只是默默地清洗地板。恍惚间地板一片血迹，她仿佛在清洗老高的被害现场，但再一恍惚血迹消失。

这个刘丽洲和从前的那个刘丽洲有区别了。从前的刘丽洲嫌地面脏整天踮着脚尖走路，既不下地干活儿又不做任何家务，大部分时间都跷着二郎腿遥望远方，像一只受伤的鸟在积聚起飞的能量。她是因为怀上了孩子才勉强同意跟杜八回乡的，如果他们不回乡而只靠杜八一个人打工挣钱，那是无法应付一个孕妇在城里的开销的，尤其是像她这种喜欢模仿有钱人生活的孕妇。仅凭怀孕这一条，再凭没来之前杜八对家乡的过度美化，她就有资格做个懒人。但是，现在的刘丽洲勤快得像一支秒针，她把杜家荒芜的田地打理干净，种上粮食、蔬菜和水果，希望用丰收的景象迎接他们回来。然而，一年过去了他们没有回来,两年过去了他们仍然没有回来,她开始担心儿子的命运。闲聊时,村民们跟她讲儿子的可爱,讲儿子如何想念她。他们说他在梦里叫妈妈那是再平常不过的事,用照片的残灰想象照片也不算稀奇,最令人震惊的是他整天照镜子想象母亲的容貌,一照就是几个小时,因为他爹说他长得像母亲。村民们说得越是生动刘丽洲就越挂心,她担心他迷路了,遇上了坏人,被人谋害了。当然她也曾想象他在城里打工发财了,娶上漂亮的老婆了。但是担心总是多于放心,于是她出发了,在一个静悄悄的清晨。她决心把儿子找回来,否则这辈子都内心不安。她想象儿子行走的路线,想象他有可能去的地方,想象这个世界到底有多大,想着想着,天就下起了瓢泼大雨,仿佛在阻止她挽留她。可她不但没有回头,反而加快了步伐。

雨断断续续地下了五天,第六天杜八就回来了。村民们说,挨刀砍的,你怎么现在才回来?刘丽洲等了你两年,五天前刚离开。杜八惊呆了,看着刘丽洲留下的字条和那些粮食,满含热泪。这四年多,他找得太辛苦了。他一边寻找一边打工挣钱,干过搬运工、安装工、泥瓦工和油漆工,睡过桥洞、公园和工地。他的皮肤粗糙了,手指变形了,目光里多了一点凶狠或者坚毅。他找到了刘丽洲在海边的家,但她的父母也不知道她去了哪里。他们说她从来没回去过,也不跟家人联系。一个活生生的人失联了,他们竟然说得比丢了钥匙还轻松。他怀疑他们说谎,却没有办法证实。他找到了他们一起打过工的瓦塞皮革厂,她的工友说她回来过,但上了一个星期的班就不再上班了。他每到一个地方就找当地公安局查她的身份证,但都没有查到她活动的痕迹,仿佛连她的身份证都具备隐身功能。他被关于她的假消息指引,又被假消息中的假消息蒙蔽,走了许多弯路,认识了许多不该认识的人。绝望时,他以为她已经退出了这个世界,没想到,真幸运,她还好好地活着，而且还回来了。

　　这天傍晚他喝了许多酒，喝醉后他就骂老婆和孩子。但他不是真骂，只是用这种方式怀念过去。村庄好久没响起他的骂声了，村民们听得既亲切又伤感。在他的骂声中，西边层层叠叠的山峦上夕阳像一枚软软的蛋黄正在下沉，天边铺出一片霞光，那片霞光像铺满了金黄色稻谷的宽阔无边的晒谷场。在霞光的映衬下，天空忽然划过一道白线，就是过去他经常看见的那种白线。他一激灵，酒醒了大半，对着天空大喊，儿子哎，快来看啊……他一遍一遍地呼喊，越喊越苍凉，仿佛要把杜远方从这个世界的某个角落喊出来。黄昏因为他的呼喊充满感情。

　　刘丽洲留下的字条是：老杜，别找我，如果三个月之内找不到儿子，我就回来。他把字条装进左胸口袋用力按压，好像那里多长了一块肉。有了这张字条，他的心里多少踏实了一点点，但他不踏实的是不知道儿子在哪里。他以为儿子一直在等他，没想到儿子也离开了。第二天，他到县公安局报案，让他们查查儿子的下落。儿子的下落没查到，杜八又回来了。他坐在门前遥望坳口，等待奇迹出现，甚至把凳子搬到楼顶，好像坐得高看得远就能看到奇迹。可三个月过去了，刘丽洲竟然没回来，他等得脊背直冒冷汗。也许她根本就不想回来，也许她又遇到了合适的男人，也许她被人骗了，也许在寻找过程中她忘记了寻找，这样的遗忘在他寻找时也曾产生。如果说儿子留下的那张字条是盼望，那她留下的这张字条会不会是阻止？难道她在阻止我去找她？他越想越觉得不对劲，后悔回来的当天没有立刻去追赶她。等待变成了煎熬，继而产生恐惧，同时产生屈辱。他重新出发，谁都拦不住，除了寻找他们还想寻找真相。

　　杜家的大门再次紧闭，由于没有烟火气，墙壁很快就长出了霉斑，风雨放肆地刮淋，外墙的颜色仿佛人的表情越来越凝重、越来越悲伤，好像谁都可以欺负它。然而，一个寒风呼啸的下午，杜远方回来了。因为风太大，吹得树叶门窗喳喳直响，以至于村民都说他是被风刮回来的。这时，离他爹离开只有三个月的时间，村民们为他们父子的错过惋惜得直拍大腿。杜远方同样惋惜，拿着他爹留下的字条，右手微微一抖却马上稳住。他已经学会了掩饰，甚至学会了忍住眼泪，但他却无法掩饰他右手的小指，那里短了一小截，虽不影响工作却略显突兀。他长高了，留着短发，脸部轮廓柔和，皮肤比过去白，眼神里透射出迷茫与忧郁。他讨厌喝酒，却学会了抽烟。

　　只要他们还活着就会找到我，杜远方说。他如此有信心是因为他带回了一部手机。他说凡是他经过的大街小巷都贴满了寻人启事，上面写着知道杜八和刘丽洲下落者请拨他的号码，有酬谢。村民们问他，有什么酬谢？他说钱，他打工积攒了一些钱，酬谢至少两千块。村里几乎没有手机信号，偶尔有也是一闪即过，就像害羞的姑娘丢给她刚认识且喜欢的男人的眼神。手机一直不响，他每时每刻都盯着，除了睡觉。一天中午，西北风呼呼地刮，他坐在门口遥望枯黄的远山。树叶都落了，光秃秃的树枝张牙舞爪，像坚硬的粗细不一的铁丝在风中震鸣。忽然，他感到脖子的某个点一冷，紧接着脸上也出现了不同的冷点。他缩了缩脖子，知道那是雪。雪零零星星地下着，在风中飘摇，仿佛天上撒落的麦片。这时，手机就像卡了鱼刺似的突然响了半声，他立刻按下接听键，却听不到对方的声音。信号不好，他歪着头用脖子夹住手机，飞快地爬上屋角的那棵李树。当他爬到李树的半腰时声音出现了：儿子哎，我是你妈，你在哪里？他大叫一声妈……失声痛哭，眼泪如雪片簌簌而下。雪越来越大，他就站在雪花飞舞的李树上一边哭一边跟他妈说话。

　　两天后，刘丽洲回来了，分离了十九年多的母子终于见面。刚见面时他们还不太适应，伸出去的双手只伸到一半就缩了回来，但缩了不到三分之一又立即伸了出去，把对方紧紧拥入怀里。他们有许多话想说却不知从何说起，于是，刘丽洲就变着花样做好吃的，仿佛要用吃的来代替她满腹的语言。他们一边吃一边打量对方，当眼神相遇时都尴尬一笑，都露出友好的表情。几天了，他们仍然没有深度交流，好像交流是敏感部位，抑或彼此都觉得只要待在一起交不交流已不再重要。杜八留下的字条是：找不找得到你们我都会回家过年。离过年还有半月，刘丽洲忙着准备年货清洗被褥打扫卫生。刘丽洲做什么杜远方就跟着做什么，哪怕只需要一个人做的事他也要搭手。空闲时，杜远方会坐下来抽烟。他把香烟叼在嘴里，用镀金的打火机叭地把香烟点燃，又叭地把打火机盖上，仿佛抽烟就是为了听打火机发出那两下动听的金属声，一副很享受的样子。由于他短了一截的小手指过于扎眼，一开始刘丽洲并没有注意打火机。当她习惯了他的小手指后，那只打火机像一声惊雷瞬间把她吓得脸色惨白。

她说，你认识老高？他说我不认识老高。她说老高就是那个死鬼。他说死鬼我也不认识。她说你的打火机是金做的。他说不可能，最多是镀金。她说，镀金的哪有这么沉？他掏出打火机掂了掂，说确实沉。她说，你在哪里拿到的打火机？他说路过一个砖厂时，在路边的草丛里捡到的。她想说当时她就在那个砖厂帮老高管财务，但她没好意思讲，因为她就是被老高从瓦塞皮革厂诓走的，老高有钱而且还说自己单身。他问，你为什么对这只打火机感兴趣？她说，你看没看见打火机上印着一个"高"字？他说看见了。她说那是老高定制的，全世界只有这么一只。他说别人也可以定制，天下姓高的不止他一个。她说老高抽烟时也像你这样叭的一声把火打燃，然后又叭的一声把火盖上。他说，难道我要把它还给老高吗？她说，你不知道他死了吗？他哦了一声，不再说话。她盯着他的眼睛，他迎着她的目光。她想起跟老高相处的日子，想起老高在砖厂附近被谋杀后，身上唯一消失的就是打火机。想到这儿，她感到脊背冰冷，率先把目光撤回来。

她沉默了，忽然被恐惧笼罩，仿佛有两束刀子般的目光在暗处盯着自己。她害怕了，害怕杜八回来后问她这些年是怎么过来的，害怕杜八喝醉了还会像过去那样骂她，更重要的是害怕杜远方的那只打火机不是捡来的。腊月二十八清晨，她清点完所有的年货后便悄悄地走了。杜远方一起床，就看见了她留在桌上的字条：儿子，我找你爹去了。杜远方想爹不是马上要回来了嘛，她为什么还去找他？她在撒谎。杜远方冲出门去，外面已是白茫茫的一片，雪覆盖了山川大地。他沿着她留下的脚印追赶，发誓一定要把她追回来。然而，他们都没有回来。除夕这天，杜八回来了。过完正月十五，他就背上行李去寻找母子俩。

杜家的小屋越来越寂静，越来越显得孤独。一年半载，他们中的某位会回来住几天，然后又以寻找其他两位的理由离去。如此循环，他们一个寻找一个，在这个世界上转着圈圈，却没有谁愿意永久地停下来。等待是漫长的，他们没学会等待；寻找是美好的，他们却用来逃避；停止已不适应，他们过惯了流动的生活。每当天空划过那道白线的时候，村民们便倍加思念杜八一家。村民们仍然觉得白线好看，他们仰望着，仰望着，忽然就听到一阵歌声。歌声仿佛来自天上，仿佛是那道白线唱出来的：

天空划过一道白线，地面走出许多圈圈……

原刊《人民文学》第1期

# 大 师

马 拉

　　走马镇靠水依山，以前是这样，现在还是这样。靠水走水路，水路通江河湖海，带来四面八方的货物，还有人。有人，就有了江湖，走马镇因此成了码头。码头有两层意思，一层实指货运码头，来来往往的船舶挤满水面。以往，为了争抢位置，有打架的，拿着长篙、火铳，刀剑弓弩自然不在话下。现在，这种现象几乎绝迹，都文明了，统一听从调度。另一层意思大家都懂，就不细讲了。因了码头，走马镇经济繁荣，在长江中下游也算是排得上号的富庶之地。走马镇名气大，除开经济繁荣，还有原因，出人才。翻开科举史，这么一个弹丸小镇，出过一百多位进士，其中两位状元、一位榜眼、六位探花郎。这当然是了不得的事情。福建莆田科举也厉害，那是举地市之力，走马镇一千三百年都是镇的建制。这也奇怪，古代不少镇如今都扩张成或县或市，走马镇还是镇。分析原因，可能因为地狭，不足一百平方公里的地方，也只能是个镇，名气大没用。

不光出文人，走马镇还出侠客和武术家。古往的传说不提，近三百年，走马镇走出过数十位有名有姓有历史记载的武术大师。名气最大的自然是清末民初闯荡上海滩的顾震声大师。顾大师门徒三千，遍布欧、美、亚、非，成为全世界最具影响的中华武术大师之一。想当年，顾大师手持一根三尺圆棍单挑六名日本北辰一刀流剑术高手，一时成为上海滩最为滚烫的话题。但顾大师最为擅长的并非剑术，那只是他兼修的爱好，铁臂长拳才是顾大师传世的绝技。这些年，关于顾大师的电影电视拍了不少，有些神化，大体还是靠谱的。让人稍觉遗憾的是顾大师在上海成名后，很快去了美国，据说老年在瑞士度过，死时身边空无一人。一代武学泰斗，寂静安葬于阿尔卑斯山的枫叶林中。有人去找顾大师的墓地，看过之后都说太低调了，连墓碑都没有，贴地铺着一块大理石，用汉字刻着名字、生卒日期，生平无一字介绍。有说这才是大师风范的，有摇头叹息人生如寄的。和顾大师在瑞士的寂寞相比，他在故乡太热闹了。入镇的高速路口，最显眼的那块广告牌上便是顾大师的照片。到今天，走马镇还有大大小小十来家武馆，传授各派绝学。教铁臂长拳的也是顾姓子弟，拳法是不是得自顾震声大师的真传不可考，看起来颇有声势。

这些年，走马镇略显沉寂，倒不是经济的问题。走马镇出人，那是以前，现在差了。勉强有几个算得上数的，那也远在他乡，有的甚至没有来过走马镇。为此，地方也苦恼，打文化牌没问题，多的是文化武学名人，一提到当代，就有点尴尬了，好在还有柳伯年先生和顾唯中先生撑着脸面。柳伯年先生年已七十有余，出生在走马镇，在北京五十余年，博得了惊世的名声，他的代表作《走马遗韵》拍出了两千八百万的天价，创下了当时中国国画家最高成交纪录。退休之后，柳伯年先生想找个归宿，避开熙熙攘攘，全国各地考察了一遍，他选择了出生地，这条江河水他是逃不掉了。柳伯年想回来，地方自然高兴，特意给他划了块地，建了个宅子。老先生搞了一辈子艺术，也在名利场泡了几十年，刚回来还指导指导年轻人。等年纪再大点，推说身体不适，出门也少了。顾唯中先生乃顾震声先生嫡孙，一直生活在法国，是闻名中外的大武术家。有年，顾唯中先生回来祭祖，见到柳伯年的宅子，跟身边人说，过两年，我也回来，修一个这样的宅子，安度晚年。随行的都以为顾唯中先生只是随口一说，没想到过了两年，他真的回来了。两位老先生，一文一武，这就够了。等顾唯中安定下来，柳伯年已在镇上住了四五年。听说了柳伯年的故事，顾唯中起了拜访的心思。他托人给柳伯年带话，传话的人回来说，柳老表示欢迎，还留了电话号码。顾唯中给柳伯年打了电话，聊了几句，约了拜访的日期。

去拜访柳伯年，要带点什么，顾唯中有点为难。他本想送点好纸好笔，细一想，不妥，书画他是门外汉，给书画家送纸笔，十有八九闹笑话。思来想去，还是买了点当季的水果，简单又得体。柳伯年家安的是传统中式木门，顾唯中叩了叩门环。稍后，他听到了脚步声。接着，门开了，开门的正是柳伯年。顾唯中拱了拱手说，柳先生，打扰了。柳伯年一笑，哪里的话，难得有人来看看老朽。把顾唯中迎进院子，柳伯年说，您先坐会儿，我去泡茶。顾唯中说，不必劳烦了，坐坐就走。柳伯年说，来都来了，茶还是要喝一杯的。顾唯中一笑，那也好。他把带的水果放在茶几上，新鲜的枇杷，黄得透亮，玉石一样的质感。他朝四周看了看，这个院子和他家院子风格不太一样，更休闲些。等他收回眼光，柳伯年端着茶具过来了，一边摆一边说，我这业务也不熟练，您将就一下。顾唯中说，有茶喝就很好了。柳伯年说，您可能更习惯咖啡吧？说罢，像是不好意思，咖啡家里没有，我多年不喝咖啡了，睡眠本就不好，一喝更睡不着，人老了什么都不经用。顾唯中端起茶杯说，咖啡我一直喝得不多，以前在法国，也是喝茶。柳伯年说，这倒是难得。顾唯中说，家父在时规矩严得很，家里没有咖啡，不光没咖啡，连法语都不准讲。从小喝茶，喝着喝着就习惯了。柳伯年笑笑说，这就难怪了，你汉语说得那么好，仔细听还能听出镇里的口音。顾唯中说，听说您在镇上出生的？柳伯年说，土生土长，十几岁出去念书，前几年才回来。顾唯中说，那你和我不一样。柳伯年说，也一样，都是走马镇的子弟，这点关系，生生世世脱不了。顾唯中说，所以，我回来了。柳伯年说，这个我倒是意外，按理说，你对走马镇应该没什么感情。顾唯中说，这个我也说不明白，无端地就是觉得亲切，像是余生该在的地方。两人聊了一会儿，柳伯年提起了顾震声，说小时候听到顾大师的故事，崇拜得不得了。顾唯中说，有些夸张了，哪有那么厉害。柳伯年说，这你就谦虚了，方志上记载得确确实实。顾唯中说，你说的这个故事我也听过，哪是什么一流高手，不过是六个普通的剑士。柳伯年说，那也不得了。顾唯中说，功夫自然有一些，太过夸张就显得虚浮了。听顾唯中说完，柳伯年叹息了一声，要是个个都像先生一样客观，那就好了。喝了几杯茶，又聊了一会儿，顾唯中起身告辞。柳伯年留吃午饭，顾唯中说不打扰了，下次再来拜访。

顾唯中家离柳伯年家不远，步行不过七八分钟。隔着一条小河，河上有桥，石板的，踩得油光水滑。要是下过雨，走在上面得小心。河两岸种的垂柳，都有些年头了，树干算不上粗壮，暗暗的发黑。顾唯中以前没见过这么多垂柳，春末夏初，柳条垂下来，微风荡漾，确有一种至柔的美感。顾唯中练的铁臂长拳，拳法刚猛雄浑。他练了一辈子，才体会到刚猛中的那一点轻柔。就比如骨头和骨头之间的连接处，如果没有滑膜、韧带、软骨、肌腱这些柔软之物作为连接和过渡，那一根根的骨头即使再硬，也只是一堆散乱的材料。从河边往柳伯年家去，常常让顾唯中忘记他是个练武的人。他和柳伯年已经很熟了，每周要见三四次面，留饭也成了常事。所幸，柳伯年没什么朋友在走马镇，小时的玩伴在镇上的也聊不到一块儿，只剩下见面打个招呼的交情。他请了一个保姆，做饭洗衣服打扫清洁。顾唯中和他情况类似。如此一来，两人交往倒是方便了，没有家人和别的顾虑，过得随心随意。再且，两人都是见过世面的人，说话想事情能凑到一块儿去，这就让人愉快了。多半，顾唯中到柳伯年家吃饭，有时带点菜，有时不带，具体看情况。他们都不缺钱，这点小事自然不计较，聊得开心才是关键。偶尔，顾唯中和柳伯年开玩笑，我吃你的吃得太多了，都不好意思了。柳伯年笑，我喝你的喝得那么多，我没有一点不好意思。柳伯年年轻时好酒，现在也喝，喝得没那么厉害，多半喝点红酒和洋酒，有时也喝点米酒。米酒顾唯中不懂，红酒和洋酒他比柳伯年了解。两人一块儿喝酒，多半是顾唯中讲，柳伯年听。这酒，基本都是顾唯中提供。他对柳伯年说，别的不说，这个我比你专业，你不能和我争。柳伯年说，我为什么要争？有喝的我就喝了。话是这么说，柳伯年也会给顾唯中送点茶，多半是小盒的，别人送他的定制品。他喝了好，送点给顾唯中，也不谈钱。谈钱，怕顾唯中难堪，他拿来的红酒洋酒虽好，但不值钱。外国常喝的红酒洋酒多数不过十几欧几十欧，上百欧的那就很高端了。他送的茶看起来不起眼，要买都是天价。在柳伯年看来，顾唯中不懂喝茶，只是解渴或陪客。即便这样，也不影响他泡茶的热情，茶和酒都是多好的东西。

到了柳伯年家，两人除开聊天，也看柳伯年画画。柳伯年装修了画室，不大，大约只有四十平方米，采光通透，一边墙开了又长又宽的玻璃窗，窗外种了几棵三角梅，红红白白的花开得满串，影子映到墙上，一摇一晃。画案离窗很近，胡乱堆着各色的纸，还有废弃的画稿。顾唯中和柳伯年开玩笑，要把他的画稿偷了去。柳伯年说，这些破烂东西，你喜欢你拿去。他这么一说，顾唯中反倒不好意思了。看着柳伯年的画室，顾唯中说，你这么大的画家，用这么小的画室，配不上你的身份。柳伯年接过话，画室小是小了点，也够用了。话说，三十岁后，我还真没用过这么小的画室。这个年纪，心劲儿和体力都跟不上了，画不了大画，也就是涂几笔，几十年下来习惯了，不涂几笔总是不快活。顾唯中看着柳伯年说，这方面我是真羡慕你，你这和老中医一样，越老越值钱。画不在大小，笔墨里都是阅历，又有几十年的声名撑着，繁华退尽，落笔清涧，这都是境界，都是艺术。我们练武术的，过了年纪，身体机能无法支撑，连一个简单动作都做不出来了，真真成了废物。柳伯年说，你这是开玩笑了，武林宗师哪个不是白了头。顾唯中说，这话不假，但那活的是身份，人家敬重的是个辈分，不是身上的功夫。柳伯年说，不怕你笑话，我动笔也心虚得很，眼睛看不清了，手也抖。我记得齐白石晚年发过一个感慨，再也画不了那样的草虫了，眼花手抖。我现在也差不多。顾唯中看着画案，指着柳伯年面前的画说，不定非得工笔草虫，这写意多好，酣畅淋漓，这笔墨功夫，没有几十年的积累哪里出得来。柳伯年提着笔，又放下。从书架上抽出本画册，翻到一页，指着上面问顾唯中，你觉得这个如何？顾唯中接过画册，一眼看到几团灰几团黄，再加自上而下垂着的纠缠藤条。一看侧边，有题识"九十八岁白石"。齐白石的画，这个顾唯中以前没见过，像又不太像，太散漫了。见顾唯中皱着眉头，柳伯年问，画得如何？顾唯中老实承认，看不出好来。柳伯年说，不光你看不出好来，我也看不出好来。但有人觉得好，奇好，无比好。顾唯中说，那都是仙人。柳伯年拿过画册，又细细看了一遍说，据说这是白石老人生前最后一幅画，看起来画得有些糊涂，比如说那几个葫芦。就说藤条，线条走得烂漫自然，完全没了章法。要说这画好，可能好在自然，随心所欲。要说它不好，可能也是自然，自然到不自然了。顾唯中笑了起来，你把我说糊涂了，什么叫自然到不自然了？柳伯年也笑，我把我自己也说糊涂了，画了一辈子，我连好坏也分不出来了。顾唯中说，你这话可别让人听见了，你可是大师。柳伯年瞪了顾唯中一眼，你是一代宗师。说完，两人哈哈大笑。

　　到了中秋节，柳伯年打电话给顾唯中，约一起吃饭赏月。顾唯中推辞，就不过去了，知道你家人来了。柳伯年说，你这就见外了，也不多你一个人。顾唯中说，倒不是多我一个人，我一个人跟你一家人一起觉得不舒服。柳伯年问，真不过来？顾唯中说，真不过来。柳伯年笑了声，来吧，我家也就我一个人，中午把儿子赶走了。顾唯中说，你又骗我。柳伯年正了正音，真的，中午打发他们走了，回镇上图个清静，他们一来，我清静不了。本来说要一起过节，都闹腾了几天，让他们回去了。顾唯中还在犹豫。柳伯年说，我让保姆蒸了螃蟹，买了黄酒，炒了几个小菜，保姆我也打发走了，就等你来了。话说到这儿，顾唯中不好再推辞，他说，好，那我马上过来。等顾唯中过去，果然只有柳伯年一个人。院子中间摆了一张桌子，桌面小篾笼里趴着六只油红的大螃蟹，外加一盘炒田螺、一碟青瓜，还有一条红烧大白刁，果盘里摆了葡萄哈密瓜。顾唯中坐下说，丰盛得很。柳伯年拿杯给顾唯中倒酒，这不过节嘛，知道你也不爱吃月饼，就没准备。顾唯中抿了一口酒，有鱼有螃蟹，哪个还要月饼。一瓶黄酒喝完，四只螃蟹剥完，月光出来了，照在院子里，桂花树散发出清透的香气。柳伯年说，你回来了我在这里算是有了魂了。说罢，问顾唯中，都说你是一代宗师，你还能打拳吗？顾唯中说，不能，老了，伸展不开。柳伯年说，你随手比画一下，让我开开眼界，都说顾家的铁臂长拳天下无敌，我还没有见识过。顾唯中说，那都是江湖传说，当不得真。柳伯年说，我去镇上拳馆看过，虎虎生威，霸气得很。顾唯中说，我也去看过，刚猛有余，柔韧劲儿落了，少了弹力。柳伯年说，今儿过节，又喝了酒，我提个不情之请，露两手看看。顾唯中喝了口酒说，那就献丑了。说罢，起身，下场。顾唯中站在院子中央，调整了一下呼吸，桂花香一阵一阵，他像是凝固在那里。突然，只听一声大吼，像是夜间沉睡的猛虎被惊醒，一个身影弹起来，带起阵阵风声。柳伯年看见一团黑影在月光下弹跳腾挪，刚猛处桌子上的酒壶微微震动，柔和处似是听到月光落地的声音。没等柳伯年缓过神，顾唯中回到了桌边，微微喘气，老了，还是老了。柳伯年连连赞叹，功夫，这才是真功夫，不愧是一代宗师。顾唯中喝了口酒说，比不得当年了。又说，等我老了，你给我画个像。柳伯年说，好，不过，画不了那么精细了。顾唯中说，只要是你画的，怎么都行，你看毕加索，他中后期的画，哪有像的。又喝了几杯，柳伯年说，要不要看我画画？顾唯中说，好。两人进了画室，柳伯年涂了几笔问，这个如何？顾唯中说，好。柳伯年问，哪里好？顾唯中说，好螃蟹。柳伯年大笑，怕是只有你认得出来是螃蟹。又问，这螃蟹比白石老人的葫芦如何？顾唯中说，都是恣情恍惚的好东西。柳伯年又画了几只螃蟹，题了款，盖了章说，这幅送给你。说罢，回到院子里继续喝酒。

过了几天，顾唯中买了一筐螃蟹去看柳伯年。走马镇也产螃蟹，名气没阳澄湖的大，品质却也不差，而且绝无假货。在走马镇上，吃螃蟹都吃本地的，阳澄湖的没市场。蟹是顾唯中一只只挑的，半斤左右一只，翻开蟹脐，能看到根部一团橘红。那才是好螃蟹，黄足肉满。

挑好螃蟹，顾唯中给柳伯年打了个电话，让他把黄酒准备好，就前几天喝的那种。到了柳伯年家，还早，不到五点。顾唯中放下螃蟹，柳伯年看了一眼说，下了血本啊。顾唯中说，还好，不是阳澄湖的，那就贵了。柳伯年喊过保姆拿了蟹，又给顾唯中倒茶。顾唯中说，我今天是来拿我的螃蟹的。柳伯年笑了起来，这个你倒记得牢。顾唯中说，那是自然，好不容易得几只柳大师的螃蟹，哪能忘得了，你可不能赖皮。柳伯年笑了起来，我都七十多岁的人了，还能像小孩子耍赖皮？那天都喝了酒，你说好，我说送，一会儿你再看一眼，别拿回去不欢喜。顾唯中说，怎么可能。柳伯年说，看到你那一筐螃蟹，我倒想起了一个故事。说的还是白石老人，捕风捉影的小故事，当不得真。说是有年冬天，白石老人正在家里画画，听到门外喊卖白菜的。白石老人心里一动，想做个风流佳话。他拿了一幅白菜，匆忙出门，叫住卖白菜的说，用我这幅白菜换你一车白菜如何？卖白菜的顿时生气了，你这人好没道理，拿你一棵假白菜，换我一车真白菜。说罢，气呼呼走了。柳伯年讲完，顾唯中笑了起来，那我是拿一筐真螃蟹，换你几只假螃蟹。柳伯年说，那你亏大了。说完，站起身说，我们去看看那几只假螃蟹。进了画室，柳伯年翻出画，铺平展好，只见纸上歪歪斜斜躺着几坨黑团，隐隐能看出螃蟹的身形，蟹钳蟹脚张扬恣肆。柳伯年自嘲道，这怕是蒸过了的螃蟹，脚都掉了。顾唯中说，这是好画。说罢，伸手去取。柳伯年说，不急，等我找人裱好送你，这就像个裸体美人，得装扮上，体体面面嫁人。顾唯中说，你不是反悔了吧？柳伯年确实有点想反悔了，这画和他以前的画风不同，得了自由。他以前的画，总有点没来由的拘谨。也许是借了点酒气，也许是放下了名利之心，这幅螃蟹他画得自由。墨色虽然任性，却也恰到好处，有点从心所欲而不逾矩的意思。柳伯年伸手摸了摸画上的螃蟹说，哪里的话，我还不至于那么小气。

保姆炒了几个小菜，蒸好了螃蟹，喊两人过去吃饭，饭桌还是摆在院子里。这是柳伯年的习惯，只要不是太热太冷，他喜欢在院子里吃饭。菜上了桌，柳伯年找到黄酒，拿了杯子过来，喊保姆一起吃饭。保姆说，有顾先生陪你，我就回去了。你们俩一起吃饭，我坐在旁边也是多余，没什么意思。柳伯年说，你这是嫌弃我们了。保姆说，我哪里敢嫌弃，不给你们当灯盏。柳伯年说，你平日也和我一起吃饭的。保姆说，那是怕你一个人吃饭清冷。柳伯年说，好好好，不留你。对了，顾先生带了好些螃蟹，你拿几只回去，这么好的螃蟹，放坏了可惜了。保姆说，那多不好意思。柳伯年说，都是自己人，客气什么。保姆说，那谢谢顾先生了。顾唯中说，经常来蹭吃蹭喝，麻烦您了。柳伯年给顾唯中倒上酒，挑了个蟹脚上满是黄色油脂的大蟹说，这个好，长满了，没长满的都是壳，也没黄油。那头，保姆回厨房拿了四只螃蟹，经过桌边，举起螃蟹说，谢谢柳先生。柳伯年说，怎么不多拿几只，多得很。保姆说，够了够了，家里也没几个人，尝个鲜可以了。等保姆出门，顾唯中说，你这保姆好。柳伯年说，你说说看，哪里好。顾唯中说，不贪，有分寸。柳伯年说，怎么讲？顾唯中说，你看，她拿螃蟹只拿四只，不多不少。要紧的是她拿了给你看看，要是螃蟹跑了少了，那也不是她拿的，她清清白白。柳伯年和顾唯中碰了下杯说，没想到你一直在国外生活，对中国的人情世故倒是比我还懂。顾唯中说，说来你可能不信，我从小接受的教育比国内还要中式，四书五经我可没少背，也没少挨打。柳伯年说，我们这代人年轻时闹革命，开辟新天地，事事求新，古书确实读得少，还是后来补了下课，到底不是童子功，学得不伦不类。

喝了点酒，顾唯中说，柳先生，还记得上次说过的话吗？柳伯年说，说过那么多，你指哪一句？顾唯中说，我说想请先生给我画个像，留给儿孙。柳伯年说，这话我记得，那会儿说的酒话，画像还是找油画家，我年纪大了，眼睛也不好，做不了精细活儿。顾唯中说，你答应了的。柳伯年说，画像不是国画的强项，留给儿孙看，形似还是重要的。顾唯中说，这个你不管，你想怎么画怎么画。柳伯年还在犹豫。顾唯中说，柳先生，这个不要你送，也不合规矩，你润格高，我给不起，意思还是要到的。柳伯年说，顾先生，你误会了，我不是这个意思。顾唯中说，我明白你的意思。柳伯年说，我说的意思不是你说的那个意思。顾唯中说，不管什么意思，该意思还是要意思意思。两人像是说绕口令，都笑了起来。笑完，顾唯中说，柳先生，我其实对武术兴趣不大，不过，这也是家业，只得硬着头皮撑下来，所幸做得还不算丢脸。年轻时，我想去学艺术，巴黎你知道的，艺术之都。每个法国青年都想当哲学家、艺术家，我也一样。家父倒也不反对我学艺术，只是告诉我，武术不能丢，毕竟顾家铁臂长拳还有点影响力，还得传扬下去。其实，在国外，中华传统武术很孤独，关注的人不多。外国人看武侠电影，都是当玄幻看。偶尔碰到爱好者，练不了多久也就算了。柳先生，和你说这个，倒不是抱怨，只想说我是爱艺术的。我们年轻那会儿，最崇拜的艺术家是毕加索。海外华人艺术家中，大家最熟悉的是张大千和赵无极，我对艺术那点一知半解，也是那时打下的底子。顾唯中说完，柳伯年说，你今天这一说，我明白了，以前我还奇怪，你作为武术家，为什么对艺术这么了解，都是有根源的。顾唯中说，了解说不上，附庸风雅。柳伯年说，你也别谦虚。顾唯中说，那画像还画吗？柳伯年说，当然，只要你不嫌弃。顾唯中说，那是我的福分。酒喝完，两人又聊了一会儿，不觉已是深夜。临出门，顾唯中握住柳伯年的手说，柳先生，画像的事拜托你了，我的时间不多了。

柳伯年说，你看，喝多了，胡说八道。顾唯中摇摇头，真的，我回来有落叶归根的意思，我有病，面上看不出来，医生说随时可能走了。柳伯年愣在那里，以前怎么没听你说起？顾唯中说，又不是什么好事情，有什么好说的，如果不是想请你的画，我也不会说这个事。柳伯年松开手，抱住顾唯中，拍了拍他的肩膀说，顾先生，你放心，我尽力而为。顾唯中拱拱手说，那就拜托了。说罢，转身，回家。柳伯年站在门口，目送顾唯中，月色温柔，柳树垂下的枝条上的叶子快落尽了。

一连几天，柳伯年心里不太平，他想起顾唯中的话，看起来那么健康的一个人，谁能想到重疾在身。前些日，月下，顾唯中为他打了一套铁臂长拳，雄浑有力，哪里像个病人。要知道顾唯中有疾在身，他也不会提出这么唐突的请求了。给顾唯中画的几只螃蟹，柳伯年送去裱了，找的熟人，还特意交代了一句，用点功。他这句话说轻不轻，说重不重。他本就是大行家，东西过他的眼，总得有个样子。等画送回来，柳伯年点了点头。他看着画，若有所思。柳伯年给顾唯中打了个电话，画裱好了，我给你送过去。顾唯中说，哪有这样的道理，我过来取。柳伯年说，那也好。挂了电话，柳伯年叫过保姆，让去市场买几个菜。他特意点了大白刁，记得顾唯中喜欢吃这鱼，清蒸了浇上热油，撒上葱花葱白丝，肉质细嫩，鲜滑甜美。过了一会儿，顾唯中提着一袋橘子过来了。一进来，他把橘子放在桌子上，剥了一个递给柳伯年说，这个你喜欢，甜里略带点酸。柳伯年接过橘子，理了理面上的橘络，剥下一瓣塞到嘴里说，现在难得吃到合口的橘子。顾唯中正剥另一个橘子，接口道，这个不错，我尝过的。柳伯年拿着橘子，扭过头看着顾唯中，顾唯中把橘子放进嘴里，咬了一口，皱起眉。柳伯年放下橘子，哈哈大笑。顾唯中伸出舌头，这也太酸了，被骗了。

柳伯年站起来说，去看看你的螃蟹。画挂在墙上，顾唯中和柳伯年看着画，一时都没有出声。裱过之后，看起来果然不同。都说三分画七分裱，话说得有点过，也不是完全没有道理。看了一会儿，还是柳伯年说话了，他说，这画看着有禅意。顾唯中说，嗯，说不清道不明，莫名就是觉得好，任性恣睢中又有一股枯寂的静气。柳伯年说，你说到点子上了。这画让我想起南宋禅僧画家牧溪的《六柿图》，就是远远近近焦浓重淡轻六个柿子摆在那里，平心静气，不言不语。这几个螃蟹还是有点焦躁气，收了这股气，应该也算得上好东西。顾唯中说，柳先生太苛求了，这画已是大好。说罢，把画从墙上取下来，端在面前看，越看越欢喜，叹道，真是妙手偶得之。从画室出来，坐下，柳伯年忍不住问了句，你上次和我说的是真的？顾唯中说，哪个会拿这种事骗人，何况你我之间。柳伯年说，我有点难过了。顾唯中说，倒也不必，人总有个定数，我这辈子算是圆满，回来遇到你，也是老天给的缘分。柳伯年说，这像我画了，画成一个大柿子。顾唯中说，螃蟹也行。柳伯年说，橘子也行。顾唯中说，梁楷的《泼墨仙人图》也行。柳伯年说，阿弥陀佛，真是自在。顾唯中说，等你画好了，我给你讲个故事。柳伯年说，我也给你讲个故事。顾唯中说，那好。柳伯年说，期待。大白刁只剩下鱼刺，外面有点冷了。柳伯年去画室把画抱出来，递给顾唯中，以后螃蟹我不画了。顾唯中说，我最后一套拳已经打完了。

　　给顾唯中画像，柳伯年花了心思。他长处在山水，人物虽有涉猎，但不能说是得心应手。再说，怎么画？传统线描他不喜欢，借用油画技法的现代水墨人物，虽然有立体感，细部表现力也有增强，但他总有一种挂羊头卖狗肉的不适感。想了几天，柳伯年决定还是用水墨写意，百年之后，人是什么样子还重要吗？他把自己关在画室，连画了两个月。这两个月，顾唯中打过几次电话给柳伯年，柳伯年推辞说，没画好之前，先不见。顾唯中说，也不必这么较劲吧。柳伯年说，该较劲还是要较一下。等画好了，柳伯年满意了，墙上挂了三幅，画过的一沓草稿烧掉了。他觉得，可以约顾唯中过来看看了。接到柳伯年电话，顾唯中自然高兴，他说，我带一瓶洋酒，今晚一醉方休。到了柳伯年家，顾唯中想看画。柳伯年说，不急，我们先喝酒，喝完了再看。顾唯中想了想说，那也好。说罢，从口袋里拿出一个信封递给柳伯年，一点意思。柳伯年接过来，抽出来一看，一张支票，他数了数说，这有几个"8"，我眼花，都数不清了。顾唯中说，那就不数了，我们喝起来。酒到半酣，柳伯年说，你不是说有个故事要讲吗？顾唯中说，你还记得？柳伯年说，那当然记得。顾唯中和柳伯年碰了下杯说，柳先生，如果不是到了这个年纪，不是和你，我不好意思讲这个故事。柳伯年说，我们都这个年纪了，还有什么不好讲的，多厚脸皮的事情都做了。顾唯中说，那也是。

你知道，我练武出身，我爷爷顾震声的故事你也听过。柳伯年点点头，竖起大拇指说，大英雄，大武术家。顾唯中说，他老人家功夫多好我不知道，我长大后他已经很老了。我练了一辈子顾家铁臂长拳，老实说，我有点怀疑。柳伯年以为自己听错了，什么？顾唯中望着柳伯年的脸说，我对这套拳法有些怀疑，我不认为我爷爷有很强的实战能力。柳伯年说，这话怎么讲？方志上记载的总不会错的。顾唯中敲了敲桌子说，那不一定，夸张和美化在地方志中算是常见。柳伯年没接话。顾唯中又喝了一口酒，像是难以启齿，我以前也以为顾家铁臂长拳实战能力应该不错，毕竟它讲究力量和速度，这和拳击、跆拳道等现代搏击在理论上是一致的。柳伯年点了点头。顾唯中说，我在国外教拳练拳，不光练铁臂长拳，对拳击等也略有涉猎。尽管如此，我还是有些膨胀，总觉得我的拳法应该还是有很强的实战能力的。谁知道，羞愧啊。说来惭愧，我在巴黎教拳时，三十几岁，正是体力最好的时候。馆里有个德国小伙子，练拳击，跟我学过几个月的铁臂长拳。我问他为什么来跟我学拳，他说好奇。几个月后我问他，感觉怎样？他说，华而不实，锻炼锻炼身体还可以，实战不行。他这话把我惹恼火了，便提出和他比试比试。开始他不肯，禁不住我一再纠缠，还是答应了。老实讲，我之所以咄咄逼人，还是因为太自信了。小伙儿比我矮近半个头，体重也轻，在拳击手里最多就是蝇量级。我相信我对付他绰绰有余。比武就在我的武馆，等学员散了，我们比了三场。你猜怎样？柳伯年看着顾唯中。顾唯中往椅子后面一靠说，连输三场，鼻青脸肿。就这，人家应该还是收着打。比完下来，我算是明白了，练套路的，永远不要去挑战实战的。铁臂长拳，充其量就是个套路，相当于舞蹈家。柳伯年和顾唯中碰了下杯说，顾先生言重了，这是不同领域，每个领域都有自己的大师。打个比方说，画国画的非要和画油画的比，那就没意思了。顾唯中摆了摆手说，柳先生，你的意思我懂，你也是安慰我，但无论怎么讲，一个武术家没有战力都是荒唐可笑的。就像书法家，擅长哪种书体都行，但起码要把字写好。不瞒你说，那次之后，每次被人介绍成武术家我都很羞惭，但帽子戴上了，也不是你想摘就能摘的。毕竟，我不是我一个人，我代表着我这个门派，我不能把大家的饭碗和心劲儿都给砸了。柳伯年喝了杯酒说，顾先生，你说的我也懂，我顶着一顶大画家的帽子何尝不是心惊胆战。就像有位大师说的一样，我画了一辈子才知道我不懂画画，也不懂美。顾唯中放下杯子说，对了，你不是也有故事要讲吗？柳伯年说，你讲过了，我就不讲了。对了，我有没有和你说过，我去瑞士的时候，拜祭过顾震声老爷子的墓地？顾唯中说，难得你有心。柳伯年说，从小听老先生的故事长大的，到了去看一眼，也是分内的事。画还看吗？顾唯中说，看，当然要看。

**后记：**

两年后，顾唯中过世，火化后葬在祖先的墓地。按照政策，走马镇早已禁止土葬，他的墓地为特批，墓碑横批四个大字"一代宗师"。在他的墓地上方，埋着顾震声之父顾溪池。顾溪池码头工人出身，三十二岁获选秘密会社鳄鱼门堂主，为人仗义疏财，扶贫济困，深受下层民众爱戴。六十三岁时，被盐商重金雇凶杀害。顾唯中过世前，将柳伯年所赠《螃蟹图》及《顾唯中先生像》赠走马镇名人博物馆收藏。除此之外，柳伯年也将部分手稿赠博物馆。为此，博物馆特意组织柳伯年作品展。展览上，市民对《螃蟹图》褒贬不一，众说纷纭。至于《顾唯中先生像》，无一不觉神秘莫测，在或浓或淡的墨团中，隐约有人，就像峨眉山的佛光，众人皆见自己，而不见他人。展览结束后，柳伯年闭门不出，不再作画。他将画室改造成兵器室，刀枪剑戟，只要能想到的兵器，一一摆放其中。有人认为这是为了怀念顾唯中，对此，柳伯年坚决予以否定。他表示，这只是他童年的一个梦。他幻想过拥有世界上所有的兵器，忙碌一世，该圆梦了。

原刊《山东文学》第 1 期

# 首次唤醒

周大新

**作者注：** 对本文所述之内容，不必去做历史考证与科学论证。

宋徽宗的《红蓼白鹤图》在尚城博物馆失窃，报案时间是2022年5月27日上午7点43分。

我之所以记得这么清楚，因为那是我由恭城调到尚城工作的第三天。这也是我接触到的第一桩尚城的案子。其时，我对尚城所知不多。

记得那天早上我刚进办公室，一位副局长就过来报告，说尚城博物馆馆藏的《红蓼白鹤图》被盗。我当时正急着要去会议室参加局里召开的夏季严打会议，这消息在我的耳朵里转了一下就出来了，并未引起我的重视，我只是说：夏天最容易发生盗案，派三科的同志去一趟现场吧。当天中午，开完严打会议之后，我才又想起这事，问三科的科长那件盗画案的侦破有无进展。三科的科长说，他派人去了现场，那幅《红蓼白鹤图》是宋徽宗的真迹，尚城保险公司曾估价六个亿，博物馆没钱交保险金，故未上保险；今早7点42分博物馆工作人员发现该画被盗，7点43分报案；现场未留下任何有利于破案的线索。我一听值六个亿，心里咯噔一下，尚城博物馆怎么会保存如此贵重的文物？我才意识到这是一桩大案，叮嘱他们要抓紧侦破。我当时在心里叹道：我刚来尚城任职，盗贼就给了我个下马威！

当天下午3点，我亲自到尚城博物馆看了一下现场。应该说，这个博物馆的规模不大，安保措施也不严密，因为经费紧张，馆里就雇了四个保安，白天两个人值班，晚上也是两个人值班。馆内虽然安有监控探头，还是因为经费紧张，并未全覆盖，留有死角，从监控录像里没有发现有人在当晚进入馆内。原来挂着《红蓼白鹤图》的地方，如今空在那儿，只留一个画框的印子。博物馆的馆长当时在场。我问他：为何不把这么一件值钱的文物送到省博物馆里保存，而偏要冒着风险将其保存在尚城这样的小博物馆里？

他说：正是因为有这样一件文物存在，我们尚城博物馆才为外人所知，很多画界的人和研究宋徽宗作品的人才会来我们博物馆里参观，这也算提高我们博物馆知名度的一个办法吧。再说，这幅画是1980年在咱们尚城发现的，当时的拥有者是西区赋格街一家裁缝铺的裁缝。这幅画就挂在他们家的客厅墙上。有一次尚城的宣传部部长去他家做衣裳，看见了这幅画，那位宣传部部长懂古画，认出了这是一件宝物，就问他这幅画是从哪里来的。裁缝说，是他爷爷留下来的。他爷爷当年在天津开裁缝铺子。宣传部部长当时劝他把这幅画捐给国家，他表示同意，但说自己铺子里的缝纫机坏了，希望政府能拿一台缝纫机来换。那年头缝纫机挺珍贵的，可宣传部部长懂这幅画的价值，就答应了对方的请求，由宣传部买了一台缝纫机送给他，把那幅画取走了。

宣传部取了这幅画之后,也曾经打算送到省博物馆去,但当时的尚城市市长说,既然是个宝贝,就应该按照属地保管原则,放在咱尚城博物馆里。后来省里领导知道了这件事,也没有反对,认为尚城离当年北宋的都城汴京不远,放在尚城也算很有意义。因此,这幅画就一直保存在尚城。好在过去大家对这种旧画也不怎么重视,它的安全未受威胁,没想到现在出了问题。

如今的人们,大都懂得文物的价值,宋徽宗又是名人中的名人,他的作品失窃,立刻在尚城和全省成了新闻。传统媒体、新媒体和自媒体都报道了此事,我们破案的压力变得更大,我一天问一次进度。

由于作案者留下的痕迹太少,追踪遇到了很大的困难,正当我们苦寻破案线索之际,三天之后的早上,博物馆馆长来电话报告,馆里的工作人员柳未名博士送回了那幅画,他承认是他偷拿的。

我和三科的干警当即驱车赶了过去。

我们到达博物馆时,馆长和馆里的工作人员都在馆长的办公室里,桌子上就摆着那幅《红蓼白鹤图》。我问馆长:是丢的那幅?馆长点头答:是的,还好,画没有受到损坏。

你确定这就是原画而不是高仿品?我追问了一句。

他再次点头肯定:是的!

我松了一口气。只要原画找到了,盗窃者投案了,案子就算结了。我到尚城遇到的第一桩大案有此结果,也算幸事了。

为什么会偷走又送回?三科的干警在追问案犯柳未名。

我心里判断,肯定是因为我们破案抓得紧,案犯害怕,才中止作案。

可谁也没想到,柳未名竟然说他偷拿这幅画是为了一项科学实验,再问他是什么科学实验，他说需要保密。

还有这样的窃贼？！我很惊奇，于是决定亲自审问一次这个犯罪中止的盗窃犯。

那个年轻的博士柳未名一脸平静地坐在我面前，一点也不像犯了罪的模样。

你说你拿走宋徽宗的《红蓼白鹤图》是为了科研？我紧盯着他的眼睛。我审讯过无数的罪犯，我知道罪犯通常会呈现什么眼神。

是的。他答得倒很从容镇静，眼神也是我没有在罪犯眼里见过的。我只是使用了这幅画作几天时间，然后就把它送回来了，我这不属于盗窃。

那你为何不预先向博物馆领导提出申请，请领导批准了再拿走？

你只要想一想就能明白，有哪个领导敢把一幅价值六个亿的文物批准给我拿回家去做几天的科学实验？

什么样的科研需要一幅名画？

目前的确需要保密！他的语气很坚定。

你如果不给我说明，我马上就可以用盗窃名画的罪名将你抓走，而且以我对法律的了解，法院很可能会判你至少十年的徒刑，因为这幅画值六亿元，你想想，你若在监狱里服刑还怎么去搞科研？

他似乎被我的话惊住了，手摸着自己的头发来回搔着。片刻后他反驳道：我再次说明，我没有真偷这幅画，我只是拿走用了几天就还回来了。

那也不行！你没有经过任何人的批准，这就属于偷！你最终没有拿走只是因为我们查得紧，你害怕了！这只能减轻一点对于你的惩罚，可不能免除处罚！

他沉默了一阵，然后说：如果我把我的研究情况告知你，当然是只告诉你一个人，你能免除我的法律责任吗？

那要看你告诉我的是什么样的情况，是不是属于免除处罚的范围，我只能视情况判断。

我能看一下你的工作证吗？ 我要确认你真的是尚城的公安局局长！ 他表现出了一点幼稚的认真。

我掏出我的警官证给他看了。

好吧，那就请你带上宋徽宗的那幅《红蓼白鹤图》跟我去我的家里，只许你一个人去！

那不行！带这么重要的文物出馆必须有至少四名警察护送，而且你们馆长也必须同行！ 我冷冷地拒绝了他。

那在我报告我的研究情况时，只能你一个人听！ 他再次提出了要求。

我带着一点嘲讽的神色答应了他。真是遇到了一个奇葩的文物盗窃贼！

我怎么也没想到，我会在他的家里看到那些情景——

柳未明是独子，家在尚城郊区一栋自建的两层楼房里，上下各三间。他与父母同住，目前还未结婚。他的父母住一层，二层的三间全归他使用。二层的三间房子是打通了的，屋里密密麻麻摆满了各种叫不上名字的仪器，布满了粗粗细细的电线，而且那些仪器都开着机，明显正在工作，发出一种轻微的嗡嗡声。

他让我在一张椅子上坐下，让馆长把《红蓼白鹤图》放在我面前，然后开口道：这就是我的唤醒研究室也叫唤醒实验室，现在请馆长和其余的警察出门等待。

我挥手让其余人全部出去，我想凭我的擒拿格斗本领，一个人完全可以应付任何意外情况。

这些仪器都是你个人买的？我有了点新奇感。看来，他说他在搞研究不全是吹牛和狡辩。

我在国外留学期间每天都打工，它们是我用打工挣来的钱买回来的。

你研究古画？

不。他摇着头，我说专业术语你可能听不明白，这样吧，用一句最通俗的话来说：我的研究是想唤醒、激活、恢复储存在纸上的所有影像和声音信息。

我瞪着他，我没有听明白。

我在做其他实验时，无意中发现，纸这种信息载体，除了其上所写、所印、所画的文字和图像信息之外，还具有录像机和录音机的功能，它还储存了许多它所看到和听到的影像、声音信息。这让我非常意外，于是转而借助人工智能YXM自主认知、呼唤和生成系统，去唤醒假死在纸上的影音信息。我既是尚城博物馆的一个普通工作人员，也是国内民办VMC人工智能多用途公司的兼职研究员，我这里安装的设备，也有一部分是他们公司免费提供给我使用的。

哦？我有点听懂了。

前些日子，我已经可以通过我设计的YXM系统，唤醒和激活一家造纸厂刚生产出的白纸上所保留的影音信息，这些信息主要是纸成形之后造纸工人们的影像和造纸机器的响声。之后，我又在民国二年及1956年使用过的纸上唤醒了其保存的影音信息，让眼睛可以看见、耳朵可以听到。

是吗？我很惊奇，还有这事？

我在这些试验中还有一个发现，如果一张使用过的纸上有字迹和图案是史上的重要人物所写所画，那这张纸上保存的影音信息会更清晰。于是，我就想再找一种年代久远的纸来加以验证。这样，我就想到了博物馆里的这幅宋徽宗的画，这是一张将近九百年前的纸，是目前我个人能见到的年代最久远的纸，而且是曾经当过皇帝的人用过的纸，它应该储存了海量的清晰信息，把它拿来试试是最有实验价值的。可无人敢批准拿它来做我的实验品，我只能偷偷拿来用几天。这就是我的作案动机。

嗬，好家伙！我暂且相信你说的这些，那请告诉我，你的实验结果如何？

我现在就请你看我的实验情况！

他拉过一个悬在高处的巨型毛笔一样的东西说：这是我设计的唤醒装置，你可称它为信息唤醒探头，相当于人唤人时所用的嘴。

我看见那个探头上有着一团绒毛一样发着微光的物质。

他让那个探头也就是"嘴"接近《红蓼白鹤图》，然后说：这探头上不带任何可能损坏画面的东西，而且它也不摩擦画面，它只是去唤醒假死在画纸上的影像和声音信息，现在请看与探头相连的这个电子屏幕！

我向旁边的屏幕上看去，果然出现了相当清晰的画面和声音——

一个五十来岁，穿着还算体面的古装男子，拿着一张吴笺白纸喊了一声：小盏！

柳未名在一旁轻声解释：这就是赵佶，也就是死后被封为徽宗的宋朝第八位皇帝。这应该是公元1132年7月的一个早上。他此时站立的地方，是金兵攻破北宋汴京都城后，他被金兵掠至金国五国城时所住的一个院子的正房，五国城在今天的黑龙江省依兰县境内。他这时被辱封为昏德公，所住的院子被称为昏德公府。他此时是被软禁着，有一个金兵头目领着一伙金兵看守着他和他的一些随行人员。他这会儿是在叫他的书童林小盏。我这些解释来自我个人的史料研究结果，不一定准确，但能让你听明白。

嗬！我真正来了兴致。

随着唤醒探头在画纸上方的移动，屏幕上出现一个年轻的着宋时服装的小伙子，他应声来到了赵佶面前。

柳未名解释道：计算机会把唤醒恢复的信息，自动按其产生的先后顺序编排展示出来。

屏幕上的赵佶对着那个小伙子说：你去把钱放叫来。

柳未名轻声解释着：钱放是赵佶一个很信任的臣子，他被金国允许陪在赵佶身边，就住在昏德公府正屋前的偏房里。

屏幕上出现了一个四十来岁的男人，他来到赵佶身边，跪下叩头，口中称：臣钱放觐见太上皇！臣刚才正在劝慰温妃，想让她吃点东西，她已经三顿没吃饭了。

柳未名轻声解释：赵佶在金国攻打汴京前，曾禅让皇位于长子赵桓，故被称为太上皇。钱放所说的温妃是赵佶一直带在身边的一个妃子，他很宠她。但就在前一天上午，刚轮换过来看守昏德公府的一个金军头目在府院里看见了温妃，他见温妃长得漂亮，顿起色心，竟当着赵佶的面把温妃强行拉进他在大门口的守卫室进行奸淫，温妃被奸时的哭喊声响彻这个小院，可谁敢上前阻拦呢？被允许跟在赵佶身边的十来个人只能咬着牙默然听着，小盏当时看见太上皇把嘴唇都咬出血了。

屏幕上的赵佶挥挥手，对钱放说：起来吧，现在还讲什么宫中规矩？我让你办的事办好了吗？

钱放回头看了一眼林小盏，那意思显然是不想当着小盏的面回话，小盏见状，急忙转身就要出门，不料赵佶说：小盏不必出去，这件事需要他知道。然后示意小盏关上正屋的门。

门关上后，钱放说：臣已遵嘱将营州海边至五国城昏德公府的道路全用暗色笔画了出来。他边说边从怀里掏出了一张吴笺纸，让赵佶看。

赵佶将自己手中原来拿的那张吴笺纸和钱放交给他的这张都交到小盏手上，说：把这张白纸覆在画有道路的纸上，不要损坏了下边那张纸，然后我要在上边的那张纸上作画！

小盏接过两张纸，走到书案前。

柳未名此时解释：这个林小盏当初在北宋都城汴梁时，曾是翰林书画院里年轻的装裱匠人。

屏幕上，小盏很快把两张纸粘在一起，铺展在了书案上。

赵佶这时走到书案前，拿起画笔开始作画，钱放和小盏一直站在画案旁边。赵佶先在那张纸上画了河水和坡岸，然后在坡岸上画了一株红蓼，再在红蓼下画了一只站着的白鹤，白鹤在殷殷望着远方。

小盏这时惊奇道：我见过另一幅据说也是太上皇亲笔画的《红蓼白鹅图》，这幅画与《红蓼白鹅图》很相似呀！

一直冷着脸的赵佶没有说话，只是全神作画。最后，他在纸上潦草模糊地签下了他的绝押"天下一人"，然后对着钱放问：怎么样？该遮的都遮住了吧？

钱放点点头：太上皇高明，都遮住了！

赵佶叹了口气：所以这样画，是因为吾儿赵构知道我画过那幅《红蓼白鹅图》，他只要看见这幅画，就明白这事是真的。毕竟，他对你俩没有什么印象，很容易怀疑你俩的身份，怕是金国之计谋，不相信此事是真的。说完，他又拿笔在一张纸上匆匆写了四句诗：彻夜西风撼破扉，萧条孤馆一灯微。家山回首三千里，目断山南无雁飞。写完，他对钱放和小盏说：你们二人将此诗记在心上，见到当今皇上时，若他怀疑你们的身份，可将此诗背出，他一听，定会明白这是他父亲写的。

柳未名解释道：小盏这时有点明白太上皇的意思了，是要派他和钱放大人去办一件大事。

赵佶这时对钱放和小盏开口了：朕今天不是给你们下旨，只是求你俩偷偷潜出金国，逃回临安，去见吾儿赵构，也就是今天的南宋皇帝，让他速速派一支人数不多的精兵，先潜至京东路蓬莱地界，然后偷偷由蓬莱上船，到金国这儿的营州海边，泊下船乔装上岸，悄悄按画上显示的道路，来五国城救我等回国。我实在是受不了金人的折磨了！你们二人可愿意？

钱放和小盏闻言急忙跪下，钱放道：微臣钱放领旨，会与小盏不畏任何艰险，南下搬兵来救太上皇，请太上皇放心！

如果路上遇到金兵盘问，你们二人该作何回答？赵佶显然还不放心。

钱放答：我们二人换上寻常百姓的衣裳，扮成父子，只说是家道败落外出到临安投靠亲戚，我会把太上皇的画作在身上藏好，我们俩只要有一人活着，必会将这幅画作呈送到当今的皇上手里，使他早日发一支奇兵来救太上皇！

好，好，我相信你们忠于大宋王朝的一片真心！事成之后，赵佶绝不会亏待二位，当今的大宋皇上也绝不会亏待你们，官位和金钱必会等着二位！但还有一点你们二人务必记住：这幅画只是掩盖出兵之路的匆促之作，没有任何艺术价值，在见到当今皇上将出兵图交出之后，务必将画作毁掉，以免使此画与那幅《红蓼白鹅图》相并列，让后人低看了我。再说，这求子派兵来救之作为，也是一桩不堪之事，我不想让后世人记得！你们可明白？

明白，明白。钱放和小盏连忙又答。

赵佶压低了声音：今日晚饭时，我会特意把看守我等的金国军人都请到正屋里喝酒，只说是犒劳他们，你们二位可趁此机会翻过院墙，一路南行。这些看守军人对随护我身边的人并不能都认清，你们可放心远走，只是要小心躲过路上金兵的哨卡。现在就请去准备吧……

我的天！我很震惊地看着柳未名：你还真有点本领！

柳未名淡淡地说：请继续往下看——

伴随着唤醒探头的移动，屏幕上出现一座简陋的小型宫殿。一个身穿皇帝服装的年轻人手拿着赵佶的那幅《红蓼白鹤图》坐在宝座上。

柳未名轻声解释：宋高宗赵构定都临安后，在北宋的杭州州治旧址上修建了宫殿。其宫城禁苑东起凤山门，西至凤凰山西麓，南起笤帚湾，北至万松岭，方圆4.5公里。你现在看到的是临时充当金銮殿的原杭州知州的办公处。正式的宫殿刚开始修，你能看到院子里到处都立着脚手架。这位就是皇帝赵构，他是赵佶的第九个儿子。此时已是1132年的年底了。

屏幕上，皇上赵构对一个老年男人问：审过了？确定是父皇派来的人？不会又是金人玩的奸计？

老年男子答：审过了，应该不是假的。那个叫钱放的，还把身上穿的一件背心脱下交给了我。说着，他把旧背心呈到了赵构手上：请皇上仔细看背心衬布上写的几个字，"速来援救我们"，的确是太上皇的瘦金体字。

赵构看了一眼，点点头，眼中有了泪水。少顷，他低声对一个宦官道：宣他们二位上殿来吧。

宣钱放、林小盏上殿——

柳未名轻声解释：这位老臣的身份姓名我还未在史料中查明。

屏幕上，伴随着那一声高喊，衣衫褴褛、蓬头垢面的钱放和林小盏，一拐一瘸地走进殿门跪在地上高呼：微臣叩见皇上！

起身吧，你们吃苦了！皇上说。

钱放再叩头之后高声道：请皇上按画下白纸上所示之路，速速派兵去救太上皇，金国对太上皇的折磨无所不用其极呀！

这事朕自会抓紧派人去办。你二人可放心去驿馆歇息。对二位的封赏，朕明日会派人去驿馆宣达。退下吧。

柳未名轻声解释：据我查史料得知，赵构是真心想冒险搞一次救父行动的。他唯恐身边的大臣们说他怕失皇位，才不救太上皇和同时被金兵掠走的哥哥赵桓。他当然知道其父派人送来的那张道路图当不得真，不能供作战使用，但他也知道父亲的心境，父亲已被关了五年，他得有所行动。于是，他让兵部用一个月时间拟就了一份去救赵佶的详细计划：派八十名武艺高强的官兵，由一名总兵带领，全换上百姓衣装，先分批穿过金国所占地区，抵达蓬莱海边聚齐；然后以运送商货为名，租下一艘大船，向营州进发；到达营州后，留几人看守货船，其余全都悄悄上岸，再以运海货为名，买数辆马车，先后赶至五国城；在五国城聚齐后，再在一个晚上巧妙进入昏德公府，将太上皇他们弄出府院，坐马车速返营州海边，再坐船径返扬州。只可惜这拨救兵北去蓬莱上船不久就遇见了大风，船翻人沉海，全部丧生。赵佶未能得救。据说赵构闻讯后长叹了一声，只好死了救父的心。

我被屏幕上显现的内容所震骇，一时不知该说什么。

你还愿不愿再看下去？柳未名问我。

看，看！我急忙点头。

信息太多。他调控着探头：只能再挑几段让你看看——

屏幕上再次出现了画面。一位穿得雍容华贵的女人拿着那幅《红蓼白鹤图》站在一张书案前，正厉声地训斥一名宦官：这幅画先太上皇不是早就交代要烧掉吗？为何还留着？在如此紧急的情势下，你们还拿这幅破画要不要带走这事来耽误我们母子的宝贵时间，是何居心？

看！女人身旁一个穿着皇服的男孩惊慌地指着殿外的天空叫，那里着火了！

柳未名此时轻声解释：这是1276年，元军攻进南宋都城临安时的一幕。这位穿着华贵的女人就是谢太后，她身边的男孩，就是南宋第七位皇帝赵㬎，以后被称为宋恭宗。此时，临安城里的大多数官员已经逃跑，可用之兵已经很少，再抵抗已无任何意义，小皇帝便在谢太后的带领下出城投降，向元朝宰相伯颜献出了玉玺和降表。

再看一段元朝的信息——

屏幕上出现了慌慌张张的人群，其中一个披头散发的着元代服饰的女子手拿着《红蓼白鹤图》匆匆跑过来。

另一个更年轻些的女子迎上去，朝拿画的女子叫：六公主，你怎么还不快逃走？听说明军立马就要进大都了！

我正在后宫临摹这幅宋徽宗的画，没人告诉我都城今天会破，这会儿应该向哪儿逃？六公主气喘吁吁地反问着……

柳未名轻声解释：这应该是1368年夏季的一天，明朝的军队进攻元大都，元朝的第11位皇帝妥懽帖睦尔和他的家人由大都出逃时的情景。

一张画上竟有这么多影音信息？我被我看到的情景完全吸引住了。

太多了！柳未名说，再给你看一段民国时的信息。他边说边又按了一下按钮——

屏幕上出现了《红蓼白鹤图》，只见它摊放在一张书案上。书案旁边站着一位中年男子和一个年轻小伙。中年男子正低声地问站在他身侧的一位老年男人：听说你们南赵笔庄想买宋徽宗的《红蓼白鹤图》？我给你带来了！

笔庄的主人显然很吃惊：你怎么会有这幅画？你从哪里来的？

小伙子对笔庄的主人介绍说：他是紫禁城里的廖总管，我们今天来琉璃厂，就是来卖画的。

笔庄的主人带着点惊讶凑前仔细看了一阵，特别认真地戴上眼镜看了看那枚"乾隆鉴藏"的印章，然后点点头：嗯，是真的。

你可能也知道想买这幅画的人很多，我想问问你愿出多少银圆？廖总管问。

这个嘛……笔庄的主人沉吟着，五万行不？

在你的出价上再加五千，总共五万五千，咱们钱物两清，如何？那位廖总管此时说得很干脆。

笔庄的主人摸了一下下巴上的短须，答：加五千当然也行，只是我店里没有这么多现钱怎么办？

你要真想买，现在就去想办法凑钱，要不是真心买，你就去接着卖你的毛笔！我等现在去办别的事，一个半时辰过后再来相见。记住，想要这幅画的人不是只有你一个，而且你心里也明白，五万五千的卖价并不属于高的！

笔庄的主人那刻把牙咬了一下答：好的，一个半时辰后再见！

小伙子重又把《红蓼白鹤图》的画轴卷起，与廖总管匆匆出门了。

柳未名轻声解释：这是1922年9月的一个傍晚，在北京琉璃厂南赵笔庄发生的事。起因是半个月前也就是1922年8月末的一个早晨，刚用过早膳的溥仪叫来宫内廖总管，问这个月给妃子们的赏钱发了没有，总管叩完头后回答：回皇上，还没有，主要是亏空太多，国民政府每月拨给咱的那点钱，只够宫里用半月，我手里确实没有现钱了。溥仪可能知道宫里的财政状况，脸上没有怪罪的样子，只问：有没有想到一点筹钱的办法？廖总管答：能想到的法子几乎都用过一遍了。溥仪有点伤感，再问：一点办法也没有了？廖总管说：还有一个，不知当不当说。溥仪点头道：说吧，朕知道你的难处，只要有法子，就可以去试一试。那廖总管说：皇上近些日子不是正派人在向天津运送东西吗，其中有不少唐宋元明和本朝的字画，听说琉璃厂有人喜欢买这个，咱们能不能从中挑一点不那么珍贵的，拿到琉璃厂去卖掉，以补贴宫中之用？溥仪犹豫了一下：这个嘛……随后他点点头，也行吧，只是要做得隐秘点，不然让外人知道，又会说我是败家子了。你亲自找可靠的人去办，办完了再来禀告。廖总管急忙叩头：好，好！皇上只管放心。

我给你讲的这些情况是从后来那位廖总管写的《每日实录》中知道的，《每日实录》相当于廖总管的个人日记。

那幅画最后卖出去了吗？溥仪卖画，太让我这个公安局局长好奇了。

卖了。据我查史料,廖总管他们前脚出门,南赵笔庄的主人后脚就赶紧找人借钱,大概在晚饭时分,这笔生意最终做成了。廖总管收了五万五千银圆坐马车走了,笔庄主人收下了宋徽宗的真迹《红蓼白鹤图》,放进家里最隐秘的一个保险箱里。

两年之后,也就是1924年11月5日,冯玉祥派鹿钟麟和李煜瀛去皇宫驱逐溥仪出宫了……

还有可看的吗? 我已经控制不住自己想看下去的欲望了。

可看的太多了,再看两段吧! 随着他手中探头的转动,屏幕上出现了一个穿得花枝招展的漂亮女人,岁数在三十上下。她正在看铺展在书案上的《红蓼白鹤图》。她的身后,站着四个全副武装的国民党军士兵和一个秘书模样的中年男人。

夫人,您看的这幅宋徽宗的作品,是敝人花十万银圆由南赵笔庄买来的,是我们上和斋的镇斋之宝。一位老年男子抚着自己的白须介绍着。

那位夫人笑道: 确实画得好,是珍品!

她身后的秘书跟着说道: 我们梁夫人当年跟齐白石大师学过画,鉴赏画的本领很高!

老年男子笑道: 那是那是!

是这样呀,我要去南京见蒋夫人,想给她带件礼物,你在书画界里混,大概知道蒋夫人的画也是画得很好的,我估计这幅画能入她的法眼! 那位夫人巧笑着。

她应该会喜欢! 老年男人点点头。

那你就开个价吧。夫人定定地看着老年男人。

既是去送蒋夫人,我自然要优惠了,就二十根吧。老年男人很大度地说。

那位夫人还未开口，她身后的秘书已经叫起来：二十根太多了！拿我们当冤大头呀！你以为一个兵团司令的钱就多得没数了？！十根顶天了！

我哪敢向司令夫人多要嘛，实在是眼下的市价是这样的，我已经把价钱压了又压！老年男人苦着脸说。

十一根吧！也别难为上和斋的老板了。那位夫人说得斩钉截铁。

秘书闻言，把手上提的一个小皮箱啪地放在书案一侧，揭开箱盖就拿金条，一共数出了十一根。梁夫人这时就很快地卷起那幅《红蓼白鹤图》。

老板显然急了，带着哭腔伸手阻拦：十一根我保不住本哩，我这上和斋是一个小店，一家人要吃要喝要交房租的呀！

几个持枪的士兵立刻将枪口指向了他。

柳未名轻声解释：这是1947年间的事，这位夫人是当时驻守北平的国民党军一个兵团司令的新夫人。

这幅画最后送给了蒋夫人？我问柳未名。

柳未名说：没有，你不能什么都想知道，那样的话咱今天就没完没了了！你接下来看这个片段吧，1949年10月，这幅画出现在广东湛江通往海港的路边。

屏幕上出现了一溜乱扔的东西：鞋子、衣服、饼干筒、雨伞、军帽，等等。

一个衣衫褴褛的男人，从这溜东西里捡起那幅半摊开的《红蓼白鹤图》。男人看了一眼，又把画扔回地上，嘴里嘟囔着：净是些没用的东西。之后他捡起了一双皮鞋，坐下去试，太小，穿不上，又扔开了。

他起身之后，忽然又弯腰将那幅画捡起来卷好，边卷边自语道：回家挂到墙上，遮住墙上的破洞也好。

柳未名轻声解释：我查了一下解放战争史料，当年解放湛江的战斗打响后，国民党62军军部是由这条路撤往海港并登上军舰的，很可能是负责拿这幅画的士兵不知这幅画的珍贵，在退往海港途中遇到我截击部队时慌乱中扔下的。所幸落到了这个捡垃圾的普通市民手上，才没有被丢弃损坏。

不看了吧！全是这类信息，一段一段的。柳未名按定了唤醒探头。

这些信息怎么属于保密内容？你搞得这么神秘，就允许我一个人看，是想逃避窃画的惩罚吧？我瞪着他说。

还有许多内容没让你看！比如历史上这幅画曾挂在一个大官的客厅里，见证了官界的丑恶来往；也曾挂在一个商人的密室里，见证了很多可怕的交易。就是在这幅画收藏进尚城博物馆后，它也目睹了不少龌龊的事。这些事涉及不少有头有脸尚在世的人物，你最好别知道，知道了你也不好处理、不敢处理，这些就需要保密！

嗬？！原来这小子还留有一手。

更重要的是，我这项由旧纸上唤醒和恢复信息的技术还未成熟，现在传出去很可能会引发众怒，迫使我的研究中断。他一脸的忧虑。

那怎么可能？我已经看到这项技术有利于文物研究嘛！我宽慰他。

可你想过没有，过去，人们见到一片纸、一本书、一幅画、一张海报、一帧书法作品，想看的只是其上写了什么字、画了什么图案，根本没有想到与其接触还可能让自己的影像和声音在其上保留下来。也就是说，过去没有任何人面对纸这种东西时懂得保持戒备。这就可以断定，我们今天留存的每张纸上，都保留着很多可以见人和不可以见人的信息。假若现在人们知道我研发出了这项技术，将使很多不可以见人的留存在纸上的信息全暴露出来，这会不会引起很多人的恐慌？有无可能使一些人产生杀死我的念头？

你自己吓自己，想得太多了吧？

那好，我问你一句：局长大人平时喜不喜欢读书？

喜欢呀，主要是喜欢读推理小说。

平时读书时有没有把书放到卧室床头的习惯？

有呀，一本推理小说没读完之前总是放在床头柜上或枕头旁的。

那我告诉你，我只要拿到你读过的一本推理小说，我就可以唤醒和恢复你和你妻子在卧室床上的所有动作和声音！

啊？！……

我当天并没有对柳未名采取任何强制措施，我想我得向上级汇报。我离开柳家后就直接驱车去了省公安厅。厅长在当晚听了我的汇报后即刻指出：保护好此人！遗憾的是，这颇合我心意的指示却未能得到落实。原因是，当我第二天早上由省城返回尚城，兴冲冲开车去见柳未明时，却被他父亲告知：昨天晚饭后有几个人开着一辆面包车来把他抓走了，说他们是尚城公安局的便衣，连俺家二楼上的那些机器也拉走了……

我惊呆在那儿：还有敢冒充公安干警的？

原刊《当代》第 2 期

# 火 柴

蔡 骏

1919年，头一趟世界大战刚歇脚，西班牙流感方兴未艾，巴黎开了大派对，北京的学生子火烧赵家楼当日，上海沪西曹家渡，来了两位法国修女，一个叫鲁依斯佩，一个叫金闺，两修女对总领天使圣弥额尔发愿，要在此地造一座神圣的大教堂。本地教友捐出三间平房跟一方空地，乱世中造起一幢木头房子，差强人意。民国二十四年，本地一对双胞胎徐神父，延请大建筑师潘世义设计一座石头大教堂，庄严堂皇的中世纪圣殿，哥特式钻天尖塔，拉丁十字平面，飞扶壁撑了拱券，苏州河畔的巴黎圣母院。没两年东洋鬼子打进上海，石头大教堂只好困在档案馆的图纸上吃灰。二十一世纪初，曹家渡拆得七七八八，长寿路长宁路跟万航渡路口，重新造起一座哥特式样教堂，红砖黛瓦，十字架高悬尖顶，彩色玻璃画了《新约全书》，名唤"曹家渡圣弥额尔总领天神堂"。这一日，法国梧桐黄叶子一簇簇蜷了地上，我立在教堂门口排队做核酸。轮着我是最后一个，打开手机扫好码，听到有人叫我名字。负责扫码的大白对我招招手,我看一眼防护服里的面孔,除开性别一无所知。她讲普通话,我是绸缎,记得我吗? 我说,你是绸缎? 她说,蔡骏,做好核酸不要走。我摘了口罩,像个小学生张开喉咙,恭迎一根棉签子侵入我的嘴。等我一口馋吐水吞下肚皮,核酸亭子已经关门,大白收作管子跟耗材下班。绸缎卸去护面镜跟口罩,隔了两秒钟又蒙上。我只看清一对眼乌珠,涂黑了眼影跟睫毛膏。绸缎问,多少年没见过? 我是掐指一算,三十年。我说,除掉名字,你是哪能认出我的? 绸缎说,我看过你的小说,你讲你还住了曹家渡附近。我说,老早我就住了马路对面。我的手指头冲了万航渡后路,一幢六层楼的老公房。剔去我们这些活着的人,这幢楼是曹家渡唯一的幸存者。隔壁的上海绢纺厂已是一片高档楼盘,沪西电影院前几年关门大吉,曹家渡花市拆掉成了大工地。绸缎说,蔡骏,你还记得火柴吗? 我眯起一对眼乌珠,心里滋啦滋啦点燃一根火柴。

火柴当然不姓火,也不姓柴。火柴到底姓啥? 时光漏过三十年,我已记不清爽。火柴为啥叫火柴? 头一个是因为生得瘦长干枯,小学五年级就长到一米六,体重却只有七十斤,像一根乏善可陈的火柴棍子,脑袋也像可怜兮兮的火柴头,天生的刀条面孔,却嵌进一对不成比例的大眼乌珠。每趟火柴擦亮火柴,眼睛里便会照出两团火苗,仿佛煤气灶打出的火。第二个是因为火柴欢喜火柴,不是自恋的意思,而是火柴欢喜玩火,身上一日到头藏了火柴,就算没火柴盒头也有绝招点亮火柴,我偷学过几趟至今未能掌握。小学围墙下的角落里,火柴点上一根火柴,我伸出两只手掌罩牢,免得火头被阴风吹灭。火柴头安静地长成一团白色、橘色与红色混合的柔光。火柴的肉身仿佛变成一根火柴棒,精神就变成肉身熬成的火焰。火柴跟人类一样吸入氧气,吐出二氧化碳,偶尔发出松香味道。火柴讲这是上等的大兴安岭松木劈出来的火柴。别人的火柴只有一两秒寿命,但在火柴的手指头上能烧五秒钟,最长七点三秒,我掐了电子表测过的。

认得火柴以前,我也玩火柴,但是方法不同。有人像集邮一样收集火柴盒上的花火,我们的数学老师就贴了满满一本子。我玩火柴就是把火柴棒拼成各种形状。最简单是火柴人,只要五根火柴棍子,再吹一口气就活了,像上帝在第六天造人。复杂一点是用火柴搭出AK-47自动步枪、T-34坦克、B-52轰炸机,仿佛擦亮这些火柴就能毁灭几百万条生命。我搭的也不全是杀人放火的世界,偶尔能建造巴黎埃菲尔铁塔,纽约双子大厦,甚至一座泰姬陵。认得火柴以后,我们走遍了曹家渡半径三公里内每个角落,比方我家背后的三官堂桥洞,安远路上老早日本鬼子棉纺厂的塔楼,中山公园悬铃木王的树荫下一次次点燃火柴,哪怕只能维持几秒钟的光和热,就像原始人守着火种在漆黑的洞穴里涂画公牛。火柴是从哪里传染上这种毛病的? 有一种近乎真理的讲法 —— 火柴的爸爸是个极度危险的纵火犯。

我跟火柴都是转校生。我在三年级下半学期转学到长寿路第一小学,火柴比我晚了半个学期。火柴讲不来上海话,舌头里埋了东三省腔调,他的户口远在三千公里外的大兴安岭。火柴爸爸老早是知青,插队落户去了大兴安岭,后来托了蛮多关系回上海当工人,还跟我爸爸在同一家工厂,勉强可算同事关系。厂里职工子弟大半都在同一所小学读书,我们班上就有五六个,当中就有厂长的女儿。她叫王小绸。我们都叫她"绸缎",不单因为名字里带个绸,也因为她有一根细长头颈,一年四季缠了丝巾。春天是半透明的红纱,秋天变成紫颜色,冬天加厚绑上两圈,再系一根红领巾,相当于长寿路的一道风景。

火柴爸爸像匹独来独往的狼,下了班就立在消防塔下,望了苏州河对岸的造币厂大厦,一口口凶狠地吃香烟,好像每一口都吞进一颗手榴弹，遂得一外号"烟枪"。厂长觉着日日夜夜吃香烟的人，必定是个夜游神，不容易打瞌睡，安排烟枪隔三岔五上夜班。连续熬了三年，烟枪瘦成了火柴的腔调，面色像困了太平间。烟枪觉着厂长欺负老实人，好几趟顶了厂长办公室门口，嘴巴里像吞了炸药，反而得罪厂长被打了回票。等到一个暮春之夜，恰好轮到烟枪上夜班。他撬开厂长办公室门锁，抽斗里翻出一瓶茅台酒，一条中华烟，一整套《福尔摩斯探案集》，加上一套足本《金瓶梅》——要是秉烛夜读到天明，等于通宵达旦服用精神食粮。可惜烟枪一页纸都没读，烧掉半条烟，吃掉半瓶老酒，擦上最后一根火柴，点亮华生医生跟西门大官人的世界，倒在墙根下梦游回了大兴安岭。还好消防塔近在咫尺，消防队拍马赶到救了烟枪一命，办公楼已烧成灰烬。厂长不承认私藏了茅台酒、中华烟、福尔摩斯跟《金瓶梅》。烟枪成了纵火犯，破坏工业生产，又撞上严打的枪口，大家都传他要吃一颗花生米，还好法外开恩，有期徒刑十年，发配白茅岭农场，大家又讲烟枪是祖上积了德。

  火柴住在沪西电影院隔壁弄堂里。每趟我去寻他就像钻进黑猫的盲肠。底楼公用灶披间，本来摆了煤球炉，上个月才通煤气。火柴弹开贴了徐悲鸿奔马花火的盒头，抽出一根火柴，红磷擦出火苗，像小姑娘跳霹雳舞，扭来扭去凑上煤气孔。火柴腾出左手旋动开关，冲出一圈幽蓝火焰，照亮长满冻疮的右手，邪气优雅地甩灭火柴，只留一小截乌黑残骸。火柴在铜铫里放满自来水，摆上煤气灶火头，便拉我爬上楼梯。我看到火柴的后背慢慢隆起，仿佛一回头就会变幻成巴黎圣母院的卡西莫多。陡峭漆黑的楼梯尽头，就是火柴家的三层阁楼。头顶一扇天窗，上海人叫老虎窗，平常晒不着太阳，黄昏才有一把夕阳戳进来。我的手指头穿透这束光，捕获肉眼可见的灰尘，像宝剑划开魔王肚皮，地板上化开一腔金灿灿的血。火柴拉了我的手，爬出三层阁楼天窗，我们仰了两根细长头颈，眺望曹家渡上空的火烧云，三角形街心岛上瓦片层层叠叠，健民浴室的锅炉烟囱喷出一缕笔直的黑烟，十三路电车翘了小辫子进终点站，野风从苏州河对岸化工厂卷来埋伏呛人味道。火柴点着一根火柴，双手围拢起来滋滋烧尽。火柴拉一根油腻刮喇绳子，电灯泡啪一声，像颗透明的咸蛋黄悬了房梁下——火柴家里仅有的两样电器之一，剩下一台红灯牌收音机。三层阁楼里住了火柴跟他爷爷，老头子干枯得像个骷髅，拉出一根无线电天线，国民党特务收听敌台的腔调，却听到中央人民广播电台六点钟的晚新闻。老头子擦亮火柴，点上一根香烟，碗橱里端出两碗米饭，一碗咸菜毛豆子，半条河鲫鱼，结了一层黑魆魆的鱼冻。火柴爷爷再倒一杯黄酒，讲一口苏北话，骏骏一块吃饭吧。我说，我妈妈做好夜饭了。火柴送我到楼下，刚好煤气灶上铜铫烧开，火柴顺手倒满两只热水瓶。

我在曹家渡做核酸碰着绸缎一个礼拜后，接到她的微信：小学同学聚会，你来吗？老实讲，升上初中开始，我有三十年没见过小学同学们了，脑子里还记得长相的只有两个，一个是头颈系丝巾的绸缎，另一个就是手上擦火柴的火柴。隔日我才答应。聚会地点在曹家渡悦达889楼上唐宫海鲜，讲清爽AA制结账。我是掐了点到的，但是一张面孔都不认得。蛮多人打电话来请假，不是盯了小囡做功课，就是单位加班，还有人小区里有密接被封控了。绸缎也没出现。班长打她电话，但是没接。隔了包厢的落地玻璃窗，可以看到曹家渡天主教堂门口的核酸亭子，蛮多人还在排队。我望了两个穿了大白的核酸检测员，到底哪里一个才是绸缎？她是拿了一台手机给人扫码？还是拿了一根签子戳人喉咙？我听到有人聊起绸缎，才晓得这一台子人都吃过她的喜酒，那年上海开了世界博览会，黄浦江两岸潮潮翻翻的人，绸缎的酒席订了花园饭店，摆开二十桌，台型扎足。后来不晓得有啥变故，绸缎的电话号码换了好几趟，渐渐断了联系。包厢里讲话的人越发少了，不是忙了夹菜吃菜，就是低头刷手机看卡塔尔世界杯。但没人提起过火柴，好像只有我的记忆里存在过这么一个人。

夜里九点，绸缎姗姗来迟，头颈上还绑一根紫颜色丝巾，摘掉N95口罩，嘴唇皮搽得血血红，面孔上香粉能刮下来二两。绸缎也不吃菜，罚酒三杯波尔多，统统一口闷。绸缎屁股还没坐热，聚会就散场了。走出悦达889商场，凉风从苏州河吹来，绸缎的大衣毛领头蓬松摇摆。马路对面四十层高的烂尾楼顶闪了电焊的光，像一颗颗流星砸下来。教堂尖顶上的十字架还在发光，彩色玻璃下的核酸亭子已经关门。绸缎蒙在口罩里说，对不起，今天我没上班，晚上有事出来晚了，他们知道我在做核酸检测员吗？我说，我没跟任何人讲过。绸缎说，你没吃酒吧？我说，没有。绸缎说，你开车吗？我说，开了。绸缎说，你能送我吗？

绸缎在副驾驶座上说，先往武宁路方向开。我说，绑好安全带。我从长寿路左转弯上武宁路桥，渡过黑漆漆的苏州河。穿过内环高架，这条路开挖施工超过十年，像个反复开刀切除癌细胞又转移的病人，夜里排队的土方车咆哮着与我擦肩而过。绸缎望了车窗外不声不响，也不讲住了啥地方。我斜睨她一眼，踏了油门往前。车载音响循环播放巴赫、猫王还有罗大佑。开过中环线，快到京沪高速入口，绸缎说，上高速。三杯波尔多让人微醺，声线雌雄莫辨。我问她，你住安亭？绸缎没回应，摘脱面孔上的口罩，脸颊涨了潮红，坤包里翻出一包韩国爱喜，抽出一根细长香烟，仿佛做核酸的签子，塞进两片鲜红的嘴唇皮。我的耳朵听到打火机吧嗒一声，余光里闪过一团火头，烟草混了薄荷味道飘进鼻头孔。我按了车窗键，放一道口子透风。绸缎的烟头一明一灭，烟灰如骨灰飘出车窗。

　　三十多年前，火柴从加格达奇回到上海的时光，大兴安岭火灾还没扑灭，烧了一万七千平方公里，从中国一路烧到苏联，烧死两百多人，经济损失超过五个亿，蛮多东北虎也葬身火海。我问火柴，见过东北虎吗？不是动物园里懒洋洋的大猫，而是森林里神气的山大王，苏联人叫西伯利亚虎。火柴讲自己不但亲眼见过老虎，还吃过猎人打死的老虎肉，困过老虎皮的毯子，痛饮过虎骨酒，就差吃过强肾健脾的老虎尿。火柴在鹅毛大雪中骑过鄂温克人的驯鹿，冰冻三尺的黑龙江上坐过狗拉爬犁，偶遇过比东北虎还要壮的大棕熊，成群结队捕猎梅花鹿的草原灰狼，后半夜变成美少女钻进猎人被窝的白狐狸。大兴安岭变成葱茏的墨绿色，粗壮的伐木工人走入原始森林，扛了电锯子跟开山斧，嘴里吆喝伐木号子，砍倒一棵棵耸入云霄的红松巨木，每一棵树芯的年轮，相当于孔夫子与苏格拉底的年代，最少也见识过铁木真和他的儿子们。火柴常常跟了伐木工人爬树，不用绳索钉子，赤手空拳搭上横过来的树枝，陪了一窝小松鼠爬上树顶。我问，最高有多少米？火柴说，没用卷尺量过，每趟要爬个把钟头，可能等于二十层楼，比南京西路的上海电视塔还要高，你在地面上活一辈子都看不到的风景。我闭上眼乌珠想象自己爬上海盗船桅杆顶上的橡木桶，微风徐来，就像漂浮在墨墨绿的汪洋大海上。我伸长了头颈问，你能看到大兴安岭的尽头吗？火柴笑笑说，就算在灭火的直升机上也看不到尽头，但我看到了苏联。我跳起来问，苏联长啥样？火柴说，墨墨绿，也是一眼望不到头，穿过西伯利亚，直到北冰洋。这年放了暑假，大兴安岭火灾才被扑灭，上海的小学生们信誓旦旦地认为这归功于某位气功大师——这位神人头顶一口高压锅，站上北京天坛的大圆盘（后来我才晓得那叫圜丘坛），遥对几千里外的苍茫北方发功，次日大兴安岭降下一场瓢泼大雨。于是，同学们当中有几位天赋异禀的发现自己也拥有某种特异功能。我这种天资愚笨的只好从地摊上买了气功培训班小册子，冬练三九，夏练三伏，勤能补拙，笨鸟先飞。只有火柴嗤之以鼻，因为他掌握着大兴安岭火灾的秘密。

玩火者，必自焚，这是我五岁时妈妈对我的警告。等我升上小学五年级，我把这句话送给了火柴。火柴说，历史老师讲过，如果没有学会用火，我们现在还是树上的猴子。我无力反驳，因为我是历史课代表。这日起，我在家里翻箱倒柜寻出藏书，大半是我妈妈在读华东师范大学中文系自学考本科的教材。我妄图从历史和哲学的维度证明火的极度危险性，以及"玩火者，必自焚"这一真理的必然性。但我不幸地从浩如烟海的文字里验证了火柴的观点——如果没有学会用火，就不会有人类，更不会有伟大导师恩格斯的《家庭、私有制和国家的起源》。两千五百年前，波斯人琐罗亚斯德创立拜火教，光明神马兹达先创造火，再创造万物与人类，并与黑暗神阿里曼水火不容。琐罗亚斯德觉着火是神圣的，不能用来火葬，所以发明了天葬。一百多年前，有个叫尼采的德国人，写过一本书《查拉图斯特拉如是说》，这个查拉图斯特拉就是琐罗亚斯德。我跟火柴并排躺在三层阁楼的天窗下，仰望正方形的淡蓝色天空。火柴擦亮一根火柴，放到我们的双眼之间，像在波斯拜火教的圣坛上燃烧了两千年这么久。火柴说，还有啥神话故事？搜肠刮肚一番，我想起一个名字，普罗米修斯，古希腊的神仙，他按照自己的腔调捏橡皮泥捏出人类，宙斯不准人类用火，普罗米修斯偷了火给人用，宙斯大动肝火，就拿普罗米修斯绑了高加索山上，再派一只老鹰每日啄他的肝脏，白天刚吃掉，夜里又长出来。讲到此地，我有了肝痛的幻觉。火柴说，这不是神仙，这是超人。

火柴从眠床上爬起来，拉开写字台抽屉，拿出一本黑皮相册，翻到最后一页，落出一张生满霉斑的明信片——印了一幅铜版画，有个赤膊老头捆了悬崖上，老鹰飞来给他开膛剖肚吃内脏。明信片颜色黄兮兮有点年头，还有奇奇怪怪的洋文，最后有个大写的"N"，像从镜子里看到反过来的。火柴说，这是俄文，普罗米修斯，外婆跟我讲过这个故事。火柴翻开相册第一页，便是一张外国女人的黑白照片，戴了老电影里看到过的帽子。我问火柴，啥人？火柴说，我外婆。我看看照片上的外国女人，再看火柴瘦长的面孔说，瞎讲。火柴说，我外婆是俄罗斯人。火柴的外婆叫娜塔莎，生在圣彼得堡，当时光叫列宁格勒，几年后又叫回圣彼得堡。阿芙乐尔号巡洋舰一声炮响，娜塔莎不到满月，全家逃过乌拉尔山，起先跟随捷克斯洛伐克军团，后来效忠海军上将高尔察克，等到红军解放西伯利亚，一家人穿过白雪皑皑的大森林，登上地球上最深的贝加尔湖冰面，渡过一条叫额尔古纳的寂静河流，从此落地生根，不曾回归故国。1945年春天，苏联红军攻克柏林，热天里解放了中国的东三省，秋天里娜塔莎嫁给一个中国伐木工人，几年后有了火柴的妈妈。翻开相册第二页，火柴妈妈穿了白衬衫，坐在一幢木头房子前，长得像《冰山上的来客》的古兰丹姆。火柴妈妈是大兴安岭一枝花，据说她的照片藏在对岸苏联内务部上校团长的内插袋里。啥人晓得从上海来到大兴安岭的知青摘了这枝花，更没人想着一枝花竟然生出一根火柴。

  你有四分之一俄罗斯血统？我再细看火柴的面孔，除掉一对吓人的大眼睛，已经淡得看不出苏联腔调了。我问火柴，你会俄语吗？火柴说，只会两句——死吧屎吧，鸭留不留鸡巴呀。我说，苏联人太粗鲁了，这是啥骂人话？火柴说，第一句是谢谢，第二句是我爱你。火柴不到两岁，他爸爸急了要回上海当工人，狠狠心跟大兴安岭一枝花打了离婚证。火柴妈妈改嫁给加格达奇铁路分局一个干部，又养了两个儿子。火柴既没跟爸爸回上海，也没跟妈妈去加格达奇，而是跟俄罗斯外婆留在大兴安岭。外婆经常带了外孙去看额尔古纳河，秋天能从水里捉到大马哈鱼，切片生吃的味道让火柴拖出一长条馋吐水。多年以后我才晓得大马哈鱼是三文鱼的亲眷，从太平洋逆流而上黑龙江几千里路来产卵。冬天的大兴安岭要刮三个月暴风雪，零下三十摄氏度，外婆的木头房子里噼里啪啦烧柴片，勉强不冻死人。我问火柴，报纸上传说大兴安岭有神秘的雪人，你看到过吗？火柴说，雪人没看到过，但我见过冰人。

大兴安岭最好的春天，森林里开遍不晓得名字的野花，树根上长了红红绿绿的蘑菇，从狗熊到兔子都在疯狂交配。火柴养了一条白毛猎犬，有点苏联高加索犬血统，擅长在雪地里捉兔子，常常跟了林场职工去打猎。当时连续十几日无风，空气闷得像一口干锅，白毛猎犬莫名其妙消失了。火柴带了两包火柴，后背插一把斧头，冲到原始森林里去寻狗。兜兜转转半天，循了狗叫的声音，火柴拨开一棵老树下层层叠叠的枯枝败叶，终归露出一口洞眼，像台屠宰场的冰柜升了一团团寒气。大兴安岭是中国唯一的永久冻土带，跟苏联的西伯利亚一样是亚寒带，地下藏了蛮多冰窟窿，有的如同《西游记》里陷空山老鼠精的无底洞。火柴解开身上两根腰带，红松树根上打结，吊了自己堕入黑漆漆的冰窟窿。火柴擦亮身上第一根火柴，寻到了白毛猎犬。火柴擦亮第二根火柴，猎犬倒是越吠越凶，好像冰窟窿深处还藏了一个鬼。火柴扛了斧头走近几步，擦亮第三根火柴，地下吹不到风，火头烧得特别慢，照出影影绰绰的眉毛鼻头，竟然是一张人的面孔。我问，男人还是女人？火柴说，男人。我再问，活人还是死人？火柴说，第一感觉是死人。我继续问，苏联人还是中国人？火柴说，都不像啊，浑身的黑毛，马克思一样的胡子，面孔黑魆魆，朝天的酒糟鼻头，又高又亮的颧骨。我说，懂了，冰人就是原始人。火柴说，裹在冰人身上的黑毛，还不是他自己的毛，我猜是几万年前长毛象的兽皮，大兴安岭冻土层里经常挖出来这种东西，骨架大得像一座木头房子，有时能挖到几米长的象牙，远看像弯弯的月牙儿，上缴国家能拿到奖金，也有人偷偷挖出来卖到南方，听说一根牙值好几万块。我说，书上说那叫猛犸象，你发现的冰人至少有一万年历史了。火柴说，冰窟窿就是冰人的家，一万年前，他们也在这里生火烤肉，小心守着火种，万一哪天火灭了就要饿肚子。我说，讲不定你的脚下还藏着几百根长毛象牙呢，野兽都对火怕得要命，原始人依靠点火保护自己不在半夜被剑齿虎拖走。火柴在冰窟窿里擦亮第四根火柴，冰人身上的兽皮开始滴水，冰冻了一万年的面孔微微发抖，火柴熄灭的刹那，冰人睁开两只金黄色眼珠子……阁楼天窗上的光暗下来，温度计一格格降下来，楼下传来煤球炉子生火味道，火柴丢下烧尽的火柴，带了白毛猎犬逃出冰窟窿，我的脑子里闪过一个念头——书上讲永久冻土层就像几万年不断电的大冰柜，既能让猛犸象死后万年不腐，也能保存早已灭绝的远古病毒，万一火柴在冰窟窿里融化冰人的同时，传染上某种危险的病毒，当他从人迹罕至的大兴安岭来到螺蛳壳里做道场人挤人的上海，就会给全人类带来灭顶之灾，等于末日审判。我坐在逼仄的三层阁楼，跟火柴相隔一根火柴燃烧的距离，交换彼此的呼吸与飞沫。火柴说，你别怕，我刚逃出冰窟窿，转回头丢下几十根枯树枝，连续擦亮七八根火柴。我说，你烧了冰窟窿？火柴说，对，但跟你说的远古病毒没关系，我以为冰人复活了，我怕这家伙从地下爬出来宰了我，要么跑到林场里大开杀戒，外婆告诉我这种事在苏联经常发生，不如点一把火烧了。我说，火柴，你烧死了一万年前的冰人？你才是拯救全人类的超级英雄。火柴说，冰人有没有被烧死？我不晓得，但我烧死了外婆。那个干热的春天，火柴往冰窟窿里丢下火柴，看到一团浓烟升起来，带了白毛猎犬回到林场。隔日早上，火柴推开窗门，发觉天没亮，凌晨一样漆黑，四周森林亮起红光，好像一只只野兽饥饿的眼睛。林场职工拉响火灾警报，男人们冲上去灭火，女人、老人跟小囡们撤退。大火已把林场围得水泄不通，烈火的吼叫声就像四面楚歌。最后在林场书记率领下，老弱妇孺们突出重围，火柴捡回一条小命，可惜外婆年纪大了，半道上吸入太多烟尘死了，留在森林里火葬了。

火柴，大兴安岭火灾是你制造的？我的小学同学火柴，可能是新中国有史以来最危险的纵火犯。火柴说，大家都说火灾是一个林场职工乱扔烟头造成的，但报纸上说的起火时间，比我烧死冰人晚了三天。我严肃地思考一分钟说，火柴，你应该被枪毙一百次。火柴说，蛮好，你动手吧。火柴外婆烧死以后，火柴晓得自己闯下大祸，秘密吞了肚皮里不响。火柴妈妈接他到加格达奇，后爹不大欢迎火柴，发觉这小子玩火，狠狠削了一顿，从此成了仇人。火柴的两个阿弟还小，此起彼伏地生毛病，妈妈照顾两兄弟已经蜕了一层皮，再添一把火柴怕是房子都要烧了，只好往上海发一封电报。火柴爸爸来到加格达奇接上儿子，爷俩乘了三天四夜火车回上海。火柴说，这样总好过让我留下来挨后爹的拳头，也免得让我点一根火柴烧了加格达奇。火柴回到上海落脚不到一个礼拜，火柴爸爸点一根火柴烧了厂长办公室。

隔日到了学校，出于对胸前红领巾的神圣信仰，我计划在下课后悄悄向老师告密，但是火柴一整天都用凶狠的眼神盯牢我，像不断熄灭又擦亮的火柴。我怀疑没等警察叔叔来抓人，火柴已经背了满满一书包火柴，冲回曹家渡烧掉我家房子了。我可耻地退缩了，心里多了一具焚尸炉，我把火柴的秘密塞进炉子点火焚烧，变成一堆焦黑的骨头灰烬，就像大兴安岭过火后的腐殖质，年复一年地滋润重新生长的人工林。

　　夜里十点，我沿了京沪高速一路开到嘉定安亭，眼看要出上海，前头是昆山花桥，我转方向盘进了服务区加油。绸缎只好掐灭第二根香烟，塞进车门凹槽。我说，你到底住在啥地方？绸缎看了我的眼乌珠，慢吞吞说，浦东。我皱眉头说，好，我送你回去。绸缎说，我回不去了。我说，跟老公吵架了？绸缎不响。我说，离婚了？绸缎继续不响。我说，小囡几岁？绸缎说，男小囡，小学五年级。我说，跟我一样。绸缎松了松头颈上的丝巾说，蔡骏，我想跟你讲一桩事体。我说，早点不讲？差点到苏州了。绸缎说，对不起，我可以付你油钱。我冷下来说，我不是网约车。绸缎说，半年前，我被封在家里抢菜，突然接到一个陌生电话，他说他是火柴，还问我现在好不好，我跟他讲现在蛮好，样样都不缺。我说，你是哪能从声音里听出来是火柴？绸缎说，他在电话里讲起了大兴安岭地下的冰人。我叹气说，我以为只有我一个人晓得。绸缎说，你还记得吧，火柴的爸爸跟我爸爸有仇怨，有几趟放学以后，火柴悄悄跟了我背后。我说，你怕吗？绸缎笑笑说，就凭他身上几包火柴？我都觉着他划火柴的样子像个小丑。我说，所以火柴告诉你——他不但烧死了一万年前的冰人，大兴安岭火灾也是从他手上点起来的？绸缎说，嗯，但我笑得肚皮都痛了，这个人真会编故事。我说，就算编故事，也是好故事，火柴当时还是小孩，不必承担刑事责任，哪怕遇难者家属要寻他麻烦，就像从一整座大兴安岭的木柴里寻到一根火柴，啥人能寻到他？绸缎说，火柴告诉我，他现在常住大兴安岭地区，黑龙江边的北极镇。我打开手机上的地图软件，北极镇就在漠河，中国最北方极点，隔一条江就是俄罗斯。我放下半截窗门，望了高速公路的尽头说，火柴为啥不打我电话？绸缎说，你能带我去寻火柴吗？我说，怎么去？绸缎说，沿了这条高速一直走。

我说，今晚？绸缎说，嗯。我看一眼导航，从上海到漠河，最佳路线3200公里。

从上海到大兴安岭的距离，小学五年级我就晓得了，这也是火柴从加格达奇坐火车回上海的路程。有段时光火柴欢喜上我家玩耍。因为我家住在底楼，有个养满花花草草的天井，鸽棚里还有几十只鸽子。我把火柴当作一个贩卖故事的烟纸店，我用家里的几百本藏书，电视机里能看到的《巴顿将军》《埃及艳后》以及《尼罗河上的惨案》，电冰箱里储存的雪糕和冰块，天井里的阳光和鸽群的咕咕声，以及一种叫"友谊"的怪东西，用来交换火柴小脑袋里的大兴安岭，或者额尔古纳河对岸的辽阔世界。这日我跟火柴一道坐了地板上，翻了苏联二战间谍小说改编的连环画《一颗铜纽扣》。突然间，我爸爸仿佛盖世太保回来了，旁边还跟了个穿西装的客人——便是我爸爸的厂长，也是绸缎的爸爸。火柴掼掉连环画起来立壁角，额角头到耳朵根子都像被电熨斗烫过。厂长问，你就是火柴？你爷爷身体还好吧？火柴拿书包丢上肩胛要拔脚跑路，刚好我外公冲了四杯乐口福，我拉了火柴说，吃好再走吧。火柴慢慢坐下来，乐口福热气模糊面孔，一口口抿下去。我爸爸递给厂长一支大前门，厂长点了打火机问火柴，你爸爸在山上还好吧？山上就是白茅岭劳改农场，火柴不作声。我爸爸也点一支烟，向火柴问起大兴安岭。我爸爸没当过知青，但在黑龙江当过兵，在大兴安岭备过战，隔江相望苏修帝国主义，第三次世界大战一触即发，全国军民枕戈待旦，准备大打，准备早打，准备打常规战，也准备打核战争。火柴看了我爸爸烟头明灭的星火，喉咙里含混说，烧死不少人，烧焦不少树，但是今年夏天，大兴安岭又绿了。厂长说，绿了就好，再凶的火过去，隔年还会绿的，厂里的办公楼又要落成新的了。火柴还是闷声不响。厂长打开公文包，掏出一本《战争与和平》，刚从新华书店买的，挺括的封面上印了列夫·托尔斯泰，还有一团大火烧了克里姆林宫。厂长看了我说，骏骏，听讲你文章写得好，这本书送给你。我说，我看过这本书拍的苏联电影，讲的是拿破仑火烧莫斯科。厂长弹了弹烟灰说，拿破仑的炮兵是挺括的，骑兵就更加赞了，但终究被俄国人打败了。我说，打败拿破仑的是冬天。厂长笑笑说，不只是冬天。厂长从西装口袋里抽出一支钢笔，摆到火柴手心上说，小弟，这支钢笔不值几钿，但是在北京开会的纪念品，你可要收好了。盯了这支上海造的英雄牌金笔，我的眼乌珠流出馋吐水。火柴说，我不要。火柴放落金笔，一口闷光乐口福，背上书包冲出去。

隔日，我跟火柴立在操场角落，吞了尚未突出的喉结，偷看煤渣跑道上跳绳的绸缎。她难得解开紫颜色丝巾，露出雪白里透红的头颈，一滴滴汗淌下来，好像汉武帝梦寐以求的汗血马。绸缎发育得早，小学五年级就蛮高了，背后瞄得出一点身材。火柴擦亮一根火柴举起来——火柴的眼乌珠，点着的火柴，绸缎的头颈，三点一线，就差扣落扳机。我吹灭掉火头说，不要吓我，你想为你爸爸报仇？

过了1990年元旦，头一天上学，火柴往绸缎台板下塞了一张小纸条。礼拜天，我陪火柴翻过三官堂桥，经过普陀区少年宫，到了沪西工人文化宫后门。我们都管此地叫西宫，活像慈禧太后居所。树叶子已经落光，还好太阳光和煦，否则吃西北风就苦了。绸缎准时赴约，头颈上缠一根紫色丝巾，胸前辫子上打了粉颜色蝴蝶结。西宫的人工湖畔有只仿古八角亭子，当中石头圆台子，三个人坐了三只石凳子，好像地下党秘密接头。我也搞不清啥人是电灯泡。绸缎装模作样打开作业本写功课。小纸条是火柴拜托我写的，他的字像一堆散装的火柴棒，我的字稍微好一点，像十个小印第安人跳舞。小纸条上具体写了啥，现在当然记不清了，大意就是听讲绸缎要过生日，我跟火柴都备了礼物,问她礼拜天下午四点钟,有空在西宫后门见面吧? 我问过火柴,绸缎晓得她爸爸跟你爸爸是啥关系吧? 火柴讲,知道又怎么样?

西宫的八角亭下,我从书包里拿出礼物,一盒擦刮拉新的磁带,苏芮的专辑《一样的月光》,我在音乐课上听绸缎唱过这首歌。绸缎拆开磁带包装,看了歌词本上的蝇头小字,嘴角像月牙向上弯了。轮到火柴送礼物,竟是一包小蘑菇,邪气鲜艳,红颜色尖尖的蘑菇头,好像一枚枚整装待发的小火箭。绸缎翻毛腔,毒蘑菇? 火柴说,不是吃的,吃了也不死人,这个蘑菇是用来烧的。绸缎说,烧了清明冬至上坟? 我说,懂了,古人欢喜焚香沐浴,现在阿拉伯的石油富豪还是日日在家里熏香。火柴说,这是大兴安岭的红魔鬼。绸缎说,红玫瑰? 火柴说,不是红玫瑰,是红魔鬼,海拔一千米以上的原始森林里才有,必须长在五百岁以上的红松木树根上。我像个撬边模子帮忙说,五百岁以上老树就有了灵魂,这个蘑菇也是有灵魂的。火柴又从书包里掏出一捧火柴,这趟翻了花头精,火柴变成了"1990"——不是平铺搭出来的,而是竖了几百根,加长好几倍的防风火柴,可以燃烧超过一分钟,最底下用胶水粘住,从上往下看就是"1990",怪不得火柴的书包里好像藏了一块砖头,随时要打群架的腔调。

火柴的表情特别严肃,像在追悼会上点亮九〇年代的第一把火柴。人工湖阒寂无声,夕阳穿过绞索般的枯枝,精确分割了三个孩子的面孔,我们竖起六个手掌挡风,凝视缓缓燃烧的"1990"。火柴抓起一枚枚小蘑菇放上火头炙烤,沪西电影院门口烤羊肉串的新疆大叔腔调。红魔鬼升起青色的烟雾,《西游记》里的天庭效果。我的鼻头闻着蔬菜腐烂的味道,一格格浓稠起来,变幻成一只孤独死去数日的猫。八角亭的氤氲之上,降临一轮淡漠的落日。火柴和绸缎的面孔相继隐入烟尘,剩下一片白茫茫原野,暴风雪戳进了我的眼乌珠。我听到通古斯大爆炸似的巨响，几架米格-23"鞭挞者"战斗机擦了头皮飞过，数百台T-72坦克的发动机噪声。大兴安岭的每一棵红松树梢都在颤抖坠落积雪，树根下隐藏着巨大的地下堡垒，打开无数个枯枝掩盖的射击孔，RPG火箭筒与反坦克炮弹遮天蔽日，额尔古纳河冰面上留下殉爆燃烧的坦克残骸，人肉味道飘散到地球上最辽阔的帝国。第三次世界大战的第一天，纽约和莫斯科，洛杉矶和列宁格勒分别沉入地底。接踵而至的核冬天，极少数幸存者回到石器时代，如同原始人躲在洞穴里生火烤肉，在永久冻土层中凝固，等待一万年以后意外闯入的男小囡，擦亮一根火柴烧成灰烬，此时天边传来谁的歌声："什么时候儿时玩伴都离我远去，什么时候身旁的人已不再熟悉，人潮的拥挤拉开了我们的距离，沉寂的大地在静静的夜晚默默地哭泣，谁能告诉我，谁能告诉我，是我们改变了世界，还是世界改变了我和你……"重新睁开眼乌珠，我看到黑颜色的舞台，聚光灯照出的圆圈里，绸缎穿了新娘子的长裙，头颈缠了紫丝巾，面孔化了香港明星一样的妆容，搽了血血红的嘴唇皮，不慌不忙捏了话筒唱歌。好像是上海万人体育馆，台下坐了乌泱泱的人，听得发了花痴，听得魂灵头出窍。每个人手里捧一根火柴，哪能烧都烧不尽，仿佛荧光生物聚集的深海。倏忽间，一万根火柴纷纷点燃座位，人人安坐不动，任凭烈火将自己烧成焦炭。"一样的月光，一样的照着新店溪，一样的冬天，一样的下着冰冷的雨，一样的尘埃，一样的在风中堆积，一样的笑容，一样的泪水，一样的日子，一样的我和你……"火舌头节节攀升烧塌天花板，万体馆成了火葬场。火柴从最后一排冲上来，头戴一顶雷锋帽，穿了军大衣，脚踩绿胶鞋，打扮颇为滑稽，箭步跳上舞台，拖了我跟绸缎的手臂膊逃出太平门。我们倒在一片静谧的人工湖畔，仿古八角亭的水门汀上，三个人笑得那样猖狂，那样无邪，那样史无前例。

沪西工人文化宫彻底黑了，一颗月亮吊上来，西北风吹皱黑绸子似的水面，吹灭1990年的第一捧火柴。我们三个人手牵了手，我的左手掌心里有火柴的硫黄味道，右手指甲里有绸缎的雪花膏味道。笑声像气息奄奄的病人歇下来，不晓得啥人嗓子眼里发出哭声。我的脑子七荤八素，胃里翻腾却吐不出。我的右手不肯松开绸缎的左手，手指头嵌入她的每一道缝里。火柴点亮一根火柴，台子上的红魔鬼烧成了灰。第二根火柴点亮了绸缎，眼泪水像火漆封印烫在我的手背上。我问她看到了啥。绸缎一抽一抽说，我在万体馆里唱歌，就是这首歌……火柴划亮第三根火柴，绸缎指了我送她的磁带，歌词本里有一首《一样的月光》。绸缎说，我差点被烧死。我说，火柴穿了军大衣，戴了雷锋帽，带了我们逃出火场。火柴说，是我救了你们，再过三十年，我还会救你们一次。绸缎瞪了眼乌珠说，你们都看到了？第四根火柴熄灭，我听到绸缎幽幽的声音，火柴，谢谢你的礼物。

我们坐16路送绸缎回家。到了厂长家楼下，火柴说，绸缎，你能不能发誓？今天的事情不能告诉任何人，这是我们三个人之间的秘密。绸缎说，好，拉钩。三根小拇指钩在一道，费了蛮大劲道才分开。我跟火柴坐13路电车回曹家渡。车厢里灯光晦暗闪烁，火柴的侧脸时隐时现，染上一层荷包蛋的黄。我的脑袋和胃囊同时燃烧，隔一道薄薄的车窗，看到长寿路的燎原电影院，好像坐了一艘北大西洋上的冰海沉船。我说，福尔摩斯探案集里有一篇《魔鬼之足》，凶手用了一种非洲植物"魔鬼之足"，点燃的烟雾能让人发狂到死。火柴说，鄂温克人的萨满吃了红魔鬼就能呼风唤雨，见到几万年前祖先的灵魂，还能预言几年后的天灾，但这种蘑菇最凶狠的本领，就是让你看到别人的秘密。我说，你还看到了啥？火柴说，保密。这一夜，第三次世界大战在我心里暗戳戳地酝酿发酵。我从图书馆和旧书店找来各种版本的中苏边境地图，中国东北和西北的大比例尺地图，最好有彩色等高线。我用铅笔在地图上画出三道防线——第一道是满洲里到大兴安岭，第二道是加格达奇到齐齐哈尔，最末是哈尔滨到长白山天池。七个月后，我脑海中酝酿的战争并未爆发，倒是中东霸主萨达姆吞掉了科威特，隔半年刮了沙漠风暴，又隔一年苏联已经没了。

礼拜一，绸缎出卖了我们的秘密。老师从火柴的书包里搜出几枚红颜色小蘑菇，还有三盒头火柴。老师本想当众烧掉红魔鬼，绸缎提醒一句，点着这种小蘑菇，就会看到奇奇怪怪的东西。老师借鉴林则徐虎门销烟的经验，小蘑菇和火柴捆进铅桶放满自来水，再放生石灰，教室里乌烟瘴气，呛得同学们一把鼻涕一把眼泪，控诉向中国人民贩卖鸦片的东印度公司，同时接受了人生第一场禁毒教育。要不是火柴爸爸蹲了白茅岭，火柴爷爷是个酒鬼也是文盲，火柴妈妈远在加格达奇，老师就要把火柴所有家长请来学校狠狠训一顿。老师只好义愤填膺地用教鞭抽了他的手掌心，我在心里帮忙数了数，恰好凑满鼠牛虎兔十二生肖，直到教鞭折断为两截。火柴在大兴安岭劈过柴爿的手掌心生满茧子，就像坚硬的盔甲，没破一道口子，没流一滴血。同学们一致佩服老师的教鞭有水平，有分寸，有腔调，没人再敢调皮捣蛋。据说手掌心跟脚底心的穴位分别对应五脏六腑，我们的手掌心对应了老师的眼乌珠，只要她稍微一瞪眼，就能让你的手掌心四分五裂。绸缎得到了所有的小红花。直到小学毕业，我再没跟她讲过一句话，她在我的词典里换了一个名字——犹大。

犹大，我的嘴唇皮轻轻翻出这个名字。油箱已经加满98号汽油。绸缎去上厕所了。我在驾驶座上看野眼，一辆辆集装箱卡车排队加油。服务区给司机做核酸的灯火通宵达旦，两个大白正在换岗。我在手机上打开音乐App，付了一百块会员费，连上音响听苏芮的《一样的月光》。刚好绸缎拉开车门上来,摘掉N95口罩,面孔落了几克粉下来。绸缎捂了耳朵说,我不要听。我关了音响说,刚刚我还担心,你会一去不复返,消失在服务区的厕所间。绸缎说,放屁,就算我要消失,也不会消失在马桶上。我不响了。绸缎说,你给家里打过电话了吧?我说,啥电话?绸缎说,你要去大兴安岭啊,单程最起码两天,来回一个礼拜差不多,要是寻着火柴,他请你住进森林里的木头房子,讲不定还要半个月。有片黄叶子落上挡风玻璃,我吸了吸鼻头说,现在大兴安岭已经冰天雪地了吧。绸缎看了毛领头说,你困吗?寻个酒店休息一夜,明早再上路。我避开绸缎的眼乌珠说,你啥意思?绸缎笑笑说,你不要瞎想,我的意思是开两间房。我说,不必,我是夜游神,平常困了就晚,下一站开到连云港再讲。

  刚上京沪高速公路,绸缎闭上眼乌珠困着了。我不声不响出了匝道,盯了屏幕导航,绕道再进收费口,掉头返回上海,一个钟头就到曹家渡。绸缎睁了眼,看到高速公路牌子上写了上海方向。绸缎跳起来说,蔡骏,你骗我?我说,我送你回家。绸缎声音放低说,我已经没有家了。我说,你离婚了,但你还有一个儿子。绸缎说,你晓得今日聚会,我为啥迟到两个钟头?我没声音。绸缎又点上一支细长的烟,火星滋啦滋啦颤动。绸缎说,白天我送儿子去外婆家里。我插嘴问,厂长还好吧?绸缎笑笑说,你还记得我爸爸啊,今年心肌梗死走了。我说,这样啊,我爸爸应该晓得的,但他也没跟我讲。绸缎说,我在讲今日,你不要豁边,夜里六点,我在家里化好妆刚要出门,前夫突然来了,我跟他吵起来,他打了我一记耳光,我坐了地板上喘气,点上一支烟,看了烟头火星慢慢炀起,房间一枪头暗下来,头顶打开一道光,探照灯似的照了我,好像立了剧场舞台上,我重新变成了一个小姑娘,对的,小学五年级的小姑娘,手里还有一支拖线麦克风，耳朵里听到音乐伴奏，就是你刚刚放的这首歌。我抬头望了车顶天窗，想要寻着一颗月亮。绸缎说，我用两只手抱了话筒唱歌，还是小姑娘的童声，拼了老命地唱，挖心挖肺地唱，好像吐出魂灵头地唱，四周围一点点热起来，脚底心赛过踏了铁板烧，火舌头到处蹿出来，台下坐了几千上万的人，明明都是有呼吸有心跳的活人，却像假人模特一动不动，眼睁睁看了自己被烧成一团团火球，这时光，有个精瘦的男小囡冲上舞台。我说，火柴来救我们了。我的鼻头好像闻到蘑菇燃烧的气味。绸缎说，等我睁开眼乌珠，家里从窗帘布到棉花胎统统烧起来了，好像变成火葬场。我说，你的前夫呢？绸缎说，这只男人倒了地上不动了。我说，你杀了他？绸缎说，不晓得，我的脑壳也被烧坏了，烟雾呛得我一面孔眼泪水鼻涕水，只好一个人逃出来，又从浦东乘地铁到曹家渡。我说，现在你的脑子清醒了，晓得自己闯了大祸，就想去大兴安岭寻火柴，这个季节的黑龙江冻得梆梆硬，你可以踏冰偷越国境去西伯利亚。绸缎吐出一团薄荷味道的烟雾说，对不起，我给你添麻烦了。高速公路上一台台集卡超过我，所有路灯秘密地燃烧起来。我说，你打110自首吧。绸缎的眼泪水扑簌扑簌，面孔上拖出两道黑印子，眼角细纹像一团晕开的毛笔字。我的两只手捏紧方向盘，勉强保持车轮子走一条直线。绸缎的手指头抹干面孔，嘴角扬起说，蔡骏，谢谢你送我到这里。话音还没落，绸缎按下手里的打火机，翻开副驾驶座前的手套箱，一簇火苗点着几本旧杂志。乌黑的蛾子扑扇入鼻孔。绸缎的眼乌珠里烧起两团赤色火焰，仿佛三十年前擦亮的火柴。

　　1990年的第三个礼拜，五年级第一学期大考成绩出来，老师关照火柴准备明年留级。放了寒假，火柴跟爷爷跑了一趟白茅岭——江苏、浙江、安徽三省交界的深山，二十年前还有狼灾，来回一趟不便当。

白茅岭落了一场大雪，火柴爸爸在劳改农场生了肺病，火柴送去冬衣、棉被，还有两斤中药。火柴爷爷也开始咳嗽，祖孙俩坐了长途车回到上海。

  隔日，我跟火柴去了南京路。看过我在九岁前住过的江西中路的老房子，我们呵了两团热气走到外滩。防汛墙下挤满劈情操的男女，我跟火柴像两颗碍眼的钉子。西伯利亚南下的冷空气吹皱面孔，我踮起脚尖望了黄浦江对岸，除掉荒野上几排矮房子，只看到上海船厂的龙门吊。我带火柴坐轮渡去浦东，买了两块牌子，走过铁格子通道上码头，黑颜色水面上腾起白雾。今日实在太冷，又不是上下班高峰，轮渡上没几个人。我跟火柴穿过几部脚踏车就到船头，一道享用黄浦江的味道，像柴油呛了烂污泥冲到鼻头孔，总好过苏州河。汽笛鸣响三声，轮船马达震动脚底板，呜咽着逃离码头。骚动的白浪舔了船舷，两道水迹线赛过剪刀绞碎江面。火柴头一趟乘船，小脑袋探出栏杆，头发被风吹得差点脱离头皮。火柴连擦好几根火柴都没亮，藏进船舱背风角落，擦亮一根火柴，却被我抢过掼进黄浦江。火柴擦亮第二根火柴，像一团流星飞出栏杆，奇迹般坚持到被浊浪吞没。火柴放粗喉咙说，上海五行属水，火柴五行属火，上海专门克我，上次你问我，点了红魔鬼以后看到了啥？其实，我看见自己用一把火柴烧了上海。火柴的声音大半被风卷走，小半被吞到十米深的江底淤泥下，只有零头断断续续钻进我的耳朵。

  沪西工人文化宫的人工湖畔，闻着大兴安岭小蘑菇燃烧的味道，火柴看到1990年的第一捧火柴烧着了八角亭，西北风吹起一蓬蓬火星，烧着西宫的枯枝败叶，浓烟蔓延到前门的武宁路，后门的曹杨路，隔壁的公交车场跟少年宫，碎片像一盏盏孔明灯飞过苏州河，上钢八厂大门口刷了"全世界无产者联合起来"，冲出数台满载特种钢的大卡车,变成字面意义的火车横冲直撞进对岸的国棉六厂。这爿大厂有好几千纺织女工,昼夜三班倒的纱锭跟棉纱瞬间点着,像前两年的甲肝病毒传染了整条长寿路。燎原电影院跟沪西电影院烧得最凶,因为电影胶片是易燃物,老早放黑白电影经常闹火灾,上百个电影观众烧成灰烬。隔壁的上海绢纺厂也升起烈焰,几百万只蚕茧熔为烟尘。曹家渡的房子大半砖木结构,失火就像米缸撞上老鼠。凶狠的火星子乘风冲向万航渡路的上海美术电影制片厂,如同蛮族焚烧罗马,人类文明遗产的《大闹天宫》《天书奇谭》还有《小蝌蚪找妈妈》的原始拷贝付之一炬。这场火一路烧到西藏路桥下的大煤气包,等于一次小型的核爆炸当量,满满一河浜的苏州河蒸发,南京路的国际饭店跟电视塔,四川北路的邮政大厦,一律粉身碎骨。当整个上海被烈火熔化,浓烟遮天蔽日坠入子夜,黄浦江上的渡轮已是唯一的绿洲。我跟火柴望了外滩的剪影,就像拿破仑烧了莫斯科……

我跟火柴坐公交车回家。两个人在沪西电影院门口道别。火柴回到三层阁楼。夕阳坠下来,穿过一层层屋檐、晾衣裳杆跟棉花胎。单田芳藏在无线电里讲诸葛亮挥泪斩马谡。火柴的鼻头闻着腥气味道。天窗上看不到光,拉了电灯线,几下都没亮。火柴擦了一根火柴,先照出小台子上的黄酒瓶子,又在地板上照出横下来的爷爷。人老早凉了。火柴爷爷生在苏北盐城农村,日本人打仗时光发大水,饿得皮包骨头逃难来上海,在苏州河几座桥上踏黄鱼车谋生,不到四十岁身体就垮了,没单位也没退休工资。火柴有三个叔伯,两个孃孃,还有三个堂兄,一个堂妹,两个表姐,一个表弟,平常基本不来往。等到操办后事,叔伯孃孃们吵了七日七夜,最后打进派出所,为了曹家渡的三层阁楼——不管是留给最小的叔叔一家,还是准备结婚的大伯伯儿子，反正轮不上没户口的火柴。亲眷们从曹家渡邮局往加格达奇拍了一封电报，通知火柴妈妈来上海接儿子回去。

火柴爷爷的大殓刚好头七，过两日就要过年，家家户户吊了咸鱼鲞。火柴一家老少披麻戴孝，聚在弄堂口烧锡箔冥钞，又烧了老头子穿过的所有衣裳，有一种马路上火化的错觉。曹家渡像被日本鬼子入侵，13路电车翘了辫子冲破黑雾，两盏大光灯照亮火柴——他没在腰上绑麻绳，但是袖子管上别了黑纱，再缀一小块红布头，表示老人的孙辈。我立在沪西电影院门口，上街阶的火头烧得兴旺，灰烬像几百只蝙蝠扑到眼门前。我跟火柴之间多了一道楚河汉界，我炮二平五，他并没马八进七，反而挺了小兵要当过河卒。火柴的一双大眼睛已经通红，人却静得像一根等待点燃的火柴。

夜间降温到零下七摄氏度，玻璃窗结了霜花，阴湿气像小老鼠钻出墙壁缝，穿过绒线裤棉毛裤，钻进每一根毛细孔。爸爸打开新买的红外线取暖器。我装模作样写寒假作业，打开电视看两集《春天的十七个瞬间》。我在写字台上翻了翻《战争与和平》，记不牢各种漫长的夫与斯基，除掉一个叫皮埃尔的男人，单枪匹马要刺杀拿破仑。老皮的运道邪气好，捡一条命回来娶了娜塔莎姑娘。十点钟，我被妈妈叮了上床困觉。我跟外公困一张棕绷大床，两个人各困一头，各盖两条棉被，从头到脚像钻进裹尸袋。电热毯调到最高一挡，后背心烫起来，几万只小蚂蚁在大腿上爬来跑去。我睁开眼乌珠，没看到天花板，只见一口薄皮棺材，外面是遍布丰腴尸油的焚尸炉。我想要逃出这地狱，但连一根脚指头都动不了，外公肺里黏滞的喘气声也听不着。我看到一根火柴擦亮了，照亮一对猫眼似的眼乌珠。躺在我对面的不是外公，而是我的小学同学火柴，手臂膊上别一块黑纱加红布。我摇头说，不要。火柴温柔地说，只要一根火柴。火柴久久不肯熄灭，温柔地坠到我的身上，棉毛衫烧出一只洞眼，再变成一张嘴巴，焦黑边缘如同帝国主义疯狂扩张，露出一排锯齿状的獠牙，我逃不脱，也不好呼救，凿子般的火焰穿透薄薄的棺材木板⋯⋯

吸入一口湿冷气，眼泪水迸出来了。我听到外公拉风箱般的呼吸声。墙上映了几组稀疏暗淡的树影，被窗外的寒风搭讪乱颤。电热毯烤得后背心湿透。五斗橱上三五牌闹钟敲响三下。我从火葬场的噩梦中惊醒，身体一节节爬出被头筒，没有惊醒外公。我穿上绒线衫绒线裤，胸口加一件皮马甲，披了羽绒服，双脚蹬上新买的保暖鞋。爸爸妈妈还在里间熟睡。我搓搓手掌心出门。曹家渡在落雪。路灯下每片雪花都在燃烧，仿佛一场浩劫过后的灰烬。地上积起薄薄的泥泞，像被拿破仑的士兵们踩过，我勉强保持平衡不滑跤。废品回收站的屋檐下滴了几根冰条子。我摊开手接了一粒粒雪籽，旋即在细细的掌纹里融化。街头空旷得只剩下孤魂野鬼。汽车和脚踏车长眠不醒，楼上窗门像宇宙中的星星稀薄而遥远。我的鼻孔里喷射热气，走过沪西电影院门口，路灯下看到一张手绘电影海报《一半是火焰一半是海水》。我把自己当成海水，决定阻止那一半的火焰。穿过电影院隔壁的弄堂，我钻进一栋木头房子，手脚攀爬漆黑油腻的楼梯，希望嗅出火柴点燃的硫黄味道。爬上三层阁楼，我却闻着健民浴室门口姑娘们抱了面盆排队的味道，那一年电视台在放娜塔莎·金斯基的洗发水广告，每趟看到都让我神魂颠倒。

电灯泡亮起来。晕黄色灯光刺了眼乌珠，好像达·芬奇一笔笔抹上颜料。火柴跳下眠床，右手抓了电灯绳子，左手一包火柴，朝我露出两排雪白牙齿。被头筒里还藏了一个人，拖了一把长头发，糖炒栗子颜色反光。女人的手撩开头发，亮出一张狭长面孔，不成比例的大眼乌珠，向上翘的眼睫毛，鼻梁骨有点高。她是火柴的妈妈。火柴说，妈妈，他是我最好的哥们。火柴妈妈问我，你叫什么名字？我说，蔡骏。中俄混血女人钻出被头筒，细长身体裹了棉毛衫跟棉毛裤，没戴胸罩，可以看到乳房的形状。火柴妈妈套上一件羊毛衫，摸了摸我的头发说，你这孩子，都几点了，有急事吗？火柴妈妈是加格达奇火车站的广播员，普通话字正腔圆，舌头尖卷出花儿。我的眼眶慢慢发酸，有啥东西一滴滴滑出来。火柴披上军大衣，拔出插销，推开天窗玻璃，面对锅底般的黑夜，雪籽变成雪花飘进来。火柴妈妈的毛栗子颜色头发被吹得像一蓬貂皮。火柴攀上天窗，向我伸出手来。他的手掌心像一团炭火，抓牢我一道登上去。瓦片上的积雪像沙沙作响的垫子，两个男小囡并排坐了屋顶上。阁楼上看得到苏州河，冷空气短暂掩埋熏人味道。我听着一艘夜航船的马达声，船头挂一盏马灯，圈出一片酱油色水面，照亮密密匝匝的飞雪。火柴连续擦了三根火柴都没亮。最后一根火柴，我围拢手掌帮他挡风，恨不得自己变成因纽特人的冰房子。火柴终归点着了。我的手掌心被烫着，竟不觉着痛，大概是冻僵了。一粒雪花落进眼乌珠，火柴又熄灭。火柴说，下了这场雪，火就烧不起来了，你放心好了。我说，这场雪能跟大兴安岭比吗？火柴说，这是不好比的，但我觉得这里更冷。

  我先打一只冷噤，再打一只喷嚏。火柴拽了我回到阁楼，重新上好插销。火柴妈妈问我，下大雪了，你还要回去吗？我看火柴一眼。火柴说，留下吧，天亮再回家。火柴妈妈对我笑笑，眼角撕开细纹说，小孩，上床吧。火柴帮我脱掉衣裳，拉了我钻进被头筒。我的鼻头闻着火柴外公的黄酒味道。电灯泡灭了。大兴安岭冰窟窿般的史前黑暗里，火柴贴了墙皮，火柴妈妈困外头，我夹在这对母子当中，裹了同一条棉被。火柴妈妈的手是细长的、坚硬的，同时搂了我跟火柴，仿佛我俩都是她的儿子。一对乳房贴着我的后背，像一炉缓慢燃烧的大兴安岭木柴，弥散淡淡的松香味道，帮助我火速地沉溺入梦中。

火烧起来了。绸缎在我的车上点了一把火。紫颜色丝巾燎着火星，绸缎急了从头颈上解开，赛过清明节的烧纸丢出车窗。我打了双跳灯靠上紧急停车带。绸缎推开门自己下去。我从座位底下抄出灭火器，瞄准手套箱一顿猛喷灭了火。我看到绸缎翻过高速公路护栏，大衣毛皮领头蓬松，像一头逃出动物园的母鹿，隐入黑魆魆的绿化带。我跳下车去追她，爬上护栏吼起来，绸缎……王小绸……西北风卷了高速公路上的噪声吞没我的声音。我打了110报警——今夜六点到八点之间，浦东发生一桩杀人纵火案，嫌疑人叫王小绸，刚刚在京沪高速嘉定段下车，一个人翻过护栏绿化带徒步离开，相当危险，警察同志一定要马上来寻到她。

我在紧急停车带上摆开三角警告牌，细看我的副驾驶坐垫，揩掉一层泡沫后没啥问题。绸缎消失了，仿佛今夜里从没来过，上个礼拜在曹家渡天主教堂门口给我扫码做核酸的大白也是个没影子的魂灵头。我打开四道窗门通风，坐在引擎盖上刷手机。我没能找到任何浦东火灾的消息。如果案发时间在六点到八点之间，公安局老早锁定嫌疑犯了，哪怕开出上海也能寻着我们。如果绸缎先化好妆，然后杀人再放火，为啥身上没一点血迹？面孔上也看不出烟熏火燎？难道她又洗了脸，坐定半个钟头重新化一遍妆？我从手套箱里抓起一把被烧焦的文学期刊，其中有一篇我在去年写的小说，文字已成灰烬，恍如黑蝴蝶扭动起舞，穿过京沪高速路灯下的光影，飞上一弯淡淡的月牙里去。

九〇年代上海头一个雪夜，我在火柴的三层阁楼上困到天亮。等到太阳晒着天窗，曹家渡的积雪化了一半，火柴已经跟他妈妈坐上回大兴安岭的火车。火柴留给我一张明信片——绑在高加索山上的普罗米修斯。后来我家搬场离开曹家渡，明信片在混乱中消失了。三十多年过去，我没再见过火柴，不曾听说过他的消息，但我从未忘记过火柴的面孔和双眼。我收起三角警告牌子，回到驾驶座上点火发动。油箱几乎是满的。音响重新唱歌。我给自己绑好安全带，打左方向灯回到快车道，出了最近的匝道绕一圈，掉头开上京沪高速公路。脚底板一滴滴滋下油门，内燃机凶狠地燃烧，变成一匹红鬃烈马，每一根鬃毛点亮一根火柴。继续前进3200公里，一直走到路的尽头，我就能骑上鄂温克人的驯鹿，穿过埋葬猛犸象和冰人的森林，踏上一条大河的银色冰面，见到我最好的朋友。

原刊《当代》第2期

# 失 稳

张怡微

1

任秋是从案头找到这个小区的,除此之外,他并没有在上海生活过。关于此地,史籍中很早就有不少的记载。宋建炎四年(1130年),韩世忠率领军队抵抗金兵在此驻军,部分家属随之落户,逐渐形成小镇。明朝正德年间,它正式设镇,后来成了苏松地区重要的棉布集散地。对于生活选址,任秋觉得很满意。上海这个地方历史并不悠久,根本算不上古老,但自有兴衰的路径和多元的人文逻辑。任秋不想住在一个没有来历的地方,哪怕有些来历可能并不意味着好运气。去到世界上任何一个地方考察,他都会仔细选择居住地,希望它的背后能有故事。他住过法国枫丹白露、捷克布尔诺、日本松崎町、美国斯坦顿的爱彼迎等,都留下了优美的回忆。来历,就是人的基石。好的坏的都是如此,尤其是坏事,创伤有助于记忆。好事若不用来炫耀,基本记不住。任秋想,此地若有历史,平时就可以到处逛逛。离单位很近,附近也有集市,看起来到处买得到菜,这符合基本生活的要求。暂时居住在此,上班通勤都算方便。小区从外观看起来并不热闹,甚至有些闹中取静的意思。许多植物攀爬上老楼外墙,有一种古朴的气息,这像他心里对上海市民生活的理解。渗透交融、四周辐射。有点窒息,窒息中又带点生机。

出租屋内的情况基本良好,采光不错,南北通风。只有一间屋子,但很方正,连带厨房还能隔出一个小客厅。听说这间房子空置了很长时间,最近重新做了新装修,铺设了新地板,水电也都重排,配了常用家电,家电也都是新的。就连大门也换了。四十三平米,一个月三千五百块,低于市价。若用上学校每个月一千的房贴,只需要两千五就可拿下。

唯一的不足是,大楼在改建,正在装电梯。

任秋很快和中介谈成了,要与房东见面。

中介说:"任先生,您真的想好了吗? 你自己想想好噢,付了定金,就拿不回来了。"

任秋说:"看起来很干净,没事的。"

中介问:"你是大学老师,为什么不和大学老师们住在一起? 你们不是有自己单位的周转房吗? 还可用公积金缴房租。"

任秋说:"我和太太不喜欢下班见到同事。"

中介拍拍胸脯说:"哦,这点任先生你放心,我在这里做了五年多,这个小区里,一个高级知识分子都没有! 一个都没有了! 你不要看这个新村名叫'文化',假的! 其实没有什么文化人。这里是老小区,全是老人和打工的年轻人。"

任秋笑笑说:"我也算不上什么知识分子。我只是不想下班还要见到同事。"他又强调一遍，好像他已经认识了同事似的。

　　任秋在南洋理工大学做完博士后，曾面临重要的职业选择。那时他已有三篇顶刊在手，也担任了重要学术期刊的编辑，每年参加国际研讨会，去了不少地方，俨然是踏上正轨的国际学者。他最好的出路当然是留在新加坡，住在那种可以从玄关设置的洞穴直接丢入垃圾的公寓里。但最好的事永远只能是梦想。他在学院里见过太多可怕的论文机器人，尤其是印度人，极其严苛地完善着自己的论述格式，所有形态的人类生活不过是他们论文生产的材料。他们不喜欢讲故事也不喜欢输入人情，这和他们的祖先不一样。离开故土以后，他们沉迷野心、量化、数字、大量的标准化生产。很多人在常任轨的残酷游戏中败下阵来，尤其是那种一会儿觉得生活不能只有工作，一会儿又觉得只有工作才有确定性的犹豫派。回国，当然也很好。然而，任秋没有国内学术刊物的发表记录、没有项目专利，也没有人才帽子，这也就意味着，不会有第一梯队的国内高校会收留他，除非他愿意再做一个博士后，成为那种魔鬼淘汰营中的训练生。那样的话，从博士后出站时，他就超过四十岁了。作为人生起点来说，不免有些太晚。二梯队的高校要求并不低，好在可以从副研究员做起。生活从未像此刻一般逼迫他开始直面一些严峻的问题，房子、钱、未来的打算。因为专业问题，他从前很少考虑钱，反正不是有奖学金，就是有导师资助。关于那些头疼的生活问题，他的回应和大多数同侪一样：没有，没有，说不清楚。好在这样的答案，暂时没有让他觉得有太多情感上的压力。他只是给出一个事实性的回应，过一天算一天。

　　任秋的太太辛欣是上海人，他们在美国留学相识。第一次见到辛欣时，他对这个女孩印象就很深，别人问她住在上海哪里，她说，我老家住在上海元代水闸遗址博物馆附近。这听起来很不寻常，很少有上海人会这样介绍自己，有钱的、没钱的都不会这样说。

有人问："水闸是什么？"

辛欣说："为吴淞江泄水挡沙。"

那人说："挡煞？这个有意思。"

辛欣说："防淤疏浚。挡不掉的坏事，那就只能疏通。"

任秋觉得这个女孩挺有意思，后来又觉得自己有点喜欢和她说话。再后来，顺理成章，他们在美国结了婚，和另外两对情侣租住在一起，总共五男一女。辛欣曾对此表示过激烈抗议。任秋告诉辛欣，他们的情感关系远不止4个人，use your imagination，很复杂的，凡事不能看表面，"挡不掉的坏事，那就只能疏通"。

在很多人眼里，辛欣是一个好女孩，并不物质，也不图移民，还有点过分通情达理，毕竟丈夫会和四个这样具有想象空间的人住在一起，本来也不是很容易把逻辑疏通。"缘分吧"，大家都这么解释，解释中带有谅解，谅解里又不无遗憾。毕竟，几乎没有毕业生能留在美国教书。任秋对此很得意。他本来在追一个行业大佬的女儿，后来觉得还是辛欣好。也有人为此感到遗憾，但他们也说辛欣蛮好。生活艰难，在异国他乡有个信任的伴侣并不是坏事。留学可以看到多样人生，同样作为少数族裔，印度人野心勃勃，提出的构想都将自己人置于顶层，中国人就只想当个好马仔。马仔界也竞争激烈，有人很容易就会获得导师信任，有的人却会被骗。不当少数族裔之王，也不当顶流马仔，就只能当败家子或者西西弗斯。任秋在大学里见到过许多台湾人，从博士退学又重念硕士，没有人想毕业，因为毕业就意味着不再是学生，意味着可能要成为失业人口，回家则意味着可能成为一课时一千新台币的代课教师，辛辛苦苦上课一学期，赚的钱还不够缴交通费。他们会带更奇怪的朋友来派对，那些人从大学毕业开始，就一直在打工游学，新西兰、日本、加拿大，一直在做服务员，转眼四十，没有学位也没有身份，但去了很多地方，谈过很多恋爱。他们不是真正的一事无成，他们在做一些有识之士看不上的事，例如认认真真地玩。也有真正意义上回不了家的败家子，个性也挺可爱，说："我们这样的人实在不会念书，就只能一直玩啦！"听上去挺有道理。任秋觉得自己的情况不至于最好，也不至于太差，他中庸的能力刚好配得上他中庸的野心。大陆的学校多一些。大不了还可以去做留学中介，把拉人头的庞氏骗局做好做满，怎么着不至于会饿死。好好读书，读完书教书，努力出国留学，留学毕业后做留学中介，这一切听起来是如此顺滑，顺滑到已经没多少人会质疑，为什么这样的人会有这样的结局。

　　选择来到上海工作，更重要的原因是辛欣拿到硕士学位毕业回国后考进了太湖流域管理局。工作后，她住进了单位宿舍。这个神秘的单位四周被森严的宾馆环绕，十分幽静。显而易见的是，这个冷门职位很适合她的冷门专业（做留学中介绝不会推荐到的专业）。她只经历了短短一年和五位男性共同生活的糟糕日子（出自她丈夫捉襟见肘的安排），就能脱身回家了。在此压力之下，任秋也投中了一所市属高校，学校毗邻太湖流域管理局附近一片古老的商港军镇。当然，那时的他并不知道自己的单位长什么样，也不知道超越纸面上地理材料显示的生活形态究竟是什么样。他给学校网站投送了中英文简历，把每一项发表期刊和国际会议都注明了排名和影响力，好像白居易写完诗念给妇孺听。事实证明，这一招有奇效。负责招聘的陈主任与任秋的通话有些诡异，他几乎是完全坦诚地交代了招聘过程，表示经过面试，很多人给任秋投了反对票，比如谁谁谁（那些姓名任秋一个都不认识）。谁谁谁更倾向招募一个国内高校的博士后。他们甚至拒绝了一位康奈尔大学的博士毕业生，因为她没有论文，中文的英文的都没有。简历也都是英文，做的事都不在中文环境中，看起来不太靠谱。

"太卷了。"任秋对陈主任说。

"是呀，年轻人真是不容易。"陈主任像个年轻人一样和他寒暄。然后问，"你真的会来吗？"听起来是他陈主任真的很不确定，又像是他陈主任真的降低了自尊。

"你自己想想好噢，想好了来报到。"这是陈主任电话里对任秋说的最后一句话。之后，他就成了任秋的领导。年底时，任秋去了学校，入职报到一切顺利，当天还领到了电脑及门卡。在一周后的青年教师茶话会上，他介绍了自己。陈主任也介绍了他："祝贺我们院今年终于招到了人！完成了指标。"台下响起了掌声。任秋很疑惑，仿佛诈骗集团又拉来了人头。但想想好歹是上海，是一所211，不会有什么怪事吧。他是从事科学研究的人，敏感却不迷信。也有人并没有鼓掌，他们其实也没有表情，看起来就像是电话里陈主任提到的谁谁谁，可表面没有留下任何证据。

工作落实，紧接着就是生活。任秋开始找房子。找来找去，看了十几家，他既不说好，也不说不好。中介最后说："倒是还有一个便宜的房源。你不介意我们可以去看看。"中介可能看出了他收入低，这让他觉得很羞耻，但他又能怎么办呢？只能听话地前去看了看。房子还不错，许多植物攀爬上老楼外墙，像缠绵的肉搏。赶巧有施工队在施工，焊接火星把三楼厨房烧了，有人尖叫，有人骂娘，消防车也来了，还有人在证明消防车开得进来。这一派生活的气息，瞬间感染了他。

吴淞江，源出太湖瓜泾口，经吴江、昆山、青龙镇东流入海，明代以前是上海的主要河道。上海人称吴淞江为母亲河，《宋会要辑稿·食货》所载"边枕吴淞大江，连接海洋大川"，听着就很亲切。任秋此时觉得自己离真正的生活已经很近了。

## 2

曹警官十年来都在虹口区派出所工作，对这一片区的基本情况已了如指掌。虹口居民区的基本特点有二：一是老龄化程度高，二是治安好。曹警官被分配到单位之后，就一直担任治安管理工作。因为辖区犯罪率低，平日里他还要兼职处理一些文书、写宣传材料的事务，同时辅助一支助老先锋队，给社区中众多老年人提供送餐、送药、送医服务。在一般人看来，他是个社区民警，更多的时候，他觉得自己像是一个兼职社工，帮助各种有困难的人。所以他知道困难的人除了困难之外还有其他各种特点，有时他们只在一方面需要别人的帮助，另一方面又充满战斗力。有时他们看起来很凶，其实却很脆弱。可以想象那样的画面，一个漏尿的老人，正抱着挖掘机阻碍施工。而他的邻居，可能正在用蹩脚的上海话和施工队讨论《土地协议书》和《中华人民共和国消防法》，旁边还有一个身患多发性血管瘤的老太太坐在挖掘机的轮胎上。他们的共同点，是都订了社区食堂的爱心午餐。吃完饭就闹，闹完再等吃饭。曹警官判断这些事，从来不计较他们之前说了什么、一小时前做了什么，不指出老年人自相矛盾的地方，这也使他获得了老人的爱戴。曹警官擅长和老人打交道的事，很快令他获得了一些看不见的荣誉。这和侦探破案的感受很不一样，甚至是相反的。生活里的案子，不去破它，不去逼问出结果，反而比较容易获得安宁。

这一片区的"美丽家园"旧房修缮工程已经推进至如火如荼的阶段。所谓的"如火如荼"，并非工程推进得有多顺利，而是争议不断，每周都有大量投诉电话打至政务服务便民热线，投诉加装电梯的问题。

加装电梯的意图是好的，但推行到现在的地步，说装电梯好，反而是会被人翻白眼的事。利益分配不均、评估不严谨，居委会总是搪塞，居民则是不断报警阻工。不装电梯，大家还等着拆迁。装了电梯，拆迁无望，居民心情总归不好。一层、二层居民不同意装电梯，这是可以预见的事。施工方配合楼上的发起人迅速跑流程，看似短视，实际催促到的"签字"同样具有法律效力，落子无悔。签字画押后一周，等老人们相互打听情况反应过来，扯皮就开始了。要是施工过程中发生下水道堵塞、墙体开裂，或者被发现连廊直接受力在墙体，那简直就是居委会和业委会的噩梦。老人们的家属也会从上海的各个角落纷至沓来，孝顺的，不孝顺的，都有自己的办法闹事。孝顺的小辈怕老楼沉降、墙体开裂、管道异味影响到老人生活，不孝顺的后代则怕遗产降价获利缩水。总之，团结是不可能团结的，从上到下的利益链曹警官也不是不清楚，一台一模一样的电梯，外地装一台三十万，到了上海就是七十万。一路看下来，他自己都有了立场。但在此地出警，曹警官也不能做什么，只能一遍又一遍地对双方说："师傅你不要激动，不要欺负老人。""阿姨啊，我是真的佩服你，但你也要注意自己安全，肉包铁对你这个年纪来说还是挑战太大了。装电梯那是为了老年业主好，他们上下楼不方便，有的老人过了七十岁就再也没有下过楼，一直到百年以后，一辈子再没下过楼了，也很可怜的嘛，快递小哥偷懒一点，他们就什么物资都取不到。三菱、奥迪斯成本十四万，中等的蒂森、迅达、富士，成本也就十万，平摊到每家人出不了多少钱。至于维护，那是十年以后的事。这里很多老人都未必能活那么久，方便一天是一天对不对。"没什么人理他，当然也没什么人骂他，大家都认识他，当他是派出所的花瓶。等太阳落山前，他和同事再一道把他们带回派出所做个笔录。

工作上说需要说的话，生活里做应该做的事，它们可能就是不太一样的。曹警官母亲家的电梯改造，他替她投了反对票，他对母亲说："谁的话都不要听，同意书不要随便签，要坚决，不要犹豫。不同意不等于反对，坚决反对才是反对。字签下去，人就被动了。"老房子本来就下沉，加电梯又不是砌个鱼缸，哪有那么简单。高楼层以为自己占了便宜，其实危机是同等的。人为什么会这么矛盾，曹警官自己也弄不懂。利益不均，危机四伏，许多陈年矛盾都借机浮上台面。老社区最好的办法还是原拆原建。无机房的电梯，看上去真的太小了，小于一米的薄薄两扇门，轮椅都推不进。出于良心，曹警官也不鼓励任何人随便签同意书，或者暴力抵抗。他不想当"梯托"，这是他在调停无数轮吵架中学会的新词汇，与此相应，还有一个词叫"反梯"。他觉得自己大概是真"反梯"。虽然一般情况下看不出来，他也不愿说出来。"梯托"们理解不了，电梯又不是万能的，人老了，生活的苦恼只会做加法，不会做减法。这小小的加装电梯，不是什么都能装进去的，不是进去了就一定能出来的……

下午，社区服务中心来了一群年轻大学生做调研，好似一阵清风。曹警官看了学校推荐信，请来了当地一位老镇长，来给他们介绍社区历史和相关保护单位。镇长退休多年，本来也缺人聊天，遇到那么多年轻人听他说话，自然是很高兴的。曹警官只是作陪，给他们准备点茶水，好逃离电梯事件漫长的纠纷。访问开始了十分钟，看上去秩序井然。老镇长说话，学生们记笔记。曹警官做做样子配合老镇长补充几句介绍词，却发现这些学生原来都听不懂上海话，就很奇怪他们埋头在记录什么呢？大学生田野调研却听不懂方言，还需要人翻译，哪有这么搞笑的事。

"你们一个上海同学都没有吗？"曹警官问带头的学生。学生们摇摇头。他和老镇长就笑了。

"那我来当翻译吧。"曹警官说,"镇长刚说他自己在东王庙里上的小学,每天上学从大殿进去,右边是阎王爷,左边是关公。'三月廿八轧江湾',是一个很大的活动,当地小学生可以放假三天,市里的学生则不放假。现在东王庙与牛郎庙都没有了,只剩下一个三观堂。你们可以去看一看。"

这样说一段翻译一段,时间过得很快。快到社区打桩再度进场的声音都要听不见了,吵架的声音也被镇长绘声绘色的表达所淹没。

"镇长、警官,我们想问问你们这里有没有发生过什么恶性事件?例如凶杀什么的?"

这是曹警官的专业,他接上话头,说:"很幸运的是,我负责的社区没有,但是整个虹口区还是有的。"

"你能举个例子吗?"

"我记得有一个情杀,是二十世纪九十年代的事了,女的好像是出轨,然后被男的掐死了。那时我还没有来这里工作,镇长你记得这个事吗?"

"这当然记得,我那天在区里开会,听到人说出事了出人命了。后来会也不开了,大家都赶去打听。男的长期在外面工作,怀疑老婆有外遇,抓到了以后就掐死了。"

"后来呢?"学生问。

"枪毙了呀。"镇长回答。

"曹警官,还有一个。凉城新村的大案,是个大学女教授被杀,你记得吗?"镇长又问曹警官。

曹警官点点头,说:"那也是九十年代。我在很多书上看过。受害者给进屋的杀人犯倒了一杯白开水。人被砍死的时候,白开水还在桌上。"

镇长说:"很轰动的,那时候大学领导也来了,区委领导也来了,还有分局的领导。很轰动。几百个警察一起查,二十多天就抓住了。"

"你们不是说这里犯罪率很低吗?"学生又问。

"那是我来了以后,犯罪率一直很低。"曹警官油滑地搪塞了一句。大家都笑了。

"那您负责的片区没有,其他片区最近有什么案子吗?"学生追问。

"在别的社区犯案当然是有的。最近十年最大的一个案子,就是文化新村的杀妻案。六年前还上了社会新闻。这个杀人犯的妈妈,就住在我们这里。"

"网上到处都是小视频!我高中时候就看过!那个杀人犯是个NPD渣男。他PUA女朋友,说她不是处女。"学生们交头接耳起来。

"还逼他老婆绝育,还要她做完手术把输卵管带回家。"

"好恶心啊。是变态吗?"

"曹警官,他们家是变态吗?"

"我只认识他妈妈,是个很可怜的老太太。"曹警官有点伤感地说,"小孩做了坏事,本来就有点受歧视。她又不愿意装电梯,被高层邻居骂了很难听的话,说她生了杀人犯。她同意装了,又被低层邻居骂,说她罪上加罪,会下地狱。现在她最终决定不同意。但是居民又说,不同意不代表反对……之前降价五十多万想把房子卖掉,结果看热闹的人多,真的买家很少。大家就是想看看杀人犯的母亲长什么样子,还要问她加微信。尤其是记者,到处乱写,你们调研就调研,不要学记者。好在,现在她终于把房子租出去了。哦对了,你们不用调研这个的,那栋凶宅并不在这里。"

"好的好的。"记笔记的学生一口答应。

"我们也想去那里看一看。"另一个学生说,"但我们不会打扰租客的,我们就是到处走走看看,可以吗?"

曹警官点点头。这时有人进来,要把曹警官叫走。后来听说,施工队雇了黑衣人站岗,有位老太太在施工队旁边烧纸钱,跟死去的老头子哭诉遇到强盗装电梯,还有人在旁边开直播。

曹警官把这里交给了老镇长,给学生留下一句话,"记得扫码装反诈 App,码在墙上自己扫哦! 帮我们跟身边的人宣传一下。"

## 3

人和人的吸引是很奇妙的,而看见彼此的幻觉有时也会共同走入无垠的绝望之地。更可怕的是,如果有一双来自第四维度的上帝之眼,观看人与人的交际,那么很可能,他们只在一瞬间有过交际或分离的幻觉。更多的时候,他们是剪开的莫比乌斯环,形成一个更大的无限环。流逝的时间,就是这把恐怖的剪刀,将无垠迭代成更广袤的无垠。

爱情、亲情、友情有时就是这样的幻觉,看起来是无尽长路,走到尽头,不过是原点。

辛欣最近总是在看一个查不到多少资料的新闻,关于"长江口一号"的打捞。那是一艘二〇一五年发现的古船,沉于崇明横沙水域。木船年代确定为清代同治时期,不知是否经历过可怕的海难。因为在它不远处,考古人员还发现了另一艘木质帆船,编号为"长江口二号"。"长江能见度那么低,水质又含有大量泥沙,这样的古船要怎么整体打捞呢?"辛欣很好奇地看着任秋。其实任秋也不知道。沉船是浩瀚的时间褶皱中神奇的时空体,让人看到海洋的历史能量,主要是恐怖的能量。正因再多的财富也填不满海洋,像装不满的克莱因瓶,海洋总比陆地多一重难解的神秘，人类在海洋面前太过孱弱和渺小了。

任秋曾去过美国佛罗里达州的基韦斯特海难博物馆，那里收藏了一艘一八五六年的沉船。也曾在澳大利亚珀斯附近的弗里曼特尔港口，参观过澳大利亚的海难博物馆，无非是一些船只部件和海底遗物。更著名的瑞典斯德哥尔摩瓦萨沉船博物馆，任秋想，以后有机会也要去附近住一住，因为瓦萨号是世界上唯一保存完好的十七世纪船舶，不知道长什么样子。一九八七年在广东阳江海域也曾发现过一艘南宋初期的木质古沉船，那可比瓦萨号要早得多。可惜当时国内的科技水平，并不能让它重见天日。最后的结果是，价值三千万美金的文物被大量倒卖毁坏，"南海一号"也成了让人遗憾的羞耻事件。船上的秘密时隔那么久重见天日，像是对旧时尘封承诺的冒犯。打破沉寂所获得的惩罚，也仿佛来自不可道破的天机。好在羞耻总会伴随教训。直至一九九〇年，中国有了第一支水下考古队。

上海也要有沉船博物馆了吗？这次打捞会不会有新的惩罚？

辛欣看起来很兴奋。她的兴奋也令任秋兴奋。这稍许缓解了工作上的停滞。

任秋工作后，主要工作都围绕着各种形式的教师入职培训展开。大部分时候，这些课程都没有什么意义，不是听讲座，就是做游戏。参加培训也交不到什么朋友，各种专业都混在一起上课，方法也不对路。老师们都在自己的领域做到了尖端，要随便就能听懂别人的研究，不是一件合理的事。任秋耐着性子听完了三个带有"大脑"名字的课程展示，又听完了两堂近代史，两堂心理课，依然不知道对自己工作有什么具体的用处。还有一堂课教发声，老师花了两个小时讲述什么是丹田。另有一堂课老师放了鸽子，大家一起观看时政片。每周都有一次加课，是海归培训专题，学习重要著作。时间一点一点流逝，精神也愈发涣散。相比上课还能有些学习的气息，做游戏就要幼稚得多。有时组完一个名为"黄河"或"长江"的团队，开始瞬时记忆、速算、瞎子走路等等破冰游戏，直到打完比赛、获得名次，组员们之间都没有加上微信，赛完即作鸟兽散。任秋不会打球，很快就被踢出了小型篮球赛。在一旁观战，他也无非是刷刷手机。

　　有一个破冰游戏倒是很有意思，叫"备受攻击"，游戏目标模拟被排挤的滋味。它的内容是从组员中抽出一个人作为"箭靶"，然后在地上画一个圆圈，让"箭靶"站在中间。其他人要拍打他最少三次，但不可以被"箭靶"碰到，被碰到的人就要做"箭靶"，"箭靶"可以拉人入圈，帮忙一起捉人，圈内人越来越多，直至所有人都入圈。任秋一开始很排斥当"箭靶"，觉得设计这个游戏的人一定是心理变态。后来在拉人过程中，他逐渐体会到了当"箭靶"的乐趣，尤其是拉入怕当"箭靶"的人，看他们恐惧惊吓的表情，内心就很愉悦，十分解压。他挺喜欢这个游戏。游戏结束了，大家合了一张影，他发现八个人中，只有他和另外一个老师在笑，是两个初代"箭靶"，天意中最不合群的象征。其他人就都很严肃，因而照片显得十分诡异，像祖先合影中剩下的两个还没死却马上要死的人。好在很快，这张照片就被新的培训通知覆盖了。没有任何人评论，也没有任何人点赞。任秋保存了那张照片。有机会他还想再玩一次"备受攻击"。

　　还有一些综合讨论会，例如"新文科"建设，很多组员给了听不懂的意见，任秋听了四个小时，终于给出了一个意见："那是理科。"又如元宇宙建设，任秋又听了三个小时，说："我同意另一位老师的观点，元宇宙是有智慧、有情感的。这很搞笑，像废话一样。"再如关于如何调动学生积极性的方案设计讨论会，时长两个半小时。讨论的主题，逐渐从"调动学生积极性"，拐弯到了"调动实验室学生的积极性"。

任秋不知自己的专业什么时候又成了被孤立的"箭靶"，他没有实验室，甚至还没有学生。经过百无聊赖的观察，他逐渐意识到，自己和这所学校的微妙关系。那些能说到一起的同事，多多少少在这里念过书，或者最差也做过博士后。即使现场没有认识的人，也有共同认识的人。任秋是例外。他不认识任何人，他是被抛到这里的，没有根系，也看不到未来。他甚至有些怀疑为什么陈主任要招募他。两个小时后，大家纷纷给出了讨论方案和意见，有的说，要给出休假奖励，有的说，要做明确的奖惩机制，或者让一个女同学拿着垃圾桶从男同学面前经过，这样可以鼓励男同学打扫实验室。任秋想，这充满刻板印象的想法，不只无用，可能还会惹来女生反感，万一男同学并不喜欢女同学呢？更何况，就算是母亲拿着拖把扫帚从我们身边经过，我们也只是抬起脚，尽量不要踩脏已经清洁过的地面，以免惹来不必要的麻烦。

话题落到了一位老师那里。很有意思，他只用一句话，就把这难聊的气氛瞬间降温至冰点。

他说："我没有学生。"

任秋看了他一眼。好像正是之前"箭靶"游戏中，和他一起在照片里笑的人。

"当老师怎么可能没有学生！你总会有的啊！"众人说。

他说："他们会影响我做事。"

空气突然安静了一分钟，随即下一位老师开始回答问题。他的建议是轮值日、包干区，任秋已经很久没听到这很"中学"的词汇了。只是这样的建议，不知为何需要两个小时的沉思才能获得。

再下一个人，就是任秋。

任秋说："我……没有实验室。以后也不会有。"

那人于是也看了他一眼，并不友好，只是瞟。

任秋再见到他,是培训营培训的高潮:青年教师运动会。任秋被要求参加一项"趣味八爪鱼"的活动。听起来并不算太难,看规则,它更像是一场接力快速跑,只是队伍分成了八组。任秋按时到了学校,在操场做热身。参加游戏的人唯一也在做热身的是那一位自称没有学生的老师。两人对视,没有笑。发令枪很快响起,任秋是第一棒,很快跑完了,他们组虽然没交流,但速度不错。他甚至开始在旁玩起手机。直到听见"砰"一声巨响。有位老师重重地摔在地上。也许受了伤,不知有没有摔到骨头,许多人拥了上去。任秋也想上前看看,但又想,也许伤者认识的人去帮助他会更好。他眼看着那个人被抬出会场,背后蹦蹦跳跳跟着通知他们参会的组织者。

"他是故意的。没有预先告知这是场剧烈运动,需要热身。他恨青年教师,他应该负责民事赔偿。"

任秋听到了一个声音,不知为何,虽然没有看到脸,他心里知道是谁。

"不会吧?"任秋说。

"那个倒霉蛋不会报工伤的。他还在考核期。"那人说,"他不敢。"

"你是新老师吗?"任秋问。

"不是,我工作很久了。但他们说,如果不参加培训,就不给教师资格证书。"

"不会吧?"任秋说。

"所以我去挂失了教师资格证书。"那人说,"我查了一下,根本没有这个规定。他们骗人的。"

"你是什么学校毕业的?"任秋问。

"加州理工。"他说,"很久以前的事了。"

任秋想到了陈主任说的"康奈尔",倒吸了一口冷气。

"我叫任秋，你叫什么名字？"

"我姓丘。"他回答。

两周后，任秋收到了一份培训合格证明。又两周，这学期的教学周就结束了。系里匆匆给他安排了下学期辅导员的工作。至于专业方面，无人过问。他又收到了一篇书评邀约，一篇需要大修才能通过的论文。他在年终总结里，看到了系里不太认识的同事们的一年所成。有人发了国际期刊，他查了一下，觉得刊物有些可疑。有人拿了国家项目，这收到过群里整齐的点赞恭喜。有人在海外滞留不归，已被批评了好几轮，终于在年终总结里宣布"下周回国"。还有人生了二胎，心思都在家里。他看了一篇又一篇，像在阅读自己可能的未来，或绝对不可能的未来。更多的时候，他感到自己不属于这里，虽然他才刚来。

陈主任问他："你真的结婚了吗？我们这儿好多女老师都没结婚呢。"

"我结婚了。"任秋回答。

陈主任遗憾地摇摇头，走了。

任秋感到很疑惑。直到他后来不断听到陈主任说，有别的老师问、有别的老师说，"任老师为什么不太来学校，他是有什么背景吗？任老师为什么不通过别人微信，他是想单干吗？任老师为什么不参加产业报告研究，他是搞特殊吗？任老师为什么不住在教师公寓，他是有钱人吗？任老师怎么从来不说他老婆，是真的有这么个人吗？任老师总不跟我们说话，是看不起我们土博吗？"

这时，任秋已经能弄明白谁、谁和谁。奇怪的是，陈主任反而不说是谁说的了。

那些"谁谁谁"像一片乌云，携带着不详的气息，飘到东、飘到西。

即使足不出户，它也能把来自未来的雨，侵入当下的内心，提前瓢泼起来。任秋讨厌他们，胜过讨厌那些留学时种大麻、酗酒的室友。他很想把那些凶猛的问题丢回去，却发现自己对同事们一无所知。

"你要抓紧拿项目。"陈主任说，"兄弟院系有一个哈佛回来的，快六年了，考核差点没通过。快六年了，一个项目也没有，现在也不知道怎么弄。他已经延期了一年。学院网开一面，给了他最后一次机会，申请项目。"

"我查了一下，没有这个规定。他们骗人的。"任秋突然听到了那个声音。

那个清晰有力的声音曾说："我没有学生。"

## 4

出刊的稿子是微信版，学生们把链接发给了曹警官。曹警官又发给了镇长，说："你把家里宝货都翻出来啦？"顺便竖起大拇指，老镇长也很高兴。更让人安心的是，学生们并没有提到凶案。整篇文章就是描述了老镇长对社区的情感，以及他个人的口述历史，不知道有什么意义。后来才知道，文章是被编辑删节了。不过他们就算想写，可能也写不出什么来，那些相关的人早就不住在这里了。曹警官也不认识案中人。他既不认识杀人犯，也不认识受害者家属。居民家里遇到不好的事，最好的办法就是搬走，换个风水。越早走，越容易走出来。时代不一样了，如今手机上的房产中介上会直接把"凶宅"推荐为"无神论者的福音"。房子戴上这个"帽子"，就难免要折损点价值。但对刚需人群，这是一次机会。奇怪的是，凶宅居然也有粉丝，会吸引人参观。最麻烦的是租客自杀，搞得不好，还要被业委会组团起诉。房东真是倒霉，租金收不到，还要赔上一大笔折损费。手机新闻里还有更坏的中介，会在折价的凶宅旁加上"新鲜的"。现在的人怎么都那么坏呢，眼睛里只有钱。曹警官心想。但这么想，就显得外行。他是警察，就是抓坏人的。他快要忘记自己的本职，每天上班就是深陷在电梯纠纷里。那里没有真的坏人，也没有十全十美的好人。他的职业生涯不知从哪一天开始就停滞不前了。今年新入职的警察，还满脸写着稚气。一到休息时间就聚在一起讨论如何破门、如何侦察地形。他们可能还不知道，在这个区域工作一辈子也不见得能轮到一次破门任务。大多数新警察都朝气蓬勃，满脑子想着立功、休假和结婚。想当警察的人，大都是从小想当英雄，有英雄主义梦想的。不过听说现在警察也有抑郁的，害得每年一次实弹射击练习时，教官要紧盯相关人员不要饮弹自尽，影响士气。琐碎的生活消磨激情，苦恼自然就来了。曹警官有时觉得自己老了，跟不上年轻人，有时又觉得和社区那些更可怜的老人相比，自己还年轻，还没有糊涂。

　　这天他去拜访胡老太，是因为胡老太又和邻居吵架了。邻居说胡老太生出杀人犯，危害社会，她接受不了。实际上她已经接受这个事实很久了，内心皮实得很。报警就是一种反抗舆论的韧劲。胡老太坚持要邻居道歉，这并没有什么问题。等曹警官去到胡老太家时，邻居跑了，不愿意面对警察，纠纷双方人都没到齐，调解更是无从做起。曹警官于是劝胡老太回家，顺便做一些安慰工作。他当然知道她会说什么，她已经说了无数遍："他们不能这么说我。我儿子不是坏人，他从小就很乖，他不是故意的。他一定是有苦衷，他一定没有别的办法……"

　　能有多大苦衷啦？曹警官觉得好笑。她的儿子，亲手创造了一间凶宅，现在那里也在装电梯。因为凶宅跌价，住户更加不愿装电梯，抗争激烈。听说，有人提议从四楼以上开始装，真是不知道是怎么装法。四楼，就是胡老太儿子、媳妇曾经的家。曹警官从新闻里看到，受害者是被掐死的。两人半年前都从单位离职，仿佛是约定好的。女方父母在外地，本来就是过年才能见到女儿，并没有察觉。事发后，凶犯如往常一样。被捕时，也没有反抗。警察入门时，他还在打《三国志》游戏，调查发现他正在给同伴们留言，以后来不了了，后会无期。从案件本身看，事情并不复杂，也看不出他什么苦衷。杀妻后的一周，胡老太的儿子从从容容取走家庭存款，还用妻子的银行卡通过网络贷款套现二十余万，全部用以赌博。他的苦衷，就是用妻子的命来还债。他一定是没有办法才这样，因为自己没有钱、胡老太没有钱，妻子也没有钱。曹警官的母亲在电视新闻里看到这对小夫妻合照时说："两人面相都很阴郁，很标致，但总觉得奇怪，确实像一家人，是一条心。"老法里，会看命运的老人家，总会评判夫妇是不是一家人。好像成家这样的事，不是看结婚证，也不是看爱情，而是看命数，有时也是劫数。

　　曹警官也是孤儿寡母出身，父亲过世得早。看到胡老太，就像看到自己母亲，心容易软。胡老太除了在儿子的事情上糊涂透顶之外，别的事都门儿清，是上海人眼里明事理的老人。那栋凶宅，是前夫单位三十年前增配的。坏了事，前夫想把房子收回去，胡老太说："可以，但是他还欠了赌债，你还一半。"前夫于是就消失了，再也没有出现过。她一个人打理了房子，找了和尚做了法事，超度两个亡魂。所有通阴阳两界的节日，她都该烧纸烧纸、该烧香烧香。做完这些事，收拾得干干净净，不落人话柄。胡老太原想把房子卖掉，可惜骗子太多，都想找她麻烦。又听说这房子属于儿子的遗产，她不想和亲家再打交道，也不想见到不负责任的前夫。后来，她稍许装修一下，为新房子装了新电器。别人担心她一个老人没法儿督工，她就说："这件事好多年前我也做过，给儿子结婚做准备，愿意的。"装潢完毕，房子空关三个月，她每天早晨七点、下午四点去那里，放了三个月《地藏菩萨本愿经》，直到迎来新租客。新租客是一个大学老师，不计较房子的问题，很平静就住了进去。挑房客胡老太有自己别致的标准，她选了和儿子长得像的人，拒绝了愿意按原价合租的女研究生。胡老太不喜欢女研究生，说不定这些人租房子就是为了套她的话，采访她，再放到网上去。这样的事已不是第一次发生，真是欺人太甚。那个大学老师一看就不是这样，连话都不跟她多说，很害羞。签约的时候，头一直低着，很怕人的样子，勾住了胡老太心中幽深的怜惜。平日里，租客房费总是提前一天转到，没有一次赖账。他也没有给任何东西报过修，人很好的，像他儿子生病前一样好。

胡老太家里虽然简朴，但井井有条。墙上没有遗照，反而有不少儿子小时候的照片，整整齐齐放在五斗柜上。家里几乎不开灯，也不开窗。她每天给自己做两顿饭，一点都看不出悲伤。她从来不说儿子杀人，也不道歉。她只说儿子谈恋爱不顺利，生了精神病，现在有这样病的人很多的，儿子只是被传染了。可能是被他老婆传染的。对于这些说法，曹警官并不反驳，甚至好几次问她："具体怎么传染的呢？"胡老太没有说清楚，但她有自己的说法。

"他们跟我说，文化新村的房子风水不好，这里好。这里好就不能装电梯，装坏了格局，就会有坏事发生。那里不好，就更不能装。要对神明尊敬，不然就会害了自己。我儿子如果不是找了个信耶稣的老婆，就不会搞成这样。他跟我一样信佛就没事。他们这些人就是自私。眼睛里只有自己。"胡老太说，"骂我一次，我就报警一次。"

"这也不是长久的办法。"曹警官说，"你不能老跟人发生冲突，年纪那么大了，儿子也不在了，你要自己照顾自己。对了，租出去的房子还好吧?"

"我每天都过去看一眼,看看那个租客,他早晨九点多到学校去上班,下午四点多回来。夜里自己烧饭。住了五年多了。"胡老太说。

"你每天去看租客干什么? 跑到那个小区还要过马路,你一个老太太多危险。"曹警官问。

"他长得有点像我儿子。我跟你说过的。以前我儿子结婚,我每天也都会去看一眼。"胡老太说,"你们都不了解他。曹警官我相信你是个好人,我才跟你说真心话。我儿子很喜欢他老婆的,但是他老婆不会引导,最后两个人都发了神经病,都很可怜。出事之后,他就没开过门。他两天不出门,我就觉得很奇怪了。但我也不敢打扰他,他不喜欢热闹的。这些话我都没跟警察说。"

曹警官想,我不是警察吗?

"这个人住了五年多了,倒是很长情。现在新村房子流动性很高的。他大概工作比较稳定,当老师比较稳定。"曹警官说。

"五年六个月十八天。"胡老太回答。

曹警官问:"你一点不糊涂啊!"

胡老太说:"我没有病。我只是命不好,没有药可以治。"

曹警官叹了口气,想想也是难过,只嘱咐她要多保重。

胡老太就笑笑,在房间的暗色里,几颗残牙反着光,是唯一的亮色。

她说:"曹警官,我看人很准的。其实你也是反梯的,对不对?"

"其实我的租客也是的。他跟我们一条心。"

曹警官一瞬间以为自己听错了。他是谁,我们又是谁? 胡老太怎么会这样想。

"反对就好,不要硬吵,老年人身体第一。"他却说。

# 5

12345／街道／居民／房管／规土。12345／街道／居民／房管／规土。

任秋这几天总是梦到这些词语和数字，它们不断旋转着，令他感到晕眩。有时是围绕这一根轴线，有时是围绕在一个点，只要他闭上眼，它们就在他的脑海里漂浮，折磨着他的神经。在任秋给市政府民生信箱写信之后，一些奇怪的信息开始若隐若现侵入他的梦境，这令他无比焦虑。一年前，他就发现住家所在老楼底部地基周边，包括道路、绿化带、雨水沟存在着严重沉降，最严重的部分，楼底和地面缝隙达两厘米。两厘米虽不明显，但这是失稳前兆。沉降是不均匀的，严重时就会导致构件开裂。楼可能会倾斜，未来也可能会塌。所以纠偏这样的事，越拖越麻烦。有了一厘米，就会有五厘米、十厘米。它没有办法真正修复，它只能早点做防御维持住当下程度，将破坏控制在可控范围内。

这是上海的老毛病了，地面沉降几乎是一个广泛的地质灾害。缓变型地质灾害初期往往不易被人们觉察而忽视，需要经过长期积累，危害才会发现。开采利用地下水源作为一个常态工作，慢慢地会使得沉降灾害变得不可逆，加剧危害只是一个必然结果。地基变形、边坡失稳、沙土液化、地面沉降是未来城市中许多老楼的宿命。连续几个月，任秋下班后都会绕到周边观察。他推测自家沉降是邻近新建小区导致的。在已有房屋附近施工并降低水位时，就会引起周边房屋的地基失水固结，从而使得建筑物开始倾斜。可到底是哪一栋新建建筑呢？任秋在脑海中画着地图。有一次想得入了迷，都迷了路，开了手机导航才回到家，天已经尽黑。他心里也有了一个推测结论。他想过好多办法，想了很长时间，例如提醒周边邻居，虽然邻居他一个也不认识。到论坛上发帖？可是他除了上专业网站和二手网站，没有适合的社群可以发言。发传单？可是他又很怕见到陌生人。要不要尽快搬离这里？要不要就自己逃跑，其他都不管了？可一想到搬家就要和很多人打交道，真是烦人啊。若能找到一个测算房屋失稳速率的方法，他就能做更精密的准备，例如，在哪一刻不得不搬走，不得不去见房东，不得不重新找房子，不得不直面生活中最麻烦的事，他会留下房租，直接走人。料想房东也不会怎么怪他的。那个老太太总是对他态度很好。他让她不要亲自来收房租，她就不来，她还为他开通了手机支付。

"我家在下沉。"他发了一条状态和定位在二手网站，配上了小欣瞪大眼睛的照片。再刷状态时，大数据很快给他推送了附近下沉的社区，夹杂其他春水堂娃娃的推送中。有一封私信提醒他打开，他点开，发现自己被举报了。举报的原因居然是"发布违禁商品信息，商品涉及绅士手办违禁风险"。他提起申诉，系统又提示他："根据社区信息发布规范（四），低俗、催情类用品，含有情色、暴力、低俗内容的图片及信息。"那是一比六的娃娃。任秋一怒之下，大吼一声："毁灭吧。反正楼都要塌了！"他觉得心中有一团邪火正在燃烧，他试图扑灭它，却越扑越旺。任秋再次上网申诉，表达心中极度的不满，他换了一个平台，举报给12345，附上了地面缝隙图片，和推测新建小区楼盘的名字。最后注明了街道和自己的联系电话。三天后，因为没有收到回复，任秋打印了二十份A4纸，贴在了不同的居民楼底。

　　一石激起千层浪。

　　在任秋发现老楼沉降之前，社区最多的投诉在电梯加装的分歧上。协调了一年多，听说其他社区都有施工队卷款跑路了，大家都恐惧财梯两空，这才停止扯皮。举报消防的、举报土规的、举报虐待老人的业主难得找到了共同的利益点，继续坐下来开展有效的业委会协商。目前协调出的方案之一，是多出一笔额外花费平摊给同意装梯的业主，为电梯配置刷脸及刷卡功能，电梯将限制用户，不是谁都可以用，激进"反梯"将终生无法使用电梯，一次都不行。代价是快递员、装修队也进不去。这样的功能适用于一梯四户的老楼，人多、众口难调。一梯两户的情况则不太适用，虽然人少，但电梯只能设在楼梯外侧，从电梯出来只能到达楼梯间的半平台，轮椅和婴儿车都会遇到路障，用户体验对梯托也不友好。任秋提供的信息，却让这些人再度鸟散。鸟散时气氛又十分诡谲，有人直接挑明，又是那一户。那一户里租住着的外地人，他不跟任何人说话，也没有来历，他到底是谁？

有天晚上，有人来敲门，声势很大。任秋不敢开门。

有天清晨，有人来敲门，像要把门敲碎似的。任秋不敢开门。甚至没敢去上班。没去上班，好像也没有人问起。没有人问起，那为什么还要去上班？

有天下午，有人来敲门，大吼大叫说这房是凶宅，提醒他怕死就快点走，害死他的不是塌楼，而是冤魂。冤魂，谁都会变成冤魂的，不是吗？

有人提醒他小心出门，身后有鬼。他的门缝里也塞着奇怪的纸片。有人写："我相信你"，也有人写："谢谢你"，还有人写："快跑"。

因为不敢出门，任秋延误了发货，再度被二手平台封店。梦魇变得愈发频繁，围绕他旋转的，还有陈主任、同事们、丘老师、辛欣、辛欣父亲、博导、硕导、父亲、母亲……他们的声音像恶龙一般缠绕着他，有时又是火蜥蜴。他们沆瀣一气，他却不堪一击。直至有一天夜里，他依稀见到了一个陌生的年轻女人，问他为什么要这样对她，问他为什么不跟她一起走。他问她是谁，她就幽幽笑了。他觉得她很眼熟，她说你连我都不认识了吗？他想，是太太吗？太太到哪里去了？是寄丢了吗？这不是我太太啊。他伸手去掐她的脖子，却怎么也抓不住她。他想拽紧她的头发，却发现那些发丝湿漉漉的、沾着土腥气，像泡过带泥沙的水。他转头去找她的底座，发现底座也消失了。这是他第一次在这栋屋子里感到恐惧，好像什么东西都会旋转，都会说话，都没有根基，拴不住的样子。许多面孔在旋转，若隐若现，他都很熟悉，但又无从识别这些看着他的脸是善意还是恶意。他感觉有些害怕。害怕中又筹措了一些奇异的勇气。

电话铃声响彻天际，一日复一日。到了深夜又恢复宁静。

直到他接起电话，那头是陈主任气急败坏的声音："你到底还上不上班？你知不知道教务处已经给你开了罚单。二十万的罚单，处罚你旷课的教学事故。现在学院还在募款，大家都想帮你，你到底什么时候来上班？是出了什么事？"他好大声，好像已经失控。

"二十万"。二十万也进入旋转的字符中，深夜侵入任秋的梦魇。字符像沉重的雪球越滚越大，拽着他的脖颈一路下沉。他曾经有过二十万，在美国，给了同居三年的女友。她就这样走了，没给他留下什么。可他并不计较，她不是坏人，她只是看不到未来。什么是未来？未来是下沉的，也可能是失稳、液化的……没有人能抵御这种危害。那陈主任为什么也要问他要二十万？他凭什么这么想？他都没有念过正经的博士，只因为他不敢开门面对邻居的询问，陈主任就要用金钱羞辱他吗？

"……任老师，我跟你说，你最好赶紧到学校来，我们也会帮你想办法。先把工作保住，然后好好上课，以后千万别迟到，尤其是监考。你还年轻，就算你辞职，也不能以这个理由走。写不出论文你可以转岗……不然还可以做行政,做图书管理员。你为什么要消失呢?"

"你等着。"任秋咬牙切齿地说。

"好好好,明天下午,我等着你。"

沉降、失稳、纠偏、委屈。他感觉自己快要窒息了。

# 6

文化新村的电梯终究是没有装成。不是因为装了电梯后可能发生的沉降,而是它已经开始沉降了。街道约谈房产公司,并联系相关人员进行检测修复。施工队再也没有进过小区,也不再有老人以肉身阻工。这是一件知错就改的好事,街道还找委培干部写了通稿,将修复沉降的过程拍了照片,上传到街道的微信公众号。

然而,文化新村却以另一种方式上了社会新闻,令公众号后台炸了锅。网友都在观光和询问,有的留言真不堪入目:"又有凶杀了?"还有的只是嘲讽,"魅力文化村,是惊悚的魅力吗"?

前日,一名租住在文化新村的青年男子,蜷缩在某理工高校门口的草丛,想要伏击一位下班的校职工。

他携带了手办刀具。

监视录影带显示,嫌犯从背后袭击受害者时,有一位老妇人突然冲出,奋力推开了受害者。老妇人向前倒地,重重地摔了一跤,目前正在急救。据初步了解,嫌犯是该高校的青年副研究员。老妇人是嫌犯的房东。受害者姓陈,是嫌犯所在院系的副主任。而老妇人出租的房子,是六年前该社区内杀妻案的案发地,老妇人是凶手的母亲。早在五年前,杀妻案的凶手已被执行死刑。

这宗离奇的暴力事件,迅速引发了讨论。关于六年前案子的故事,也被重新打捞起，莫名其妙又被嚼了一遍。旧伤疤被割开重新讲述，好像是一种传染病。像早被射穿的箭靶，陈列在古老的博物馆内，开放游客往旧箭靶上再射一箭。曹警官在手机里刷到那些来调研过的女研究生，每天都在转发"亲密关系中情绪勒索"的帖子，和她们写老镇长的文笔，可真是不一样。"你们这些人有时间还不如学点上海话。"曹警官心想。但他没有真的说出口。

有人聚焦于高校青年教师的压力，有人聚焦于二十万罚款，也有人聚焦于凶宅的魔力。各说各话的帖子越来越多，好像这些人活着就是为了成为故事，而不是为了活着。好在，曹警官知道，根据传播惯例，三个月以后，这些事就少有人讨论了。其实三周以后，就不再有人关心了。

关于这一切，曹警官陷入了深沉的无奈。回想这六年，好像已经过去了，又好像回到了原点。他最大的无奈，当然是关于胡老太的。他同情她好不容易得来的平静，不知为何又被打破了。胡老太是个生动的人，能和欺负她的邻居抗争，也会激烈地阻止施工队装电梯。该烧纸烧纸，该装修装修，她如果不那么偏执，不那么护犊，并不是个坏人。为了结六年前的事，老太已无甚积蓄。房子一时半会儿又变不了现，急救的医药费都成了困难。曹警官在小范围内，为胡老太发动了捐款，参与的人不多。胡老太人缘并不好，出事之前，她已经光明磊落地得罪了不少人。倒是她最讨厌的基督徒邻居，给她捐了点钱。她的佛教朋友，虽然心肠很好，但是个梯托。曹警官去重症监护室看她，带了些钱贴补胡老太，她也努力地跟他说话：

"那个男孩会判死刑吗？"胡老太问。

曹警官摇摇头。

"我还有退休工资没有拿，手机里有五年半的房租，密码是儿子的生日，不要给别人。后面的事情，委托你，曹警官。"

曹警官点点头。

曹警官听同事说，受害人其实并不知道为什么自己会被袭击。他说自己多年来一直在帮助嫌犯。嫌犯不明原因旷工，也是他一直在努力保住嫌犯的职位，因为嫌犯是世界一流学校的毕业生，也是他们寄予厚望的青年学者。嫌犯也承认了这一点。唯一的问题，可能是五年前他参加新员工运动会时摔断了肩膀，摔得挺重，他并没有申请赔偿，他的医药费可能是他半年的工资。大家都以为他没困难。他当时也没有说有困难。然而，携带刀具蓄意攻击不是一件小事，工作是保不住了。学校也很尴尬，因为旷课罚单是真的。不知道他到底为什么旷课。他也不解释。也许不久以后，学校会委托相关部门公布一个简短的说法。

"我们工作以来第一次破门了！"年轻的警员兴奋地说，"我们比您走运啊，曹警官！"

"这家伙真……看不出来，"他们满脸写着斗志，"是个囤积狂，家里什么都有。整整齐齐的外卖盒子。水利画册。不知道哪里搞来的明信片，现在还有谁家里有明信片？还有世界各地的邮票。他像个收废品的，一点不像老师。"另一个警员说。

"他结婚了吗？"曹警官问，"胡老太说过这个租客长得像她儿子。"

"她倒是慧眼识人。没结婚，单身。家里有很多娃娃，站在书桌上，我们查到他有一些交易记录，都很正常，只是最近他的店铺被封了，他申诉过。这和他囤积的其他垃圾比，根本不算什么。他怎么还会有那么多博物馆的碟片？现在年轻人谁还有放映机？老太太有的收拾了。"

"她应该是没法收拾了。"曹警官淡淡地说。

"对了曹警官，胡老太为什么会出现在那里，下雨天的，她一个老太太为什么会跑到学校门口去?"年轻警察问。

"巧合吧。"曹警官答。

"她精力旺盛……乐于助人……在自己的小区被排挤……出去逛逛散心吧……"他自己都无法说服自己。

小区的沉降修复完毕,加装电梯的事暂时无人再提起。曹警官的社区服务又迎来了清明时刻,告别了乌烟瘴气的吵架。但不知为何,他觉得心中失落。围绕着新村送饭帮扶送辅具,总觉得楼宇隐藏着令人不适的气味。他也说不清那是一种什么气味,他怀疑是修复沉降的工作并不到位。也许雨水沟深处开裂的构件并没有真正修好。一些泥土里的味道从细小的狭缝中蹿了出来。

要是有什么办法可以把下沉的楼平移到地基更扎实的地方就好了。曹警官想。好像上海音乐厅,或者"长江口二号",那么难的工程都做到了,水里的、陆地的,怎么加固地基装个电梯就那么难……

"我们已经探寻到'长江口二号'的舵叶被压在船身下。可以说,这个舵叶就是揭开古船身份之谜的一把'关键钥匙'。"

再刷新闻时,大数据迅疾给他推送了"长江口二号"的短视频,就好像知道他在想什么似的。有一瞬间曹警官感觉自己正被监视着,就像胡老太监视任秋,也有个附近的人在密切监视他。

这太恐怖了吧。曹警官心想,立即关掉了手机,塞在了裤兜里。

"进来记得扫码装反诈App,码在墙上自己扫哦!"他对前来派出所办事的人们大声说。

原刊《十月》第2期

# 午夜的海晏县大街

索南才让

从家里出发，乘坐装马的厢车到了海晏县，先去了阿克敦巴酒店，那里有小白在等着我们。因为疫情，他从成都回来后已经在此隔离了十四天，今天他拿回自由，要请我们喝酒。在他的房间里，我们四个人聊了一会儿赛马会，步行去"裕丰楼"吃饭。酒是八十二块钱一瓶的汾酒，喝得尽兴。等散场出来已是午夜了，海晏县街面上空无一人，四月的夜游风将每一栋楼都拂尘一遍，也在我们身上久久流连。我打着酒嗝，沿海湖大道朝汽车站方向前行。右边荒地上高高的两堆钢铁建筑材料，发出又涩又锐的哨音，我走向那顶绿色的工地帐篷，似乎某个声音吸引了我。我观察帐篷里面的热闹，也许是觉得有趣吧，走了进去。我听见了好几个人的声音，进来后发现只有两个女人。她们很友好地看着我，无声地询问。我扶住帐篷的钢管立柱，眼前不再那么眩晕了。

你是送外卖的吗？戴蓝色棒球帽的女人说，但看起来不像，你是来找人吗？

他不是送外卖的。你有什么事？ 另一个长得漂亮的问。

我打开双臂，我手里没有东西。

我说对吧，他看起来不像送外卖的。你喝酒了吧？漂亮女人朝帐篷门口张望一下，目光回到我身上。你喝了很多酒吧，脸红得像屁股。她一说完，好像在等待这句话，帽子女人发出沉厚的笑声，笑得眼泪出来了。这会儿我才发现她们也喝了酒。她们身前的小方桌上有一个酒瓶和几个纸杯。我让自己显得自然一些，观察她们，然后有些高兴。她们醉得比我厉害，而且和我一样，她们也在努力让自己的表情变得自然一些。但她们没有做到，反而变得更坏了。她们不自然地扭捏着，好像身体里有什么东西在动。

我们的朋友买夜宵去了。帽子女妩媚一笑。他们会带酒回来，你和我们一起喝一杯吧。漂亮女人也点点头，用眼神鼓励我不用不好意思。

我就是进来看看，我刚刚吃完饭。我在最近的一张椅子上坐下，但马上又站起来。进来了两个男人，大个子披着头发，不友善地审视我，在等待解释；小个子将提着的夜宵和两瓶酒放在桌子上，朝我转过来一张木头脸，我听见了最好听的男声。老兄，你有什么事？ 他说。我进来是想休息一会儿。我说，我被风晕晕乎乎地吹进来了。然后不等他们再说，我离开了帐篷。走了一段路后，我犯起迷糊，想不起来究竟有没有跟他俩说话。但没关系，我很难受的状态好了很多。我接着朝汽车站的方向走，心里有点火气，现在，他们肯定在嘲笑我。没关系，尽管笑好了，我笑别人那么多，已不在意别人笑我了。我走了几百米，被风一阵阵吹，觉得清醒了，但我知道到了明天，我很可能已把这段经历忘得干干净净。按照以往的经验，我会这样的。这种情况叫断片,好像一部电影中间有一部分被切掉了,可能很重要,但却没有太大影响。我又走了几百米,汽车站可以看见了,隔着马路,我能看见汽车站前面停着的五辆车,其中的一辆是我的。我已经走了好一会儿了,为了点一根烟,我坐在马路牙子上,拉起衣襟摁打火机。这时候,一辆警车停在我面前,我数了数,下来四个警察。其中一个女警察很眼熟,我多打量两眼,认出来了。她说,弟弟,你在这里干什么?她蹲在我前面,笑嘻嘻地看着我。不知怎么回事,其他三个警察都在这一刻嘻嘻哈哈地笑起来。

我在抽烟啊,我说,这么晚了,你还在巡逻?我瞭着这三个警察,我觉得自己很奇怪,居然出现了骄傲的情绪。

不是巡逻,我们执勤刚回来。你起来,我送你回去。她说。

不用,我取个钥匙就回家。我利索地站起来。

你到哪里取钥匙?

我指了指小停车场。我把钥匙忘在车里了,已经好几天了,我今天刚从牧区下来。我说。

你要开车吗?她说,千万别动车。

你觉得我傻吗?

我送你回去。她坚持说。

真不用,你放心吧。我说,我到了家给你信息。

这时一个男警察问她,你弟弟住在哪儿啊?

就是这栋楼,我说,六单元。你们忙去吧,我走了。

你回家去。姐姐说。

抽个烟也要警察管?我说。

别这样说,我们在管治安。一个警察说。

那么请问,我有什么错?

你快回去吧，姐姐说，我们走吧。

等这辆警车拐过街角后，我坐下，重新点了一根烟，慢慢抽着。等了差不多二十分钟，她从政府大楼前面的人行道上走来。我就知道你会这样，她说。

我也知道你会回来。我说。

你真不回家吗？

我要回家，但先要取钥匙。

你要是想喝，我陪你喝点。姐姐说。接着我们去了她家，就在汽车站后面的青花小区里，这是海晏县最大的小区。我不知道我们喝酒了没有，反正第二天上午十点，我在她床上醒来，她已经上班去了。微信里有她的一条信息：昨晚，我们又发生了事，我们不是说好了做姐弟吗？你为什么这样？你违约了。我在她家的冰箱里找到一盒牛奶，一口气喝干。她这样说可真没意思，显得矫情又做作。我回复她：我什么也不记得，再说我也没有违约。我们没有规定成为姐弟后不能发生关系。我离开她家小区，很快坐进了我的丰田卡罗拉里面，一阵比醉着时更严重的头晕目眩，不太清楚接下来要干什么。我一定有事要做，但不会太要紧，这件事正在回来找我，我抽烟，慢慢等着。第三根快要抽完时，它来了。我得去赛马场，我的马——海王——在那里，他们几个也在那里训练马，兴致高昂。比较前几年，我对赛马的态度越来越散漫，这件事在没完没了地给我痛苦。我对海王也不再费心耗时地训练了。认识姐姐之前，如果我有十个故事的话，九个跟马和赛马会有关。我很认真地对待赛马，不会拿马开玩笑。现在我对自己的态度感到奇怪，我想我还没有想清楚，可我却从来没有好好想过，好像我被吊在半空，上摸不着天，下踩不到地。

再有几天，年度"金长鬃"赛马会在海晏县蒙古大营赛马场举办。

这是重量级的比赛，如果算上虎头蛇尾的那一届，海晏县"金长鬃"已经在十年里举办七届了。疫情突发的2020年取消了，第二年差一点取消，最后虽然照常举行，但规模大幅度缩水，弄得像本县的交流赛一样，因为外面的马一匹也不让进来。如果我没记错的话，参加比赛的马总共只有六十几匹，又被分成七八个项目，几乎所有的马都取得了"不错"的成绩，因为每个项目都取前六名，八个项目下来就是四十八个奖。太丢人了！不过今年的这一届到目前为止，外县的、外州的甚至外省的比赛马，该来的都来了，这几日蒙古大营赛马场很热闹，训练日夜不歇。

给姐姐打了个电话。她没接，一分钟后，回复微信：什么事？在开会。今天忙。她将我要说的话全部堵死了，果然是最了解我的人。在县医院的十字路口，我临时起意，向右驶向公安局，院子里停着三辆警车，全部四门敞开，有几个警察在擦车，其中一个认出了我，说这不是弟弟吗，来找你姐姐？我说我不是你弟弟，当然也不是你哥哥。他说你说话挺冲的，是对我们警察不满意？我说没有的事，我最爱警察叔叔。他说昨晚你就阴阳怪气的，你有什么事？我说我没有事，在警察叔叔的保护下，我活得很安逸。他说是吧，你能有这觉悟，我很为你姐姐高兴，不然她太冤了。我说不用你操心我姐姐，麻烦你了。他说我觉得我们可能会成为一家人，我觉得我有可能会成为你姐夫。我说，你有种再说一遍？他说你捏着拳头想干吗，想打我？你想清楚，打警察可是重罪。我说有种你脱了这层保护壳，我对你有个整法。

其他几人搅黄了我们的冲突，打发我去找姐姐。我回到车里，绕着升旗台转了三圈，离开了。我从蒙古大营停车场的后门进入赛马场，迎面撞来一片沙土，我避开，走到就近的水泥看台坐下。赛场中有十几匹走马以匀速锻炼着，蹄子掏起来的黄沙扬打着肚皮。不知道是什么人出的主意，赛道里铺满了黄沙，足有一尺厚，跑得再快的马到这样的场地里也是英雄落难。这种赛道和草地根本没法比，没有了最激烈的速度较量，观看激情也会大打折扣。眩晕的感觉还没有过去，我看见华丹朝我招手的样子，有点像劈开在风中的纸人，轻乎乎地摇摆，我真担心他瘫倒在沙子里，被马蹄踩成碎屑。但一晃眼，我躲避了一下阳光的妩媚撩人，他便已经牵着马站在我鼻子跟前。他说，你咋的了兄弟？我说没事，就是难受。他说，你他妈看起来明明就有事的样子，装什么？我站起来，一拳捣在他眼窝里，那股憋着的怨气随之喷出。我对他笑一下。他慢慢地抬起手，捂着眼睛，慢慢蹲下去，哦哦叫唤。小白来了，站在一边，掏出手机拍视频，一边说，瞧瞧，老八打人了，受害者是华丹小王子，你们快来看啊，就在入口这里。接着他给华丹拍了两张照片，对我说，我发到我们八大山人的群里了，嘿嘿，他怎么你了？华丹说，我问他是不是病了，他就给了我一拳，你这人怎么回事，你他妈真有病啊？我的眼睛怎么样？小白上前细细一瞧，说，没事，敷上鸡蛋，一天就好了。华丹揪住我的头发说，你这个断掌，看看我的眼睛，我怎么你了？我说你再他妈他妈的我还打你。华丹说你再动我一下试试？再碰我一下，我们绝交。小白劝道，别呀别呀，你气不过就还他一拳，老八你站好。我摆摆手，说，海王呢？华丹说去你妈的海王。

我们绕过大半个赛马场，到了主席台的背后。这里乱糟糟地扎着几十个尖顶小帐篷或旅游帐篷，几乎所有的帐篷门口都有一个结实而硕大的拴马柱，几乎大部分拴马柱上都拴着一匹马，每一匹马都有一个名字，每一个名字都装着一个故事，每一个故事都代表着一个象征性的开始和结局。多可笑啊，现在一匹马可以代替填充一个人的大部分生活，必要的时候，甚至是全部的生活。我看见我的后白蹄枣红马，海王,这位阁下等着我去训练它。它精神萎靡,虚着一条后腿假寐的样子,这一刻显得那么面目可憎。可它何辜呢? 受苦受难的是它,我却好像感同身受的样子,何必呢? 我兴味索然地解开海王的缰绳,牵着它离开帐篷区。华丹问我去哪里,我挥挥手,决定以后再不赛马了。我骑着海王走出体育场,在车旁犹豫了一下,然后将钥匙扔在车顶。总有一个人会把车送回来的。我打算骑着海王回家。这一回 —— 从今往后 —— 它再也不是专门比赛的马了,它回归本初 —— 成为我的一双脚……连接我的身体,即使我们不能血肉相连精神共栖,至少也要抛开其他的羁绊变得纯粹一些。我们回家,去把日子过安稳。赛马场……见鬼去吧!

走之前,我想去跟姐姐打一声招呼。我几个月不会联系她了,或者因为这一步的离开,我们就此打住,真正分开。我没觉得占了她便宜。看样子她很快会有新感情了,我其实蛮乐意不打扰她,悄悄地退场。早在她搞出姐弟闹剧之前,我已经对这段没头没脑的恋情感到厌倦,可是我不能说 —— 其实是不敢说 —— 她当警察将锐利之气用得精光,转而在生活里软弱得一塌糊涂,我怕我说了她绷不住。但我没想到她也有这想法,她从未表现出来过。那次,天亮了,我们同时醒来,外面灰色的天空急雨澎湃,房间里潮热难忍,但我们都懒洋洋的,一下都懒得动。她突然提出来改变一下我们的关系。我问怎么个改变法? 她说就是换成另外一种关系,比如姐弟关系。我说,姐弟? 为什么不是兄妹? 她说,你觉得合适吗? 至少……要是我大你三岁,而不是八岁,我也愿意。我说这和年龄没关系。她说,那和什么有关系? 我说跟心理年龄有关系。她说不管什么吧,反正现在我们的关系不好,很别扭,我们转换一下看看吧。你笑什么? 她瞪着我。我说没啥,一想到要叫你姐姐我就开心。她说你开心就好，其实我一直想当你姐姐的，却不知道怎么稀里糊涂成为情人了。我说我们不能算是情人吧。她说那是什么，我连情人也算不上吗？她一副无所谓的样子。我想了想，说，是比情人更亲近的关系。她说，是什么关系？我说我也不知道。

接着这个对话是在当天晚上，那个秋夜像初雪一样消融得无声无息。我们怀揣莫名复杂的心情，在新开张的酒馆里喝了啤酒，出来时，驶经海晏县的一列火车准时响起了凌晨的汽笛。那声音带着长途奔波后哮喘般的疲惫，却依然在夜空中强有力地推进过来，有一种直捣人心的决绝。这声音戳进心里，谙熟地找到最佳位置，引发震颤。我闭上眼睛，几乎在奢望得到一种给予，又或者是想专注于什么。我呆立在空荡荡的大街中央，以冥想的姿态在等待、在接受。我想我这可怜的一点余烬，剩有一点颜色的余烬还能再获燃烧的机会……空寂的大街直条条像一根大铁棍，我和她依偎着走，彼此提供感情上的暖意。我们回忆三年前初次请她吃饭，然后送她回家。我提议到广场上去散散步。她不愿意，说这么晚了，要不改天吧？我说别呀，我会送你回去的。在广场黄铜浮雕的背后，我抱住她，吻了她。

那时候，她还是乡上的一个户籍民警，我因为分户口的事情去找她，前前后后好几次，得到她分内分外的诸多帮助，心里很感激，多次想表达谢意，都被婉拒。后来她说，从我第一次找她开始，她就已经察觉到我的不怀好意了。但是后来她还是屈服了，她以为自己会不为所动呢。我说这怎么能叫屈服呢，难道不是情投意合了吗？她说是被迫的，无可奈何。她从开始便不看好结果。

我们的关系发展既平顺又不着边际，有很长一段时间我们没有见面。我知道她很忙，但我不忙，除了赛马，我平常只在清晨训练海王的那三个小时忙一点，尔后几乎无事可干。我有很多时候一整天都睡觉刷手机，即使这样我也没去找她，我不知道为什么，好像有或无都可以，就那么一个状态。我们打电话和视频，我说我忙得要死要活，她表示理解。毕竟是在为自己的事业而奋斗嘛，她说。我不明白她真的如此理解还是暗含讽意。我跟她说过赛马是我的一项事业，有极好的前景。但她并不认可，她不太懂这一行，一脸不以为然，说严格划分的话，这是娱乐。我说，难道娱乐事业不是事业了吗？你将那么多靠娱乐为生的人置于何地？她想了想，说你说得对。我们再没有谈论这个话题。

我在公安局对面的那片保护林边上下马，将海王拴在围栏杆子上。这会儿，公安局门口有很多人，他们好像要去训练，穿着防弹服。我不卑不亢地走进大院，在这些人中找她。她下了两个台阶，朝我走过来，步子迟疑，有些迈不开腿的意思，但很快调整了。她的表情正常，但心里肯定很不高兴。她在说话前先眺望了一眼海王。我说我要回家了。她不太明白我的意思，说，回家？你不赛马了吗？我说以后再也不赛马了，我来跟你道别。她一怔，说再也不赛马了？那好啊，真好。她真的在为我感到高兴，我心里很温暖，有些后悔这样来找她，想说的话又不想说了。我本来想说我们就此结束，这是最好的方式，因为我再不会穿得干干净净地来县城，来约会了。一旦不赛马了，那么多理由破灭于虚无，都找不到痕迹。当我们下一次见面会纯粹为一个牧人和一个警察，而不是情人或者姐弟。我们往大门外面走，我说，我可能有几个月时间不能来找你了，我有很多事情需要忙。以前不觉得有事，现在想法一改变，发现要做的事情太多了，由此可见，对待事物我们没有客观，甚至没有真正的正确，都是自以为是的正确。她点点头，说也许吧，我不会想这些，再说也没有时间去想，我每天忙得头发都没时间洗。她笑吟吟地瞧我一眼，说你放心，我会去看你的，带着好吃的去看你。我说不用的，你那么忙，有时间好好休息，美容、睡觉，或者逛街买衣服啥的，你有多长时间没有逛街了？她说怎么，你不欢迎我去，你是要甩了我吗？我说你不是很早就把我甩了吗，怎么说这种话？她说是啊，可是你又找回来了，我们又发生关系了，所以现在我们其实又变成了从前的关系，你在装糊涂？我说，有这个必要吗？她说，怎么没有？我又不是小姐，不是你想睡一觉就可以睡的，既然又睡了，那就好好地睡下去。我说你不是有很多追求者吗？刚才就有一位警察叔叔想当我姐夫呢，我看你一点也不寂寞，有很多人争着抢着要当我姐夫。她说小王八蛋。我说，你到底有几个追求者？发展到什么地步了？她气得脸涨红，就差眼泪掉下来。我说好了好了，我说句实话好像十恶不赦似的，既然你想继续，我求之不得，这醋不算白吃。她说你现在是不是特别得意，觉得我很在乎你？我说你现在越来越不要脸了，有意思吗？她说你不用狡辩，我一看你表情就知道你是这么想的，你是不是已经很烦我了？我说等什么时候你来看我了，我们再慢慢说，到时我们会有很多时间，我们做爱后说。她说其实你的能耐没什么大不了。我说你的意思是你已经做过对比了？她转身走了。她走得很带劲，一身制服英姿飒爽，我觉得她真不赖，并且越来越优秀了。所以好像我刚才的话说得有些不成体统。

我突然想起从昨天下午开始，海王就没有喝过水，它渴得直嘬树皮。我牵着它绕开树林，去北面的河边。这里的草地和树林用网围栏一片一片分割开，成了好些单位的责任林。我找到一个被人用钳子剪开的豁口进去。草地上的牛粪很多，一看就是奶牛的屎。附近的养牛人为了吃点好草也是拼了。我听说都是晚上赶着牛来偷吃这些草的，天快亮了回去挤奶。这些牛已经改变了生活作息，把反刍歇腿的时间放在白天了。海王咕咚咕咚喝水时，我想起来这片河边的草地，想当年是我们每年夏末来交淘汰羊时的驻扎地。那是二十世纪九十年代的时候，我跟着大人们来过两次，一次是十一岁，一次是十四岁。后一次我偷偷溜出去，在县城街道上逛了一下午，观看了好几个商店里的货品，翻了畜产公司的大围墙。那红砖墙虽然很高但不平滑，很轻易就上去了。我是去找姑姑的，先在大门口喊了半天，没人应。但翻墙进去也没找到她，整个大院子里所有房间一个人也没有。我看见一辆三轮自行车，好奇地骑上去，费了很大的功夫才控制住方向。在这个空荡荡的超大院子里，我骑了两个小时后再次翻墙离去。我回忆了一下当年的具体位置，大概在更往上一点，医院的背后。那里曾经有一大片平房民居，如今拆得精光，修了一条宽整的柏油路，伴有一条人行道，活动筋骨的人不断绝。这是一个轻松的环境，我在草地里躺了两个小时让海王吃了个半饱。为了应对明天的比赛，海王已经两天没有吃草了，用精心准备的饲料维持着体能。它的肚皮使劲朝内收缩，贴入脊骨，身体又细又长，真像那种撵兔子的瘦狗。现在退出，它可以放开肚皮去吃草了，以后我再不会限制它吃东西，它结束了运动员的生涯，有权放纵自己得到快乐，吃出一个肥墩墩的大肚皮。以后无论它想吃什么，我都当是对它之前遭受磨难的补偿。我骑着海王，沿着河往上游走，找到了当年驻扎过的地方，这儿已然是一片刻意造出来的湿地了，有两只瘦母羊死在泥汪里，为了活命吸干了毛发里的营养，依然挡不住命运的宿轮。这里修了一条弯弯绕绕朝更上游去的木质楼道，被晒得脆生生的。海王的马掌和木板碰撞丁零作响。路过两个散步的女人，说，喂，这是人散步的地方，不是赛马场，你走错了吧？咦，你不是昨晚那个人吗？我俯视下去，果然是那两个女人。今天她们正常得很，穿着一模一样的长裙子。帽子女戴着太阳镜，仰头和我说话，你在这里干什么？你记得我们吗？我看漂亮的女人，她盯着海王晃动赶苍蝇的耳朵出神。当然记得，很高兴再次见到你们，我说。那你在这里干吗？她摘下太阳镜，亮出脸上最好看的眼睛。哦，我在回家，我说。你住在哪儿啊？她也将目光落放在海王的耳朵上。海王的耳朵是最好的马耳朵，有棱有形又灵活，我想它的灵气重点体现在这耳朵上。我下了马。我家在凯热，我说。哦，那个村我去过。漂亮女人终于说话了，在大山根里是不是？我去过那里的一个牧家乐，老板是一个胖子，你认识吗？当然认识，我们是发小，我说。但他家做的菜不好吃，肉也不好吃，煮得太软，她说。有机会请你来我家吃肉，我说。可以吗？你有胆子请两个年轻女人去家里？她很怀疑我的诚意。咱们定个时间吧，我来接你们，我说。你今天先别回去了，晚上请你喝酒，就在那个帐篷里。昨晚挺不好意思的，那两个人是我弟弟和他朋友，漂亮女人说。帽子女也说是啊，你别走了，我们先请你喝酒了才好意思去你家吃肉啊。既然这样，这顿酒无论如何也是要喝的，不然你们会觉得我只是在说客套话。晚上几点？我说。七点吧，不要吃饭来，我们会准备的，帽子女说。我们走到了八骏马铜雕像前，她们分别和海王照了几张照片，和我也照了。我和漂亮女人站在一起时，挨得更近一些。胳膊和胳膊结实地挨在一起，相互传递热能。我们添加了微信，她俩继续往前散步，我因为古怪的心理作祟，没有同行，说有事要办，骑着海王返回到它喝水的地方。一时间，不知道该干什么。但我想我应该躲得更远一些以免她们回来时看见。我还有四五个小时需要消磨。我骑着海王，绕了一个远路来到海晏县产业孵化园区，经过这两栋低趴的黄色建筑，朝银天宾馆走去。海王的蹄子嘚嘚清脆地敲击建设路崭新的柏油路面。看见早保的"新世纪汽车行"了。我的丰田卡罗拉就是在这里买的。早保从前是修理摩托车的，他发迹很快，叫人吃惊。也许是水到渠成。我想了想，觉得机会对每个人还是公平的，不能因为别人混得好就起怨恶念头。正在建设的全民健身中心的外面，草木葳蕤。有五六匹马在吃草，各个相距几十米，长长的缰绳拴着它们。海王好奇地看它们，歪着脑袋，身子走偏了。它想到下面去，下去之后很可能会和其中一匹打一仗。我拽了拽它，它不太愿意搭理我。下面的马叫了起来，嘶鸣着。海王精神抖擞，我已经拽不住它了。快到那匹叫喊的马跟前时，海王已经激动得直喷粗气，一副傻逼的样子。这时候它好像觉得自己是一个霸主，要宣示权威了。儿马就是这毛病，易冲动、爱打架、动不动想表现。但这里没有母马，对方也是一匹儿马，同样情绪激烈，迫不及待地想和海王打仗。势不可违，我寻了个机会跳下来，扔开缰绳，走开一些距离，看它们的好戏。它们彼此喷气闻嗅，抬前蹄试探几番，然后不再耽搁，立身打了起来。

它们结束得很快，几乎是我一个哈欠的工夫，海王已经回到我跟前。它倒也没有受伤，兴许是发泄得很好，它的眼神也柔和了，显得心满意足。我们没再到马路上去，我牵着它，在这块县城郊区的草地里走了一阵子，一直走到驾校的大院子旁边。这里新开了一家面馆，我将海王丢在草地里，穿过马路。真惨啊，一只狗被碾死在路面上，我好好的食欲，一下子恶心没了。在店门口，在吃与不吃之间纠结了一会儿。服务员从吧台里面观察我，三个练车的小姐姐从驾校大门出来，叽叽咕咕说话。我跟随她们进去，耍了一碗炸酱面。但脑海中的那团尸肉挥之不去，我有些惊疑不定，按道理我不太可能会被这样的小场面冲击，这种事发生在人身上的我都见过，但现在我却在这里觉得难受。我面对着马路坐着，越过马路，稍稍坐直身子便可以看见海王，它又去那匹儿马那里了。身后的三个小姐姐，聊练车的事，还有对拿到驾照的憧憬。我听出来除了一个，其他两位都是科目二挂科的，她们更担心考试，对那个还没有考过的说一旦你第一次没考过去，那么第二次难度将是第一次的十倍，因为你心理问题更难对付。我想起自己的驾照考试，一次性全部通过，没有遇到她们说的那种心理难关。我拿到驾照半年后就有了现在这辆车，并且很快便因为驾驶违规被罚。我去交警事务办理中心交罚款扣分，给我办理业务的是她的姐姐。那时候我和她还不认识。我想起来正是因为之前见过她姐姐，所以那天在派出所，我总觉得在哪里见过她。我盯着她看，她说，你干吗？我说我见过你，但想不起来了。她说笑话，我天天在这里你当然见过我。我说我是第一次在这里见到你，但我之前绝对在另外一个地方见过你。当然我还是想起来了这种熟悉感觉来自哪里，也知道了那是她姐姐。我记得我们第二次见面时我好像说过一些对比她们姐妹的话，还稍稍惹她不高兴了。她姐姐是最反对我们交往的人。几乎从一开始，她便看不起我，尽管我和她姐姐的接触全部加起来也没有几回，但我还是很明显感觉到了她有一种将人严格划分等级来对待的习惯。这不是她一个人的问题，甚至可以说是大部分人的问题，但从来没有一个人像她那样表现得既真诚又认真，似乎这是她生活得有意义的准则，她在全力维护。现在，我们的关系变化了，我用不着难堪，可以心平气和地想想，觉得反对或许真有道理，她妹妹的工作越来越好前途光明，而我和几年前比没多大变化，依然是一个骑着马做白日梦的人，即使我现在从梦中醒来，也不觉得我进步了。我以后还能干什么呢？除了老老实实生活，还有什么呢？我刚刚把自己的梦想掐死，并且表现得一副迫不及待的样子。

海王吃饱喝足，肚子溜圆。我们准时到了约定的帐房门口。我将海王的缰绳拴在一条钢管上。帐房里面的人听到动静走出来，是昨晚那个大个子男人。"嗨呀"了一声，老兄，你这匹马是比赛的吧？好身板啊。他啧啧称赞。以后不是了，我说。咋不是了？他围着海王转了一圈。好马呀，这身体比例实在太棒了，他说。我不再赛马，要回家去牧羊了，我说。什么？用这么好的马去放羊？老兄，你是在糟蹋它呀。他大为惋惜地去摸海王的脖颈儿。你怎知道它愿意比赛呢，我知道，它早就累了，早就不想比赛了，我说。可是你看看它，它的价值就在赛场上，你是它的主儿，这事你得替它做主啊，他说。我又不是它的宗教，我以后再不会替它做主的，我说。嘿，不管怎么说，这匹好马真真切切是你的。他没再纠缠这事。

帐房里收拾得很干净，地上铺着的是蓝色的地革（昨天晚上我没发现），床上是蓝色四件套，从生活气息来判断，这个帐房里已经有人住过很长一段时间了。邀请我的两位女士都在，对我很热情，我和她们握了手，坐到床对面的塑料椅上。这里的四把塑料椅四种颜色，我坐的是黄色的，觉得般配我的肤色；漂亮女士也坐上了很搭配她的白色椅子；但橘黄色椅子和蓝色椅子被坐错了。我觉得帽子女士应该坐橘黄色椅子，而把蓝椅子让给大个子男士。我看着他们坐在我对面，心里十分别扭，好几次差点脱口而出，想让他们换一下，可这显得很蠢，我不太乐意在漂亮女士面前做这种事。我转过头去看漂亮女士，她莞尔一笑，说我们的饭菜正在来的路上。"裕丰楼"的菜，可以吧？大个子男士说酒是丹葛尔古城的青稞老酒，二十年份，好得很，等会儿你好好品品。我说好的，感谢你们的盛情款待。他说客气了，在工地帐篷里招待你，怠慢了。我说怎么会，帐篷是我的家。他说你这匹马退役，实在可惜，我看它年龄不大。他重又提起海王。我说它七岁，它退役，其实也是一种回归。他赞同地点点头，不错，也的确是一种安全的回归。他看向漂亮女人，说闯过这两年的苦难，才真心明白开心和安全比什么都重要。帽子女士给我们倒了茶水，嘘着气说，所以我们就要把健康和开心加倍体验，我打算不再结婚了。漂亮女士和她对视一眼，说这样很好，你不必受到拖累了，你完全是属于你自己的。等下我们要为此干一杯。大个子男士站起来，挡住了整个帐房的门，高声说，也要为我们的相识干一杯。他深情地看了眼漂亮女士，转而对我说，人生无常，多折腾也没有好下场，还是平平淡淡实实在在好。漂亮女士眉目含情朝他一笑。我喝了几口水，这是几个受了伤的人或者是假装受了伤的人，在比试谁有资格说最痛苦的话。他们乱糟糟的声音中，我分外觉得自己是那个坦然于云端的人，俯瞰着这条被各种声音清洗过的街道。

　　酒菜被真正的外卖小哥送来，摆上小方桌。我将茶杯放在脚底下，因为实在没有地方放了，桌上摆了十个塑料打包盒，呈金字塔形往上垒着。酒是好酒，我们连碰三杯，喝干满满一纸杯。我们相互通报了姓名，我说为我们的相识干杯。我们便聊出了共同的亲戚。世界真小，每六个人里面就有一个亲戚。我们从日益严重的交通整顿聊到遍布所有重要道路口的摄像头，聊到个人隐私、不能破除的案子、没有结果的追问、绝望的呐喊、担忧会被制裁的日子……然后我说，我有一个朋友在当警察。再聊了一会儿，我们发现说的又是同一个人。大个子男士说，她是我表妹。而且现在，我知道你是谁了。我点点头，说是啊，但我从来不知道你。他说我妹妹不会说这些的，但我知道你。我说是啊，你知道。这层关系让我们接下来的交流不那么顺利了，本来我们聊得非常好。他尝试回到之前的状态，但其实是他变得有些怪，似乎不太确定应该把我放在一个什么位置上。帽子女士搂着漂亮女士的脖子哭哭啼啼，又开心起来，一一和我们碰杯。我想我们应该喝了有四五斤酒。外面黑黝黝的，已经很晚了。帐篷里的灯光开始昏暗起来了，我望着夜晚，想着姐姐，一头栽进忧郁里。每当我喝醉了，便愈加想念姐姐。那些我们的记忆也愈加清晰。

　　我离开帐篷，牵着海王再次行走在空芜的街面上。我想起来三年前，我赛马得到第二名，姐姐给我和海王庆祝。她给海王的脖子上搭上高级红绸缎，请我吃饭。那是在街另一头。我们聊得特别开心，我几乎可以确定，她动了和我结婚的念头。这一晃眼，我们雾一样的感情，慢慢退散着。我低着头，默默地走累了，在马路牙子上坐下，点了烟。灰暗的路面在无限展开，仿佛一片深邃的海水。我突然心有所感地抬头，姐姐她站定在面前，不言不语地看着我。我伸伸手，明白这是幻觉，但我仍然高兴她来了。我看着她，害怕一晃眼，她就不见了。我把海王的缰绳递给她。她牵着海王，对我凝眸一笑，转身离开。他们亲昵地依偎着，渐渐融入彼此的影子，渐渐融入水色中。

原刊《收获》第 2 期

# 手稿、猴子，或行李箱奇谭

徐则臣

飞机上睡了一路，我有精神跟他们耗。他们那种吊儿郎当的敷衍态度，让我觉得还有戏，所以见着工作人员，不管是谁，我都要申诉一番，让他们想办法找到我的行李箱。已经来了两拨工作人员。五月夜晚的新德里机场温度宜人，我和恰马尔先生坐在各自的行李箱上，一边聊天一边等他们的寻找结果。

恰马尔是个印度作家，我们在刚结束的加尔各答的一个文学活动上认识。他去过两次北京，见到个北京来的，就生出他乡遇故知之感，逮着空就跟我聊。恰马尔住德里，我想在回国之前看看泰姬陵，泰姬陵离德里不远，我们俩就订了同一趟航班。办理值机时，我原想只托运超标的大行李箱，登机箱随身带，恰马尔说，费那事干吗，一块儿托了。他以地主的豪迈把我的小行李箱也拎到传送带上。下飞机取行李，他的行李箱、我的大行李箱都到了，我的小登机箱不见了。恰马尔原本可以取了行李就回家，因为我的登机箱没了，他不好意思一走了之，对我丢失的箱子他认为自己负有责任。我们一遍遍嘱咐工作人员帮忙找。恰马尔宽慰我，在印度，从没有哪一只行李箱在风尘仆仆的旅行中没被弄丢过。他说的就是机场。

我们已经在行李转盘前坐了一个半钟头，眼见着转盘转了又停、停了又转，乘客们一拨拨来，取了行李又一拨拨走，第四轮了，我的登机箱仍然没有出现在空荡荡的传送带上。从转盘那头走过来两个穿制服的工作人员。之前的工作人员显然已经被我搞烦了，去找了两趟之后，再也不回来了。这两个可能是新当班的，恰马尔示意我继续跟他们理论。

"听说了，"两人中胖一点那个是头头，微笑时油汪汪的腮帮子上还有两个酒窝，他用动感十足的弹舌英语回答我，"他们跟我汇报过。真对不起，我们把机场往下挖了半米，还是没找到。"他看了一下手表，马上零点，"您先回去，找到了我们及时通知您。"

我摇摇头，说："不行。必须今晚就找到。"

"全是细软？"他又露出职业的微笑，两个油汪汪的酒窝更深了。

"比细软还值钱。"

真的，比细软还值钱。我后悔没有将小行李箱随身携带。那是在加尔各答临时买的登机箱，淘到两件印度木雕，太占地方，一个行李箱装不下，此外，就是想把小说手稿随身带，搁手边更放心。那段时间正写长篇小说《王城如海》，用八开的大稿纸。我习惯手写，出门带着也方便，一卷纸，铺到桌上就可以开工，不必像电脑那样，开机关机都有强烈的仪式感。想到那烦琐的程序，我就没了写作的欲望。以我的写作习惯，这个手稿一旦丢掉，我肯定不会重写。重写对我来说像背书一样不可忍受。所以，只要不打算扔掉，就要确保每部稿子都不能少。丢了，那就找回来。

"今晚就得找回来，"以恰马尔的经验，"今晚找不到，以后更别想了。"我们查过，系统显示，我的登机箱已经跟着这架航班来到了新德里。我的这位印度朋友说，他也一直没弄明白，为什么行李一旦丢了，就永远丢了。

"我们只能承诺您继续找，"胖酒窝说着，两手一摊，"别的我也没办法了。"

跟他着急是没有意义的。我拍拍取到的大行李箱，"我就坐在这里，直到箱子找到。"

胖酒窝又对我油汪汪地一笑："好吧，您是作家。我们继续找。"带着瘦下属走了。

我突然醒悟过来，问恰马尔："是不是需要这个？"我对他捻动右手的拇指和食指。

通货就是通货，这动作全世界都懂。恰马尔难为情地说："有，当然好啊。"

好，我们坐下来继续聊天。如果他们回来时还是两手空空，我得让他们攥点东西回去，继续找。我和恰马尔聊北京，聊中国和印度，也聊文学。还聊到《王城如海》，故事发生在北京。我没有告诉恰马尔，《王城如海》的写作遇到了障碍，这是我出国也将手稿带在身边的原因。我期待这个神奇的国度能给我灵感，及时地把断掉的情节续上。

二十分钟后，新德里过了零点。胖酒窝没回来，回来的是他的瘦下属，有五十多岁？肤色变了，年龄就很难判断。深棕色的瘦下属对我摆摆手，还是没找到。恰马尔给我使了个眼色，我走到瘦下属跟前，向他伸出手。半晌不夜地握手，他显然没料到，他本能地把右手后撤一下，然后重新犹豫地伸过来。我们在手心里完成了交接。两只手松开后，他又把手递过来。我没明白，分量不够？他半握的拳头固执地杵在我手边，还对我眨了眨他的毛毛眼。这个印度老男人的睫毛是真长。他的眨眼似乎有某种真诚的力量，我握住了他的手。纸币又回到我手心里。

"我再去找，"他用口音极重的英语说，"您能跟我儿子谈谈，你们的文学吗？"他做出一个写字的动作，"他马上就来。"

"当然。"

瘦下属去行李房的路上掏出手机开始打。五分钟后，过来一个三十岁左右的小伙子。也可能不到三十，比他爸的肤色浅一点，但依然不足以恢复我的判断力。父子俩穿着同样的工作服。他的英语没他爸的口音重，跟恰马尔的发音比较接近。

他来谈文学，但话不多，席地坐在我和恰马尔对面，开口更多是提问，像个记者。对提问他似乎相当娴熟，每一个问题问得都干净利索，提前备了课一样。问我，也问恰马尔。主要是我，虽然我告诉他，他的同胞恰马尔也是作家，但丢箱子的是我。他问我的问题有：印度之行的目的；平常写小说、诗歌、散文还是戏剧；登机箱里的那部长篇小说写的是啥；为什么这个电脑时代还要手写；丢失的箱子里还有什么；这个登机箱的来历，即在哪里买的、为什么要买、从加尔各答到现在这箱子还有哪些值得一说的故事；如果今天晚上找不到，我会作何感想；关于我屁股底下坐着的大行李箱，也问了几句。

最后他说："这箱子一看就是个好东西。"

就在我认为他只是在做失物招领处的常规调查时，我们聊起了文学。他在写作。"您知道，我的工作就是把一个个托运的行李箱和货物从这里拎到那里，"他出示他手掌关节处磨出的一个个老茧，"再从那里拎到这里，一天到晚。我见过世界上几乎所有品牌的行李箱，但我喜欢写作。写小说、散文，诗也写。像先生您一样，像恰马尔先生一样。

221

您在写作中总能一帆风顺吗?"

当然不能。我告诉他,大部分时间我写得都磕磕绊绊、跌跌爬爬,比如丢失的《王城如海》中,有个坎儿半个月了也没爬过去。小说里写到雾霾和环境污染,除了肉眼所见和PM2.5的科学测量,我找不到一种更为独特和形象的表达方式。

"手稿带在身边,没想过会丢?"他问。

"没有人会为了丢一件东西才把它带在身边。"我说,"我得没事就盯着它看,以便及时地找到爬坡过坎的方法。有人跟我说,印度到处都是灵感。"

"您还没找到?"

"目前没有。"

"也可能已经找到,只是您没有意识到。"

这么说也不是没有道理,印度是个神奇的国度。

"假如找到了,您会继续带着它在印度旅行吗? 您说您还想去参观泰姬陵。"

"当然,"我拍拍放在脚边的双肩包,这才是名副其实的随身,"我会把它装进这个包里,晚上睡觉也抱在怀中。"

谈话到此差不多可以结束了,他从裤兜里掏出一部简陋的手机,一通按键。然后我就看见他的瘦父亲眨着毛毛眼从行李大厅的拐角处走过来,推着我的万向轮登机箱。谢天谢地! 我从箱子上跳下来。毛毛眼说,我的箱子还是在行李房找到的。一定是我箱子的万向轮太好使,工作人员轻轻一推就跑远了,混进了另外一趟航班的行李堆。能找到,是因为那趟航班的所有行李要么继续托运开始下一个旅程,要么都被放到传送带上被乘客们取走了。我的箱子和另一只箱子孤零零地被推到了遥远的墙角。那只箱子更可怜,托运的票号莫名其妙地消失了,主人是谁都不知道。

"您知道吗,"毛毛眼说,"在我走到墙角之前,至少检查了三百只箱子。"

我向他伸出手,他果断地把右手送过来。握住的那一瞬间,他在我的手心里抓一下。没找着,他迅速松开我的手,嘴角的微笑摊平了。

跟我一样激动的是恰马尔,凌晨一点,他终于可以心无挂碍地回家了。他的新婚妻子已经给他打过两个电话。

"泰姬陵非常伟大,"小伙子也从地上站起来,他的握手远比他父亲持久有力,"不过您也可以关注一下沿途的神牛和猴子。"

小伙子提醒得很好。我把大小行李箱都寄存在酒店,背着双肩包出门去看泰姬陵。包足够大,我把小说手稿带上了,然后是洗漱用品、两件换洗衣服,还有空儿就装了两本书,其中之一是奈保尔的《幽暗国度:记忆与现实交错的印度之旅》。泰姬陵在阿格拉,在德里以南两百公里外的朱木拿河南岸。因为要看沿途的神牛和猴子,我选了长途汽车。晃晃悠悠四个多小时才到。

在印度,坐汽车比坐火车和乘飞机看得更清楚。沿途要带客,汽车总往人多的地方钻,从城镇到乡村,两百多公里的人间烟火我差不多看了一半。在印度牛享有神圣的地位,谓之神牛,不干活儿,可以自由在大街上走来走去。这我知道,文字和影像资料以及各种传闻里比比皆是,但坐在尘土飞扬的长途车里亲眼见到,还是挺震撼。它们既是神,又是仙。是神,因为印度人供着它们,提供吃喝是义务;是仙,因为它们自在放旷,旁若无人,行当所欲行,止当所欲止。看心情,想歇着了,大马路中间扑通就躺下了,人和车都得绕着它们走。拉屎撒尿也一派天然,在哪儿就哪儿,绝不委屈自己半步。

汽车穿过某镇子的一条街巷，前头正好有头雄伟的犍牛横在巷子里，尺寸正合适，把坑坑洼洼的水泥路面占了个完整。来往的行人过巷子，不愿从路两边的泥水里蹚过，都弯腰驼背、手脚并用地从牛肚子底下钻来钻去。他们对这种过路方式毫不为意，犍牛岿然不动，高人一般淡定，显然也习惯了自己的威严。我们的司机示意停车，等犍牛离开。路边有小店，可酌情采购，其他个人事宜，自行解决。我下车买了一瓶水。内急的乘客去了路边，背对我们就解开了裤子。该干的事都干了，犍牛还卡在巷子中间，同车的乘客有急性子的，不去赶牛，只催司机。大胡子的司机连抽两根烟，牛还在，只好上了车，一连串地摁喇叭。那牛傲慢地看看我们的车，完全是瞧不上地晃晃大脑袋，踱着方步让开了道。

　　路上见到猴子的频率没有牛高，但数量绝对有压倒性优势，一只猴子出现了，意味着接下来会有一群猴子现身。它们不在路面上出没，而是攀在树上、墙头和屋檐上。大小各异，成群结队，搞不清同伙和门派。它们兀自在高处喧嚣追逐，丝毫不惧人间的清规戒律。它们也吃百家饭。有人从车内把面包和饼抛给它们，眼看着掉落地上，猴子们的胳膊好像突然变长，魔术般地就给捞上来了。我喜欢小猴子，最小的只有两三个拳头大，走在墙头和屋檐上还有颤巍巍的胆怯，嫩黄的毛色在太阳下闪着温暖的光。成年猴子大多通体柴灰，长毛被泥水和食物黏成绺、团成坨，整个一副流浪汉的邋遢模样。

　　从德里和泰姬陵来回的路上，唯一一次看见猴子下地，是在一个叫不上名字的小城。汽车穿过城市的中心大道，在路边一栋建筑的废墟前，一个本地男人正对着墙根撒尿，松松垮垮的裤子吊在屁股后头。不知道从哪里突然钻出一只小猴子，一跃而起，抱住了男人的裤腿，然后，它和那条肥大的裤子一起滑落到男人的脚后跟处。很多人看见了那男人的光屁股和两条长满黑毛的大腿。

泰姬陵之壮观和漂亮，无须我赘言，关于泰姬陵的故事也很动人，想必很多朋友也知道，我也不必啰唆。我在阿格拉待了两天，然后回到德里。单从旅行观光的角度，我也觉得这时间花得值。我应该看到了一部分真实的印度。回到国内重新开始《王城如海》的写作，我发现更值了。

在印度，小说毫无进展。原封不动带回北京，依然寸步难行，设想出的几种方式最终都过不了我自己这一关。正打算暂时放弃时，收到恰马尔一封邮件，此时距我回国已经二十三天了。他说："徐先生，您还记得新德里机场那个跟咱们聊文学的小伙子吗？他很可能是一个潜伏在机场的小说家。他甚至是一个只写'行李箱的故事'的主题小说家。如果我没猜错，他写到了您，当然也可以说，他虚构了您。"

恰马尔用英文写成的信挺长，嘘寒问暖的部分暂且略过，只说那个潜伏的小说家。

两天前，恰马尔陪老婆逛商场。老婆试衣服，他在商场的椅子上坐下，顺手捡起旁边座位上的一张报纸。当天的晚报，有个创作园地，相当于咱们中国报纸的副刊，看到一个专栏的题目：行李箱的故事。这天报纸上刊载的是专栏的"之十七"。这第十七个故事讲的是一个突尼斯商人，托运的行李箱丢了。不是丢在新德里机场，而是在迪拜机场分拣错了，被送到了孟买。从孟买转到德里，他在机场接收时，打开箱子发现多了一万八千美元。若只是天上掉下美元，突尼斯商人就闷声笑纳了，问题是包钱的纸上写着一行字：此钱有主，慎毋私吞，否则灭全家！底下附了个号码。突尼斯商人再爱钱，也不敢拿一家人性命去冒险。此刻，他太太正带着六岁的双胞胎女儿等在酒店，待他取回行李箱后一起出门观光。他跟行李处说明了情况并报了警。

专栏作者作为工作人员之一，参与了处理过程。在文章中，他有节制地介绍突尼斯商人的身份、印度之行的打算，以及行李箱里的内容，重点提到一尊写意的甘地半身雕像。这种风格的甘地雕像作者从没见过，他在文中坦诚地表示了身为一个印度人的惭愧。为此他请教了突尼斯商人，这位外国友人告诉他，他是甘地的粉丝，这尊雕像是两年前从阿尔及利亚一位雕塑艺术家那里高价请来的。价格昂贵，因为是限量版。甘地活了七十八岁，该艺术家就做了七十八尊，然后把模子毁了。他的这尊编号三十七。接下来，作者写到美元和包装纸的调查结果。根据电话号码打回去，顺藤摸瓜抓到了孟买机场的一名工作人员。此人例行开箱检查行李时，在某行李箱里发现了这沓包裹的现金，财迷了心窍，把钱顺自己兜里了。要在往常，他把肚子挺一挺，腰间和鞋子里分别藏一点，没准就混出去了，但那天碰上领导突击检查，揣怀里容易露馅，分开藏时间又不允许，只好慌忙写句话，就近塞到旁边一只箱子里。他果然没机会再打开那只箱子，但他依然心存侥幸，甚至为自己的机智得意，万一箱子的主人真被"灭全家"吓着了，拨了电话，他就赚大发了。作者写道："此人的确等到了电话，不过是警察打来的。"

花了漫长的篇幅讲完这个故事后，恰马尔说："徐先生，其实我想告诉您的是下面这个故事。"

看过突尼斯商人的故事，恰马尔先生对这个专栏有了兴趣。他在网上搜到这专栏。上一次，也就是第十六个"行李箱的故事"，题为《丢失的手稿、突如其来的猴子，或行李箱奇谭》。恰马尔觉得文中的中国作家很可能是我，便把文章从印地语翻译成英语，发给了我。

有个从加尔各答来的中国作家，在新德里机场落地，发现托运的一只行李箱不见了。他声称箱子里放了一部长篇小说手稿，丢了等于要他的命，所以务必帮他找到。该作家坚决不离开取行李的转盘，从晚上十点一直耗到凌晨一点，四拨工作人员帮他掘地三尺地找。当然最后找到了。问题在于，箱子找到后，箱体上没有任何托运标识，工作人员监督他开箱验物时，手稿没找到，从箱子里爬出来一只气息奄奄的猴子。那猴子有多小呢，请各位发挥一下想象力。没错，拳头，没有正常人的一个拳头大。作为一个见过不下两万只猴子的印度人，我负责任地说，这么小的猴子我在印度从没见过。我查了资料，世界上最小的猴子叫侏儒猴，主要生活在巴西西部、哥伦比亚南部、厄瓜多尔东部和秘鲁东部的雨林里，体长十四到十六厘米。那猴子比侏儒猴大一点。我也听说，中国古代的文人喜欢养一种宠物，叫墨猴，平常塞在袖子里，或者放进笔筒里，写毛笔字的时候，它就跳出来给主人磨墨。不知道这种墨猴跟行李箱爬出来的猴子比，谁大谁小。

那只拳头小猴晕晕乎乎爬出箱子，先是揉鼻子，打完一个尖细的喷嚏才睁开眼。它缓慢地转动脑袋和小眼睛，又揉起鼻子，再打两个喷嚏。这小东西肯定是对某工作人员身上的气味有了反应，那家伙每天都要往胳肢窝里喷三次香水，靠近了我也晕。

私自在托运行李中夹带活体动物算违法行为。那位中国作家辩解，他根本没有托运过什么活体动物，见到这只猴子他跟我们一样震惊。事实上，他跟我一样，从没见过这么小的猴子，在加尔各答参加文学活动的几天里，一只猴子他都没见到过。他甚至对于猴子如何神奇地钻进他的行李箱完全没兴趣，他关心的是，已经写好的那部分长篇小说手稿去了哪里。他说，以他糟糕的写作经验和习惯，丢失的稿子他不会再重写，也就是说，现有的大约占小说篇幅三分之一的手稿如果真的丢失，等于这部小说也就废了。所以，本该活蹦乱跳的猴子此刻病病歪歪，没能缓过劲儿来，而困得眼皮打架的作家先生却急得火烧火燎，差不多要上蹿下跳了。

我们领导，行李管理中心的头儿，嘱咐我好好安抚这位焦躁的中国作家，他和我的同事这就跟加尔各答机场方面联系，一定要搞清楚中间出了什么岔子。接下来的聊天中，我听说中国有一出古老的戏剧，叫《狸猫换太子》，但我认为，手稿变猴子这事儿，比狸猫换太子更神奇。

中国作家喋喋不休地跟我说他的小说，谈起小说时他甚至都不看我，更像是自言自语。他的心思一直在手稿上。这我能理解。写作是创造，辛辛苦苦创造出来的东西不翼而飞，搁我可能比他还着急。他说这部长篇的写作遇到了困境，一个先锋戏剧导演找不到合适的方法，让英国来的教授形象地、超现实地感受北京的气味。我说这事好办啊，就地取材。

"就地取啥材？"他问我。

"猴子啊。"我提醒他，"那活猴爬出箱子先打喷嚏后睁眼，说明什么？对气味敏感。您把这只猴子带回去。"

"往哪儿带？非法托运活体动物我已经说不明白了，还往回带？"

"不是带回中国。是带进您的小说里。"

"一只印度产的猴子，没拳头大，被小说人物带到了中国？"

"完全可能。这只不合适，再换一只，反正咱们印度猴子够用。您不是想去看泰姬陵吗？去阿格拉一路上的村村镇镇，有一棵树，就有一只猴子。"

我们探讨了半天猴子引入小说的可能性,中国作家未置可否。他的心思在别处。如他所说,写就的手稿没了,后面再精彩的故事也等于零。这人的写作习惯真是古怪,为什么就不能重写呢?

同事呼叫,让我带中国作家去行李管理中心。加尔各答方回复,调看了办理值机的现场录像,是一个印度青年男子帮徐先生把登机箱拎上的托运传送带,画面上没看出任何猫腻。安检人员经验丰富,工作十一年从未出过漏子,他郑重声明,过检时没发现任何异常,别说一只猴子,就是一只跳蚤也别想混上飞机。接下来箱子去到了分拣中心。现场录像显示,满屋子的行李箱除了被扔来扔去,没人动过。打开某只箱子取出一堆稿纸,再装进一只猴子,此事绝无可能。我们头儿也说,倘若箱子里真装了一只猴子,被咱们搬运行李的大力士这么个扔法,有九条命也摔没了。

中国作家也一再声称他也莫名其妙,他对猴子不感冒,《西游记》里孙悟空的花果山就在他老家,快四十年了他从没去过。他不关心猴子,他关心的,是如何找回他的小说手稿。

天地良心,我们机场也把各个环节的录像调出来查看,同样没发现哪个环节出差错。除了搬运行李时下手重了点。最后警察站出来了,他问中国作家:

"您在印度很有名吗?"

"没有名。"

"那就是了。一个无名的外国作家,放在行李箱里写了半截的稿子,您告诉我,谁会感兴趣?"

"应该没有人。"

"这不就是了?我再问您个问题,这只打喷嚏的印度猴子珍贵不？"

"这体形，应该比较罕见。"

"您在印度无人知晓，您在印度也没有亲朋好友，存在别人送礼和行贿的可能吗？"

"应该不存在。"

"您看，您什么都懂。我再问您一个问题，务请您照实回答：您真是个作家吗？"

"什么意思？"

"不好意思，我不懂文学。但我知道再傻的猴子也不会无缘无故钻到一只行李箱里。如果方便，可能得请您改变一下行程，配合我们调查。我们对出现一只猴子跟您对丢失一份手稿一样感兴趣。请吧。"

亲爱的读者朋友，别问我接下来这位中国作家怎么样了，我不知道；也别问我丢失的手稿和突如其来的小猴子是怎么一回事，我跟你们一样想不通。我的确写过几篇稀奇古怪的旅行箱故事，但这种奇谭，本人也是第一次经历。


文章到此结束。

恰马尔在邮件中先说，真够扯的，跟作者的名字一样，辛格·辛格，一看就不想让别人知道真名。接着他又说，但得承认，写得挺好玩。当然他的阅读体验也挺奇特，读第一遍觉得荒诞不经，第二遍感到了些许意思，读过第三遍，突然问了自己一个问题：这一定就是假的吗？继而回想我们在加尔各答相识，然后一路同行到新德里机场，直到凌晨一点等来走失的登机箱，他不由得恍惚，他所见的是否只是事情的局部，或者，干脆就是假象？恰马尔是个实诚人，他承认自己到网上搜了是否有我在印度的犯罪新闻，遗憾没找到。他也承认，为了这封信，他特意喝了两罐啤酒，趁着酒劲儿才打开电脑，因为他的一个隐秘的目的是，想证实我是否已经平安回到北京。

接到恰马尔的邮件是在傍晚，饭后例行散步之前。没急着回复，看完就合上电脑出了门，散步时间比平常多了半个钟点。准备往回走时，脑袋里突然一亮，辛格·辛格这文章写得好啊，解决了长久困扰我的问题，为什么不能是一只比拳头还小的、来自印度的、超现实的猴子呢？小说中的教授完全可以把它带进北京，当然首先要从印度把它带回到伦敦。他是如何发现这只猴子的？我想起去阿格拉的半道上，经过一座城市，一个站在路边撒尿的印度男人被一只猴子拽掉了裤子。在小说里，尿急站到路边的不是教授，而是他正值少年心性的儿子。有了！在多出来的那半个钟头里，我反复论证了这段情节的可行性。

没任何问题，我迈开大步往家跑。

我给这只猴子取名汤姆。如果你读过我的长篇小说《王城如海》，你应该会看到这一段：

"……突然，随着一声诡异的尖叫，小汤姆从教授的口袋里钻了出来。这个聪明的小东西，悄无声息地把扣子给解开了。它的尖叫里带着解放和自由的快意，饱含着奔赴新生活的激情。它跳下地，横穿舞台，横穿拥挤喧嚣的咖啡馆，奔向了下一个场景……"

原刊《万松浦》第10期

# 骨头城堡

邓一光

阿料丢下阿辉，离开"双记金牌猪脚饭店"去了香港。阿料生于立春，他在生日将至时跨过深圳河去寻找新的生活。

阿辉和阿料是揭阳高级技工学校烹调专业的同学。阿料是学习尖子，在学校时就是"粤港烧腊论坛"达人，多少有些骄傲，他那与矮小的个子完全不匹配的坚定目光中总是透出智慧的光泽。阿辉省事晚，人长得长胳膊长腿，上学时迷街舞又迷抖音，迷着迷着学业摆尾了。毕业后，阿料找家里拿钱到深圳创业，阿辉家里不给钱，他以"看在同乡加同学之谊"和"每天给阿料跳舞"的说辞缠着阿料，两人在深圳开了家"双记金牌猪脚饭店"。阿料猪脚卤得又糯又嫩，自创了秘制辣酱，自然做主厨。阿辉帮阿料打下手，做些备菜、出餐、外卖打包的活，事情并不比阿料少干，另外去农批市场进香料时，他会在打完秤之后从香料袋子里顺手挠上一把。如今阿料好了，他能随便挑选中环的胜香园、深水埗的爱文生和大坑的炳记施展骄人手艺。还有其他人，很多人，他们都离开了，去别的地方发芽。阿辉手上没有攒下闯关的活计，完蛋了。

阿料走的时候一句话也没和阿辉说，出门时紧盯着行李箱下憋足劲去远方的万向轮，好像那是他的命运，而阿辉的命运不在可以无限调节的轮子上。这不能全怪阿料，他在的时候他俩整天吵架，有两次还动了手。阿料把阿辉摁在灶台上，煤气火舌在阿辉鼻尖前三寸呼呼舔着。阿辉挥舞比煤气火更愤怒的剁骨刀，把阿料新买的仔裤划破了。阿料惊恐地松开手，退后几步，不理解地看着阿辉，那以后他俩再没说过话。

阿料走的那天，招财也消失了，以后再也没有出现。

招财是一只贱兮兮的三花流浪猫，"双记"刚开店时它就来了，不知道之前它在哪方江湖混。它是经验丰富的老食客，对猪脚的"蹄尾"和"头圈"部位表示强烈不屑。"双记"开店三年，疫情管控，半数时间不能营业，生意惨淡，阿辉挑东拣西在寂寥的卤汤锅里翻半天，捞一点边角余料丢给招财。招财满脸狐疑地看阿辉，眼神里是那种"有冇搞错"的质疑。阿辉骂招财挑食佬，阿料就骂阿辉不敬待招财。阿料会认真切几片最好部位的"回轮"和"四点"给招财，说招财正是感情充沛的年龄，一年生养三四胎，不能怠慢它。店是阿料出资开的，阿料要泼洒，阿辉管不了，问题是，阿辉对流浪的家伙有抵触，一听到"流浪"两个字就想起自己的少年时代，不舒服。阿料批评阿辉，说："阿辉你要有同理心，知道自己在什么地方，深圳是移民城，谁不是流浪？"他还骄傲地说："人们正在创造全新时代，已经创造了一半，就剩另一半了。"阿辉不高兴阿料说那样的话，人长着两条腿，世世代代走来走去，从没停止过从这里到那里，一直在流浪，那创造又有什么意思？全新时代又有什么区别？

阿料走了，没有了阿料的店里一片死寂。阿辉决定忘掉阿料，赌气把店名改了，"双记金牌猪脚饭店"改成"辉记猪脚饭店"。没错，开店阿辉一分钱没出，改店名他脸上发烧，可他就是讨厌流浪。只是，光改店名不行，店要经营下去，还得卤出一锅香糯弹牙的猪脚。阿辉苦思冥想，阿料怎么选材、怎么配料、怎么把握流程，想来想去，满脑袋都是阿料，一只像样的猪脚也没卤成，这让他很苦恼。

没等到阿辉想明白怎么才能把店撑下去，他就感染了奥密克戎病毒，"刀片嗓""水泥鼻""电锯胸"一起上。阿辉觉得自己受到惩罚，很难过，有点自暴自弃，也不去挤社区诊所，心想，有本事来个白肺好了。烧得最糊涂那天夜里，他脑子里闪过一个熟悉的身影，王者似的盯着迷糊中的他，他不确定那身影是不是招财，如果是，意味着什么？阿辉觉得脑子被三年发生的事情纠缠成了一团乱麻，得捋捋，不然生活没法继续，也就是这个时候，他决定找回神秘的江湖大佬招财。

在床上躺了七八天，阿辉熬了过来。等吱吱呀呀下床后，吃了碗卤汤泡饭，他出了门，晕头晕脑去找招财。

接下来的几天，阿辉找了好几家流浪猫狗收养站。他最后去的那家收养站在大鹏半岛溪涌原住民村，是几个有信仰的人办的，收留了几百只流浪猫狗供人领养。

那是怎样一个让人惊讶的奇迹？古村落被几条晶亮的溪流围绕着，几十栋身份模糊的老民居隐藏在百年树龄的古朴树、白颜树和龙眼树中，生机勃勃的崖爬藤在古树和老宅间牵扯出团团幻觉阴影，一些闪烁着金属光泽的独角仙在阴影中嘤嘤出没。那些流浪猫狗，被关在一排排三层高的笼子里。阿辉有一种错觉，他来的地方是流浪者专用码头，不是吗？古民居后面就是海湾，不断有招潮蟹爬到收养站来好奇地张望一眼，再举着大螯返回滩涂去玩耍，那些被关在笼子里的小家伙，其实在等待一艘邮轮驶来，它们可以排着队上船去周游世界。

招财不在流浪者中，这让阿辉感到失望。很显然，它和阿料是同党，他俩背着阿辉交换了一起离开的暗号。阿辉站在那里，不知下一步该怎么办，就在这时，他看见一只神态高冷的缅因猫，歪着脑袋看隔壁笼子里一只头搁在两爪上的大豹，然后它站起来，爪子伸过栅栏，轻轻触碰一动不动的孤独的大豹，像是安慰对方。阿辉想起阿料，阿料离开前痛苦地对他大喊："阿辉，阿辉你知道吗？我心都碎了！"阿辉当然知道，他没法在停滞的空气中为八角、桂皮、草果、茴香、丁香、辣椒、甘草、砂仁、花椒、黄姜、干贝、蚝油和麦芽糖营造出有希望的命运，就是这么回事。阿辉的眼泪一下子出来了。他知道心碎的感觉是什么。他决定在收养站做几天义工，这样他的心里会好受一些。

收养站管事的人是老凌，四十来岁，瘦巴巴的，生着一头海桐木般浓密的头发，看人的时候像是在沉思，好像他把什么东西弄丢了，没法向自己交代。他说一口低吟浅唱的嘉兴普通话。听说他之前的职业是插图师，给一些著名的广告公司和出版社画插图和海报，和客户保持着彼此依赖又相互敌视的关系。两个月前他来收养站做义工，很快做到管事的位子。

老凌告诉阿辉，他刚阳过，什么症状都没有，像是睡了一觉。他脚步轻快地走在前面，带阿辉熟悉笼舍里那些家伙，年轻十来岁的阿辉要跟上他的步子显得有点吃力。

"来的来，走的走，你不可能记住它们，但它们需要记住你。"老凌说，一只手在栅栏上弹琴似的滑动，好像那是一种打招呼的信号。

在村里一只家犬进入流浪者居留地引起的一片犬吠声中，他们沿着迷宫似的笼舍，从淘气的狸花、温顺的短毛、乖巧的布偶、顽皮的柯基、威武的罗威纳和聪明的边境牧羊犬笼舍前走过。看得出，笼子里那些家伙多数亲近老凌,纷纷凑过来向他献殷勤。如果去掉"流浪"两个字,它们是一些讨人喜爱的家伙。

走到一个圆形水池边,老凌身体、神情和语言突然变柔软了,他凑到一个低矮的笼舍边,贴着笼子"玛雅""玛雅"地叫。那个笼子有点特别,别的笼子都关着几条猫狗,门关着,那个笼子里只有一只幼犬,笼门开着,可见笼子里的幼犬有来头。

幼犬本来卧在阳光里闷闷不乐,听见老凌叫就爬起来,摇晃着走到笼外来舔老凌的手。它还小,走路不大稳,急匆匆、歪歪斜斜那种。

"你得认识它,玛雅,我给它取的名儿。哈士奇,学名西伯利亚雪橇犬,人们爱叫它们二哈。"老凌目光和幼犬交流,头也不回地对阿辉说。

阿辉没听明白。他看那只幼犬,它有一双蓝色的杏仁眼,有点天然斜,额头上几道白毛,一双直立的三角耳,毛发浓密。阿辉对狗一窍不通,不明白为什么一只狗会有这么多名字。

"《最后的猎人》看哦?"看出面前站着一个白丁,老凌启发,"电影。"

阿辉愧疚地摇头。店里一般要忙到夜里转点,他和阿料只能在打烊后躺在床上刷刷手机。

"《零下八度》呢?"

这部电影阿辉刷过,和阿料一起,他俩为那些被抛弃的狗一同掬泪。"那八个家伙是傻瓜,换作我,绝不和抛弃自己的人和好。"他愤愤不平地宣布。

"它们原谅人了。"老凌大方地冲阿辉挥了挥手,好像他能代表那八个吃尽苦头的家伙,代表阿辉,"玛雅是它们的亲戚。小囡囡来时乳牙没换光,有人在路边捡到它,在站里待了两个月了。"他介绍完玛雅,转回头去叫小家伙:"玛雅,和新来的白相白相,打个招呼。"

小家伙无精打采地抬头看了阿辉一眼,眼神里一片漠然。

"玛雅,可不能这样没礼貌,他是咱们一伙的。"老凌批评玛雅。

小家伙不怎么愿意地摇晃着挪到阿辉面前,用凉凉的潮湿鼻子触了触阿辉的手腕。

"髋关节发育不良,长了骨骼关节鼠,后肢有点障碍,先天性的,要手术。伊很有耐心,对哦?"老凌很肯定地说,"长大了会是个能干活的。"

阿辉下意识摸了摸左腿膝盖。那是一次街头滑跪运作失误留下的惨痛后果,他因此不得不遗憾地离开 Street Dance 潮场。

那天下午,阿辉打扫了几十个笼舍,绕着笼舍圈喷洒消毒液,卸了小半车口粮,给市里赶来的兽医当助手,帮着给二十几只猫狗做绝育术,忙得满头大汗。老凌一会儿出现一会儿消失,看起来他比其他人更忙碌。有一阵,他情绪紧张地站在阳桃树下和城管部门工作人员通话,请求对方对某件事情通融一下。还有一阵,他蹲在地上一边用树枝胡乱画图,一边在电话里苦口婆心地请求某位客户收养一只流浪猫。阿辉不懂插图,看不出这个瘦巴巴的插图师值得大广告公司和出版社争抢的理由,不过他身上有一种魅力,那种中年人成熟的顽忍。

天黑以后,阿辉准备赶回市里。他去水龙头边洗手,无意间听一位义工说,老凌很晚才结婚,非常爱妻子和女儿。但是她们几个月前相继离世了。

天已经黑了,阿辉洗完手,鬼使神差地绕道去了水池边,朝那只空旷的笼子里看了一眼。他看见了那只幼犬。对了,它的名字叫玛雅,哈士奇,学名西伯利亚雪橇犬,人们喜欢叫它们二哈。它依旧坐在不太健康的腿上,没有搭理阿辉,而是歪着头看晚归的白鹭和水鸽子穿过夜幕弹丸般落入树丛中，风追上去，在那里激起一片涟漪，也在小家伙的毛发上激起一朵朵绒花，感觉上，它很想去和那些淘气的鸟儿玩，但又做不到。

阿辉在收养站做了几天义工，等回到店里时，他的心情平静了很多。这几天他想明白了，深圳八千家卖猪脚饭的卤菜店，谁都能做出肥肉不腻、瘦肉不柴、胶质满满的猪脚，口味上却千差万别，阿料在的时候改进了香料配方，没定型，阿辉对这种事一头雾水，应付不了。店他开不了改做别的，看不到前景的生活，阿料能一走了之，他怎么就不可以结束掉？

阿辉在计算器上算了几遍，店转让出去要损失好几万，这个只能接受，谁让金主自己不负责。阿辉就开始收拾门店，把卤桶中没卖完的猪脚捞起来，倒掉卤汤，再把卤桶洗干净，大勺、剁刀、砧板装进卤桶，喷火枪装进纸箱，然后打包碗碟和外卖盒。

阿辉正一脸油腻地干着，一辆脏兮兮的皮卡在店门口停下，车上下来的居然是头发蓬松的老凌，怀里抱着玛雅。玛雅一看见阿辉，就挣脱老凌，跳下来朝阿辉跑来，跑得不稳，歪歪扭扭那种，跑近了，在阿辉脚边转了两圈，兴奋地往阿辉腿上贴。

阿辉不适应玛雅画风突变的亲热，但很快知道发生了什么。他在收养站做义工时留下了联系方式，老凌根据地址找上门，来的目的，是建议阿辉领养玛雅。

阿辉笑了笑，又笑了笑，心想，这算什么？他告诉老凌，他没有领养猫狗的打算，过两天他就会离开，这里要换新主人了。

"大家对玛雅很好，都喜欢它，你也看到了，小囡囡并不开心。"老凌好像没有听见阿辉说什么。

"我要去找工作，居无定所，能不能养活自己都说不定。"阿辉强调。

"你老去看伊,"老凌用埋怨的口气说,"第一次我带你看,后面几次你自己看,这两天你没去,伊情绪不正常,昨日黄昏在河边白相,村里狮头鹅撵着打相打,几糟来。"

"那又怎么样?"阿辉不明白。

"昨夜里伊一夜不困觉,我安慰伊,叫你阿爹来揍狮头鹅——"老凌说,"我说的阿爹就是你。伊信了,今朝早晨头一个缠着要我带伊来见你。"

"它怎么给你说的?"阿辉觉得又吃惊又荒唐,申辩说,"我不是它爸爸!我连女朋友都没有,不会生出个野种!"

"想生你也生勿出来。"老凌不高兴了,白了阿辉一眼,"伊多灵光来。"

"你说人们都喜欢它,叫他们收养啊。"

"告诉过你,伊有骨骼关节鼠和髋关节发育勿良,把人们难住了。"

这阿辉就更不懂了,人们难住了,他就不难?说到关系,阿辉不喜欢别人硬来,两人好和分手都一样,而且他总不能带着一只残疾奶狗去应聘新职业吧?他感到脚上有点暖乎乎的,低头看,玛雅卧在他脚上,正仰头看他,眼神好像说,你是我爸爸吗?

阿辉知道他得做点什么,得告诉生着一双蓝色杏仁眼的小家伙,他不是它爸爸,也不认识它爸爸,不然接下来它会问,为什么你不来接我?你怎么把我抛弃了?阿辉没法回答这个问题。他不能总怪阿料。如果不得不用上"抛弃"这两个字,他也做过这种事。他四年没有回老家了,还对弟弟阿煌说,滚!还有大脑门儿女孩阿夕,她不知道她那不负责任的热情给他带来过多少兴奋和苦恼,但他们最终没有走到一起。这些事,谁又没做过?

阿辉把玛雅从脚上抱开，离开那里去了灶厨前，从打包盒里的剩猪脚上切了几片"蹄尾"和"头圈"，又换成几片"回轮"和"四点"。他做这些事情的时候，玛雅一直歪歪扭扭跟着他，一步也不离开。阿辉把肉放到玛雅面前，它立刻凑到盘子边，吃得很香，好像刚放学回到家，饿了，不会挑剔粿条还是蚝烙，大人给它什么都行。

趁那个工夫，阿辉和跟过来的老凌把话说清楚，等他找到新的工作，他可以继续去收养站做义工，每月两次，一周一次也行，但他有他的生活，他没有工夫也没能力收养一只残疾奶狗，就是说，这事没门。

老凌不愿放弃，告诉阿辉，玛雅在收养站已经待了两个月。老凌目光直勾勾地看着阿辉，意思是阿辉找不找工作他不管，玛雅的命在阿辉手上，他想让它死就拒绝领养，其实他完全能救它。老凌那么说有点不讲理，有点疲惫，浓密的头发耷拉下一团，像涨潮的海水淹了一半的海桐，一点也不好看。

"关我什么事？"阿辉的声音像刚淖过水没进卤锅的猪脚，"又不是我定的规矩。"

"玛雅，走吧，坍面子，勿认你。"有一段时间老凌没说话，然后他拖长了悲伤的声音对那只幼犬说，"他看了你很多次，四次，我给他数着，一转头他就勿认了，很多人都是这样，勿认自家人。"

"听着，"阿辉知道此时不是心软的时候，他蹲下来，尽可能凑近枕着他脚踝犯困的小奶狗，伸出手拍了拍它，把它拍醒，那一刻，它软乎乎的毛发刺痛了他，"回你自己的地方，你不会喜欢这儿，知道吗？有个和你一样的，叫招财，它也走了，再没回来。"

"喂，勿要刺激伊，没见伊在绝望吗？伊对你失望至极！"老凌提高声音，然后让声音降低到其他人听不见，"玛雅，过来，离开他，我们走。"

小家伙大概感觉到了什么，不理老凌，用两只前爪抱住阿辉的脚，显得很犟。

"不，"阿辉说，"我不是你爸爸，也不认识他，他肯定是个喜欢抛弃的家伙，是个坏人！"

"勿要和伊这样说话，伊什么都记得！"老凌气呼呼的，意思是阿辉做了非常糟糕的事。

阿辉觉得他和老凌，都失去了理智。他现在忙得要命，要把店里打扫得干干净净，把转让信息挂上网，然后搜索用工信息，总之他有很多事情要费脑子，谁也不该把一只小奶狗硬塞给他。

"勿要哭，玛雅，勿要落泪，好了，够了，莫让阿勿卵看出你在意他，我们回去。"老凌用膝盖粗鲁地顶阿辉的腿，这样就能把玛雅从阿辉脚上彻底剥下来了。

阿辉太犯难了。怎么会这样？一只懵懵懂懂的小奶狗，它知道什么，怎么会流泪？你觉得面对这样的事情，还有什么选择？

老凌走了。他来的时候带着一只小奶狗，走的时候打包走了剩下的那点猪脚。他还要去别的地方说服人们收养其他的流浪猫狗，他真是忙坏了，那只有着残疾的小奶狗，他留在店里了。

阿辉静静坐了一会儿，关上店门，去了一趟隔壁建材店，带回一块海绵防潮垫，用它给小奶狗做了个舒服的窝。小奶狗在窝里专注地转着圈，像要搞清楚那是不是可靠的承诺。有一阵它有点走神，后腿无力地坐下，歪着脑袋盯着脚下的海绵气孔发呆，但它没有告诉阿辉它在想什么，可能那是个秘密。阿辉不知道小家伙的脑瓜里装着什么，它是不是记得父母的模样、众多兄弟姐妹的气味，还有出生时一家人团聚的快乐时光。准确说，阿辉不知道如何做家长，如何抚育一只有

241

着残疾的小奶狗长大，这是个非常重要的问题。

"对不起，"阿辉在小奶狗身边坐下，觉得那个姿势不对，学小奶狗的样子半卧下来，四肢斜着，头保持端正，看着对方的眼睛说，"我收回先前的话，我没见过你爸爸妈妈，但它们肯定很爱你，因为你是最好的狗，对不对？"然后他告诉它，"我也被人抛弃过，那没什么，我们能活得好好的，谁也不可以笑话，对不对？"

阿辉说完那番话，从地上爬起来，扫视了一圈收拾过半的门店，发着愣。他很想原谅阿料，阿料是雄心勃勃的人，一心想把店做成连锁。有一次他对阿辉说："阿辉，以后你当总经理，负责管理和推广，我当总厨，负责研究菜品。"阿辉计算过，刚开店时，他们每天能卖出150份到180份猪脚饭，如果扩大规模，完全可以卖到500份，连锁算10家吧，就是5000份，一年总计1825万份，相当于每个深圳人都能吃上他们的猪脚饭，那还算流浪吗？

阿辉那么想过之后，把打好包的纸箱拆了，从卤桶里把厨具一样一样拿出来，放回原处。卤汤的香料配方只能由他来完成，比如质量更好的陈皮和罗汉果，而且海带也不是唯一提鲜的材料，他还要自己研制辣酱。要尝试的事情很多，每一样都不容易，但他确定不会在卤汤里加牛骨和鸡架鸭架，他要做纯粹的猪脚阿辉。

第二天，阿辉去溪涌收养站办理了领养玛雅的手续。

那以后的日子，阿辉发奋工作，卤料配方改了几十遍。半个月后，阿辉招了一位师傅，猪脚饭店正式恢复营业，店里有了生气，到春暖花开时，店里每天能卖出两百份猪脚饭了。

阿辉和小家伙相处得不错，店里忙着的时候，阿辉偶尔会分分心，脑子里冒出"它在哪儿"的念头。有时候阿辉会叫小家伙，"阿料，阿料，看看外面排了多少客人""阿料，阿料，别跟阿蒙跑，他送外卖，你帮不上忙"。是的，阿辉给小家伙改了名，现在它不叫玛雅，改叫阿料。

"你不在南极生活，也不是演员，不需要叫玛雅。"第一次给小家伙做取鼠骨术，手术做完后，阿辉抱着委屈的小家伙离开诊所，对它说，"哥哥给你取个新名字，以后你叫阿料。阿，指亲密，是哥哥和你的关系。料，指厉害，你很厉害的意思。你同不同意？"

小奶狗还没完全摆脱麻醉状态，但它点了点头，意思是同意，这事就定下来了。

阿辉和阿料，他俩现在有了一个家。阿辉在学校学的是烹调工艺与制作、厨房管理和烹饪美学，没有学过物种学和物种伦理学，不能确定他和阿料这个"家"的深刻含义，目前不打算和阿料讨论这件事。阿料做过手术后有点不适应，但它会好起来，会勇敢面对第二次和第三次手术，他们有的是时间讨论。

多数时候，阿辉在店里忙碌，阿料喜欢蹲在店门口，数街上来来往往的脚。那些脚从内陆和沿海地区来，散发出强烈的流浪者气味，每一双都不肯停下来。玩具？阿辉没买，阿料不是宠物，不需要。阿料拥有数不尽的猪趾骨和筒骨，别的猫狗不可能见过这么多的骨头，这方面阿料相当骄傲。阿料喜欢那些骨头，它叼着它们在窝外堆了一座城堡，它在那里跳进跳出，气喘吁吁，没有比这个更适合一只狗的成长的了。不过，骨头城堡太容易坍塌，多数时候，阿料不得不气急败坏地重新建造它，阿辉就知道，凡是创造出来的东西都不结实，容易坍塌，得重建，这让阿料有事情做了。

阿辉呢？阿辉戒掉了一些不利于家庭生活的东西，如槟榔和抖音什么的。他要挣钱继续给阿料做手术，还要扩大门店规模，这些事情可没那么简单。也许他做不到，也许事情会被他搞砸，那样他和阿料只能去流浪。但这没什么，这个世界就是这样，有各种各样的流浪者，人们总能找到立足之地，不然老是走来走去，脚会累的。

阿辉很忙，有时候他会有点忧伤，想起《零下八度》里那条叫玛雅的狗。阿辉会想，阿料长大后会是什么样？没有暴风雪的日子，它怎么解脱和原谅？阿辉确定自己不会去香港找另一个阿料，那没用。

到了四月份，城市满山满湾花海绽放，店外街边的风铃木和花旗木开得要飞上天，外卖打包时手慢一点，饭盒里就会落进一两片云霞般的花瓣。那天晚上打烊后，阿辉收拾完灶台，突然想起那个生了一头浓密头发的中年人老凌。

阿辉叫："阿料，阿料。"那会儿阿料正气鼓鼓地、不得章法地重建坍塌的骨头城堡。阿辉的意思是，电话他俩一起打，这样才有意义。阿料有点不情愿，但事情由不得它。

阿辉拨通收养站的电话。接电话的不是阿辉要找的人，是另一位义工。然后阿辉就知道了一些事情，老凌已经去世了。

"阿料，你记住，牢牢记住，阿辉永远不会抛弃阿料，阿料也不要抛弃阿辉。"

阿料听懂了，对阿辉点点头，矫健地跳下地，勇气十足地去重建它的骨头城堡。它的两条后腿蹬在阿辉受过伤的那只膝盖上，已经有了那么点力量，阿辉感觉到了。

原刊《青年作家》第3期

# 北方秘诀

徐皓峰

一

炸酱面，讲究起来配四十几道菜，不讲究的话，加一根黄瓜、一颗蒜，便可吃。一九五三年，香港大南街，有家开了一年的武馆，师傅来自沈阳。

沈阳一九三一年、一九四七年两次举办国考——全国武术对抗赛，人穿护具，短兵组比竹刀，长兵组比木枪。赛前签合约，打伤人不负法律责任，医药费由市政府承担。

香港青年高今粥来踢馆，入街后，感到身体不适，拐进武馆对面的炸酱面馆。六张桌，没有客人。难道是饿了？

时当下午三点，高今粥解释，一直忙事，错过饭点，如果灶上灭了火，就给个黄瓜或萝卜。经营面馆的是对老夫妇，北方口音，说有火。

临窗坐下，等面的时候，望见武馆出了人，领头者气派，像是师傅。

不似出行，冲面馆而来。高今粥问："他们这钟点吃饭？"

老头作答，赵师傅是沈阳习惯，一日两餐，上午十点起床，下午三点吃第一餐。面馆午餐灭火后，赶在三点前生火，因为他常来。

老妇端面上来，高今粥请求进厨房避一下。老头说厨房不进生人，高今粥说实话，是来踢馆的，先在面馆碰上，实在尴尬。老妇开了厨房门。

伴赵师傅来的四人，是老学员升任的助教，习武人敏锐，发现一桌上摆了面，问客人呢。老头说没动筷子，人就跑了，该想起了什么急事，一会儿能回来吧。

赵师傅说："回来，面也坨了。"让把面端给他，回来了，再给他做。

怕人不回来，面馆亏钱。开饭馆的，该谢一句，老头没话，将面端去。都是北方人，没按北方习惯，北方餐馆对常客，平日记账、月底结账，赵师傅一伙吃完，交现金离去。

高今粥从厨房出来，感谢给方便，掏出一角钱，说不用再做面，赵师傅刚吃完，空半小时，再去踢馆。要动手了，不好进食，这一角是歇脚钱，容我在面馆待会儿。

老头说赵师傅三点吃过，就睡觉啦，赶在五点半前醒，那时劳工们下班来学拳，为不耽误第二天早起干活，劳工们不吃晚餐，九点下课后补夜宵。倒是合适赵师傅，沈阳是不夜城，请贵客的大餐在晚上九点至凌晨一点，赵师傅是名人，习惯了九点吃第二餐。

面馆里耗到五点半。一九三一年国考长兵组冠军、一九四七年国考秘书长——想到赵师傅的资历，高今粥又有些饿。

北方人啰唆，不会当天应战，至少约在十天后，除非被激怒。所以，夜间班学拳的劳工来得好，当着这么多人，赵师傅不能。

准备好的脏话，没用上。赵师傅应答："递挑战帖，咱俩找见证人，约在十天后打。没准备帖子,想现在打,也可以。"

爽快至极,令高今粥胃里一阵燥,要输的预感。他还是嘴硬:"现在打。"

赵师傅说:"好,关门论手。"北方规矩,徒弟们没有观战资格,带高今粥上二楼。

二楼临街的一间,赵师傅开灯:"没有见证人,比武前要拜兄弟。"以保障双方不下死手,否则等于杀兄弟,背叛人伦,天诛地灭。

高今粥表示理解。没香火,以电灯泡代替,两人口称"灯老爷见证",磕了头。起身后,赵师傅领高今粥到窗口:"兄弟间得说点兄弟的话,有件事重于你我比武。"

窗中是炸酱面馆。

赵师傅将武馆开在这儿,因为面馆在这儿。那对夫妇不是原配,老妇先夫是上代豪杰,一九三一年国考裁判长,国考过后,出任沈阳国术馆馆长。

传统教拳,磨炼徒弟很久后才传口诀,一位师傅一辈子教出的徒弟,一般十几位,效率低下。欧洲在打仗,亚洲也有预兆,老妇先夫忧国,准备将本门历代口诀整理成教材,入学第一天即发给学员,大批出人才。

教材刚定稿,未及印刷,人病逝。以他的资历才能公开口诀,他一死,这事便做不成了,别人怕背上违反祖规的骂名。次年起了战乱,一晃二十年过去,那份遗稿应还在他夫人手里。

赵师傅说:"硬要,肯定不给。在她门前开武馆,是为展示我人格。赌一把,她对我认可,主动传给我。"

高今粥听晕,问咱俩何时比武。

赵师傅作揖,说等我拿到遗稿,此事关系重大。高今粥作揖,表示自己目的简单，就是通过一次次打，提升功夫，北方的事太复杂，我不懂，您也别要求我懂。

赵师傅说很好懂，遗稿到手，印成教材，先在自己武馆施行，证明切实有效后，向全港武馆公开，造福同行。他眼里只有这件千秋大事，对别的提不起兴致。

"兄弟。我一点争胜心都没有，这样的比武，对你也没意思吧？"

"那怎么办？我毕竟上了楼，您徒弟们在下面等着，谁胜谁负，总得出个结果吧。"

赵师傅解释关门论手——这么做就是为了没结果。待会儿下楼，我说"承让承让"，你说"领教领教"，徒弟们听不出谁赢，我把你送出门，事便过去了。

高今粥叹息，香港武馆三百家，你这儿打不了，我就找别人吧。赵师傅赞"好兄弟"，俩人下楼，说过"领教领教"，高今粥出门离去。

## 二

没打成，很耗神，休息一日后，高今粥寻到上环永利街，那儿新开了家武馆，正要打名气，应不会拒绝挑战。武馆租房在印刷厂旁边，噪声大，说话费劲。

报上名后，当助教的老徒弟拿出昨日报纸，说前天晚上你被赵师傅打败，想比武，接着找他呀，跑我们这儿来干吗？

师傅表态，你没资格挑战。

报纸解释北方的"关门论手"——比武时回避他人，开门后会给个交代，说"承让承让"者是胜方，表示谦虚——"不是我赢了你，是你让我"；说"领教领教"者是输家，表示赞美——"输的服气，您技高一筹，教会了我很多"。

隔壁印刷厂传来声巨响。

回到大南街，赵师傅不在，高今粥冲几个助教动手，学员们齐上，一顿乱棍赶出门。街上人多，领头助教高喊："街坊四邻、路过的诸位，不是我们欺负他。这人比武输了，发誓再不来这条街，报纸上一登，他面子上挂不住，故意来吵架，否认比过武。"

街人围上，听不懂"面子上挂不住"的意思，还是骂北方人欺负本地人。高今粥趁乱夺过条长棍，奋力一抛，差点砸掉武馆的招牌。

登时围观群众给冲开，十几条棍子抡上来。

连滚带爬，冲进炸酱面馆。奇迹发生，助教拦住学员，门口骂几声，回了武馆。老头说，北方餐馆做善事，施舍饭菜给流浪者，所以北方人不在饭馆打架，多大的事，躲进饭馆就没事了。高今粥额头肿着，想起赵师傅的话 —— 老妇在武行里有大身份。

这口气不能忍，高今粥发誓，要逼赵师傅真打一场。老头劝，在这儿开饭馆一年啦，眼见多少挑战者，都是乘兴而来，悻悻而归。赵师傅的便宜，不好占，我看你还是算了吧。

老妇给墙角洗脸盆倒水，喊高今粥擦擦。热毛巾敷脸上，老妇说，能逼住赵师傅的，只有老规矩。北方武行有大身份的人，今年来港的特别多，你花点钱，请上几位当公证人，赵师傅没法不应战。

高今粥感谢指点，问那些人住哪儿。老头拿出个蒲团，放在老妇面前，说："叫声干妈吧，你磕个头，我们给你引荐。"

跪下一条腿，另一条还没上垫子，高今粥一个激灵起身："哎呀，我跟赵师傅拜了兄弟，又要拜您当干妈，北方的事，我搞不懂，就不参与了。"

街面群殴，引来巡警。高今粥刚出面馆，即给带走。

赵师傅赶来保释学员，也将高今粥保释，高今粥说明日还钱。赵师傅红脸："咱俩在灯老爷跟前磕过头，你别说这话。"

赵师傅接着讲开武馆的不容易，得应付多少来踢馆的人？动手，动不过来，尽量口才解决。登报是意外，没想到夜间班学员里有个人是记者，他赚稿费，不管咱们出乱子。

他叹息："北方教拳，查清你家三代才教，到了香港，交了钱就能学，不知谁是谁。"高今粥冷眼，问"领教领教、承让承让"，是不是报纸上解释的意思。

赵师傅拍胸表示，就是客套话，绝没有输赢含义，是记者乱搞。不过，当哥哥的，有办法恢复你名誉。你递帖子，向我正式挑战，商定比武日期，得摆宴招待公证、裁判、监场，这时候，请一位武行前辈到场，把比武的事给劝开，宣布咱俩上次没有输赢，不用再比。

摆宴花费四十元，给平事前辈的礼金二十元，公证四人、裁判三人、监场三人，每人红包五元至十元不等，一百三十元之内，保你恢复名誉。

当时，一碗猪血粥六分钱，一碗云吞面三角，制服警察月薪一百二十元，便衣警察月薪一百六十元……高今粥感叹，太贵了。

赵师傅说："事由我起，钱由我出。不用你掏一分。"

高今粥红脸，沉默少许，表示炸酱面馆的老妇看自己顺眼，还要收干儿子，拿教材的事，能帮上忙。

赵师傅说："老哥我道歉，骗了你。"老妇手里没有教材，那是为了不比武编的故事。自从武馆门口开了面馆，他拿这故事，劝退了六七位挑战者。一个故事不能讲太久，讲成尽人皆知的传闻，会露馅，这故事讲到你为止，我得再想新的了。

特别嘱咐，北方人的心思，你懂不了，她要收你当干儿子，千万别答应。

## 三

摆宴的当日，高今粥从估衣店淘出件八成新的中山装，熨后似全新，价格六元，之后抵押当铺，能兑回四元。他颇感幸运，等于两块钱体面了一把。

平事的前辈，是一九三一年国考的名誉主席，七十六岁，不满意自己上眼皮耷拉的衰相，在室内也戴墨镜。连续敬酒后，高今粥想起一事，拉赵师傅离桌，问是否请了记者，好明日见报更正。

赵师傅笑："你的名誉，这桌人说了算。报纸？没我们的话重。"带高今粥回桌，请平事前辈发言。

平事前辈起身："炸酱面的配菜，分明码、暗码，暗码是跟酱、面和在一起，明码是不和在一起。首要问题，大家身在香港，是当暗码还是当明码？"

众人蒙了，不知在讲什么。怀疑他近日饭局多，串错了词。赵师傅打圆场："我来了一年，发现没人自称香港人，生在这儿，也说自己是福建人、山东人、潮州人、佛山人。香港没有暗码，大家都是明码。"

平事前辈挑眉："浅见！不出三年，你们会称自己是香港人！"环视全场，要长篇大论的架势。

虽然好奇他另一个饭局的话题，赵师傅还是插嘴："我和高兄弟比武，您老怎么看？"

提示明显，平事前辈当即改口："记者没写对，'承让、领教'是客气话，不代表什么，你俩上次既然没有胜负，平局就是结果。已有结果，不需要再打。"

众人鼓掌。

包厢门打开,不是上菜服务员,是炸酱面馆的老妇,向平事前辈鞠躬,报上先夫名号,一九三一年国考,您当主席时,他是裁判长。

老妇请大家评理。西方学校注重教材,先夫借鉴,任沈阳国术馆馆长期间,准备将历代不落于笔墨、口耳相传的窍要,向学员公开,不料未付印刷即病逝。这位赵师傅,是先夫的接班大徒弟,他来港开馆,打的是先夫名号,却没延续先夫遗志,扣下底稿,不印教材,还是以传统口传的方式教学。

一位公证人起身:"您是他师娘,可以召集同门问罪。我们是外人,您跟我们说不着。"老妇说:"二十年战乱,我又嫁了人,没了身份,只能求助外人,请您几位主持公道。"

一名公证人起身:"说到底,还是一门私事,谈不上公义。"

老妇说刚才讲先夫遗志没讲完,他先在沈阳国术馆实行,证明切实有效,第二步向全武行公开,与各门各派分享本门秘诀。

平事前辈向左右言:"这位女士的先夫,管我叫声大哥,其实他该是我大哥,这份心胸,我自愧不如。"又一名公证人起身,向空中灯泡作揖:"灯老爷见证,涉及全武行,我们得管了。"

众人望去,赵师傅靠着椅背,垂头低眼,似心中有愧。

四位公证人商议出结论:"我们老几位,讲个公道话,违背师命,失了责任——要继续扣着教材,你的武馆便不能再用师父名号了。"

赵师傅起身:"您四位就代表了全武行?找上十位八位,再找我谈吧。"作揖离桌。老妇以身挡住去路,赵师傅无奈停步。

"武人的对错,由拳头解决。"老妇一指高今粥,"这是我干儿子,你俩比武,他打赢了,你武馆的牌子摘下来。"

"她不是我干妈。"

众人望来。"现在是了。"高今粥伏地磕头。

赵师傅烦躁:"明天他来武馆递挑战帖,我等着。"请老妇让路。高今粥说:"南方踢馆,是上门就打,北方啰唆,要拖延十几天。咱俩按南方还是北方?"

赵师傅叹气:"南方。明天上门,我就打。"

平事前辈声音响起:"北方啰唆,要看是哪种情况。急了,搬开桌子就能打。"

公证、裁判、监场是现成的,桌椅搬去走廊。相互试探十几秒,之后对攻四次,均防守严密,攻击手不是被对方胳膊碰开,便是空抡过去。第五次互中,高今粥左肋受拳,赵馆长被打出鼻血。三名监场冲上,隔开二人。

北方规矩是"见血即收",只要流血,比武即停止。三名裁判检查二人伤势,肋下中拳疼彻骨,高今粥无表情、腰杆直,似乎不重。

赵师傅以餐巾堵血,说:"我打他那拳是擦个衣边,没打着。让他赢吧。"

## 四

躺了半月,高今粥再次出门踢馆。还是上环永利街那家,被拒,说隔壁印刷厂摘除屋檐上的马蜂窝,外出马蜂归来,找不到窝,飞进武馆,蜇了师傅,脸上惨,见不了人。

看着助教,高今粥问:"怎么没蜇你?"

没忍住,两人都笑了。

走出永利街,身后来了四辆双人座三轮车,赵师傅坐前一辆,第二辆坐老婆孩子,三四辆是助教和用人。车身是英国广告招牌爱用的一种红,阳光下倾向紫色,阴影里倾向橘色。

在香港待不住了,今日乘船去马来西亚,岔路口瞄见高今粥,让车夫拐过来。"咱俩在灯老爷跟前磕过头,不送送我吗?"

高今粥替老妇出头,不为主持公道,平生最讨厌被人骗,被赵师傅反复骗,要出口气。比武,该赵师傅赢。肋下一拳,打透了高今粥,当时不觉得,之后四天尿血。高今粥问,为何赢局认输?难道被我的样子误导,真以为打了衣角?

赵师傅说:"毕竟是师娘,直接管我要,我给,算计我,也给。"

一年前,老两口来武馆对面开炸酱面馆,是老妇认为赵师傅冲着亡师,会照顾她。果然,面馆没受过一天地痞骚扰,没交过一分保护费。生意冷清时,赵师傅带学员们来吃饭。

老头也是武人,名头不响。赵师傅判断,老妇夺先夫名号,应是起了自己开武馆的心。

高今粥说:"他俩的岁数,教拳做示范都费劲,没法应付踢馆。打不了,教不了,怎么开馆?"赵师傅答:"入秋后,南下香港的武人越来越多。老头该是下来了徒弟,有帮手。大南街的武馆,我退了租。跟你打赌,续租的会是老两口。"

赌二元。

高今粥最后一问:"你把教材还给你师娘了吗?"赵师傅表示,从来就不在我手上,那天众人逼迫,交不出,只好比武。

到了码头,高今粥塞钱。赵师傅奇怪,还没回去看,怎么给钱。高今粥说,肯定输。赵师傅笑说,你来马来西亚,我请客。

大南街，炸酱面馆招牌已摘，锁了门。武馆换了崭新招牌，名号依旧，一位年长师傅在指导学员，竟是面馆老头，眼光很亮，没了庸碌相。发现高今粥进门，让上二楼，说："你干妈在。"

跟赵师傅拜兄弟的房间，布置成茶室，有收音机有躺椅。老妇服饰讲究，油头淡妆，似年轻了十岁。说高今粥建馆有功，结束踢馆生涯，留在武馆当教员吧。

高今粥说自己拳术未成，教不了人。"不留人，这里也每月有你一份工资。先给你开半年。"抽屉里拿出个红包。

不可能伸手，高今粥退开，问她会把先夫的教材印刷，公开给学员，进而公开给全武行吗？

语气果断，说不会。

"比武那天，那么多人撑你，这是你对大家的承诺，不兑现，武馆还能开下去吗？"

老妇解释，二三十年前，习武人每日谈的都是为国为民，等到了香港，各自讨生活，他们那天支持我，是好久没谈"大局为重、无私奉献"的话了，但过了那天，现实什么样，大家都有数。

"他们会原谅我。"

老妇劝拿了红包再走，高今粥望向窗外，说可惜了炸酱面馆。她说付的租金未到期，粉刷后改成卖烧鹅。炸酱面，香港人不爱吃，做的是来港北方人生意。

做不下去。

"北方人到了香港，也不爱吃炸酱面了。"

原刊《芙蓉》第3期

# 山中有虎

焦 典

松果如塔，斗榫严密，密致庄严。顺山爬，腿胀腰酸，攀十步歇两步。倚靠树脚，喘口气，说话声音大些，就啪啪坠落，砸得头鼓大包。抬头欲骂，一树松塔，如金刚怒目，不动自威。风凉凉过，如在耳边轻轻提醒，"嘘"。于是噤声，顶礼，愤懑而去。

山高藏树，跟着白影往上，愈走愈浓稠。

四下一片漆静，月光间隙透进，疏疏如硬雪。山色苍苍，夹杂白点，难免眼花。前脚眼见白影在左，后脚就已经消弭无形。不能跟丢，凝神再看，白影隐于高处，枝叶间露一双眼，湿绿色，定住人双腿。若不是常常见此，恐早已吓得拔腿跌下山去，以为是怪、是精，最不济，也是一团幽冥火。

目视久之。等人双腿发麻，白影转身没入林间。踉跄两步，屏息凝神，听软爪踩叶声，循踪迹追去。

堪堪追上。白影一跃，立于石庙边沿。说是庙，不过一人高，三面石壁，一面顶，乱杂杂石头垒个底座。锈蚀斑驳，供的是哪路神仙已经看不清了，大抵就是土地山神之类。小时候都去过的，逢到过年，大搪瓷盆囫囵个儿装上完整猪头，猪耳朵团扇似的，扇着风就供奉到跟前。山中怕火，专门用石头围一个圈，纸就在那里头烧，边烧边用树枝压着，不让火星子跳出来。还得有响，五千响大地红鞭炮，围着绕一圈。害怕也不能跑，都站在边上，看到有炮带着火跳到草里，就得赶紧冲上去，用脚、用膝、用背、用腹，哪怕鞋底炸裂、衣服炸破，火一定压灭。若是着了，山崩地裂，烟火吞云，远近皆被牵连，不是一家一人能担当。诸事完毕，依序跪拜磕头，念叨山神郎君保佑，土地爷爷土地奶奶赐福。实际并不知道石碑上刻写的名字，那些笔画似乎雕刻之初就被云雾遮挡住，模糊难视。但总归是好的，总归会慈眉善目地看着我们，因此山再阴，风再凉，也不必怕。

现在同样如此。即便石皮剥落、黑苔淤积，不辨哪家庙祠，但总归是保护人的吧。因此我背靠石壁，盘腿而坐，静静等着。

等白影慢慢地踱步数圈，仿佛很忧愁地挠挠石壁，等白影向西而立，引颈翘首，意尤孤子，等白影最终垂下尾巴，叫一声"喵"。我就拍拍手站起来，招呼它，回克了，猫。

猫没有名字，非要说的话，应该就叫"猫啊"。猫是我妈捡回来的，刚来时，浑身毛发湿硬，一簇簇扎在身上。仿佛刚打了一场苦战的将军，刚渡过了奔涌的江水，疲惫地登上了岸。我妈靠到近旁，帮它一缕缕梳毛。可惜下雨，浑身湿，越理越缠得紧。猫倒不在乎，舒服地叫一声，十支鱼肠小剑伸展亮出，透一透气，随即收回爪内，韬光养晦。我妈就敲敲碗，喊它，猫啊，甩饭（方言，吃饭）了。它就甩着尾巴，过来吃饭。我妈出门，站在门口跟它招手，猫啊，妈妈赶街去了。它就"喵"一声，算是应答——你走吧。

我一直觉得，我妈爱猫胜过爱我，大概因为我不是亲生小孩，而从来没有人指望一只猫会和自己有血缘。

猫啊闭门高卧，直睡得灯火俱亮，鼾声不绝，我妈进门，欣慰一笑，悄悄掩被。猫啊恍惚醒来，起身跳到餐桌上，打一呵欠，歪斜着又睡。如若是我，睡一整日，必迎接一顿痛骂，大概说我应该去扫大街扫厕所，是只大白胆猪（云南方言，大意说人很懒惰，做事不积极，态度很敷衍）一类。沐浴亦是，猫用香波、强力吸水麂皮绒毛巾、橡胶鸭子、柔风吹风机，以泡、以揉、以玩耍、以抚摸。我由此闻到沐浴液香精味就怒火上涌，坚持用香皂洗澡二十余年。积怨日久，一日，我携猫啊离家数十里，以极低廉价格，卖给花鸟市场老板，他人转身买走。归家后，我妈痛哭数日，哭至力竭，连打我的精力也耗尽了。我于心不忍，趴在窗前默默祈求，猫啊，你偷偷跑出来吧。一连数日，我在街上游荡，遍寻猫啊肥嫩白色身影不得。一个午后我颓然进门，见杯盘狼藉，我妈珍藏的云南红葡萄酒倾倒一地，猫啊已酒醉饭饱，酣然卧于桌上，不知魏晋。

此后猫啊经常会独自出门，整日不归。我忧心其一去不返，惹我妈伤心，哀毁骨立，我不愿见到她那样。于是每当猫啊出门时，只要我在家，都会悄悄跟随其后。其实猫啊也知道，有时候被车流或是高墙丢了身影，猫啊就会在下一个转角处等我，眯着眼睛，喊一声"喵"。

这次回家，猫啊身形已瘦了大半，神情也苍老了许多。以人的寿命计算，此时猫啊已是耄耋之年了。但猫啊身手灵活，机敏不减，我想，大概是它在我离家的这十余年里，依旧时常外出历练的原因。现在每逢猫啊出门，我依旧会撵着它的猫爪痕迹，只不过不再是怕它离家出走，害我被埋怨打骂，而是以此为借口，走出家门，寻个风月清爽罢了。

对于我的辞职，我妈怒不可遏。中国首都的体制内，不锈钢的饭碗,我告诉我妈我把它丢了的同时,我妈手里的碗也被狠狠摔在了地上,那只瓷碗,比我的年龄还要大上几分,碗底深,带一朵青花,碗口敞开,有着不同于现代工艺的古朴气势。我只好从网上又给她买几只碗,光光滑滑,一路从广东包邮挤大货车来。摔不烂,打不破,唯恐我们七天无理由退货。只是偶尔晚上在碗柜里发出脆脆轻轻一声响,大概是夜里想家,要哭,又怕人听见,就装作咳嗽。我本想告诉我妈,我在外面也是这样的,想起她的时候,就想哭。后来想想还是算了,这并非我辞职的真正理由。真正的理由是什么,我也说不清楚。我妈总说我小时候很爱笑,那时候我怎么会想到,在接下来要体验的这个世界里,"人"和"爱"都被分门别类,十分险峻。

我只好告诉她,我的身体逐渐变差,尤其是视力,已经没办法胜任坐在办公室面对电脑敲字的工作了。我妈说我,鬼扯十扯,也不知是随了谁。她干了一辈子活儿,视力还是"5.0"。如果我真的是她生的,那我的视力大概也不会这么差。我带着埋怨看着她,她随即收了声,只是敲锅打碗,默默发泄着,虽然我并没什么资格去埋怨她的。但至少这一点,我说的是实话。长大了视力就稳定了,也是一个"××了就好了"的经典谎言。我的眼轴如同一条弹力绝佳的橡皮筋,没有限度的,可以一直拉长。即便佩戴足度眼镜,所见之物边缘依旧有毛毛糙糙的叠影。医生说,这已经是我视力的极限了,光学的矫正手段无法达到更高的清晰度。我对医生笑笑,没事的,反正我也没什么需要一定看清的。

猫啊似乎并不服老。年轻时常常白日睡觉,一梦华胥,现在年纪大了,反而有空就往外跑。它总是知晓一些密径,带我钻到禁止游客通行的密林里,钻到被封存的工厂里,甚至钻到干枯多年的老井里,抬头往上看,小小一片天,对我和猫啊这样的中小型杂食动物来说,刚刚好。四下无人，静若太古。我回想起学校里的大红色光荣榜、一路北上的火车、恋爱、泪水、年终表彰、被歧视的眉毛、令人羡慕的眼角泪痣……回想起生活了三十余年的城市烟火，好的坏的，臻臻至至，竟有隔世之感。

寂静实在诱人，寂静令人上瘾。我跟随猫啊，准备深入西山保护区时，被工作人员叫住了。猫啊侧脸一瞥，装作没听见，兀自进山了。我四肢愚笨，目标又大，只好止步。

站到起，你看不见写的不准进噶？那人训我。

我指头敲敲眼镜片，高度近视，看不见。

哦莫莫，赶紧回克啦，山里面有老虎晓不得？

我想起小时候在猫啊脑门上画一个"王"字，猫啊站在冰箱上，我给它唱《狮子王》的插曲《生生不息》，哑然失笑。我点点头，是呢是呢，有老虎，还是只纯白的。

归家时，天色已不早。这几年，眼睛散光愈重，视物重影相叠，往天边一看，夕阳成群落下，颇为古劲悲壮。视力不佳如我者，反而得见常人难见之景致，想想也很得安慰。

好心情来得轻易，去得也迅速。一进门，满屋劣质香烟味，熏得直想干呕。我妈和全婶、李佩玉正在麻将牌桌上大摆长城，一根烟连上另一根，不断地杀着彼此的心肝脾肺。还有一角，座上无人，一台iPad支在桌沿，视频通话进行中。一张褶子能藏人的老脸，在屏幕里发号出令：正手边第三颗，活的，活的，就是那颗，打打打。李佩玉听着指挥，伸手帮他出牌摸牌，头不歪，眼睛不瞥，面上看着君子，拇指肚一搓，摸得什么牌，其实一清二楚。几回就和牌，iPad老脸点炮，送给李佩玉一个杠上开花。屏幕里骂声大起，震得iPad机身嗡嗡响。李佩玉云淡风轻，老表，莫着急嘛，打牌打牌，要慢慢打，牌才会来嘛。

二人隔屏幕对辩，兴头不减，我侧身挤进卧室。我妈抬眼看我，张嘴欲言又止。卧室里狼藉一片，我儿时费尽心力收集的《老夫子》全套，拉拉杂杂地丢了一地。一黄黑小儿正酣睡在我的床上，看其凸起眼泡，面庞膨胀，是全婶的孙子没错了，血缘就是这样，藏不起任何秘密，好的坏的，都会在经年之后显露人前。小儿不过七八岁，但鼾声如霹雳，晴天炸响，让人头皮发麻。我抬手提起，丢至门外。小儿梦中惊醒，痴痴呆坐片刻，俄而大哭，哭声比鼾声更加凌厉。

全婶惊慌抱起，嘴里大念，不善的要偿还，耶稣基督云云。末了，她说，认不得哪点来的种，再养也养不像，你妈那么好的人……

我一肚子空荡荡山谷，一肚子流徙，一肚子郁结，正正遇着发泄的当口。抬手，往全婶右脸呼去，面颊糙厚，留不下掌痕。全婶脸却白一块，从里往外，扭头望着我妈，呆呆的。

李佩玉起身，念念有词，大概是追忆年轻时是如何以棍棒教育幼子之类，转至厨房，提起扫帚，将要扫向我身上时，被我反手一挣，李佩玉失力，屁股着地，跌在麻将桌边。桌子倾倒，绿油油麻将牌，哗哗啦啦洒落一地。

两女一男，两老一少，如同梨园武行，马腿吊毛，翻桌翻椅，搬演了《雁荡山》《战马超》《穆桂英挂帅》，一出接一出。

如此一番闹剧。以我妈砸破电视，垂泪喝止为结。

道歉，将全婶和李佩玉送出门。我妈拉着我的手问我，你哪哈回北京？你不回北京也得了，你想去哪点就去哪点，不要再来折磨我了。

我点点头。我会走的，不过现在我得去找猫啊，它进了西山一直没有回来。

白日里，西山游客如织，尤以清晨六七点为甚。年轻人少，年老者多，但都精壮朗健，前呼后应，彼此招呼着爬山。偶尔遇到有雅兴的，站在半山亭子里，高唱《地质队员之歌》，声浪遒劲，腰板笔直，俨然一立地金刚，年轻时风采可见一斑。现在夜深了，人踪全无，山深月清，中间杂有不知名动物呜咽呜啼。独自一人，我有些许畏怯，不敢贸然进山，立于山门外，心想猫啊也玩耍多时，不久后应该会径自归来。

候许久，不见猫啊。自嘲实在迂腐，猫非俗物，怎么就非要遵循钟点时刻，由他人设立的门进出。猫有它自己的起止自由，有它自己的独门蹊径。打电话回家，我妈说猫啊尚未归，我吸足一口气，进山寻猫啊。

正门早已关闭，我找到猫啊"偷渡"进西山保护区的窄道，防护网透一大洞，刚容人，杂草遮蔽，不是因猫啊，路过多少次也不会看见。缘山继续西行，老木、古石、幽篁，蜿蜒掩映，错落有致。路尽有树桥，河床窄浅，早已干涸，落满枯枝败叶。用脚试探踩踩，还算结实，走至三分之二处，脚下一陷，树桥内部已被蚀空。没等反应过来，我已经滑下树桥，尾椎骨落地，狠狠地哀号了一声。

万籁俱寂。周围所有的活物，似乎都被我痛苦的惊呼震住了心魂，不再聊天，不再求偶，不再警示同伴，如果我能夜视，也许会看见它们齐刷刷的目光正投在我身上。片刻之后，山林才恢复响动。天天坐电脑前，缺乏运动的身体，此刻让我尝到了苦头。努力想爬起来，却四肢绵软。腰间不断传来剧痛，提醒我离了现代的城市文明，我不过是一个退化到在自然之中寸步难行的虚弱动物。我想给我妈打个电话求助，但拨出号码前，我还是按灭了屏幕。

我坐在地上，好像又回到了十四岁的时候。坐在柜台的玻璃前，打开户口本，看到我的名字下面清晰到尖锐地写着两个字"收养"。我妈说，有两个小孩是她的愿望，她不愿被罚款，更不能失去队里的工作，因此只能委屈我，这样之后才能再有一个妹妹或者弟弟。她还给我买了一个三色的冰激凌，我没有吃，把它放在窗子外面，蚂蚁蜂拥而至。后来趁我妈上班时，我在家里到处翻找。我不知道我要找什么，但我知道一定会有什么的。然后我就找到了，我的亲生母亲写的"自愿放弃抚养"保证书，字迹歪歪扭扭，宛如虫爬，下面两个签名加手印。最后一句话，我至今记得，"保证永不来往，永不打扰"。我坐在地板上，一动不动，就像是一颗卫星突然逸出了轨道，在冥茫的宇宙里飘浮。

现在我依然飘浮在这里，在这个夜晚，在这座无人的山中。我突然发现其实那个十四岁的我一直都在，之后漫长的成长岁月不过就是在其表面不断地包裹上涂层。现在它融化了，又露出里面的核，一颗坚硬又易脆、皱巴巴的榛子。我坐在地上，不断地喊，"猫啊，猫啊"，喊得眼泪直流，眼前一片模糊。

似在看我笑话，一中年两脚动物，如无助幼儿般啼哭，山中诸物，满堂哄笑，声响如沸。一股猛烈的臊腥味，沉沉地压了过来。我头皮一紧，突然反应过来，动物们不是在嘲笑我，而是对即将到来的致命危险，发出了绝望的呼号。

是老虎。

云南应该已经很多年没有出现过野生的老虎了。是从动物园里跑出来的？还是自然保护区真的起到了作用，生态已经恢复到了老虎得以栖息的程度？我不知道。但那股又臭又臊的味道，带着与生俱来的威压和震慑，正逐步靠近。腥风荡起，扑面而来，眼睛本就病弱敏感，一时竟无法睁开。

心下怖畏，忽闻一声极熟悉嗥叫。猫啊从莽中跃出，睁目张口，站在我身前，舌面倒刺，根根爹起，浑身毛发，森森而立。欲拦、欲扑、欲以命相搏，我从未见过猫啊这般愤怒，更怕它螳臂当车，白白在老虎面前送了性命。

我呼唤猫啊，猫啊猫啊，乖喵乖喵，快点跑吧。

猫啊以头抵我的背，我艰难地站起来。虽然腰间仍旧刺痛，但也顾不上那许多了。

急奔。路嶙峋，枯枝参差，刮得双腿痛，面颊刺痒。摔倒，膝盖冷湿，不知是血水是露水。猫啊身前引路，高木千章，层层绕绕，草可没人。及一老树，四人合抱之粗，我从小不少来西山，竟从未见过如此粗壮苍老的巨木。树的底部有一小洞，猫的身体轻松可过，人则需要贴地蛇行而入。天暗无光，树洞里漆漆然，黑暗不可测。暂时得喘一口气，我怀抱住猫啊，它小小暖暖的身子令我昏然欲睡。

不等我眼皮垂下，老虎又至。黑暗中看不到脸，但老虎口中那股血腥味直扑面门。老虎在洞口极力猛钻，树干吱呀作响，大概很快就会破开。已不可退，不可逃，不可躲。绝望之际，怀抱中的猫啊渐渐变硬、膨胀，那种触感很奇怪，就像是猫肚子里有一个吹玻璃的匠人，正在大口大口地吹气，柔软而多毛的猫皮，又在逐渐硬化，变得光滑，接近瓷器的手感。猫啊越来越大，大到我抱不住，大到及人高，大到把老树撑破，最终成为一座小庙那么大。

猫啊大大地张着嘴，眼睛整个地往外凸出着，犹如旧时衙门前的两面大鼓。我抬头努力地辨认，虽然整个身体变成了介于石头和瓷器之间的材质，但它是猫啊没错。猫啊小心翼翼地张开爪子，钩住我的衣领，把我提了起来。它的嘴张得更大了些，轻轻地把我吞进了肚中。

猫啊肚中有种奇异的温暖，很纯粹，很安稳，如同这个世界还没有孕育出生命，无知无觉，无所求、无所惧的安然。老虎好像在外面不断地撞击，发出砰砰的声响。我很快睡着了。

醒来，在家中。

昨日满地狼藉，现在已经一片明净。微信里躺着我妈消息：起来自己点点外卖。

看来所谓老虎，是大梦一场。

但又不全然。腰椎依旧刺痛，枕头边放一残片。不知何物，不知何处来，摸上去，和那只变成小庙的猫啊，倒是一般感觉。

猫啊懒懒躺在阳台上，半眯着眼看太阳。尾巴上毛秃一块，我想看看，猫啊尾巴往怀里一缩，胡子耷拉着垂下，终于显出几分它这个猫龄该有的老态，弓起背睡了。

因为腰痛，我在家躺了几天，哪里也没去。见我妈每日清晨出门，冲锋衣、运动鞋、登山包挂一个三升水壶，如同参加荒野求生。午后至傍晚，则着轻薄衣衫，带着猫啊，深居卧室内，哼哼哈哈，不知在练些什么。一日，我实在好奇，敲门，推开一看，我妈正在一块瑜伽垫上，四掌着地，头向下，肚皮朝天，把自己扭成一团油渍麻花。猫啊睡在我妈肚皮上，稳稳当当。

我妈说，她这练的是冥想瑜伽，能打通自己和自然天地的隔阂。我问她，又是跟何方尊圣学的，佛祖、天主，还是耶和华？不用说也猜到，无外乎又是全婶、李佩玉二位。李佩玉原本生意做很大，这些年经济下行，各方形势又颇严峻，原本的产业倒了七七八八，于是四处捣弄，磁石按摩、射线床垫、中药针灸种种，转折再三，不复以往。无事时，就到处遛狗斗鸡，玩牌泡澡，倒与当厌了家庭妇女的全婶做了个玩伴，时常找些乐子，来寻我妈一起加入。

中场休息，手机小声放山涧流水音乐，一温柔女声徐徐引导：放松你的颈部、你的身体、你的四肢，想象你正走在松软的沙滩上，细细的沙粒抚摸着你的脚趾……我妈躺在瑜伽垫上，大口喘气，衣服贴身，两侧肋骨明显地凸了出来。我掩门出去。

没过几日，我妈练习瑜伽倒立，伤到颈椎。颈托外固定，每日送到医院做理疗。生活不便，不得已向我求助。我笑她，天天和破产老板、家庭老妈妈鬼搞瞎搞，这回把自己搞成歪脖子了。难得，我妈也笑，不认老不行，还总觉着自己是苗老大。我妈姓苗，年轻时，在队里，除了队长和党支书，其余人都叫我妈"苗老大"。这个称呼像一个颇有年代感的日记本，红皮、硬壳，表面很多划痕和污渍，我和我妈偶尔翻看，里面变黄发脆的纸张间，还总夹着些细细小小的干花。

那些年很热闹，大家也爱热闹，商店餐馆，活动游乐，都以热闹为佳。天暗月上，两台卡带机，大唱《连锁反应》《跳舞街》《黑街》。震地翻天，呼叫不闻。我妈留偏分短发，地质队工作服也不掩帅气。有绝技，抱古典吉他，高坐阶上，唱 Take Me Home, Country Roads。英文发音对错与否，谁也不懂，然而人人都不喧哗，静坐倾听，点头称好。我妈为人潇洒，讲公正。未担任任何官职，职称就是普通的地质工程中级工程师，但却算是队里的"意见领袖"。有二人斗，其间抵牾，复杂难说，相持不下，请我妈一决。其中一人，常将自己的新摩托借我妈出入，因此颇有信心。未想我妈丝毫不偏袒，此后我也失去了坐摩托后座飙车的乐趣。

听说我妈也曾有机会升一升，奈何匿名队友一笔"作风问题"，我妈也就平头小兵一路干到退休。倒也无妨，绘图技术过硬，谁也奈何不了，无官无职，反而乐得自在。至于那句"作风问题"，有人看很重，在我和我妈心里轻如鸿毛。找男人有作风问题，找女人也有作风问题，结婚多了是作风问题，不结婚也是作风问题；车轱辘糨糊话，无甚所谓。每日照例行止自由，没摩托了，就和李佩玉一起骑自行车兜风。

后来，李佩玉讲，要停薪留职，自己出去单干。彼时，其实我妈也已觉察到，在那地质队合金大门外面，有一头猛虎正在虎视眈眈。

湖边假装喝水，把下巴牙齿都没在水里，只等夜深人静，就会翻墙入户，把大家以为会长久稳固的大理石地板、窗户、办公楼都撞得粉碎。但我妈就想守在队里，为了什么，我不知道。我们母女和大多数中国传统的家庭一样，很少坐在一起，也不说什么太交心的话。

李佩玉自己奔生活后，很快就显露头角，周边这些人，他做生意做得最大。他从来就聪明，心也狠。在吉玛特市场上，海鲜和冷冻产品销售，成为他一家之业。谁要想在市场里卖货，得先至他家挂上名号，糕点、水果、火腿，下面压住几条"大重九"，算是见上面。每月月底，二八分账，不论利润薄厚，要抽取两分"市场介绍费"。有一位从贵州来的小媳妇，带俩孩子，做事麻利爽辣，无有不成。不愿处世蝇营狗苟，自租了摊位，卖她的黄辣丁。李佩玉不打人、不砸摊，强令其余摊贩以极低廉价格抛售货物。小媳妇卖十元一斤，市场其余家就卖六元七元，小媳妇亏本卖七元一斤，其余家就卖四元五元。不出数月，小媳妇就被打压得翻不起身，欠了几万货款。被人要债，当其幼女幼子面，扒了衣服，袒胸露乳，跪地写保证书。等再露面，状貌大变，犹如经年旧衣，残破不堪。每有新人入市，李佩玉便带其"偶遇"小媳妇，对其谐谑谈笑，话里话外，透着威逼，也透着利诱，其人行事大概如此。

但对我妈，依旧见面敬一声"苗老大"，邀合伙、入股云云数次，我妈皆一一婉拒。铜墙铁壁，无缝可入。无奈，转头向全婶，大概李佩玉总要找一个女人，以证其成功。全婶那时还叫小全，眼皮未塌，面盘也还算正常，只是稍稍泛黄。

小全信教，近似基督教，但又不完全一样。李佩玉和其好了一年，嫌其迂腐，就弃之如敝屣。小全改嫁队里钻井技术工，成为全婶，在丈夫拳脚下和厨房、厕所里团团打转，度过无数个疼痛难忍的夜晚。

有过一个面目不清的女人，披肩发，抑或马尾辫，长衣长裤，一个咖啡色的模糊影子，来我家。进门、脱鞋、洗水果，熟门熟路，自然妥帖。我妈见到她，神色张皇，似喜似怒，全然不复平日里洒脱不惊的样子。那两日，我妈罕见地请了假，时常与其出门，告诉我说，办事，明日再问，又说，逛公园。全婶好事，跑来问我，是哪个？克哪里？我毫无头绪，依葫芦画瓢，告诉她，克办大事，隔天又说，克外国旅游。如此逾月，我以为这个女人就要永永远远和我们一起生活下去时，她说要走。那天，她拉着我手，说要带我一起，我妈不许，两人几番推搡拉扯。我倒丝毫不担心，她比我妈矮一头，我看得出来我妈招招都在让她劲，要见真章，我妈不会吃亏。后来她找来个男人，说是"罗耶"，我妈体格和嘴上功夫都落了下风。这时李佩玉来了，嘴皮子不输人，但动起手就露拙，被"罗耶"反手擒在胯下，十分狼狈。李佩玉说，阔以，阔以，你以为就你介懂法律，来地质队占马门。李佩玉打大哥大，叫来警察，警察不能打人，更得讲法，也拿"罗耶"没有办法。李佩玉又叫来全婶，全婶日夜被丈夫拿来练拳脚，身体打磨得精壮，也从丈夫那儿学了两招，把"罗耶"打得龇牙咧嘴。得胜后，全婶眉欢眼笑，齿牙春色，好像断电了许久的钨丝灯泡，终于得以在那一刻发了一次光，虽然也就那一次而已。

　　那几年我妈意气飞扬，女人走后，我妈罕见地哭了一场。没过几日，我妈就领回猫啊，初时它烟灰色，像兑了太多水的墨汁，冲淡后只剩一点颜色。彻底清洗后，显出真身，通体雪白，双耳竖立，十分机警。起先谨慎非常，偷肠窃肉，悄无声息。有顺风耳，百倍甚于人。我偷看电视，闻我妈脚步即关，但我妈进门伸手一探，还是难逃屁股开花。有了猫啊，观其藏匿赃物，它跃下灶台时我即关闭电视，扇风降温，五分钟后，我妈遂至。平安无事。日久，猫啊见我妈对其偏爱，每闯祸事，遭难的只我无它，便日益放纵，常行白日纵酒、深夜狂歌之事。我妈睡眠深受其害，工作渐疏，终于在一个"五一"，提出休整七日，全家外出观海。

摆开中国地图，猫啊大爪一拍，定下目的地，广西北海。进站安检，不许私自携带活物，藏匿猫啊于书包之中。恐被人识破，轻拍书包，谓猫啊，装死。猫啊机敏，一动不动，顺利通过。

云南没有海，称之为海的，实际只是巨大湖泊。一路火车，摇摇晃晃，眼见高山渐平，成丘陵，成平地，天边隐隐露出一线蓝灰色。我兴奋异常，我妈和猫啊倒是神色淡然，仿佛在此之前，她们都已见惯了海似的。

空气很快湿透，海在我面前露出它的柔软弧线。海面不纯粹是蓝，有绿、有黄、有灰，甚至有紫，灿烂之景，不可名状。石碓坚致，风涛漱击，海岸柔和，海浪酥润。我们沿滩步行，不觉间走了颇远，四下已无游人。立礁石上望远，怀中的猫啊突然挣扎，扑腾入海水中。伸手欲拉，不得，当下情急，又觉自己泳技尚可，泳池里常能轻巧过人，我竟效仿猫啊跃下。入海方知危险，海水苦咸，难以睁开双眼，表面算得平静，水下浪潮涌动，难以自持。我妈岸边呼救无果，随之入海。

海水此刻露出它残酷的另一面。海浪翻滚起落，将我揉得七荤八素。我妈拉住我手，疾呼躺平。水中调整身姿，我仰躺在海面上，随波漂浮。海水有时候还是涌上口鼻，屏息咽下，苦苦辣辣。我妈躺在我身边，双脚略低于水面，小腿和脚掌在水下轻轻打水。我问我妈，我们两个会漂到海中间？我妈说，放心。最后，我们竟然就这样漂着，靠上了岸。

我咳嗽着，问我妈，要是海浪把我们往里边推咋个办？

我妈说，不会。

我又问她，你什么时候学会的在海里游泳？

我妈说，不会。

我忖度着面前的海水，如果真的淹死在里面，多久会被人发现？几天？几年？也可能永远都无人知晓。与猫或人相比，它都太大，大到失去了比例尺，大到失去了比较的意义。猫啊荡漾一圈，自在地泅水归来，看来关于猫不会游泳的说法，纯是以偏概全的谣言。我看着海水，一层层地把猫啊淹没，又一层层地退去，脑海里全是我妈一直在水下轻轻打水的双腿。山堆堆，堆成了云南，说到底，我们骨子里都是山里人，大概一辈子也学不会顺着浪潮游泳。我妈躺在水面上，浪推着她，她不会借势，也无力抵抗，但在那无言的水面之上，她一直拍动着自己的双腿，轻轻地，一直打下去。直达今天，那幅画面始终藏在我脑海里，偶尔，也会悄悄冒出头来。

我妈的颈椎还没好利落，李佩玉就失踪了。

李佩玉在离开之前，和要债的人大大搏斗了一番。和以往的孱弱不同，他这次应该使出了他全部的气力和憋屈。地上留下要债人的一只耳朵，不知道属于谁的血，慢慢地流了一地。所有熟人的联系方式，删除；家里可以变卖的东西，电视、冰箱、微波炉、带不走的名贵手表，砸烂；在此生活了几十年的痕迹和连接都被他亲自一一销毁。他做了永不再归的准备，下了任谁都佩服的决心。

警察来调查走访，我妈和全婶都摇头。只是偶尔听他抱怨，经济衰退，闭店通知，客流量归零，又下了政策什么的，那些名词，整天飘在新闻里，飘在阳台上，大家也都没怎样。这几年大家都说不好做，谁知道他是真的不好做。

警察走后，全婶说要去帮李佩玉清整清整，我妈暂时干不了活儿，就由我陪同全婶一同前往。除了警察，我们也并非首位造访者，门锁已被强行敲坏，屋里脚印纷杂，沙发处空余一圈印痕，餐桌的四条桌腿被粗糙锯断，丢在墙角，上面的大理石桌面不知所终，连墙边几盆发财树、琴叶榕也被收拾掠走。全婶强撑颜色，这费么倒不消我来搞么了。还是尽力，衣柜席梦思床整理如初，地面脚印灰尘清扫净爽，掠夺余料尽数丢弃，完毕后，整间屋子空旷静默，更显萧索凄凉。李佩玉上山下海几十年，最后除了自己带走的一副躯干，竟一无所有。墙上还剩一幅字：云山不求吾是，林泉不责吾非。不是名家手笔，写得勉强犹豫，倒还苟且保全。我取下来，卷好，暂免它屋子被拍卖后，垃圾场烈火焚烧的命运，也算是一个留念。

我和全婶相对坐，默然无言。我先开口，致歉，对不起，全婶，那天我不该那样子对你。全婶摆手，没么子事，没么子事，是我讲话难听。在家你大爹就老是讲我，不会讲话，没得办法，我念书念得少嘛。要是有下辈子，哎哟，不管我爹我妈是打我还是骂我，我都要克多念几年书……走前，全婶说她不久要去昆明，帮姑娘带第二个娃娃，不能像李佩玉，最后一个挂念他的人都没有。我点点头，然后又摇摇头说，李叔用不着别人挂念他，他会继续折腾的，一直折腾到他一口气都没有，其实我挺羡慕他的。全婶笑我，乱讲话，不要挨你妈听见。

回到家，一如既往，猫啊又不在。我妈让我附近找找，它老了，走不了太远。我在心里暗暗嘲笑我妈，这么多年，对她的宝贝猫秉性还不了解。猫啊再老，也是那种眉发皆白，还"脚着谢公屐，身登青云梯"，在大江大河旁高颂自己"老骥伏枥，志在千里"的猫。结果出门，下楼，一回头，猫啊正站在楼顶。迎风而立，毛发飞扬，偶尔左右侧头，扫视一番，仿佛自己是一只正在巡视领地的老虎。老式居民楼不过五层，但见猫啊这般立在边缘，还是有些心惊。我忙上至五楼，从爬梯登上楼顶。

天气舒爽明朗,凉风扑面,畅快淋头。从楼顶俯瞰,平日里觉得庸俗老旧的职工小区,竟也有几分可观。灌木齐整,枇杷果疏疏杂入,高槐深绿,天竺桂叠翠,水木明瑟,难怪古时文人雅士都爱登高望远了。沉浸一番,我轻唤猫啊回家,猫啊踌躇犹豫一会儿,跟我下了楼。我跟猫啊说,猫啊,以后不能上楼顶了,很危险。猫啊故技重施,打一呵欠,佯装听不见。

说也奇怪,连续多日,猫啊都偷溜上楼顶,长久逗留,正襟危坐。我妈说她近日心里常觉不安,我安慰她,人在慢慢变老的时候都这样,不是有什么事,只是身体自己发出的伤感情绪罢了。我妈放心不下,多次试图说服我去医院做全面体检无果,遂强行带猫啊前往宠物医院,预备给其来个猫咪血常规加腹部彩超加胸部X线的豪华宠物体检套餐。

一猫一人,离开不过一刻钟,家里来了客人。彼时我正把眼镜摘掉,戴上护眼仪,准备给疲劳不堪的残败眼球做个热敷,门就响了起来。开门,依旧是进门、脱鞋、洗水果,熟门熟路,只是动作不再如当年那样自信和麻利,透着迟缓,更透着试探。因为我没戴眼镜,那人的脸还是模糊不清的,这反倒和记忆中的样子一模一样了。

那人说普通话。我这几天都在你们小区的亭子里坐着。我不敢上来。

嗯。

你们家的小猫很威风,天天站在天台上看着我,生怕我来打扰你们似的。

它就是站着玩。

我尽力忍住紧张和害怕,心跳如擂鼓,我害怕她真说出什么,但又害怕她什么都不说。

屋子里陷入寂静。这时，猫啊突然回来，从窗子外一跃而入，站在茶几上，舔了舔爪子。

来人大概有些惊诧，发出了一声轻呼，虽然我看不清她的表情。

猫啊像要打呵欠，大大地张开了嘴。好几秒钟过去了，还是张着。茶几上的杯子、刚洗好的水果、电视遥控器、前几天抢购的布洛芬药片都缓缓地移动，窸窸窣窣地彼此摩擦着。

猫啊一吸气，所有对象尽数被它吸入腹中。

还不够，猫啊向外吐了口气，发出类似叹息的声音，缓了口气，继续张开嘴。整个屋子开始融化、变形，就像那年我放在窗外的三色冰激凌，在阳光下逐渐变软，彼此渗透、扭曲。然后是树，是小区里那潭久未有人清理的金鱼池，是风，是雨，是金沙江上的船影。沉水秋月，棱砺山石，皆若乘风，飘飘乎落入猫啊嘴中。

等万物静止，我和那人也已成为猫啊的腹中之物。环顾四周，长河荡波，巨麓无言，俨然一辽阔山河。

中有小桌，不知何人设了普洱热茶，又一盘玲珑花饼。我与那人相对而坐，渐渐放下心防，相谈甚细。她告知我许多我妈的旧事，是比我参与的那几年，还要更年轻的时候。我也把我和我妈、猫啊这些年的种种，趣事难关，或喜或悲，一一描绘。不知谈了多久，猫啊腹中日月交替了无数次，我们把该说的能说的都说干了，说尽了。她拉住我的手问我，做了决定，不跟她走，永远不会后悔吗？我说，永远不会后悔。

猫啊似乎也累了，深深地打了一个呵欠。腹中星霜屡变，物换星移，猫啊张口一吐，万物归位，恍若什么都没有发生。四下空寂，那个女人不见了，甚至连猫啊都消失了。

我妈跟我说，养久了，就有感情，动物在临死之前，就会自己悄悄离开。猫啊大概是寿命到了，不想让我们伤心，自己走了。我说不会的，以猫啊那般的恣意，它肯定是又去了别的地方，或者别的人家，继续纵情山水，快意生活。不仅是为了安慰我妈，我心里也是真的这么相信的。

路上逛街，看到老街子上有人在卖瓦猫，我买了一个回来，放在客厅里。虽然还是陶土烧的，但上了白釉色，和猫啊倒是有几分相像。瓦猫前爪抚一块方形的太极八卦图，猫口大张，双目鼓暴，两只耳朵尖尖地立着。虽然刻画凶猛，但看着却并不可怖，反倒有几分憨态。以前大家还不住楼房的时候，家家屋顶上都会安置一只瓦猫，张着大嘴，威风凛凛，会把一切不好的事物都吞吃掉，守护着瓦檐下的家。后来大家都住在高高的楼房里，这些瓦猫也就渐渐少了。我妈时不时会给买回来的瓦猫擦擦灰，就像原来给猫啊洗澡一样。

我跟我妈说，我决定留在这边，做个民宿，或者搞个小酒吧，都蛮好。我妈还是训我，永远跟大部队反倒起，人家现在各个奔着"国央公"去么，我又要出来自己搞。我说，我们家哪个赶上大部队过。最后她叹口气，讲，不要想着我，你自己该干吗干吗。我笑她老孔雀开屏，自作多情，我是要守着等猫啊，才不是稀奇她。

这久在家，不像以前天天伏案盯着电脑，眼睛感觉松快了不少。晚上洗漱完，照镜子，两只眼睛亮亮的、湿湿的，像猫啊早晨刚睡醒的样子。

原刊《青年文学》第 5 期

# 洗 澡

罗伟章

伤员都运走了，死者都以尽量体面的方式埋了，活下来的，马不停蹄地悲伤，也马不停蹄地清理废墟。这是地震后的第三天。孙亮也有三天没拉伸睡过一觉了。他经营的民宿只裂了几条细纹，客人一个没伤，但村民的房子垮塌过半，伤了十九个，死了两个。燕儿坡一百四十多人，外出打工的六十多个，剩下八十来个，死伤近三成。孙亮把老人和孩子安置在民宿里，年轻人都去抢险。他刚好五十岁，也算村里的年轻人。

实在撑不住的时候，他会去村口吹吹凉风。那里有个满月石盆，或坐或躺，都很称心。地震扬起的尘土把石盆变成了土盆，不过那是无关紧要的，三天下来，他浑身都像是土做的。这样子让他自己满意。他没有袖手旁观。他不是本地人，非要说，也只能算本县人。六十公里外的县城曾经有他的家，他在那里出生、成长，上大学后，父母调走，他就没再回来过。九年前，县里开发峡谷，需民宿设计师，他是这道上的行家，应县里召唤，回来"作贡献"。这是当时县长的说法，按他的身价和给他的报酬，说得也恰如其分。

　　峡谷里的民宿都是他设计的，本想干完活儿就走，可那天到了燕儿坡，他决定留下来。暮春时节，起伏的山体成了花海的波峰浪谷，遍野涌动着颜色、香气和光芒。花的光芒在夜晚也能照耀。百花在下，星群在上，天地辉映。但真正打动他的，是风。燕儿坡卧于半山，从河谷上山的公路那时还没完全修通，他带着同伴步行上来，每一步都踏着岚烟。来到村口，一队风正好经过，满山摇响，四方动荡。"那是我第一次听到猎猎风声。"以前在家乡时，他没到过峡谷，之后走南闯北，见过了千般景致，但也没听到过这种风声。那是大地的深呼吸，刀砍斧削般的硬度，硬度里潜藏的妖娆把他"吃"住了。

　　燕儿坡民宿由他出资建，取名听风阁。

　　他在听风阁坐镇经营。但他和村民的关系处得并不好。

　　不是不好，是不亲。

　　他和他们，是各自独立的两个世界。他身上的城市味儿太重了。但他并不想为了融入有丝毫妥协。气味只会同化，不会融入。怕自己被同化，他很少去村舍走动，多数时候是躲在听风阁看书、听音乐、喝咖啡、泡工夫茶，当然，也听风。他把他的城市搬到了峡谷深处。

　　峡谷处于地震带上，尽管县志没有过地震的任何记录，他还是按要求设计了峡谷的所有民宿。因造价高，别处是否全照设计施工，他不清楚，但听风阁是他亲自把关的，造价的四成都埋在了地下，足以抵抗八级强震。也只是有备无患罢了。他和峡谷人一样，不相信会有地震，正如健康的人不相信自己会生病，活着的人不相信自己会死亡。

　　八月九日那天午后，他像往常一样，坐在前庭的躺椅上看书。

　　看了半页，就睡了过去。

睡过去是另一本书。

仿佛在上海，转眼又到了西湖，阳光细碎，湖面深蓝，朝远处望，是大片雾。雾里藏着多少时光里的往事。他的故事也成为往事了。活到将近四十岁，他没正经爱过，因此也懒得结婚，可那半年前，一个女人从波光粼粼的西湖南岸，带着水汽，走入了他忙碌而干燥的生活。爱在水汽里发芽。每个星期，他都从上海去杭州见她，每见一次，爱就向深处扎一寸，被切割的感觉让他疼痛。他由此知道，爱是让人痛的，以前没爱过，是因为没痛过。然而，正当他准备把自己往后的日子都交到她手上，她却跟别人好上了。

那个"别人"，是他朋友，他曾带着那个朋友和她见过几次。

那段时间，他眼前的一切都是红色的。开着车过马路，绿灯也是红色的，后面摁破了喇叭，他也只是像块石头，招致的怒骂，像石头被爆开。他把身体和心都掏成了深井，让爱在井里洋溢，可猛然间，一半抽空，一半迷茫，他成了皮囊和游魂。好多个夜晚他都去酒吧，喝得醉醺醺的，在大街上乱走，有时从子夜走到天亮，当曙色从城市里涌起，比街灯更加悲悯地为他指示着方向，他才看清这并不是家的方向。

是故乡救了他。在他为情所伤失魂落魄的时候，故乡召唤他了。

他留下来不走，"猎猎风声"或许只是一个借口、一个比喻。

故乡是一回事，故乡人是另一回事。他在每个细节上，包括说话的方式、走路的姿势，都禁止自己成为故乡人。他要让她认得出他。尽管不再跟她联系，也不再跟她的他联系，但他总感觉有一双眼睛，甚至两双眼睛，在某一处闪闪发光。他要活得气宇轩昂，让那一双或两双眼睛暗淡下去。爱，已经说不上了，忌恨也说不上了，因为他不再痛了，但被一刀割去的尊严，并没像韭菜那样长出来。长出来的是脸上的线条，那是风吹的，风雕刻着他，让他在脸上留下风的力度和气息。他的脸似乎越长越长。

她终究认不出他来了。

好像也无所谓了。

确实是不再痛了。

但他从来没有忘记她。从某种角度说，十余年来，他都和她一起生活。在这个午后，他坐在前庭的躺椅上，拿在手上的书是她送的。他读得几乎都能背诵。"打猎归来的狮王，满面红光地穿过平原。"这天读到这句，他停下来，想象着那孤独而盛大的场面，想着想着，就迷糊过去了。远古神话里，睡神和死神是孪生兄弟，那个满面红光的狮王，那个死亡制造者，却同时制造着空阔天地间的生机，如同上天制造着夜晚和日出。而他，是只能看见日出的人，所以不完整，要被抛弃。

睡梦中，那些沉痛的回忆又在狮王的满面红光里复现。

他的脏腑被抓了一把。

接着又被狠狠地抓了一把。

他遽然醒来。眼睛睁开，首先看到的，是灯柱在晃，墙壁在晃，首先想到的，是两个疑问：谁在摇房子？谁在摇大山？疑问形成意识之前，就被铺天盖地的响声淹没。这响声很奇，奇在没有东西不响。当本来以为不会响的东西也响，世界就变得陌生了。

"小琪……"十余年来，他第一次出声地叫了那个女人的名字。

"小琪呀，我差点死啦！"

那时候，落脚听风阁的游客已经下山。他劝他们稳一稳，但劝不住。逃离，似乎永远是最安全的。可手机断了信号，无法付款，游客急得乱嚷，急得哭，有个四十来岁的女士哭得妈天妈地，像刚出生要奶吃，却被抽走了怀抱。他给了他们一个微信号，游客明白那意思，如获大赦，纷纷保证，什么时候恢复通信就什么时候加号打款。

游客还没走，服务生就焦心断肠地跑了，他们都是本村人，说要回家看看。

燕儿坡的村舍在听风阁上方，相距不过百余步栈道，但看不见，只听得见，高大的水杉、丛集的灌木、倒挂的藤萝切断了目光，却切不断声音。声音像来自地窖，阴气森森。狂暴的狗吠，追赶得阴气四散奔逃。这天阳光灿烂，阳光并不因为地震就不灿烂，它不惊不诧，走着自己的路，照得山水光明，可当那声音传来，阳光也软了腿，仿佛绊了一跤。

孙亮也绊了一跤。

院坝里两块石板之间，可能是哪位游客掉了瓶矿泉水在那里。

其实是因为余震。

重新站稳后，他叫了那声"小琪"，说自己差点死了。

听风阁除了他，再没别人，从县城请来的厨师也进村看灾情去了。他希望如此。他要啃啮自己的孤单。他要以自己的孤单来惩罚那个抛弃了他的女人。

这种自怜自爱，注定得不到回应。

你早就是小琪的茫茫人海了，是死是活，她早就不关心了。跟她分手过后，将近两年的时间里，他每天二十四小时开着手机，等待她的信息——等待她的忏悔和解释。至少要给一个解释。没有她的任何信息。他因此恨所有给他信息和打他电话的人，因为都不是她的信息和电话。后来他很早就关机。特别是驻扎燕儿坡后，他以日升月落计算时间，太阳从对面山头的松垛上落下去，落到树下的草窝里，变成冷却的阴影，他就把手机关了。有些日子，他整天都忘记了开机。可是今天，分明断了信号，他却渴望跳出一声问候。

然后他就告诉问候他的人：我差点死了。最好是什么话都不说，根本就不回复。让她去猜。让她以为他真的死了。让她背负绝情的债务，度过每一个白天黑夜。

然而，对孤单和"惩罚"的索求，最终成了自戕。他恐惧起来。听风阁最安全，可这时候他非常恐惧。情不自禁地，他也朝村里走去。他不想去，是恐惧逼着他去。平时，他少跟村民接触，村民跟他也是。他隐隐约约感觉到，村民心里怨他。简陋的农舍吃不上旅游这口饭，饭都被他吃了。他只是在村里招了几个服务生。想修房子，娶媳妇，村民还是只能外出务工。他的样子村民也不喜欢，一米八二的个子，太高了，峡谷人都矮，是便于攀爬的基因选择。他还留披垂至肩的长发，用橡皮筋束住，这在峡谷人看来是女人的打扮。

或许，最看不惯的，是他没有女人。山里穷慌了的男人才没有女人，是娶不上，你那么发财，为什么没个女人？未必你打扮成女人就当自己有了女人？

他知道村民这样看他，心想我不是没有女人，只是那个女人跟了别人而已。

但他在心里拥有她。

他把心里的拥有当成真正的拥有。

许多时候，这想法并不能说服自己，甚至让他厌恶，因此村民看他的眼神，同样让他厌恶。他和他们之间，不仅不亲，还抱着某种程度的敌意。

难以置信的东西，却往往真实地存在着、发生着，这是生活最不可思议的地方。她抛弃他，嫁给了他的朋友。他离开城市，来到乡野。亲身经历地震。敌意。恐惧。敌意在恐惧面前不值一提……他混乱的脑子里跑过这些念头，双脚打绞，踉跄上山。

栈道已拦腰折断,只能从旁边的林子里钻。枝条和刺藤,动不动就拍他一掌,扫他一腿,锥他一针。当他走出林子,眼前的景象让他震撼。房屋大多断了脊梁,摊了一地,如果那些木头砖块是水,就从地底下流走了。狗跑来跑去叫,人却如木偶。有人的头发被血浸透了,但已看不出是血。分明不见谁张嘴,却到处响着人才能发出来的声音。

"娃娃呢?我家老头子被埋了哇……"

不知过了多久,终于有了第一个清晰的声音。发出这声音的老人,颠颠扑扑上前,一把抓住了他的手。紧跟着,更多的人朝他围过来,更多清晰的声音响起:弟弟被埋了,爸爸被埋了,孙子被埋了……痛的沉渣再次泛起,说不出来由。或许是他感觉到,自己不仅没被怨恨,还被依赖。曾经,他也这样被依赖过。心里抽空的井,壁上已长满青苔,然后青苔也干枯了,住满了蝙蝠,而这时候……他将老人揽进怀里,以怒吼的腔调,给他的服务生发布指令:把所有老人和孩子立即送到听风阁。又是以怒吼的腔调,让各家各户清点人数。出入峡谷的路多半毁损严重,救援队不可能短时间赶到,必须自救。清点了人数,才能心中有数。

救援队是当天晚上到的。他们来之前,已救出了六个伤员,都是轻伤。

到第三天清早,两位死者和别的伤员也找到了。救援队把重伤员抬走了。


燕儿坡其实只是村的很小一部分。峡谷地区面积广大,随便一个村,方圆都有十余公里。之所以选定燕儿坡建民宿点,是因为这里有温泉和滑草场,视野也相对空阔。燕儿坡隶属鸡唱村。从村委会过来,要走三个多钟头。到第三天,村干部也没来。山上到处是滑坡,滑坡倒也拦不住山民，但要关照的地方太多、太分散。何况，村委会本身是否安全，也是未知数。连村民小组长也不住在这里，也有好几里路。

几天来，听风阁供给所有人吃喝。没有电，就架大锅，烧柴火。断了水，但水是不缺的。地震像个干渴的巨人，一口就把温泉喝得罄尽，多条山溪也骤然枯竭，好在听风阁底下有个石潭，清澈的潭水毫无损伤。食物也不缺，听风阁食物储备充足，近期又不可能有游客，正好拿来招待村民。谁想睡觉，也是去听风阁，那里开着所有的房间。

到第二天夜里，除手机信号，水电都通了，就变得更有保障、更有秩序了。

然而，所谓秩序，只是灾后秩序，不是正常生活的秩序。

当重伤员被运走，死者停放在废墟上，真正的伤疤才亮出来。

必须立即安葬。但按照峡谷地区的风俗，死者至少要在家里住三天，请来阴阳，作法念经。燕儿坡本身没有阴阳，要翻山越岭，去二十里外的桑树坪请，整个峡谷都是灾区，桑树坪的阴阳同样是灾民，自己家都忙不过来，哪有心思外出？即使能外出，也不能等。大灾之后须防大疫。

当孙亮说出及时安葬的话，死者亲属呼天抢地，别的人也反对："又不是死猪死狗……"

孙亮没接话，只说："大家都饿了，先吃饭。"

那是第三天上午十点多钟，还没吃早饭。

孙亮让厨师先备两份供品，他带着一个服务生，端着供品，敬到两个死者灵前，并让那服务生守住，然后把死者亲属也劝到了听风阁。

饭菜快上席的时候，孙亮对众人说："春娃和冉嫂不仅要及时埋，还要深埋。这是为大家好。不是我为大家好，是他们两家人为大家好。走，我们现在就去埋。全村都去给春娃和冉嫂送葬。这是天灾，燕儿坡从没遇到过的天灾,一个人的死,是我们共同的伤痛。我知道你们祖宗八代两三百年住过来,讲究辈分,今天就不讲了,我们都去给他俩当孝子!"

都沉默。

都坐着不动。

然后,春娃的母亲首先起身……

峡谷人家,到一定岁数就都提前备着棺木,冉嫂自己有,春娃没有,只好找人借。垮塌的房屋刮坏了生漆,但棺床未损。把人送到墓地,存有纸钱的人家都拿来烧化,听风阁的两个服务生各自捧着一份供品。下葬之前,春娃的母亲把供品接过去,端到儿子面前,说:"娃,你孙叔叔也来了,你的肉哇菜的,都是你孙叔叔给的,你吃吧,吃了上路吧……"

孙亮闻言,流出了眼泪。

埋了死者,活人才吃饭。

然后是清理村道,收拾残局。

孙亮一直待在村里,跟他们一起拿扫把、挥铁锹、搬砖块、抬木头。村民劝他歇着,他说累了的时候我知道歇。到下午四点多钟,确实累得不行,他便又朝村口的石盆走去。

暑气蒸腾,石盆上却凉飕飕的。

对他来说,这凉意是一种仁慈。就像地震,既然是自然现象,发生在白天,也算是老天的仁慈了。他本来只想找个清净地方坐会儿,却不由自主地躺了下去。他抽着烟,尽力睁大眼睛,是怕一旦睡过去,就要错过和村民在一起的整个白天。

天上云朵如丝。天空也寂寞,也在找存在感。白云就是天空的存在感。世间的一切,都是这样吗?地震,也是大地在找存在感吗?他由此想起一个人来,这个人住在养老院里,平时对工作人员骂不绝口,甚至动手打人，节日里送给他的玫瑰花，他当着人的面，一片一片撕碎。后来，他死了，死之前留下一句话："我不是故意为难你们，我是想你们别忘记我。"这个人，是"他"的父亲。这个"他"，是他曾经的朋友，小琪的丈夫。

真奇怪，今天怎么想起"他"来了？他捋着自己的思绪：由天空和大地的存在感，想到养老院那个人，由养老院那个人，再想到"他"。

可他感觉到，正是因为要想到"他"，才有了前面那些弯弯绕绕。十多年来，"他"是他的深渊，甚至是枪口，他不愿去想，更不愿凝视。不是怕，是恨。然而，恨其实也是怕。

更怪的是，今天想起来，怎么既不恨也不怕了？

他居然敢于大大方方地说出那个人的名字了：胡应华。

他干脆又喊了两声：胡应华！胡应华！

胡应华不是个坏人，对父亲也并非不孝。父亲好酒，脾气古怪，胡应华上大学后，父母离异，从此，父亲更是酗酒成性，不上六十身体就垮了。胡应华工作忙，不能照顾老人，迫不得已，才把父亲送到养老院。但每个星期都去看望，无论自己多么焦头烂额。他比孙亮小几岁，但早已结婚，且有个女儿，女儿不满四岁，夫妻就离了，胡应华独自带着女儿。

"她宁愿去当后妈，也不跟我。"

孙亮被伤，伤得最深的有三根刺，这是其中一根。

可是今天，连最深处也不痛了。

躺在石盆上，面对高远蓝天，他使劲揉了揉胸口。确实不痛了。

一切都过去了。他差不多要祝福他们了。

但他并没忘记自己当初说的话。他说："我们都死了。"

话说出来之前是水，说出来后就成了石头，刻在时间上——这是一本书上讲的。她送给他的书。她送过他五本书，每本书他几乎都读得能够背诵。说了就说了吧，刻在时间上就让它刻吧。一切终将过去。就像"听风阁"几个字，他是请人刻在右侧一块天然石壁上的，可是，永恒的时间却不会永恒地保留这几个字。

不过，此时此刻的天高地阔，是不是本身就代表了永恒？

"通了！通了！"

一个女子丫手丫脚地朝他跑来。

那女子名字就叫小丫，能干、实诚，孙亮让她做了收银员。她是给孙亮报告，手机信号通了，那些游客都加她微信了，打款了。孙亮给游客的微信号，就是小丫的。

他坐起来，点点头。干土乱飞。他把头拍了一下，结果越拍越多，把脸都罩住了。

"这证明他们都很安全。"他在尘网里说。

然后他和小丫一起，回到村里，又跟着大家搬石运土。

不一会儿，孙亮接到镇长的电话。镇长跟他同姓，平时就有联系。孙镇长来电话之前，鸡唱村支书给燕儿坡的小组长打了电话，小组长打给一个村民，知晓了这里的全部情况，并经由支书汇报到了镇上。孙镇长打电话来，是对孙亮表示感谢。

吃晚饭的时候，孙镇长又来了电话，这回是告诉孙亮：明天上午，省电视台要来峡谷采访，他们经过研究，决定让省台重点采访燕儿坡。到时候，县领导和镇上领导都会跟来。

孙亮不想影响大家吃饭，没急于说出这个消息。

几天来，虽然每顿饭都开，但每顿饭都吃得有一筷子没一筷子。

他不急于说还有个原因，他在思考，电视台记者来，肯定要采访他，他应该如何面对镜头。自从坐镇听风阁，他就没再面对过镜头了，刚回县里的时候，也有过采访，那都是县电视台。现在是省台。县台很难传播出去，省台就不一样了。省台的很多节目，不仅在台里放，还做成各种视频，视频都是孙悟空，翻个筋斗就十万八千里，那么，她就会看到。

本来以为不痛的地方，又有些反应了。

是的，他要让她看到，他并没有因为她垮掉。

连地震都没让他垮掉。

他照样活得气宇轩昂。

然而，这种想法刚冒头，他心里就涌起一阵悲怆，又把握不住悲怆的方向。很可能是四面八方。只是，四面八方的悲怆竟没让他空，反而更加充实，这是让他深感诧异的。

气宇轩昂，不是他一个人的。

当村民吃完了饭，他站起来，转告了镇长的话，然后他说：

"领导是来看望灾区，电视台采访，也是采访灾区，听风阁好好的，不是灾区，因此我就不在镜头里出现了。是你们出现。我只是想，以往我们在媒体上看到的灾民，都是灾民的样子，而灾民的样子也会形成灾民的心态，事实证明，我们燕儿坡受了大灾，垮了房子，死了人，但燕儿坡人很争气，大悲大勇，积极自救，我们是灾民，又不是灾民！"

村民等着他说下去，他接着说：

"所以，我们要干干净净地面对镜头！地震弄得我们灰头土脸，几天下来，都没洗过澡，没换过衣服，好些家庭也没衣服可换，从废墟里抢救出来那些，不是被钉子刮破了，就是脏得完全洗不出来。但也不是没有办法，我们就用穿在身上的换。"

大家一时没明白他的意思，于是他解释：今天晚上，所有人都洗个澡,然后好好睡一觉,连续多少个钟头没横着睡过一觉了,这样下去,铁打的身子也要拖垮,不如趁这个时候,认认真真像模像样地睡够。脱下的衣服,由服务生洗,男人的就晾到外面,天亮后绝对能吹干,女人的就用烘干机烘,很快就又能穿上身了。

确实想好好睡一觉了。

确实想洗个澡了。

夜里,听风阁的各个房间,先是把尘土和汗盐板结的衣服从门缝里递出来,随后响起哗哗的水声。水声响到前半夜,服务生忙到后半夜。

次日上午十点零七分,领导和电视台记者来了。

燕儿坡的灾情,在峡谷地区不算最重,最重的是月亮湾、土黄岭、扇子垭、桑树坪,都有不下五个人遇难,除上述地方,就算燕儿坡重了。然而,他们看到的燕儿坡人却衣着整洁、精神饱满,垮塌的房子面前,站立着一组"打不垮的群像"。

当天晚上,省台的《新闻联播》把关于燕儿坡的新闻放在了头条,并且加了编者按,"打不垮的群像"就是编者按里的话。

孙亮组织全体村民在听风阁收看了新闻。

他坐在角落里,思绪飞到很远,飞到了江南。她看得见吗?知道他就在燕儿坡吗?只要她看到,就会知道。村民都说他好话,对他表达深沉的感激。这些,对他不那么重要,他希望她看到,并不是让她听别人说他的好,而是让她知晓,他这个孤独的游魂,而今又走入了人群。这群人和他休戚与共。不是同化,是融入。他真正得救了。

他发自内心地祝福她,也祝福他们,祝福所有人。

原刊《人民文学》第 5 期

# 还 魂

张惠雯

1

周阿姨干瘦、黝黑,她的身高可能还不到一米六,可她的丈夫高大、胖壮,个头儿超过一米八,而且嗓门儿和个头儿一样大。男的在兄弟姊妹中排行第三,所以西街和家属院儿里的人都叫他老三。老三是警察,脾气又暴躁,院子里的其他大人和他说话,似乎也都赔着小心。他没事儿的时候喜欢站在院子正中、靠近一口水井的地方,看着在院子里玩耍的我们。他那副神气像在监视我们,让我们浑身不舒服。所以他往那里一站,我们就很快散伙,或者各自回家,或者跑到外面街上去玩儿。大人们说,他没有恶意,只是职业病。老三和周阿姨有个儿子叫树才,比我大一岁半,但还不及我个头儿高。其他孩子私下里笑话他不长个儿,是被他爸吓的。因为他爸爸总是打他妈妈,有时打昏了头,打出了乐趣,就连带他一起打。

周阿姨在商业局下属百货公司的一家门市部工作，因为她父母是局里老职工，才允许他家住进商业局家属院儿，但男的不仅不领情，还三天两头酒后闹事，惹得院子里不太平。爸爸妈妈私下说，老三是一粒老鼠屎惹得满锅腥。二十世纪八十年代，在北方的县城，大人揍小孩儿、夫妻俩打架不是稀罕事，院子里再和睦的家庭也不时会发生这种事，但没有像他们家打得那样频繁、打出那样的动静。每隔几天，就会听到从他们家传出的巨大声响：男人吼叫斥骂、摔砸东西的声音，女人的尖叫号啕，男孩儿的哭泣……院子里的人就知道那个身材魁伟、相貌堂堂的男人又喝醉了，发酒疯打老婆了。

老三打女人还有一种示众的喜好，不喜欢关上门在自家打，他会揪住头发把她拖到院子里打，有时就在院子的中央地带打，似乎要刺激、挑衅每一户邻居的感觉。起初，大人们还会气哼哼地出去劝，我们小孩儿也就趁机偷偷溜下床去围观，被大人发现后通常挨一顿吼，不得不乖乖转回家去。但有几次，我还是看到了可怕的暴力场面，看到那铁塔般的男人用皮带抽打那个在地上滚动的女人——她看起来不像一个人，倒像是一个球，或是一堆棉絮布条什么的；还有一次，他也许嫌树才在一边哭叫得烦心，突然转过身，冲他就是一脚，我眼睁睁地看着树才的身体被踢得飞出去一下才重重落地。我当场吓哭了，姐姐赶紧把我领回家。除了在一旁喊几句劝说的话，谁也不敢真上前去阻挡他打老婆，因为大人都知道，这个喝醉加上打红了眼的男人会连拉架的也一起打，而院子里谁也不愿惹这个人，也没有男人是他的对手。曾经有一次，我们听见了枪声。过后知道是院儿里脾气最好的韩伯伯实在看不下去了，走上去想把打人的老三拉开，老三被他的举动激怒了，从皮带上挂的枪套子里拔出枪，朝哪里放了一枪。不知是他因为喝醉打偏了，还是故意放空枪，韩伯伯没被打中。

是的,老三有枪。在他那次因韩伯伯拉架放枪以后,第二天,家属院儿里的几个人去公安局举报了他。作为处分,公安局派来了几个警察,当场没收了他的枪,没收期限是三个月。但过后又有一次,我们半夜被枪声惊醒,是令人胆战心惊的两枪连发。第二天我们知道,那天晚上是因为他老婆在一顿暴打即将到来时,挣脱跑走了。她在前面跑,他在后面追,因为醉得跟跟跄跄摔倒了。摔倒的男人恼羞成怒,竟然像对付逃犯一样,拔枪朝她连打两枪。黑暗中,他同样没有打中。第二天,又有他的同事过来,教育他、把他的枪收走了。这一次是永久地收走了。作为刑警,老三失去了平日的配枪权,只在有任务的时候才能去单位领枪。

自从韩伯伯"死里逃生"以后,更没有人敢阻止老三打老婆了。大家知道,他是个混账起来不要命的人。因为打得实在太频繁,大家也倦了。渐渐地,愿意半夜下床、出门劝说几句的人也少了。只有几个女邻居,因为可怜小孩儿,会趁着老三追打老婆的时候偷偷过去把吓得浑身发抖的树才领回自己家躲一躲。在黑沉沉的夜里,大人们听着司空见惯的男人的怒吼、女人的哀号,翻个身儿、叹口气又睡了。被弄得无法入睡的大概只有我们这些孩子了,那声音实在惊心动魄、撕心裂肺。

# 2

妈妈是几个经常"搭救"树才的善心女邻居之一。有几次,她把树才领回我们家,让他和我跟姐姐挤在一起睡一晚。

我记得有一次,妈妈一边给树才铺被子,一边叹气抱怨说怎么又打起来了。

妈妈其实是在自说自话，但树才就哭着讲开了，说他爸晚上又喝醉了。他每次喝醉回来就把他和他妈从床上拎起来折磨，不让他们睡，让他们做他要求做的事，不服从就会挨打。他爸刚才回来把他从被窝里拉出来，说刚才没有给他开门，要他穿着单衣到院子里罚站，他妈非要给他穿上衣服，他爸就开始打他妈……

后来，我们在黑暗中躺着还没睡着的时候，我姐姐问树才，他有没有想过什么办法不让他爸爸再打他妈妈。

树才说，等他长大了，他爸爸就老了，打不过他了。到那时候，会替他妈妈报仇，他要把他爸打得满地打滚……

"到时候你下得了手吗？"我姐姐问他。

"下得了。"树才说，"他干的坏事儿，我都记着呢。"

"你觉得你长到几岁能打得过他？"这是我最关心的问题。

"十五岁。"树才说。

我盘算着，那还要很久很久啊……

有时老三打老婆打累了，或是把她打到一动不动再无刺激感的时候，他就想起了他儿子。他会站在院子中央叫骂，问谁把他儿子拐走了，又喊着树才，问他是不是躲哪儿去了，再不赶紧出来，他找到他就把他腿打断。

慢慢地，老三注意到了哪些女邻居会把他的孩子领回自家藏起来。有时他打完老婆，如果还有气力，就开始挨家挨户地打门找孩子。有两次，他"哗哗"地拍打我家的门，嚷着我爸妈的名字。爸爸拿了根棍站在门后，以防他万一破门而入。这个时候，我和姐姐在床上直直地坐起来、大气不敢出，树才更是抖得像筛糠。妈妈过来安慰他说："不怕不怕，阿姨家的门插上了，你爸爸进不来。明天就好了，等你爸爸酒醒了就好了……"

因为这件事，爸爸和妈妈吵过架，叫她不要惹祸上身。但妈妈很固执，说大人她管不了，小孩儿可怜，无论如何得管。

老三清醒的时候，并不为难谁，虽然姿态傲慢，但对院儿里的大人说话还算客气。只是他一喝醉酒，就变成另一个人，变成一个疯癫无情的暴力狂。老三发酒疯能荒唐到什么地步呢？我们大院儿中央的那口井，是一口甜水井，井水比自来水甘甜得多，而且冬暖夏凉。那是我们院儿的居民都看重的一口井，因为那个年代停水停电很正常，没有自来水的时候，大家就排队去井里打水。每家每户都备有铁皮水桶，上面绑着长长的麻绳。摆动着绳子把桶沉下去、灌满水、提上来，都是技术活儿，技术好的人，做这套动作行云流水般自如而优美，技术不好的人，拿捏得满头大汗往往也只能打上来半桶水。看大人们从井里打水，对我们来说是一件有趣的事。夏天，沁凉的井水是我们的天然冰箱。我们把白甜瓜、西瓜、瓶装橘子汽水都泡在刚打上来的井水里。很快，它们就像冰镇过的一样可口。冬天，我们喜欢偷偷挪开井盖儿，看几米之下白汽氤氲的水面。井不仅不结冰，打上来的井水还是温热的，不像自来水管的水冰冷彻骨。但就是这个每家每户都格外珍视的井，被老三在一个发酒疯的夜晚填了。

那夜，他回到家，发现老婆孩子都"逃走了"。他站在院子里吼叫半天，要他们出来，但他们无影无踪，也没有一个邻居开门回答他的话。也许就是在怒火无处发泄时，他看到了那口井。他把对每个人的恨意发泄到这口大家喜爱的井上了。那时西大街一带碰巧有些临街房在翻新，他就跑去建筑工地，用人家的推车运来一车车的沙子、碎石头，统统倒进井里。他忙活了大半夜，最后把小推车扔在井边，自己回去睡觉了。第二天早晨，看到井边的惨象，其他人才知道他夜里干了什么。而那时候，老三正在自家睡大觉。邻居们气愤，却不敢找他当面质问。后来，几个叔叔阿姨去找商业局的领导，希望领导出面让老三家搬出家属院，可领导觉得因为两口子打架、封井的事把他们赶出去，理由还不够充分。这个事最后只能不了了之。

有的大人说老三就是故意喝醉，好借酒撒疯打人，因为他心里不痛快。我们把从大人那里听来的有关他俩旧事的只言片语拼凑起来，似乎知道了点儿什么：当初老三的家庭成分不好，为了能进公安局，他被父母逼迫娶了成分好的周阿姨。谁都看出他俩不般配，老三人高马大、相貌堂堂，周阿姨黑瘦，长得也不好看。老三本来有个相好的女朋友，家庭出身也不好，因为和周阿姨结婚，他不得不和她分了。虽然说公开分了，但老三结婚后还去找人家。周阿姨知道以后，就去女方的单位说明情况，结果女的被调到乡下去了⋯⋯

最令人诧异的是周阿姨。这样隔三岔五地挨打，她却还"正常地"活着。前一晚被殴打之后，她第二天仍去门市部上班。她的头发总是散乱地披着，遮住她红肿的眼睛和还有瘀青的脸颊；她夏天也穿长袖长裤，遮掩手臂和腿上的伤。可能这就是为什么在我的印象里，她没有一张清晰的脸，只有那又瘦又小的、仿佛准备随时蜷缩起来或是逃之夭夭的身体。妈妈说，一开始周阿姨还会对别人讲讲她的遭遇。她对妈妈解释过为什么不能还手，因为还手了以后只会被打得更厉害，而一个女人无论如何是打不过老三那样的壮汉的。她还讲过有一次老三把她按在沙发上打的时候，她的手摸到了旁边茶几上的一个搪瓷杯子，她想用那杯子打他。但她的手刚抓住那杯子就被老三夺过去，然后，那个搪瓷杯子连带里面的茶水，一起砸到了她脸上⋯⋯长久的虐待和屈辱终于使这个女人变得缄默无言。碰到邻居，甚至像妈妈这样保护过她孩子的邻居，她也只是含混地发出一个类似于"嗯"或"哦"的声音，低着头赶紧走过去。在这个院子里，她没有任何朋友。她大约希望这里的男人女人甚至孩子都看不见她，忘记她的存在。平常，大家也确实不会谈到她。但每隔些日子，那可怕的动静又会使人意识到她仍然顽固地存在着。而无论男人还是女人，都希望这一家人赶快搬走。

院子里的井被老三填住之后，大大小小的孩子都很愤怒。一天晚饭后，我们聚在老井的"旧址"附近，听大点儿的孩子秘密"商讨"惩罚老三的办法。最后，大家选定的可行计划是在他喝醉回家的夜晚，我们躲在家属院儿大门口的树后，把脸蒙起来，看到他走近就一起猛冲过去把他抵倒，然后趁他在地上爬不起来的时候大家都去打他、踢他……就在这个时候，我想起了某天黄昏发生的事。

那天，我从街上玩了后回家，看到周阿姨站在水井附近那棵老槐树下，老槐树正开着白色的槐花，散发出清甜的香味儿。她看到我，对着我又发出那种含混不清的"嗯"或是"哦"的声音。作为回应，我叫了她一声"阿姨"。

她竟然开口对我说话了："小安，你也不和树才玩儿吗？"

我被这突如其来的提问惊呆了，然后我也想不到其他说法，就直说"不玩儿"。

"为什么啊？为什么你们都不和树才玩儿？"她问我，声音低微又悲戚。

"害怕三叔，万一三叔连我们也一起打呢。"我如实回答。这确实是很多孩子的担忧，大家的共识就是：千万不要被老三注意到，离他那家人都远一点儿。

"哦。"她似乎明白了，呆呆地站着，不再看我。

"我回家去了。"我对她说。

她像是没听见。

我于是走了，再转过身看时，看见她往井边走过去。她走到那里，还掀开了井盖儿俯身往里看。

我想，她是要打水吗？可怎么没有提水桶呢？

树才这时从家里跑出来，嘴里喊着"妈妈"，问她饭做好没有，他饿了。她随后盖上井盖儿，拉着他的手回家了。天光很暗，他俩的影子影影绰绰、恍恍惚惚。

## 3

没有人奈何得了老三，除了公安局的人。但他们只是收走了他的枪，并没有开除他。爸爸妈妈说，这也是好事，他如果被开除了，说不定会杀人。因此，夜半的殴打仍是家属院里日常的一部分。

有一天，我们正在院子里玩儿，看见来了好几个公安局的人，径直走进了老三的家。我们有点儿惊讶，因为那些天院子里罕见的平静，夜里没有听到老三的叫骂声和周阿姨的哀号声。回想起来，大家实际上好几天没有看到老三了。为什么警察会来？而且，老三的枪已经被收走了，难道……他们是来抓他的？一想到他们可能把那个人抓走，我们兴奋不已，纷纷跑回家去给大人报信儿：好几个警察到老三家里去了，可能要抓他。

有几个大人走到院子里。一开始，他们也不敢轻举妄动，只是聚在离老三家不远的地方观望。我们则在更远一点儿的地方观望。后来，那几个警察从老三家里出来了，在他们身后，跟着周阿姨，她的头比任何时候都垂得更低，头发几乎完全遮住了她的脸，使她像一个没有面孔的人。为首的警察对她说了句什么，她就停住脚步，不再往前送。那个警察又对她摆摆手，意思是让她回去，她就回去了，像个默无声息的影子。我们有点儿失望：没有五花大绑的老三。从那几个警察的样子看，他们确实不像是来抓人的，尤其是走在最前面那个，年纪大，神色凝重。他们经过那群聚在家属院中间的大人时，有人上去打招呼，还给警察递烟，他们于是说了些什么。大人们看起来惊诧万分。随后，警察走了，大人们又低声议论了一小会儿，也各自回家了。很快，院儿里的大人小孩儿都知道了这个消息：老三死了。

　　老三死了。后来我们知道，那些天难得的平静是因为老三去一个叫信阳的地方出公差了，就在当地的旅馆里，他意外地触电而死。所以，这个铁塔一样的壮汉，这个谁也奈何不了的凶神，就因为一个小小的过失瞬间消失了。除了惊叹"电老虎"的威力，大人们似乎不知道说什么好。谈起这件事，他们的神情暧昧而矛盾，仿佛想表现一点儿对死者的沉痛，却又难以掩饰那种如释重负的轻松。只有一位老奶奶直言不讳，逢人便说："人算不如天算哪！这可算是遭报应了……"这老奶奶是韩伯伯的妈。

　　女邻居们觉得应该去慰问一下周阿姨，毕竟她丈夫死了，她成了寡妇，但她们发现周阿姨和树才不见了。白日里，他家的门上挂着一把锁，夜里，屋子里没有一星灯光和人迹。两三天后，老三的遗体运回来了，周阿姨和儿子才又出现了。他们家突然多了不少人，有些是老三那边的亲戚，有些是周阿姨这边的亲戚，还有两三个公安局的人，都是来帮忙丧葬事务的。堂屋里设立了供人吊唁的临时灵堂。树才身穿麻布长褂、草鞋，头上缠着白布条。有人来时，他就去跪在靠近门口的一个圆垫子上，头低得像磕头，或者干号几声。周阿姨也穿着一身白衣服，系着一根腰带，但头上没有缠布条，她过去总是披散着的头发如今在颈后扎起来，像是变了个人。她长时间坐在堂屋正中桌子一侧的一把椅子上，桌子正上方悬挂着老三的遗像——硕大的黑白相框。相框里，老三光荣地微笑着，俯视着她，俯视着前来吊唁的人们。

意外发生在守灵的第二天夜里。那天夜里，家属院儿的邻居一起去吊唁老三。周阿姨一如往常，石像般嵌在椅子里。有人上前"慰问"，她的头就稍微动一下，表示她听到了，但她几乎不抬眼看看来者，也不说话。人们没看见她默然淌泪，更没听见她哭丧。他们也没觉得她这样不得体，认为她是受了太突然的打击，再加上疲劳，所以人变得痴呆了。几个亲戚和公安局派来的人在主持灵堂的杂事，他们接待来客、收礼金、解答问题、致谢慰问……周阿姨对周围发生的事像是既不关心也一无所知。她的眼睛或是呆滞地盯着地面，或是停留在堂屋中央的棺材上，或是瞪住椅子扶手上的某一点儿。有时候，她抬起头看一眼斜上方的那张照片，似乎要确认一下老三还在相片里。

听到周阿姨的叫声时，邻居们正在向主事的人告辞。随着"啊"的一声大叫，他们惊愕地看见周阿姨从椅子上猛然跳起来，跑出了堂屋。当时在场的妈妈描述说，她跑出去的速度很快，两手抱着头，好像有人正从后面追赶着她。她就这样跑进正屋左侧的一间偏房——那是她家的厨房。大家都不清楚发生了什么，仍在原地呆立着。随后，令他们大受惊吓的是，跑回灵堂的周阿姨手里拿着一把菜刀。她嘴里发出一种令人毛骨悚然的声音，像哭又像笑。在所有人还不知如何反应时，她已经持刀冲向堂屋中间布置成灵台的那张桌子，把桌子上的东西又砍又砸地推到地上。然后，她迅速爬到桌子上，双手举刀砍向那个相框。只一下，人们听见玻璃"哗啦啦"碎裂的声音。她回过头，目光邪魅地看着大家，忽然大笑起来。这时有人喊道："快拦住她，魂上身了！""魂上身"在我们这里是说新亡者的鬼魂扑在了活人的身上，使她中了邪。

几个大胆的男人试图靠近她，但周阿姨灵活得像个猴子，她从桌子上一跃跳下,手里晃着刀,嘴里发出尖叫,恐吓那些想向她靠近的人。灵堂里一下子乱了,吊唁的客人吓得从屋子里往外跑。这时,有人差点儿从背后抱住她,但她扭身挣脱,跑到院子里去了。周阿姨握着她的刀,疯子一样在院子里跑着、叫着,追赶那些仓皇奔逃的邻居和亲戚。人们一开始以为这中了邪的女人要行凶,他们拼命跑,往家跑、往街上跑,或是就近往树后、墙后躲藏,但他们后来发现她虽然拿着刀,却并没有要砍人的意思,她只是胡乱地追人,快追上的时候,她就慢下来、站住,盯住那个瑟瑟发抖的人,突然掉头再去追另一个人……她尖叫着、狂笑着,好像在玩一个疯狂的追逐游戏,吓唬他们、戏弄他们。

主事的男人们对这混乱失控的场面束手无策,最后站出来控制事态的是一位五六十岁的乡下妇女。她是周阿姨的亲戚,说她知道怎么对付"鬼上身"——这种城里人觉得是迷信的东西,在乡下司空见惯。她让人从屋里搬出一张小桌子放在家门口,自己则从厨房里找出一根长长的擀面杖,开始用棍子狠狠地敲打桌子,一边敲打,一边怒气冲冲地叫骂起来。一开始,大家以为她骂的是周阿姨,但听了一会儿之后,意识到她骂的是已经死了的老三!她厉声斥责老三,数落他的不是,说他生前不让家里人安生,死了还不肯走、扑到媳妇身上吓人,是个什么东西?她威胁他说如果他该走的时候还不走,错过了投胎转世的时辰,以后就会成为孤魂野鬼,被捉鬼的捉去烧上七七四十九天……她仿佛一个女判官,声音和气势都远远压过了中邪的女人,她骂得出口成章、滔滔不绝。最后,她突然大喝一声,拿擀面杖指着已经被震慑得一动不动站在原地的周阿姨,要他赶快离开人身,否则她就要拿棍去敲他、拿刀砍他,把他逼出来……

这时候,令人难以置信的一幕发生了:周阿姨开始小步往后退。

她边退边摇着头，好像在竭力否认"女判官"对她的指责。她看起来越来越害怕，嘴里嘟哝着什么，身子在慢慢缩小，头又低下去，像一个犯了错的、提防着挨打的人。女判官并没有逼近，甚至没有离开她的桌子，但她又突然大叫一声"走！"，擀面杖"啪"地拍在桌子上。这声断喝和桌面裂开的巨响把周阿姨手里的刀一下子惊掉到地上。随后，她整个人也跌坐在地上。立即有人跑上去，捡走了那把刀。

"走了！"那年长的女亲戚大声喊道，"快，先去把人扶起来。"于是，两三个女人过去扶起了坐在地上的周阿姨。她像是已经没法走路，女人们把她连拖带抬弄到屋里，安置在沙发上仰面躺下，她脸上的表情是空的。女亲戚这时走进屋子里，看了看她，对着惊魂未定的其他人说："老三的魂儿走了，她的魂儿还没回来。"说着，她在周阿姨面前蹲下身，开始为她叫魂儿。她朝屋外的黑暗处四处张望，像在寻找什么。过一会儿，她朝外面的某个点伸出手，空抓了一把，而后那手如同牵着一个无形的东西，把它连到周阿姨的身上。女亲戚反复做着这样的动作，嘴里说着："魂儿啊，来家来。魂儿啊，来家来……"过了一会儿，周阿姨脸上有了表情，那是一种如梦初醒但还不知道梦里发生过什么的表情。女亲戚长长吁了口气，对旁边的人说："好了，魂儿回来了。"

## 4

周阿姨中邪的情景多半出自妈妈和其他邻居的描述，但不在场的我也远远目睹了这荒诞游戏中的一幕。当时，我和姐姐听到院子里混乱的声音，从家里走出去想看看究竟发生了什么事。突然，我们听见妈妈在院子里的某个地方朝我们喊，让我们快进屋去。我们看不见她，她在暗处，但她的声音听起来紧张急迫。于是，我们赶紧返回屋里。

但我们趴在客厅窗户那儿,想极力看清楚院子里正在发生的事:伴随着诡异的叫喊,一身白衣的周阿姨在黑蒙蒙的院子里东奔西突。我以前从未有过这种感觉——某种类似鬼魂的东西逼近的恐怖。

丧礼后很长一段时间,周阿姨见到那晚去吊唁的邻居,还会解释那个"意外",她说她当时真的就像丢了魂儿一样,做了什么、说了什么都不知道,醒来以后也回想不起来,全身像给掏空过一样。听了别人的描述,她觉得非常过意不去,让大家受惊吓了。邻居们会好心地安慰她说,死者的魂儿扑到亲人身上这种事儿也曾发生在某某的葬礼上,这事儿怎能怪她,是老三恋家,不肯走……

目睹了周阿姨中邪的全过程,妈妈对上身、还魂这些事开始深信不疑,说这种驱鬼招魂的事儿,还真是乡下妇女有办法,她们毕竟见得多了。她顺便又想起小时候在乡下遇到的一些"怪事儿",说有的小孩儿天眼没有关上,看得见常人看不见的"东西",乡下鬼魂又多,经常有小孩儿被吓住。被吓住的小孩儿就是一直哭,眼神发怔,身体也不好,但又看不出生了什么病。最后只能找那种有经验的老婆婆驱鬼招魂,魂招回来,病也好了,人也不发癔症了……姐姐是初中生,她说她才不信这些呢。爸爸虽然爱讲鬼故事,但他也不信,还嘲弄妈妈国家干部竟然信神信鬼的。妈妈责问爸爸怎么解释那天晚上发生的事儿。姐姐和爸爸也说不上来。没有人问我,但我总有个说不清楚的感觉,就是那天中邪的周阿姨,她身上的魂儿可能并不是老三的。

"危险分子"死了以后,我们院儿里终于太平了。虽然日常生活中偶有夫妻打架、孩子挨揍,但那种隔三岔五的发酒疯、极端暴力的场面毕竟没有了,人们常常在半夜悬着的心总算放下了。我们也接纳了树才,让他可以跟我们一起玩儿。有时,某个缺心眼儿的会问树才,他爸死了,再没人揍他了,他现在是不是快活得多?树才听到这问题的反应就是"嘿嘿"一笑,也不回答。周阿姨仍旧骑着那辆黑色的"永久"牌自行车,日复一日地去百货门市部上班。自从葬礼以后,她的头发就一直扎在脑后,露出了久违的脸。有时,她看到我们和树才一起玩儿,脸上露出欣慰欢喜神色,甚至会给我们发些炸米花或是水果糖做奖励。人们不再说起老三,很快就把他从记忆里抹掉了,只有那口被填埋的井,提醒着我们有过这么一个"暴君"生活在这里,他的暴怒曾经刺破那些万籁无声的夜晚,使我们不得安眠,但某一天,他被那小小的、看不见的电流带走了……这有点儿可悲,也有点儿神奇。

后来,我们家从商业局家属院儿里搬走了,从城北搬去了城南。此后,我们就很少见到以前院儿里的邻居了。偶尔,家里某个人在街上遇到了老院儿里的邻居,都会回来说一说,勾起大家的怀旧情绪。

某一天,姐姐说她在街上见到了周阿姨。

"她吃胖了,现在剪的齐耳短发,人好像比以前好看一点儿。"她说。姐姐总是对好看不好看特别敏感。

妈妈这时才讲起她最近听到的八卦,说周阿姨又找了一家。

爸爸随口问又找的什么人。

"老百货公司的电工,你还有印象吗,姓刘那个?他老婆生病去世了。"妈妈说。

"电工?为什么是电工?"爸爸惊讶地问。

爸爸惊讶的态度和莫名其妙的问题让我们愣了下神。我们想,电工怎么了?为什么不能是电工?电工……突然之间,我们都领会到了爸爸联想到的东西。爸爸自己不好意思地笑了,然后妈妈也忍不住笑了,最后,我们所有人因为这并不怎么好笑的事笑起来。

原刊《文学港》第5期

# 鲁迅遗稿

黄 平

## 第一幕

"天空不像唐朝的天空了。"

飞机缓缓下降，穿过浓云，透过舷窗，机场已隐约可见。舷窗映出孟弧略显憔悴的面容，他的脸很瘦削，眼眶深凹，眼圈有一丝发黑。看着窗外灰蒙蒙的天空，孟弧默默念出鲁迅先生这句话，合上《鲁迅著译编年全集》第五卷。临行前，他在书房里盘算许久，就像战士临阵前摩挲手中的弹匣。届时将没有手机，没有电脑，从上海飞西安，由不得带太多的行李。他没有选择《鲁迅全集》或者别的什么版本，精心选了这一本——这一卷完整地涵盖了鲁迅先生一九二四年的西安之行。

没有太多准备的时间，对方几乎算定，他看到短信后一定会来。昨天上午收到的短信，约定的是今天中午的航班。孟弧是大夏大学中文系的知名教授，上海青年文学评论家的翘楚，从未收到过如此冒失的邀请。但这条短信的内容，让他无法拒绝：

孟弧教授：久仰先生盛名，今有一事相邀。我受内山完造先生后人委托，请您鉴定鲁迅先生长篇小说《杨贵妃》手稿真伪。兹事体大，万望保密，并谢绝携带任何电子设备。书稿现在西安，盼先生于明日乘坐东航MU2156航班抵陕面议。

孟弧心脏狂跳地看完这条短信，中国现代文学的几大遗憾之一，就是鲁迅没有写过长篇小说。鲁迅一九二四年的西安之行，本来是为《杨贵妃》搜集资料，但从西安回到北京后，突然没有缘由地放弃了《杨贵妃》的写作。难道鲁迅写出了《杨贵妃》的手稿，并且把手稿留给了内山完造？孟弧想回拨电话，却发现短信是通过网络软件发过来的。这是诈骗短信吧？现在骗子的文化素养不低啊。

似乎是猜到了孟弧的震惊与怀疑，对方随即发来第二条短信，这次是一张图片。孟弧认出这是民国时期静文斋的笺纸，上面的笔迹是熟悉的鲁迅字体：

灰黑色的城墙和雉堞，城墙外，武士们持着矛，一排排的呆站着。远远地有两匹马并着跑过来。此后是拿着木棍，戈，刀，弓弩，旌旗的武人，走得满路黄尘滚滚。又来了一辆四匹马拉的大车，上面坐着一队人，有的打钟击鼓，有的嘴上吹着不知道叫什么名目的劳什子。路边的人陆续跪倒了，伏下去。一辆黄盖的大车驰来，车上呆木头似的沉默的，花白胡子的太上皇，就是玄宗了。

一个黑瘦的乞丐式的人,忽地站起,扑向玄宗的大车。他拔出青色的刀,青光充塞宇内,那刀便溶在这青光中。大欢喜的光彩,从这刺客的眼睛中射出来。

玄宗瞪大亡魂失魄的眼睛,天边的血红的云彩里,有一个光芒四射的太阳,如流动的金球包在荒古的熔岩中。

孟弧推敲这几段文字,确定是鲁迅的文风无疑。而且孟弧知道,这个开头和鲁迅好友冯雪峰的回忆对得上。在冯雪峰的回忆中,《杨贵妃》正是从玄宗被暗杀写起,鲁迅还亲口告知冯雪峰,"这样写法,倒是颇特别的。"孟弧把图片下载到电脑里,像欣赏书法一样,放大每处墨迹反复揣摩。假如这是真的,这将是改写中国文学史的事件,也是每个文学研究者梦寐以求的时刻。孟弧努力平复自己的心情,他还有一个月就四十岁了,这是四十岁这一年又一个大礼包吗?这可比他之前谋划的大礼包贵重。如果是诈骗的话,对方能骗到什么呢?代表东方航空骗他一张机票?他深吸一口气,貌似淡定地回复道:"感谢邀请,很有趣的活动,我去参观学习。"

西安咸阳机场,T3航站楼。

暑期,机场里到处是旅游的客流。孟弧随着人群走出到达层,接机的人群中,一个矮壮的出租车师傅,汗衫卷在肚脐上,举着块废纸壳,上面用黑笔粗糙地写着两个人的名字:吴远行、孟弧。孟弧心里瞬间浮起一丝不快。请一位打扮得像空姐的女孩,捧着一束红艳艳的仙客来接站,和请这位师傅拿着个快递箱的纸壳来接机,孟弧并不觉得有什么区别。他觉得不快的,是燕京大学的吴远行也在受邀请之列。这次或许名垂青史的鉴定,他无法独享了。

孟弧淡然地走到这个师傅面前，客气地打个招呼，细看一眼牌子，孟弧的弧还写错了，写成了孟孤。师傅有些生冷地问他吴远行人呢，孟弧解释他是从上海飞来的，吴远行是北京的教授，和他不在一个航班上。正说着，孟弧看到吴远行从行李转盘上取下来一个黑色手提箱，远远地走出来。吴远行也看到他们了，脸上瞬间浮起笑容，热情地挥着手。

吴远行和孟弧同岁，洛阳人，微胖，个子不高，两眼炯炯有光，说起话来嘴唇下有个肉窝，一副龙门石窟里的大佛长相。孟弧倒是又高又瘦，快一米九的个子，平日里的学术活动，他和吴远行走在一起，背影望过去很像神龙教里的胖头陀瘦头陀。孟弧作为评论家，在学术上是一个杂家；而吴远行专攻鲁迅研究，各类重大项目拿个不停，被视为四十岁以下的鲁研界学术明星。燕京大学这几年的鲁迅研究，也俨然有超越北大人大等学术重镇之势。孟弧看着吴远行微笑着走过来，心里忽然涌起一个疑问：自己尽管在中国现当代文学研究界和吴远行齐名，但毕竟不是鲁迅研究专家，对方请吴远行好理解，为什么同时还请他呢？

孟弧不及细想，和吴远行握手寒暄，并排往航站楼外面走。师傅在身后提醒了一声："还有个人哩。"两个人一愣，已走到了T3的出口。这一天正逢立秋，关中还是燥热，暑气扑面而来，像臊子面出锅一样热气蒸腾。孟弧擦了一下眼镜，定睛一看，西安当地古都大学的许构正在外面抽烟。

孟弧和吴远行又惊又喜，以为是老朋友许构邀请他们来的。许构和他们同龄，四十岁不到，已经是古都大学中国现当代文学教研室的主任，对于传统文化与现代文学的关系研究得很深，京沪之外引人注目的青年学者，一般会想到许构。今年五月，"五四运动"一百周年纪念,在华东师大举办的学术研讨会上,就是孟弧、吴远行、许构以及华东师大本校的王平四位青年学人做的大会主题报告。两三个月没见,许构还是一副陕西话讲的闲人样子,有点无所事事,有点颓丧。无论长相还是神情,都酷似这两个月热播的《长安十二时辰》里的张小敬。许构也看到他俩出来了,把烟掐灭,有点茫然地看着他们:"这是个啥事?你们俩也收到短信了?"

出租车从机场出发,沿着绕城高速一路向南,没有进西安市区,而是直奔秦岭北麓而去。一路走了百余公里,道路两边万峰巉巉,高下峥嵘,山林里的余晖淡去,暮色愈发沉重。

一路上许构向孟弧和吴远行介绍他了解的经过。他也是昨天上午收到的同一条短信,唯一不同的是,作为本市的专家,短信结尾告诉许构有一辆车会接他去机场。许构本来以为是飞到外地去鉴定,上车后,师傅告诉他还要去机场接两个人,之后去秦岭北麓将军山曲峪峡里面的一处别墅。许构想盘问出谁请师傅来接的站,师傅说就是出租车公司派下来的活,一个客人电话订的车,其余一概不知。孟弧和吴远行都是聪明人,知道兹事体大,对方刻意保密。只是本地人许构觉得这事怪得很,曲峪峡那片的违建别墅这段时间正在拆除,前几天下过大雨,峡谷里恐怕更是泥泞难走。感觉这个保密的排场,不是鉴定作家遗稿,而是鉴定传世国宝。吴远行表态鲁迅遗稿就是传世国宝,捍卫鲁迅之余,和许构闲扯鲁迅一九二四年西安之行的趣事,嬉笑地介绍鲁迅来的路上腹泻,一路上吃的拉肚子药叫"help"。

孟弧更多时候是沉默,他不时盯着手机上的导航,想把行车路线记下来。但是进了秦岭后,信号越来越差,转进将军山,手机上的信号完全消失了。他放下手机,凝望着车窗外连绵的秦岭冷杉,苍苍渺渺,像肃然的秦国甲士。他心中隐隐觉得有些古怪,但是又找不出具体原因，一种不安的感觉挥之不去。

从绕城高速到关中环线，下高速走村道，灰白色的水泥石板路。从村道开进去，穿过一片山杨林，又开了近一个小时，来到一条幽寂的小河前。水疾且浊，河上有一座水泥桥，桥的尽头是一片笼在雾霭中的别墅区。司机把车停在桥头，桥头立了块牌子，红油漆厉色写着：危桥禁行。

司机说什么也不走了，指着桥体说，上个月拆迁，渣土车天天往来，桥面开裂，车肯定过不去，走路没问题。夜色中望过去，河边的别墅一片残垣断壁，里面的一排似还没有来得及拆，影影绰绰，没有半点灯光。环境倒是极好，这条河和这片山杨林，把别墅区和外界远远隔开，唯一出入口就是这座桥。司机转身向坐在副驾驶的许构要钱，开口就是一千五。许构脾气也急，骂了一句你怎么不去抢哩，我可是当地人。司机早有准备，拉着许构三人下车，打开后备厢，指着里面说，这一千五是全算在内的。

后备厢里，整整齐齐码着三箱涟漪矿泉水、三箱银桥牛奶、三箱米旗面包，甚至还有三包卫生纸。这些上面，还垒着三辆菜市场常见的简易手拉车。司机给每人分了一车，告诉他们这是订车的客人安排的，车费加上这些，电话里约好一千五。订车的客人还在电话里保证，你们仨肯定会给。孟弧等人面面相觑，假设鲁迅遗稿就在河对面的别墅里，那多少钱的车费，都要走这一遭。三个人各付了五百给司机，出租车扬长而去。三位青年学者，一手拉着车，一手拉着皮箱，一个接一个走过小桥。临走时司机告诉他们，电话里约的别墅是最里面的一栋，一号别墅。

这片别墅区，原本是仿传统徽派风格，青砖小瓦马头墙，回廊挂落花格窗，在深山里打造一片世外桃源。现在进门的几栋，只余一地瓦砾；里面的几栋还在，森森然渺无人迹。施工队已经撤离，估计等着桥面修复。路上许构讲起这片违建别墅的由来，孟弧和吴远行在电视上也看过相关报道。一轮冷月升起，几人沿着小径徐行，路两边密密种着樟树、雪松与悬铃木，山风徐来，浅吟低啸。走到小区最里面的一栋，虚掩着铜门，大门左右挂着"厚德载福""和气致祥"两块牌子，牌子边各栽两棵旱柳。透过大门望进去，院子里荒草有半人高，种着石榴与女贞，开着一大片白色的木槿花。

这个一号别墅无论怎么看，也不像有人住的样子。孟弧矜持，还敲了敲门。许构推门进去，庭院里安静得连一只野猫都没有，只是惊起女贞树上的几只山雀。房子共有三层，一楼是客厅与厨房，客厅与厨房中间是卫生间，卫生间对面是上楼的步梯。二楼有三间卧室，两大一小。三楼两间房，应是一间卧室一间书房。书房外是大露台，直对山景。整栋估下来有三百多平，目前都是水泥毛坯，只是一楼的卫生间交付时装了简易的台盆与马桶，供装修工人使用。

三人互相照应，楼上楼下走了一圈，越走越惊诧。回到客厅，面面相觑，这诡秘的场面，是他们来之前万万没有想到的。他们都习惯了一路被当地作协或大学周到照顾的文学研讨会，习惯了签到处、资料袋、星级酒店的大床房和包厢里的红酒。孟弧生性谨慎，主张明天天亮就回城。吴远行也有些蒙，抿着嘴不说话。许构尿急，去一楼卫生间方便。他拍拍门口的开关，发现没有通电；扭开水龙头，还好已经通了水。许构打开手机电筒，发现这个卫生间有人来过：马桶的水箱上，提前摆着一台巴掌大的老式索尼随身听；马桶对面靠墙摆着三张叠起来的行军床，每张床上搭着一张封在挂装袋里的毛毯。

三个人饥肠辘辘，各拉起一张行军床，围坐在客厅里，吃着面包喝着牛奶，按下随身听的播放键。月光透过客厅的落地窗玻璃照进来，照在此刻几位民工模样的青年学者身上。伴随着久违的磁带沙沙声，一个低沉的女性声音响起。鲁迅先生一九二四年的西安行，孟弧等人二〇一九年的西安行，像滚动在月色中的水银，在这秦岭深处废弃的别墅中，渐渐交融在一起。

## 第二幕

阳光刺眼，透过沾染着水泥灰尘的玻璃照进来，有一丝沉闷。许构走到落地窗前，推开一扇窗子，透一口气。近中午了，几个人刚刚醒。昨夜为了安全，三个人都睡在客厅，行军床东一张西一张胡乱摆着。入户的大门，孟弧用行李箱上的挂锁牢牢锁住。吴远行胡乱洗一把脸出来，眼睛里带着血丝。他坐在床上，看着他们俩说："内山完造在日本好像是有一个女儿。"

作为鲁迅专家，吴远行对内山完造的生平也颇了解。吴远行讲，抗战胜利后，内山书店被国民党接收，内山完造被遣送回国。一九五〇年，内山完造与加藤真野结婚，这是他的第二任妻子，他们生下了一个女儿。关于二十世纪五〇年代的内山完造，吴远行所知不多，他觉得内山完造先生似乎有什么事情想告知国内，但一直没有找到合适的渠道，内山完造本人也很犹豫。一九五九年九月十九日，内山完造亲自飞到北京，但在当晚的宴会上，突然发抖昏迷，第二天就在协和医院去世，死之前一直昏睡不醒。这一年内山完造七十四岁，就这样永远留在了中国，和第一任妻子、一九四五年病逝于上海的内山美喜子，一起安葬在了上海虹桥路的万国公墓。

孟弧和许构静静地听完吴远行的介绍，许构说："昨晚上录音里的那位，就是内山完造和第二任妻子的女儿？"

"嗯，她自己说是日本冈山大学东亚艺文系的教师。你记得吧，她说《杨贵妃》这个手稿是在冈山的老房子里发现的。冈山这个地方，就是内山完造的家乡。"

许构说："那她为什么不来一次中国见面聊聊呢，托人弄得这么神神鬼鬼，她今年还不到七十岁吧。"

吴远行说："或许她父亲当年在北京的意外去世，让她没有安全感。"他顿一顿说，"似乎内山完造通过鲁迅遗稿，知道了什么我们不知道的秘密。"

许构说："鲁迅就是个作家，他会掌握什么秘密呢？"

吴远行摇摇头："民国那个时代很难讲，而且鲁迅先生不是一般的作家，各方势力都在争夺他。"吴远行想了一想，又说，"鲁迅先生临终前，去过的最后一个地方，就是内山书店。一九三六年九月十八日当晚，鲁迅用日语给内山完造写了一个便条，表示身体不舒服，当晚十点他本来还约定和内山完造见面。这个便条是鲁迅先生留下的最后的文字，十九日晨，鲁迅先生去世。他那天晚上想约内山完造谈什么事情，只有天知道了。"

大家一时无话，乱世知识分子的生活，确实和现在的他们天差地别。孟弧从行李箱里翻出来一块黑巧克力，自己掰下一块，也散给吴远行和许构。吴远行接过巧克力说："今天的关键，也是昨天这位女士重点讲的，就是参透她告诉咱们的这三段文本。"

许构说："她这是要考考咱们哪。她说第二盘录音带也在这个房间里，线索就在这三段文本之中。"

孟弧说："考就考吧，早点结束此事早点回家。住在毛坯房里，这是人生第一次。"

吴远行说："你这是习惯上海的花园洋房了。"

孟弧说:"你这首都来的大教授,在北京住得差?"

吴远行说:"呵,跟你们上海学者不能比,海淀那一片的老房子你不是不知道。"

孟弧看一眼许构,找补了一句:"还是长安的学者最好,听说你们在大学城分的房子,每个教授都是二百平的大平层。"许构避而不谈,指着行军床上的记事本说:"抓紧干活吧。"

这个记事本记录下了昨天的录音带中,这位没有具名的日本女士念的三段文本,据她说就是《杨贵妃》手稿上的三段。她表示该手稿记录的内容非常重要,她要确定请来的三位专家,有真正的鉴定能力。录音并不长,但是反复记录校订这几段文本,就搞到了半夜两点。

**第一段:**

一道阳光斜射在西壁上,高力士顺着剥落的宫墙走路。很能耐寒的树木也早已经秃尽了,灰黑色的枝丫,叉于清朗的天空中。微风起来,露在墙头的枝条,带着干枯的叶子摇动。

出了宫门,没有直走大道,转入岔路,在宫墙下慢慢地绕着。风大起来,括上黄尘来,遮得半天暗。

现在的长安可是不比一两年前,玄宗在位的时候,街道宽阔,房屋也整齐。大店铺里陈列着许多好东西,东市西市的店铺里,堆积着蜀锦、吴绫、胡靴、绛纱镜、铜器、酒器、名瓷、茶釜、茶铛、茶椀、空青石、黄连、玳瑁、珍珠、象牙、沉香……而今只余严冬的肃杀。

高力士拐到皇城东的永兴坊,路过云麾将军左龙武将军刘感的宅邸,沿十字街走到西边的荷恩寺。走到门口,高力士忽而觉得有些口渴。

**第二段：**

玄宗毫无动静地坐着，好像一段木头。

"父皇，您好吗？"李亨轻轻地说，极恭敬地行着礼。

玄宗瞪着眼看定大殿的屋顶，沉默了一会儿，咳嗽几声，白胡子里面的嘴唇在动起来。

李亨屏住呼吸，侧着耳朵听。玄宗的牙齿都掉光了，发音不清。

李亨很有些焦躁模样，声音大了些，"父皇，高力士总不肯说，他说完全记不得了。这样东西，怎么会记不得呢？"

"那不碍事，那不要紧。"玄宗说。

"怎么会不要紧？"李亨斜射出眼光来，有些愤懑。

哇的一声，夜游的恶鸟，飞过了甘露殿。

玄宗仿佛并没有觉得，但仿佛又有些觉得似的，"对对！"

两人没有话。李亨深深地倒抽了一口气，只是很懊恼，觉得有什么不足，又觉得有什么太多了。

**第三段：**

这是哪里，我怎么到这里来，怎么死的，这些事我全不明白。总之，待到我自己知道已经死掉的时候，就已经死在那里了。我的身体似乎比活的时候要重得多，所以压着黄裙的衣褶，便格外的不舒服。

听到几滴水声，几声喜鹊叫，接着是一阵乌老鸦。大约正当黎明时候罢。

黑沉沉的一无所有，只有映出的月亮灰白的影。上下四周，无不冰冷。

三个人仔细地读了几遍，鲁迅先生的文字自然是一流的，但是如何凭借这三段文字，推敲出第二盘磁带的所在，大家都很茫然。吴远行喃喃自语："有些文字好熟悉啊，但就是想不起来在哪里看到过了。"孟弧和许构也有同感，这几位评论家平日各种应酬忙得脚不沾地，对于作品都有些生疏了。为了掩饰尴尬，许构开玩笑说："等远行老兄那个'鲁迅研究历史文献大型数据库建设项目'完成后就好了。"说完，他又推一推孟弧，"你这大评论家是文本细读的高手，你来讲讲？"孟弧皱着眉头，敲着记事本上的第一段问许构："长安当年一百零八坊，真有这个永兴坊吗？"

　　许构答道："严格来说玄宗时不是一百零八坊了，不过永兴坊一直在。魏征的家就在永兴坊。"

　　孟弧说："文学归根结底是一种隐喻，这个道理你们两位大咖当然明白。这三段就是谜面，谜底，是一个物，或者说是一个位置。"孟弧停顿一下，继续说，"我想，高力士走的这条路看起来很奇怪，是不是在隐喻什么？"

　　吴远行和许构听孟弧这么讲，又翻回来看第一段。许构说："高力士走没走过这条路不知道，但这段地理位置上的描写，鲁迅先生是写实，是按着玄宗当年的长安城布局来的。"

　　吴远行盯着永兴坊反复地看，"永兴坊现在是哪里？"

　　许构说："永兴坊么，你几年前去西北大学开会那次，晚上我不是来找你出去吃夜宵嘛，那次去的就是永兴坊的美食街。咋跟你说呢，就是靠城墙东边。"

　　吴远行哦了一声，"想起来了，咱们吃完后去看的秦腔。"

　　"对，咱们吃完去易俗社看的《三滴血》，那一路大概就是当年的永兴坊。现在的永兴坊比唐朝那时候小多了。"许构说，"我老家也在那一片，长安历史上著名的灵异事件所在地。你们读过《酉阳杂俎》吧，在唐朝的时候永兴坊的井闹鬼，我小时候还听过这个传说。"许构国学底子好，对这一段也经常当段子讲，竟背了出来，"永兴坊百姓王乙掘井，过常井一丈余无水。忽听向下有人语及鸡声，甚喧闹，近如隔壁。井匠惧，不敢掘。"

孟弧和吴远行没有读过《酉阳杂俎》，只是知道鲁迅在《中国小说史略》中研究过该书。孟弧又指着第二段说："这一段鲁迅先生写的是玄宗和李亨的对话，注意地点是在甘露殿。"许构一下子想起来了："玄宗被赶到甘露殿，是公元七六〇年夏天以后的事。李亨七五六年即位，玄宗那个时候起就被架空成太上皇，可恓惶了，自己的兴庆宫也不能住了。玄宗被赶到甘露殿后，高力士也被流放了。"

吴远行说："读这一段，李亨很焦虑，他好像有什么东西在玄宗这里。似乎高力士也知道此事，但不肯说。"

孟弧继续说："此外，第三段的死者是谁？顺着第二段的逻辑，我一开始以为是高力士被李亨杀了，但是注意，这个死者穿的是黄裙。"

"黄裙？"

"死者是个女人。"孟弧说，"而且这里鲁迅先生的叙述手法很现代，是从死者的视点出发的第一人称叙述。"

许构说："鲁迅为什么要这么写呢？"

孟弧摇摇头："我现在还不清楚。这三段感觉彼此之间有一种微妙的呼应，但是到底在暗示什么呢？"

吴远行和许构也陷入沉默。临近中午，林静鸟稀，秦岭夏天的风吹进来，隐隐带来小区外的流水声。在他们看不见的地方，河边枫杨的果实垂蔓着，偶尔落在河中随波而去，尘世的喧嚣，远远在山谷之外。

孟弧睡不着，他习惯独处，也是嫌许构他们这两晚呼噜声大。他把床搬到了二楼，在三个房间里挑了一个最小的，设计上应该是保姆房。这是住在毛坯别墅的第三晚了，孟弧这几天一直克制着内心的焦虑，他必须要在几天内离开西安，单位还有一件大事等着他。

　　借着手电的亮光，他再一次翻出记事本。其实不用再看，这几段话他差不多背下来了。怎么从字里行间找出蛛丝马迹？孟弧这几天试遍了所有文本细读的方法，也很难解开眼前的这道谜。他曾经想着要不就这么算了，干脆走出房间，穿过别墅区，从小桥过山杨林，到村子里包一辆车，就这么回到城市，回到他所熟悉的世界该干吗干吗。但是眼前的文本充满着无穷的诱惑，这诱惑一半来自鲁迅遗稿本身，一半来自发现遗稿所带来的巨大声望。孟弧思来想去，还是舍不得走。吴远行和许构这两天也在抱怨，在这毛坯别墅里吃不好睡不好，但大家恐怕是一样的心思。

　　他反复推敲这三段文字，凭借着一流文学评论家的敏锐，他觉得关键所在是第三段。前两段是常见的第三人称叙述，历史小说常见的写法。但是第三段是从死者的视点展开叙述，这在鲁迅准备写作的一九二四年，乃至于今天也不常见。孟弧想到的类似作品，有莫言的《生死疲劳》、余华的《第七天》，还有拉美作家鲁尔福的《佩德罗·巴拉莫》，这些作品也是他在大夏大学的课堂上，经常带着学生一起细读的。但是回到鲁迅这里，他为什么要这么写呢？

　　他放下记事本，枕着双手，凝视着头顶的水泥天花板，感觉这两天仿佛被困在一口井里。屋子里太安静了，方圆几里地，可能就他们这几个活人。他横竖睡不着，掀开毛毯坐起来发呆。就在这时，他隐隐听到滴水的声音，在这深夜中，一滴一滴地传了过来。

孟弧突然闪念:"听到几滴水声",这句话出现在第三段之中。死者所在的那个环境,必然有水!一个思路像电流一样,将大脑不同区域依次点亮。万一第三段写的这个"我",并不是一个"人",而是以拟人的方式写的一个"物"呢?那么,它所在的地方必然有水!此刻,就在这栋毛坯别墅里,哪里在滴水?此刻耳朵里的滴水声,是哪里传来的?

只有那个地方!孟弧激动地站起来,摸索着噔噔走下楼,脚步声惊醒了睡在大厅里的吴远行和许构。两个人蒙眬中扭过头,只见孟弧站在一楼卫生间前。孟弧深吸一口气,按捺一下自己的兴奋,走进卫生间,蹲下来,用手在马桶下面摸索。没有摸到什么,孟弧站起来,想了想,打开了水箱盖。水箱盖的背面很潮湿,一滴滴水珠,不断落在水箱里。在水箱盖背面的正中间,一盘磁带,装在密封的防水袋里,横七竖八地用黄色胶带粘着,像在水箱盖下面粘了一颗炸弹。孟弧撕下胶带,擦擦手,把袋子拿到手里,这就是他们苦苦找了三天的第二盘磁带。

三个人都毫无睡意了,他们像来到这里的第一天晚上一样,围坐在一起。浓云遮月,他们各自的手机也都没电了,周遭近乎一团漆黑。在这秦岭深处的黑暗中,磁带里一个男性声音响起。这一盘磁带和第一盘不同,讲的内容远远超过鲁迅遗稿本身。孟弧他们听得目瞪口呆,原来鲁迅一九二四年的西安行,并不仅仅是为了《杨贵妃》的写作而来,而是卷入了一个流传千年的秘密。

## 第三幕

三个人一夜没睡,还沉浸在昨夜的惊愕中,心里有团火在空洞地燃烧。

许构舔舔有些干裂的嘴唇，问道："大家啥主意？"

孟弧不说话，看着吴远行。

吴远行一只手揉着太阳穴，似乎有些头疼。他想了一想说："一九二四年请鲁迅来西安的，是当时的大军阀刘镇华。他是陕西督军。刘镇华与鲁迅之间，本来八竿子打不着。实际上动议邀请鲁迅的，是北大的两个青年学生。"

"就是两个大学生？"

"嗯。现在想起来是有点古怪。一个叫王捷三，一个叫王品青，都是陕西旅京学生联合会的成员。他们是通过当时西北大学校长傅铜的关系，通过傅铜说动的刘镇华。"吴远行转身从自己的双肩包里拿出几本书，有孙伏园所著的《鲁迅先生二三事》，有单演义所著的《鲁迅在西安》。他拿起《鲁迅在西安》："我记的也不一定准确，更详细的资料，你们看看这本书，这是西北大学一位老教授写的。"

孟弧接过书，补充道："我记得鲁迅先生一九二四年的日记，也多次提到王捷三和王品青。王捷三这个人，当时是北大哲学系大三的学生，也是鲁迅先生西安之行的接待员。"

吴远行说："对，之前没有重视过王捷三这些青年。听昨晚上磁带里讲到内山完造遗留给女儿的那封信，才认识到原来他们的角色不简单。"

两个人说着说着，转向许构，"老兄，你对传统文化有研究，那盘磁带里讲到的传国玉玺的传闻，是真的吗？"

一夜没睡，许构眼泡有些肿，头发也乱蓬蓬的。他喃喃地说："'受命于天，既寿永昌'。谁拿到了传国玉玺，在军阀混战那个时代，谁就是天命的代表。"

许构讲给吴远行和孟弧，传国玉玺是秦始皇命李斯所制，四寸方圆，五龙缠绕，刻着李斯的篆书。从秦开始，一路经两汉、三国、两晋、宋、齐、梁、陈、隋，传到唐朝。隋朝灭亡后，隋炀帝的皇后萧皇后，带着玉玺逃到突厥部。李世民即位，萧皇后从漠北回到中原，奉还了传国玉玺，至此传国玉玺回到唐朝皇帝手里。朱温灭唐，夺了传国玉玺建立后梁；李存勖灭后梁，夺了传国玉玺建立后唐。石敬瑭割让燕云十六州，借契丹兵灭后唐，后唐最后一个皇帝携皇后、太子与传国玉玺自焚，至此传国玉玺不知去向。

吴远行说："后梁、后唐的都城都是洛阳，传国玉玺最后是在我老家失踪的？"

许构说："未必。我们陕西一直有个传说，安史之乱时，玄宗觉察到了太子李亨夺位的野心，一直不肯将传国玉玺传给他，托高力士带出宫藏起来了。李亨没有办法，伪制了一枚传国玉玺。"

孟弧说："也就是说，从李亨开始，传到唐末的传国玉玺，不是秦始皇的那一枚了。真的玉玺有可能还在西安？"

许构说："围绕传国玉玺有各种传闻。这东西太珍贵了，无价之宝。尤其是军阀混战的年头，谁找到传国玉玺，胜过雄兵百万。所以磁带里说，刘镇华一直想找传国玉玺，从河南找到了陕西。"

大家不语，沉浸在昨天磁带所讲的故事里。原来内山完造留在冈山老宅的，不仅有鲁迅遗稿《杨贵妃》，还有一封信，里面详细记录了鲁迅临终前去内山书店的谈话。一九二四年春，传国玉玺在西安出现，当地的进步青年把传国玉玺藏到了一个极秘密的所在，避免落在军阀手里。刘镇华的党羽获悉相关传言，不断派探子在民间搜集，形势岌岌可危。这群青年秘密联系上陕西旅京学生联合会，找到王捷三等人，希望王捷三他们联系上鲁迅先生。他们想将传国玉玺托付给信赖的鲁迅先生。王捷三等人借着西北大学暑期学校这个机会，说动了老乡、时任西北大学校长的傅铜，将鲁迅先生添加到讲学嘉宾的名单中。由此，一场关系中华民族命运的国宝大转移，借着鲁迅先生来西安讲学、搜集《杨贵妃》写作资料的名义，不动声色地拉开大幕。

内山完造在信里讲，鲁迅先生本来有机会带走传国玉玺，但在离开西安的当晚，发生了一个意外，传国玉玺还留在西安。后来刘镇华兵围西安，"二虎守长安"，知情人死在了这次围城的劫难中；鲁迅先生本人一直受特务监视，找不到安全的机会回西安取回传国玉玺。在当时列强环伺、军阀林立的环境下，传国玉玺不现身，反而是最好的结局。他于是将传国玉玺的下落，写进了《杨贵妃》这部小说。《杨贵妃》并没有全部完成，只是完成了一些零散的部分。鲁迅先生将小说手稿交给了内山完造，托他在河清海晏之后，将手稿交回中国，找到合适的文学评论家，破解手稿里的机密，找回传国玉玺。内山完造作为鲁迅先生挚友，作为热爱中国的日本友人，在战后一直想找合适的机会，完成鲁迅先生的心愿。一九五九年他终于回到北京，但没有预料到的是，他到北京的当晚猝然去世。一九五九年的北京之行，内山完造为防不测，将鲁迅遗稿一分为二，留在日本老家一部分，带到北京一部分。内山完造突然去世后，带到北京的遗稿也消失不见。内山完造女儿发现的，只有留在日本的鲁迅遗稿，以及内山完造留给女儿的这封信。

吴远行说："鲁迅先生一生都很谨慎啊，没有直接将传国玉玺的所在，告诉内山完造。"

许构说："目前我们怎么办呢？对方说我们通过了测验，这几天会将日本部分的遗稿送过来。"

孟弧说："没有想到要待在西安这么久，老实说，我这一段有个急事。"

吴远行心照不宣地看了一眼孟弧，笑了笑："谁不是呢。"

许构看着他们俩，表情复杂，欲言又止。

孟弧敲着手表说："两位老兄，八月十五日那一天，我得在北京。"

吴远行盯着孟弧："我还给自己订了一张返程票呢，也是八月十四日回北京。"

许构直性子，嚷嚷起来："你们俩是不是入围了今年的'盛唐学者'答辩，还有我，给你们俩当分母。"

"盛唐学者"，目前国内四十岁以下青年学者的最高人才头衔。"盛唐"二字，一是向大唐盛世遥遥致意；二是有赖盛唐财团每年的慷慨资助，每年最终的获奖者有一百万奖金，学校也会有相应的配套奖励。在今年五月华东师大的会议上，学会前辈暗示过孟弧，他入围终审答辩的可能性极大。孟弧自己判断，五月份大会主题发言的四位青年学者，他自己和吴远行、许构、王平，是今年可能性最大的候选人。其中王平略小两三岁，明后年还有机会；自己和吴远行、许构都是压线的年龄，按照惯例三个人中会有一个。许构的研究比较扎实，但人头不熟，终究吃一点地域的亏。这样来说，八月北京的终审答辩，自己和吴远行二择其一。去年、前年都是北京学者获奖，考虑到平衡，今年花落上海的可能性蛮大。这顶帽子，孟弧已经筹划许久，是志在必得的。

吴远行也是同样的心思，但彼此是竞争对手，不好说破。许构嚷了这嗓子，大家倒有些尴尬。孟弧素来矜持，感到耳根有些发热。许构说："咱们不说虚的，不说传统文化的伟大意义了。就说奖金。你们俩不一定谁得，也可能都不中。就算拿到了，就是一百万。但是假设咱们帮人家找到玉玺，你们想想这是多少钱？"

孟弧和吴远行默然不语。昨夜磁带里的男人，介绍自己是日本三井财团的董事，内山完造女儿的丈夫。妻子告诉他这件事后，他知道此事关系极大，不仅涉及中华文明的瑰宝，也牵涉到中日两国的友谊。他愿意代表三井财团，请三位学者代为查找传国玉玺的下落。没找到的话依然支付每人一亿日元劳务费，找到则支付每人三亿作为酬谢。《杨贵妃》的手稿，也无偿转让给三位学者，算作他们的发现。如果同意，请他们将大门口"厚德载福""和气致祥"这两块牌子彼此换个位置，左边挂在右边，右边挂在左边。他的人看到后会尽快奉上鲁迅遗稿，并且接他们到一个舒服的地方慢慢研读。

许构继续说："老吴你现在是牛逼，蒸蒸日上，但一个项目就是三五年，你有几个五年？这项目的钱，你敢都留在自己卡上？北京的房价噌噌涨，你在咱这个圈做得再好，和后厂村互联网那帮人比比？和金融街那帮人比比？还有，孟弧老兄，你名气大，和媒体熟，经常上电视。但你写的那些东西再精彩，有几个读者？现在谁还看当代文学评论，当代文学都没啥人看了。你跟那帮畅销书作家比比？你不是和起点中文网的总编熟吗，你跟网络作家比比？"许构很果断，越说越激动，"这次是咱们千载难逢的机会，这辈子就这一次了。就算最后啥也没找到，保底一个亿，人民币差不多五百万。下次你们再来秦岭，住我家的别墅！"

孟弧和吴远行被许构一席话说服，吴远行主动握住孟弧的手，"老兄，看来咱们这辈子，赚不到一百万，要赚这三个亿了。"孟弧笑笑，说那就早点去门口换牌子吧，这地方待够了，也等着一睹鲁迅手稿真容。几个人走到院子里，站在山楂树下，头顶万里无云，正午的阳光倾泻而下。多么好的天气啊，莫名地，孟弧忽而想到了杨贵妃，十五岁的杨玉环在洛阳参加咸宜公主婚礼那一天，可能也是这样的天气吧。

就这么等了两天，一直没有后续消息。孟弧有些心焦，终日在房间里读自己带来的书，也读吴远行、许构他们带来的资料。三个人的书，组成了一个临时的主题图书角。他们也常在一起讨论，想从目前的资料中找出鲁迅西安之行不寻常之处，但没有什么发现。许构吵着要过桥去村子里吃碗面，天天面包牛奶吃不消，再给家里打个电话报平安，但也是嫌路远，开车过来都要一个小时。吴远行准备了一个A3的草稿本，查证当年的史料，勾勒鲁迅的路线图，看看能不能找到什么规律。

这天下午，几个人到三楼的大露台上呆坐着，望着阳光极缓慢地在对面的山梁上移动，聊着想象中的三亿日元。许构慨叹小日本怪有钱的，出手大方。吴远行冷笑一声，说人家是占个大便宜。明成化斗彩鸡缸杯就是个普通皇帝用过的酒杯，拍出两个多亿人民币；传国玉玺至少上百亿，换成日元要两千多亿。日本人找到后，大模大样地归还中国，这背后潜在的收益不得了。孟弧没有接话，看着对面山梁上的光影，就像一束光在暗绿色的毡子上移动。长天流云，时聚时散，阳光也随之隐没。

吴远行打趣，说天天这样闷煞了，让许构来一段秦腔。都是很熟的朋友，许构也没啥不好意思，伸长脖子就吼了一段："一个儿，两个儿，三个四个五个六个，三六一十八位尊罗汉……"他一脸坏笑地对着吴远行、孟弧"一个儿、两个儿"地数起来，吴远行还没有反击，孟弧却心念一动，突然想到了什么，一时还无法厘清头绪。他很严肃地问许构："这唱的是什么？"

"《双锦衣·数罗汉》，你没听过吧，你们上海人是听歌剧的。"

"《双锦衣》……"孟弧默念了几句，对吴远行说，"远行兄，辛苦你去把楼下的书带上来。"

"怎么?"

"鲁迅的西安行,有一个地方很奇怪。"

所有资料搬到露台,摊在孟弧的面前,吴远行和许构围坐在两边。孟弧指着远方的山梁说:"你们看那束光,一会儿亮起来,一会儿暗下去,但就是不走。"

"是啊,这有什么奇怪?"

"我在想,鲁迅在西安的二十天,有个地方,为什么鲁迅先生离开了又去,离开了再去,反复去了几次?"

"什么地方?"

"易俗社!"

"易俗社?"

"对,鲁迅是一九二四年七月七日从北京出发,十四日到的西安,八月四日离开西安。在这二十天里,鲁迅去了五次易俗社,分别是十六日、十七日、十八日、二十六日和八月三日。还有,就是王捷三陪同他去的易俗社。"

孟弧翻开他带来的一九二四年《鲁迅著译编年全集》,把鲁迅日记中的记录指给他们看:

(七月)十六日

晚易俗社邀观剧,演《双锦衣》前本。

十七日

夜观《双锦衣》后本。

十八日

夜往易俗社观演《大孝传》全本。月甚朗。
二十六日
晚王捷三邀赴易俗社观演《人月圆》。
八月三日
晚刘省长在易俗社设宴演剧践行。

吴远行看着自己的笔记说："除了在西北大学暑期学校讲课外，易俗社是鲁迅去过最多的地方。鲁迅很信任易俗社，他临行前，把这次讲学的部分薪资，捐给了易俗社。"

许构接话道："这易俗社是当年进步青年的聚点，'易俗'的意思，就是依靠文艺的力量移风易俗，'编演新戏曲，改造旧社会'。"

孟弧说："鲁迅去西安之前，和易俗社就有过交往。鲁迅当时是教育部的佥事，这个职务比司长低，比科长高。他主管的教育部通俗教育研究会，曾经给易俗社颁发过奖状。"孟弧指着面前的资料说，"我昨天读孙伏园的回忆，易俗社当时的主事人吕南仲，还是鲁迅绍兴籍的老乡。"

吴远行明白了孟弧的意思，"你是说，传国玉玺很可能被藏在易俗社？"

孟弧点点头，"这样一些细节就对得上了。为什么邀请鲁迅先生十六到十八日连续三晚去易俗社？这应该是王捷三他们和易俗社沟通好的，借着观演，易俗社里面的主事人，可能就是吕南仲本人，和鲁迅先生恳谈此事。在第三晚，也就是十八日晚上，显然双方谈妥了。鲁迅专门补了一句'月甚朗'。二十六日晚，双方可能在具体讨论怎么带走传国玉玺，注意当晚鲁迅和王捷三都去了易俗社。"孟弧指着鲁迅八月三日的日记说，"遗憾的是八月三日这一晚。这是鲁迅临行前的最后一晚，没有意外的话，他要在当晚带走传国玉玺。然而好巧不巧，刘镇华也到了易俗社，到这里陪鲁迅吃饭践行。"

吴远行说："那不知道刘镇华是听到了风声，还是就是一次巧合。但无论怎样，刘镇华在，鲁迅没有机会将传国玉玺带走了。"

孟弧说："我也是这么想。这应该就是内山完造留给女儿的信里，提到的鲁迅告诉他的那次意外。"

许构说："这么说传国玉玺当时在易俗社，可惜不知道具体在哪儿。"

孟弧沉吟道："我们还没有看到内山完造女儿手里的全部鲁迅遗稿。但是，仅凭目前我们看到的三段，我有个推断。"

吴远行和许构期待地看着孟弧，等着他继续讲下去。

孟弧把记事本打开，回看第一盘磁带里提供的三段文本："这三段中，最容易理解的、最浅白的是第二段。这一段是玄宗与李亨的对话，那个时候李亨已经当了皇帝。李亨要的东西，现在看，显然就是传国玉玺。"

孟弧接着说："由此回到第一段，这一段写高力士出宫。高力士出宫很诡异，他这样的身份，一个人出门。他去的地方是永兴坊。我一直在想，长安一百零八坊，鲁迅为什么安排他去永兴坊。当然，高力士步行，没有乘车马，永兴坊紧邻皇城，走路近。但鲁迅写得很细，他写高力士进了永兴坊之后，一直向西走，去的是荷恩寺。"

许构插话说："现在永兴坊西边没有这座寺。"

孟弧转过头，双目炯炯地看着许构，"永兴坊现在的西边，是什么地方？"

许构想了想，"今天的西安，是在明长安的基础上发展起来的，明长安和唐长安的变化很大。像你们熟悉的钟楼，是朱元璋当皇帝的时候建的。永兴坊最西边，应该在钟楼的东边。那个地方……"许构犹疑着说，"那个地方，应该就是易俗社那一带。"

吴远行惊愕地说："也就是说，鲁迅先生以高力士的路线，暗指易俗社的方位。高力士出宫，是要把传国玉玺藏起来。"

孟弧有些激动："我还没有说完。注意这一段最后一句，高力士到了荷恩寺门前，他觉得口渴了。"孟弧看着他们两人，"这么重大的事情，为什么鲁迅要在这里插入一处闲笔，为什么要写高力士口渴了？"

吴远行和许构有些茫然，他们知道孟弧心中已经有了答案。

孟弧越说越激动："答案在第三段。注意这个死者是穿黄裙的。我一直不懂鲁迅为什么要重点交代黄裙，直到昨天读许构老兄带来的资料，我才想明白了：杨贵妃喜欢穿黄裙。在《新唐书》里记载着，'杨贵妃常以假鬓为首饰，而好服黄裙'。"孟弧加重语气说，"我敢断定，鲁迅写的这个死者，这个女人，就是他这部长篇小说的主角：杨贵妃！"

许构问："那杨贵妃和传国玉玺又有什么关系呢？"

孟弧说："大家注意，这篇《杨贵妃》，鲁迅已经不是当小说来写了，而是当谜面来写，为了给后人留下传国玉玺的线索。杨贵妃是玄宗心中的无上珍宝，作为换喻，对应着小说作者心中的宝贝。"

吴远行有些兴奋地说："你是说，这第三段中，对读者说话的'我'，可以被理解为传国玉玺？"

孟弧抑制着激动的心情，尽可能沉着地说："几天前，'听到几滴水声'，我想到了马桶的水箱。但当时我不能解释的是下一句，'黑沉沉的一无所有，只有映出的月亮灰白的影。上下四周，无不冰冷'。你们说，这是什么地方？"

吴远行恍然大悟："井！在井里！"

孟弧说："不错！易俗社的同仁，在当时的处境很危险，刘镇华的人随时可能搜查剧社。他们又不放心把传国玉玺寄放在外面。所以他们用了传统的方法：把玉玺藏在井里。我猜想是在井壁凿出一个洞，把玉玺藏在里面了。"

许构也很激动："东汉末年的时候，传国玉玺就是被藏在了洛阳的井里，后来被孙坚找到的。"

孟弧转头对许构说："现在想来，你前两天提到《酉阳杂俎》时，我们就该想到了。鲁迅先生对《酉阳杂俎》很熟悉，他在西安期间的讲稿《中国小说的历史的变迁》，专门提到了段成式的这本书。甚至于，可能鲁迅先生就是受这个灵异故事启发，建议易俗社的朋友们把传国玉玺藏到井里的。"

吴远行转头问许构："易俗社的井还在么？"

许构说："我也不知道，现在那一片是历史文化街区。哪怕被填了，就请这个三井财团把周围的房子买下来！"许构说得眉飞色舞，忍不住振臂狂笑，似乎感觉自己已经站在拆迁现场，黄尘滚滚中，挖掘机已经就位。

吴远行抱住孟弧的肩膀："老兄，今年很遗憾，否则你这'盛唐学者'实至名归。"孟弧笑笑没说话。吴远行招呼许构，踏过一地资料，旋风般地下楼，准备翻翻行李箱，找点喝的庆祝一下。

孟弧释然地一个人在露台坐着，平复内心的澎湃。他凝望着对面的山梁，说话的工夫，阳光渐渐暗下去了。在密林深处的光晕中，这一刻，似乎鲁迅先生隔着百年的烟尘，从一九二四年的夏天，沉默地转头望向他。迎着鲁迅的目光，孟弧突然有点惭愧，不自觉地低下了头。他的父母都是上海当地高中的语文老师，鲁迅先生的崇拜者，"孟弧"这个名字，就是鲁迅先生一九二四年前后使用的笔名之一。他尽管按照父母的愿望一路读到博士，当上了名校的文学教授，但是他读鲁迅的作品，往往感到隔膜。鲁迅的世界太沉重了，总是会榨出他"皮袍下的小"。今天的他，把自己的聪明都用在这三亿日元上，他们三个人一直在小心翼翼地回避一个问题：为什么不直接找到国宝交给国家？证书和锦旗的光荣，在他们这几个名教授心中，已然很虚无了。世上的一切，无论如何冠冕堂皇，都是聪明人的游戏。他想，鲁迅先生的目光，望向的是当年的西安吧。在黄河的激流上，乘船离开的鲁迅先生，对于西安城内的朋友们，内心更多的是惜别和牵挂。易俗社的青年们，还在军阀的监视下，像守卫着心中的信念一样守卫着国宝，精神抖擞地唱好舞台上的大戏。那是一种怎样的信念，支撑着秦音永存，支撑着他们相信文化的力量，可以改变那个贪婪而残暴的世界？孟弧不忍细想，他感到一种崇高的悲哀，在黄昏中一点点弥散开来，但是自己并没有半滴眼泪。"快结束了。"他安慰自己说。

## 尾声：一出喜剧

然而始终没有人来，一天、两天……到了八月十五日这一天。红太阳飞速地升起，黄太阳飞速地下坠，孟弧心里很焦灼，等得要发疯了。

真到了预定的"盛唐学者"答辩日，说是不遗憾，还是放不下。他仿佛看到，王平正在北京某家高档酒店的会议室里低调而沉静地侃侃而谈，对面是五位德高望重的评委，会议室外是过于安静的长椅——其他的候选人都联系不上。他以为自己不在乎了，但到了这一天，这辈子彻底无缘，内心还是涌动起强烈的不甘。他想起今年春天在华东师大开会的时候，王平彬彬有礼地迎来送往，一脸温和而饱含深意的笑容。吴远行与许构相对沉得住气，但也不像前两天那么亢奋，终日坐在院子里发呆，望着院门外寂寞的长路。

这一天是中元节，月光从银盆中流下来，漫过这一片死寂的山杨林。孟弧想静一静，他躺在二楼的床上，闭上眼睛，复盘这一周的每个细节。无数符号纷至沓来，彼此撞击，在孟弧的脑海中展开无数交叉的小径。他越想越心惊，会不会有另一种可能？他有些心悸，有些懊恼，急匆匆地冲下楼大喊："吴远行！许构！"

许构正在院子里烧纸，吴远行在一旁远远看着。许构在院子里辟出一块空地，把自己带的几本书，拿着打火机依次点了，祭奠过世的父母。带着火苗的胶版纸旋起，像翅膀着火的黑蝴蝶。许构围着火圈走，嘴里也在念叨着什么。

孟弧快步走到两人身后，用力地梳理了几把头发："我感觉不太对。"

许构停下来，吴远行也靠过来。

孟弧说："我们一共收到四段《杨贵妃》的段落，短信中的一段，第一盘磁带录音中的三段。我一直觉得这几段话，像是在哪里看到过。比如磁带中的第三段，死者的自白，有的句子应该来自《野草》中的《死后》，可能还有《死火》。我吃不准有没有来自《故事新编》的。"

几个人带来的都是研究资料，偏偏没有完整的鲁迅作品集，鲁迅全集也不易携带。吴远行说："我这几年主要做数据库，读鲁迅作品读得少。不过你说的《死后》和《死火》，都是发表在一九二五年的《语丝》。算起时间，恰好是鲁迅一九二四年结束西安之行回到北京后写的。鲁迅那时候既然决意不发表《杨贵妃》，把一些段落拆成独立的作品发表，也说得通。这倒也解释了《野草》中一些作品的起源。"

孟弧说："远行兄你想的还是学问和资料，你跳出来想，万一这些不是鲁迅本人写的呢？"

许构有点蒙："啥意思？这几段是很明显的鲁迅体。"

孟弧说："确实是鲁迅文风，我的意思是说，如果是文坛高手借鉴鲁迅的一些原文，搅拌在一起伪造的呢？"

吴远行惊讶地说："你是说像集句一样，把不同作品中的文字重新组合在一起，加上自己伪造的一些话来起承转合。那对方的文学造诣极深，这样的人没几个啊。他伪造这个东西图什么呢？"

孟弧苦笑一声，"今天是八月十五，你们两位老兄觉得图什么呢？"

听到孟弧这句话，吴远行和许构仿佛如梦初醒，"为了……'盛唐学者'的答辩？"

孟弧说："四分之一的机会，现在变成百分之百了。"

许构说："这说不通啊，那干吗选在这个鬼地方？"

孟弧说："这恰恰说得通。对方选在任何一家酒店，或者任何一个正常的地方，都有无数的摄像头，都会留下各种各样的痕迹。唯独这里，这片全国都知道马上要拆迁的无人敢来的废园，这里没有电，没有手机信号，没有任何邻居。对方需要做的，就是带着两盘录好的磁带，找到一间废弃的别墅，摆几张床，回去之后用网络软件给我们发几条短信，同时再雇一辆出租车接我们。"孟弧顿了顿，"这也解释了为什么要用磁带这种老古董，对方可以用一个变音的话筒对着念，磁带里没有任何数字痕迹。"

吴远行和许构面面相觑，"你是在怀疑……华东师大的王平？"

孟弧缓缓地说："大家都是朋友，我本来不该这么想。但是王平今年五月在华东师大的迎来送往，好用心啊。"

吴远行和许构一时说不出话，鲁迅遗稿，传世国宝，这历史深处浩浩荡荡的一切，最终竟然落在这么琐细的心思上。他们感到一阵气闷，甚至于恶心。

许构近乎吼起来:"你想多了! 你这几天等得太着急,有些烦躁了。"

孟弧长叹一声,也不言语。

吴远行说:"这样,大家都冷静一下想想。这件事从头到尾是很奇怪,此刻无论是在易俗社的井里有一枚传国玉玺,还是王平在回上海的高铁上弹冠相庆,都有可能。甚至于传国玉玺可能在其他地方,甚至鲁迅在一九二四年见到的那一枚也是假的,毕竟我们没有看到完整的鲁迅遗稿,而且内山完造后人的遗稿也不全……"

孟弧微微摇着头,看着火堆中的灰烬喃喃说:"鲁迅遗稿,鲁迅遗稿……"

吴远行继续说:"或者就是一场骗局,像孟弧分析的,把我们三个诓在这里。这也解释得通,为什么这么多天一直没人来接应我们。但是……"吴远行加重语气说,"但是,这么恢宏的构想,这么逼真的描述,仅仅是为了芝麻绿豆一点的个人利益,这可能么? 毕竟,毕竟是大学啊!"吴远行试图强调,但不知为什么,自己也说得结结巴巴的。

许构在草地上用力地跺跺脚,把凉鞋上的纸灰跺掉。他说:"这样,我们等到明天,就不等了! 明天中午,我带你们去外面的村子,找村民雇个车,咱们回西安,你们先去我家。"

吴远行拍拍许构说:"对,再等下去也不是办法。我们回西安后,先去一趟易俗社……"

许构说:"我认识易俗社一个副总经理,咱们先进去看看……"


孟弧慢慢地走远,借着繁霜般的月色,走出这栋别墅,仰面是深蓝色的夜空。秦岭的深夜,秋意渐浓,周遭废墟的瓦砾下,起伏着蟋蟀、蝼蛄、蝈蝈的叫声。他也不知道要去哪里,就想这么在暗夜中走走,也许就这么走出这片别墅区，走回西安，走回上海。之后呢，洗个澡，吃一碗黄鱼面，坐在书房的电脑前，继续着没有完成的项目，改一改论文，抓紧投出去。这次往返的机票，开学后找财务报掉，没有住宿发票有点麻烦，还要找个理由……鲁迅、易俗社、传国玉玺，这一切就消失在一九二四年，像消失在书里的一行字，而已。

这是二〇一九年最后的夏夜了，随着这个夏天结束的，是未来多年的光阴。孟弧感到一下子好多年过去了，好多年周而复始的无聊，以及无聊的泡沫上，伪饰出来的意义。一切像一个精致的游戏，而游戏的内部，就像眼前所见，是深夜里一片空空荡荡的废墟。

就这么走着，走得足够远了，小区出口就在前方的暗影里，耳边也传来门外淙淙的水声。就在这时，孟弧隐隐听到身后一阵惊呼，似乎吴远行在用力地喊他的名字。

他回过头，感觉有一道刺眼的白光。

原刊《上海文学》第6期

## 非洲鹩哥

马晓丽

山路很险,胳膊肘弯一个接着一个,提在半空中的心始终也无法落下。盘山路一侧靠山,一侧是立陡立崖的岩壁,一眼望不到底,扔块石头下去半晌都听不到落地声。山也靠不住,随时都有可能发生滑坡。刚才就经过了一个滑坡现场,砂石泥土滚落在路面上,幸好是个小滑坡,没把路堵死。这场大地震真是把山都给震酥了。

我瞄了一眼后视镜,兵蔫瓜似的缩在后座上,脸色青白,眉头紧蹙,一看就是个黄嘴丫子还没褪净的新兵。兵肚子疼了好几天了,初步诊断是急性阑尾炎。医生说阑尾炎虽说不算大病,但如果继续在山里耽搁下去,一旦阑尾化脓破溃造成腹膜炎就麻烦了,弄不好会出人命的。今天进山这趟就是来拉这兵的,准备把他直接送到前指随行医院,估计肚子上这一刀怕是躲不掉了。兵怀里还抱着个包,是开车前那个满脸堆笑的二班长塞给他的,之后兵就一直把包抱在怀里,跟《天下无贼》里的傻根儿似的。

我回头对兵说,你不舒服可以躺在后座上,用那包当枕头。

不用不用,兵惊慌地说,谢谢首长。他反而把包抱得更紧了。

司机在一旁悠悠地插了句,告诉你别躺啊,路不好,小心把你那个烂盲肠给颠碎喽。

我不悦地把头转向车窗外。

明摆着司机这是直接否决我的话,虽然他没明着冲我来。说实话,要是别的司机,我当即就能给压住。毕竟我是带车干部,我坚持命令司机把车开稳点,让兵躺着休息,他司机还能有什么牙啃?但这司机有点特殊,他是个高级士官,据说驾驶技术一流。原本已经决定留用再提一级的,这样他就能干到顶,成为最高级别的士官了,挺难得的。可不知为什么,临了临了突然决定转业了。正巧就在他离队之前,发生了大地震。前指首长点名要他参加抗震救灾,他就跟随首长赴灾区来了。我倒不是忌惮他在首长身边,我是对他这个人感兴趣,觉得这是个挺不错的报道线索,所以就一直想找机会跟他谈谈,写个转业士官奔赴抗震前线的新闻稿。要不是存了这个心思,我今天也不会主动要求带车进山的。

虽然我也听到过一些其他的说法,说司机之所以肯来抗震救灾前线也是有想法的,应该是首长给他许了愿,抗震救灾回去后可以继续留队。实际情况是不是这样,我无从得知,也不想核实。对我这样的基层报道干事来说,能抓住表象及时报道出去就足够了,顾及不了那么多。眼下我能看到的表象就是,司机在转业前毅然以身涉险奔赴了抗震救灾前线,这是基本事实。怎么根据这个基本事实,按照宣传需要去解读,那就由我说了算了。我也知道我有点太……那啥。但没办法,老实说我这段日子挺焦虑的。进入灾区之后,部队在前面抢险救灾打硬仗,各部队的报道人员也在后面打硬仗,都在比看谁出稿子快,上稿子多，版面好，转载量大，影响面广。那感觉就好像报道决定了部队在抗震救灾中的表现，报道上不去就说明你这个部队的工作没上去似的。身为报道干事，我当然感到"亚历山大"。

前段日子我一直没找到机会采访司机。司机在前指主要负责给首长开车，整天东一头西一头地跑车，忙得昏天黑地根本抓不住他人。按理说，一般情况下是不会派他出车执行其他任务的，但这次情况不同，进山接病号这条路又高又险，行程来回得七八个小时，当天还必须赶回来。首长不放心，就专门指派他来出这趟车。我一听他出车，立刻主动申请带车，说我正好可以进山看看部队，顺便挖点报道线索。正好医务人员也错不开点，阑尾炎途中又不需要特殊护理，只要把人安全拉回来就行，领导就同意了。

车窗外其实没啥可看的，颠簸中一切景物都变得零碎含混无法确定，看着反倒心烦。

又是一个胳膊肘弯，路面太窄，靠外侧的车轮几乎悬空驶过，惊得我出了一身冷汗。没想到刚转过弯来，车就突然开始加速，后座上咚的一声，兵被甩撞到了车门上。

慢点！我对司机说。

司机没理睬我，继续加速。

我提高嗓音厉声道，让你开慢点，听没听见？！

司机斜瞄着山顶，仍旧没理我。

我顺着司机的目光抬眼望去，忽然发现山顶上冒出了一股尘烟，不好！我猛然意识到要滑坡了。停车！我大叫着命令司机，快停车！前面有滑坡！

坐稳！司机只简短地说了句，一脚油门向前冲去。

我大惊失色，不顾一切地朝司机吼，停车！停车！停……

但已经来不及了，我听到了石块噼里啪啦砸在车顶上的声音。这是最先滚落下来的碎石，接下来就该是大块石头和大量泥沙了。完了，结局在我的脑子里飞快闪过，即便侥幸没被巨石砸中，没连人带车滚落山崖，这一面坡的泥沙也足够把我们彻底埋葬了。

我真有些后悔了，也许自己今天就不该……我猛然想起了早上那条蛇。

那条蛇真挺怪异的，早上我急着出发往外走，刚走出帐篷就被它挡住了，匆匆忙忙差点踩到蛇身上。我不由吓了一跳。定睛一看是条小红蛇，通体通红通红的，一动不动地横在帐篷门口。我打心眼里硌硬这种软体动物，厌恶地瞪着它，见它僵僵的没什么反应，就想回身去拿把工兵锹把它给收拾掉。但这时车来了。

司机喊我上车，我见没工夫理睬这货了，就想从蛇身上迈过去。不料我刚一抬腿，小红蛇就动起来，迅速游动到我看准的落脚处，惊得我赶紧把腿缩了回来。我改变方向准备躲开它从侧面出去，不料小红蛇几乎同时挪到了侧面，又挡在了我面前。我不由有些吃惊，以为小红蛇可能想从这个方向走掉，就赶紧收回脚怕挡了它的去路。没想到我一收脚，小红蛇立刻就转头回来了，仍旧横在了我脚前。这下子可把我给惊到了，怎么看这货都像是有意挡道，专门跟我过不去的那种。心中不由一凛，只觉得后脖颈子上的汗毛都爹起来了。

司机跳下车边朝我走来，边说得赶紧出发了，路不好，晚了天黑前就赶不回……咦？司机突然看见了我脚前的蛇，脸上的表情顿时灵动起来。他慢慢蹲下身子，像看稀罕物似的端详着小红蛇，连声说，漂亮！啊，真漂亮！你发现的？

我不置可否地在鼻子里哼了一声。

只见司机伸手逗引着小红蛇,嘴里发出咝咝咝的声音。

我目瞪口呆地看着小红蛇听招呼地朝司机爬了过去,任凭司机把它抓在手里;又目瞪口呆地看着司机边点着脑袋逗弄小红蛇跟它说着话,边小心翼翼地把它放进了草窠子里;再目瞪口呆地看着司机跟小红蛇说再见,等我回来再找你玩呀。真是活见鬼了,小红蛇竟然听懂了似的回头看了一眼,这才转身钻进了草窠子深处。

赤链蛇,司机转身对我说,也叫红斑蛇、红麻子什么的。别担心,这种蛇很常见,没什么毒。咱们赶快走吧。

此刻想来,那条蛇真的很是怪异,就像是专门跑来向我预警,用肢体语言警告我说,不要出门!不要出门!不要出门!我早就听人说过蛇是通灵的,莫不是小红蛇真的预见我今天有危险,是特地前来阻止我出门的?我越想心里越不安,也许我今天真就不该进山跑这一趟。

其实进山这一路还算顺利,中午就到了。但还没来得及喘口气,就接到前指电话,说堰塞湖下午可能要泄洪,让我们抓紧时间往回赶,千万别被洪水堵在路上。

回程不能饿着肚子跑,赶紧扒拉两口饭吃。正吃着,二班长进帐篷来了,他刚堆下笑脸开口说了声首长好,我就看见从他身后滚进来一团灰色的毛球。灰毛球朝着我直扑过来,我下意识地抬脚一挡,只听嗷的一声,灰毛球被踢翻在地。原来是条狗。

哪儿来的狗?我有点不高兴,怎么弄进来了?

二班长的笑容顿时僵在了脸上,首长……这……这是……

赶紧把它弄出去。我说。

二班长尴尬地咧了咧嘴,提起灰毛球,转身往外走。

我在后面问了句,有什么事吗?你。

二班长踌躇了一下，犹豫着停下脚步，回过头满脸堆笑地说，没事没事，打扰首长了不好意思。说罢就出去了。

车狂奔了一阵，终于停了下来。我惊魂未定地喘着粗气回头看，不由后怕地惊出了一身冷汗。

好险啊……我长吁了一口气。

司机沉默良久没吭声。

这滑坡虽然不大，但也足够成全咱仨一起去当烈士了。我感叹道。

司机示意下车抽支烟，他自己猛吸了几口之后，又递给我一支。待面部表情松弛下来后说，咱商量个事？

你说。

司机处理紧急情况时，咱能不能别在旁边喊？

我不高兴地说，我那是发现了险情提醒你！

当时我已经发现了，司机说，我正根据距离角度对落点进行判断，决定停车还是加速。这时你在旁边喊，特别影响判断。

嘿，我还正想跟你说这事呢！我说，我让你停车不对吗？你知不知道刚才你不顾一切往前冲有多危险？很可能我们连人带车就被埋进去了！

结果呢？司机说，结果我们不是冲过来了吗？眼下人车不是都完好无损吗？

这是侥幸！我说，没车毁人亡纯属侥幸！

侥幸？你以为这是侥幸？司机突然把大半截烟掐灭掉，抬起眼认真地对着我说，那好吧，我把道理跟你讲讲。如果当时刹车，正好就停在了滑坡的落点上！按说发现上面有滑坡的迹象，最好的选择就是倒车退回去，但咱车上不是拉着病号不能回去吗？当时滑坡刚开始，我观察那面山不算太陡，而且是岩性地质，力学强度比较高，按坡度和高差计算，下滑速度应该不会很快，这才决定闯过去的。

可是当时上面已经开始掉石头了，我说，你没听到车顶被砸得噼里啪啦响吗？

那是碎石，司机说，山体晃动变形时先落碎石，接下来才是整体急剧滑落，这中间有个时间差，我就是看准了打这个时间差的。

见司机讲得头头是道，我一时倒语塞了，但我还是护着面子强词夺理地说，那也是侥幸，侥幸我们遇见的不是大滑坡。

司机把眼睛从我脸上移开，看着前面一字一句地说，我从来不相信侥幸，只相信经验和判断。否则，咱俩可能就没有机会在这儿掰扯了……

后座上突然发出一串奇怪的动静，断断续续的喘息和哼唧声。我赶紧回头看后面的兵，兵满头大汗，面色紧张。

是不是肚子疼得厉害了？我急切地问。

不是不是。兵慌乱地使劲摇头。

吓到了吧，我说，别紧张，现在没事了，我们已经安全了。我伸手拍了拍兵，想安慰安慰他，没想到一把拍到了兵怀里的包。令我猝不及防的是，那个包突然动了起来，里面发出了喘息和哼唧的声音，把我吓了一大跳。

怎么回事？我吃惊地问。

兵也吓得不轻，磕磕巴巴地说，是……是……二班长……

我问，你那里是什么？我指着包厉声道，打开！

兵哆哆嗦嗦地刚打开了个小口，一团灰色的毛球就迫不及待地钻了出来。

前指来电话,问我们现在所处的位置,嘱咐我如果堰塞湖提前泄洪,一定要听从沿途警戒部队的指挥。

车里的空气骤然紧张起来,我和司机互相看了一眼,同时脱口而出,快走!

车明显超速了。作为带车干部,我应该随时提醒司机控制车速,但此刻已经无须提醒,车速是带我们脱离险境的唯一办法了。何况刚才的那番争辩,也让我看出了司机的经验和处理突发情况的能力。我开始信任这个司机了,难怪首长会点名带他来灾区。

倒是后座上那个东西不让我省心。我打死也想不到,那个随和地堆着笑脸的二班长会夹带私货,偷偷把一条狗塞到了车上。怪不得我总闻着车上有股子怪味,还以为是兵身上的,原来是狗身上的,是那条灰不溜秋脏兮兮的狗身上的。兵说,班长怕你发现,给狗灌了酒,还用胶带把狗嘴缠上,塞进包里让兵偷偷给带下山。

为什么要把它带下山?我问。

二班长跟前指的炊事班长说好了,让炊事班长先帮忙养一段时间,然后再想办法给它寻个好人家送出去。

喊,谁会要这么一条野狗?

小白不是野狗,二班长说它是跟我们一起进山的战士。

还战士?我不屑地问,它叫小白?

是。

小白?为什么叫小白?

二班长给起的名,可能因为它是个白毛狗吧。

它是个白毛狗吗?我忍不住笑起来,我怎么没看出来?这么灰不溜秋脏兮兮的,还好意思叫小白?

就是白毛狗嘛,兵不服气地扒开毛给我看,他说,你看里面的毛就是白的，主要是山里缺水一直没给小白洗澡，洗干净就是白的。

在山里抓的？我问。

不，小白是跟着我们步行进山的。兵说，我们在山下救灾时，小白就整天跟着我们，它的家被震垮了，没家人了。原以为它跟着我们只是为要点吃的，后来发现小白能嗅出生命气息，带着我们救出了两个人呢。部队转场进山我们没想带它，但小白非在后面跟着走。部队是徒步行军，攀石爬坡苦得很，都以为小白跟不上了就会退却，没想到小白竟然一直跟着，那么小的狗，一天走几十里路，足足走了三天，生生把脚都磨破了，踩了一溜道的血印子。那天二班长都掉眼泪了，他用自己床单撕成的布条，把小白的四个蹄子挨个包了起来。后来再遇到上坡、过河、路不好走，我们就轮番抱着小白。

怎么又不想要它了？

不是不想要，部队要撤离灾区，不能再带着小白了。我们想找个人家收留它吧，但山上群众生活环境艰难，没人愿意养一个不能看家护院的宠物狗。二班长跟前指炊事班长是老乡，就跟他商量好了送过去。

那为什么偷偷摸摸搞事情，不明着跟我说？

二班长说……兵小心地看着我说，二班长说你……你踢小白，说你不喜欢小白，肯定不会同意带它走。

哼，判断正确，我是不会同意。我说，我们是来接你这个病号的，不能莫名其妙地夹带着接回一条狗！一会儿找个停车的地方，赶紧把它扔出去。

别，别，首长，千万别，兵带出了哭腔，说，我没法跟二班长交代呀。

我还没法向领导交代呢！话音刚落，就觉得兵在后面轻轻地拽我的胳膊，回头一看是小白。我正想甩开胳膊，就看到了小白那双乌溜溜的黑眼睛，眼里泪汪汪的，正乞求地望着我。莫名其妙地我心里就动了一下，转头缓声对司机说，一会儿看到路边有人家就停一下车，还是趁早把它送人吧。

司机看了我一眼，笑呵呵地回头对兵说，兄弟放心，这一路都不会有人家的，不信咱走着瞧！

真是怕什么来什么。刚出山没走多远，车就被警戒部队拦住了，通报说上游的堰塞湖已经开始泄洪，警报等级由黄色预警升级到橙色预警了。橙色预警是绝对不能走的。我们只好找了一个宽敞处把车停下，老老实实等待洪峰过去再上路。

真不知道还要等多久。我担心兵的病情，就打电话给医生，让医生在电话里向兵询问情况。听到医生说病情变化不大，应该没问题，我这才放下心。我让兵先把小白放下，嘱咐他躺下抓紧时间休息一会儿。兵却像被吓到了似的，说什么也不肯放下小白。

司机见状伸出手说，交给我吧。兵迟疑地看着他。司机说，你放心，我不会把它扔了，这附近也没有人家。

兵这才把小白递给了司机。

司机接过小白冲着兵一笑，说，兄弟你就瞧好吧。随后从后备厢里拎出个洗漱包，直奔山脚下的小河边去了。

等待。

来震区这么久了，还从来没像现在这样，可以静下心看看周围的风景。

河对面的山形很美，正是草深林茂的季节，本应山峦青黛满目葱茏，但不断发生的滑坡如利爪般，把山体挠开了一道道伤口。伤口中流淌出的砂石滚落而下，一路摧毁了绿色的植被，把整座山弄得遍体鳞伤，活像一张被抓花了的美人脸。

狗叫，我扭头望向河边。

已是黄昏时刻，司机把小白按进金色的河水里，小白欢叫着在水里使劲地扑腾，溅起了一串串金色的水花，溅得司机满头满脸的灿烂。司机不依不饶地揉搓着小白，小白满身泡沫拼命挣扎。人欢狗叫，在这个意外滞留的橙色黄昏里，一人一狗搅活了整条落寞的河，温暖了灾后这片忧伤的天地。

看着小白褪去了灰色的铠甲，披着一身银白色的披风，焕然一新地跑来时，我心里忽然若有所动：在大自然的意志面前，小白与山石草木江河湖海，与一切碳基生命本就没有什么区别。

车上有吃的吗？我问司机，咱们吃点东西吧，还不知道得等多久呢。

司机在后备厢里翻腾了一会儿，拿出一盒军用午餐肉罐头递给我，说，你先把小白喂了吧，我得把车胎检查一遍。

我从来没喂过狗，不知道该怎么对付这家伙，心里虽然不情愿，但还是接过了罐头。令我感到奇怪的是，小白就像听懂了似的，立刻高兴地叫着跑到我面前，眼巴巴地盯着我手里的罐头，两个前爪合在一起不停地作揖。我把罐头打开，抠出一块肉送到小白面前，小白急切地一口吃下，嘴巴流淌出来的哈喇子弄了我一手。我嫌弃地皱了皱眉头，不再伸手喂，而是把肉一块块抠出来放在石片上，看着小白风卷残云般，很快就吃了个精光。

我想叫兵一起吃点东西，见兵闭着眼睛很难受的样子，摸了摸有点发烧，就转头对司机说，咱俩先吃吧。却见司机只拿出了几包压缩饼干。

就这？我问司机。

就这。司机说。

不是有罐头吗？我问。

没了，司机说，就剩最后一盒了。见我满脸疑问，他又略带歉意地说，真没了，咱就吃点压缩饼干垫巴垫巴吧。

没办法，我只好撕开压缩饼干，干巴巴地啃了一口，说，故意的吧，你？

司机一笑，满嘴喷着饼干渣子说，对，我看就剩一盒了，怕你从小白嘴里抢肉吃。

我白了司机一眼，愤愤地咬了一大口，呛咳了好一阵子。

这个司机挺难弄的，貌似不急不恼，但老猪腰子比谁都正，一般人弄不了他。进山来的路上，我一直想跟他攀谈，可是说什么他都跟你打哈哈，整个一推拿高手。

听说你要转业了？我问。

没错。

那为什么还来抗震救灾？

命令嘛。

都转业了，可以不服从命令了吧？

习惯了。

不是习惯，是觉悟。我说。

不是觉悟，是毛病。司机说。

毛病？

嗯，当兵时间长当出毛病了。

不能这么说吧？

别不信,我这耳朵真有毛病。

什么毛病?

时不时就会短路。

开玩笑吧,耳朵短路?

真的,有些声音进了耳朵立刻就会发生短路,然后不过脑子,直接行动。

你是指听到命令?

是指听到某些特定的声音,命令当然是其中一种,所以才会一听到命令就身不由己了。

哈哈,你这是妄自菲薄,故意把精神行为说成是生理行为。

哎对对对,就是生理行为。

这嗑还怎么往下唠? 我发现司机对我的采访很戒备。这我可真就不明白了,对他来说这是好事呀。如果他想在离队之前再立新功,让自己的军旅生涯更圆满,宣传报道不是最好的助力吗? 再如果,如传言所说他还想借此机会留在部队,那不是更需要宣传报道为他推波助澜了吗?

也许他只是跟我装呢? 我干脆单刀直入,告诉他我准备写他的报道,宣传他在转业即将离队的情况下,还能毅然奔赴灾区,以身涉险,积极参加抗震救灾。我很诚恳地告诉他,部队参加抗震救灾的人很多,但像他这种情况的绝无仅有,所以很有新闻点。我认为他的事迹很值得宣扬,一定会获得很大的反响。

我相信司机应该能听得懂我这些话。我希望司机会就此转变态度,积极配合我的采访。但是,可但是,但可是……

哦,司机做出恍然大悟状,说,原来你是要拿我写报道呀? 要是这样的话,那我可得跟你说清楚了 —— 不能够!

为什么？我问。

司机指了指后背说，这儿，我这里可背着个处分呢。

处分？

没想到吧？司机狡黠笑着说，咱就别费那神了。

我愣在那儿，一时还真不知说什么是好了。

橙色警报刚降为黄色警报，我立刻跟警戒部队交涉，请求放行。路卡不敢放，说黄色警报也很危险，现在水位太高，通过前面那段江桥尤其危险，保不准会出什么突发情况。我说车上有病号，再耽搁下去会出人命的。路卡就在对讲机里跟上级请示。急切之下，我抢过对讲机说明情况，对方犹豫了半天，才勉强同意放我们通行。

赶快出发！我跳上车对司机说。

是！司机把小白往我怀里一扔，一踩油门冲过路卡，加速奔跑起来。

干什么你？我猝不及防地看着扔到自己身上的小白，没好气地说，你就不怕我顺窗户把它扔出去？

不怕，司机胸有成竹地回答，车窗我都锁死了。

我想把小白递给后面的兵，回过头才发现兵的情况似乎不太好，可能是烧得厉害了，一点精神都没有。

就让他安生躺着吧，司机说，后面没山路了，我尽量开稳点。

没办法，小白算是妥妥地赖到我身上了。我低头看着小白，这家伙正在往我怀里拱，拱得热烘烘刺痒痒的。我没好气地拍了小白一巴掌，说，老实点！小白倒是停了一下，抬起小黑眼睛看看我，但立刻又埋头拱起来。

司机在一旁悠悠地说，把它抱起来嘛，抱起来它姿势舒服了，自然就老实了。

我这才不情愿地把小白抱了起来。小白果然老老实实地趴在我怀里，不再乱拱了。刚消停了一阵儿，我就感觉手背处凉津津的，低头一看，小白正伸出粉红色的小舌头，一下一下地舔我的手。我第一反应是想把手缩回来，但不知为什么没动，只抱怨地说了句，它怎么还舔起来没完了？

司机笑着说，是不是很舒服？人家小白这是在感激你，感激你喂它肉吃，感激你肯屈尊抱着它。

存心的吧？我说，故意把它扔给我，别以为这样我就认它了。

你认不认我不知道，司机说，反正小白现在是认你了。

江桥这一带的水位仍旧很高，桥墩只露出了水面一两米，从上游下来的水流很大，流速也非常快，混浊的江水不断地冲击着江桥，发出骇人的轰隆轰隆的声响。

车驶上桥之后，明显地感觉到桥身在晃动，似乎这桥随时都有断裂垮塌的危险。虽然司机加快了车速，但我还是觉得这座桥太长太长，怎么加速好像都开不到头。

好不容易下了江桥，我这颗心还没等放下，就又紧张起来了。江对岸这一侧显然是有险情了，隔不远就能看到一个身穿橙色救生衣的战士，背手站立在江边警戒。我从没见过这么多的舟桥部队，车在舟桥一辆接着一辆，沿着江岸绵延数里排开，一眼都望不到头。

关键是只有我们一辆车在路上跑。这就是说，没有任何车敢在这个时候在这条路上行驶。我紧张地在心里预判着各种可能出现的情况，万一洪水漫上来把路冲坏了怎么办？万一车被洪水淹了来不及跑怎么办？万一……

没事，司机就像是听到了我的想法似的，说，万一洪水来了，我就把车轮子卸下来当救生圈，加上小白，咱们正好一人一个胶皮轱辘。

我白了司机一眼，说，这么危险，你还有心情扯淡。

危险？司机说，这才哪儿到哪儿呀，我在非洲维和时遇到的危险比这多了去了。

你参加过维和部队？我惊讶地问。

嗯，回来没多久。

能去维和可不简单，那可都是经过层层选拔出来的。

就算是吧。司机似乎不愿多说。

我心中不免疑惑，参加过维和的官兵回国后一般都会被提拔重用，司机不仅没被提拔，反倒被安排转业了，这其中必有原因。我很好奇，特别想引着司机说点什么。何况这条充满危险的路令人心里发慌，说点什么也能分散注意力，缓解下紧张的情绪。

听说那边气候又干又热？我问。

是，真他妈的热。司机爆了句粗口，像是忽然想起了什么，又呓语般地低声重复了一遍，真他妈的热……

你遇到过的最危险的是什么情况？

最危险的一次，司机想了想说，我掉进了树林中的陷阱，是一个已经遗弃了的、当地人为抓野兽挖的陷阱，很深，没有外力相助自己根本没法出来。

怎么会掉进陷阱了？我问。

为一只鹩哥。

是非洲鹩哥吗？兵突然捂着肚子坐起来，问。

是，非洲鹩哥。司机说。

真的？兵兴奋地说，我家邻居养过一只非洲鹩哥，有一次我从他家窗前经过，突然听见有人在喊我：小帅哥，小帅哥！抬头一看竟然是只鸟，声音脆生生的，简直跟人说话一模一样，好听极了。

我们驻地旁边的小树林里就有一群鹩哥，司机说，应该是个小家族群，有五六只的样子。

兵热切地把脑袋伸到前面问，也会说话吗？

当然会，鹩哥聪明着呢，一听就会。司机说，我们刚到驻地的时候一切还没理顺，起居操课都是由管行政的副队长通知。每天早上副队长都会挨个敲门，喊大家起床。有一天突然提前敲门，喊起床了，起床了。大家以为发生了什么事情，赶紧起床跑去问副队长。谁知副队长一脸蒙，说这还没到点呢，他没喊起床呀。这事真是奇了，明明听声音就是副队长喊的起床，结果他愣是不承认。大家私下里猜测，莫不是副队长有梦游症？

如果只是偶尔一次也就罢了，没想到第二天又是如此。副队长火了，坚决认为是有人故意制造混乱，损害他在队里的威信。副队长找到我，让我跟他一起蹲坑，看看究竟是谁在干这种事。

我和副队长天没亮就起来候着了，但一直没见人影。天已经蒙蒙亮了，眼看就快到起床的点了，我心里想，看来那人没出来，今天肯定是没戏了。就在这当口，凭空突然响起了咚咚咚的敲门声，接着就听见副队长的声音在喊，起床了，起床了。当时我都傻眼了，没见着人呀，这不是活见鬼了吗！我惊魂不定地看看副队长，他已经跌坐在地上了，脸上的表情比我还恐怖。我心一横，说我过去看看，就轻手轻脚地走上前去。

你们知道我看到了什么？

鹩哥！兵说。

没那么神吧？我不相信。

真就那么神，正是鹩哥。司机说，我看见一只黑头鹩哥站在第二个宿舍门前,先用嘴咚咚咚地敲了三下门,然后用与副队长一模一样的嗓音喊,起床了,起床了。之后再飞到第三个宿舍门前重复一遍,极其敬业地依次把所有的宿舍都敲了一遍,喊了一遍。

太有意思了,兵说,后来呢?

后来我就跟这只鹩哥交上了朋友,它是这群鹩哥的首领,我管它叫黑头。

你是为救黑头掉进陷阱的吗?兵问。

不,是为救其中一只我起名叫黄脖子的鹩哥。当时黄脖子差点被老鹰叼走,我只顾着赶老鹰没注意脚下,一不小心掉进了陷阱。是黑头救了我,司机说,要不是黑头,我这条命就撂那儿了。

黑头怎么能救你呢?

黑头飞回驻地,挨个房间敲门,拼命地大喊大叫,起床了起床了,操场集合,操场集合……大家都发觉黑头不对劲,声音特别急切,其间还夹杂着一些听不懂的当地话,就纷纷跑出来看究竟。结果他们就被黑头引到树林深处,找到了陷阱中的我。

天黑了,车终于驶离了沿江路,甩掉了一路追赶的洪水威胁,前方就是城市了。

突然响起了呼噜声,原来是小白,小白竟然趴在我怀里睡着了。我这才想起,自己这一路是一直抱着小白的。连我都对自己的行为感到奇怪,平日里最烦狗的我,竟然能任小白在身上折腾,竟然没烦。

兵这会儿精神好多了,听到小白的呼噜声赶忙说,真不好意思,给首长添麻烦了,还是把小白给我吧。

我低头看了看怀里的小白,看着小白那副安逸的睡相,忽然有点不忍心放手了,就说算了,好不容易老实一会儿,别把它弄醒了,让它睡吧。

车驶入了市区,本以为一路惊险,总算可以放松下来了。我环顾四周,却感到头皮一阵阵地发麻,一种毛骨悚然的感觉紧紧地攫住了我。我惊恐地发现眼前这片地区第二大城市已经变成了一座死城。城里已经空了,在余震警报和堰塞湖泄洪的威胁下,所有的居民都紧急撤离了。我无法想象曾经繁华的大都市,顷刻间会变成眼前的这副样子。全城没有一丝光亮,也没有一点声音。那些曾经霓虹闪烁、歌舞升平的高楼大厦,此刻怪兽般黑压压地静默着伫立在路旁,看得人心里瘆得慌。偌大的城区中,只有我们一辆车孤零零地在空寂的道路上行驶,前后不见一辆车,左右不见一个人,犹如行驶在鬼城之中,令人不寒而栗、毛骨悚然。我这才发现,进入一个毫无生命迹象的死城,比在充满未知危险的旷野中行路还要令人心生恐惧。

突然而至的震惊和恐惧紧紧地攫住了车上的每一个人,车里的空气似乎凝滞了,沉寂了许久都没人说话。我故意咳了一声,没话找话地问司机,哎,你说的那个黑头,还真挺神的哈,它说话都是你们教的吗?

没人教黑头说话,司机说,但黑头绝顶聪明,整天在营区混,听了就学,而且学什么像什么。我们常在一起抽烟聊天,黑头就会跑过来,学着我们的口气说,来支烟,来支烟。有一次,我刚掏出烟盒要给别人递烟,黑头就在一旁大喊,空的,没有了。也不知道是哪一次没烟了,顺口说一句就让它给学去了,弄得我哭笑不得。当地天气太热,实在热得受不了,我们常会气哼哼地发泄一句,真他妈的热!黑头把这句也学会了,并且还知道这不是句好话。

鹩哥不是只会学话,不知道是什么意思吗? 兵问。

鹩哥可比我们想象得聪明多了,司机说,我常常逗黑头让它好好表现，说表现好就带它去中国。黑头知道这是好事，一高兴了就叨叨，去中国，表现好去中国。有一次黑头把我的杯子碰翻了，我生气地说了句，烦死了，表现不好，不带你去中国了！黑头愣在那儿想了想，突然愤愤地回了我一句，真他妈的热！当时把我都给乐疯了，估计黑头是气急了，好不容易才想出一句最不好的狠话来怼我。

那你带它回国了吗？兵问。

没有，司机停了好半天才说，黑头……死了。

前指的电话又追来了，问我们现在到哪儿了，还有多长时间能到。我回答说现在已经驶出城区进入乡道，估计再有半个小时就能到了。这一大天！我心中暗想，本来以为天黑之前就能返回，没想到天都黑透了还没到家。

快到了呀，兵不舍地说了句，便赶紧追问，黑头是怎么死的呢？

我们大家都喜欢黑头，司机说，但副队长不喜欢它。副队长嫌黑头它们总在营区飞来飞去，动不动还挨个屋子串门，特别影响内务卫生。黑头也不喜欢副队长，因为副队长对它们从来没好脸，一看到就赶它们走。所以黑头一见副队长就喊，烦死了，真他妈的热！

有一次，我国大使要陪同联合国维和官员来驻地视察。副队长组织大家打扫营区、整理内务。副队长说那群鹩哥整天在营区飞来飞去观感不好，特别是领头的黑头，动不动就爆粗口，万一领导视察期间黑头跑来爆个粗口，那可就造成国际影响了。副队长决定彻底解决这个问题，把树林里鹩哥搭窝的那棵枯树伐掉，逼这群鹩哥搬家，远离驻地。

这……这也太狠了吧？兵说。

司机说，伐树那天副队长故意把我支开，给我派了个外出的任务。

我刚回到驻地，黄脖子就迎着我飞过来，飞到我面前焦急地大喊，烦死了，真他妈的热！真他妈的热！我心里一惊，立刻明白黑头出事了。

你怎么立刻就会想到黑头出事了？我问。

通常情况，一群鹩哥里只有领头的那只鹩哥开口说话，司机说，其他鹩哥都闭口不言，看上去它们都像是不会说话似的。但一旦老大不行了，老二立刻就会开口，接续老大的责任，而且老大说过的话，它几乎都会说。

我跑进小树林的时候，黑头已经死透了，但眼睛还不甘地睁着，一只被砍掉的翅膀甩落在旁边。据说黑头当时拼命啄副队长，不让伐树。副队长急了，挥起电锯一挡，结果把黑头的翅膀一下子砍掉了。副队长也没想到会搞成这样，赶紧停止伐树把人撤回去了。

黑头拼死用自己的性命，保住了这群鹩哥的家。我用针线仔细地把黑头的翅膀重新缝到了它的身体上，把它完整地埋在了小树林中。安葬完黑头后，我就去找副队长。

我虽然心里有气，但也只是想跟副队长商量一下，让他别再赶鹩哥了。那些鹩哥是这里的原住民，不能我们来了就把人家赶走。但副队长是个硬性子，早就想到我会找他兴师问罪，一见我就把硬话顶上来说，你别来给我找事啊！告诉你，我早晚得把那个鸟窝给端了！

当时如果副队长说话不那么硬，可能也就没什么事了。可能副队长觉得我这人性子不刚，说几句硬话就能压住。这倒没错，但也得分说啥呀。结果我这耳朵一听"端鸟窝"这三字，立刻就短路了。我也不知道拳头是怎么打出去的，反正等我反应过来，副队长的鼻梁骨已经断了。

打骨折了？我一惊，那可麻烦了。

给力。兵在后面小声说。

打架是一回事，我说，骨折了性质可就不一样了。

谁说不是呢。司机说。

你就是为这事受的处分？我问。

嗯。

后悔吧？

老后悔了。司机说，其实副队长人不错，对我也一直很好。

我沉默了一会儿又问，转业也是受这事影响吧？

就算是吧。司机说。

大家一时都无话了。

过了许久，司机故作轻松地说，也好，回家就轻松了。他又忍不住低声叹道，不过在部队这么多年了，真要脱了这身军装，一下子还真不知道怎么办是好了。

终于回到了前指驻地。

我把兵送到随行医院。医生检查之后说幸亏送来了，炎症已经控制不住，必须立刻施行阑尾切除术。我一直看着兵被推进方舱手术室，才转身离开。

炊事班长还一直在等小白。我把小白交给炊事班长的时候，小白的两个小爪子死死地抓着我不肯放手。我摸着小白的头安抚着说，别怕，别怕，我让炊事班长去拿盒午餐肉罐头来。小白见了肉就放开手扑了过去。我也不知道自己怎么会那么在乎小白，出了门又转头回去，再次嘱咐炊事班长要好好待小白，要找到喜欢它的好人家再送出去。见小白吃得香，我这才转身出去了。

夜深了，我把最后两支烟摸出来，递给司机一支后，举着空烟盒问，黑头是怎么说的？

空的,没有了。司机说。

空的,没有了。我一把捏扁烟盒,下意识地又跟了句,真他妈的热!

我俩相视一笑,吸着烟并肩往回走。

你为什么对报道那么反感? 我突然问。

没有,司机说,我不是受处分了吗?

别以为我听不出来,你那是托词。

不是托词,是真不合适。

就是托词。

好吧,你说是就是。

为什么?

为什么? 司机犹豫了半天才说,这可是你硬逼我说的哈,说啥不兴翻脸。

不翻脸,你说吧。

你们写的那些东西也不靠谱呀。

我有些尴尬,一时不知说什么是好了。

不是说你哈,司机说,前些日子随行医院抢救一批中毒伤员,报道上说,院长背伤员累得昏过去了。不瞒你说,我那天就在现场,首长让我备车随时听候院长调遣。我一直跟在院长身边,我怎么没看见院长昏过去呀?

我无语。

还有,我后来看到对副队长受伤的报道上是这样写的:副队长为了维护营区安全身负重伤。

……

烟已经烧到手指了,烫了我一个激灵。我甩着手,尴尬地开口说,问题肯定是有的，但我会尽量实事求是的……见司机狡黠地笑着看了我一眼，我又很没自信地补充了一句，尽量吧。

一时无话。走到分手回各自帐篷的路口，我停下脚步心有不甘地说，我还是想写你，我希望把你的事迹宣传报道出去，我希望能让大家都看到你的价值，我希望你能再立新功，我希望……我犹豫了一下心想干脆咬牙明说吧，我真诚地对他说，我希望能帮你，希望你能功过相抵，继续留在部队。

司机惊讶地看着我说，你这是想哪儿去了？我离队手续都已经办完了，怎么可能留队？再说来灾区之前，我已经把行李都寄回家了，准备这边一结束，就从这儿买火车票直接回家。

我哑口无言，默默地看着他，忽然发觉自己很小。说实话我心生惭愧，内心中生出一种难以言说的自卑感。我不无尴尬地拍了下司机的肩膀，说，好样的！

司机诧异地笑着，挥挥手转身回自己帐篷了。

我又在原地站了一会儿，心里乱七八糟的，那里就像是一个很久都没有清扫过的房间似的，我想，也许真应该认真整理打扫一番了。

在帐篷门口停下脚步，我扭头向深草窠子方向望去。小红蛇明天早上还会不会来呢？我想，还真希望能看到它呢。

原刊《作家》第6期

# 外面下雨了吗

蔡 东

他站在太阳地里,身后投下的,是熊猫的影子。

宋芹瞧见他站在外面,就飞快地取了桌布,铺好最后这张台,她悄悄跟了出来。

春末夏初,天空蓝得漫不经心,是一层薄薄透透不那么用力的蓝色,没有重量感,也没有藏住的隐衷和心事。云彩丝丝缕缕的,被风引着,白烟般上升,越来越淡,直至消逝于无形。阳光穿过清透的空气,跳荡着落下,照得到处一片晶亮。她深吸一口气,几步走过去,拽一下熊猫前掌,提醒他,她来了。他晃晃头作为回应,自然看不见他的表情,眼前依旧是一张毛乎乎的圆脸,脸上两个"八"字形眼圈拢着小小的树脂眼球,她冲这双下垂眼微微一笑,接着想到,不对,他是从熊猫嘴那里视物。她下移视线,目光落在透明的嘴巴上,隔一层塑料往里看,模模糊糊也看不真切。

中午带几个客人入座,她注意到黄衣骑手送了一盒蛋糕至前台,前台服务员转手放进冷柜。她忍不住在心底合计，是周五吧，晚上八成有生日宴。她立马向四周张望，寻找他的身影。他仍独自待在角落，身体斜倚窗户，手臂交抱于胸前，熊猫头放在脚边。

那算个秘密吗？她也说不清楚。饭点的时候，餐馆里热热闹闹多少双眼睛，他俩的秘密是在明处的，从未刻意掩藏，坦荡发生于每次生日歌结束之际。只是人来人往的，竟无人真正在意，这倒成了专属于两人的秘密了。

过了午高峰，餐馆里活儿少，人偶就被派出去招揽生意。几个月来，人行道花砖地面投下过长耳兔、皮卡丘、尖头黄鸭梨的影子。宋芹看得出，现在他最喜欢这套新款熊猫的人偶，头身分体好穿脱，里头空间大，还藏了个小风扇。

她陪他站在树荫里。一个漫长的午后，阳光懒懒地停靠在黄葛树巨伞般展开的树冠上。长长的街道安静下来，行道树的枝叶间传出清晰的鸟鸣声。有的鸟鸣声，短促清亮，像珠子一颗颗滚落在地般，还有的，是悠扬地带着颤音，像一缕轻烟缓缓飘向天空似的。

"下来，我要下来！"一个小男孩双臂前伸，似要跃出母亲的怀抱。年轻妈妈一脸怒容，怀里抱着体形偏胖又不肯自己走路的孩子。她蹲下来卸掉怀中的孩子，孩子转身扑向熊猫，小手来回抚摸熊猫厚密的腹毛。嬉戏好一会儿，小孩才面露厌倦之意，妈妈试着问："咱俩比赛走路好吗？"小孩眨眨眼，突地迈开步子往前走。另一位妈妈没那么幸运，熊猫刚一走近，孩子就快被吓哭了，妈妈捂住孩子眼睛，侧身快走几步离开。又来了几个穿校服的小学生，他们停下来跟熊猫握手，宋芹打起精神，防着他们拍打熊猫头或揪绒球般的短尾巴，还好几个人嘻嘻哈哈拍完照就走了。更多的行人步履匆忙，对身着劣质服装的人偶不感兴趣，低头疾步走过。

嘴角弯月般向两边翘，让人偶永远保持住笑容，黑色圆点表示鼻子之所在，写意式的，潦草了些，半圆小耳朵不知何时陷进白绒毛里，几乎看不见了，她抬手把耳朵往外拉出来，这样，人偶神情里就少些茫然。一阵风吹过，树枝摇动，摇得一地金色的光斑。她看一眼手机，都快下午两点了，哪还有人吃饭，她用肩膀蹭蹭他，说进去歇着吧。

几个月前，他还是一只长耳兔时，她来餐馆应聘，当天就领了工服。那会儿快到年底了，餐馆几个小年轻跳槽到对面的KTV，穿酒红色衬衫配马甲，看夜场、端果盘、收空瓶子。人的耐受力往往会在某些时间节点忽然崩毁，把心一横，换个新鲜地方熬也好。再说了，KTV员工服装洋气又精神，不像这家炒菜馆子，用的是黄棕色立领盘扣工作服。

宋芹不在意老气的立领盘扣，她庆幸又在深圳找到一张床。饭店提供服装，还提供民房里的一个床位。睁开眼就看到床边挂着的工作服，她心里踏实，不必发愁穿什么。第一天上班，领班训话，说别玩手机，手脚利索点，这里可不养闲人。领班身着挺括的深蓝色套裙，头发在脑后挨脖颈的地方绾成一个髻，看上去严厉又干练。

大厅里，根据桌子的摆放划出来一个个相对集中的区域。餐馆工作嘛，谁都不希望自己地盘大，老手只看四五张台，她是新手，一个人看六张。新手要多干点，新手还是万金油和阿司匹林，哪里临时有活儿也喊她顶上。领班环视四围掌控全场，来自同事的监督往往更为严密，百忙中责备地瞪她一眼——你居然在闲着，接着下巴一扬——那边，快去。

那天，她应付完一个对靠窗卡座有执念的客人，刚松口气，瞅见一位客人紧拧眉头招手，她提着心走过去，客人努努嘴，说："多重的烟味，就没人管吗？"她暗自叫苦，旁边那桌也是她的台。抽烟的人穿暗纹香云纱上衣，标配的念珠和扳指，哪敢惹呀。她应承着，并未上前制止，磨磨蹭蹭给另一桌撤餐盘，心里盼着在必须干预前，他已迅速过完烟瘾。

扳指客人又点上一支，烟雾像追着她一样飘过来。她硬着头皮走过去，弯下腰，小声说："先生您好，不好意思，咱餐厅不能吸烟。"客人呷口茶，深吸一口烟，眼神变得迷离，跟灵魂出窍了一样。她知道，他听见了。她横着心站在一边，还没想好怎么继续劝阻，客人就恼了，立起眼睛来，大声斥责："知道我是谁吗？瞎嚷嚷什么！"喧闹的餐厅出现短暂的寂静，随即声浪又起。她窘在那里，脸上烧得热烘烘，不用照镜子就知道，耳朵也变红了。

有人从她身边急匆匆走过，是领班，她听见领班的喊声，"集合啦"。她趁机转身离开，见店员们围着一桌客人，站成一个半圆，有拿灯牌的，有拿荧光棒的，还有一只"长耳兔"，在拱手作揖。领班忽一眼扫见她呆站在那里，喊道："你，过来呀。"她走近，见客人正准备切蛋糕，还不知道要干啥，歌声已响起。

一人高举灯牌，一人挥舞荧光棒，其他人拍手齐唱祝福歌，长耳兔随节奏摇晃身体。宋芹有些放不开，跟着小声唱，惊诧于生日歌竟如此漫长，歌曲段落复沓，终于挨到最后一句，掌声过后，戴纸皇冠的人双手往空气中一推，示意他们离开。

临时的庆生小团队假笑着散去，她步子有些僵。事情就是在这时发生的。

她赶着回自己地盘，正走着，没承想，肩膀上忽地多了点重量，还有一种早已陌生的感觉，是触碰带来的温热感。皮肤神经末梢激动地向中枢传送信息，心脏跳动的那一拍被拉得长长的，世界也跟着摇晃一下。

停住脚，扭头看，见肩膀上搭着一只毛茸茸的兔爪。兔爪轻搭在肩头，似向她求助，又像是给她安慰。来不及分辨，也不知作何回应，眼眶却不自觉地一热。转头向前，她放慢步子，以搭在肩头的兔爪为连接，为他引路，引着身后的他，一径走到角落。角落里，兔子拽着耳朵往上一提，兔子头离开了兔子身体。人偶服中间，站着一个瘦小的人，这个人是长耳兔真正的脊柱，支撑起软塌塌的服装。她冲他点点头，小跑着离开，跑过一小片寂静，回到大厅，那里的声音和热气，多像一大锅正在滚沸的浑汤。

　　此后的日子，她也没工夫跟他多聊几句，停下来喘口气时，她习惯性地四下瞅瞅，看他在忙啥。有时他躲在一棵橡皮树后，有时被儿童缠住不得脱身，有时在接受店长指导，店长嫌他不积极，说："多互动，萌一点，给客人击掌、送飞吻。来，胳膊往前伸，这是求抱抱。"

　　一晃到了四月，大半个春天过去了。她陪着他，站在一个悠长的午后里。四下寂然，看不见一只鸟，只听见阵阵鸣啭声。偶有几片落叶，浮在空中，晃悠半天，徐徐落地。南方多的是常绿阔叶树，树叶不会一夜间被冷风扯下，常常在春天，老叶子绿得那样深，像是累了，就悄然掉落，连和树的分离都是安静的。快下午两点了，她用肩膀蹭蹭他，说："进去歇着吧。"她帮他摘下头套，挺沉的，比想象中坠手，他揉揉脖子，抹一把脸上的汗，说："我找个机会问老板，能给换个充气的吗。"

　　傍晚时分，"熊猫"又要出去招揽顾客。她忙着带位，间或透过窗户向外看一眼，见他歪着头，一只爪子叉腰，另一只爪子举高在耳边晃动。天色久久不暗，黄昏拖曳得越来越长，蜂蜜色落日在街道尽头的大树后平静地停留，某些时刻，隐身的群鸟像突然接到神秘讯息，一起从树枝深处弹出，向着远处的落日飞去。

周五晚上，空气中涌动起快活的气息，迫切需要一场聚会的人们冲出各类小隔间，导航地图上的线路，一根根变红了，从淡红到绛红，从车河潺湲到几乎不再流淌。直到食客星散于商圈食肆，梗塞的道路才空落下来。宋芹已适应了工作节奏，一开始上客，便嗅到危险的气味，山雨欲来，大战前夕，身边人个个神情凝重而动作飞快，准备迎接一个俯冲过来的繁忙夜晚。

铺桌布，摆放茶杯碗碟，迎客人入座，点单，上菜，续水，换骨碟，满足千奇百怪的要求。问询太过熟练，跟背出来的一样：有忌口吗？酒水需要吗？甜品一起上吗？客人食毕离开，立即收拾碗盘，盘子在最下面，大碗套小碗，摞得颤巍巍，放在比人还宽的托盘上一趟运走，撤桌布，喷洒去污剂，抹布大力来回抹，一个月就有了肌肉记忆，想慢都慢不下来，动作利落，没有任何犹疑和磨叽。哪怕无人监视催逼，也是自动往前赶的，快一点，再快一点。

天黑透了，六张台坐满客人。他们是宋芹今晚的命运。"儿童餐具呢？""来包纸巾！""青菜催一下，没做就退掉！"Ａ１桌小朋友坐在加高餐椅上，手指紧攥勺子，捣树脂碗里的所有食物。Ａ２桌随儿女出来吃饭的老人看起来很紧张，隔一会儿就摸摸裤兜。Ａ４桌客人把壶盖放桌上了，要赶紧添水。Ａ６桌男客人高声谈论股票，一旁妻子模样的人不停翻白眼。人们在家里总一言不发地吃饭，低头咀嚼，各自想心事，到了外头却如此吵嚷。哪里突然爆发出一阵恣意笑声，接着，整个餐厅的声浪就跟着一用劲，蹿升到更高的地方。

她看顾自己的地盘，不忘观察东头窗下那桌，是那桌客人把蛋糕存在冷柜里。咦，有位客人骨碟里堆满虾头，她寻思着要不要上去换碟子，换碟子亦看运气，周到服务和愚蠢打扰仅隔一线，有时候人家配合，帮着挪碗筷，有时候人家嫌厌，抬手冷冰冰挡开。脑子里两股势力正拉锯，Ａ２桌最后一道菜到了，她端上去，说菜齐了。一转头，见蛋糕已不在冷柜。往东头张望，客人正招呼服务员撤空盘放蛋糕，不等领班示意，她已大步走过去。

这桌人的视线，落在穿紫色裙子的姑娘身上，过生日的是她。庆生小团队就位，金色蜡烛摇曳起小火苗，歌声像从远处传过来，渐次清晰，回环的曲调递进出越来越浓烈的情绪，宋芹屏着气，知道自己也离那一刻越来越近。一曲终了，姑娘探身吹口气，熄灭蜡烛，众人继续鼓掌，姑娘十指交叉相握，闭目许了愿，说："好了好了，谢谢，你们撤吧。"

很多客人往这边瞧，面对突然聚集过来的目光，她并不感到紧张，没人真正注视她，也没人关心她是谁。是时候了，迈开脚步，暗自哼着哆来咪，到第三个音节时，她的肩膀找到一只绒毛包裹的手。这隔着衣物的触摸，依然令她全身一抖。这触摸有形状、温度和重量，可细细体味，还有，她感觉到，身后的熊猫在找到她肩膀的一瞬，呼出一口长气，他绷紧的肢体松快下来，像偷偷告诉她，他心里有底了。

脚突然打滑，整个人向后仰倒。回过神来，发现自己靠在软乎乎的胸膛上，一双手支住她的腰窝。她脸一红，站直身子，见地上一摊枯叶般的茶水，刚想抱怨，谁洒的水，也不拖下地。身后传来闷闷的声音，他在跟她说话："是下雨了吗？"

他们似有着共同的样貌。他们在多数人要上班的时间徜徉于超市，牙齿洁白，衣着休闲，体脂率偏低，上了点年纪，喜欢买黑标火腿和羽衣甘蓝色拉。眼前这位女顾客亦如此，符合目标消费者画像的各项特征，连皮肤和气色都带着些经典的意味。宋芹把东西放进可降解购物袋，目送顾客缓步离开，与其从容步态比照，才意识到自己刚才的一连串动作有多慌张，呼吸也急促，像刚从水里浮出来一样喘息。超市为拓宽自助收银通道，又撤掉一个人工收银台。一上午连拆带运，动静不小，既像鞭策，又似威吓。眼看着收银台被拆掉，她心里说不上什么滋味，手头动作却不知不觉变快了。

她能留下来，是因年轻了几岁。隔壁的吕姐速度慢，周末客多时柜位总排队，加上这两周接连好几次对账都短了现金，只能自己补，吕姐抹眼泪，虽最终补了，到底耽误了主管的时间。有一回少了将近五十块钱，吕姐又点一遍，确实对不齐，人恍惚了一下，接着，夹住腿身子低下去，起了个哭腔，主管脸一沉，她无奈收住，闹也没意思。回宿舍的路上，宋芹安慰她，说："我在一家小超市待过，刚开始不会认假币，也是自己赔钱，一天白干。"

一早，两人挤在小休息间里说说话，算作告别。吕姐个人物品不多，她一边把水杯和药品扔进布兜，一边说："老乡答应帮忙，找个轻松点的活儿。"宋芹说："到时我跟你过去。"吕姐说："净想好事，哪这么容易呀。"其实她也只是随口一说。吕姐有腱鞘炎，脚踝经常肿着，小腿肚上蜿蜒着树根般的深紫色静脉，都是工作落下的毛病。宋芹身体各部件磨损尚轻，还能站几年。毕竟，用吕姐的话说，这里的顾客气质好，不爱吵架，结账也不要求抹零。这里是大型综合体配备的负一层超市，东西谈不上性价比，自然也不会有抢便宜鸡蛋的老头老太。

正结账的顾客突然想起来什么："我有会员卡的。"意思是，怎么没找我要。其实他也忘了报手机号，只是这类事默认为收银的责任。散架的柜台堆放在一边，刚来了两个工人往外运。她用眼角余光看着柜台被拖走，一分神，忘了询问。她慌忙道歉，态度诚恳，心里求告各路神仙，盼着这位不在乎那点积分，退货重新扫可就麻烦了。还好，客人只随口一说，并不坚持。

长舒一口气，转过头来，看到下一位顾客，是她。

忘了从何时起，宋芹默默唤她为柠檬姑娘。购物篮递过来，跟往常一样，里头是熟食盒饭和一罐柠檬茶。也许是小危机化解后心情放松，也许是早就想跟她说句话了，宋芹拿起扫描枪扫条码，说："今天换口味了。"柠檬姑娘常买黑椒牛柳意面，今天篮子里是葱油鸡便当。柠檬姑娘一愣，没接话，茫然地看她一眼，目光马上移开。她心一凉，低头掩饰尴尬，还是冒失了，这么多天来，以为这姑娘已认识她，至少对她有印象。

为了聚人气，熟食部在午餐和晚餐时段售卖盒饭。在附近写字楼上班的人，吃够了公司旁的外卖，趁午休时间三三两两过来买。精品超市不以客流取胜，又非街坊集市，熟客有限。工作时，她跟表情平和的富人打交道，像两个世界出现短暂的交会和连接，随即又彻底断开。从来看不清他们的真正长相，只感觉到，那是散发着相似气息的一类人。柠檬姑娘不属于那群体，她相貌娟秀，总独自一人前来，买份快餐就走，自助结账或赶巧在她柜台，几个月下来，宋芹心里已把她当成熟人。柠檬姑娘戴半框眼镜，留普通直发，额头清爽没有抿成心形放左边或右边的刘海儿，喜好低饱和度颜色的衣服，一黑一棕两双乐福鞋轮着穿。附近一圈汇聚着投行和互联网大厂，里头多的是海归和名牌大学毕业生。脚下有学历垫着的人，跟她也没多少交集，并未期待什么，她只是看到年轻又熟悉的面孔，便觉得亲切。

"是你。"柠檬姑娘表示记得她。多半是虚言，也让她好受些。她轻轻点头，帮柠檬姑娘把盒饭饮料装好，示意下一位顾客上前。

晌午时分，店里冷清下来，偶有几个顾客在里头闲逛，忽一下人影闪过，很快又隐没在货架后。吕姐走后，白班就剩下她和徐岁兰了，一人守着一张台。网购单居多，零星的客人用自助机结账，有个同事是专门看自助的，名义上帮顾客的忙，其实是怕漏扫东西。

午后的负一层超市，堆积着上万件商品，从清晨站到现在，一身倦意抖落不及，终于神情犹豫地滑向一场梦境，裹带着人和物向更幽暗的地方沉下去。她站于其中，像站在一头巨兽的腹腔里。这工作教会她，维持基本的站立需要调动全身的肌肉群，小腿、大腿、臀部、腰背，腰一塌，肚子就腆出去，很快便累了。午后的困乏一波波涌过来，时间越走越慢，身体渐渐变重，她不得不倚住柜台，调整姿势。目前支撑身体重量的是右脚，过一会儿，换成左脚。就这样轮流倒换双脚，先休息身体的一半，再休息身体的另一半。她像个魔术师，把肉身切成了两半。徐岁兰未掌握切割大法，她借助一长柄簸箕，双手环住手柄，下巴也靠上去，相当于多一条腿来撑住身躯。

柠檬姑娘三天两头地来超市买快餐，有时宋芹的目光会把她唤过来，有时会把她推向另一个柜台。宋芹目之为熟人，不知柠檬姑娘会不会误以为里头有什么越界的情谊，这样一闪念，登时觉得没趣，想着不如避忌的好。

这天，柠檬姑娘刚走进来，宋芹就瞥见她了，她剪过头发，整个人看上去焕然一新。宋芹埋下头扫条码，嘀嘀声响过，忽地她觉得有些不对劲，周围安静了下来，是突然的沉寂肃然，所有的声息消失，显得扫描的声音格外响亮。她抬起头，发现大家的目光聚集在柠檬姑娘身上，没人关心她的新发型，视线交会在她的右手上。

她手里握着一把伞，伞面已收起，水珠正顺着伞帽滴落。隔壁柜台没顾客，徐岁兰贸然问道："下雨了吗？外面下雨了吗？"

她有些惊愕，看着灯光下神色惘然的人们，点了点头。负责自助柜台的小冯紧张起来，她是相对机动人员，等顾客带进来更多的雨水，主管与外面通了声息，今天就必然多了活儿，要候在入口给雨伞套防水袋。

　　柠檬姑娘带着伞，带着雨的讯息，消失在超市深处。过了片刻，柠檬姑娘拿着盒饭走出来，宋芹冲她笑，她踌躇了一下，还是走过来。柠檬姑娘主动打招呼，说："入夏了，雨说来就来，你出去时带把伞。"她点点头，问："雨大吗？"柠檬姑娘抚着天蓝色雨伞，说："刚开始下。"

　　柠檬姑娘走后，她留心觑看进出的顾客，以此揣测雨的模样。有的人一直逛商场，浑然不知外面天光如何，是晴是雨，有的人手执长伞如挽宝剑，伞面尚有雨珠滚动，衣袖是微湿的，还有的，衣服紧贴身上，头发打着绺儿，看样子淋得不轻。

　　结束这个白班，走到外头，一整天已过去。时近傍晚，雨已经停了，整座城市还在往下滴着水。她站在暮色里，站在一场雨的遗迹里。不知这场雨，是雍容的还是慌张的，是千万条雨线还是无数颗珠子，几时落下又何时收止，天是一下子黑下来的，还是在雨幕中缓缓变暗。雨后空气清冽，街面上一片银亮，行人踮着脚走过积水处，路边的植物一身洁净，散发出草木清气。公交站旁的那棵树，圆形树冠绿着一大半，剩下一小半泛着黄，在傍晚最后的光亮里，她认出来，有的叶子去年就在，有的叶子是今年新长的，雨水一洗，生绿生绿的。

　　夏天随雨水越走越近了。

　　雨季里，邻居徐岁兰受不了久站，加上收银工资低，便转去促销岗。她辗转于不同的商品区，察言观色，伺机而动，逮着面相温和的顾客向他或她讲述一块牛排、一瓶红酒、一瓶面霜的故事，月光、草场、海洋等词语反复出现在她动情的讲述中。她看守这个世界，又跟这个世界没什么关系。宋芹知道，其实徐岁兰什么都不信，谁也种不了她的草，怀疑这是她的铠甲，也是兵器。

宋芹再没找到机会跟柠檬姑娘说句话。柠檬姑娘依然出现，总是径直走向自助机，买过单就走，步子有些快。她也说不清道不明，她俩算旧相识吗？无论如何，是有过一场雨的交情吧。她一次次对着她的后背，心思慢慢淡下来，本无交好的基础，也不必熟识，或许有了情谊反而是负担。

日子一天天流过，她不嫌枯燥，倒为这保持了一段时间的安稳和确定暗自窃喜。这天，中午小高峰过后，顾客一直不多，她四下看看，注意到有个小伙子在临期进口食品区逡巡良久，纠结半天，挑选出几样。小伙子来到柜台，她边扫码边问："需要袋子吗？"小伙子摆摆手，把东西往胸前一抱就离开了。

这时，柠檬姑娘的身影从烘焙区后面闪出来。乍一相见，她心底升起微小的期待，目光不知不觉迎上去。柠檬姑娘垂着头走过，用自助机结账。她暗自失落，刻意转头对着超市，不去看姑娘的背影。很快又来了顾客，手里拿着快餐套装。她接过来扫码，等顾客付完款，把盒饭递过去。

忽地，她眼睛睁大，身体跟着一僵。她折返到方才那一刻，盯住突然显豁出来的标签，确认自己的猜测。盒饭中午一点半以后打折，例汤还可附送。回想起来才发现，最近这段日子，柠檬姑娘是比以前来得晚了。她深深叹口气，不知柠檬姑娘的午餐，还会配黄罐柠檬茶吗？她扭过头去，向超市出口看去，柠檬姑娘早就不见了。

整整一个九月，柠檬姑娘杳无消息。她经常一愣神，四下张望，却再也没有了她的踪影。

又一个午后，她倚住柜台打盹儿，上半身时不时朝前一栽。这会儿，不知有多少杯咖啡被放进外卖箱，在箍着防烫圈的纸杯里摇晃一路，递进一个个工位，用于刺激神经，改善情绪，提振再战一个下午的信心。她不喝咖啡，十元内平价奶茶也戒了，哪敢惯自己养成这些成瘾的习惯。为抵挡困意，她会允许自己想一想柠檬姑娘，允许自己牵挂一些从未真正认识的人。连从未真正认识的人都想过一遍，就任凭神魂出窍，漫游在那个无限大、无限深幽，售卖物质也售卖良好感觉的梦幻之所。

所有商品如珠宝一般，得到精美陈列，无声地宣示，它们是好东西。保鲜柜里，新鲜非冷冻的和牛布满大理石状的纹路，一根根修长的蟹腿剖开来，隆起雪白的蟹肉。一个水果区就可集齐四季收纳世界，LED 面板灯洒下均匀光线，再加一排暖色调筒灯照耀，果皮的色彩更为明艳。车厘子果柄是鲜绿的，果肉暗红多汁。蓝莓挂一层厚厚白霜，白霜下的蓝透着金属质感。你能在一个杧果上发现四种颜色，霞光从果蒂处缓缓晕开，玫瑰红向着鹅黄过渡，弯弯的尾部一抹青绿，是山水秀色。还有一个个巨大的水蜜桃，桃尖那里一滴深红，由深到浅，往上化开了。

最后停驻在白雾缭绕的冷风柜前。那里有专人摆放收拾，生鲜蔬菜永远秩序井然。分割成三角形的奶酪，切面上露出蓝纹，蔬菜们包装精致主打有机，亮亮的塑料纸裹住几片叶子，看上去甚为矜贵。加湿装置奋力工作，细密的水雾向外喷涌，在这富丽丰裕的地下城里，渐渐地，弥漫成一片云烟。

六目相对时，她心头一颤。不知对方心情如何，看那飞奔逃走的仓皇模样，它心头的颤抖，应该比她剧烈。它是一只瞪着四个眼睛的蜘蛛。在这里住了半个月，还见过一些小怪物，或一面之缘，或数面之交。有的从门窗缝隙跑去外面，有的仍留在房间，东躲西藏地跟她一起生活。

餐馆倒闭已是三年前，一年前超市精简人手，她竞争不过小领导的远房亲戚，走人了，之后做过几份杂工，皆不长久。一丁点积蓄，经不起日子一天天地往外掏。心里空落落的，抬头看见大团的云朵正疾步离开市区，往海上走去，主意就此定下来。

换乘三条地铁线，在地表之下蜿蜒画出一个"乙"字，又搭一段电单车，总算到了，这里是城市接近消失的地方。昨晚在电话里问租价，便宜是便宜，便宜得叫人心凉。虽做了准备，但真正看见了，心还是猛地往下一沉。楼梯房里，一个被几面斜墙逼成多边形的空间，像住宅设计失误，多出来一块奇诡而尴尬的空间，又浪费不得，装上一扇门就出租了。走进去，从一扇小窗里向外望，望见的是另一扇窗户。

架不住便宜，且再差也是能关起门来的单房，就它吧。几年间，换工作便要搬家，开始还大包小包，到后面，随身的对象散失零落，不过是四季衣服加上被真空袋压得扁扁的被子枕头，略一拾掇，就把自己和生活搬进了另一个地方。

夜里躺在床上，越想尽快入睡，越睡不着。到底是新环境，加上工作没着落，她心事连绵往上涌，脑子里碎片成堆，这里一闪那里一亮。好不容易切掉走马的画面，声音又多起来。先是一阵连续的咳嗽声，像楼上传来的。楼板薄，连喉咙里的轰鸣声都听得真切，咳嗽最后的那一下格外猛烈，她胸口跟着一疼。接着是风，在楼栋间灵巧穿行，渐渐跑远了，跑到后面山上去了。

这又是什么声音？她翻个身，脸冲着墙壁。滴答、滴答，清脆的滴水声，黑暗中辟出一条小道，通向耳蜗。她耐住性子等待，等待它停下来。声音像一道越来越细的尾迹，逐渐消失在空气中，黑暗重新完整。滴答声复又响起时，她身体动了动。这声音像从墙体里传出，她迷迷糊糊地抬起手，敲墙壁两下，又睡过去。

稠厚的夜色渐渐稀薄，天一点点亮起来。

隔壁住着对情侣，看起来像刚毕业的大学生。男孩显然活在自己的世界里，总一副惝恍浮想的表情，女孩亲和些，首次相见出于礼貌，说："以后我们是室友了，叫我辛迪就行。"她说："我叫宋芹。"此后宋芹和辛迪少有机会遇上，大约摸清了彼此习性，尽量不在公共区域碰面，偶尔见到也只是点点头。

入住半个月，她探明了新生活之地。依山就势展开的村落里，本地人的楼房连成片，并无闹市的雄心和韬略，建到七八层就算了，市面远不如中心区兴旺，前街后巷散布着非连锁的小店铺，生活倒便利。只一件怪事，叫人心里略不安定。深夜时分，时常有声音响起，脆脆的，一点不闷。她疑心有人在敲击中空的墙壁，又猜测是不是管道漏水，想着改天问问辛迪，能听见这声音吗。细看内墙，上面鼓起一块墙皮，墙面漫延着陈年水渍的印痕，那印痕像个歪斜的小拱门。

这天，她是被闹钟叫醒的，坐起来定神一想，心情难免黯然。她念想的是相对固定的工作，陆续见过几份工，传菜员、美甲师、服装导购，迟迟等不来回音，只好答应去附近杂货店做小时工。她刚想往外走，不知哪里爆发出一声嗥叫，嗥叫声分辨不出性别且似跨越了物种，不像人的声音。随后什么东西被掼到地上，像有玻璃碴儿四处飞溅。

小屋的门半开，她出也不是，进也不是。很快隔壁的门摔在墙上，客厅传来钝响，像重物砸到地上。她探头往外看，看一眼，缩回来。情侣扭打一处，摔跤运动员般在地上滚，辛迪未落下风。她虚掩上门，外面传来断断续续的闷哼声。

她坐在床沿上等，不知过了多久，客厅没动静了，房间隐约传来又哭又笑的说话声。她轻手轻脚出门，到楼下仍在思量，是应该上前拉开，还是佯作不知，不知怎样他俩会好受些。

临时工作是前一天晚上才知道明天有没有工开。杂货店周二上货,她因此获得数小时的工作机会。提前到了店里,老板介绍,跟她搭档的人叫老于,老于也提前到,到得更早。老于一头短发,看上去利落,站姿讲究,像有一口气吊着,笑起来声音连续不断,水波似的一圈赶着一圈往外荡。人来齐了,老于寒暄后就开始埋头干活儿,抬起放下,不吝惜力气,码放归类,动作很麻利,只是,她蹲下又站起时,膝盖里传出嘎吱嘎吱的响声,像有扇旧门在里头随风晃荡。宋芹听见,忍不住瞅她一眼,她身体里再有响动,就对着货架自言自语,说些"这个重,放下边"之类的话。

中午,两人来到旁边的小面馆,随便对付一下午饭。呼噜呼噜吃完,不知哪里塞子一拔,老于漏掉胸中那口气,长长地伸个懒腰,瘫进塑料椅子里。她穿着显年轻的浅粉色收腰上衣,连手边布包也是秀丽的藕荷色,宋芹注意到,布包里放着折叠成小方块的老花镜。她问宋芹之前是做什么的,宋芹说,十个指头数不完。她摇摇头,说:"别发愁,你年轻,等到大量用人时就吃香了。"

两人坐在小店前伸的雨篷下,都想歇歇,就不再言语。对面是一棵老榕树,披着袍子般站在那里,气度庄重,宽大树冠在空中摊开,一棵树竟舒展出一片树林的感觉,看那密密垂下来的气根,这树真有些年月了。宋芹半闭起眼睛休息,耳边忽地掠过一阵风声,眼前也跟着一暗。她仰起头来,见一只褐色大鸟正往山上飞,翅膀平铺,羽毛边缘像手指一样张开。老于循她的视线看去,说:"叫得出名字吗?是黑耳鸢,本地人给我讲的。"

午后,她俩回到店里,忙完所有活儿,看看表,才不过下午三点多。两人走进大树浓荫,准备回各自的巢穴。宋芹住的那栋楼在路口,很快到了,她冲老于挥挥手,见老于转进一条巷子她才反身走进楼里。

她上了楼，钥匙插进锁眼，往右一旋，心就开始打鼓，不知道辛迪和男友怎么样了。门开了，客厅有人，正是辛迪，手里抱着个玻璃罐。她怕辛迪难为情，打算头一低侧身过去，没想到辛迪主动打招呼，说刚把鸭蛋腌上，是绿皮蛋，放个把月就流油起沙。她趁机抬起眼，见女孩面色如常，就安心了些，嘴上应着："肯定好吃。"

常常在大半夜，墙壁那边传来哭声和争吵声。也许是太年轻气性大，两人一处做伴却争拗不断。夜晚的哭声总显得凄凉，四面全是异乡的陌生人，哭声又透着毫无防备，听得人心里难受。

先是男孩不见了，兴许他早就走了，只是她刚发现。很快辛迪也搬走了。

室友走了，人声寥落，滴水声间或响起。等待新工作的日子，有的是闲工夫，四处游荡却只会让她生出堕落之感，索性待在房间，转个身，看到一面墙，再转个身，还是一面墙。滴答、滴答，声音响起时，她就放下手机，屏住呼吸，寻找这声音的源头。是拱门后在滴水，是时间流过去的响声，又或者是一种幻听。她把耳朵贴在墙壁上，想象有一道隐秘的小河正缓缓流经墙体。

跟往常一样，点份肠粉充作晚餐，刚吃完，微信叮咚一声，是老于的语音："还在洞里闷着呀，出来散步，不然年纪轻轻就脂肪肝了。"她回一句："哪来的什么洞。"接着环视房间，眉头皱起来，是该下去转转了。

两人沿一条石子路往前走，群山迎过来，楼房和灯光越退越远。高压线从山顶上走过，赶往另一座山。草木莽莽，密实地覆盖住山体，坡面上几乎找不到一条伸向天空的路。她们就在山脚下闲逛，一丛丛灌木蔓延进前方的夜色，细看过去，墨绿叶子上竟布满豹子般的斑点花纹，还时不时见到，昆虫崭新地蜕走后，留在地上的松脆外壳。肩并肩走着,老于温热的胳膊一会儿贴过来,一会儿缩回去,忽近忽远的,这让宋芹忆起些旧事。老于说:"好天气不多了,高温一阵子,还要来台风。"她点点头,说:"南方的夏天真长啊。"往回走的时候,她看见月亮升上去,山低了一些,黑耳鸢飞过山脊,飞过月亮旁的一朵浮云,山又低了一些。

接下来,一连串酷热天气扑袭,热得人更不愿意出门。下去倒垃圾时,她走得急,有些眩晕,就扶住近旁的一棵树站稳。眼前的马路、房屋、树木在热浪中微微颤动,好像随时会离开地面,在空气中悬浮起来。

周二又是上货日。她早早来到杂货店,竟不见老于,心里咯噔一下。她赶紧问老板,老板说:"老于不知哪儿谋事去了,今天货不多,一人干得完。"

她打开冷柜门,将饮料酸奶一排排归放,心里记挂老于,盼望她一切顺利,又舍不得她就此离开。这些日子,两人没少一起散步,天热穿起裙子,她才察觉到老于一条腿粗一条腿细,想到此,她心里又一酸。心神乱,手脚却不慢,很快清空数个纸箱和塑料筐,货都归位了。看看外面,阳光还没蔫头。这些天,气温一路往上走,响晴的日子过后,天闷热起来,低气压盘旋不去,仿佛就压在楼顶和树梢上。空气、家具、棉质衣服吸饱水分,整个世界静悄悄地膨胀,变得越来越重。

随便吃点东西,回到小屋,四面墙壁紧挨过来,往哪里一坐都一片濡湿,像坐进了水里。墙面鼓起的墙皮已脱落,歪斜的拱门好像变大了。她摸摸墙壁,似乎轻轻叩击一下,拱门就开了。

站在窄小的平台往下看,只见楼梯盘旋,深入地下。踏上台阶,螺旋着往下走,拐过几个弯,便到了阶梯的尽头。尽头处高高的野草拥着两扇木门,正揣度咒语是什么,门自动分开了。她心跳得很快,不敢往里看，怕看见幽深骇人的地洞。沉一会儿，她才缓缓睁开眼睛，眼前出现的是平坦地面，向四周延伸，不见边沿。她试探着，先一只脚踩上去，脚底传来坚实感，另一只脚就跟了过去。这时，巨大的水声从上方传来，透明的穹顶上，一场大雨正从子虚乌有之地浩荡而来。

小窗户敞着，雨的气味先于雨的声音到来，这气味混合天地间诸般气息，丰富、强烈，令人想起童年，又恍如身处森林和原野。数天前，覆盖上千公里的庞大云系从西太平洋动身，旋转着接近大陆，率先抵达的云团在近海盘旋，蓄满水汽，沉重地抖动，终于，大颗的水滴不堪在空气中飘浮，一阵风过去，一滴攥着一滴落下来。她走到小窗旁，看到另一扇水汽迷蒙的小窗，看到雨从建筑的缝隙间飞快穿过。

雨水溅进来，她忽地一激灵，像忆起了什么。不敢相信似的，她凝神继续想，待回过魂来，恍然有些明白了。她离开小屋，沿楼梯向上跑，跑到楼顶天台，抱着头疾行，随便找个遮挡，往前方看去。来自西太平洋的雨，从天上飞奔而下，被大地稳稳接住了。人间是新的，河流又一次被创造，近处树木涌出更浓郁的绿，绵延的远山雨雾浮动，大片青碧褪成淡淡的墨色。她像第一次遇见雨一样，惊叹眼前的景象，雨铺展得无边无际，如此辽阔广大，她抬起手伸进雨幕中，雨落在掌心，凉凉的，一股真实的凉意带来身体的轻微战栗，紧接着，眼睛就湿润了。

原刊《十月》第4期

# 鲸 路

龚万莹

有人找我,说妙香姨快去后厨,家属又在闹。

我过去,就听见宝如说,果盘摆番石榴,要撒甘梅粉,没别的,就是女儿喜欢。春卷不要虾,狗儿虾也不行,只放猪肉。白灼章鱼换醋肉,醋肉要够酸,但不能太酸。红糟肉要用真的红糟,不要随便用叉烧糊弄。就算是丧席,也要给外地特意赶来的宾客吃好,不要让人吃得哭爸哭母。

差不多,免计较,厨师帮工还想辩解,旁人都猛使眼色让他别说话了。

差淡薄,差一点,差一勺糖都不行。我女儿就差那一步。宝如说。

我出来讲,算了啦,家属想做点事,由她。我把帮工偷拉到一边,跟他说,我跟厨房早交代过了,大家就顺着说好好好,尽量尽量,拿纸笔假装记。等她走了该怎么做就怎么做,别看她千交代万交代,这款样子的,到时候开席,一口也吃不进,吃进也吃不出味。谁叫你那时偷懒不在,该听的都没听啊。

宝如的心情,大家不是不知。她来殡葬一条龙店里时,真正面如死灰。其实平日需要服务的死者,来处无非是医院和养老院,多是我们这种老家伙,虽然伤心都是伤心的,也不至于过分意外。灯头蜡烛,什么时候灭了就灭了。可是这次的死者是三岁小孩,按照本地风俗,连告别式都不该有。"无缘的孩子",草草入殓便是,不适合大操大办。远一点的乡下,迷信的,孩子烧掉后直接扔山上或荒冢里,免来缠身,你不想做我的小孩,那你就走吧,快去投胎免流连。宝如和她丈夫却说我们不忍,还是想花钱给她办葬礼。

可问题是,孩子的尸体都找不到。

反复折腾半年,最后是把冲上岸的小件粉红蓬蓬裙以及孩子最爱的玩具放一起烧掉。焚化时,宝如不哭不号,眼角干燥得起火星,倒是她丈夫几乎站不稳。店里没有专门给孩子的小号骨灰盒,所以那一点点的灰烬,只能稀疏地装进常规盒子里。宝如说捧起来,大约是女儿出生时的分量。虽然没尸骨,但重量是真的。孩童的幼骨,烧出来非常细小,大约也就这点重。

有葬礼也好,给事情做个了结。毕竟岛上警察局很快就找到了海边店铺的监控,杧果冰店外那一只摄像头刚好扫到孩子小小的身影。她敏捷地在浪边游走,又一点点攀上礁石。有一度,那孩子起身,要离开礁石区,可又突然停住,对海招手,回到石头上。潮水慢慢上攀,孩子浑然不觉,还向前走了一步。然后就是那个巨大的浪。一周内,除了裙子,没再捞到什么,事情早成定局。葬礼上,还是请了诗班献诗,但宝如拒绝牧师的安慰,跟他讲了一个上午的宇宙大爆炸。我忙着布置灵堂,分发包着话梅糖和红丝线的毛巾,走来走去的时候,听她在那里讲物质转换,物质不灭。牧师说好哦,好,你慢慢说不要急,好的大爆炸。宝如说世间不可能有什么规则，也没有人在天上守护我们，不然我女儿那么乖，养得红膏赤脂，人人爱，怎会遇上这事？谁会知道，孩子一路跑到乱石角，平常我们从来不去那里。牧师说苦难是奥秘。宝如没在听，她还在说最好是再来一场大爆炸，把所有的分子重新组合，死的都可以活过来，无变成有。这多难，不比神话容易。

葬礼之后就是红糟肉宴。家属虽然在开席之前闹腾，通常吃完红糟肉，丧宴散场，逝者化灰，人的情绪也差不多消化殆尽。走的时候，哪怕有喝多的，互相稍微搀扶，一步一脚印走得也满带热气。宝如却不是。她干燥得令人不安，体内随时在进行着一场爆炸。走路的姿态，让我恍然间有种熟悉感。

宝如的鱼丸店离我们不远。出事前生意很好，她自己说，若不是生意太好，也不至于没发现孩子跑走。葬礼前他们似乎勉强重开过一个礼拜。我去吃过一次。宝如跟往常一样坐在店门口包丸子，一个又一个丸子从她虎口处蹦出来。她丈夫站在那口大铁锅前面负责煮，拿一只比脸还大的铁勺不停地捞，与先前一样。有人问宝如，有没有鱼丸？她就说，再也不卖海里捞出来的东西了，她的孩子还在海里面，任何一口都可能是孩子的血肉。从今往后，只有素丸、贡丸和牛肉丸。然后她就开始细说，她是怎么发现孩子丢掉的，然后沿着街找，又去了岛上主要的三个沙滩找，最后半座岛的人都发动起来帮忙找，天越来越黑，越找越急。她说我只是突然间发现了一件事是真的——死这种事情是随机发生的，比如所有来店里的人，至少会有一个死于非命，他们的孩子里，或许也有一个不能活到大。是真的，死会来找我们，它一直都在随机开枪，但我们还浑然不觉地在路上走。所有食客听得脖子发凉，吃到嘴里的丸子也内里冰硬。我换了假牙，当时咬紧牙根拼到最后，还是放弃了，那牛丸好像怎么也煮不熟。

葬礼后，宝如来找我们，给骨灰盒选了壁葬。现在位置紧缺，都要靠抢，我陪她挑到的位置，竟刚好在三岁小孩的高度，蹲下来，就能看见那张小小的相片。可等墓碑制作好了，宝如却迟迟不肯将骨灰盒封入墓穴，钱也拖着没缴。我打电话催款，没人接。平常在菜市场、街道上，也再没看见他们夫妻的身影。

他们一家住在海街的鱼丸店楼上。宝如和她丈夫是在七八年前，旅游最旺的时候来岛上的，在靠海的商业街开了家鱼丸店，挂上黄底红字的招牌，写着百年老字号宝如鱼丸。俗又有力。虽然名号是假的，但比起其他狂加硼砂骗游客的店，她家的鱼丸还是加了货真价实的鲨鱼肉，用大骨汤熬熟，味道足赞。宝如个子高，脑子活，店里店外都是她一把罩。我们殡葬一条龙的人，常夸宝如会做人。店里懒得做饭的时候，会去他们店买些鱼丸面来吃，只要是本地人，她总多给几颗丸。但最近经过鱼丸店，不仅店面卷帘门紧锁，楼上也毫无灯光。

这样的事，岛上并不少见。时不时，就有孩子因为生病、意外离开，然后那些孩子的父母就跟失踪了一样。悲伤让人从内向外坍塌，缩小到看不见，除非他们能被时间重新泡发。但大部分人，就这样消失了。未必是死了，就是缩在我们生活背景的某一处，在日常笑声覆盖不到的地方，无光的所在。家人死了以后，死亡就成了家人，住在家里，不肯离去。

我常失眠，凌晨辗转睡不着时就会去海滩。夏天在这座城市消耗得慢些，但到了年底，热气也差不多耗尽了。冬天海边常空无一人，实在太冷。前些天，我在海滩看到宝如。她丈夫不在，就她自己，坐在离海浪很近的阶梯上。她双手捧抱着一条白色的东西，仰着头。月光下我看不清，只觉得那东西湿漉漉地发着光。海风冷飕飕，我脊背发凉，不敢上前，就回去了。

想了几天，我决定去找宝如。一来是去看看她现在怎么样了；二来还是催款，那钱还是我们店里先垫付的，不然那墓穴早就没了。但是年底了嘛，我们岛上许多有新亡人的家庭，要在大年初三"烧新床"，所以殡葬店里堆满了各式纸扎房屋，小套房、双层别墅或是带车库的无敌皇宫，总之丰俭由人。店里自创的纸扎，细节做得精细，外围粘着碧绿或者莹蓝的亮片，房间里还摆上纸床，让用户在地下不需要打地铺，卖得特别好，所以这些天都忙这个，想出门就是出不去。快走出去时，我接到宝如丈夫的电话，他说，妙香姨，我暂时回老家收拾一下房子，但我不放心宝如，请你去家里看看。求你了，我也没别人能交代了。

宝如夫妻俩来岛上这么多年，我连她男人的名字都不知道。刻墓碑的时候，一家三口的名字刻在一起，我才知道男人叫志坚。也是，做餐饮的人哪有交朋友的时间？每天从早做到晚，一周七天地干，拼命卖才能追平越来越高的店租，拼命干才能有好日子。他们在岛上其实并无依靠。我想了想，说，志坚你放心吧，我正要去。

转行到殡葬店这些年，我尽量不跟死者家属多联系，而他们也避之唯恐不及，毕竟在大部分人眼里，我们代表死亡。可是殡葬不能只当生意做，死亡是个连绵不绝的事，人情在，生意才能做不完。大家都知道，只要他们开口，能帮的我都会多帮些，这是我们店在这人越来越少的岛上还能维持下去的原因。而且，宝如这边我无法完全抽离，想来，是希望对自己的遗憾有些弥补。

我们店里，原本有对夫妇，女的给死人化妆，男的在外面当电工，有时候也来店里帮忙修理东西，很会赚钱。夫妻俩疼孩子。孩子长到十六岁，上重点高中，人很帅。他们很少让小孩来店里，但那孩子每周日在路上遇到我，看我手上有重的东西，就会帮我拿，很乖。他妈有点洁癖，明明不是她的事，也总要把店里收拾得很干净。他爸说，他们要是出去吃，都要吃好，不会随便去那种差饭店。

可一日，孩子踢足球时，昏过去。送去医院做全身检查，查出胃癌。人家是爸妈的心肝宝贝，全力以赴地治。到第五个月的一个礼拜天，这孩子很难受，就跟父母说，爸爸妈妈，你们叫医生救我一下。他真的痛苦。父母就含着泪，跟他说，不是爸爸妈妈不救你，然后才把实际情况讲出来。孩子听完，认了，没一两天就死了。他的命本来就是到尾了。死后，自然是我们店去处理。当时我跟他们说，你们都知道，闽南风俗是孩子的葬礼不能做得太热闹的。他爸说这个孩子很乖很听话，没让我花过钱，所以，我照样要给他租灵堂，找诗班，给他弄得好好的。他妈在我们店里干了好多年了，忠厚，也同意给孩子弄得堂堂正正的。葬礼上父母是很不忍，但也没办法了。葬礼后，女人来店里，辞了工，说要换换心情，之后我就没见过这对夫妻。

差不多一年后的一个春节，医院护工给我打电话说，有个女的死在大岛医院，叫我过去。哎哟，去了才知道，原来死者是那女人。我说怎会这样？她丈夫说孩子死后半年，女人也开始不舒服，检查出来是肝癌。给医生看，医生说再活也就半年。然后他们就决定说，要放弃。他儿子是他们亲自陪着医病的，知道最后在医院待着也没用，所以他们放弃。离开医院，夫妻俩就去台湾玩。我问你们有没有去101吃小笼包？丈夫说，我跟你说啊，我们可不是去吃什么小笼包，我们去一定是去吃好料。什么好料都吃，只要她吃得下。他们爱去台湾，因为说话能通，东西也能吃，所以一年的时间，去了三次。两个人留那些钱干什么？妻子到最后，很难受了，再去医院，在医院里死。丈夫伤心得很，他说我一切都没了，儿也没，妻也没，我没希望了，我觉得生活没意义了，一切都是悲观失望。我说，你不能这么说，生活还要继续,你要坚强。我自顾自给他说了很多勉励的话。结果,过了两年,有个陌生女人给我打电话,她说她小弟过身了,叫我去。那天其实我没去,顾着在别处忙,后来去了才发现,是这个男的自杀了。他在租的房子里,设计了一套电线缠身的方法,给手腕和心口通电,但又不引起短路,还认真放了告示,让人记得先断电再处理他。

本来他夫妻俩在岛上有房子,三房一厅。孩子死后,他们就搬出来,租了两房一厅住。他妻子死后,男人又出来自己租了一个单间。他的生活也算是度日如年了。身边有钱,都花了。结果他自杀,遗嘱写得太清楚了,上面说,我这房子是租的,本来想去公园,可是在公园连想死都没办法死,人都在看。实在逼得没法,才在这里,用这方法结束。你尽量不要让人知道,尽量静静把我放下来,不要影响后面人家租房子。我欠了房东房租多少钱,放在抽屉里一分不少。信还交代说,第一个发现他的人,一定要来找妙香姨,还写了我的电话。

那天我回到店里,自己静静坐着,突然想起有一日坐公交,看见他在街上过马路,就在我眼前,安安稳稳地行过去。很平常的一幕,不知道为什么一直留在心里。那时候我有种感觉,有些人走向死亡的时候,带着无可阻挡的姿势。就那一瞬,我有过这想法,但后来忙,也没再找过他。再次见他,已是尸体了。我不是故意的,但确实那阵子在自己的事情里,离得远了,也没去关注他们。

在女人的葬礼上,那男人其实问过我,他说妙香姨你见过世面,能不能推荐我,还有哪些地方好去旅游?可是后来有人过来找男人说话,这对话就断了。我有些后悔,那时候那么拙口笨舌,只会劝人家坚强。我应该找到他,跟他说,我们店里来了年轻人,跟我们说过,其实还有很多地方可以去。都柏林,马耳他,捷克,斯洛伐克,巴西,南极,世界上有的是地方可以去。有伴就结伴去,没伴就自己去,没钱就攒攒钱再去。至少在远处插根标杆，有个模糊的目标也好。可我没说。说了，是不是事情就会有些不同？

我一想这些事，心中就纠缠，越到晚上，脑子越清楚。许多事都能弥补，偏偏死这事无可弥补。还在想着，就走到鱼丸店，卷帘门锁着。我把耳朵凑近，听见里面隐约发出鬼吼鬼叫，有东西爆裂，有女人尖叫，有子弹和脚步声。我用力捶门，宝如从楼上探出她的蓬脑袋，叫我从后门绕进去。

我推开了那道虚掩的门。走上二楼，电视机里面是近来流行的僵尸灾难片，每个人头被咬掉，血喷满地，城市爆炸，还蹦跳着拿枪轰对方。宝如关掉电视去给我泡茶，我把满手的袋子提进厨房。角落有一包橘子，晦暗的绿色霉菌像火药一样撒满果实。我想帮忙把发霉的橘子拿出来扔掉，一伸手，果子像瘫软的肉一样，里面的汁水混合着霉菌粉末炸落一地。地上还有一盆文竹，已经彻底变成亚麻黄，再浇水也活不过来了。窗户大开着，夕阳的光线从靠海的那边伴着冷风射进来，家里流淌着长长的阴影。我打开冰箱，把带来的炸醋肉、拌面、韭菜合、蚵仔煎、白灼本港鱿鱼放进去。

宝如一边道谢，一边递茶给我，问我最近怎样。我说店里忙，快要初三烧新床了嘛。宝如说唉，新亡人果然不止我们一家，可惜我不信这个，不然就找妙香姨你买。我说我也不信，这个是烧给活人更多于死人。

前几天我看见你了，我说。

宝如没回答，从抽屉里掏出十块二十块的一沓钱，叫我点点看。我慢慢地数钱。近年来算数越来越缓慢，稍微有点分心，就必须重来一遍。幸好宝如很安静。过了一会儿，海的气味从窗外爬进来，柔软地瘫倒在我们身边。我数好了，没错。月亮已经出来了。我们坐着，开始一口一口喝茶。顺着窗看去，夜里的海是水泥色的。灯塔白光，可以看见这水泥色海面并不规则的纹路。

宝如说，妙香姨，我近来还是不能睡。做梦时总痒，感觉密密麻麻的鱼虾在啃皮肉。醒来太安静，想到孩子最后一刻浸在水里，不知有没有受苦。想哭，但不想在这房子里大声号，整条街都能听到。那天我去了海边，还是想着，或许能找到女儿，活的女儿。后来又想，哪怕是海交出她的尸体也行。坐在海边，我忍不住骂这个海，你带走了我的女儿。突然，黑色的浪推过来一个东西，我赶紧捧起来，原来是条死鱼，滑溜溜的，不重。我抱了它一会儿，然后埋了它，就埋在窗外的海滩。

风真凉，我打了个喷嚏。宝如赶紧起身把窗关上。

窗外的那片海是颤动的、巨大的生命体，却轻易被玻璃隔去了声响。我们继续喝着手心的暖茶，与窗外黑色的岛屿、灰色的海面对峙着，一言不发。一艘黑色的长船，默默从左到右推动。

你们要走吗？我看见房间里堆满纸箱。

对，志坚说要我一起回老家。收拾到一半，我们又吵。我用力踹他，把他踢出门，他没回来。他竟然要把我女儿的东西扔掉。

我刚才开冰箱的时候看见了，保鲜层是空的，最中间只有一个儿童塑胶碗，摆了一片咬了一口的煎菜头粿，用保鲜膜缠裹着。那时候我就大概猜到了状况。陷在悲伤中出不来的人，悲伤成了他们身上的利刺，不是向内扎就是向外扎，反正要见血。亲近的人，再怎么忍也很难让人满意。

我说，要不要先吃点东西？宝如啊，等到十五，我跟你和志坚去你们老家走走。我心里想的是，过了初三，就是初四，过了春节，等到十五，日子只要一天能熬过一天，人就能好起来。

宝如说好。

我说宝如啊，还有很多地方可以去，还有很多事可以做。

她说好。

我从宝如家出来，外面的风越来越大。月亮是半块烂掉的果实，逐渐歪倒在大地上，被大风吹来的厚云掩埋。月亮每天在天上永恒地朽坏着，永远被天狗吞吃着。生命太短是可怕的，但永恒更可怕。我们就被夹在中间左右为难。

接下来几天，我忙完店里的事，都找宝如一起吃晚饭。宝如开始会说一些她女儿的事情。她唯一一次出行，就是去年春节带着女儿去外地旅游。女儿看着博物馆里巨大的母鲸标本，突然眼睛挤成缝，淌出水，肉乎乎的小手在脸上不停地抹。她断断续续地说，妈妈，肚肚。宝如感觉好笑，仔细看了那只标本，才发现母鲸肚皮上有条缝起来的明显疤痕。她抱住女儿，跟她说，板子上写了，这是搁浅的鲸，科学家把内脏和脂肪拿出来，再填充、缝好，就做成标本啦。可女儿还是哭，摇着头指宝如的肚子。宝如说她后来才明白，女儿是想到了她肚子上剖腹产留下来的疤痕。那时，女儿凑近宝如的耳朵，抽抽搭搭地问，妈妈也会死吗？妈妈要是死了，我去哪里看你？这让我想起自己小时候，在白色的庭园里，跟我阿母说过一样的话。阿母，你会死吗？死了以后，我去哪里看你？

宝如说她永远记得，女儿的最后一个清晨。女儿站在二楼窗户那儿，背后满天白云跟炸开了一样汹涌。女儿特意叫她来看，天空中有鲸鱼鲸鱼！前几天还在画册上学到的鲸鱼。她顺着女儿胖胖的小手指，看到远方小岛上浮着一只粉红色的发光小鲸，两三秒的工夫，迅速暗淡下去被剥夺了色彩。后来，云都化开，海面一片粉红。宝如总想不通，为什么女儿要在大冷天走到那片荒海滩上。后来她又说，女儿可能是想去看鲸鱼。可是，我们岛上从来没有鲸鱼。更多的时候，她就反反复复说同一句话：孩子都没顾好，我做人家什么老母？

短短的时间里，宝如把这些话重复了几十遍，可她自己浑然不觉。痛苦就是一种会痛的苦。废话。痛苦就是烈火的窑，就是一辆又一辆的车，轧过你的心、你的头。每一天，她女儿离去的那一幕都借由她的口，反反复复上演。已经过去了两百多天，她失去了女儿几千次。还有更多次失去，在面前等她。她说她停不下来，想太多次，以至于梦中也是，日日夜夜地重演死亡。我明白她。

终于有一天，她能下楼了。那是晚上，我们一起在沿海的小路上走，能看见远处灯光晦暗的岛。突然浪变得很大，天上也落雨，我俩衣服都淋湿了，走路时用力靠在一起，才觉得暖一些。她鼻音浓重，聊到她的儿时回忆。她在离我们很远的岛屿长大。

她小时，在海边捡到过一个比她还小的孩子。后来，有个斗笠遮住面庞的渔人父亲来接那孩子。暴雨中行船来到她身边，一把抱住那孩子，可又忍不住结结实实往他屁股上来了一下，怎么走得那么远，回得那么晚？孩子纳入船舱，伸出小小的手向她招摇。那面容难辨的父亲，像冥海船夫，向她庄重地点头，然后摇着手中的两支桨，渐行渐远，直到海已经翻腾成一片白水，直连灰白的天。瞬间，压住全部天空的云层融化开，如同烟雾一般向四处弥散。那时候，她就知道，大雨将止。不属于她的孩子，被他的父带走，越来越远。就在那一刻，水中有白海豚跃跳。她一直记得儿时那个画面，不知为何就是忘不掉，似乎还有些讯息还没传达。

而我，也跟她说起一些平常不跟人讲的话。比如我少年时，怎么在庭园的人工湖里发现我的阿母。我没有想明白，她究竟是如何下定决心要走那条通往水底的路，她怎舍得抛下我一人。就在那天，阿母吃醉酒，还笑盈盈地跟我说，妙香，有了你，阿母今生没遗憾。我生气她吃酒，就没说话。我没说阿母我欢喜跟着你，有你我安心。她就这样死了，使我害怕不仅在此生，而且在永生，都会跟她永远分离。阿母的笑脸，就是死亡的面容。她被捞出来以后，样子跟睡了一样。我守在她身边，一直到别人把我拔起，扔到一边。我说不清，一个人的路，是注定的，还是不停变化的。说完我有些后悔，怎说了这些。

宝如眼神发沉，我知道她进到记忆里去了。我们都沉默。鸽子的影子在桌角旋了好几圈，宝如才开口，说她知道我当过语文老师，本来很怕我会跟其他人一样，忙着给她各种建议，还年轻，再生几个，别跟丈夫吵架，大家都不容易，或者是，让爸妈来陪你什么的。可我什么都没说，只说了自己的经历。

她说话的时候，我大多时间只是听着，有时也会发呆，年老就是如此，特别是吃饱以后，很困，坐着睡过去，醒过来，她还在说。在她家时，就任她说，我自己跑去厨房里做饭。我想，别的办法没有，就是吃和讲，吃和讲，好像一只小船的两支桨，把人从茫茫冥海的边缘划到人世的岸上。她丈夫回来过一次，把家里的纸箱都搬走了，说再收拾一下那边的房子就差不多了。

渐渐地，也能在菜市场看见宝如，她说老是让我带菜来吃不好意思，也去买些肉给我做丸子。她家中开始有了水果，桌子上摆着撕开皮的芦柑，或是切成金色星星的杨桃。有一次她还做了很厚的五香卷。开始在乎体面和公平，我想她是好些了。我为她高兴，也开始有些失落。

我开始自觉与宝如保持恰当的距离，她不找我，我也不主动打扰。

到这个年纪，我发现扶人走一段难走的路，要准备好路走完后对方会尽力避开你，因为你见证了那段不堪的日子。不要期待有什么感谢，更多是疏远。对方毕竟好起来了，这才是重点。但我的心还多少有些不安，宝如仍不肯让骨灰盒下葬，事情没有真的完。

除夕前一天晚上，事情太多了，我还在店里忙，电视里那个戴眼镜的主持人正站在海边，他为数不多的头发跟海风缠斗，播报着一具鲸尸今天清晨在海边搁浅，好像已经死了几天。现场的人看起来都很慌乱，毕竟我们这片海，从来不在鲸鱼活动的路线中，数百年来没出现过鲸鱼，死的活的都没有过。电话突然响了，是宝如，说同意把骨灰盒交给我，封入墓穴里。空气里水分湿浓，我抓了把伞，就出门去找她。

说好了等我，我去找她的时候，后门大开着，她家的小音箱在播《我心灵得安宁》，可走上二楼喊她，却没人应。我按着心口，走进去，屋里一个人也没有。她房里的老浴缸，水一个劲往外漫，水龙头还开着。我把水关了，心想，不好。不好。举目四望，去哪找人？窗帘这时候被风托起，轻轻打了我后脑勺一下。我看过去，窗外那片海滩上有许多人。我看不清，怕出什么事，就下楼往沙滩赶。

到了沙滩，拨开人群，沙滩躺着那条鲸鱼，看起来像是幼鲸。鲸鱼身边竟是宝如。她拿来家中浸湿的床单、浴巾搭在鲸鱼身上。天空中开始有微雨，宝如挥动手里的毛巾，不容空中的海鸟落在它身上，有几只野狗试图靠近，也被她赶走。

一边挥，宝如还一边大声地猛打电话，怪对方怎么不派人来。有穿着制服的人，走到她身边劝，大姐，这鲸鱼已经死了，别忙了。

没死。

死了，尸体冲上岸之前就已经死了好几天了。渔港的人都来看过，你就别来乱了。

没死。

哎哟都快过年了，大姐你别再闹了。

没死，要有信心。宝如转过头不理他。

在电视里，我看过介绍。抹香鲸虽然巨大，可幼崽还是难逃虎鲸的攻击。敌人来袭，所有成年鲸会把孩子团团围住，用肉身筑成堡垒。可是，再严密的阵型也有缝隙，滑溜溜的、残酷的虎鲸就钻进去撕咬柔软的幼鲸。有的母鲸依然会衔着孩子的尸体，在海底潜游，不知要到什么样的时刻，才会松口。

宝如看到我，说妙香姨，快叫你店里的人都来帮忙啊，把这鲸鱼推回海里。我闻鲸鱼身上那味道，知道肯定是死了，但看到宝如不遗余力，又是披浴巾，又是拿着塑胶桶疯狂泼水，我感觉她身上憋了那么久的这股力气，总归要发出来。发出来，日子就能过下去。我没拦她。

过半小时，又有更多人来，消防、公安、海港的都来了，判断鲸鱼已死，但不知道应该谁来负责。最后商定用车先拖去处理。

都闪开！宝如大叫，开始发疯一样拼命推，要把这鲸鱼推进海里，好像把它推回去，就能跟海洋一命换一命似的。有人上去拉她，一使劲，她摔到沙滩上。大家认出来，这是宝如鱼丸店老板娘，又赶紧扶她起来。她一声不吭，继续冲上去推。有人跟我说，妙香姨，你去劝劝吧，这样下去不是办法。我怎么劝？就像离岸流一样，表面上海浪往岸上推，可是下方却伸出千百只手，把你往海里拉。这就是这个女人每天过的日子。彻头彻尾浸泡在痛苦里的，是宝如一家。到底不是贴身悲剧，就算在葬礼上人们会忍不住哭泣，但离开了就放下了，晚上都能安然入睡。而宝如一家，每分每秒都在承受无法弥补的损失，生命有一块被切除了，此生不会再补上。所以眼前这个女人有使不完的劲，因为她有使不完的悔。我想了很多，身子却没动。

正僵持着，人群突然裂开缝隙，走出宝如的丈夫志坚。他脚步犹疑地蹭过来，然后一把抱住宝如，轻拍她的背，说，好了，好了宝如。我也走上去，把宝如发红的指头抓在手里，像捏着十只幼鱼崽。

有冰冷的颗粒击打头壳。

我抬头，天空中所有的云急速奔来，大雨将至。

瞬间，天空中的发光体都被遮蔽，整座岛屿被夜熏黑。有辆黄色的小型工程车，亮着零星的灯，缓慢地开过来。岛上不允许机动车和自行车的存在，去哪里都要走路，唯一的这辆车，也只有紧急时能用。

宝如被我们拉开，人们手忙脚乱地把鲸的尸体架到车上。这车跟鲸鱼比起来，还是太小了些，后面还加了一辆板车，汽车加人力推，才勉勉强强移动着。刚放上车，那鲸鱼竟越看越怪，极速鼓胀起来，仿佛一颗巨大的气球，将要升空而起。

膨！

突然间，一股巨大的声响震动四方，眼前一片血红。

接着，是一股浓烈的恶臭。就算过了一个礼拜，我仍然会说，那沙滩的气味依然好似死者集会。十年来，我处理过几个死了很久才被发现、身体流出汤汁的人，但把他们全召唤过来，也没有这条鲸臭。

天空下起了鲜红血雨，宝如的头面都被血浇透了。沙滩和路面都被染红了，白烟从车上的鲸鱼那里涌过来。那条鲸鱼竟然爆炸了，震开了它身上的绳索。

我眼前一黑，湿黏与死的气味覆盖了我。用手一拨，是鲸的内脏碎块乱飞。此时志坚头上停着一块肝脏，臭得他满脸扭曲，直翻白眼。宝如，伸出手要帮他清理，却在血与臭气中笑起来，难以自抑地笑。或许这个爆炸来得正是时候，肝脏来得正是时候。

大风此刻突然降临，空气跟煮沸了一样，所有的叶子和灰尘都在上下翻飞。死阴幽暗的黑天,燃炸紫色的闪电,崩出金色的裂纹。在极高之地,天空如同一枚精心装饰过的奥秘。黑夜开始变得如白昼般亮。

站在沙滩上,背后是海街。商业街上的鱼丸店,二楼有宝如空荡荡的家。宝如鱼丸店后面,是奶油蛋糕一样的双层建筑,然后是一栋栋不超过三层楼的房子开始连绵。雨瞬间变大,淋湿近处的岛,也淋湿远处的岛。

雨水从零星几滴变成了压迫的整体,从云朵淋漓而下,贯通大海。海面被雨戳出千疮百孔,又毫不费力地自动痊愈。天地都是水,现在的水和过去的水,连成一片完整的水域,在风中摇曳。海被雨绵密搅动,翻涌起云雾。

暴雨猛灌之下,小车不堪重负,开始倾斜。

鲸,从车上滑落。

众人惊呼。车下,雨水沁湿的沿海石头路,又被血液和黏浆淋漓得滑溜溜。鲸被道路上的水流冲着,向海岸缓缓而去,滑出一条血路。它平静地顺着流水,仿佛在鲜血的道路上得到复活。血路跨过沙滩,绵延到海里,此时,有白色的海豚跃出海洋,一面面旋转的白色旗幔。有人喊,快看,十年不见的白海豚回来了。白色的精灵们在海中浮动着,踊跃着。

此时的宝如,身体中突然裂变出锋利嘹亮的哭声,闪电般耀眼,连黑夜也无法遮蔽她。志坚揉着她的肩,悲哀,哭号,恰恰说明过去的事已经过去。我突然想起宝如说过的那段关于渔夫的儿时记忆,或许那画面早已将过去之事与未来之事完全透露给了她,可直到如今,才显现出可辨的面貌。而我也借由宝如,瞥见那张脸。

相距她那时遇见冥海渔夫,已是多年,雨却大约是一模一样。雨在空中被风吹着,像是半透明的巨型游魂在旅行。他们摇摆,如垂挂的波浪,撞在一起,成为大群,于是整个世间就白茫一片。黑沉沉的岛屿显得凝滞,被轻盈的白色水汽随意踏在脚下。

　　暴雨中,宝如满脸的血污被洗刷殆尽,眼睛开始流露出柔软的丝线。她的目光穿透人群,紧紧盯着那只墨黑的囚徒。它终于在透明的雨里,挣开了绑锁,借由血,向着大海的方向泅潜。

　　志坚在一旁抹开了脸,准备湿漉漉地拥抱宝如,而她,突然闭上眼,嘴里轻轻呢喃,去吧。

　　去吧。去吧,天地间无阻无碍。

原刊《收获》第 4 期

# 美人吟

南飞雁

鲁姐说，日子再难，我也得活成个美人。

## 一

每个月总有那么几天，小蔺会莫名焦躁，想把店关了。多数是在周末，具体时段是上午九点半到十点半，下午三点半到四点半。美菡跳完舞进门，两人就开始冷战，不过这冷战是对小蔺而言的，美菡可不冷。她热气腾腾地擦干身子，系上围裙戴了头巾，哼着歌忙碌个不停。她的围裙很漂亮，墨绿色的底子，胸口绣了四个卡通字"东东蛋糕"。

"又生气了？"美菡轻巧地打发蛋清，笑着说，"别这样了嘛，就是做做操。"

那可不是做操。小蔺心里更堵。周边七八家店，十来个老板娘和女店员，美菡是最年轻好看的，十几个妇女环肥燕瘦，跟着隔壁热干面的鲁姐跳舞，上下午各有一场，每场一个钟头。小蔺想，等再过二十年，美菡长成了鲁姐，他也不会拦着，就像隔壁的谢哥。

"中午想吃什么？"美菡放下工具，笑盈盈过来，从后边搂紧小蔺，"给你叫个五香羊头吧？"

美菡以前可不这样。刚开店那会儿她紧张得说不成话，小蔺趁没人故意动手动脚逗她，她急得都要哭了。现在故意动手动脚的却换成了美菡。改变当然是有原因的，原因就是鲁姐，所以小蔺才焦躁。他焦躁的时候话不多，全写在脸上。他转过身看她。快十年了，她好像停在了高中，眼里眉间亮晶晶的，涂抹开便是一脸毛茸茸的年轻。照这样看，再过二十年她也长不成鲁姐，他倒有可能变成谢哥，像一碗裹满了辣油和麻酱的热干面，根根油腻无比。

"那就订了啊？"美菡掏出手机，下单，付款。五香羊头是小蔺焦躁期的必需品，约等于美菡每个月的红糖姜水。不过他还是不想说话。不过美菡有的是办法让他开口。

"你们同学聚会，做点好吃的带上吧？"

小蔺心想坏了，肯定又要提"总监"。有次同学聚会，群里各种合影刷屏，美菡一眼看出猫腻。女生姓夏，跟小蔺在同一个社团里混过，这倒也无妨，偏偏他一时糊涂，在她朋友圈里留过几次言、点过几个赞，有过几回不清不楚的互动。言也留了，赞也点了，想删也来不及了，全成了美菡结结实实的证据。那时两人还没开店，小蔺当房产中介，兼职送外卖，美菡在超市收银，她数落完小蔺，抹着眼泪说："个子还没我高，长得也没我好看，不就仗着是个本科生，当了个总监吗？她那公司里头是个人都叫总监！"

小蔺和美菡是高中同学，学习都挺一般。高考时小蔺超常发挥，考到省城读本科，美菡读的大专，两人就是在同学聚会时看对了眼，这才好上了。因为小蔺是有前科的，所以美菡的警惕不无道理。此后"总监"成了他的重启键，一旦按下故障全消，再大的火也得清零，何况还有五香羊头。他眼下还不想被清零，就不能让她说到夏总监，也就不能再沉默了。

"隔壁今天没吵起来啊？"小蔺开始打岔，"还真有点不适应。"

隔壁一东一西两家店，东边潼关肉夹馍，西边鲁家热干面，都是夫妻店，比较热衷吵架的是东边肉夹馍，特点是高潮时猝然收尾。每回东隔壁人声忽然没了，斩刀剁肉声轰隆隆响起来，小蔺总担心剁的是人。其实西隔壁也吵，往往是鲁姐在骂，谢哥从不顶嘴，顶多从店里出来，坐在门口焦头烂额地抽根烟。

搁在以前，美菡通常会上当，忘了再提夏总监，可自从开店当了老板娘，尤其是跟鲁姐混熟以后，斗争经验丰富了，黄段子也能讲了，想骗也难了。她没被小蔺带偏，而是笑眯眯说："总监那次来找你叙旧，说喜欢吃什么来着？慕斯是吧？草莓的，杧果的，黑巧的，抹茶的，都给她带上。"

美菡这时的神态几乎就是鲁姐了。小蔺听得心惊胆战。

"我亲手给她做，双份，甜不死她，撑死她，撑不死她，胖死她——好不好？"

重启键果然管用，小蔺很快就没有烦恼了，有也不敢表露出来。他不是怕吵架，而是不想吵架被隔壁听到，就像他焦躁的不是美菡跳舞，而是围观的全是谢哥那样的油腻大叔。舞曲声里，小蔺好几次探出头东张西望，小店门口都是谢哥一般的男人，叼着烟卷笑嘻嘻观摩十几个娘儿们扭腰递胯，准确地说，全盯着美菡。这也不奇怪，原本都是油烟作料里腌制多年的妇女，乍然来了个美菡，难免与众不同，何况她还真就是个美人。看来美菡每天跳舞的这两个小时，就是谢哥们焦头烂额中的五香羊头。小老板们开店不易，难处人人都有，房租水电、卫生防疫、工商税务哪一块都怠慢不得，偏偏小蔺的烦恼更多。好歹是念过大学的本科生，跟一帮中学学历的老炮儿混在一起开店做买卖，人家也不比他干得差、挣得少，闹心了还能看美菡跳舞——可他呢？难道去看鲁姐？

二

鲁姐什么时候开始跳舞的，已经没人说得清了，就像她在这条街上干了多少年，也没有人能说得清。她给美菡看过一张照片，背景是鲁家热干面的门头，四个人两坐两站，除了鲁姐笑得灿烂，其余三个都是冷着脸。坐着的是鲁伯鲁婶，站着的是鲁姐和一个男的，却显然不是谢哥。

"我前夫，"鲁姐按住前夫的脸，拉满到整个屏幕，"帅吧？"

照片是拿手机翻拍的，放大之后面目有些狰狞，像是被拍扁的苹果。不过从依稀可辨的眉眼看，谢哥的确逊色不少。

"那时候我还不怎么胖，不像现在，跟头大象一样。"

"这是哪一年啊？"美菡知道她说的是事实，但又实在不知道怎么接话，只好小心翼翼地问。

"二十年前了，那会儿刚有这条街，对面的小学、写字楼，还都是工地呢。"鲁姐滑拉着手机挑曲子，"先跳个《美人吟》吧，小美女？"

音乐一起，女舞友和男观众就都出门了。时过正午，阳光还好，舞友们排在鲁姐身后，观众们闲坐在自家门口，两下里都在阳光中自得其乐。小蔺的心抽成一团。周末两天，没了学生和白领们捧场，蛋糕店生意要差上很多。生意少了，店里活儿也就少了，小蔺更找不到不让美菡去跳舞的理由。一个小时不长不短，舞曲呕哑嘲哳响个不停，夹杂着舞友们快活的高声谈笑。小蔺像个耗子，在店里钻来钻去，再没有片刻安静。终于，舞曲声停了，美菡哼着歌也进门了，汗珠顺着脖子流，湿了胸前的一小片衣服，声气也有些喘。

"打扫得好干净啊！"她一边笑，一边朝里走，"我得换件衣服，都湿了。"

店里有个小隔断，小隔断里有张折叠床，平时累了可以躺着解解乏。以前打烊之后，生意好了，情绪到了，气氛对了，两人偶尔会挤在上面胡闹一阵子，还折腾坏过一张 —— 不过似乎也好久没有过了。

美菡拉上布帘，窸窸窣窣地擦洗。她爱干净，身上见了汗就得洗，不然就一副六神无主的样子。水是小蔺刚烧好的，干衣服备好了，两块毛巾也备好了，一块泡在盆里，一块搁在床上。他走到门口，拉了把椅子坐下，眼睛一直瞄着隔断。布帘后面，一个热气腾腾的美人正在擦拭自己，身体和帘子不时摩擦，凸显出某一处局部，那是他最熟悉的地方。再等一会儿，美菡就会容光焕发地出来，穿上那件墨绿色的围裙，略带娇羞地冲着他笑。那笑容也是他熟悉的。每到这个时候，美菡的笑是那样神清气爽。

隔壁肉夹馍就是这时候出事的。

肉夹馍夫妇都姓王，人称王哥、王姐。王哥身长八尺，容貌甚伟，却吵不过王姐，也打不过她，只能靠剁肉解压。一般只要王哥剁上肉，王姐就不吭声了，肉剁完就算翻篇。可这次不知何故，王姐得胜之余返了个场，多絮叨了几句，王哥忽然不剁肉了，提刀恶狠狠看着她。毕竟搭伙过日子多年，什么叫虚张声势，什么是真要动手，王姐还是能看出来的，当即跑出了门，王哥影子似的跟上，手里还拿着刀。鲁姐正冲洗垫子,见状不假思索把手一抬,凉水结结实实喷了他一头一脸。王姐躲在鲁姐身后,结结巴巴说不出话。

"凉快不?"鲁姐冷笑一声,"长本事了啊,天天剁肉还不够,还想剁老婆呢?"

凉水一浇,王哥气焰散了大半,声音却还坚挺,湿淋淋地怒道:"是她不想过日子!"

"嚷什么嚷? 有理不在声高。"鲁姐气定神闲地瞄了一眼王哥,"过不下去就离,不知道民政局在哪儿,我领你们去,谁不离谁是大姑娘生的!"

王哥有些蒙,刀也垂下了。谢哥幽灵般飘到他身边,顺手卸过刀,拍拍他肩膀,拉他进了店。鲁姐盘好水管,转身对王姐说:"还是因为闺女?"

老街是没有秘密的,就算暂时有,只要鲁姐她们跳一场舞,也就很快没有了。原来王家有个闺女,不顾父母反对远嫁在南方的网友,怀孕结婚又离婚,如今带孩子住在娘家啃老。王姐一提女儿就发火,火烧旺了就忍不住说婆婆。王哥母亲当年也是私奔,也是所托非人,怀孕结婚又离婚,带着王哥又嫁人又离婚。王姐嘴损,总说这是遗传,估计今天返场的时候又说了——美菡讲完这些,感慨着总结说:"要是没鲁姐,指不定得闹成什么样呢!"

这不是小蔺第一次领略鲁姐的风采了,王哥不是她的对手,提上刀也不是。鲁姐收拾起人来就像收拾热干面,刚蒸好出笼的面条够热吧? 别家店掸面得用长筷子,鲁姐直接上手,淋油摔打全靠十根指头。美菡天天嚷着戒碳水,却每天一碗热干面雷打不动。她爱吃,鲁姐也爱给她做,还亲手拌好再递过来,眉眼里都是笑,说:"二十年前,我也跟妹子一样,腰条顺溜着呢!"说着提捏起肚皮上的赘肉,叹气,"现在一抓一大把，自打跟你谢哥结婚，胖成大象了！"

那天小蔺也在，吃着面差点笑出声。美菡怕他真笑出来，忙说："谢哥是对你好嘛。"

"对我好？"鲁姐一声冷笑，"他巴不得我胖呢！生他闺女，胖了一圈，喂他闺女，又胖了一圈，都是因为他！"

小蔺顿时就真笑不出来了。他和美菡正为这事吵架。总体上两人都觉得该结婚了，分歧是什么时候生孩子。一旦争吵起来，美菡总要提起"总监"，小蔺嘴笨，只好说她跳舞，随之争吵升级到顶峰，然后就没有然后了。几乎天天如此周而复始。每次争吵过后，小蔺都觉得很滑稽，像是彩票还没有买就盘算如何去挥霍。他能做的只是尽量把争吵拖到那个租来的家，这大概就是他的底线，也是他跟美菡心照不宣的默契。毕竟受过高等教育，虽然做起了小本生意，也多少算是个前知识分子，开的也是窗明几净的蛋糕店，总不能跟街上的同行们一样吧？店里经年老垢擦都擦不掉，平静不了几天就得闹出鸡飞狗跳的各种动静。他固执地想要保留一些与众不同，生意上有好有坏就不提了，起码日子还算和睦，不至于动不动就吵得整条街都知道，生生地给人看笑话——哪怕这点区别需要煞费苦心去遮遮掩掩。每每听到隔壁肉夹馍剁肉声起，小蔺就不由得心生艳羡，王哥解压的手段高级多了，不像他，只能拿着抹布擦来擦去，灰垢固然看不见了，但烦恼怎么也擦不掉，好像还越擦越多。

过了几天，小蔺给客户送生日蛋糕，这是个难得的喘口气的机会，可以光明正大地暂时离开老街。两个路口之外，有个存放环卫器具的工具箱，做成了休闲椅的样子，他会在那里坐一阵，吸上两支烟，再一头扎进无边无际的生活里。但这次烟刚点上就抽不动了。鲁姐一屁股坐在他旁边，像一艘潜水艇忽然浮出了水面，荡起的浪头让他摇来摇去。

"过日子还挺仔细呢！"鲁姐拿着烟盒看了看，"男人出门，得带盒好烟。"

"自己抽，没那么多讲究，"小蔺说，"我也就抽着玩。"

鲁姐的来意很简单。街道办搞群众文化活动，有个项目是评"舞林高手"，鲁姐当仁不让要参加的，不过就算她内心再强大，也知道自己舞姿身材外貌都比较欠奉，得拉个帮手。这帮手得是个美人，那自然就是美菡了，只要她肯入伙，事情就成了一多半。但是比舞就得训练，难免会影响生意，所以美菡还在犹豫。

鲁姐说："有什么好犹豫的？也就几天工夫，你说呢大兄弟？"

"我？"小蔺扔了烟，爽快地说，"我没问题。"

鲁姐显然有些意外，皱眉看着小蔺。这就对了。知识分子吵架不在行，正经八百地谈判还是有把握的。小蔺忽然想笑，语气却很诚恳："我也有件事情，得请鲁姐帮忙。"

## 三

老街对面是所小学，小学旁边是家银行，银行上面是写字楼。当初小蔺带着美菡蹲守两天，吃遍沿街小店，最后对她说："生意做遍，不如开饭店，咱就在这儿开了。"

"已经有不少了啊！"美菡大概吃多了辣椒，一个劲地吸溜冷气，"像那家热干面，生意多好啊！人都排到外边了。"

"热干面，米线，酸辣粉，肉夹馍，鸡蛋灌饼。"小蔺看着未来的同行们，自信得像只公鸡，"咱跟他们不一样，这就叫差异化取胜。"

小蔺叫蔺敬东，美菡叫他"东东"，店名也就定成"东东蛋糕"。

开张之后主打早餐午餐,生意着实红火了一阵,美菡激动得都想看房了,小蔺嘴上不说,心里痛快得很。不料个把月后风光不再,美菡急得例假都乱了,小蔺又是嘴上不说,心里慌张得厉害。两人合计半天毫无头绪,眼巴巴盼不来一个顾客,好容易来了一个,还是隔壁实在塞不下了,端着热干面过来想借个座。

鲁姐来的时候饭点早过了,街面也安静起来。她没空手来,端着冒尖的两碗面,一见两人就嗔怪说:"生意再不好,也得吃饭啊。"

生意的确是不好,整个中午店里就卖出一瓶水,还是借座的那人被小蔺盯得实在坐不住了,这才买的。鲁姐把那人的空碗收了,四下里看了看,咧嘴笑道:"洋气是够洋气了,干净也够干净了,生意咋就不好呢?"

美菡又气又急,委屈得眼泪都快出来了。小蔺做中介卖房子时伺候过不少难缠的客户,却没见过如此登门挑衅的同行,一时也是气血攻心,碍于前知识分子的体面才没动手。鲁姐倒是不慌不忙说:"你们小两口还是太年轻,生意哪有好做的?学费少不了——吃啊!边吃边听,姐给你们批讲批讲。"

十五分钟之后,鲁姐端了空碗出门,留下小蔺和美菡面面相觑。其实鲁姐的批讲并不高深,但刀刀见血。像店里主打的早餐,除了面包就是蛋糕,没一个热乎的,牛奶都是凉的,"就不知道弄个微波炉给打打"?再比如中午,来吃饭的都是年轻人,被老板上司虐了一上午,"谁不想吃点口重的找补找补"?思绪及此,小蔺方才回味到那碗热干面的妙处,麻酱丰腴的香,辣油销魂的辣,的确是抚慰焦虑的良药。当晚两人没走,热烈讨论到深夜,重新燃起了希望,还把希望落实在行动上,趁着激动跑了个题,弄坏了小隔断里的折叠床。不过小蔺也忽然觉得不科学,同行历来是冤家,每天顾客就那么多,胃口就那么大,蛋糕店生意好了不就影响到热干面了吗? 鲁姐心眼再好也不可能是慈善家。他想来想去,始终不得其解,干脆也就不想了,在疲倦到极点之际轰然睡去。

疑惑很快有了答案。生意有起色之后,小蔺和美菡对鲁姐好感日深,尤其是美菡,爱屋及乌馋上了热干面,一有空就往鲁姐店里跑。那天店里没什么人了,隔壁却还是满满当当。美菡忙着做蛋糕,让小蔺去隔壁弄一碗来。鲁家热干面柜台灶火在最里面,小蔺排在队伍末尾,店里人挨人,却是鸦雀无声,都在听鲁姐发火,顺便埋头吃面。

"吃吃吃,都九点多了,怎么还这么多人? 不用上班吗? 单位没人管吗?"

吃面和排队的人都面露惭色,大概谢哥实在听不下去了,忍不住小声劝:"快了,就这一拨了。"

谢哥的劝等同于煽风点火,鲁姐把手中笊篱一扔,怒道:"早上三四点钟就起来蒸面掸面,忙到九点多还没完,天天这样谁受得了? 钱挣多少是个头儿? 卖碗面你能卖成首富? 差不多得了!"

谢哥不敢回嘴,只好对着顾客赧颜一笑,低声问:"大碗小碗?"

顾客也不敢高声,压着嗓子说:"大碗,两份。"顿了顿,又小心翼翼地说:"打包带走,辣椒——"

鲁姐又不耐烦了,麻利地氽着面,大声说:"盆子里呢! 看告示,辣椒自取! 不怕辣连盆子都端走!"

等排到了小蔺,他声音都有些抖:"两碗,大的。"

鲁姐敏感地看过来,脸上终于带了笑:"还没吃呢? 美菡妹子好辣的,你多弄点,溜边抄底捞,她喜欢稠的。"

小蔺和美菡头碰头吃面,吃得额头都见了汗。他开始相信鲁姐是真心帮忙。的确,鲁姐对生意并不太上心,只做早中两顿,不等天黑就早早关门打烊，更别提对顾客爱搭不理了。用肉夹馍王哥的话说，鲁姐店里得挂个工作守则，就一条"不得打骂顾客"。小蔺一边吃一边心疼，生意好成那个样子，只要开门就有人进，怎么就不珍惜呢？以前听说过有跟钱过不去的人，眼下居然真就见到本尊了。真真是让人眼红。好在蛋糕店的生意总算触底反弹，早餐加了三明治和汉堡包，热饮粥品也有了，中午添了肥牛饭鸡排饭，还学着街对面超市搞了一锅关东煮。西洋东洋，大江南北，就差本土的烩面胡辣汤了。只是此番改良弄得蛋糕店有些不伦不类，"东东蛋糕"成了"东东大杂烩"，工作量也翻了好几番，可毕竟流水上去了，辛苦点算个鸡毛啊。

其实那天的事不止这一件，宛如秤砣被砸成书签，沉甸甸地夹在记忆里。面刚吃完，两人还在回味，鲁姐就进来了，跟刚才横眉冷脸截然不同，她进门就笑，说有事请美菡帮忙。美菡和小蔺都是一愣，实在想不到落魄到这般田地，还有能帮鲁姐的地方。

"一会儿跳舞，"鲁姐说，"妹子你消消食儿，一起玩儿呗？图个乐嘛，是吧？"

美菡脸颊马上就红了。别说跟鲁姐到路边跳舞，就是碰见个挑刺的顾客她都会结巴，手脚不知道往哪儿放。美菡只好嗫嚅说："可我也不会啊？"

鲁姐不理她，扭头看向小蔺："你觉得呢大兄弟？"

小蔺本想婉拒，但婉拒需要说辞，说辞需要构思，构思需要时间，偏偏鲁姐根本不给他时间了，一把拉着美菡："他肯定支持你啊！大学生呢，外国话都学得会，什么学不会？"

这句话结结实实地让小蔺无话可说了。他看着鲁姐和美菡出门，感到了紧张和不安，好像做了错事被当众呵斥。那是美菡入伙的第一场舞，她随着鲁姐她们扭腰摆手，僵硬得像根人形的木头。小蔺这才放了心，美菡脸皮薄心眼小，跳这一场舞跟游街示众也差不多少，肯定不会再去丢人现眼了。舞曲声里，小蔺摸出根烟点上，动次打次的震动贴着地面传过来，音箱里有个沧桑男声在不知疲倦地唱：

> 风儿轻，水长流
> 哥哥天边走
> 自古美女爱英雄
> 一诺千金到尽头
> 风声紧，雷声吼
> 妹妹苦争斗
> 自古红颜多薄命
> 玉碎瓦全登西楼

后来小蔺知道了，那首曲子叫《美人吟》。

## 四

网上订的演出服一到，两个"舞林高手"就钻进小隔断里试穿，快活得像两只鸟。她俩一边试衣服，一边讨论穿什么内衣，鲁姐声大美菡声小，说什么"既要显身材，又不能太跳跃"，听得小蔺脸红耳热。"显身材"当然是说美菡，那"太跳跃"呢？想到这里，小蔺不免又是百爪挠心，索性站在门口默默抽烟。正巧谢哥也在隔壁门口，冲他一笑，低声说："对不住啊！天天拉你家妹子练跳舞，耽误生意了吧？"

"还好。"小蔺弹去了老长一截烟灰。谢哥似乎还想说什么，也许并没有。热干面店里恰到好处地传来一个热情的声音："您有新的外卖订单,请及时处理。"谢哥把烟头拧灭,剩下的半支放回烟盒,转身进去了。

"大兄弟,来瞅瞅?"

小蔺回头看去,美菡和鲁姐站在面前。定制的中式舞蹈服,上衣牢牢地贴在身上,像是树叶浮在水面,水不动叶子也不动,水一动,叶子就跟着动了。不知是心理紧张还是衣服紧张,美菡的呼吸又短又急,胸前两缕流苏巍巍地颤个不停。鲁姐一脸得意,晃了晃手指,美菡听话地转了个圈,裙裾扬起又落下,蛋糕店里马上盛开了一朵圆蓬蓬的花。

鲁姐满意地一笑,招呼两人落座,好像她才是主人。

"小蔺兄弟托我说个事,那咱就说说。"

小蔺一时两耳轰鸣,像是被人一脚踢在裆里,疼得直不起腰来。

"男大当婚女大当嫁,这是老话,"鲁姐稳稳当当地说,"生儿育女传宗接代,这也是老话。老话有的对,有的不对,有的搁你俩就对,搁我就不对了。你俩明白我的意思吧?"

美菡茫然地看着鲁姐,老老实实地摇摇头。鲁姐绕口令似的说辞强壮有力,像一道绳子勒紧了小蔺的喉咙。对话完全由鲁姐主导,又绵密又冗长,实在不是她以往的风格。小蔺的本意是请她帮忙,劝美菡不要恐婚恐育,鲁姐却只字不提,反过来讲的全是自己,无非是结婚离婚、生儿育女,甚至说她为了讨好前夫,特意选在他生日那天剖腹产生了儿子。

"可结果呢? 不还是离了吗? 好在又有了你谢哥。"鲁姐语重心长地说,"结婚是大事,关键得选对人,妹子你说是不是? 我看啊——"小蔺屏住呼吸等她下一句,鲁姐却看也不看他,继续说,"你自己得好好拿主意,你明白我的意思吧?"

直到鲁姐离开，小蔺也没弄明白"她的意思"——她到底想要说什么呢？她倒是豁得出去，不在乎现身说法，可她这法到底是救命的还是要命的呢？小蔺觉得自己快要崩溃了，这根本不是他期待的结果。同样崩溃的还有美菡。

"你究竟想要我怎样？"美菡忽然小声哭了起来，"我没有不想结婚，也没有不想生孩子啊！"擦了擦眼泪，她继续说，"咱俩有什么话不能说？你偏偏要去跟她讲，弄得我多像个小丑啊！"

美菡一哭，小蔺就蒙了。他决定逃避，逃避的结果是冷战升级，除了在人前装出来恩爱如故，人后再没有什么交流，陌生得像是两个完全不同的物种。不过这没影响到美菡去当"舞林高手"，不但不影响，还变本加厉了，白天在街边练，晚上到舞蹈班加练，比赛前几天干脆撂下生意专心练舞。最要命的是，据去过舞蹈班看热闹的王姐说，教练是个男的。

"细皮嫩肉，跟个女人似的，"王姐兴致勃勃地说，"就在对面写字楼上，没事儿了你也去瞅瞅嘛，跳的是《美人吟》。"

小蔺没打算去看，美菡当"高手"去了，他再去当观众，店里生意谁管？那几天他忙过了一阵，就去门口抽支烟，看着对面的写字楼。十八层的某个空间里，两个美人正苦练舞功，旁边还有个白面教练陪着。而小蔺身边，只有谢哥。

"别听肉夹馍的妹子瞎说，我去看了，是女的教女的。"谢哥说，"弄得跟真事儿似的，我看着跳得不赖。"

两人一时都沉默了。在这片沉默里，两人点上了烟。该说些什么呢？小蔺想，同为"舞林高手"的家属，他俩应该有很多共同话题的。

"你鲁姐就是图个乐，"谢哥说，"其实跳得那么难看，我瞧着都不好意思。"

小蔺笑起来："没敢说过吧？"

"说这个干吗？难得有个爱好，过日子不容易的。"谢哥沉默片刻，吞吞吐吐地说，"天一下雨跳不成舞，她就急眼了，那日子就没法过了，我巴不得她跳舞——天天跳才好呢！"

谢哥不算开朗，多少还有些阴郁，平时的常态是被鲁姐骂得焦头烂额，一个人蹲在门口抽抽烟，看看美菌她们跳舞。看得出他也没什么聊得来的人，这跟小蔺倒是惺惺相惜。两人一直聊到中午客人快要上来，才各自忙活去了。美菌不在，小蔺忙得不可开交，应付走最后几个客人，他累得一屁股坐下，连掏烟的力气都没了。他不是吃不了苦，之前当中介一天走三四万步都正常，之所以开店创业，为的是当自己的老板，而不是当别人的厨子，他也不是当厨子的材料。如今店也开了，老板也当了，实际上却成了厨子，还是个半路出家的蹩脚厨子，不到一年里蔺大厨做饭无数，比之前二十多年吃的饭都多，但从中体会不到丝毫成就感，连聊以自慰的借口都很少。不像鲁姐、美菌能跳舞自娱，也不像谢哥、王哥能看跳舞取乐，他除了下厨做饭就是独自愁肠百结，跟美菌的互动也趋近于无，更别提弄坏折叠床那样的斑斑往事了。不，这不是他想要的。

鲁姐进来的时候，小蔺还是一脸愁苦。她穿着演出服，应该是从舞蹈班直接过来的，一落座就拍起大腿，牵连着全身的肉一起颠簸。

"累死我了——拌个沙拉，酱少放，明天比赛呢！你去看不去？好多大美女小美女。"鲁姐热情洋溢地鼓动他。

"万一再来个要沙拉的呢？"

"你这里能有我家客人多？你谢哥就说了，停业一天，给我俩加油助威去。"

小蔺一边弄着沙拉，一边想，我不是谢哥，你也不是美菌，你以为他是去给你加油助威的？人家才是去看美女呢！

"就吃这点，体力能跟得上吗？"

"娜娜老师说了，比赛前吃两口巧克力就行，你真不去看啊？"

小蔺嘿嘿笑着，把餐盒递给鲁姐，见她不着急走，又劝她多少垫补点，身体是比舞的本钱。鲁姐从善如流，很快吃掉了一个三明治、两盒关东煮，吃完了又担心，再三确认了这几样"热量有限"，这才心满意足地靠住椅子背。小蔺想起给美菡买的筋膜枪，忙拿出来教鲁姐用上。

"怪不得美菡妹子不放心，让我来查查你的岗，还真是体贴人，"鲁姐咯咯笑着，"你也放心好了，美菡那边我替你盯着呢。"

小蔺知道美菡担心的是"总监"。上次聚会，美菡弄的慕斯迷倒一片同学，夏总监朋友圈发了两轮九宫格，全是捧着各色慕斯的自拍，特意注明是老同学的作品，声称"一口入魂两口飞天"，气得美菡要摔他手机。

"还是年轻好，吵个架嘴里都是甜的，我看着都馋了，"鲁姐说，"才二十来岁，急着结婚干吗？我就跟我儿子说，不到三十五不准结婚，生不生孩子随便。"

小蔺笑起来，不过他知道这笑比哭都难看。他还想问鲁姐都盯住了谁，却怎么也开不了口。一轮筋膜枪打完，鲁姐提着餐盒直奔街对面去了，小蔺看着她庞大的身躯掠过马路，一时间恍恍惚惚，不知身在何处。

## 五

"比舞大会"之后，鲁姐把夺魁照片装进相框，高悬于柜台之上。

照片里鲁姐和美菡身穿演出服,一人捧杯一人捧花,笑得不成样子。照片美菡也有,裁成了她的单人照,设为手机桌面和微信背景,顺手把小蔺的也换了。美菡最近心情甚佳,不光是因为夺了魁,夏总监亦有贡献。有天夏总监来看望老同学,美菡的广场舞刚开跳,店里只有小蔺。美菡眼角余光瞥见她进去,顿时心就乱了,心一乱,脚步也乱了。鲁姐瞧出异样,换曲时一问才知道缘由,立马急了,说傻妹子你还跳个鸡毛啊,都打上门来了!

美菡匆忙进店时,夏总监笑盈盈捧着草莓慕斯正吃着,小蔺躲在操作间忙活,有一搭没一搭地聊着天。美菡可不是当年只知道哭的超市收银员了,亲亲热热跟夏总监并排坐下,一口一个"我家东东",还热情推荐了隔壁热干面,指使"我家东东"弄来一碗,辣得夏总监涕泗交流,脸颊又潮又红。这顿中西合璧的下午茶结束,美菡特意叮嘱"别忘了发朋友圈,给我家东东做个广告"。人还没走,鲁姐就进来了,一副怒目睁眉只待厮杀的样子,见美菡神态自若,这才转怒为喜,一起目送夏总监离去。

跟夏总监刀光剑影过招时,美菡主动说了在筹备结婚,小蔺还有些不信,赶紧当着鲁姐的面确认,美菡倒也不矜持,爽快地点了头。鲁姐又是大喜,说:"这就对了,自己的事还是得自己拿主意,别人说破大天去都不能听,你明白我的意思吧?"

小蔺可没工夫再去揣摩鲁姐的意思了,他和美菡又回到怎么看怎么好的状态,吵不吵架嘴里都是甜的,她使小性子也好,不讲理也好,乃至出去跳舞也好,统统不是问题。说到跳舞,鲁姐和美菡的《美人吟》成了保留节目,附近街面上的"舞林中人"纷纷慕名而来,有观摩的,有请教的,有切磋的,那个沧桑的男声每天都要唱个不计其数遍,一遍遍给小蔺洗脑。这天他做着生日蛋糕,门外在高声唱,他不由自主地小声哼,连手里的裱花袋也不由自主,居然在蛋糕上挤出了"美人吟"三个字。

这也不错,小蔺忍不住笑起来,蛋糕本来就是鲁姐订的,说是要给儿子过生日。虽然儿子远在老家,生日还是不能少。谢哥尤为上心,溜达过来了好几次,看蛋糕好了没有。等他看到成品,笑得五官都皱在一起,连连点头称赞。

"这个好,这个好,"谢哥由衷地说,"这个好。"

"鲁姐让咱们等她回来,"美菡说,"我叫了外卖,还有红酒。"她刚想起要给小蔺使眼色,他已经开了口:"鲁姐去哪儿了? 刚刚不还跳舞呢?"

"去见她前夫了。"谢哥淡淡地一笑。

场面马上冷了下来,美菡狠狠剜了小蔺一眼,他仿佛能看见眼镜上蒙了一层霜,不由自主地低下头。鲁姐前夫在广东做生意,这次专程回来,提出让儿子去广东上大学,其实还是因为他再婚后连生了两个女儿,想把儿子抓在身边。鲁姐倒想得开,认为去哪儿上都是上,能飞到哪儿算哪儿。谢哥却舍不得,虽然不是亲生,可也从小养到大,养出感情了。但这又不能明讲,讲了就是后爹心眼小,连孩子前途都不顾了。谢哥说他本来是想陪鲁姐的,一来店里生意得做,二来鲁姐再三保证绝不动手打人,他这才没去。

"鲁姐说过,从小到大,一分钱的抚养费都没见过。"美菡愤愤不平。

"这都不是事,你鲁姐的意思我明白,她嘴里不说,心里是不想的,"谢哥焦头烂额地点上烟,"只能我来说。"

鲁姐很晚才回来,看样子不像打过人,反倒心事重重的模样。四个人草草吃了蛋糕,算是过了个遥远的生日。许愿之际,鲁姐闭上眼睛双手合十，漫长的十几秒钟里，她认真得像个孩子，脸上虔诚的光流淌开来，每个人都屏住了呼吸。回家路上，美菡搂住小蔺的腰，让他猜鲁姐许了什么愿。小蔺骑着电驴，顺口说无非是祈祷孩子有个好前程。风很大，很快吹走了他的声音。美菡不再说话了，只是搂得更紧。大概是她有些冷，小蔺想。

　　冲突来得猝不及防。第二天有人来砸了热干面店，为首的是个女的，带了几个男的进门就连砸带摔，鲁姐和谢哥双剑合璧，跟来人大打出手，很快转守为攻，从店里打到店外。那女的是鲁姐前夫的老婆，得知两人见了面，又恰好是鲁姐前夫生日，就一口咬定鲁姐动机不良，想用儿子来争夺家产。鲁姐当然不认，那女的破口大骂，说她是小三、勾引前夫。警察出警很快，几分钟就到了，不过谢哥已经被开了瓢，头脸跟血葫芦似的，连店里柜台上方的夺魁相框也掉了下来，鲁姐和美菡就混在一地狼藉中依旧笑得不成样子。

　　热干面店歇业了好几天，收拾打扫都是小蔺、美菡和沿街同行们帮忙，因为谢哥住了院，鲁姐得守着陪护。出院的时候，谢哥坐在轮椅上，说话含混不清。据鲁姐说是伤了脑子，牵连到一条腿不能动了，"短则半年，长则没点，全看康复治疗的效果了"。

　　美菡一听就红了眼圈，急得不知说什么好。小蔺摸出烟，却哆嗦着打不着火。这真真是祸从天上来。谢哥包着纱布头网，头发眉毛都刮掉缝了针，依稀看得见针线脚。鲁姐说："是那女的动的手，本想着要告到底，可怜她两个女孩还小，大人留了案底不好。"说着又瞥了眼谢哥，笑道："他倒是要享福呢，啥都不用干了，我还得做生意，还得伺候他。"

　　谢哥一脸惭愧，也说不得话，只能抬起手晃了晃。鲁姐说："半个瘫子了还逗能？知道你两只手还能动弹，能干点啥就干点啥吧，白吃饭我也不嫌弃你。"

第二天,热干面店开门营业,生意还是好得让人眼红。不过问题也来了,谢哥坐着轮椅够不着灶台,只能打下手,鲁姐一人干了俩人的活儿,少不了发脾气骂人,挨骂的谢哥和顾客们照旧低眉顺眼,不敢高声。鲁姐操劳骂人之余,肉眼可见地憔悴了,头发也白了不少。每天中午饭点一过,鲁姐就关了店门,带谢哥去康复医院。谢哥行动不便,来回打车又太过破费,鲁姐一咬牙买了辆电三轮,还自己动手焊了个车篷。

"店里头卖大几百,网上才三百多,"鲁姐拿着焊枪焊条,火花嗞嗞跳在脚下,对美菌说,"你谢哥学过焊工,我看都看会了,这不又省了好几百?过日子该省省该花花,我买了瓶好酒,一会儿咱就喝了它。"

鲁姐谢哥出酒,小蔺自告奋勇弄了几个菜,凑齐一桌吃喝。美菌两杯下去就犯迷糊,回小隔断里躺下睡了,谢哥有伤不敢多喝,小口抿来抿去。小蔺靠着当中介时攒的底子,勉强还能陪着鲁姐。

"回头给我儿子打个电话,你说几句。"见小蔺身子一凛,鲁姐笑起来,"姐身边认识的人里就你上过大学,你不说谁说?来干一个——我的意思你明白吧?"

为了搞清楚鲁姐的"意思",小蔺私下请谢哥指点。谢哥皱眉抽了一支烟,啰啰唆唆也没把意思讲明白,不过小蔺差不多想明白了。谨慎起见,他跟美菌演练了一次。

"这样行吗?"美菌有些担心。

事实证明,小蔺这次踩准了点。电话打了很长时间,手机打得滚烫,小蔺感觉屏幕都快化在脸蛋上了。美菌很紧张,鲁姐比她还紧张,谢哥在一旁默不作声,见缝插针给小蔺点了支烟。等小蔺放下电话,鲁姐呆呆地看着他，又看看美菡，忽然就擦起了泪，也不知道泪是什么时候掉下来的。

"我就是这个意思，"鲁姐说，"大兄弟你说得真好啊！"

很安静。真的很安静。小蔺感觉到自己飘飘忽忽升起，悬在半空里。他看见鲁姐坐在他和美菡对面，鲁姐一边抹着泪，一边说着什么，还是那么绵密和有力。他看见他窘迫地摩挲手指，看见美菡也红了眼圈。他看见面前这三个人的嘴唇一张一合——可他分明却只听见了鲁姐的话。

"去不去广东不重要，认不认那个爹也不重要，就连上不上大学都不重要，不就是想让他有机会能过个好日子吗？""只要不犯法，他喜欢成什么样都行，学成个博士也好，开店卖面也好，都好。""大兄弟你就是面皮子太薄，大学生就不能开个小店了？不偷不抢自食其力，谁敢瞧不起你？""我长得不好看，胖得像头大象，可我一跳上舞，我就觉得自己是个美人。""我是不是美人，还要人批准吗？我说是就是，日子再难，我也得活成个美人。""你明白我的意思吧？"

小蔺紧张地看着自己，他听见自己说："明白，我明白。"

# 六

谢哥的腿总也不好，各类偏方都用了，大小医院也去了，还是下不了地。不过鲁姐和谢哥似乎并不着急。鲁姐不急是真的，没见她为谢哥的病犯过愁，该卖面卖面，该治病治病，该骂顾客骂顾客，干什么都风风火火，不慌不忙，只是白头发更多。美菡看不下去，拉她染了次发，再让她染就不肯了，说白就白吧，花这个钱干吗？谁一辈子不白几根头发？除了这个，鲁姐着实胖了一大圈，一闲着就往嘴里填东西，逮着什么吃什么。美菡又看不下去了，想劝劝鲁姐，却被小蔺拦住，说他在网上搜过，这是缓解焦虑的本能。跟鲁姐相比，谢哥不急显然是假的，私下跟小蔺和美菡聊的时候，哭得指缝里都是泪。

"她性子急，碰见电梯满了就不想等，背着我走楼梯，九楼，背我上去。她再有力气也是个女的啊，九楼，背我上去的。你看她还是乐呵呵的，跟没事人一样，她有多难我能看不见吗？她不让跟人讲，也不让我讲，说一口气不能泄，泄了就寻不回来了。"

小蔺和美菡没见过鲁姐背谢哥，抱谢哥上车倒是天天见。鲁姐抱着谢哥，像是平常抱了一袋面，熟络地抱起放下，拿毯子裹住腿，再把轮椅折叠好，放在谢哥腿前。两人出发的时候，鲁姐逢人便打招呼，那情形不像是带谢哥看病，倒像是夫妻俩出门办年货去了。鲁姐就是有这种本事，不管碰见什么，硬的，软的，圆的，尖的，她都能给揉搓开，和进面里，氽在锅里，捞出盛进碗里，热腾腾端在桌上。

很快就到了八月节，雨水也多了。谢哥得病之后，雷打不动要去康复治疗，原本一天两场舞就变成一场，只在上午跳。雨一下，上午也跳不成了。鲁姐就有些不耐烦，少不了无理取闹，拿谢哥出气。谢哥低声细语地劝，说既然想跳，就在店里跳嘛。鲁姐的声音一下子高了，说你就知道添乱，这屋里除了桌子就是椅子，是跳舞还是玩杂技？

小蔺和美菡在隔壁听见了，都是一笑。最近蛋糕店生意不错，美菡又激动起来，没事儿就捧着手机查房产信息，全然不顾身边就站着个前资深从业者。小蔺发动之前的同事帮忙，就在附近找了处二手房，领着美菡去看了，看得她走路都能飞起来，小蔺嘴上不说，心里痛快得很。房子不大，一室一厅四十来平方米，两家老人支援的话能凑个首付。如果真买下来，就算是真在省城扎下了根。想到这里，小蔺也要飞起来了。

音乐声忽然响了，当然还是那曲《美人吟》。小蔺和美菡都愣了。只见蒙蒙细雨里，鲁姐已经跳了起来。雨不大不小，像是打了一层朦胧的舞台光。鲁姐就在她的舞台上跳着，那个舞台只属于她。隔壁门口，谢哥坐在轮椅上，笑眯眯看着鲁姐，音箱就在他旁边。

说实话，谢哥真有眼光，小蔺想，眼前的鲁姐比美人更像个美人。

原刊《当代》第5期

# 兜 搭

斯继东

一四七打一,二五八舍五,三六九去九。

—— 麻将口诀

## 一

接到阿俊的电话略有点意外。

因为职业使然,所有的陌生来电我都得接。

"东哥,想跟你咨询点事情——"

"嗯?"

"我是阿俊——"

我这才反应过来。

我跟阿俊是在牌桌上认识的。那个局有四五个常搭子,一般三缺一时,老宓才会拨我电话。我就是个备胎。这几十年来,小县城的娱乐业跟着一线城市浪奔浪流潮涨潮落，我们来一茬接一茬，厌一茬换一茬，不知不觉便步入中年，"越过山丘，才发现无人等候"，某一天终于集体醒悟：千帆过尽，还是麻将。于是，时代广场二十一楼松本的自动麻将机就日日开着，有时甚至午后场连着夜场。我没老宓他们那么闲，没白没黑连着打确实也腻烦，最多也就一周参与两次，所以只能是个备胎。照此而论，阿俊应该是备胎中的备胎了。三缺一，照例微信加电话一个一个约，一轮下来，还是三缺一。这个时候，老宓才会想到阿俊。阿俊总是回复：好的，稍等等。果然稍等等，阿俊就屁颠屁颠来了。可知我与阿俊在牌桌上碰面的概率其实是很小的 —— 一年也就那么几回。

之所以要稍等等，是因为阿俊开了一家烤鸭店。烤鸭店生意红火，阿俊每天得等最后一只烤鸭卖掉，卷闸门拉落，专车接老婆回家，耐心等她用完膳，再把盘碗洗刷干净，然后轻手轻脚溜出来。

"《红楼梦》读过的吧，有个尤三姐记不记得？阿俊烤鸭店的老板娘就叫尤三姐，那可是城西第一号美女，不相信你们自己去看看 —— '三姐烤鸭店'，就在西桥的老城墙脚下。"老宓说。"老宓这句话倒是没掺水。为了一睹芳容，我特地去买过烤鸭，从城东赶到城西，汽油烧了一格多 ——"松本一本正经在边上帮腔。松本这名字是老宓给取的，老宓好这一口，他说松本长得像日本人（其实老宓根本就没去过日本），就给他取了"松本五十郎"的绰号，名字实在太长，便简称为"松本"。"阿俊，这么漂亮的老婆你是怎么弄到手的？给弟兄们私授一二么 ——"老宓打出一张生张，又追了一句。阿俊喊一声"碰"，舍出一张熟牌，慢腾腾地说："宓哥又来寻我开心，三姐又不姓尤 ——"看得出心里是喜滋滋的。

本地人鸭子都习惯炖着吃，有一种常销的土特产就是炖鸭 —— 真空包装，包装盒上印的广告是"一只炖了一百五十年的老鸭"。也总会有时髦的吃法传进来，却都是尝一两回鲜便作罢。对付这些刁钻又顽固的嘴巴，阿俊的烤鸭店单靠三姐这个花瓶可是不够的。

推牌入膛，新局重开，这时牌桌的气氛是最轻松的。阿俊说，往大里论，烤鸭也逃不出"色香味"三字，但讲讲容易，做起来着实不易。"色"，主要还是火候，鸭皮脆而不焦时，色泽也最诱人。"香"，除了食材——这个地球人都知道，其实烧的木料也很要紧，松木最忌，我们用的都是果木，但果木也不是所有品种都适宜。当然有没有回头客，最终还得靠"味"。皮脆肉嫩，方为上品。一般人会以为烤鸭么那就是烤出来的，其实不然，烤鸭讲究的是"外烤内煮"，如何"煮"？这就得"灌肠"，鸭腔灌上水不就是个天然的锅？要灌水自然不能开膛破肚，可不开膛破肚又如何灌水？而且灌水前不还得先清空内脏？

听到这里，我们皆呆鸟了，都忘了摸牌。阿俊把搁在牌桌的右手抬起来，抬得很高，然后伸出左手，食指中指作剪刀状，伸至右腋下"咔嚓"了一下。阿俊说："鸭翅膀根部，胸骨、肋骨、肩胛骨之间天然有一三角，专业称腋下三角区，便是下刀的去处。后面的掏膛、灌肠，就全靠这个切口进出。"阿俊是个小个子，五官有些堆挤，像是制模时被谁不小心捏过一把。现在他成了庖丁，猥琐的面相似乎也跟着服眼起来。"那这'锅'不是会漏水吗？"理科生松本扶一扶眼镜发问。对啊！"行了行了，打牌打牌，再说下去你们都可以开烤鸭店抢我生意了。"阿俊说。另外三个人干脆把摸上手的牌都反扣到桌上，几双眼睛齐盯着阿俊。阿俊只好把自己的牌也卧倒了，"制作烤鸭总体有五大步，分别叫制坯、烫坯、挂色、晾坯和烤制，每一大步又可细分。灌肠是烤制的第二步，那第一步是什么，就是堵漏。用什么堵？其实戏法拆穿了都很简单，就是一截秸秆。先将秸秆前端有节的部位插入肛门，再轻轻向外一拉——"

随着"咔嗒"一声,东门西门南门同时菊花一紧。

阿俊在电话里跟我说,三姐走了,他想把房子留下,但是三姐的家里人都不认他。我听得糊涂,也感觉内里蹊跷,便约他当面聊。

当天下午他就来了我的办公室。

一年多没见,阿俊明显委顿了,像是青蛙田鸡被抽去了一根筋。我给他泡上杯茶,他一根接一根地给我递烟,似乎有那么一点神经质。我当然没见过三姐,一个好端端活在人家嘴里的美女,忽然有一天又在别人的嘴里过世了。这让人遗憾之余更感荒诞。三姐得的是乳腺癌。对"癌"这种恶病,本地人有忌口,他们一般不提此字,代之以"独个头字"。病有些拖,活检出来已是晚期,乳腺都开始流脓了。县城省城,化疗放疗,西医中医,挨了大半年,最终不出意外画上句号。

妻子过世,丈夫是当然的合法继承人。这有什么留不留认不认的?

在阿俊絮絮叨叨前言不搭后语的讲述中,我慢慢听出了意思。

阿俊和三姐确实一直生活在一起,但并非法律意义上的夫妻。他们白天一起经营着位于滨江西路七十六号的"三姐烤鸭店",傍晚店门落锁后开一辆白色凯美瑞,回城西五苑四幢三单元西首的三楼居室。两点一线,成双进成对出,在旁人眼里,不是夫妻是什么?可事实情况是,他们并没领过证,也没办过任何仪式。我问阿俊,房子是一起出资买的吗?阿俊说,房子是三姐买的,他后来才搬进去。我又问,烤鸭店是共同出资开办的吗?阿俊答,店是三姐独个开起来的,后来因为缺人手,三姐才留下他搭档经营。我问,那经营所得呢?阿俊说,三姐账目清爽,剔除店租和食材成本后两人二五添得十。我再问,那辆车的所有人也是三姐吧?阿俊说,车一直都是他在开,但确实也是三姐出的钱。三姐很早就考了驾照,但提车的当天就撞翻了隔离带,此后便再也没摸过方向盘。我有点好奇,便多问了一句:烤鸭店生意这么好,这些年你的钱都去哪了? 阿俊支吾了,说,我自己也说不清,我这人吧,可能就是算命瞎子讲的命里不积财。

阿俊忽然有点激动:"我跟三姐确实没领过证,但这么多年一直吃喝拉撒在一块,就不能算事实婚姻? 难道你们法律就只认那一本破证?"我只能遗憾地回复他,就算法院认定事实婚姻,房屋、店面、汽车都在三姐名下,都不适用共有财产。而且现行法律并不认可事实婚姻。一九九四年之后,凡是未办理结婚登记手续以夫妻名义同居生活的,一律不受法律保护。

阿俊的激动很快就变为沮丧,他低着头,像是在喃喃自语:"你们一定以为我是贪财——"

"其实不是的,真不是。"

"我要那套房子,只是想留一点念想。"

也许是我的表情让阿俊误会了。坐在他的对面,我确实一句安慰的话都讲不出。我要是个情感专家就好了,但我只是个律师。

"这么多年来,我把心思都放在了她身上。"

"老话讲,柴到猪头烂。我也以为,是人心总能捂热——"

阿俊的声音明显变了。

这还是第一次,一个男人在我办公室里嘤嘤哭泣。

## 二

李拐又有饭局,说要晚一点。四杯茶早已泡好,角门茶几上两把气压式保温壶也已经灌满开水。三个人就枯等着。我,老宓,松本。我和老宓抽烟,松本不抽,他刷手机。

我问老宓，最近见阿俊没。老宓说他也很久没见阿俊了，约过三次，每次都说家里有事，之后就没再联系。我说，前阵阿俊来找我了，便三言两语把阿俊去找我咨询的事说了。松本跟我一样，也就牌桌上见过阿俊七八回，感觉人蛮爽直的，香烟转得特勤，麻将随大随小，输输赢赢脸还是同一张脸。李拐说要晚一点，电话里声音喧闹，听着罢宴遥遥无期。老宓就跟我们聊起了阿俊。老宓交游广，这破县城里好像就没有他不认识的人。

老宓说，阿俊是把活络斧头，干过不少行当。高中毕业后，先是去了深圳服装厂打工。几年后攒了点钱归来，前前后后销过领带、扬声器和吸排油烟机，跑过保险，开过出租车，还承包过鱼塘，开过农家乐，种过葡萄、黄花梨和红心猕猴桃。看别人赚钱总是轻轻松松，轮到自己哪一行都千难万难。亏了吧自然要换门路，赚了小钱吧又总想着赚大钱。人最怕没想法，但想法太多也就成了折腾。

承包鱼塘那阵，来钓鱼的人其实不少。山塘在狗哭岭背后的冷岙里，离城不远，颇有些野趣，加上阿俊养的鱼品种又丰富。但阿俊不满足，觉得应该"一条龙"服务。于是就在山塘边的松树林里搭起几间木屋，搞起了当时还没烂大街的农家乐。垂钓，喝茶，聚餐，棋牌，果然"一条龙"。农家乐双休日节假日生意红火，平常日子自然清淡些，这也在情理中。阿俊还是不满足。有一天鱼塘边便多了两匹马，一白一黑。阿俊风风火火建起马棚，又环塘辟了路，铺上碎石，是谓跑马场，隔些时日又从北边高薪聘了个专职马师。

阿俊搬一把太师椅至水中央的观景台，一杯茶一支烟，在湖光山色中美滋滋地做起他的发财梦。

那应该是阿俊最风光的日子。隔三岔五，阿俊会忽然起兴去城里用早点。阿俊白马打头，马师黑马尾随。宝马奔驰满大街，但马在南方可是稀罕物。黑白双煞穿行在川流不息的人流车流中，那画面确实够拉风的。过西桥就是富豪路，到店门口，阿俊骚抖抖跃下马，把缰绳递给马师，便大摇大摆入了店。照例是一客小笼，一碗咸豆浆，外加两根油条。没多久，就听到门外有人嚷嚷：谁的马谁的马？阿俊晃出店。马被马师拴在人行道边的法国梧桐上，白马有样学样，骚抖抖拉了一大坨屎。周围已围了一堆人，一个环卫工人拿了扫帚畚斗，对着这坨热气腾腾的马粪束手无策。内里还有个交警，却一副事不关己的神情。嚷嚷的是一个城管。这到底谁的马，谁的马啊？马师看阿俊，阿俊不吭气，神闲气定像个看客。城管还在嚷嚷："再要没人领，我可就牵走了——"他人刚一靠近，不防白马突然蹬出后蹄，城管闪躲间差点跌倒。围观的人都哈哈大笑，有个好事的杠了句："你们城管管人管车，还管畜生啊？"众人哄笑。"你们等着，我叫人去。"城管骑上摩托灰溜溜退了场。马师赶紧上去解开缰绳，阿俊跨上马，打着饱嗝，在众多观礼式的目光中，耀武扬威地离开了马粪堆。

阿俊要面子，兜里有了几个烂铜板后，出手更为阔绰。来农家乐的客人三教九流，阿俊人五人六都成了哥们。有个跟阿俊只喝过两顿酒的家伙，与人起纠纷，给阿俊倒苦水，阿俊当场拍了胸脯。机会说来就来，那哥们有天给阿俊打电话，阿俊便火速赶去。在剡城派出所门口，两人会合了。那哥们说，对方刚刚进了派出所，六十多岁，是个癞子。为了避嫌，阿俊让那哥们先走，自己就伺在马路对面。半个小时左右，癞子果然就从派出所出来了。他横穿过马路来骑电瓶车。阿俊冲上去一脚先把电瓶车踢翻了，在对方的诧异中拳头照面门就砸了过去。正打得兴起，带眼看到派出所又出来一个癞子，也是六十多岁的样子。阿俊就怔住了，会不会打错人啊，没这么巧吧？还真就这么巧。还有更晦气的呢——被错打的这个癞子的儿子偏偏又是派出所的副所长。

最后认定的结果是：寻衅滋事。致人轻伤。情节恶劣。

大半年后，等阿俊从局子里出来，农家乐已处于半歇业状态，马师伤心地跑回了北方，那些钓鱼的熟客似乎都找到了新的野塘，而银行的贷款早已逾期。

阿俊搬一把太师椅至水中央的观景台，还是一杯茶一支烟，在湖光山色中把自己的又一个发财梦像烟蒂一样掐灭了。

大钱赚不来，小钱眼不开，兜兜转转一圈，阿俊还是孤身一人。

老宓的讲述绘声绘色，按本地人的形容，就是说话有焰头。老宓老妈口才就很好，这一点老宓随他妈。老宓讲到这里，李拐终于满身酒气地闯了进来。

"后来呢？"我听得不过瘾。

"废什么话，赶紧了，择位择位。"李拐屁股还没沾椅，手先按了骰子键。

"后来阿俊就遇上了三姐。也是一物降一物，自此阿俊忽然就收了心。"老宓一句话把故事收了尾，跟着按下了面前的骰子键。

## 三

散场已近凌晨两点。十二点多，有人提议定圈，惯例加两圈。两圈完了，又是老宓提，再加一圈吧。那么干脆就再两圈，有人说。于是两圈就变成了一板。从停车场出来，天飘起了细雨，老王秃头站在路口打车。不算顺路，我还是踩了脚刹车。

老王晚上输得有点惨。

"就是那副牌落了风，之后就一动不动陪太子读书了。"老王嘀咕着。

"是三财神结果给下家三摊财鸟那副吧？"

"对。"

那副牌是老王接庄，下家和牌后，老王生气地亮过三个财神。

"到底是怎么一副牌啊？"

"下家很早就碰了我一张风板，我手中六九筒归，加二五八万兜搭财鸟，你说打哪张？堂里穿门和上家各打过一张五万，'三打独吃'，但我手中有三财神，自然不惧对方，就顺手舍了张二万，结果下家二五万吃进第二摊。转过来摸进又是一张二万，我疑了疑，'回头张不弃'，便留二万舍了八万，结果下家五八万吃进了第三摊。要是先打八万，那就是他陪我三摊了，或者跟着再打二万那也没事。真是晦气捞糟。"老王说。

"按牌理的话，这副牌你打二万或八万都是错的。你没听说过'一四七打一，二五八舍五，三六九去九'吗？"我有点替老王可惜。

"前后两句好理解，'二五八舍五'，这个怎么讲？"

看来老王是真不懂。我就跟他解释："从归牌求和的角度看，舍五万是比舍二万或八万的归张更多的。前者万子八门归张，后者只有七门。这还说的是正常情况，从这副牌来看，堂里已有两张五万，五万是孤张，还就更应该舍五万了。"

老王想了想，说："还真是！"

聊着牌，车子正好过越秀路口。老王说，"聊得正起兴，再去喝一杯吧。"

越秀路是条夜宵街，后半夜依然人声鼎沸。我快到家了，老王说他等下打个的就行，于是两人便进店入座喊了两扎扎啤。

老王做高速公路的护栏，据老宓讲，老王省厅有人业务不愁，一年少说五六百万净利润,家外有家,小日子过得蛮滋润的。但我跟老王不熟,就是纯粹的牌友,所以杯起杯落间能聊的也只有麻将。

就那副牌,我刚刚说的还只是从自己求和的角度。我继续分析。

"那么,从防下家的角度看,你先打五万下家是面临选择的:吃上还是吃下。他吃上,你下圈跟八万,他吃下,你下圈跟二万,你永远卡着他的第三摊。等你自己兜搭归张了,如果进筒子或者新牌兜搭,再舍出另一张万子,那就成了你倒钓他三摊。"我说。

按我们的游戏规则,吃三摊,如果下家和,上家得出三支(倍),如果是倒钓(上家和),下家就得倒赔上家五支(倍)。加上又是连庄,这副牌一来一去,老王差了近五百点。这还只算的单副牌的目数,从整场牌势看,还有上下家谁上风谁落风的问题。所以这种关键牌,确实就是一子定输赢的。

"啊,还真是啊,他奶奶的。"老王终于恍然大悟。

正聊着,一桌客人从楼上包厢下来,其中一个眉眼俊俏的中年男人喊了声老王,快步走过来,转了圈烟,寒暄两句,走了。能听出来,应该是老同学。

"你知道他是谁吗? 他就是你们在讲的三姐的弟弟。"老王说。

于是话题顺势就转到了阿俊和三姐身上。

因为老同学,老王认识三姐,也凑巧见过阿俊几次。当然更多的事情是听老同学说的。

小县城就是小县城。阿俊先认识的是三姐的弟弟,有一次跟朋友去弟弟家里吃饭,见到三姐,眼睛再也挪不开了。可三姐怎么会看得上阿俊这等货色呢? 没人当真,因为这事横竖看都是剃头担子一头热。

阿俊却像牛皮糖一样黏上了三姐。

四姐妹中,三姐就跟弟弟亲。刚开烤鸭店那阵,三姐就是借住在弟弟家的。弟弟没事总会去店里转转。有一次去看到门口呆立了匹马，阿俊居然在店里。隔些天去，远远地又看见那匹该死的白马，弟弟返头就走。吃晚饭时，弟弟就跟三姐说了："你别老让阿俊来你店里。"三姐说："他来买烤鸭，他说他喜欢吃烤鸭，我能赶客人走吗？"

烤鸭店的生意一直顺风顺水，从没出什么打横的事，弟弟也有自己的一个家一份事业，慢慢店里就去得少了。

再一次去，大概前后隔了有近一年吧，弟弟直接傻眼了。因为还没到生意的点，三姐照例轻花水落坐在铺子前刷手机、听越剧。身后烤鸭师傅戴着白帽兜，穿着白大褂，系了块围裙，正在忙进忙出。头一抬，变魔术一样，那张面孔忽然变成了阿俊。

三姐说，"原来那个烤鸭师傅回唐山老家抱孙子去了。"

弟弟说，"你谁不能雇啊，非得雇阿俊？"

三姐说，"雇谁不是雇啊？怎么就不能是阿俊？"

三姐又说，"这不正好凑上吗，师傅要回唐山，阿俊农庄歇业没处去。我开始也有顾虑，没想阿俊上手挺快的，简直无缝对接——烤鸭师傅换了，烤鸭生意一点也没耽误。"

弟弟不担心生意，弟弟担心的是姐的婚姻大事。三姐已经老大不小了，但一直没有处对象。年纪一岁岁地朝上加，姻缘的路越走越窄。现在倒好，三姐又在路口安了尊门神。

三姐当然知道弟弟在担心什么。

三姐说，"你放心，生意是生意，人是人，我拎得清。"

弟弟说，"你拎得清，可别人拎得清吗？你们孤男寡女，香炉对着蜡烛台，烤鸭店怎么看都是夫妻店。"

三姐突然生气了，"都是各做各的人，我自己清清白白，我管别人怎么看！"

烤鸭店生意好，日日又都是现金流水。三姐在城西五苑全款买了套一百一十平三室二厅的商品房，大半年后装修完，就搬出了弟弟的家。装修时，三姐也没让弟弟帮忙，说是全包给了装修公司。乔迁当天，三姐备了满满一桌子菜请弟弟一家。妻女们都吃得肚拖地，弟弟却连咸淡都没尝出来，心里只有饱鼓鼓一个疑问：这菜是谁做的啊？

后面的事就更让弟弟眼睛乌珠跌落了。

三姐居然让阿俊搬进了她的商品房。三姐真是发了昏。

阿俊的房子抵了贷款，此后就日日在店里打地铺。这明显演的苦情戏啊。三姐却看不过去了，主动开腔把空着的客房租给了阿俊。

三姐说，"真的是租啊，每月租金都是清清爽爽从工资里扣的。我一个人，房子那么大，空着也是空着。"

三姐又说，"你也知道我不是个稀里糊涂的人，我跟阿俊可是约法三章的：其一，租给他的是客房，厨房、餐厅和客厅共享，但主卧包括主卫是禁地，阿俊不得踏入半步；其二，任何时候不得带他的狐朋狗友进屋；其三，我要是看着他碍眼，他得随时随地无条件滚蛋。总之，在店里，他就是我的雇员；在家里，他就是我的房客。他要敢起坏心思，毛手毛脚，我拿菜刀剁了他。"

三姐还说，"其实挺划算的，我这是收房租顺带收了个厨子，阿俊的厨艺还真是不错，花样精也透，到底是开过农家乐的。当然，每月的菜食佣我也是一半对一半清清爽爽转给他的。"

不出所料，乔迁那一桌菜果然就是阿俊做的。阿俊大概是把三姐的胃勾住了。三姐有洁癖，平时极少去别人家里。非去不可的话，她会在包里带一块坐垫。坐下后，屁股就生了根，一寸也不再挪动。一日三餐是她最犯愁的事。医院路的大饼油条，同心楼的生煎，亲家婆面馆，市山弄的鸡蛋饼，国商旁边的老娘舅中式快餐，外加肯德基麦当劳必胜客，常年打转的就这么几家。陌生的店铺她是决计不踏进去的，她也从来不堂食，总是打了包归来一个人细嚼慢咽。

眼看着弟弟的女儿从小学升入了初中，又从初中升入了高中。三姐照旧单着，照旧跟阿俊在别人眼皮底下这样不明不白地耗着。冬至日家人团聚祭祖，三姐照例又是阿俊开车送来的，饭后阿俊自然还得再来接一趟。弟弟和家里人开始倒过来齐口劝起三姐：摸生不如摸熟，都处了这么多年，干脆就扯个证办两桌酒，名正言顺在一起吧。

三姐说，"你们是不是觉得我跟他早就睡在一块了？"

三姐说，"这么多年，我连一个指头都没让阿俊碰过。"

三姐说，"我保不了别人想不想，但弟弟你也这样想，实在不应该。"——这一句三姐是专门对着弟弟一个人说的。

三姐又说，"这桩事情你们以后再别劝了。我这辈子，是不会嫁给阿俊的。"

三姐话少，但出口一句就是一句。看上去柔柔顺顺一个人，耳朵皮从来不软。

## 四

老宓又悄无声息地晃荡进我的办公室。

没屁事，他就是来闲坐。老宓他们单位蛮神奇的，收入挺高，作为正式职工，每周去单位点个卯就行。那活谁干啊，合同工。据老宓说，其实真正的苦活累活，像爬高晒日头之类，合同工也不干。那谁干？还有临时工呢。鹿山公园一个摆摊看相的说，老宓命中坐"休门"。所以老宓每天都像作家一样睡到中午才起床，吃一顿不知该叫早餐还是午餐的饭，再客厅沙发上"葛优躺"刷几小时微信，挨到下午上班时间就大狗一样准点出门晃荡了。小县城高高矮矮的楼房内,密布了五花八门的单位,那里面不少吹空调领工资的人都是老宓的朋友。老宓的奥迪可以随时靠边停下,然后大摇大摆晃进去,许多单位连传达室的保安都认识宓总。如果这朋友破天荒正好有事在忙,那么老宓就会打个照面掷根烟,立马掉转车头奔赴下家。小县城一年四季都不缺陪老宓对坐喝茶扯空天的朋友。坐到临下班,如若对方没有应酬,那么老宓会再飘几只电话约个饭局。小酌之后自然又是麻将,一直酣战至凌晨。

老宓说,他前些天跟殡仪馆的馆长吃饭,听来一桩新闻。其实从时间上推算应该是旧闻了。

殡仪馆能有什么新闻,人每天都在死,推进火化炉就是一蓬烟。我听八卦的兴趣并不高。

老宓说,"我当时听着听着,感觉讲的好像是阿俊。"

"阿俊?"我来了兴趣。

"对。馆长讲完后,我又问了几句,年纪、貌相、死因和关系都对得上号。"老宓说。

"细说细说。"我催。

三姐的后事是弟弟一手操办的。按当地风俗,未出嫁的女子后事一般都会办在老家,放到殡仪馆是弟弟做的主。灵堂布置停当,白房已经到位,吹打也来了,回礼的毛巾香烟已一一装袋,该报的讯应该也都报了,餐厅已经预订,酒水正在采购途中,二楼的牌桌留了六间应该是够了的。到早上九点多,近一些的亲友陆陆续续赶到,吹打跟着在走廊外喧闹起来,灵堂终于不再冷冷清清。弟弟觉得似乎可以松一口气了,有人从白房奔过来喊他。

白房单独一小间,就设在灵堂入口的左首边。亲友来吊唁一般都是先至白房，放下吊礼（大多是香烟，也有现金），由白房先生登记入账，然后再进入灵堂焚香奠拜。

弟弟请的白房先生是村里做过会计的堂叔。堂叔已经激动得青筋暴起，人都从凳子上立起来了，与之起争执的男子背对着弟弟。等弟弟走近，男子转过脸来。是阿俊。

阿俊来奠拜三姐，符合常情。阿俊说要送一个花圈，这也很正常，本地的风俗白房都代办花圈。堂叔便问他挽联如何写，阿俊说写"爱妻某某某千古"，堂叔就把这个陌生男人的脸死死盯牢了。他没喝到过喜酒，他当然知道堂侄女出没出嫁。白发送黑发本来就是一件懊恼事，现在突然冒出个神经病，堂叔的火暴脾气能不"腾腾腾"烧起来吗？

弟弟搂了阿俊的肩膀，悄声说，"我们出去讲话。"回头又跟堂叔加了句，"阿叔你先忙，挽联怎么写我等下跟你讲。"

两人来到走廊外，弟弟递给阿俊一根烟。

阿俊说，"挽联你打算怎么写？"

弟弟说，"挽联怎么写，我说了不算，你说了也不算。"

阿俊说，"那谁说了算？"

弟弟说，"三姐。三姐说了算。"

阿俊的眼圈就红了，说，"花圈我不送了，我进去奠拜一下，总可以吧？"

弟弟说，"你当然应该进去送一送她。"

两人重新返回灵堂。行至供案前立住。弟弟点了三根香，递给阿俊。

灵堂内所有的目光都聚到了他俩身上。门外的吹打很合时宜地响了起来。

弟弟说，"三姐，阿俊来看你了。"

阿俊攥着香，对着灵柩和更远处的三姐的遗像僵硬地拜了三拜。

弟弟陪阿俊走到门口时，问一句："留下吃中饭吧。"阿俊摇摇头，弟弟就收住了脚步。

灵柩的两侧排布了些长椅，弟弟找了个最靠里的角落坐下。至此，弟弟终于松了那一口气。此前，总觉得还有何事未了，他在脑子里顺了很多遍就是想不出来。现在，他终于知道未了的是什么事了。弟弟忽然感觉到疲惫，他已经两天两夜没合眼了。

弟弟是在沉睡中被摇醒的，"快出去看看，有人在闹。"

还没到走廊，弟弟就听到了戏文声。三姐在世时，手机里一歇不歇都放着戏文。弟弟能听出来，唱的是《血手印》中"法场祭夫"一折。王千斤已经敬到第二杯酒，林招得在悲悲切切地唱：

含泪饮过二杯酒，
酒少泪多咽下喉。
小姐呀！酒剩半杯还有留，
我与你，未成夫妻永分手——

一抬头，真是要命，唱戏的竟然是阿俊——原来他并没有走。

走廊的斜对面是个公共厕所，阿俊就是站在厕所顶的平台上唱的，手中拿了个无线话筒，身边靠着一个像拉杆箱一样的扩音器——这都是那帮吹打的吃饭家生。吹打刚刚在茶歇，没想这玩意儿就到了他的手上。可问题是，他是怎么把自己和那个扩音器弄上厕所顶的呢？

扶君连饮三杯酒，
壶空酒尽心碎透。

> 林郎呀，可恨老天无理由，
> 善良之人不保佑——

阿俊把话筒换到左手，这算是王千斤在唱了。走廊上厕所边已经围了不少的看客。弟弟叫来帮忙的两个朋友在底下兜来转去，但是拿高处的阿俊一点办法也没有。

弟弟走得近些，朝阿俊喊，"阿俊，你先下来。"

阿俊说，"我不下来。"把无线话筒换回右手，又变成了林招得：

> 含泪饮过三杯酒，
> 酒虽尽来我泪还流。
> 小姐呀，今生无缘再聚首，
> 但愿来世再配佳偶——

弟弟说，"你唱也唱过了，现在下来吧。"

阿俊说，"我不下来，我还没唱够。"

弟弟说，"你好话劝不进，是要逼人出恶声吗？"

阿俊说，"我唱几句戏，犯着谁了？"

这话弟弟一时接不上。阿俊缓缓气，开始唱新的一折。

> 林妹妹，
> 我来迟了，我来迟了——
> 金玉良缘将我骗，
> 害妹妹魂归离恨天。
> 到如今，人面不知何处去，

空留下，素烛白帷伴灵前。

是《红楼梦》里的"宝玉哭灵"。越剧诸流派中，徐派的唱腔最为高亢，"宝玉哭灵"是代表作，其中"金玉良缘将我骗"这一句可算试金石，阿俊寒抖抖险临临还真的飙了上去，不少围观的人"火着正好看"，居然鼓掌喝起彩，于是更多灵堂内的人被招引了出来。

林妹妹啊，
林妹妹——
如今是，千呼万唤唤不归，
上天入地难寻见。
可叹我，生不能临别话几句啊，
死不能，扶一扶七尺棺——

有人不知从哪里找来了一把竹梯。可梯子刚刚架上去，就被阿俊一脚踢翻了。经这一闹，阿俊忘了词，握着话筒作痴呆状。底下的看客大概是热闹还没看够，掌声鼓得更为起劲。

那个馆长就是在这个时候现身的。他攥着一个大街上卖老鼠药的人惯用的小喇叭朝上面喊："阿俊啊，你是叫阿俊吧？我跟你说，你唱戏是不犯法，但我问你，你抢了人家吹打的话筒音响，这算不算扰乱社会秩序啊？人都说唱戏唱半场，差不多就行了。你现在停下来，本馆保证不追究你责任。你要再闹，那我只能打110报警了——"

股级领导也是领导，说的话恩威并施，有板有眼。乘着阿俊愣神的当头，有四五个人已经从后背偷偷架起梯子上了露台。阿俊终于被架住了，再也动弹不得。下面看热闹的乱哄哄，还在猜测阿俊如若不被拿住,底下会唱哪出。有人说必定是"山伯临终",也有人猜"楼台会",还有人说那还不如唱"问紫娟"来得委婉感人。"铜锣响,脚底痒。"都是戏文从小听到大的人,那些唱本谁不是翻来覆去覆去翻来如数家珍啊?

老宓跷着二郎腿,喝着我的老树红茶,慢悠悠把故事讲完了,我听得入神。

但好像有哪里不对啊?

我说,"这故事你不是听馆长讲的吗,我怎么感觉是三姐弟弟讲给你听的啊?"

老宓把一口烟滴水不漏地吸进鼻孔,再从嘴里徐徐吐出来:"戏法人人会变,各有窍门不同。"

"老宓你不去写小说,真是可惜了。"

"讲到最后还是那句老话:自己的心事,别人的闲事。"

老宓发完感叹,扫了眼手表,忽然话锋一转,言归正传:"怎么样,晚上摸两盘?"

## 五

有那么几回,实在找不到搭子。我就跟老宓献计,飘个电话给阿俊啊。说实话,我是挺想知道那套商品房的归属的,当然,最后归阿俊的可能性极小,除非三姐立有遗嘱。老宓呆呆,不太合适吧,还是算了!之后再提起,老宓说,阿俊的号码早已停机了。老宓总是有办法让新的备胎扩充至这个牌局。不管缺了谁,自动麻将机还是会像地球一样照常运转。自此,阿俊和三姐便从我们的话题中消失了。

再次听人提到三姐已是好几年之后的事了。反正中间县长就换了两任,而我们的亲密战友李拐自财税局至经贸局,又从经贸局到了招商局。

那个周末傍晚,老宓约我们去老王厂里吃野鳖。野鳖当然只是个由头,正题还是饭后的麻将。一车四人,老宓开的车,加我、李拐和松本。老王的厂在郊区,出城有半小时车程。

那不是多了个人吗？松本说他观战。这怎么行？松本说那就入股吧。

松本说,"自正月初五财神日起,风头就没顺过,屡败屡战,屡战屡败,得歇一歇了。"

然后,他就给我们分享了正月初五那副怨心牌。

"杭州的施领导归来,九盛集团陈总设宴,下午开战。我下家老蒋,上家施领导,阿德坐我穿门。一板下来,局势整体比较平稳。那副牌是连庄,我竖起三财神。进入中局,穿门阿德已经吃上家两摊,忽然开始叫嚣:再饲一摊,东风碰出财鸟。我就在那里寻思他的话了:其一,按他的个性,如果牌好有财神,他不会叫嚣,只会贼一样伏着闷声发大财;其二,堂里没露面的风牌还有好几个,他西风不提提东风,应该是手中吊着一只东风做泻张。我的牌需要拆一搭才能做成财鸟,而手中有东风西风各一对。转过来轮到我,我就果断开了西风对,带攻兼守,坐等对方东风。转到阿德这里,他摸进牌后,果然打出了东风,应该是叫听了。我喊声碰,舍出第二张西风,财鸟顺利做成,手上再是六九万幺四索归着飞鸟。下家牌刚落堂,忽听上家喊一声碰。真是神助攻啊,我自然笃定泰山。上家施领导麻将精扎,开局后牌一直卡得很死,让我万万意料不及的是,在这要紧处,他居然饲出一张九万。真的是九万,哈哈,这不是及时雨公明哥哥吗？当时牌面,上下家门前都只有一摊,基于刚才对穿门的判断,我当然毫不犹豫地把财神掷了出去。六只眼睛都成了铜锣，下家与上家齐声一叹：奶奶的还没叫听呢！轮到阿德，他没去摸牌，直接把手里的牌推倒——'不扣飞鸟了！'然后仰天长笑。天杀的，第四号财神偏偏就在他手上，而且已经悬荡。"

"哎呀，正月初五是财神日，你怎么能把财神打掉啊？"

"一碰，前财变后财，一吃，后财又变前财——真是要人死的牌啊。"

"这副牌其实不该飞。穿门已经两摊，打出卡着的东风，当然要防财鸟，毕竟外面还有一张财神。他喊出东风，那是被你抓了破绽。但这场心理战，你还是中了对方的陷阱，因为对手叫嚣就误判他牌不好。上家碰，已经是在救驾。你还要得寸进尺，那就是贪婪了。"

"对，可以叫贪婪，也可以叫心存侥幸。"

"这怎么能叫贪婪呢，麻将赌的不就是概率？换成我也会飞，毕竟四号财神在对方手中的概率很小。"

"财鸟已经到手，再去冒风险飞，这不是以确定赌不确定吗？"

"要按你的说法，就永远没有财鸟，更不会有飞鸟了。有财鸟才有飞鸟，而财鸟之前总是先有摸。"

"三分技术七分风头，麻将最终考验的还是人性。"

"牌局瞬息万变，你永远不知道下一张摸进的是什么，这才是麻将的魅力。"

"麻将从来没有正解。就像做人，每时每刻都只能做自以为是的选择。"

七嘴八舌。接着是短暂的沉默。路还远着呢。

"不谈麻将了，还是聊聊八卦吧——"松本说。

"对了，那个阿俊怎么样了？"我问。

"这个我知道。烤鸭店旧址重开了，老板娘换成了个外地女人。阿俊我也碰见了，老样子，香烟拔得很快，就是头发白了不少。"松本说。

"还有，阿俊好像没换店名，挂的还是之前'三姐烤鸭店'那块招牌。"松本又说。

"我来跟你们说说三姐吧。"李拐意外接过话题。

"其实三姐年轻时喜欢过一个人。这个人是她大姐夫的弟弟。当年大姐嫁给大姐夫，就是她和那个弟弟两人提的婚纱。婚宴结束，宾客送罢，却不见了两小孩踪影。双方家长里里外外找，急得就要报警。最后还是服务员在收拾餐桌时给发现的，原来童男童女一直都躲在主桌的桌子底下。因为所有喜席都铺了及地的桌布，别人根本发现不了。找回孩子后，家长都挺纳闷，婚宴足足持续了三个小时，两个小家伙是怎么在桌布底下挨过这三小时的呢？到大一些入学后，女孩每年暑假都会去大姐家住上几天，两人因此总能见面。再后来，男孩考上了大学，女孩没考上——"

"然后，两人就自然而然地分开了，对不对？你这故事讲的，也太没新意了吧？"

"别急别急，你们再听我讲。"

"高中毕业后的那个暑假，两人又见了一面。男孩答应女孩，上了大学后就给她写信，女孩也答应男孩，再去复读一年。但开学后，男孩就再也没了音信。在高复班煎熬的女孩实在无法忍受，就主动给男孩写了封信，却一直没有等到回信。于是半年之后，女孩放弃学业，跟当时的许多女孩一样背井离乡去了深圳。许多年之后，女孩与男孩意外碰面。女孩还是女孩，而男孩已经结婚生子。女孩这才知道，男孩当年曾给她写过好几封信，只是她没有收到而已。而她写给男孩的信，男孩也根本没有收到。"

"那些信呢？"

"截留那些信的，是女孩的大姐，也就是男孩的大嫂。真相大白后，对方并没有抵赖。她棒打鸳鸯的理由非常简单，说是不想让姐妹变成妯娌。让人费解的是，她居然还好好保留着那些旧信。于是，在二十多年之后，她，读到了男孩当年写给自己的信；他，也读到了当年女孩写给自己的信。"

"你们都知道那个女孩，就是三姐，读到信时已是病入膏肓。但你们都不知道那个男孩。"

"你认识？"

"其实我说出来，你们也认识。"

"谁？"

"求明亮。"

当然认识。求明亮，明亮集团的董事长。不但我们认识，全县七十四万人也都认识他。这些年，县里大张旗鼓搞招商引资"一号工程"，其实大家心知肚明，许多项目都是圈圈土地做做表面文章，所谓的外资也多半都是假外资。但求明亮先生不一样，他可是实实在在地投了三个亿。而这个项目从洽谈到落地，李拐都是全程参与的——也正是因为这个项目，李拐从李科变成了李副，又从李副变成了李局。

李拐说，前面那些事，都是求总亲口告诉他的。项目正式投产，在返回上海的前一个晚上，求总单独约他在旋转餐厅吃了顿饭。餐厅配备各类酒水，但他们喝的是求总自带的拉菲。

窗外万家灯火，求总不知不觉就喝多了。

李拐说，那天求总的话很多，而且说话的方式跟以往判若两人。他好像把自己当成了真正的朋友。

"每次在这个离地最高的旋转餐厅吃饭，我都会有一种古怪的感觉。置身其间的人其实根本感觉不到它在旋转,但窗外位移的景物却会一次又一次地提醒你,你确实在一刻不停地旋转。这就如同时间,我们明明感觉不到它的流转,但是,隔一段比较长的时日,你的身体就会告诉你,确实有时间这种东西,而它就在你的身体之外,以一种改变你容颜的方式日夜流逝。"

听听,这哪像一个商人的话啊?

李拐说,那晚聚餐结束,在下行的观光电梯里,求总还醉眼迷离地跟他分享了一个秘密。

"告诉你也没关系,其实那天,我曾经去殡仪馆看过三姐。这事没人知道。不知为什么,当时灵堂内连一个看护的人都没有。三姐独自躺在灵柩里,鲜花簇拥,就像一个化完妆的新娘。恍恍惚惚中,一块巨大的天蓝色桌布自天而降。喧哗的世界被完全隔离。桌布之内,鸿蒙未开,唯余两人。三姐带着幽怨的眼神再一次问我:'我也想穿漂亮的婚纱,万一嫁不出去,你娶我好不好啊?'"

原刊《江南》第5期

# 明月梅花

乔 叶

## 一

已经是三十多年前的事了。不过，每每想起，明月就免不了要惊异。竟然过去那么久了，竟然。可一想起来，总觉得是刚刚发生，如同在昨天。

那时候，一年里头有好几个大假。除了暑假和寒假，还有麦假和秋假。麦假自然是为了收麦子，秋假自然是为了收玉米。两个假期都不长，也就是七八十来天。无论城乡都会放，因在城里上班的人，有相当一部分在乡下还都有老人，那就得回去搭把手。即便没有了老人，有兄弟姐妹在乡下的，这算是至亲，也得回去搭把手。仔细琢磨，这两个假放得还挺体贴的，有一股浓浓的人情味儿。

但是，小明月很不喜欢这两个假。一个缘由是得干活儿，本来就是为了干活儿才放的假嘛。另一个缘由是表姐梅花，梅花这时候必定会来杨庄。

梅花是二姨的女儿。妈妈姊妹三个,其中三姨读书最好,大学毕业后工作分到了省城,也就在省城成了家,轻易不来。二姨嫁到了二十里外的小城边儿上,虽然不是城里,可到底是近郊,就繁华得多,家里开着个小卖部,手里有一份细水长流的活钱儿。且还有几分地,二姨很会种菜卖菜,就又多了些进项,日子过得很滋润。

二姨、三姨……姐,那咱大姨呢?听家里人说着二姨三姨,明月突然就困惑了,问明霞。

咱妈是老大。没有大姨。

那咱妈就等于是大姨吧。

胡说。咱妈就是咱妈。

那就没有大姨?

没有大姨。

直接就二姨三姨了?

嗯。

明月还是觉得应该有个大姨,一副不甘心的样子,左顾右盼间,就看到了奶奶这里。奶奶翻眼瞅了瞅明月,搭腔道:梅花就叫你妈大姨,你妈是她的大姨。

那梅花……就没有二姨了?明月似乎开始清楚了。

自己的妈是别人的姨。要按着数儿去数,就都少一个姨。奶奶撇撇嘴:这钻牛角尖儿的本事,也不知道从哪儿学的。

二姨头两胎都是儿子,一直期盼能有个女儿。等到终于有了梅花,喜得跟什么似的。梅花是冬天生的。二姨说梦见了梅花盛开,可香呢。

有多香?明月问。

反正是可香可香了。

比小磨油还香？

可不是。比小磨油还香。

比炒鸡蛋还香？

可不是。比炒鸡蛋还香。

就都笑起来。

二姨和村里人都相熟，每次来送梅花，一进村就开始跟人打招呼。村里人也都和二姨寒暄。

又送你家闺女来帮忙啦？

嗯，蚂蚱还有三两力气呢，多少能干点儿。

怪舍得的。不心疼？

就是叫她忆苦思甜哩。二姨说，不叫她沾沾地气，她能知道粮食是从哪儿来哩？四岁那年春天，在来杨庄的路上，妞指着麦地跟我说，妈妈，这不是青青大草原？你说这能中？

这话众人也不知道听了多少遍，却依然每次听了都会笑。笑是村里人的礼貌。

二姨把梅花留下就走了。菜地离不了人，小卖部离不了人。

啥是忆苦思甜？明月问明霞。

就是，得过一过不好的日子，才知道啥是好日子。

那咱们这是不好的日子？

明霞就不说话了。奶奶也不说话。

## 二

对梅花，明月从来不叫姐姐。只大了一岁，她觉得梅花不太像个姐姐。可梅花却叫她妹妹，也很乖地叫明霞姐姐，叫明德哥哥，叫明辉弟弟，冲着妈妈喊大姨，冲着爸爸喊大姨夫——当然，奶奶也还是得叫奶奶，总之是，该叫的人一个不落，很周到。

真灵透。

多懂礼数。

长得又俊。

个头儿也高。高高挑挑门前站，不言不语也好看。

嗯，这闺女齐全着呢。

……

都这么夸说着梅花。

明霞在县城上高中，平时要到星期天才能回来住一天，拿些换洗衣裳。课业虽然繁重，逢到麦假秋假却也是会放的。她就总带着梅花，很少带明月，偶尔带一回也要横眉竖眼地挑剔一番，大吃小喝地责骂一番。明月也不跟她亲，对她是能躲着就躲着，避猫鼠一般。人家连个热乎的笑脸都不给，咱硬贴个什么劲儿呢。没意思。

逢年过节，安排给谁做新衣裳是家里的一件重要事项。明霞是长女，自然就先尽着她，明月只能跟在后头捡穿。明霞对自己的衣服很疼惜，收拾得利利落落，一个油点点也没有，一个补丁块也没有。她穿小的、穿旧的，才会给明月，有格外喜欢的，即便小了旧了，两三年都不沾身了，也白放着，不给明月。

馋紧了，明月就要。要也是白要。可她也还是会去要。花的是家里公中的钱，她穿旧的小的又不过分，甚至还是受委屈的，为啥不给她呢？

可明霞就是不给。

你都不穿了呀。

那也不给你穿。

我穿完给你洗净还不中?

你能洗净?

明月有些气短。她还真是洗不净。

就是洗净也不给你穿。

为啥?

因为是我的衣裳。我想给你穿时再给你穿。

小学生到底还是说不过高中生。明月气恨恨地作罢,嘀咕一句:你就是给我穿我还不要呢。

后来明月来了例假。那时不叫"例假",叫"月经"。月经,每月都要经历,太过于直白,且有苦意,就不如"例假"好听。例假,多么婉转含蓄,还隐含着些度假的浪漫,好像真有人会因此给你个假似的,虽然从没有人给过假。

妈妈和奶奶对这事既警惕又淡漠。她们管例假叫"那个"。

明月来"那个"了。妈妈说。

叫明霞去管她。奶奶说。

其实不待奶奶吩咐,明霞就已经管起来了。到底大上了六岁,她处置这事已很有经验了。她一边管着,一边嫌弃着。一边嫌弃着,也一边管着。训斥明月不会收拾,穿裙子就弄到裙子上,穿裤子就弄到裤子上,晚上睡觉就弄到床铺上。邋遢死了。她耐着性子一遍遍地教着明月,教她怎么记日子,怎么叠卫生纸:对角折叠两次后,中间重合的部分正好用来垫着裆。要多叠一些备着,要换的时候立马就能有。卫生纸容易跑,还容易渗漏,明霞很大方地把自己的月经带也给明月拿去用。月经带有点儿类似于如今的丁字裤,裆部宽一些,是皮革的,且前后都有皮筋,能把卫生纸稳稳地卡进去。

只用了一次,明月就还给了明霞,她觉得闷得难受。

但明霞带着梅花时就总是笑盈盈的。她给梅花铺刚洗过的干净床单，去地里时，把家里的草帽比来比去，挑最新的那顶给梅花；给梅花换上自己的长裤，怕麦茬划了她的腿；还怕镰刀伤了梅花的手，给她找了一副线手套。

奶奶还叮嘱明月照看好梅花。

她是姐呀，不该照看着我？

人家是亲戚，得咱照看。

妹妹你跟着我，我照看着你。梅花笑得很甜。

看着梅花被前呼后拥地带到地里干活儿，明月心里很是有些不屑。这被大家伙儿捧着的派头，就是个娇滴滴的小亲戚，能干什么活儿呢？虽是打着帮忙的名头儿，其实是有些添乱的。

不过她没让这不屑显出来。要说梅花对她和明辉还真是挺好。不仅仅是弟弟长妹妹短的叫得亲热，还常常有实惠拿出来：总用自己的零花钱给她和明辉买零食。但凡看见，大人们都要拦住，梅花就自己去小卖部买回来分给他们。还有，她每次来都会给明月带些衣裳，有些衣裳还很新。

这么新的衣裳，你咋不穿了？

我衣裳可多了，穿不完。有的也不喜欢，不想穿。

等梅花走了，明月就穿着"新"衣裳故意到明霞跟前晃呀晃。

她不想穿了才给你穿，你就那么没骨气？明霞拿眼睛白她。

那也比你强。你不想穿的也不给我穿呀。

明霞气得干噎。这是明月难得的胜利时刻。这胜利也很短暂，且明霞总会逮着个什么机会很快报复回来，受气就是明月的家常便饭。每当这时候，明月就暗暗祈祷着明霞能考上大学，考得越远越好。都说大学生一年才能回一次家，那样她就不用在明霞手底下熬日子了，多好。

可明霞没考上大学,也没去复读。明月考上了镇上的初中。明霞整天窝在家里,对明月挑剔得更狠了,骂起来越发恶声歹气。三不五时地,她会去趟城里散散心,去一趟,脸色就会好一些,有时还会路过二姨家,带回来一些时鲜的菜。

## 三

立秋下了几场雨,玉米得了水,噌噌噌地往上拔节,每天都能蹿高一点儿,转眼间就比明月还要高了,长在路两边儿,碧玉丛林一般。好看是好看,可一个人走在这样的路上却也免不了有些莫名害怕。三里地呢。好在同村还有几个女生,能结上伴走路上下学。那时节的乡间,自行车还是个奢侈之物,不是家家都能有的。有的家里即便是有,也轮不到她们这些孩子骑。

有一天,明月正在埋头写作业,同桌用胳膊肘撞撞明月:你姐来了。

明月转头一看,果然是明霞。她正扒着窗户往里瞧。

明月低头继续写作业,直到下课。这是下午最后一节课。

明霞一直等着她。

你来干啥?

路过,捎你走呗。

这是从来没有过的事。明月有些诧异,却也有些得意。可是自行车后座上卡着俩麻袋呢 —— 肯定是二姨家的菜。她坐哪儿?

明霞拍拍横梁:这还不够你坐?

当然够坐。只是像是坐在了明霞怀里,有些不好意思。明月犹豫了一下,还是坐了上去。

明霞骑车骑得很稳。她的鼻息吹着明月的头顶,很温柔,却也有些痒痒。明月不时地摇着头,怪不自在的。

玉米田散发出的味道清气十足,很好闻。有不少玉米结出了鼓鼓的穗子,大大小小的,最性急的连红缨子都有了。明月默默地盘算着,没几天就是国庆节了,国庆节后又得放秋假收玉米,梅花肯定又要来。真不想让她来呀。唉。

梅花……明霞突然说。

明月吓了一跳。简直怀疑明霞派了个什么精灵小鬼钻进了自己的肚子里,捉住了自己瞬间起的那个小念头。

怀着心虚,明月默默地等着明霞往下说。可是明霞却不说了,只是蹬着车,车轮唰一下,唰一下,往前均匀地转着。

其实很想问。可是明月忍着。明霞从来没有这么沉得住气过,总是火急火燎的,尤其是跟她说话的时候。今天很是不同寻常。

车拐了一个弯,村子已经遥遥在望。

梅花她咋啦?明月终于忍不住了。

明霞不说话。

她咋啦呀?

明月往后上方扭着头,想要去看明霞,却只看到了明霞的下巴。然后,有什么滴在了她的脸上,凉凉的。一滴,两滴,三四五六滴。

姐!明月喊。

梅花死了。明霞说。

死了?

嗯,死了。

死了?明月不自觉地又重复了一遍,明霞没有再回答。泪水滴在明月的头皮上,小雨一般。

死，这件事，朦朦胧胧的，明月也有了一些意识。村子里两三百户人家，千把口人，一年半载的，就会有人死去，那家会办丧事，又叫白事。有老人死了，子孙戴孝，哭，白花花的一片，连明彻夜地热闹。村里人都去，吊孝的吊孝，帮忙的帮忙。她也跟着妈妈和奶奶去过。

谁谁谁老了。村里人都这么说。

有一次，一个男人得了重病死了，村里人也这么说。在明月的记忆里，那个男人还不到三十岁，还很年轻。

他还不老呢。她说。

死了就叫老了，不管多大岁数。妈妈说。

虽是听得懵懵懂懂，明月却也好像是有了些感觉：老和死很有关系，同时也是两码事。老了不是死了，死了却一定是老了。

对于死，她知道的也只有这些了。

咱们再也见不到梅花啦。

一边说着，明霞腾出一只手擦泪，另一只手牢牢地握着车把。

明月的眼泪也吧嗒吧嗒地掉下来。说实话，她心里也没觉得怎么悲伤，但她模模糊糊地知道，这时候是该哭的。

不久就是秋假，二姨来了，进门第一件事，就是抱着明月大哭了一场。这也是她做的唯一一件事。说是帮忙来了，就这样子，还能帮什么呢？

二姨哭，明月也跟着哭，所有人都跟着哭。哭着哭着，别人都不哭了，二姨还哭。她抱明月抱得很紧，胳膊像两根粗绳子，双手在明月背后打了个死结。妈妈上来掰，没有掰开。明霞上来掰，也掰不开。最后还是奶奶掰开了。奶奶的手枯树枝一般，根根青筋分明。

# 四

自打那以后,二姨来杨庄就来得很勤。总有些由头,秋黄瓜下来啦,西葫芦下来啦,头茬的菠菜,最后一茬的丝瓜,还有小白菜、蒜苗、芫荽……只要她菜地里有的,她都给送,有的还是杨庄不怎么种的俏皮菜,什么蒜薹啦,芹菜啦。

尝尝鲜。她说。

起初看见明月,她还是会哭,渐渐地,就不怎么哭了。她总会给明月带一些衣裳,那些衣裳,一看就是梅花的。

明月就穿着,二姨就死死地盯着明月,眼珠不错地看。

起初明月很是有些扬眉吐气。从没有人这么关注她,这么宠着她,这让她挺受用,心里有点儿甜丝丝的。只是想起梅花,这甜丝丝里又泛上来些苦。

然后,慢慢地,她就不自在起来。二姨的眼神让她别扭。那双眼睛像是两个幽幽的深洞,黑黢黢的、空荡荡的。她不自觉地躲着二姨的眼神,怕自己一不小心掉进去。

你梅花姐可待见你呢。二姨说。

哦。明月只能这么应一声。她不知道该说什么。

二姨一走,奶奶就把衣裳从明月身上扒下来。

为啥不叫我穿?

奶奶不搭理明月,只管去把那些衣裳藏起来。明月就去找。家里没什么藏东西的地方,无非就是那几个箱子柜子,且还没有上锁,很容易找着。明月三翻两翻就找着了。找着了,依然穿。

眼里就没见过东西?没成色!奶奶骂。

二姨给了我,就是我的衣裳,为啥不能穿?明月理直气壮。

如此几次三番，奶奶也便作罢了。

奶奶的意思是说，那衣裳是梅花穿过的，不吉利。后来，明霞说。

明月颇有些恍然大悟，主要还是因为梅花死了，她要是还活着，就没什么不吉利。这可不能让她服气。死人用过的就不吉利吗？村里那些死去的人，他们住过的房子，他的家人们不都好好地住着？他们打过的伞、用过的锄头，他们的家人们不都好好地用着？

衣裳是贴身儿的，不一样。明霞说。

这是封建迷信！明月用这句话下了论断。

那时候，村里的冬夜挺闲。吃罢晚饭，家里人就围着炉子烤火，烤红薯，泡脚，扯着云话。偶尔会说起梅花。听着听着，明月听出了个大概。原来梅花是被车撞的，就撞了那一下，原以为就是骨折了。一直在医院住着哩，医生都说不碍事的。后来突然就说肚子疼，就又到大医院做了一遍检查，才说五脏六腑都往外冒着血哩。说不中就不中了。

恁看看，这人，命多轻。奶奶说。

恁好的一个小闺女，说没有就没有了。奶奶又说。

明月默默地听着。

再也见不到梅花了。比她只大一岁的梅花老了——死了。明月越来越认定了这个。

她真有些怕死了。

如今想想，梅花这个名字起得就不好。梅花，梅花，说没有就没有了，说化就化了。妈妈说。

你们当初还都说这名字好呢。实在忍不住了，明月插了话。

大人们一起瞪明月。明月以为还会挨一顿骂的，她都已经准备好了挨骂的，可却没有人骂她。居然等空了，她有些纳罕。

## 五

冬天里，二姨的菜地也闲下来，她来得更勤了。都是星期天来，星期天明月一整天都在家。

她跟明月说说话，跟妈妈说说话。一般不哭，偶尔会哭，偶尔也会笑。看起来好像越来越正常了。

二姨从不空手来。她家开着小卖部呢。虽然也属于村里的小卖部，可是二姨的村子到底离城里近，小卖部的东西也比杨庄村小卖部的东西样数要多些，款式要新些。大风车棒棒糖、五香瓜子、怪味花生、蜜三刀、动物饼干、高粱饴、火腿肠、江米条……二姨每次总要挑几样带过来。

奶奶也不让她空手回，总要给她装一些东西带回去。刚蒸出锅的馒头和花卷、自家酸菜缸里的酸菜、村里做豆腐的人家刚磨出来的豆腐、种红薯多的人家下了很好的粉条，奶奶都想法子弄些来给二姨。

你看看，这是干啥哩。拿走的比拿来的还多哩。

哪能光要你的哩。都不容易，有来有去才是常理。奶奶说。

说这话时，都笑着。

不欠她的。人情不是恁好欠的。有一次，二姨走后，奶奶盯着二姨的背影说。

明月不经意间发现，奶奶也会盯着她看，那眼神跟过去很不一样。也说不出哪里不一样，反正就是很不一样。

还有一次，放学回家，刚进院子，她听见奶奶在吵妈妈。

叫她少来！

她是我亲妹子呀。妈妈的声音里有哭腔。

转眼间就到了年。年后就开始有人上门给明霞提亲，明霞开始还不愿意相亲，可一家女百家求，提亲的人越来越多，也就只好开始相亲。

一个星期天，二姨又来了，进门就朝奶奶跪下了。

二姨哭着，妈妈也哭着。奶奶去拉二姨起来，老泪纵横。

明月和明辉在旁边呆看着，也不知所措地哭起来。明霞从外面进来，看见这阵势，就也哭起来。

你带着他们俩出去！奶奶擦了一把泪，呵斥明霞。

明霞连忙上来拢明月和明辉，一手拢一个，往外走。一边走，一边擦着眼泪。快出大门的时候，她蓦地停了下来，看了看明月和明辉，替他们俩也擦了擦眼泪。又停顿了一小会儿，才出了大门。

姐，她们咋了？明辉问。

不咋。

明霞带着他们去了村里的小卖部，问他们俩想吃啥。

想吃啥就买啥？明辉问。

嗯，想吃啥就买啥。

明辉开始兴致勃勃地要这要那。明霞果然兑现了诺言，任他要。明辉要了一堆泡泡糖，还要了米花球和果丹皮。明月什么都没要。不知道为什么，她看着明辉傻呵呵的样子，想着家里哭成一团的几个人，就什么都不想要了。

那天之后，二姨很久都没再来过杨庄。逢年过节走亲戚，都是明霞去二姨家。

到了第三个年头，明霞嫁了人。嫁的就是二姨村子里的，是二姨说的媒。

也是那一年，明月考上了师范学校。村里的大喇叭哇啦哇啦地通报了喜讯，家里为此还请了一场电影。都知道明月一毕业就会是公办老师，是公家人了。

## 六

如今明月已经五十岁了。父母和奶奶都已经去世多年。随着工作调动，她离老家也越来越远，难得回去一趟。她每次回去都要去看看姐姐，而每次去看姐姐，也都要去看看二姨。

二姨中了风，口齿很不利落。每次见到明月，虽说不了什么话，却依然会哭。

明月早已经知道，每次看到自己，二姨想起的都是梅花。

只要有空，明月也都会在姐姐家住一两个晚上，姐妹俩腻在一起说闲话。

明儿去看看二姨吧。

中。

二姨……唉。这一次，姐姐欲言又止。

咋啦？

你不知道吧？当年二姨想把你要走，去给她当闺女呢。

怎么会？明月猛地坐起来。

这还能有假？明霞笑了，你回想回想，那时二姨往咱家跑了多少趟？

明月这才突然明白，十二岁那年夏天发生的那件事，某种意义上是一件有关自己一生走向的大事。而在当时的自己看来，却是无事，也只能是无事。

那咋没要走？

咱奶舍不得你。

这可没看出来。

咱奶她，明霞顿了顿，把我给了二姨。

怎么会？明月更惊讶了。明明姐姐出嫁前一直住在杨庄，怎么就叫"给了二姨"呢？

你听我慢慢儿说。黑暗里，明霞很平静地、像是说着其他任何最普通的事那样，一句递一句地说：给是给了，还要看怎么给。

咱奶对二姨说，我知道你苦，也知道你疼明月。可她还小，你要她干啥？闺女总归是个外人，总归是得出门，总归是门亲戚。我应承你，叫你有这一门亲戚。可也不是非得明月吧？叫我说，你就要明霞。她到底大了，比明月懂事，能解你忧愁。不像明月，那还是个生砖坯子，你且得好好调教呢，何苦费那气。如今登门给明霞说亲的天天踩门儿，眼看就留不住了，立马就能成家。你说，这是多现成的一门亲戚呀。

明月默默地笑。想起奶奶的样子，妈妈的样子，不知怎么的，又很想哭。

咱奶把你给二姨，你不难受？

难受啥。明霞也在黑暗里笑了一声，说，你看，你都不知道这事。所以，她也没有真给呀。她只是给了二姨一个说法。不过，话说回来，有没有这个说法，对二姨还挺要紧的。

咱奶说，给大的是假给，给小的是真给。自家的孩子，又不是揭不开锅，不能真给。

咱奶还说，日子苦是苦些，不离爹娘本家，就是好日子。

原刊《北京文学》第10期

# 麦子秀了

*汤成难*

## 一

一个瘦高的男人被母亲领了回来。这是母亲一大早去小官村桥头上挑的，说是挑，其实也只剩下这一个了。那些看起来精壮有力的早就被别人抢去。我能想象得出，站在桥头上的母亲畏缩而迟疑的样子，她在人群里会腼腆怯懦，一说话脸就红，这与她三十多岁的年纪不太相符。等别人挑剩了，母亲才会鼓起勇气走上前说一句"割麦吧"，声音细得像蚊子叫。

那个领回来的麦客很瘦，一副文文弱弱的样子，个头挺高，可对于割麦插秧这类弯腰的活计，个头高反倒不讨巧，动作幅度要比别人大，自然也累得多。古话说，高子门前站，不做都好看；矮子矮冬瓜，做死了无人夸。这话是说个高的人比个矮的看着舒服、体面，另一层意思也指个子高的往往不及个头矮的人能干。这道理母亲自然也懂，但实际情况由不得她挑选。母亲不愿意再等，地里的麦子等不得。蚕老一时，麦黄一晌，一晌午工夫麦子就黄了，要是晚收几天，没准麦穗全炸裂在地里了。

六月的麦田像六月的阳光，金灿灿的，密密匝匝的麦芒宛如丝丝缕缕的阳光刺得人眼睛生疼。麦子秀了，我们小官村的人不说"麦子成熟了"，而说"秀"，跟镰刀上"锈"一样，有了金色和分量。布谷鸟叫头遍时，母亲就开始变得沉默寡言，一种即将收获的喜悦与劳作的焦虑同时交织在脸上，她整日抿着嘴唇，像是要憋出一股劲来。那一眼望不到边的麦田，叫庄稼人既欣慰又惧怕。你若在南方的乡村待过，一定知道夏收比秋收辛苦得多，割麦、脱粒、翻晒、归仓、播种、插秧，一刻都耽搁不得，夏收掉层皮，岂止是一层皮哩。

这一年，一群北方的麦客来到我们小官村。其实，以往也有过的，是附近庄上的，少，两三个，割完一两家就没下家了。小官村的人是不请麦客的，而是村户之间进行换工，你帮我家几天，我帮你家几天，他们希望每株麦子都从自己手上经过，这样心里才踏实。当然，最主要的原因是舍不得那一点工钱。今年小官村不少人家都请了麦客，不知是手上宽裕了，还是北方来的麦客工钱更廉了。

小官村的人是不太愿意和我母亲换工的，母亲不是个干活的好手，她只会做一些缝缝补补之类的活计，力气小，做事慢，每当母亲下田，就会有人跟她开一开玩笑，嗨，杨桂芬，你又在地里绣花啦。母亲便不好意思地笑笑，像是做了什么亏心事。

那些年我不知道父亲去了哪里，每次问起母亲，她好半天都不说话。我不停追问，母亲才说，没了。

没了是什么？

走了。

走了是什么?

反正走了。

走到哪里去了?

……………

我穷追不舍,母亲愣在一旁,像一个逃兵被我逼退到角落。她的脸色十分难看,五官慢慢扭曲。突然,母亲哭起来,蹲在地上,肩膀抖得厉害,身子很轻薄,如同一片纸贴在墙上。她张大嘴,为了不使声音发出来,她竭力克制着,然后便不停打嗝,肚子里仿佛有无数气泡,一个追着一个往上涌。我吓坏了,小心翼翼靠过去,母亲一把将我搂住,脑袋埋在我的肩窝处。之后,我再也没问过父亲的问题,我害怕母亲一声接一声地打嗝。

## 二

母亲只舍得请一个麦客。那个被挑剩的男人正跟在母亲身后。

母亲给男人下了碗面便将他带到地里,眼前的麦田连绵起伏、层层叠叠,金色蔓延到河岸和坡地,简直要把小官村也淹没了似的。男人顺着母亲指出的方向,认真地看着,仿佛用目光划出边界来。然后从腰上取下镰刀,立刻埋头割麦。

一亩地二十块钱,这是给麦客的工钱,也是事先谈好的。既然包给了麦客,小官村的人就不再插手了,麦客负责割麦,主人只管拉运、脱粒。而母亲不同,她还有些不习惯,无所事事地站在田头使她有点难为情,似乎不摸一摸镰刀,哪儿都不对劲哩,于是母亲也取出镰刀,弯腰割起来。

让我来割吧。男人转过脸对母亲说。

放心吧，工钱不会少的。母亲擦一擦汗。

男人支支吾吾，说不是这个意思，不是这个意思哩。

那就放心割吧。母亲头也不抬地说。

男人便不再说话了，他把所有的力气都用来对付这一捆捆的麦子上。他干起活来虽不及别的麦客泼辣，但却很细致，割出的麦茬又矮又齐，捆出的麦把也很紧实，麦穗齐整整的，没有一根倒穗。

麦子被割倒在地，一片一片的土地裸露出原色，麦地又连成空旷的田野，广袤无际哪。母亲直起腰，看向前方，麦秸秆散发出的那种浓烈的呛人的气味，使她喘不上气来，她看着眼前这个陌生的身影正在麦浪里缓缓移动。母亲怔怔地立着，这一切使她有些恍惚，也有些感动。

傍晚时分，母亲收起镰刀先回去做饭，麦客的吃住是由主家负责的，午饭相对简单一点，由主家送到田里，一锅粥、几块饼。那时我已经七岁，能做一些力所能及的事了，送饭的事自然便交给我。我到地里时，母亲也正收起镰刀，母亲想喊男人吃饭，她张开嘴，却迟疑着，不知道喊什么才好。是啊，我们还不知道他的名字。母亲差我过去，我嘟着嘴，想了好一会儿才喊道，割麦子的叔叔。男人一愣，抬起头，眼角渗出一波笑意。他将镰刀放好，刀口朝下，跨过麦茬随我来到田埂上。男人坐下来，顺手从地边蒿草上折两段草棍当筷子。我也学他折一段草棍，他看见又笑了，挑出一根又直又粗的，将两根草棍来回摩擦，磨去毛刺后递给我。

吃完他又立即下田，母亲让他歇一歇，他便听话地站着，手却不停闲，拢把干草，将镰刀擦了又擦。

晚上，母亲特意割了一斤肉。饭还没好，男人站在我家院子里，离开麦田他有些不知所措。他也是内向的人，话少，除了几句寒暄他和母亲都不知道说什么了。他在井边坐下，不知从哪儿翻出一块磨刀石，将镰刀在磨刀石上仔仔细细地趑。井旁放着一盆水，月亮倒映在水里，似另一把镰刀。每隔一会儿他将镰刀伸进盆里，没在水中，水面一晃，月亮便被镰刀割得碎碎的。月牙形的磨刀石上汪着水，却发现，这水里也汪出一个月亮哩。树影倾覆下来，灯光透过窗口落在他脊背上，嚯哧，嚯哧，刀片与磨刀石发出的声音，以及屋里锅铲在铁锅里跳跃的哧啦声……每一股声音交织在一起，在小院里回旋着。

割麦子的叔叔，你的家在哪儿？我怯怯地问道。

很远很远哩。他说，又用手向北方一指，指完手掌并没有落下来，却在我的脑袋上摸了摸，问我多大了。我伸出一只左手，又将右手的食指和大拇指数出来。

七岁啦，他说，又说他家也有一个小女孩，跟我一样大哩。

也七岁哟，母亲小声地接话。

他点点头，说是哩，这是最小的一个娃。说起孩子，他的话明显多了一些，一共有三个孩子，最大的是男孩，叫平儿，今年已经十一岁了。说完他停顿了下，目光落在母亲身上，仿佛该轮到母亲说话了。母亲正在装饭，右手上的饭勺在碗尖上压了压，压实了才小声说道，三个孩子哟？

是哩，三个孩子，一个男孩，两个女孩。他又对母亲说，老大叫平儿，很懂事，平儿除了学习不好，其他方面倒是很灵光哩。逮鱼、捉知了、采蜂巢，都是一等一的，村里的孩子没人比得过他。

这让我十分崇拜，便顺嘴地称他为平儿哥。我问，平儿哥会不会打弹弓？他说，会哩，他自己做弹弓，用轮胎皮做，可有劲了，一打一个准。

晚上他睡在麦地里，这是他要求的，麦客一般都是睡在主人家的厢房或者堂屋的地铺上,但他坚持睡在麦地,说是正好看麦子哩。

几天后,我家的麦子收割完了,他没有立即赶往下一家,而是帮母亲把麦一车车运到打谷场。他拉着板车,母亲在后头推着,也不说话。最后一趟,我跟在后面,他把我抱到车顶,让我坐得高高的,云彩离我更近了,大片的田野尽收眼底。田野里只剩几个默默劳作的身影,路上没什么人,四周寂静。一截草梗卡在车轮上,旋转着,一路上发出吱吱呀呀、吱吱呀呀的叫声。

## 三

第二年麦子秀时,麦客们像候鸟一样准时到来,他也在其中。这一次,母亲没去挑人,他就自己来了,像是事先约定好的。

他带给我一只弹弓,说是平儿哥送给我的,我爱不释手,用绳子系着挂在脖子上。我说谢谢割麦子的叔叔。

我起初叫他割麦子的叔叔,后来简化成割麦叔叔,最后,就只剩两个字:叔叔。

这是他第二次出来做麦客,孩子们越来越大,都等着用钱。麦客们在五月头上从老家扒火车一路南下,从江苏、山东、河北、山西,一路往回割麦,麦客是踩着金风走的,由南往北,始终赶上开镰的日子。割到家门口时,自家的麦子也熟了。

叔叔少言寡语,放下蛇皮袋就开始割麦。母亲照例拿把镰刀跟在后面,她割得慢,像绣花针一样在地里一针一线来回缝着。两个内向的人很少说话,割累的时候便蹲在田埂上歇一歇。这时,他们其中之一会找出话题,简单聊两句,但也仅此两句。比如叔叔对母亲说,这块地不错呀。母亲便点点头说,是哩,不错呀。半晌,母亲说一句,北方很远哟。他也附和着，是哩，很远的。

　　他们一列一列地向前割麦，从右到左，割上十几把才能前进一小步，他总是帮母亲的这列割去一点，使得两人能并肩前进。但母亲割得慢，很快又拉开距离。他割到头了，没有重新起一列，而是从母亲的对面往回割，他们相向而行，镰刀与麦秸秆发出的声音逐渐交会在一起，嚓嚓，嚓嚓，有了欢快的意思。

　　他们一点点地靠近，只剩瘦瘦的一行麦子横在他们之间了，镰刀像是探路者，最终，两把镰刀巧妙地错开。他将最后一把麦子割完，用力捆紧。两人之间变得空空荡荡，与整个大地连接成一片。母亲抬起头，她的腰已经累得直不起来，汗水将衣服糊在身上，她又被麦秸秆浓烈的气味呛得喘不上气来了。

　　晚饭时候，我们坐在桌子的三面，另一面靠墙。增添一个人，以及桌上多出的菜，突然显得拥挤且隆重多了。叔叔把肉往我碗里搛，说，正是长个子的时候。然后他又往自己碗里倒上苋菜汤，汤汁裹住每一粒米，红艳艳的。他说北方没有这个菜，也很少吃米饭，红汤米饭怪好吃的。我偶尔问叔叔一个问题，都是关于平儿哥的。会爬树吗？会呢，爬很高。会做风筝吗？会呢，用报纸糊哩……这时母亲便打断我，先好好吃饭，吃完再问。

　　饭后，母亲刷碗，叔叔被我缠着折纸，他把纸铺在桌上，又收起来，说，上面字多着呢，这纸得用来认字。他去灶膛口抽出一小把麦秸秆，将它们剪齐。很多年后，我常常会回忆起那个场景，如同电影的近景镜头，镜头里是男人粗黑却灵巧的手在麦秸秆上翻腾，像变魔术似的一只蜻蜓便从那双手里飞出来。我捏着蜻蜓在屋子里飞得横冲直撞，蜻蜓头部因多次撞击硬物而瘪进去。我将蜻蜓递给他，在他翻飞的手指间蜻蜓不见了，瞬间又跳出一只虾。我又将桌面当作河面让虾缓缓游动，从上游到下游，从此岸到彼岸，最后，我又将虾停在叔叔手边。

夏收很快就结束了，与上次一样，只有短短的五天时间。我用了"短短的"几个字，的确，至少在我看来是这样。我也不再看到母亲脸上焦灼的神情了。麦子收割后，麦客们离开了，我们也要插秧了，插秧不像割麦那样要抢天时，母亲可以不紧不慢地像绣花那样干活了。

## 四

又一年夏收，麦子快要在地里炸裂了，麦客们却迟迟未来。小官村的人四下打听，毫无消息。人们聚在村口，或者围在梧桐树下，议论着，猜测着。有的人家已经拿出镰刀，磨了又磨，打算亲自对付这一眼望不到边的麦子。

没有人比母亲更焦急了，她整日将眉头锁在一起，嘴唇紧闭。她已经习惯把割麦的事交给别人了，习惯有人陪她一起度过难挨的夏收。

学校里这一年也放了忙假，仿佛体恤大人的不容易，让孩子回去帮忙做点力所能及的事。我们把书包背回去的那个傍晚，觉察出村庄里有一些异样，聚在村口的人不见了，村庄极其安静。我爬上大堤，一望无际的麦田跳入眼帘，原来人们都来到这里，麦田热闹起来，割麦的、捆把的、运输的、脱粒的，忙得不亦乐乎。

是麦客们回来了。

叔叔也来了，正在我家的麦地里割麦呢，地里除了他和母亲，还有一个十几岁的男孩，瘦瘦的，也正在割麦。男孩看见我，眯着眼睛打量一阵后，向我咻咻地笑，像个小大人似的说，嗨，这就是果儿吧。说着他便丢下镰刀，向我走来，然后张开双臂大方地抱了抱我。

男孩正是平儿哥，个头比我略高，黑黑的脸上泛着红光，头发是鬈曲的，如同一只钢丝球顶在脑袋上。这一年，他也做了麦客，跟着他父亲南下割麦，母亲要多付点工钱，叔叔不肯，说这孩子做事毛糙，割的麦子像被狗啃了似的，你不扣工钱已经算是对他的仁慈了。

阳光炙热，空气被成熟的麦子搅动得七零八落，四面滚动。我跟在平儿哥后面拾麦穗，他时不时扭头朝我笑笑，努努嘴示意我麦穗掉落的地方。他割麦的动作很快，像上足了发条似的，镰刀在麦秸秆上发出嚓嚓的清脆之声。

傍晚母亲早早回去，照旧打了肉，做了一大碗红烧肉，炖了蛋，烧了豆腐，还做了叔叔说"怪好吃的"苋菜汤。我们将方桌从墙边拉出来（只有过节才会这样），四个人填满方桌四个边，我的左边是母亲，右边是叔叔，对面是平儿哥。每当我抬头搛菜，都发现平儿哥正对我挤眼睛。他的眉毛离眼睛有点远，加上爱扬眉，总给人一副对一切都感到惊奇的模样。叔叔往我碗里搛肉，母亲也一个劲往平儿哥碗里搛肉，平儿哥又往我碗里搛肉，筷子在空中交错，我第一次发现吃饭原来也可以这么热闹。

晚上，平儿哥和叔叔睡在麦田里，我也要跟过去，母亲先是不允许，经不住我的软磨硬泡，母亲才勉强同意，平儿哥对母亲说，放心吧，把果儿交给我放心吧。

我们用麦捆堆出一座"山"，再铺出一级级台阶，顺着台阶爬上去，躺在"山"顶。月色很好，照得麦秸秆莹莹发亮，星星硕大无比，仿佛伸手就能够着。鼻腔里是醇厚的草叶香气，耳边有阵阵蛙鸣，风在不远处树梢上回旋，树叶发出哗啦哗啦流水一样的声音。

我们数着不同的声音，风声、蛙鸣、鸟叫，还有一种我说不出名字的昆虫的声音。平儿哥说这是蝼蛄在叫呢。又说他们老家称蝼蛄为兔兔狗，别看这名字里又是兔又是狗的，其实不过一两个指甲盖大，跟蝈蝈差不多呢。兔兔狗常常钻进地里，地面会留下一个火柴棒粗的小洞眼。

我听得兴奋，问怎样才能将它弄出洞来。平儿哥说，用麦芒就可以，把麦芒伸进洞里，一边搅动，一边喊，兔兔狗啊，快上来吧，你妈妈喊你回家了。

兔兔狗能听懂人的话吗？我好奇地问。

当然能，平儿哥说，不过，要是它听得懂，出了洞一看，原来是被人活捉了，不知要多伤心呢。嗨，我们怎么能拿它的妈妈欺骗它呢，我情愿它听不懂人话。平儿哥皱了皱眉，继续说，所以我钓兔兔狗时从来不喊，钓上来后再把它放回洞里。

我央求平儿哥明天带我钓一次，我保证会将它再放回洞里的。

嗨，你听，平儿哥突然叫我别说话，听一种鸟叫声，他说这是噪鹃，叫声像是"我饿、我饿"，又像"可恶、可恶"，这是它在求偶呢，鹃占鹊巢，可是个狠角色呢。

我饿、我饿 —— 我学着叫起来。

可恶、可恶 —— 平儿哥也叫道。

我们一边叫一边傻笑，又突然止住声音，竖起耳朵听着，鸟叫声渐渐没入在密林里。

麦地里也有别的麦客，有人小声地说话，也有人在哼唱，音调拖得长长的，从麦秸秆上一路溜过来 —— 昨个祭镰今个走，关中道上赶场口。大麦黄了二麦黄，一年一恓惶 ——

我们又躺下来，平儿哥从身下抽出几根麦秸秆，若有所思地衔在嘴里。半晌，他说，麦秸秆真是好东西，青的时候可以当哨子吹，黄了之后有了韧劲，可以编各种玩具。说着他将麦秸秆掐去头尾，留下中间光洁的部分，两根一组，十字交叉，一头对折，压住另一组，再添上两根，再对折，压住。麦秸秆很听话，乖顺地扭动、旋转、飞舞，长长的麦秸秆在平儿哥手里一点点缩短。这双手多么特别，和叔叔的手一样神奇。

平儿哥让我伸出手来，他将编好的东西轻轻放在我手心。

天啊，是一座小宝塔。结实、精巧、玲珑，我将它托在掌心，借着月光细细端详。

平儿哥又用麦秸秆做了好多玩意儿，扇子、勺子、蝈蝈笼……麦秸秆在他手中像被施了魔法。

四下渐渐寂静，蛙声停了，月亮穿过云层，风歇在树梢。

五天的抢收结束了，麦子从地里到打谷场，再到粮仓。叔叔和平儿哥帮我们干完这些才离开小官村。临行前，我问母亲，平儿哥明年还会来吗？母亲还没来得及回答，平儿哥抢先道，当然会来，我现在也是一个麦客了。

## 五

春节过后，我就期盼着天气热起来，桃花开了，梨花开了，油菜花开了，杨花也飘飘扬扬。阳光一天比一天炙热，太阳照耀着逐渐颗粒饱满的麦穗，先黄了麦芒，再一点点往下，最后连麦秆也黄了。

我常常拿着一本书坐在晚春的屋檐下，书上印有一幅地图，曲折又细长的线条勾勒出一个个地名，阳光又落在上面，金灿灿的。我猜测着麦客们到哪里了，他们可是跟着太阳走呢，日脚落在哪里，哪里的麦子就黄了吧。我的小手指随着阳光在缓慢移动，书上被我摩挲出一小块一小块的黑印。

端午节这天，麦客们来啦。这一天，还有四辆收割机也来到小官村，收割机从村庄的西头浩浩荡荡驶进来，车轮碾下的轱辘印，如同两道铁轨，一直延伸到麦田。人们踩着铁轨般的车轱辘印拥了过去，那些摸惯了牛背和镰刀的大手，落在收割机坚硬的铁质外壳上。

其实去年就有收割机来到我们这一带了，几户爱赶时髦的人家请了收割机，原本需要干一天的活，收割机一个钟头就完成，而且还省去了脱粒这道工序。

我们小官村的人都承认了收割机的省事和划算，队长家、王国权家、李二狗家、万三家……到中午的时候，已经有几十家预订了收割机，一台收割机每天可以收割一百亩地，四台收割机则能割四百亩，小官村的人想都不敢想，四百亩，要让麦客们弯腰驼背割多少天哩。

麦客们坐在河岸的一边，河岸另一边是一排收割机，他们仿佛在对峙。收割机排成小队，它们的主人正在加水。河岸那边的麦客，他们刚刚走了很远的路，一副风尘仆仆的样子，腰上挂着的镰刀，散发着莹亮的光，意气风发。

因为还没有活可干，叔叔和其他麦客坐在一起，他们百无聊赖又万分焦急地等待着。

平儿哥给我送来一个小玩意儿，一只拳头大的玻璃瓶，这是他亲手做的，刚刚过去的春天，平儿哥在一家玻璃小作坊里干活。玻璃瓶呈水滴状，头部是黑的，有一点渐变。平儿哥说这个可以用来装萤火虫，玻璃薄，很透光，是一个小夜灯呢。瓶儿，平儿，有寓意吧。他还是很爱笑，眉毛高扬，仍然一副对一切都无比惊奇的样子。

这一年平儿哥蹿了个子，裤子明显短了，裤脚在小腿肚上悬着。人更瘦了，好像原本的骨骼和皮肉并没有生长，而是整个人被拉长了。

生产队队长给母亲做了主，将我家的麦地包给了收割机，因为整个生产队的田亩户户相接，一起打包会划算一些。生产队队长说村里几乎没有人愿意请麦客了，毕竟那样太费时又费事。母亲不说话，牙齿紧紧咬着嘴唇。

对于我家在河岸边的那一亩麦地，收割机提出要加价，因为地形不好，弯弯绕绕，很费工。母亲不同意加价，不但不愿加价，而且还要求降价。我第一次看到母亲倔强又固执的一面，她并不多说什么，只是咬着牙，坚持自己提出的那个数字。队长来调和，说这部分费用他来补，母亲直摇头，她说不是这个意思，不是这个意思。没人知道她究竟是什么意思，她把目光落在收割机上，仿佛是那个大机器惹恼了母亲。

最终，收割机不得不放弃那一亩地，河岸上的麦田只能人工收割。母亲长长舒口气，瘫坐在田埂上。

## 六

雨是在端午节那天下的，就在收割机和麦客准备下田的时候，先是飘过一点雨丝，大家没当回事，天气预报并没有说有雨，然而，雨丝越来越密，越来越重，很快就倾盆而下了。

多数麦客已经离开小官村，他们要前往下一个地方，耗在此处也是白费工夫。叔叔和平儿哥留下来了，母亲的那一亩地还需要他们。下雨麦地里睡不得，母亲在堂屋给他们打了地铺，晚上我常常跳到平儿哥身边，囫囵着躺下，我们像两只开心的小麻雀，叽叽喳喳地，有着说不尽的话。

叔叔和母亲也不去地里了，雨天无事可做。叔叔将镰刀磨了又磨，母亲则坐在缝纫机前，给平儿哥做裤子。我们坐在屋子里折纸玩，然后捉迷藏、讲笑话，母亲和叔叔并不参与，他们只是默默地看着，有时被我们逗笑了,"扑哧"一声笑出来,似乎又觉得不合时宜,立即收起笑容,将眉头皱起。傍晚,透过雨帘看向外面,一个个烟囱里冒出蓝蓝的炊烟,艰难地向灰蒙蒙的天空渗透,令人觉得空虚和不安,夜晚比平日更早一些到来,屋外暗了,青蛙没心没肺地叫,一阵追着一阵。我们迫不及待地跳到床上,仿佛只要尽快睡着,新的一天就会很快到来。

到了第三天,雨渐渐停息了,一觉醒来,外面一片寂静,雨停了,天却还是阴着,天空像一块吸满水的海绵,坠得极低,有种试探人的意思。豆苗抽发,韭菜一夜过来长出好高。屋檐的草,湿漉漉的,整日整夜地滴滴答答。叔叔把我们家漏水的屋面修了,又找出堆在厢房里的麻丝来,仔细地搓着麻绳。

我和平儿哥都憋不住了,趿上凉鞋奔向外面。我们先是去了大堤,雨后的巴根草上尽是水珠,裤子很快就湿了。当我们转身回看小官村时,村子像是沉下去了。

平儿哥折下一截草递给我,说这可是他从前的玩具,叫节节草,学名叫木贼。可以将它的草茎拽下来,一节一节地重新变换位置呢。

我也试了试,的确,它的草茎竟是活动的。平儿哥伸手从一棵树上摘了几个花生米大小的果子给我。这是朴树的果子,可以用它来做玩具枪,我们叫它普拉果儿。平儿哥说。

我们继续往前,一条小路撇开我们,往茂林深处而去,我和平儿哥也走入树林,树又高又密,爬山虎沿着树干一直爬到树顶,很壮观,也很神奇。我在小官村生活了十年,竟是第一次发现这些,蔷薇、金银花、覆盆子、紫穗槐……每遇见一株新奇的植物,平儿哥都要大声地向它们打招呼哩。我认识了很多奇奇怪怪的植物,知道麦草有稗子、有麦家公、有野燕麦,还有猪秧秧。猪秧秧又叫猪哼哼,就是猪吃了会哼哼直叫,不是快乐得哼哼,而是疼得哼哼,因为草上有细细的芒刺哩。我还学会用菜籽荚做小剪刀,会用两粒菜籽捻出耳洞。

我们从树林钻出来时已是中午,但一点都感觉不到饿,平儿哥摘了许多覆盆子,酸酸甜甜,十分爽口。我们沿着电线杆在田埂上走,每遇到一根电线杆,平儿哥都叫我贴上去听一听,电线杆里有嗡嗡声,仿佛有人在里面念经。下午,我们又来到大堤下的水渠边,水渠蓄了水,几条黑灰脊背的鲫鱼在欢快游着。平儿哥让我帮他打一个水坝,从两头将水拦住,又找来一只坏塑料盆往外舀水。水渐渐浅了,个头大的鱼快要搁浅,平儿哥让我从一头慢慢往前赶,他从另一头往前赶。一条尺把长的鲫鱼伺机想冲出包围,在它扭动身体逃跑之时,平儿哥迅速扑上去,泥水溅得我们浑身都是。我睁不开眼,一边揉眼睛,一边问平儿哥,摁住大鱼了吗?平儿哥不说话,扬起眉毛朝我笑,他眯起眼睛,装作一副失意的样子,在我准备起身离开时,突然,他将那条大鱼杵到我面前。大鱼甩着尾巴,为了不使它逃脱,四只小手同时捉住它,泥水甩在眼睛哩,甩进嘴里,我们咧开嘴大声笑着。

傍晚,我们回到家,叔叔仍在搓麻绳,仿佛我们离开到现在的时间并不存在。白白的麻丝和搓好的麻绳,像泡沫一样堆在脚边,要把人淹没了似的。

## 七

太阳晒了大半天,地面就干了,四台收割机同时驶向麦地,细长的烟囱冒出滚滚黑烟,在明净的天空里划出一道虚淡的黑线。小官村的人站在田埂上看着,脸上露出喜悦又惊讶的神色,他们这辈子都没见过这么大的机器,没见过这么大的车轮。驾驶收割机的人坐在高高的驾驶座上，对麦田有种审视的意味，半分钟前还长在地里的麦子，半分钟后已经脱粒完成，装进蛇皮袋。叔叔和母亲也站在人群中，被几个挤进来的脑袋分隔得很远。母亲微张着嘴，像是对什么表示不理解，欲言又止的样子，眼皮上毛细血管清晰可见，眼角处几根细细的皱纹蜿蜒着。叔叔也一动不动地立在田埂上，他的背驼了一点，像被什么重物往下一压。这个沉默寡言的人依然紧闭着嘴唇，目光跟随着收割机来来回回。

他们从人群中走出来，来到河岸上的那亩麦地。麦地呈"C"形，像一个臂弯将他们揽在其中。母亲割得很慢，仿佛握在她手里的不是镰刀，而真是一枚绣花针。叔叔依旧一丝不苟，一小把一小把收拾得干干净净。麦秸秆按部就班地归顺在他手中，他将割下的部分轻轻放在地上，将倒穗的掉过头来，一条腿半跪在地上，另一条腿的膝盖压住麦把，他的动作认真得有点过分，仿佛要把每个动作掰成几部分来完成。

风浑厚又清澈地响着，麦田里吓唬麻雀的稻草人，僵直的胳膊被风吹得一动一动。白色蝴蝶飞过来，在稻草人额前恋恋地飞一会儿，又不得已似的，倏地飞开去，飞远了。河岸上的野花灼灼地盛开，顾影自怜着。几头吃草的耕牛，悠闲地甩动尾巴，收割机发出的轰鸣声引起了它们的注意，正在吃草的脑袋突然抬起，惊惶地望了过来。

这亩地足足花了我们两天时间，每个路过的人都会发出阵阵惊叹——麦茬短短的、齐齐的，像是用尺量过。地里干干净净，没有一根麦穗。麦把都一样大小，齐整整地码在一角。需要花费多少时间和汗水，才能将麦田收拾得如此熨帖？

此时，麦田都已经收割完了，地里空了，让人心里也感到空落落的。

叔叔照例帮我们把麦把运到打谷场，推来脱粒机，使得麦粒与秸秆分离。天黑之前，一切都妥当了，麦草堆成草垛，麦子装进蛇皮袋。一袋袋麦子又被装上板车，叔叔拉车，母亲在后面推着，他们默不作声地走了一趟又一趟。

他们将最后一车麦子运回来，刚进村，却听见鞭炮噼里啪啦作响，原来村里有新娘子回门了。农忙时候成亲也真是罕见，若不是肚子大得遮不住谁会赶在这时候呢。几个刚从打谷场回来的人，将手上的农具杵在地上，静静地站在一旁看。因为要让道，我们的板车也不得不停下来，靠向一侧。

新娘双腿并拢，侧坐在自行车后座上，身子斜斜地探出去，似乎这么坐有利于观望前方。后座有放置脚的脚踏，但新娘没有踩上去，而是将两只穿着红皮鞋的脚高高翘着，仿佛那不是脚，而是一对振翅欲飞的小鸟。

回门的队伍很长，又走得慢，好一会儿才从我们身边慢慢经过，他们每走一小段距离，便燃一串鞭炮，鞭炮声逐渐远去，母亲才回过神来。

叔叔继续拉车，起身时，一根坚硬的树枝故意作对似的划破了袋子，立即，麦子从袋子里飞泻而下。母亲赶紧用手去堵，可哪里堵得上，这时的麦子如同流水。叔叔也连忙上前，他们想揪住洞口，四只手慌乱地对付着，越施力，麦子流得越湍急。从来没有见过这么蛮犟的麦子，简直是在挑衅。

麦子流动时发出"噗——"的声音，像是谁在叹气。

他们伸出的手不知所措地杵在半空，四只眼睛茫然地望着这一切。直到袋子瘪了，"水流"才止住。

晚上母亲做了饼，正是用的那些麦子，她先将麦子洗净，倒进石臼里，舂掉麦皮，压成麦片，做这种饼只能用没有经过暴晒的麦子。

我和平儿哥负责烧火，叔叔舂麦，母亲做饼，每个人都主动担起一项任务。我们坐在灶膛口，两个小脑袋靠在一起，火光将我们脸上映照得红艳艳的。

麦片里和了面粉，打上两个鸡蛋，放些盐，再往锅里浇一圈油，油热之后，将麦饼摊上，等一面焦黄后翻个身，用锅铲压扁。饼煎好后，母亲用锅铲铲起，另一只手食指和中指指尖轻轻压住。我们先是分食了一块，咸淡适中，然后一面继续烧火，一面伸长脖子往锅里瞧。

母亲将做好的饼分装在两只盘子里，她说一盘是给平儿哥和叔叔带在路上吃的。母亲的这句话才让我意识到他们就要离开了。是啊，那年我刚满十岁，对离别还没有太深的感触，第二天清晨东方泛白，叔叔和平儿哥就动身了。我睡眼蒙眬地跟在母亲后面，送他们到村口。太阳还没出来，雾气很大，所有的景物都肿胀起来，比平时大了许多，像梦哩。

叔叔和平儿哥瘦瘦的身影却在雾气里越来越小，越来越淡。我突然想起什么，大声问道，明年——还会来吗？

没有人回答我，声音在四面回旋，我看见母亲立在白白的雾中，风把雾吹得一团一团的。

原刊《天津文学》第10期

# 出城去

柳 营

1

四月，两个女人吃完晚饭，从第二大道往列克星敦大道走去。

阴冷的夜晚，各自都还穿着大衣。四月的天气变化多端，时冷时热，一月里有四季，雪与中央公园里灿烂的樱花同在。

风大，将头发吹得凌乱，大衣一次次卷起，双手护包护衣服，两个女人也顾不上说话，顶着风往前走。曼哈顿穿街而过呼呼响的冷风，让两个矮小的亚裔女子显得比平常更为单薄。

街头有浓郁的烟火喧嚣之气，整个城市相比起前两年，似乎完全活过来了。这个"活"里，有着一种将过往经受过的一切都统统覆盖住的气势，有着习以为常的从容不惊。

酒吧人头攒动，餐厅以及街道两边临时搭出来的桌位全都挤满了人。酒与食物，将城市里的孤独个体连接在桌子前。年长的、年轻的，与朋友、与家人，大家一起喝，一块吃，一起说话。食物的香气里混合了人气、酒气，在这样真实鲜活的氛围里，个体不知不觉地便有了温暖的安全感，不再觉得孤单，周边的世界也就变得正常平静有次序起来……

走到第三大道83街时，看到一对年轻情侣牵着手从马路对面走来，风将女孩金黄的长发吹到嘴边，男孩伸出手去想将头发从她嘴边撩拨开，可不知为何惹得她突然大笑起来。她笑得那么肆意，竟抱着肚子在风里弯下腰去。男孩半拖半拥着她穿过绿灯，在街角的花店门廊下停住，搂住她，继而吻住她。

他们旁若无人。对于热恋中的他俩而言，全世界都在那个街角，或者全世界只有那个街角。不，没有街角，没有城市，没有人群，唯有他们彼此。其他的一切，全在热吻之外，包括他们身后花店里那些灿烂的花儿。冷风里，那种热烈与专注，感染了经过他们身边的行人，两个女人发出会心一笑。

穿过几条街道，很快就到了列克星敦86街。

地铁口，挥手告别。

一个坐地铁回布鲁克林，另一个正准备转身再走几条街回家。钻进地铁站的女人，突然回过头来对地铁口的女人喊道："周末，我们出城去，在外住一晚。"

## 2

坐在回布鲁克林的地铁上，女人感觉头晕脸热，拿出镜子照了照，看见浮在脸颊上的绯红。

她将镜子放回口袋，环视了一眼车厢里的人。他们有着不同的肤色，不同的年龄、体型、衣饰、发型，他们来自不同的地方，他们是全然不同的个体，是完全的陌生人，却也是别人的孩子、别人的父母或长辈。每一张脸的背后，都有属于他们自己的世界，那里有他们的亲人、宗教、文化、语言。

她闭上眼睛，耳边充塞着不同的语言。他们各自用自己的语言与旁边人或者电话里的人交流，表达日常里的爱与抱怨。

她在纽约已经生活了二十多年。她的先生是法国人。孩子除了说英文，还说中文和法语。孩子已经有几年没回中国了，他们的中文比以前更差。他们的法语比中文好，父亲在家里的时间多，带他们回法国的时间更多。中文的退步使得他们越来越拒绝用中文与母亲交流，母亲试着用中文提问，他们却用英文回答。每周一次的中文班几乎起不了作用，做母亲的既焦虑又无奈。

她用流利的英文处理工作和生活，但她更喜欢讲中国话。她每天都会与住在中国的母亲通话，通话时她与母亲讲特殊的南方土话。母亲的土话里，盛载了当地全部的新闻，所有的婚嫁与生死，以及院子里草木的生长。

布鲁克林的家，是她世界的中心。母亲住的地方，是世界的另一个中心。

她的家在布鲁克林博物馆附近，从86街坐四号或五号线可以直达。不同站台，总有人出车厢，有人进车厢。犹如车厢门的开与合之时，有人生，有人死。

她静静地坐着，这样的安静里夹杂着些疲惫发呆与麻木。好些天里，她的神志总会处在这种不清晰的迷离状态。她神情恍惚地看着车厢里的人，她不知道，这一张张脸的背后，除了享受着普通人正常的生活，是否还藏有隐秘的幸福以及承受着巨大的痛苦。地铁再次停下来，她身边两位一直不停说话的墨西哥女子下了车，另一年轻的妈妈抱着两岁左右的孩子进来，挨她坐下。

年轻妈妈自顾自与手机里的人讲话，孩子眼睛清澈，歪过头来看她。她朝小孩笑了笑，那小孩受到鼓励，朝她伸出手来。她本能地也伸出手去，那肥嘟嘟肉乎乎的小手便轻轻地落在了她的掌心。也就在那一瞬，她突然感觉到了眼角滚烫的湿润。

这是自知道母亲去世后，她的眼泪第一次流淌出来。她怕吓着眼前的孩子，连忙低下头来，任凭泪水哗哗流淌。

2022年4月4号，母亲迎来了她生命中"必然要到来的"突然死亡。那天傍晚，母亲结束了一整天的工作（记忆中的母亲，永远都在忙碌，手头一直都有活儿。她夏天带孩子们回去，母亲总是早早起来，站在水池边用肥皂搓洗孩子们头天换下来的衣物，在太阳底下热热闹闹地晒出来。母亲从来都不信任洗衣机，除了那些已无力对付的床单被套，她极不愿意将衣服往洗衣机里随便扔，她老认为洗衣机太吃衣服，而且洗不干净。这样，每次从中国回来的最初一段时间，当她往洗衣机里随便扔孩子们的贴身衣物时，总会想起母亲站在水池边专注地搓洗衣服的样子），与家里的小狗玩耍了一会儿，然后如平常一样，盛了半碗自己酿的甜酒，放松地坐在那张属于她的椅子上，一勺一勺慢悠悠地品。晚餐后的半碗甜酒，是她多年朴素勤劳生活中最为奢侈的习惯。吃完，她站起来，想将手里的空碗送回厨房。

站起来后，她摇晃了一下，忽然双手抱头，呻吟一声，之后，她又快速地朝靠大门边坐着的丈夫说："完了。"说话间，她已经跪倒在地上。手里的碗摔在水泥地上，伴着脆响四分五裂。脑溢血使她失去了意识，她被家人抬到床上。救护车很久才到，她没能再醒来。母亲快速地被非正常化地告别了。事实上没有告别。就连走路只需半小时住在另一小区的小女儿都不被允许前来,这是历史性的特殊时期。

她,这个得坐十几个小时飞机才能回到中国的大女儿,更是无法抵达。

坐在地铁站里的她,想到生命中这种无能为力的无法抵达,想到现实中的母亲已经被烧成了灰,梦一样从这个世界上消失,她第一次剧烈地从这些天半痴半麻木的状态中感知到迟来的揪心剧痛。这种痛会快速生长,鲜活到让她胃部抽搐,产生出极为不适的呕吐感。

也许是方才喝了酒,路上又吹了冷风,也许是僵硬了几天的胃突然因酒精而苏醒,也许被婴孩肥嘟嘟的手触及了被本能包裹起来的反应,她的身体再也无法容下积蓄多日的悲痛与忧伤。

她强忍着胃里剧烈的翻江倒海与阵阵绞痛,一出地铁,便蹲在地上痛苦地呕吐起来。她在呕吐物里,闻到了酒的余味。

她脸上的红晕还在,记录了酒后的微醺。

# 3

目送女友进入地铁站后,她转身回家。经过一家杂货店时,发现灯还亮着。透过窗户,看到有应季上市的深粉红芍药花,是她最喜欢的鲜花之一。推门进去,选了几枝,又选了少量的满天星,搭配盛放的芍药花,有着清爽与华贵之美。除了花,还买了一盒鸡蛋与新鲜的豌豆。新鲜豌豆怎么做都好吃,清水煮,放点油与盐,便能吃出属于春天泥土地里生长出来的鲜嫩感。

她捧着花、鸡蛋与新鲜的豌豆,重新踏进冷风灌脖子的街道,好在再走两条街就到家了。

她一个人独住。很清冷的家。熬过漫长的冬日,四月的寒冷里涌动着明媚的春意。她的情绪就如这挣扎与剧烈蜕变的季节。最近,每天早晚她都会在卫生间小哭一会儿。会哭挺好,至少哭完后,整个人能放松不少。早上哭完,洗把脸去厨房煮咖啡;晚上哭完,冲个澡上床躺下。

睡着了就是另外一个世界,那个世界里,有情节有感受有笑有哭有紧张有惊恐,但无重量无责任无逻辑无因无果。醒着的世界里,有重量,有层次,有空间,去一个地方,必须走路或乘车与飞机;出门见人,得洗脸,得体面,得有次序。因为这个世界,有逻辑有因果。

从梦里出来的那几秒钟,就如浮在雾般的没有完全清醒过来前的两个世界的间隙中,她总能无比清晰地看到自己老去的肉身被推进火里烧掉的样子。这个场景让人全身发软,不是紧张,不是惊恐,也不是焦虑,是无边无际空荡荡的虚感。这短暂却膨胀的几秒,也许只有半秒或一秒,她就如沉在水底,得使劲让自己挣扎着浮出水面。浮出来,长长透口气,使尽力气从床上爬起来,摇晃着去厨房磨咖啡,在热咖啡的香味里缓缓开始新的有重量的一天。

这晚,她卷了一身冷风进楼,门卫与她亲切地打招呼、道晚安。这世间,每天都能与她见面并且聊上几句话的人似乎只有门卫了。

坐电梯上楼,开门,屋里清寂得很。

她先将鸡蛋与豌豆放进空荡荡的冰箱。她害怕被食物塞满的冰箱,害怕那种一个人无法及时吃掉它们时带来的挤压感。一个人过日子后,她的冰箱总是处于空的状态,有限的食物排列有序,一目了然,这让她显得放松,也让她有理由出门走走。有时没动力去别的什么地方,至少可以去趟超市。

她将花去叶剪枝,插进结婚二十周年时先生送的水晶花瓶里。她抱着花瓶,站在客厅里,环顾一番,想找个摆花瓶的地方。有几处可以选择，儿子之前在家时每天必弹的钢琴，平时几乎无人坐的长沙发前的四方茶桌，洁净无物的长餐桌。她想了想，最后决定将花瓶放在餐桌上。

这清寂的屋子，因了颜色明艳的花，一下子生动了起来，就像四月从雪地里冒出来的嫩芽与春花。她站在那里，细细地品味了一会儿，心里涌起难得的柔软与莫名的期待。因了这心爱的芍药、冰箱里鲜嫩的豌豆，也因了方才餐厅里与女友的对话以及酒。

可当她关掉客厅的灯，独自走进主卧卫生间时，眼泪还是止不住地习惯性地滚了出来。

卫生间里的猫砂还在，柜子里还有猫粮，窗前挂着逗猫的羽毛玩具，空气里浮游着猫留下的气味，但猫已不在了。

猫在这个家里生活了九年。她对它精心照顾，平时注重饮食规范与营养均衡，还给它买了医疗保险，定期做检查。最后半年，她花大量时间陪它去宠物医院。肉身在时间里衰老，衰老本身也是一种疾病，无论爱着的人如何坚持，都无力对抗时间之魔力。

爱有时是执念。陪着猫猫经受很多的痛苦、无法细诉的过程，直到医生最后通知她，癌细胞已经扩散到猫的大脑和脊椎时，她才下决定不再费尽心力又明知徒劳地与时间拉扯。打安乐点滴时，她一直陪伴在它身边，给予它最后的抚摸与安慰，就如当初送走她的爱人一样。

宠物与人，人与人，当在日常生活里建立起陪伴与内在深厚的连接时，一方的离去对另一方是割断，是失去平衡的无力日常，以及一时无法消散的痛楚。

这世间有太多不同形式的离别，将自己抚养长大的父母，相依数十年的枕边爱人，亲密的朋友，日夜相处一室的猫咪，也包括自己膝下一手养大的唯一的儿子。

儿子，住在"遥远"的旧金山。

猫离世后，她情绪低落，黄昏时会显得格外无助虚弱。有那么几次，她有强烈的想抓住某样东西的冲动。这世间，对她而言，儿子是最真实的存在。她几次想找儿子谈谈搬去旧金山住的念头。她爱儿子，他是她在这世间最亲密的亲人，搬去旧金山，能时常见到儿子，是安慰。可每当话到喉咙，都被她自己硬生生地吞咽回去。

她做事谨慎，考虑周全，尽力做到自律和克制。她担心搬去旧金山这件事，会给儿子带去压力。他大学刚毕业，刚有自己的新工作新女友新生活。他生活在他的世界里，她害怕自己突然挤进去，乱了他的生活。

她感觉自己越老越脆弱伤感。她清楚地知道，这一生中，多少人来人往、人聚人散，时间如河流，总有些人与物无法一直同行，只能留在记忆的河岸，可有些伤感会时不时地扑面而来，如旷野里的风，将自己紧紧包裹，然后席卷。

她二十多岁离开父母出来留学，在这个国度生活了近三十年。她之前在银行上过班，开过贸易公司，后专做风险投资。她会说好几种语言，去过很多国家，吃过不同国度的食物，遇见过奇异有趣的人和事。这些年，她处于半退休状态，偶尔仍会参与做些感兴趣的项目，闲时自学钢琴，试着写点东西，画点水彩。所学这些，对她而言，是一种需要，她需要一些事物来建立有序的内心世界。

猫的离世，让她一时乱了方寸，白日聚不起精力做任何事，晚上老是失眠。她比之前更想念那些早已不在身边的亲人。她特别想回一趟中国，去给父母扫扫墓，在墓前坐坐，陪陪他们。老家还有几个亲戚，其中有个堂姐，虽然还不到六十岁，但早已做了奶奶。这个堂姐直率热情、口无遮拦、没心没肺，笑起来声音脆响，就像母鸡刚下过蛋似的，咯咯咯、咯咯咯。她念想着去堂姐家住几天，听她爽朗的笑声，帮她一起带孙儿，说说家乡土话，与她一起去乱哄哄的菜市场买菜，听她大声欢快地讨价还价，吃她做的家乡菜。堂姐能做一手色浓味重、热闹下饭的土菜，最合她的胃口。

她几次做梦，梦到老家的河与街道，在梦境里，有很多熟悉的旧面孔、老店铺，她一直努力往前走，却不知道为何，无论如何使劲，她就是走不回"家"门。

总是听说，人脆弱的时候，需要出门接接地气。

对她而言，真正的地气，是家乡的那些山和水，是空气里特殊的味道与湿度，是耳边亲切的土话、扣进碗里的土菜、吞进肚子里与血液相连的最初滋味。她太想在这样的滋味里歇息几天，养养心气，缓缓心境。

可是，现在回去需要找些强大的理由，可她找不出理由。她在等待不需要理由的日子，但不知道要等到何时。她已经好几年没回去过了，也许等到真正可以时，她已断了想回去的念头。

人生总是这样，阴差阳错，一错就时过境迁。世事总是重复与相似，偶尔被降生，在不同的时间里沉浮轮回。

哭过，冲过热水澡，心情似乎平复了不少。

刷牙时，她闻到了嘴里散发出的酒味。

# 4

她从地铁站出来，蹲在马路边对着垃圾桶呕吐。呕吐完后，身体轻松了不少。她掏出消毒纸巾，擦了擦嘴唇，顺手另抽出一张，擦掉垃圾桶边缘的呕吐残留物。

她站起来，身后就是咖啡馆。她每天进地铁前，习惯在这家咖啡馆买热咖啡和三明治当早餐。她将身体靠在咖啡馆的玻璃墙上，泪在眼眶里噙着。她站了会儿，等到胃部的不适感稍稍褪去，便朝家的方向走去。家离地铁站很近，两三分钟左右。

孩子们已经睡着，先生还在客厅的餐桌前坐着，面前堆了一大沓资料。他是律师，巨蟹座。按她的话讲，是居家实用型丈夫，但也不失浪漫与幽默。他的幽默似乎是与生俱来的。她在中国长大，成长过程中极少遇到真正放松风趣的人。来美国后，他是她的第一个追求者。第一次见面，她就被他身上的纯净与幽默吸引。两个人对上眼，愉快相处，彼此尊重，结婚生子。他工作忙，她的工作更忙。因为孩子，她曾经在家待了两年，但她很快决定重新出去。她开了自己的室内设计公司，拼命投入，雪球一样地滚动，变得更加忙碌。好在他很支持，接送孩子，给他们做饭，还陪玩，陪聊，他都心平气和且乐在其中。与他一起生活了近二十年，如今大儿子十八岁，小女儿十二岁，她极少听到他抱怨或者指责什么，他对日常生活的处理似乎带了天然的禅意，这让她觉得自在。这个家，是这孤独星球的复杂人间，她安置身心的温暖所在。

她有很强的包容力与适应力，不属于多愁善感的那种类型，但生活总还是会让人心有凄凄，譬如这些年外部的环境、因环境带来的公司运营压力、此起彼伏的坏新闻、无法对抗的无常与潜藏在暗处的不可预测（有同事在地铁里被陌生人枪杀，有熟人跑步时被疯子拿刀捅死、有朋友半夜心梗而死、有结婚二十多年一直努力付出并幸福着的密友被突然决定搬出去住的丈夫通知离婚……），时不时会让她甚觉无力。

这晚，在与女友享用完美食美酒之后，在四月的寒风中，在触碰到陌生小孩子柔软的手掌之际，母亲离世的事实与体内因无形之力受压受困的某处互相结合起来，让她瞬间溃塌。

哭过的眼睛是红肿的，呕吐让人虚弱，她稍稍弯腰侧过脸，与先生快速打了个招呼，直接往主卧走去。先生埋头文件中，也没顾得上细看她，只是说晚上给孩子们做了牛肉汤，还陪小女儿玩了会儿游戏。她边应着边进了卫生间，脱去衣服，站在淋浴间里，将水量开到最大，任凭温水从头而下，冲刷虽瘦但稍显结实的身体。

她平时喜欢运动，冬天去健身房练肌肉，夏天去公园跑步。随着时光流逝，她知道，这样的结实里，含着早已缓慢进行的衰老，这是必然要接受并且已经在接受的过程。

冲过热水澡，走出浴室，看到手机里有新信息，是大学同学发来的短信与照片。因为工作关系，她与先生长久生活在萨拉热窝。

她在短信里写道：为了陪先生打羽毛球，这些天我们涉足了萨拉热窝西北部一个从来不曾到过的街区。在体育馆附近的居民楼里，我看到了一面墙，拍下了这张照片。尽管墙面上的弹孔在萨拉热窝司空见惯，但我还是被这面墙惊到了。这些密密麻麻让人惊恐的弹孔，是人类多么深的恨与狭隘呀。

她将照片放大，看到满墙蜂巢一样的弹孔，一阵鸡皮疙瘩，身体重浮起虚弱感。

她坐下倚着沙发，回道：不用站在地球之外，只稍稍往后退几步，我们全都活在虚无与荒诞之中。好在，牵挂、陪伴与爱，精神上那点追求以及对神性的向往，让巨大的虚无变得真实，有了具体的意义。短信发送出去后，她意识到，经过这些年，似乎越来越不会像年轻时一样执着地追问些关于人生的宏大意义了，踏实地过着每一天似乎变成了全部。

喉咙干涩，走去厨房烧水，想起方才进地铁站前与女友说的话：周末，我们出城去，在外住一晚。

第一次见到她，是在切尔西一家画廊的开幕酒会上。那天画展的主题是什么已经忘记了，也许是场人体摄影展，但她在人群中看到了她。她全身黑白两色，衣服与长裤子整体呈现出来的图案与线条，形成阴阳相交的简单造型。黑短发、长腿、大眼。最吸引人的是，她虽眼神明亮，表情却很是淡然。作为一个设计者，她对美极为敏感。她被吸引，径直穿过人群，朝她走去。

她先自我介绍道："我叫耳朵，来自中国南方。"

她笑着回："我叫云，喜云，也来自中国南方。"

喜云比她大十来岁，成熟内敛。自从在画廊认识后，她们便一直保持着不松不紧的联系。几个月见一次有时甚至一年见一次，喝杯咖啡，或者吃个简餐，有时也约着一起看展听音乐会。她们之间没有那么多家长里短，不热衷八卦，也不热衷于谈论孩子与老公，偶尔也谈，也只是粗粗带过。更多的时候，她们只是安静地坐着，说些不着边际的话，回忆童年往事以及南方的食物，有时也会具体到最近看的电影或者读的书。见完面，也就散了，各忙各的，想起来，也会发条短信互相问候一下。

就这样，松松散散地，一转眼就二十年了，彼此都还在那里。

过去两年大多数人都在家办公，今年开始，又陆陆续续地回到办公室。早上去办公室的地铁上，她想起了喜云，意识到两个人似乎已经有一年没见面了。

她拿起手机给她发短信：下班后，去找你，如果你没有安排的话。

那边回复道：好的。

…………

水开了，耳朵给自己泡了杯暖胃茶。她端着水杯从厨房回到房间，打开电脑，在网上搜到一处有意思的地方，Mohonk Mountain House，在那里可登高望远，她觉得正适合此时的她们。随即，她就在网上订了房间。

关电脑前，她将地址转发给了喜云。

5

在卫生间刷牙时，喜云听到叮咚一声响，手机屏幕上跳出一条短信，是耳朵发来的一条链接，她随手点开，看到起伏的群山、山顶上的湖，以及依湖而建的酒店。

随后又跳出一条短信：周末，去这里，房间已订。

这是耳朵做事的风格。没商量、没废话、果断快速。喜云习惯了耳朵的方式，简单省心。

早上起床正处于茫然状态之中的喜云接到耳朵发来的短信：下班后，去找你，如果你没有安排的话。这似乎正是喜云此时特别需要的，她立马回复道：好的。

为了见面，她特意冲了澡洗了头（她向来三天洗一次头发，按日子，应该要到明天才洗），让自己看起来更清爽一些。最近情绪极度低落，脸上浮有动荡不安之神色，是一种肉眼可见的灰暗之气。因此，与人见面，洁净的状态是体面。到年龄后，无论精神还是肉身，喜云总担心会给人一种衰败之气，警惕中变得更加自律。

出门前，她选了条黄地蓝色小碎花裙穿上，化了淡妆，涂上可以提神的口红，披上黑色长大衣，喷了清雅的香水。出门前，又抓了条灰色大围巾，有风时可以用来裹脖子。

先是约了在中央公园南七十二街见。

下午四点左右，阳光还是很明艳。往公园里走，有些树已盛放出大片纯白色的小花，好多情侣在树下拍照。草地上，到处躺着晒太阳的人和狗。四月的天气，忽冷忽热，早晚温差大。阳光一出来，人与宠物也就跟着出来。公园里因流动着的人气，以及露出嫩芽和花朵的树，一副春意盎然的样子。阳光里的一切充满了活力，让人也不由得生气勃勃起来。

喜云说："经了这漫长的寒冬，春天似乎终于冒出头来了。"

耳朵回："就像娘肚里的胎儿，总是要出来的。"

两个人绕着公园里的湖走了一圈后，阳光的劲儿开始弱了下去，草地上的人也陆续卷起轻便的毯子准备离开。从公园出去，经过一家咖啡馆。这是耳朵很喜欢的一家咖啡馆，绿色暗花壁纸，漂亮的水晶吊灯，她曾与喜云在这里见过面。咖啡馆关闭两年后，最近刚刚开放。买了咖啡，可室内室外全坐满了人，两个人就拿着咖啡继续往前走，想就近找一家餐厅吃晚饭。

"我们往第二大道去吧，那条街全是餐厅。"耳朵提议道。

"好，找一家舒服的。"喜云道。

到了第二大道，两个人沿着街走，经过一家又一家餐厅，都没有想要进去的欲望。继续走，见到一家外墙刷成淡蓝色，桌子与椅子是纯木色的餐厅，在一众深色调的老派餐厅中，显得格外亮眼。最重要的是，所有门窗都临街开着，透气、安全。走进去，靠有暖气的地方坐下，环顾四周，是地中海式的风格，她觉得满意。

时间还早，没那么多客人，一对靠窗坐的中年夫妇，还有位八十岁左右独自在吧台旁喝酒的老人。耳朵说："老了，最好住在城里，冬日漫长的夜晚，有好多去处，一杯酒，就可以在灯火通明的人声喧哗处消耗掉几小时难熬的清冷时光。"

"人有时需要吸人气。"喜云道。

看菜单,点酒、点菜。

服务员很帅。反正没什么客人,就交流了起来。他在伊斯坦布尔长大,来纽约前是个舞蹈演员。"我还会继续跳,夏天真正到来的时候,我会找个现代舞蹈社团,去跳舞。"他有个女朋友,也来自伊斯坦布尔,她在纽约上学,再过一年,就可以去当护士了。他给她们看手机里的合影:在红色 Love 的雕塑下,他们笑得无比灿烂,阳光打在他们露出的牙齿上,亮晶晶的,以至于周围的一切看起来都闪着光。

耳朵道:"真美。爱能反光,能照亮周围的事物。"

他羞涩起来,道:"谢谢。"

## 6

这两年来,喜云很少与人在外吃饭喝酒。

她向来谨慎,平时和人谈事,大多定在午后,买杯咖啡在户外坐着,或者去博物馆边转边聊。在博物馆里,人人都被要求戴口罩,都查疫苗卡,至少比封闭的餐厅好很多。再则,她生性内敛,心里难受也不太会主动找人倾诉,觉得会打搅到别人。

她一直认为,这世上,没人有义务去倾听他人的苦痛或者去分享他人艰难的人生时光,即使平时交往甚久的朋友。特别这几年,周围人都各有不易。她是那种宁愿去找心理医生,也不想给周围人添麻烦的人。

两个人坐下,点了鸡尾酒:一杯 Cucumber Cooler,喜云的。另一杯 Pineapple Mojito,耳朵的。

酒端上来，色彩艳丽诱人。喜云特意让人在酒里加了新鲜的辣椒，酒杯边沿撒有一层盐，是她喜欢的口味。酒精入胃，各自脸上泛红，空气似乎也开始变得柔顺起来。

菜也陆续上来：新鲜牡蛎、四季沙拉、三文鱼、鳕鱼。

往嘴里送沙拉时，耳朵直接来了一句："我妈去世了，前几天。"

喜云放下酒杯，握住耳朵搁在桌子上的手，说了声"抱歉"，她原本想站起来抱抱耳朵，但耳朵却将脸转向街道，表情黯然。街头很热闹，正是大家出来觅食的时间。她与耳朵一起看了会儿街景，然后转过头来，感觉有点不合时宜，便压低了一点声音道："几周前，我家猫猫去世了。"

耳朵说了声："抱歉。"

一时不再说话，各自安静地吃着菜。

好一阵子后，耳朵才道："母亲喜欢喝她自己酿的甜酒。"

喜云问："你喜欢吗？"

耳朵回："小时候，母亲让我尝过。贪甜，母亲不在时，偷喝了小半碗，喝了便出门玩耍，走着走着，觉得头晕，就躺在路边的大石头上睡着了，后来才知道是酒劲儿上头，醉倒了。这事，被人笑话了很久。"

喜云说："我会酿这种酒，下次我试试，酿好了，你来家，一起喝。"

耳朵声音稍显轻快："好呀。"

酒有时真是好东西，让原本僵硬的身体开始变温暖，让原本自闭受困的心境裂出一道能透气的缝隙，让不多话的人开始絮絮叨叨，让原本不爱笑的人能够放声大笑，让压抑着的人学会哭泣，让不安紧张的人变得放松，让时光里的孤硬转化成柔软……

耳朵说："我妈有一把专用的椅子，是她结婚时我外婆专门找人给她做的。只要有可以坐下来干的活儿，她就会端坐在那把椅子上，手里忙着她的活儿。她吃苦耐劳，沉默寡言，总是为他人着想，几乎从不在自己身上花钱，即使孩子长大了，她手里有很多闲钱也不花。她老说，有钱也没地儿花，衣服不破，身体健康。孩子们都已不在身边，屋子空寂很多，但她仍旧不停地找活儿干，屋里收拾得洁净有序，屋外院子里种菜种花，养鸡养狗养猫，她在劳作里专注而平静。每天最让她安心的事是她可以坐在自己的椅子上吃饭，这辈子最让她骄傲的事是，她有一把专用的、属于她的椅子。"自耳朵知道母亲去世后，她第一次开口与人诉说自己的母亲。

"没了猫后，整个人都空寂寂的，走在街上，周围喧闹，身体却有冒着寒气的孤独感，家里比之前更加空荡，特别是黄昏的时候。实在无法停止思念那只猫，无力抵抗它的可爱狂野妩媚。每次我抚摸它，它都会发出愉快的呼噜声，像个孩子。它看着我，那认真的眼神，让人心变暖。人与人交流并非容易，有时会很困难，可跟它的交流与互动让人放松。你甚至意识不到，它只是一个奇异的生灵，你会觉得，它是困在猫身体里的人类。"白猫去世后，喜云第一次开口谈猫。她极少与别人谈自家的猫，就像不过多谈论自家的孩子一样。谈多了，别人都不爱听。

"我一直记得母亲有过一件白地蓝碎花衬衣，那时她还留有两根长辫子。某天放学回家，远远在街上见到她的背影，我边跑边喊妈妈。她听到声音，猛地回过头来，两根辫子随之舞动，看到我后，笑立马溢满了她整个脸庞。那天，她穿着的正是那件白地蓝碎花衬衣，衣服素雅合身，让她显得更加白净。我第一次发现，原来母亲是那么的美，笑起来如此动人娇艳。那天也许是我第一次意识到，她除了是整天忙碌的妈妈，还是个鲜活而生动的女人，她有属于自己的美。"耳朵沉浸在自个儿的回忆中,记忆中妈妈的美,让她眼神发亮。

"先生离世的头一年,那只猫有天跑到我先生办公室的楼道里,很瘦,很谨慎。先生买了香肠喂它,它吃饱后在办公室外的楼道里闲逛,饿了又回来找他,应该是只流浪猫。几天后,先生将它带回了家。我后来想,这是他留给我的特别的礼物。"喜云回忆道。

原本互相倾听,各说各的。

可是耳朵肯定地附和道:"这猫绝对是天意,是礼物。"

"他带它回家后,我替它洗澡送它去体检打针,儿子那时还在读高中,也喜欢抱它抚摸它。它曾流离失所,但身上仍保有一种稀少的优雅。这种优雅绝对是野生的,被自然地保存着的。当它想被抚摸时,会跳到你的腿上;可你想主动去抚摸它时,它会逃开。它很有性格,绝对不会因为你给予它食物、住所和爱,就会听从你或者妥协你。"喜云描述她的猫时,感觉身体某处硬而冷的疼痛不再像石头一样顶着,这是一种难得的释放。喜云相信,耳朵在讲述她母亲时,有着相同的感受。

"孩子也一样,不是你生养了他们,他们就会对你顺从听话。"城市里的风从对面的街道吹进餐厅,耳朵边说边理了理被风吹乱的头发。

"养猫让我体会到一种单纯地去爱且不念回报的放松,事实上,它也确实给我带来情感的慰藉,无数次融化和温暖过我,我对它很感恩。"喜云边说边举起酒杯。

耳朵也将杯子举起来。

"我之前虽不是那种特别叛逆的孩子,但青春期的时候,也是相当的敏感和易怒,记不得是母亲的一句什么话,反正那句话让我相当生气,我差不多有整整一个多月不跟她讲话。母亲照样给我洗衣叠衣(每天早上醒来都有干净的衣服摆放在床旁边的板凳上),照样给我盛饭夹菜。之前她如何对我，在我不与她说话的日子里，她一切照旧。我当时就像是一只刺猬，随时准备着与人针锋相对。她不说教，也不主动靠近，更不唠叨，只是做着她的本分，默默承受着我的冷漠与神经质。现在我自己做了母亲，遇到同样青春期的孩子，才真正感受到她的不易。孩子生气时，我有时比她们还生气，有时会哭，感觉我付出那么多，他们竟然敢如此对我。情绪过后，想起母亲，会觉得自己做得远不及母亲，我一直在学习调整自己，学习更耐心地对待孩子。养育释放了我们身体里的爱，也教会我们不要一厢情愿。"耳朵用手托住自己的下巴，眼眶泛着红。

餐厅外面的街灯已亮，四月的夜色比以往来得迟了些，街灯里混入了黄昏最后那抹艳美，周围的一切因此显出了别样的意味来，喧嚣里含了夜幕真正到来之前的宁静。

两个人喝着酒，继续聊天。

"因了环境，我从小习惯了压抑自己的天性，学会与自己的女性气质对抗。小时候，连穿条漂亮的新裙子都怕，怕被人骂'妖精'。发育出乳房后，不敢挺着胸走，得驼着背走，怕被人嘲笑。似乎整个成长的过程，是身体自然呈现女性气质而内心却为之遮掩和对抗的过程，直到遇见儿子的父亲。在他的赞美、欣赏和尊重中，我缓慢建立起来内在的自信，呈现出原本与生俱来的自在放松。儿子父亲走了后，内心里那些因爱而生长出来的东西，似乎有了枯萎的感觉。"喜云表情落寞。

两个人的酒杯都已见空，又各叫了一杯白葡萄酒。

"知道吗，第一次被你吸引，是因为在人群中看见你独特的美与优雅，我朝你走过去，和你说话。一晃二十年过去了，你比那时更内敛更有气质，眼神更有内容。只是你有时太顾及别人的感受，太敏感太含蓄。我倒是希望我们老去时，能一边敏锐着，一边没心没肺着。就像你养过的猫一样，保有优雅也保有野性。"耳朵习惯了用直接的方式说话。

"竟然二十年了。不过也是，那时我孩子才上幼稚园，现在已经有工作有女友了。"喜云淡淡地笑，极力控制着内心的情绪。

耳朵知道，这是喜云的方式，她总是如此，感情不外露，努力做到什么都恰到好处。她身上有一种强烈的疏离感，带着淡淡的孤独，特别自她先生离开后，更显得郁郁寡欢。"你要重新生动起来。"耳朵道，"我们都要更简单直白起来，要从冷冬里出发走向春天。"

餐厅外面，红灯处，站着位穿运动鞋、短衣短裤的年轻姑娘。绿灯亮起时，她小跑着穿过马路，朝中央公园的方向去。隔几条街外的教堂传来悠扬清脆的钟声。喜云一边听着城市喧闹里"幽静"的钟声，一边看姑娘矫健妩媚的身姿，既恍惚又美好。

喜云想起猫的妩媚。那种妩媚，是猫身上特有的自足与野性，它不在乎主人的看法，更不会自己去评判或者阉割自己。它泰然处之，无论在大宅或者在小公寓抑或在野外，它们应该都是一样的自在。

"自由的生物，有着自由的意志。做一只外表温柔内心倔强的猫，很好。"喜云吞了最后一口嚼细了的鱼，抿了口酒，细声道，"猫看起来神秘，它只是有自己的方式。就像你母亲的沉默，也是方式，很羡慕她一直有一把属于自己的'椅子'。"

耳朵接住了这句话，她伸出手去，握住了喜云的手。

# 7

喜云一边抹去刷牙时留在嘴唇上的泡沫，一边看着耳朵发来的酒店链接。那是位于山顶上的一家古老酒店,酒店被湖与群松环绕,视野极为开阔,远方风光连绵。她想象自己站在山顶的感觉,心里荡起难得的涟漪。

"好的。"喜云回复道。

吃了助睡眠的药,上床躺下。在黑暗中,脑袋里全是周末要去的酒店和那片无限辽阔的风景,以及自己站在山顶远眺风景的样子。想起多年来穿过不同人生境遇的自己,一时心潮起伏。也不知有多久没出城去了,太需要好好站在无限之地,长长吸气,长长吐气。这眼睛,需要看见更为明亮的开阔之地。

窗外有喝醉酒的年轻人在街头大喊大叫,不远处有车子的鸣笛,还有那些不知来自何处也不知为何而起的只属于城市特有的声响。这些声响一直隐隐地不断涌起,之前听着让人心烦,而此刻,喜云却感受到一种别样的生生不息之力。

喜云把一个小靠枕抱在怀里,将自己如婴儿般卷起来。这是她独自一人生活后最喜欢的睡觉姿势。她试着做了几个深呼吸,身体柔软地放松下来,继而进入类似冥想的状态。

喜云知道是药物起作用了,就在将要跌进睡眠之时,她想起耳朵晚餐时对她说的话:"我们都要更简单直白起来,要从冷冬里出发走向春天。"便放松了脸部原本僵硬紧张的肌肉,于是,嘴角自然地泛起了一丝意外的笑意。

喜云带着这抹笑意,滑进自由之梦境。

原刊《小说月报·原创版》第10期

# 照相记

杜峤

## 1

在苏廷乾先生失踪一年后，我收到他的短信。陌生号码，打过去已停机，但我确定是他。内容仅短短八字：饯花之期，故地重游。"饯花之期"，即饯花节，农历四月二十六，《红楼梦》中贾宝玉的生日，也是苏先生的生日。他曾有句诗以宝玉自拟，"我在百花死日生"，说的便是此日。"故地重游"，答案也昭然若揭。我们的足迹曾遍布金陵，但第一个从心中跃起的地名，无疑是小观园。

89路公交车坐到豫和路下，拐进九曲八折的幽巷。尽头有片围墙，让出一个篱门，上书"小观园"。我推门进去。院中有池无水，置白灵璧数品，古拙圆匀。石径旁杂竹几竿，疏影在壁，似二毛之头。今天雾重，天像没完全亮起来似的，有点像教学楼后山的那段夜路。很多次我随他在竹前走过，他的背影一没入黑暗，好像就松懈下来，颓怠下来。每值这种时刻，我才会惊觉他老得如此赫然。但老毕竟只是老，我们都觉得他还能再老几十年。警方的电话打过来时，我们都觉得他只是跟大家开个玩笑，几天后就会回来。几天，一周，一个月，直至一年后的今天。

整个院子模仿大观园建成，书中一切亭台池阁，在此地都能寻到遥相呼应的风物。门口那几块灵璧石，便是蘅芜苑；那几竿竹子，便是潇湘馆；脚下这条蜿蜒小径，则是贯通大观园诸景的沁芳溪。而石径尽头的那幢小楼，正是怡红院。它也是此园的中心，苏先生失踪前的住所。我慢慢踅过去，有一种近乡情愈怯的忸怩。好像梦境与现实只有数步之隔，短短十余步，竟像要泅渡过长河般的半生。

转角出现的背影是熟悉的。在我僵住脚步之前，她转身仰首。那张脸像二十岁时一样光洁明丽，好像任何人事物在她身边就会不由自主地慢下来，时间也未能免俗。但待到看第二眼，又发现她与印象中完全不同了。没以前那么瘦了，鼻尖与下巴的线条柔和下来，眉眼间的坚冰融成了春水，"笑"的天赋时隔多年重临她的唇角。

你也收到老苏的短信了？声音也暖软。我怔怔地点头。那陪我走走吧，短信里不是说了嘛，故地重游，她说。老苏还没来？我问。边走边等他嘛，她笑。我没理由拒绝，但控制步速落后她一个身距。那些说恋人分手后也能做回亲密无间好友的，在我看来都是扯淡。我在心底默想：如果春懿重提我们破碎的感情，我就立即离开，即使苏先生来也不管用。但她好像并无此意，反而说那些我不忍忘却的细琐小事。比如某次在学校超市买的三明治变质了，但我们三个都顾着聊天，没一个吃出来，最后收拾垃圾时才在包装纸上发现过期一个月，回去后我们每隔一个小时打电话问彼此有没有拉肚子。还有次我们走到半路突然下雨，没人带伞，我们就把学院发的餐布张开撑在头顶，三人挤作一团,像棵刚学会走路的连体蘑菇。最后我们干脆扔掉餐布,在雨里疯跑起来。还有"掷团子"。这是我俩的暗号。《红楼梦》元妃省亲一节,宝玉连作三律,才思枯竭,黛玉帮宝玉想好一律,写在纸上,搓成个团子,偷偷掷到他眼前。我们把背着苏先生说小话戏称为"掷团子"。后来苏先生远远看到我们,就蹑足潜到身后,突然说,你们又掷团子呢?吓得我们像受惊的小鹿般跳起来。沿着小观园的围墙走了一圈后,我已经与春懿并肩而行了。某个时刻她停下来望着我的脸,柔声说,我们拍张合照吧。这么多年,我们连一张合照都没有呢。

我心中升起一丝歉疚。我确实欠她一张照片,但如果就这么大大咧咧地摆造型未免太傻。一会拍吧,你先跟我讲讲老苏是怎么失踪的,等你讲完再拍。

## 2

我和春懿都是苏先生的学生,说得严谨一点,是弟子。

苏廷乾,红学学者,我大学时期的导师。母校是经济类院校,文学院门衰祚薄,师生比将近1:3,"导师制"是为了使老师免受"吃闲饭"之讥。我那时痴迷《红楼梦》,也拜读过苏先生的文章与旧诗,很具讽味,填导师志愿时毫不犹豫选了他。入门后才知道,苏先生是院里有名的"硬骨头""甩手掌柜",绰号"苏石头"。上下四届,我独苗一根。现在想来,苏先生时而肃容寡言,时而一副睥睨时俗的痴性情,我若是早些听到他的名声,大概也要迟疑。

我从系主任那要到了他的微信,战战兢兢在申请中附上简短自我介绍,发过去。第二天中午才通过。我赶忙发"老师您好!"。他没再回我。

真正有接触是在公选课"红楼梦与文学写作"上，他给我们一段苏轼的文字，六十个字，让我们发挥想象，将其扩写至五百字左右，课间上交。说完洒然出门。邻座几个女生纷纷拿出手机开始玩消消乐。我忘带充电宝，又正好有些兴致，便操笔涂鸦了一段半文半白的浮文，在女孩们的不屑目光中以"考试第一个交卷"的激动步伐走上去，刚回到座位，就见他抽完烟回来。他拈起来看毕，石皮般的脸竟然皲裂出微笑，叩击三下黑板，将睡觉的同学惊醒。这位同学写得不错，哪位同学来帮他读一下？第一排最中间的女生举手，随即开声吟诵，咿咿唔唔，清越流亮，如同云上的琴音。我面热之余，心下也生一点痒意，想赶紧等下课走到前面看她的脸。

　　自那之后，《红楼梦》常把我们三个聚在一起。身在工程学院，春懿没法选苏先生做导师，但学业之余，常与我们雅聚。小观园草坪上常常能看到带学院商标的绿色餐布，比青草还鲜明打眼。我们围坐谈谈最近读的书，吃一点三明治和鸭脖子，春懿从包里拿出三盒她做的水果沙拉。苏先生不许我们喝酒，最多乘兴喝点五颜六色的鸡尾酒。天光明媚，亭榭曲折，有点"风乎舞雩，咏而归"的情味。苏先生的不苟言笑带有唬人性质，按他的话来说，"我只是不想在庸人身上浪费时间罢了"。每次听到这句话，我都会心中一凛，但很快就会展颜。我们没人会说笑话，但那段时光蓝天是笑的，青草也是笑的，我们没法不笑，即使是聊学术相关的问题时。春懿基础远不如我，更别说苏先生。当时我有一种傲慢的潜意识，觉得每次野餐聚谈，春懿的受益总是最大的。但这种偏见短短数月内就被打破，春懿脱口便能大段背诵《红楼梦》原文，或提到某句时能谈出背后极隐晦或极冷僻的典故。我们不知道她是记忆力超群还是在背后下了惊人的苦功，或许兼而有之。但无论是苇草般的韧劲，还是晨露般的天才，都曾让我着迷不已。有一次聊到我当初课堂上写的那段小文，苏先生问，同样那个题目，现在让你扩写成一千字，能行吗？我不知道他为何这么问，迟疑地点点头。他接着问，五千字，能行吗？我说不确定，即便写了，恐怕也失其原貌。他再问，一万字呢？我说，何必拘泥原文呢，新写一篇就是了。这时身后传来春懿的声音，可以。他继续问，十万字呢？春懿咬牙点头。他最后问，七十万字，还行吗？春懿说，穷极一生，一定能行。我瞠目结舌。苏先生拍拍我俩的肩，说，小妮子适合传我衣钵。

　　那天之后，苏先生多配了把小观园的钥匙，交给春懿。我不知道他为什么没给我，或许他觉得女孩子心细，给我怕遗失，或许他觉得我俩天天黏在一起，给一把就行。那段时间春懿常约我去小观园照相。小观园是苏先生亲自设计，集园林古典韵味之大成。最初我以为是女孩子爱美，想让我给她拍点古装照，还特意在网上搜了些教程。但很快就为自己的浅薄臆测而感到羞愧。相机几乎没有传到我手中的机会。她拍天拍地拍一草一木，比专业摄影师拍得还有感觉。她说她相信摄影是最接近时间本质的艺术。文学也能描述时间，但往往失之冗滥。而摄影能将飞瀑般流动坠落的时间定格为一瞬？最为简洁、最为准确、最为精当。有时候她在一滴露珠前都能蹲一早上，它因风滑落时才叹息一声将镜头移开。在她拍照的时候，我感到自己被遗忘了。那是一种玄妙的心境，好像从所有嗡嗡颤动着升起的尘埃中穿过，从天光及被一切事物反射的或明或暗的光线中逃逸。我喜欢拍照时的春懿，现在想起来，可能是喜欢默默站在一旁看春懿拍照的那个自己。直到有一天春懿说要拍我，我当时着实吃了一惊。我从小到大都不喜欢拍照。小时候去公园拍照，母亲总说"比个耶""姿势再酷一点""再笑一点……够了，再回去一点，这样不自然"，那种永远不知道自己何时能达到期待的煎熬感随着我长成少年逐渐变为厌憎甚至恐惧。高中时我逐渐发胖，额上开始冒痘，毕业照上那张脸让我介意至今。当时我婉拒春懿的借口很拙劣，好像是说有个藏族朋友跟我说，摄影会摄取人的灵魂。等我真正做好准备将灵魂完整地献给你的时候再拍，好吗？我那时显得非常郑重，像个想把贞洁保存到新婚之夜的古代少女。我以为她会嗤笑，但她竟然相信了，也很郑重地说好。等我们都准备好将灵魂交给彼此的时候，就拍一张合照。我半安慰半承诺地补了一句。

但后来我们都没时间拍照了。我们约好一起考 F 大的古代文学硕士。苏先生也很鼓励，说只要过了初试，就能把我们推荐给他的同门师兄。预报名的时候，我觉得自己状态不好，萌生退意，想换填一所省内的211高校。春懿那天赶到我宿舍楼下跟我聊了两个小时。她握紧我的手说，我们约好了要一起冲击顶峰，一起把老苏的学说发扬光大。我跨考都不怕，你一定要撑住。我默默苦笑，但还是下决心舍命陪君子，咬牙报了 F 大。后来调剂的时候，苏先生说有把握让我留在上海。我舅也给我打了通电话，说他那边有个闲差，过时不候。春懿不理解我的选择，大吵一架，就此分手。毕业典礼时我们分别和苏先生合了影。我能感到春懿一直望着我，目光灼灼。但我一直背对着她。苏先生没责备我什么，只是显得很疲惫，像老龟般缓缓拍了拍我肩膀。

# 3

苏廷乾的研究方向是《红楼梦》作者之谜。

《红楼梦》作者是曹雪芹的论断，是由胡适拍板。但弊窦也极其明显，诸如曹家宗谱并无曹雪芹此人，且曹寅号"雪樵"，其孙为避讳不可能叫"雪芹"云云，红学界已有系统而丰富的研究。几乎可以确定的是,"曹雪芹"三个字,只是作者的托名。甚至有一种显说,即《红楼梦》作者是明末清初人,而非康乾时人。现在曹氏的支持者已经将阵线退守至"《红楼梦》作者或许不是曹雪芹,但是曹氏后人",而反对者则众口纷嚣,洪昇、冒辟疆、吴伟业、袁枚、顾景星等数十人皆有其拥趸。

苏廷乾无疑是反对者之一。但与所有人不一样的是,他并未选择皈依哪一尊神,而决意要做一项前无古人的事业:造神。他二十八岁博士学成回到故乡苏镇,像个孩子一样呼喊着奔向列队欢迎他的镇民。前晚新下了雨,路面坑洼,他被一块凸石绊倒,将一坨泥吃进嘴里。镇长等人赶忙上前相扶,却看见他将泥巴一口咽下去。我们问过他泥巴是什么味道,他摇摇头说,太苦了,比世界上任何药都要苦。他看着骷髅一样枯瘪的乡亲,泪流不止,立志要为这片土地做点什么。他决定将《红楼梦》的作者定为生于明末的苏氏族人,北宋文豪苏轼的第十五代孙。因为难以稽考,暂且称为苏X。接下来便是虚构苏X的生平。苏镇人,家业巨富(填充这部分细节时,他咬牙切齿地想到老镇长说的"我们这方水土养出来的都是穷命"),少时轻财结客,昌大门闾;中年始折节读书,举茂才而不就仕;晚年断发庐墓,出家为僧。与宝玉的命运轨迹基本吻合。他焚膏继晷,兀兀穷年,寻觅《红楼梦》与苏氏的联系。开篇讲神瑛侍者灌溉绛珠仙草于三生石畔,其本事正是出于苏轼的《僧园泽传》,且预示了宝玉出家为僧的最终命运。文中园泽投胎之母为王氏,正是王夫人。"白玉为堂金作马"暗含苏轼之号"玉堂";"太虚幻境"取自其弟子秦观之字"太虚",贾政书房名为"梦坡斋",等等。再如苏氏昆仲于古苏镇界溪两岸建东、西二府,与宁、荣二府对应。以及苏X于苏山之顶兴办苏山诗社,与海棠诗社对应;苏氏别墅二十八景,与大观园诸景布局相似云云,他搜罗、篡改甚至虚构史料,做着与近百年前胡适一脉相承的事。他做得如此滴水不漏,发表在《红楼梦研究》上的《苏镇地方志所隐藏的〈红楼梦〉创作信息》与发表在《明清小说研究》上的《"玉堂"与"梦坡"——〈红楼梦〉作者为苏氏后人的明显例证》等十余篇论文中有详细考述,此处不作赘论。

但即便如此,"苏X说"也只能与"袁枚说""顾景星说"沦为同侪,难以脱颖而出。就在他的研究因拿不出关键性证据而陷入僵局时,奇迹出现了,某天他步行去苏镇边缘的江郊散心,竟在江畔一间破庙中发现了一块奇石,上镌数十字,虽已被江风漫漶,但他清理过后,竟也能一一辨认:

> 坡顿首:昨日快哉亭与数客饮,至醉才归。所撰《书》《易》《论语》皆以自随,示客与共讽味。夜宿平山寺,月出诸壑,与众僧对坐冥然。

时元祐四年四月二十六日也。

他对苏轼平生行迹了如指掌,石上所镌之字,应是苏轼元祐四年四月自黄州抵苏镇时所作。应是寺僧请赐墨宝,坡公兴至书于石上,寺僧便请工匠将笔墨锲刻入石。细察笔痕,当是真迹无疑。

他当即如米芾般向那奇石跪地三拜,心中澎湃:此为天意。天欲兴我苏镇。天欲降大任于我苏廷乾。

他于是继续铸造苏X的形象:苏X癖石如命,常以米颠自况,在众石中又最爱这一块。"质如奇璞,色如苍山,上有老坡题识觞咏之语。石之挺挺拔拔,如老坡独立于山林丘壑间,愈见其孤标雅致也"(苏X《苏山名胜集》)。他逐渐将这块石头视为神迹,视为先祖苏轼降下的庇佑,视为他借以撬通真实与虚构边界的支点。但最大的问题随即出现: 石上所锲之文,如何与《红楼梦》产生深层关系呢? 他已对自己先前那些捕风捉影的惯技不屑一顾,认为它们配不上这段文字。他开始真正相信这六十个字是"一",是本源,是宇宙学中的奇点,整本《红楼梦》都是在其基础上写成的。他找啊找啊,整个人仿佛经历了核裂变,散发出一种刺猬、迫击炮与风筝的奇美拉结合体的气质。我们见到他的时候,他无疑已经失败了,颓废得像个隐士,在远离学术纷争的小学校教书,没有意外的话,会这样慢慢老成一块石头,就像他的绰号一样。是我们两个小兔子一样蹦蹦跳跳的年轻人重新点燃了他的心火,他说。

## 4

毕业后,我到我舅当主管的八排楼艺术馆当售票员。其实票是免费的,只要关注微信公众号提前预约,我就给打一张票,附赠展览手册与一张书签。艺术馆极小,二十分钟能逛个来回。展览作者基本都是本地的小艺术家,这个"小"不是指年龄,很少有三十五岁以下的,基本都是须髯油腻、顶心寒凉的老家伙,但不出意外他们的画或书法一辈子进不去像样点的艺术馆。出于对平庸之人的天生亲近感,我本以为能跟他们成为朋友。但发现他们并不自认为庸人,并且只记得我是"那个卖票的小孩",于是我继续过没有朋友的日子。

那段时间,我跟家里关系也很僵。我舅让我考个导游证,说能把我塞进四牛山景区,前途比这小破庙光明十倍。我觉得就这样挺好,我妈骂我就是个扶不上墙的刘禅,考不到证就不让我回去住。我干脆在艺术馆附近租了个北卧,一个月六百。主卧是对如胶似漆的小情侣,半夜起来冲洗下体的水声经常把我惊醒。虽然不知道是干什么的,但应该不会太差。他们基本不用厨房，外卖经常是牛排或炸鸡。次卧是一个十九岁的女孩儿，叫小真，长得有点像刘诗诗，高淳人，幼师一毕业就进了区幼儿园，下半年就能转正。有几次小朋友家长没来接，她拖到很迟才下班，就让我帮她收一下衣服。由此便有一搭没一搭聊起来。她看我每天端泡面去接水，叫我每月给她两百块，她每天晚上多煮一个人的饭。我说两百块够吃啥，她说你看着吧。次日起三菜一汤，有鱼有肉。我吃了一周，实在心中不安。说吃泡面是因为懒，其实我也有手艺，你一三五我二四六，周日包剪锤。其实我哪有什么手艺，只会蛋炒饭和西红柿炒鸡蛋。好在她也不笑我，我借坡下驴说两百就当学费。她坚决不要，亲授之下，半年我也学到了五六成功力。我最初吃饭时爱刷手机，但她经常给我夹菜，我过意不去，也给她夹菜，后来就不看手机了。有时她笑着复述小朋友白天说的趣语，我摘出某句说这就是天然的诗啊。有时我给她讲某书法家高谈阔论时假发被风吹掉仍不自知的糗事，她笑得把脸闷在碗里，仰起来憋得粉扑扑，沾了满脸饭粒。有几次我不禁莞尔，伸手想用指甲帮她挑下来，又惊觉身份有碍，触电般缩手。她也明白过来，抱臂坐得笔直，饭粒还沾在脸上。我们对视一眼，终于憋不住会心大笑。那对情侣开门皱眉看了一眼，又砰一声将门关上。我们觉得解气，又笑了一阵。笑累后我们并排倚靠在窄小客厅里面朝阳台的沙发上，看对面高楼一格格的灯火和灯火里的小人儿。某些瞬间我恍然觉得我们就像是事事默契的贫贱夫妻，如果后半辈子这样过也实在不错。

　　春懿从上海回来时我完全没有心理准备。那天是周日，我包剪锤五局三胜，在床上赖到十点半还没起来。这时接到春懿电话，到你家门口了，开门。我脑中嗡嗡，但还是下意识从床上弹起来去开门。她和本科时完全不一样了，鼻梁格外峭拔，嘴唇很红，挎包和高跟皮鞋都是一种我只在时装周视频里见过的亮银色。我当时有点被镇住了，就问，你怎么来了？你怎么知道我住这儿？问完就后悔了，这不是待客之道。她没答话，走进客厅，将另一只手提的一只硕大米色纸袋放到餐桌上。小真听到声响，从厨房出来，插不上话，看她一样样往外拿东西。联系到她的穿着和纸袋样式，某个瞬间我特别担心她一件件掏出金光灿烂或皮革油亮的奢侈品。但幸好没有。在餐桌上渐渐堆积成山的是一本本贴着图书馆条形码的专著和Ａ４纸论文。我瞟了几眼，都与《红楼梦》相关。我说回房间里找茶叶，她跟了过来。小真都没进过我房间，那一刻我却没想过阻拦春懿。实在太乱了，她踮脚从没喝干净的可乐瓶、待洗的破洞袜子、睡黄的废弃枕头、缺胳膊少腿的老旧比基尼美少女手办与散发着喷嚏味或石楠花味的纸团中走过，看了我难忘的一眼，像在说：你已经堕落成这样了。茶叶没找到，我给她倒了杯水。她看都没看小真，也没说其他话，开始把那些论文简述给我听。很快我这些天在小真心里树立的一点文化人形象就全然崩塌了，在她渊博且严谨的叙述下，我常转的那点小文全如泥丸坠地，连野狐禅都算不上。我想等她说完问她近况如何，找到男朋友没有，反正就是找点话题寒暄，最后顺理成章问她此行的目的。但她一读完就开门见山，说她和老苏的研究已经到达最后关头，需要我的帮助。我苦笑指指太阳穴，说自己已经废了。她说不只需要我的大脑，还需要我的心。老苏最近总惦记着"那个臭小子"。他的精神状态越来越差，她担心他迟早要走火入魔。我有点担心，说，武侠小说看多了吧，还走火入魔。她说，我们在做的事情是你想象不到的。我很想问个明白，但还是咬牙说，我早就跟你分手了，也早就从老苏手里毕业了。现在只是普通朋友，你们做什么事我不感兴趣，也与我无关。她有点急了，说，你不爱《红楼梦》了吗？我别过头说，不爱了。我不相信，她说。

好像想要唤回我的记忆似的，她抓住我胳膊问，你还记得我们以前讨论的问题吗，你爱宝钗还是爱黛玉？这时我已经完全进入了冷酷者的角色，说，现在爱宝钗了。这时我看见春懿的眼睛好像蒙了一层雾，她有种本领，可以让眼泪在眼眶一圈圈打转时慢慢蒸发，越积越少，无论如何都不让它掉下来。我拼命忍住想替她抹泪的冲动，冷声说，把这些装上，我送送你吧。春懿是普天下最绝俗的女子，但那天在楼下告别时她说了句最俗的话，我恨你。

## 5

你的放弃对他打击蛮大。你先不要内疚，听我说完你就知道这并不一定是件坏事。春懿将手轻轻搭在我的手上。

那段时间他对我表现出一种父亲对女儿般的依恋，提出想跟我去上海。我在F大念书，他寄住在一个正在云游的物理学家朋友家里。我周末时会去那栋大房子跟他喝酒，互通研究进程。整座房子的中心是书柜，装满了那个因为在物理课堂上教授神秘学而被大学开除的物理学家的异端邪说。老苏读了那些书后，便如中了蛊般将他的学说升华到玄想的层级。他找到一个被称为"绝对时间"的概念。与牛顿的那个截然不同，他的"绝对时间"是根据黑格尔"绝对精神"的概念而设定的。黑格尔哲学中，绝对精神是某种客观独立存在的宇宙精神，而万物都是对其的模仿与演化。而在他的设想里，绝对时间概念也相仿：这是一种作为模板而呈现的时间，其后的无数时间都是对它的承袭。这种承袭是广义的，不一定是克隆体，也可能是后裔，或外貌毕肖，或行止相仿，或精神瓣香，总之存在某种或明晰或奥邃的神秘联系。他完全陷进去了。他觉得这门时间学说可以解释他毕生的研究。若仅此倒好，但那本书的后半部分不出意料地将触角伸入了神秘学的领域：只要通过某种方式将"绝对时间"记录或定格下来，就可以创造、衍生出无数以其为底本的时间。这种伟力极其强横，强横到足以篡改正在行进着的现实，能将一天变成数十年，将一瞬变成一生，但代价同样惊人，施术者的余生将被奉献给那段时间，成为那段时间的切身参与者。

后来怎么样了？老苏成功了吗？我忍不住问。

春懿没有直接回答我，而是讲起了苏先生失踪的那个晚上：

那晚老苏在电话里像个孩子般央求我带一点酒去看他，说他要做一件无比重要的事。当时精神医生嘱咐他戒酒。我本想空手去，但被一种女欲养而亲不待的不安预感驱使，带了宿舍最贵的一瓶酒去找他。进门时我就发现苏先生与往日不同，显出一种回光返照般的精神矍铄。喝完最后一滴酒后，苏先生问我，你还记得咱们仨的起点吗？臭小子课上写的那篇小文章？你能背吗？我开始流泪。苏先生微笑着递给我纸巾。等流不出眼泪时，我开始背诵那篇你的涂鸦之作，就像当年我无数次向你们背《红楼梦》一样。

苏轼与张怀民等几位诗客来游快哉亭，时隔六载，风物依然。阑槛倚晴空，山色有无中。溯回到元丰六年，人还是这几个，亭却是新造，当日有记，"窗户湿青红"。现在已干透了，再一个六年，或许就被风削得黯然了。再一个六年，人还齐不齐都难以预想，遑论聚首于此，所做的只能是珍重一觞一咏。他们到亭时是巳时，便开始饮酒。饮的是泰州雪醅，系州治客次井的蟹黄雪水所酿。此酒味极清酽，饮后酣醉而神思不倦。于是诸公乘兴讴咏，优游自得。及至未时，坡公将一直随身所携的三卷《易传》《尚书传》《论语说》示与诸客。苏洵晚年读《易》，欲作《易传》而终，驾鹤前将这桩伟事交给苏轼。坡公一生以辞章闻世，但真正呕心沥血的事业却是这三部专著，治经不仅是乃父遗志，更是其作为儒家学者安身立命的根本。诸客翻阅讽诵，皆赞其发覆阐扬之功、醇厚雅正之志。畅论忘时，不知觉中已至晡时，诸公各自回返，坡公独行一程，发意去平山寺借宿，也好吃一吃寺里闻名的素斋。及到寺中，寺僧大半面生，坡公与住持法师对饮了一盏茶，便相对默坐。众山壁立，月出其中，松声廓然，陶陶入憩。

随着我的背诵，苏先生脸上的红光愈来愈盛。最后他几乎是和我一起背，当我结束，他的嘴唇依然在翕张。最开始像是喃喃自语，随即声音越来越大，最后像是呐喊。好像他不只是对自己说，对我说，对远在金陵的你说，还对所有人说，对世界说。

让我们回溯苏X的一生，将其简化为最精练的事件，即：少年与客觞咏，中年在家治学，晚年出家为僧。最显而易见的是，苏X在写作《红楼梦》的时候，将自己的压缩、凝聚，揉成了贾宝玉的数十年时间。优游，治学，出家——这是命运轨迹的模仿。而更多细琐的模仿，我在论文中已然备述。这曾让我产生了某种既视感，但又模模糊糊，无法看清。现在我终于明白了那种既视感来自何处。令人瞠目结舌的秘密是，苏X的一生，其实是对苏轼元祐四年二月四日那一天时间的放大、伸长。这是最虔诚的模仿：坡公巳时与客优游觞咏；未时治学，讽味《易》《书》《论语》三传；晡时到寺用斋饭，与寺僧长坐到天明。这便是那段"绝对时间"。苏X将其等比例放大为自己的一生，将六十个字化为六个时辰，再将六个时辰拉长为六十年。随后，他将自己的一生写入《红楼梦》。如此疯狂，如此庄重，如此宏伟。《红楼梦》这一宇宙般的旷世巨著，其剑坯是由苏X纵身一跃投入炉中炼成的。我永远对这种悄无声息的伟大牺牲怀有至高尊敬。在种种事无巨细的篡构中，我好像已经与苏X合为一体，天纵奇才，野心勃勃，呕心沥血，撰成奇书。这么多年我在文学院藏锋守拙,职称也停在副教授。但我一直知道,如果将这个成果抛出去,红学界将掀起轩然大波,恒星般的常识将被改写。今天是时候了。山呼海啸的时候。我用最颠覆、最戏谑、最令那些老学究不齿的方式完成了这项伟业。我终于解开了时间的秘谛。我与苏X及贾宝玉的时间也将趋近直至重合。你知道他们命运的尽头是什么吧 —— 消失在世人面前。

最后一句落下后,苏先生似乎带着某种宝玉的郁气,向整个世界与那些年高德劭的父辈深深一拜,实则在大袖下嬉嬉然一笑。最后他向我挥了挥手,踏出一步,消失在空气中,就像宝玉与一僧一道隐没于白茫茫旷野。

听春懿说完,我心中实在难以沉静。我不知道自己应该怆然还是欣慰。但苏先生确实是我心底最崇敬的那种人。另外,如果苏先生消失了,那短信是谁发的呢?这时春懿已经把相机在窗台摆好,然后少女般小跑过来与我站在一起,她亲昵地挽住我胳膊,将头柔顺地靠在我的肩膀上,像在拍婚纱照一样。三二一,笑一个。我听到她温情脉脉的声音,像从许多年后传来。

原刊《作品》第10期

# 春天果然短暂

马小淘

一

我妈告诉我,胡铁刚再婚了。听到胡铁刚这个名字,我甚至反应了一下,大概有十年没有人提起过他了。他是我姑父,准确地说是前姑父。这些没有血缘的所谓亲戚关系,听起来是那么回事,其实连接是非常脆弱的,比如舅妈、姨父、姑父、婶儿,只要我真正的亲戚和他们离了婚,他们立马就失去了亲戚的称谓,如果有新亲戚被提拔上来,他们简直算得上不带走一片云彩。

十几年前,我姑姑坚决地和胡铁刚离了婚。我妈曾在电话里苦口婆心地劝,彼此外边都没有人,没什么原则性的问题,又有孩子,胡铁刚好歹不是个坏人,凑合凑合一辈子就过去了。姑姑非常沉稳地听着我妈在电话里输出,临了只说了一句:"我和他实在没有共同语言,我的心已经粉碎了。"

我清楚地记得这句有点像琼瑶剧的台词,也记得我妈当时脸上的表情——震惊、不解、心疼,非常复杂。此前的一两年,我姑就在电话里罗列了很多要离婚的理由。比如胡铁刚异常自私,大夏天买个小西瓜回家自己吃,等她和孩子回去时只剩下一垃圾桶西瓜皮;比如胡铁刚胆小怕事,邻居家的狗总在他们家门口撒尿,让他去找邻居说说,他推三阻四,其实就是不敢;比如他脚臭还不爱洗;比如他呼噜声特别大……听起来当然没有包二奶、养小三、赌博、嫖娼那么糟心,但是细想也确实很难一起生活。我妈本着宁拆十座庙不毁一桩婚的腐朽思想,总是劝我姑要心胸开阔。劝不动的时候,她也会突然厉声呵斥我姑:"当时都说这个人除了老实没什么能耐,不是你自己急三火四要结婚的吗?"

每次放下电话我妈都和我爸复盘一遍,我爸总会隔空数落我姑一番,虽然我姑根本听不见。我妈第一次告诉我爸我姑动了离婚的念头时,他几乎想也没想就给我姑打了电话,因为他认为我姑一定是被胡铁刚欺负了,比如家暴之类的。他要第一时间了解情况,为他妹妹做主。然而事情并没有他想象得那么鸡飞狗跳,只是鸡零狗碎而已。感情还行的夫妻其实对严酷的婚姻生活缺乏认识,他们以为只有暴力和黄赌毒让人绝望,并不知道还有水滴石穿般的失望。

我之所以掌握了这么多细节都是假装不经意蹭听的。毕竟那时候我还在读中学,他们认为我不该懂这些。但是我对姑姑的事总是格外上心,中学时的我正在叛逆期,几乎讨厌过身边所有的亲戚,比如我舅舅爱随地扔烟头、我小姨说话基本不算话、我舅妈总喜欢烫各种毛骨悚然的丑头,但我从来没烦过姑姑,也可能是因为我们不生活在一座城市。

小的时候姑姑带过我,我三岁到七岁的四年中,姑姑住在我家。

彼时，十九岁的姑姑没考上大学，或者更准确地说是根本没有参加高考，我爸说她不喜欢学习，上课就头疼，到食堂就自动康复，问她学校怎么样，她说白馍馍做得不错。那时我爸已经和我妈结婚五年，并且安顿在了他们读大学的北方城市，也是我妈的老家。有一天他们忽然收到了我爷爷即将到访的电报，而后没两天我爷爷就出现了，还带着我姑姑。据我妈说，我爷爷言简意赅告诉我爸，家里要翻修老房，没地方住，让我姑在我家先住一年。我爸要带着我爷爷玩两天，我爷爷勉强玩了一天就返程了，留下了并不是十分痛快的我爸和有点不知所措的我姑。

姑姑是我爷爷家唯一的女孩，我爸作为她的大哥，比她大了十来岁，其实两人并没有太多共同成长的经历。她当时一嘴中原口音，在语言面貌非常接近普通话的我们那儿，一听就是外地人。最关键的问题是，我们家当时住的是一屋一厨，根本没有多余的地方做我姑姑的闺房。最后还是我妈找了一层层关系租到我们家一楼的一小间房，我们家住二楼，姑姑住一楼。我总是在一楼和二楼两头流窜，找到了一种住别墅的感觉，虽然那其实是栋邻居无数的筒子楼。那时候租房这事并不普及，所以姑姑的房子算是借的，给单位交一些钱借那间房。现在回想，借这间房可能也给我爸妈造成了不小的经济压力。但不知道是工作不好找，还是他们心疼姑姑，反正那几年姑姑并没有上班，主要就负责看着我。

当时我还没上幼儿园，白天都待在我妈单位的托儿所，我性格有点孤僻，能感受到阿姨们并不十分喜欢我。于是，我从托儿所退学，和姑姑在家待了一年。那一年我们俩总是形影不离，十九岁的她，和三岁的我。

据我妈说，那时候的故事有两个版本。我们院里的人总看见我欺负姑姑，诸如当众哭闹非要买烤鱼片；诸如把皮筋一头绑树上一头让姑姑拽着；诸如把娃娃塞进姑姑洗袜子的盆里，姑姑洗着洗着露出一只手，吓得踢翻了盆，反正是任性的我和无奈的她。而我姥姥家的人总看见因姑姑的失误而遭罪的我，比如我在前边跑，姑姑在后边追，即将抓住我的瞬间她没控制好力度把我推倒了；比如她把我抱在沙发上换裤子，我推着她的肩膀，大头朝下栽下去了，我姥姥说她当时听到咚的一声，不敢相信那是我头部触地的响动，几乎展开了我即将变成一个弱智的恐怖想象。两个版本应该都是真的，我一直是个暗戳戳调皮的鬼心眼小孩，我姑姑也多少有点粗心大意。这些事我都不记得了，但我隐约知道即使是三岁，我也明白我在家里的优先级排在姑姑前边，作为我爸妈的"嫡女"，我清楚自己的优越性。所以那时候我常常威胁她——我要告诉我爸妈你对我不好。

其实姑姑对我特别好，纵容溺爱就是我能真切感觉到的好。那时候流行一种儿童羽毛球，球拍是一个圆形的动物脸，球能吸附在球拍上，两人对打时可以直接将球吸着接住。我没注意过别人是怎么玩的，我和姑姑玩的时候我只负责站着，姑姑会瞄准我的球拍把球扔过来。所以我四岁正式上了幼儿园后为此出了丑，老师问谁会打羽毛球，我跃跃欲试，被选中后我直挺挺站好，等着对方将球精准投喂。老师和小朋友被我的僵直姿态震惊了，让我到场边稍事休息，我看到大家满场奔跑奋力接球，才明白我其实不会玩这种球。

姑姑接送我去幼儿园，回家的路上会给我买一盒巧克力豆，我妈说表现好的时候可以买，姑姑认为我每天表现都很好。我和姑姑都不喜欢喝牛奶，我妈却每天逼着我俩喝，姑姑总是表情苦涩地咽下去，我有时候会想办法倒掉。我长大了依然没习惯喝牛奶，每次拒绝我妈，她都会说"和你姑一样"。

幼儿园阿姨告诉我妈我发不好平、翘舌音，经常数出"一二山是"的发音。这其实是东北小孩非常容易走上的邪路，并没有什么可大惊小怪的，但是我妈却异常心焦，作为大学老师，她坚持说一口比较标准的普通话，不能接受我不三不四的发音。于是我妈每天反反复复地教我数数，我姑也跟着配合示范，结果我妈发现姑姑说的虽然不是"山是"，却好像是"森似"，"四"勉强可以，"三"实在是另一种噩梦。于是我妈革除了她助教的身份，号召她和我一起学习，一时间走廊里总是回荡着我和姑姑一起努力"思安"三、"思义"四的饶舌声。

那几年我和姑姑一定还发生了很多故事，只是我已经记不大清楚了，我能有打羽毛球和一起"三"一起"四"的印象，都已经被认为是记忆力超群了。谁能指望一个四五岁的孩子记下事情的全貌呢！想起姑姑，好像有很多记忆在我脑海里盘旋，却又想不起什么具体的。

我只记得姑姑走那天，我们并没有道别。就是平平无奇的一天，去幼儿园接我的是爸爸，不是姑姑。到家后，妈妈说姑姑回老家了，奶奶给她找了对象。我号啕大哭，不能接受从此要孤身面对两个"统治阶级"。妈妈抱着我安慰了很久，还承诺她放暑假会带我回老家找姑姑。

姑姑那次回家就是奔着胡铁刚去的，两人彼时刚刚相识，即将迎来热恋。

此前姑姑也曾回过一次老家，也是号称回去见对象，但却在我爸的暴跳如雷中收场。那次好像也是我奶奶张罗的，奶奶二十一岁生下我爸，在她眼里女人过了二十岁头等大事就是结婚生子，姑姑再蹉跎下去可不是开玩笑的。姑姑被召唤回去相亲，却没相中对方。我奶奶向我爸告状，说我姑挑三拣四，在城里待几天就不知道自己是谁了。姑姑一言不发只在电话里泣不成声，我爸本着没有调查就没有发言权的严谨态度回了趟奶奶家。他去见了见我姑的相亲对象,没忍住对我奶奶大喊大叫了一番:"那不是个傻子吗?你给你亲闺女相了个傻子!"第二天我爸把我姑领回了家,回来后我爸、我妈、我姑三人揶揄了我奶和那个傻子好几天。我问谁是傻子。他们说大人的事少打听,又忍不住告诉我,姑姑差点要和一个傻子结婚。

我奶奶认为,我爸阻挠我姑的婚事,是希望她能在我家干活儿,是自私自利。但事实上我妈那时候并不忙,也觉得我姑做事粗枝大叶,并不指望她真干点什么。然后,我奶奶不屈不挠地给我姑推介了胡铁刚,两人先通了信,互寄了一张照片,一来二去就真产生了所谓的爱情。

胡铁刚的家在另外的镇上,此前和我奶奶家并无交集,反正是通过七拐八拐的介绍和我奶奶搭上了关系。他是三代单传,家里还有一个姐姐,据说家庭条件不错。奶奶见他浓眉大眼,几乎可以算是一眼相中。不过,有了病急乱投医能凑合傻子的前情,奶奶的相中也不具备什么参考价值。姑姑怕胡铁刚也是个呆头呆脑的大傻子,和奶奶说要先通信了解。于是,那阵子我总看到姑姑靠在床边,一盏小小的台灯,她在读信。这个春心荡漾的场景过于清晰了,越清晰就越可疑,我总有些怀疑它是假的,是我成年后幻想出来的。

反正不久之后,姑姑和胡铁刚就建立了比较明确的恋爱关系,然后姑姑就走了,对我来说是不告而别,对大人们来说大概是一切按计划进行。

## 二

好在放暑假的时候,妈妈真带我回了奶奶家。其实幼儿园是不放暑假的，暑假是作为老师的妈妈的暑假。那个暑假过后我也要上小学了，上了学就会拥有属于自己的暑假。

来迎接我们的除了姑姑还有胡铁刚。胡铁刚身材微胖，面白无须，头发是自来卷，看起来既不铁，也不刚。我觉得他名字起得文不对题，他看起来特别像个主食，叫胡馒头、胡豆包之类的可能更合适。我妈假笑着打量了他一番，没有显露出明显的好恶。他说起话来吐字发音不太利落，词语在嘴里好像经历了过度咀嚼，都连成了一片。我揣测我妈不会十分喜欢他，毕竟她那么喜欢普通话。

待了几天我妈就回去了，说是让我在奶奶家玩，过一阵我爸来接我。于是，我彻底放飞自我，每天招猫逗狗，当然大部分时间还是小尾巴似的跟在姑姑屁股后边，也少不得常常和胡铁刚接触。

我妈走后，姑姑又郑重地把胡铁刚介绍给我。好像他头几次的亮相都是彩排，这回才是正式公演。他们要去市里逛街，我忘了是原本就计划带着我，还是我看不出眉高眼低没拿自己当外人，反正胡铁刚来接姑姑的时候，我自动跟了出去。

"他是姑父。"姑姑颇有些严肃地对我说。

"我知道啊，他不是叫铁刚嘛！"我自以为懂事地转向胡铁刚，"胡姑父好！"

"不用带姓，就是姑父。"姑姑纠正着我自以为是的礼貌。

后来想想，这中间的微妙差异还真有点意思，有胡姑父，就好像还有王姑父、刘姑父、李姑父似的，带了姓的姑父立马降了档次，不是亲姑父了。那时候他俩其实还没领结婚证，这简单的介绍足以证明姑姑对他的认可。

我们先是骑了自行车，而后坐了大巴，才到了市里。姑姑很有些得意地告诉我，胡铁刚在市里上班，是自行车厂的质检员。我们先是

515

逛了大集，又逛了百货公司。姑姑好像对百货公司更感兴趣，而我喜欢大集。胡铁刚给我买了糖人、糖稀、糖葫芦，还让我骑在他脖子上。细密的汗珠隐约渗出他卷曲的头发，我能听到他有些粗重的呼吸。他既诚恳又局促，大包大揽卖力表演一个称职的姑父。

"姑父你累吗？"

"不累。"他发音含混又语气坚定地回答。

我迅速被感动，认为他是个善良的大人。我妈不让我吃糖人、糖葫芦，她说那些东西不卫生，也不许我玩糖稀，她认为糖稀这个东西就不应该存在，除了拉低人的气质毫无其他意义。所以，对我来说，那是一个打破禁忌、忘乎所以、所有愿望都被满足的好日子，我沉浸在放纵的快感中，非常幸福。

姑姑也有收获，胡铁刚给她在百货公司买了一本蓝粉花封皮的笔记本，在大集上买了两个发卡。两人一路上一会儿羞涩地对视，一会儿默契地看向远方。我觉得姑姑和平时不太一样，她时不时发出过分清脆的笑声，有点做作，又有点紧张，而胡铁刚的笑是无声的，他巴结地看着姑姑笑，好像贴了一张微笑面具，时刻保持着笑容可掬。毫无疑问他们都很快乐，空气中涌动着糖果般甜美的气息，初夏的天空碧蓝如洗，所有人兴高采烈。

下午我们去一个公园划了船，湖水被船桨划破，忽然传来青蛙咕咕呱呱的声响。我被青蛙叫催了眠，恍恍惚惚在船上睡着了。等我醒来时，已经在归途的大巴上。姑姑抱着我，我的腿搭在胡铁刚腿上，两人咕咕哝哝说着悄悄话，看起来不是在议论是非，就是互诉衷肠，当然我基本确定是后者。即使睡了一觉，我依然感到疲惫，看他俩演了一天的青春恋爱戏，我好似一个丧失了新鲜感的旁观者，觉得在这对爱侣旁边有点寂寞。

第二天傍晚,我奶奶问我对胡铁刚印象怎么样。我不能完全听懂奶奶浓重的口音,需要姑姑翻译一些关键词汇。我说,胡铁刚是个好人,给我买了很多好东西。姑姑一边翻译一边温柔地看着我。

而我忽然意识到糖人、糖葫芦都已经新陈代谢了,糖稀也玩完扔掉了,胡铁刚对我的大方只留在了昨天,如今什么也没有剩下。还是姑姑比较聪明,和花钱买吃的比起来,还是买物件更容易得到持久的快乐。我坚持要看看姑姑昨天买的发卡。姑姑从裤兜里掏出一块手绢,手绢里包着那两个发卡。

"给我戴上试试呗。"我倚在门框上,提出的其实不是申请,而更像一种要求。

"这个不适合小孩。"姑姑略有些为难地看了我一眼。

说实话,我几乎是有些震惊的。姑姑极少拒绝我的要求,可以说她的一切都愿意和我分享,我也把对她的侵略当成了一种日常。一般我只要说"给我看看""给我试试",她都会说"给你吧"。而且那两个发卡一个是紫色的叶子形,一个是一串彩色的心,真没看着多成熟。客观地说,"不适合小孩"基本不成立。

"我又没说要,就给我看看总行吧?你现在怎么这么抠啊?"为表不满,我有点阴阳怪气地说。

姑姑把发卡递给我,其实我相中了那一排彩色的心的发卡,我以为只要稍加暗示,姑姑就会主动把它送给我。

情况和预料的出入略大,我只轻描淡写地扫了两眼,故作姿态以掩饰自己的小心思。迅速把发卡递回到姑姑手里,我眼睛看向了别处。姑姑也似乎想回避我,接过发卡往外走。不知道是我递得不结实,还是她接得太草率,那个紫色叶子形的发卡掉到了地上。姑姑已经启动的双腿有了行走的惯性,一只脚说时迟那时快地踩了上去。都不用捡起来,定睛一看,我就发现紫色的发卡裂开了。

姑姑捡起发卡,对着门外抬头细看,月光从发卡的裂口清冷地穿过。

"噢,踩坏了吧！不舍得给别人看,掉地上踩坏了吧！"我一时有些尴尬,竟选择以起哄来掩饰。其实我心里非常内疚,我知道紫色发卡的意外是我非要侵占它的私心造成的。但我不敢面对,又想假装和自己无关。我看了一眼就还回去了,我只是想看一眼,是姑姑自己没拿稳,并且踩上去的也是姑姑本人。我是目击者,不是嫌疑人。

可能不算报废,但至少也是重伤,发卡以一种残酷的姿势躺在姑姑的掌心里。

"哈哈哈,踩坏了！"不知道我为什么要假装幸灾乐祸,好像不说点什么无法证明自己无辜一样。

忽然,我看到姑姑眼里的泪水。她捡起发卡,眼泪盈眶,默默走了。

月光清亮,姑姑伤心的背影被拉得有点长。背影上看不见眼泪。忽然来了一阵风,院子里只有一棵树,树梢上叶片缓缓抖动,好像一声声轻轻的叹息。

我感觉非常糟糕,为了掩饰窘迫,抓了几个奶奶刚炸好的丸子喂狗。狗为突然的好运欢欣狂吠,奶奶愤怒地端走了装丸子的盆,还对着我说了句大概是令行禁止的话。翻译不在,我没有听懂,全靠意会。

没过多久,姑姑牵着我去吃晚饭。她好像已经整理好了情绪,无辜开裂的紫色发卡好像从未存在一样。我们谁也没有再说起过它,不仅仅是那天晚上那个暑假,而是一直。直到我上高中谈了恋爱,男朋友送我一条十四块八的手链,我一下子想起姑姑包在手绢里的两个发卡。那晚姑姑的泪水一下子涌上我的眼眶。

## 三

再后来，姑姑和胡铁刚结婚了，姑姑生了个女儿，姑姑去缝纫机厂上班了，和胡铁刚一起在市里生活。我上了小学、初中、高中，隔几年在过年时才见姑姑一次。我们好像变得生分了，一方面姑姑有了自己的孩子，是别人的妈妈了；另一方面我渐渐长大，学业繁重，不再是一个需要陪伴和照顾的小女孩了。

我最后一次见胡铁刚，大概是在我上小学五年级吧。也是春节，二叔生了二胎，姑姑心思都在她三岁的小女儿身上，家里好几个五岁以内的小孩，我和他们只是血缘上的亲人，因为年龄差距根本玩不到一块。大人们进进出出忙着张罗过年，我发现我没那么喜欢奶奶家了，小时候喜欢的那些土路、那些苹果树、那些奔跑的鸡鸭鹅狗，都变得乱哄哄的。我忽然无法忍受农村的厕所，也看不惯很多乡亲有随地吐痰的坏习惯。在热烈的节日氛围中，我时不时装出有点兴奋的样子，其实有些形单影只。同样略显格格不入的还有胡铁刚，据说他不太擅长家务，于是姑姑请示了我爸我妈，让他带我去了县城。他又胖了一些，可能是太白，显得不太结实。

"姑父你这肚子好像也能生个孩子。"我拿食指戳了戳他凸起的腹部，他敞怀穿一件藏蓝色的羽绒服，里边是一件紫红色的毛衣，应该是姑姑织的。

"再过几个月就生了。"他腼腆地笑笑，以最大可能的幽默配合着我。

县城大集上暴土扬长，有一种既喜庆又糟心的热闹，胡铁刚含混的口音让我几乎听不清他在说什么，只是嗯嗯啊啊地敷衍着。我已经对糖人、糖稀、糖葫芦都没什么兴趣了，并且非常自然地认同了我妈的观点,它们确实看起来卫生情况存疑。胡铁刚问我要什么,我显得犹犹豫豫,异常矜持。最后,他给我买了一兜黑枣和一个纸灯笼。

我一路吃着没洗的黑枣,发现其实所谓讲卫生也不过是一种心理作用,你觉得它脏,它才脏。我拉着姑父温暖干燥的手,像握着一块暖烘烘的大砖头。

再后来,姑父这个形象在我记忆中就模糊掉了。我上了初二之后就没有真正的假期了,爸妈告诉我,我的任务只有学习,其他事情与我无关。连看一集电视剧都必须配以自责的表情,我也确实没心思关注别人的日子。偶尔听到关于姑姑的消息也不过只言片语。到我考上了北京的大学,不辱使命地完成了学习任务,才在复盘中拼凑出了姑姑那些年的经历——姑姑下岗了,缝纫机慢慢退出了普通家庭的日常生活,当然也就不需要缝纫机厂生产那么多缝纫机了。胡铁刚也下岗了,也没有那么多自行车需要他质检了。我无从深究他们俩下岗到底谁先谁后,我妈也记得并不十分牢靠,总之安稳体面瞬间崩塌,变故仓皇劈面而来,坚决要扫他们全家的兴。我记得我妈有阵总去邮局寄包裹,都是给姑姑的衣服和床单被罩之类的。但哪怕寄的都是名牌,大概也难以抚慰姑姑的崩溃吧。姑姑给街道办扫了一年院子,又在饭店里刷过碗,最后做了家政,比较稳定地当了住家保姆,那家的孩子是个哑巴。胡铁刚开了一阵中巴,干过保安,还和我姑一块刷过碗,都是干一段时间就被辞了,间歇性地打着零工。所谓贫贱夫妻百事哀吧,两人之间的不痛快也在两手空空时凸显出来。准确地说,主要是姑姑不痛快。胡铁刚已经被失业打击得心力交瘁,不理解姑姑为什么还有闲心嫌弃他吧唧嘴、抖腿、打呼噜。

拉锯了几年,姑姑带着女儿从胡铁刚的房子里搬了出来,租了一间平房。这中间,我爸我奶都曾试图力挽狂澜,我奶的理论是包办婚姻都能生儿育女一辈子，怎么自由恋爱还说散就散呢！我爸的逻辑是胡铁刚不曾跌破底线，他虽然烂泥扶不上墙，但至少还是一堆泥，不是什么更脏的东西。甚至他认为胡铁刚非常无辜，是姑姑没事找事。他对姑姑说："他原本就是个不争气的东西，又不是忽然变坏的，你当初选错了，现在就该吞下苦果。"姑姑平静地听了他们的意见，然后一意孤行拽着胡铁刚去了民政局，变成了离异妇女。

姑姑离婚后我曾经问我妈："为什么非让姑姑回老家，怎么不让她在我们这边结婚呢？"她要是嫁到这边，也许就是另外的故事了，我也可以常常见到她。

我妈特别无奈，她说当时大家都挺保守，把户口看得挺重。"你记得咱们楼下那个脸色焦黑的老于吗？他有癫痫，三十多岁了还没对象，老是面目狰狞地蹲在院里。他们家人竟然来找过我，问我能不能让你姑和他交往。当时我就急了，直接翻脸把他们撵出去了。想什么呢这帮人！但是我也意识到现实有多势利，农村户口，没有学历，没有工作，虽然你姑姑干净立整的，但找上门的都是些乱七八糟的玩意儿。后来你姑喜欢胡铁刚喜欢得五迷三道的，你爸看不上胡铁刚，但我觉得两个年轻人挺真挚的，我们不该干涉。谁知道这个胡铁刚，还真是恨铁不成钢！最后哪儿哪儿都指望不上。"

## 四

我大二那年的寒假，和我爸一起去了姑姑家。那时候姑姑已经攒钱买了"两限房"，算是从低谷中重新扑腾了回来。那房子谈不上装修，四面白墙配水泥地，陈设简单，毫无个人情趣、特色，仿佛随时准备撤离。更重要的是，也无法违心地说整洁，地面上有毛球和水渍，踩上去黏糊糊的感觉让人心中一凛。卧室、客厅、阳台都放有大小各异的纸箱子，纸箱子外部有肉眼可见的灰尘，窗台上放着书本、蜡烛、塑料袋、一碟剩菜，有的抽屉没有关严，插线板上有一层浮尘，桌子上有抽纸、卷纸、手提包、针线盒以及各种凌乱小物件，椅子背上搭着各色衣服，门口的穿衣镜不干不净似乎正在朝照妖镜进阶，整个房子好像小偷刚刚离去的盗窃现场。姑姑穿着一身浅紫色运动服出来迎接我们，她看起来清清爽爽，简直是淤泥中的花朵。

姑姑拍了拍我的头，我冲她笑笑，我们彬彬有礼，像历史剧里两个上朝的大臣，端庄正派，说面和心不和也可以。然后，我们一起吃晚饭，说了很多无关痛痒的话。席间我爸又习惯性地批评了姑姑好几轮，从她家脏乱差的环境推导出她自暴自弃的结论，他天生就是一个心眼还行、做派烦人的大哥，爱给别人上课，把所有好意表述得不怀好意。

"姑，你家真是不太利索。你还号称干家政的，工作能力令人担忧啊。"回去的路上，我半是好奇半是没话找话地对姑姑说。

"就是每天都在收拾屋子，回家就不想收拾了。不然我整天除了收拾屋子就没别的事了，一辈子都在重复收拾屋子。正好你妹假期去她爸那儿了，我就彻底不收拾了。"

我好像有些理解了，却依然觉得姑姑家太乱了。

第二天我们一起逛了街，我看上任何东西她都觉得太贵了。我们去了百货大楼，我相中一件外套，已经比北京的便宜不少了。我正打算掏钱，姑姑却和服务员拉扯上了价格。我几乎是落荒而逃，觉得在商场讲价有点难堪，伤害了我少女的虚荣心。逛了俩小时，我渴了。我要买两瓶饮料，姑姑说她一点不渴，并且一把按住我的钱包，执意为我那瓶结账。我喝着姑姑买的饮料，傻乎乎冲姑姑笑，一时间不知道说什么好。

我们漫无目的地在商场转着，我不敢看任何具体的东西，目视前方，几乎可以称之为巡逻。转到商场顶层，发现有个小型录像厅。一个小包间，三个小时，可以点一到两部电影，三十五块钱，赠果盘。我邀请姑姑看电影，她表情犹疑，显露出既有兴趣又想拒绝的神色。

"我们好像没一起看过电影呢，看一次嘛。"我挽着姑姑的手，发现她手指很是粗壮，摸着既有安全感又让人心疼。

而后我们又为了谁掏三十五块钱撕扯起来。姑姑有一种长辈的执拗，好像让我花钱是不道德的。我不得不苦口婆心地告诉她，我虽然还在上学，却已经有些收入了，我想请她看电影。

我们看的是《泰坦尼克号》，那个录像厅的片源实在有限，除了武打片，就是爱情片，没太多选择的空间。这片子我六七年前看过影碟，姑姑却是第一次看。杰克和露丝那经典的船上飞翔姿态，让我想起来多年前和姑姑、胡铁刚一起逛大集的时光。胡铁刚把我高高举过头顶，大抵是为了巩固在姑姑心里的地位，彻底占领她的芳心，他对我也爱屋及乌有些谄媚。

姑姑哭得乱七八糟，到后来杰克沉入水底，她几乎是在呜咽。我小心翼翼坐在旁边，非常轻地往嘴里塞了一片苹果，其实我不是真想吃，我是每每无所适从就做出声东击西的举动。苹果还没有咽下去，我也哭起来。为了姑姑，为了胡铁刚，为了爱情，逝去的爱情就像留在对方手里的把柄，让人饱受折磨、黯然神伤。

电影结束，姑姑泪眼模糊抬起头突然打掉我放在嘴边的手。"跟你说过多少次了，咬指甲不卫生。"那个瞬间我仿佛穿越回到了四岁，一下子感到了熟悉的踏实。

我们说起一些我小时候的事，姑姑说有一年春天，我们去江边野餐，带了面包、香肠，坐在草地上。然后忽然下雨了，我们跑着去躲雨，我爸戴着一副那时候流行的大墨镜，边跑边抱怨天气预报不准。我记不得姑姑说的春天野餐了，但也能轻易想象那画面。春天总是特别短。

"姑你为啥非要离婚呢？"

"害怕，我一想到以后就害怕。我们当初都太小了。他没见过女的，我没见过男的，糊里糊涂就感觉爱得可深了。后来一想爱他啥？不知道。我们从来没有一起做过一件年轻时候曾经谈论的事情，除了生孩子。当然了，谈恋爱还是挺好的。我记得我从你家走的时候正演《红楼梦》呢，还没播完我就回家了，你奶奶家又没有电视，我刚回来天天琢磨林黛玉和贾宝玉怎么样了。但是我能见到胡铁刚，挺高兴的，也就不那么惦记电视了。但是日子一长，发现他的脑子就是一团糨糊。你哭了，他问谁欺负你了；你翻个白眼，他觉得你是困了；你说钱不够，他说那别买了。他干保安嫌累，开车嫌苦，和他一起下岗的给人装空调挣了钱，问他去不去，他说怕摔死。老说等他以后有钱了，老盘算一夜暴富。他又懒又笨，还自私，我就越来越烦他，觉得什么忙帮不上，还总添乱。我在外边当保姆还挣钱呢，我在家伺候他能不抱怨吗？让我下最后决心的是，有一次你二叔送来一只烧鸡，他随便撅了一块给孩子，自己把两个鸡腿全吃了，我不需要他把鸡腿留给我，但他至少要分给孩子一个吧。我再看他，觉得他就是头猪。"

"婚姻这个炼丹炉把你烧成了火眼金睛了。很多男人奸懒馋滑，随波逐流，没有责任感。和这种男的走到半路就已经对目的地产生了恐惧，对吧？"

"对，还是你们有文化的会说。"

"你不能依靠他，又不想领导他。干脆算了吧！"我那时正是意气风发的年纪，热衷于对各种事评头论足。

"我发现,我不惦记这个人了。年轻时候担心他吃饱了吗? 他累吗? 后来我发现他无论如何也能吃饱,他根本不会累着自己,日子再紧,他也能呼呼大睡。我对他的牵肠挂肚都没了。也未必是他多么不好,但我就是忍不住想修理他数落他。我变得特别厉害,我发完脾气静下来想一想,也不知道自己在干什么,再这么过,互相折磨,对他也不是好事。"

"姑父辜负了你。"

"我倒也没觉得自己被辜负,也不想总结。他没做什么坏事,只是不好,不香不臭的。"姑姑皱着眉,努力和我说清她复杂的心情。

"最好的办法就是他也做自己,你也做自己,你们分头做自己。"

"很多人都觉得是我不对,觉得我非要离婚是瞎折腾。说别人都是这么凑合过来的,我太矫情了。我不明白为什么所有人都说不可以离婚。"

"可能他们那些人觉得,家庭有利于社会稳定。"

"我又不是离婚后去打砸抢,我一个人也依然遵纪守法啊! 并不是要有一个男人才是一个家,我和你妹也是一家人。你不知道我离婚之后晚上没人打呼噜,吃饭没人吧唧嘴,那个安静啊,刚开始我都忍不住停下来仔细听,真没怪动静了,都有点不敢相信。解脱了,离了心里透亮多了。农村里很多老太太,挨了一辈子打,也就那么过来了,最后儿孙满堂,七八十岁的时候也会办个寿,好像和和美美的,还挺心满意足的。但我不想过那种生活。"

"姑,以后我给你办,在五星级酒店,给你办个大寿。你好好活!"

"我不稀罕那个。"

我觉得姑姑就是温水里最机警的青蛙,在被烫死之前跳出来了。别的青蛙还都议论她,你看她一惊一乍的,跳出去干啥!

## 五

"你知道胡铁刚结婚了吗？"我忍不住给姑姑打了视频电话。

"我告诉你妈的！"姑姑脸上竟然是掌握了第一手情报的得意和炫耀。

"你怎么知道的？你还偷偷关注人家？"

"你二叔告诉我的。他那个破房子拆迁了，得了点钱，就找到了对象。非常好啊，我也希望他能有好日子过。"

"人家拆迁了，你后悔不？哈哈哈哈哈哈。"

"那你可太不了解你姑了。"

她像祝福路人一样祝福前夫的新婚，大概只有不和他一起生活，才有可能谅解他。

我想起几个月前与姑姑一起吃饭，她穿着我妈给她买的白衬衫黑裙子，端庄得像个退休干部，让人想不到她去过缝纫机厂、扫过大院、刷过碗，最终赖以谋生的工作是保姆。我问她考不考虑找个男朋友，她说前几年认识了一个，但是对方有个女儿总是提防她，她处了一阵觉得没意思，就算了。姑姑在手机相册里翻出那个前男友的照片给我看，一个白胖老头戴副眼镜，智商不高又很爱思考的样子。十几年来，那是我第一次听说姑姑的情感生活有了风吹草动，却竟然已经是过去时了。

生活好像不曾给姑姑留多少余地，很多事她自己说了都不算，她仿佛攥着一把受潮了的火柴，费尽心力，也照不亮前路。她想安稳上个班，但她下岗了；她想扫个大院，还得到处赔笑脸。唯有婚姻是她自己选的，她喜欢过胡铁刚，后来不喜欢了，于是她干脆利落为自己做了一次决定。

我觉得姑姑可能还是挺寂寞的,建议她去上老年大学。

"我不喜欢上学。"姑姑不屑地表态。

"老年大学不一样,都是消遣,画画、写字、唱歌、跳舞,还可以交朋友,不排名、不考试,也没人让你考老年研究生,没压力。"

"那也不上,我从小就不喜欢学习,也不喜欢画画、写字、唱歌、跳舞,老了也不花钱找罪受。"姑姑撇撇嘴,一脸拒绝,"我有那闲工夫,还不如再找点活儿干,你不知道,我可有劲了!"

姑姑把头发往耳后掖了掖,我发现她鬓边有了明显的白发,眼角也已经有些耷拉了。一看就是被生活折腾过的样子,地位、伴侣、钱,她一个都没有,陌生人眼里可能很不起眼,乏善可陈。姑姑年轻的时候,我们院里邻居说她长得像栗原小卷。我记得栗原小卷演过一部叫《生死恋》的电影,她在里边打了网球,死于爆炸。

吃完饭,姑姑送了我一幅十字绣,她一针一线给我绣的。三朵颜色各异的大牡丹,说实话乍看我觉得挺难看的,但是我揽在怀里假装很喜欢。走出饭店,我忍不住把十字绣又拿出来看了看。从前,姑姑并不多么心灵手巧,女红一般。我知道十字绣都有图纸,几乎不算原创,但却依然感觉到了姑姑的气息。那三朵大牡丹,开得凡俗饱满、不管不顾、勇敢赤诚,好像用尽力气要盛放出一个热闹的春天。

原刊《北京文学》第11期

# 宛转环

慕 明

> 昔季女有宛转环,丹崖白水,宛然在焉,握之而寝,则梦游其间。
>
> ——[明]祁彪佳《寓山注·宛转环》

## 楔 子

水并不冷。

他的云头履浸在水中,青色直裰的下摆在渐渐涨高的水面上漂浮,月色中,像一片柔软的荇菜。

他知道,再过一个时辰,水就会没过他的口鼻。为了将池面与园外河道隔开,他特地设了这道碎玉闸。梅雨季节,关上闸门,园中池水就不会上涨太快,然而水流就像年岁,终究难断,园内梨花盛开时,园外河道里也会泛起碎玉般的花瓣。当初为园内各景做注时,只是爱这临水落英的清新，没想到一语成谶。想来宛转环碎时，已隐约昭示了今日的情形。

倘若那时就已经知晓一切，又能怎样？难道就不会三进三退，就不会费尽心力建起这宛转之园？恐怕他仍会。见过时间流转，他已经明白，过去之所谓过去，未来之所谓未来，正因为在迷离万相中，所走的路才是唯一的实相。

何为梦，何又为实？这山川人物，是真，是梦？那时空变幻，是画外，还是画中？在那山阴灯会上倏忽而逝的，与在此沉浮不定的，是人，非人？

存了这番思绪，死不过是另一场梦。眼前浮起媚生的笑靥，理儿的面容，还有茝儿的眼睛。他也看见他们流不尽的泪。"君臣原大节，儿女亦人情。""国耻臣心在，亲恩子报难。"得妻儿如此，还有何求？

只是他们或许永远不会明白，他此时的选择，并非为了君臣大义。这个王朝的君与义早已失去了本来的颜色。他还怀着希望的，只有微微掀起一角的大幕后的那个幽深世界。

水浸没了腰部。还有三刻，足够他从头说起。

只当今日又是崇祯十三年吧。

## 一

茝儿是在上元灯会时得了宛转环的。

那日爹爹牵了她去龙山看灯，只见沿山袭谷都明晃晃的，像漫天星河倒灌，又像爹爹为她捉的萤火虫，一闪一闪，只是不会飞。走上山去，磴道两旁搭了长长的竹棚，每个棚子的四角都悬着罩了璎珞的羊角灯，写了灯主人家的名字，中间是一盏剔纱的大灯，乡人唤作"呆灯"的，灯罩上画了各种各样的故事，有"四书"的、《千家诗》的，还有的写了灯谜，描了佛像。每盏灯下都挤满了来看灯的人，卖瓜子糖茶的小贩在人群中挤来挤去，远处还有错杂的锣鼓声、咿咿呀呀的戏乐声，苣儿的眼睛与耳朵，都快用不过来了。

她松开爹爹的手，钻进灯棚里，想凑近看灯上的画。平日里，爹爹也教她些运笔用墨的法子，只是她总不太懂，什么是荒寒，什么又是平远呢。爹爹的画只有墨色深浅，灯上的画在荧荧烛光下，却鲜艳得要流淌下来。画里是骑着枣红马、在茫茫雪原上追猎的锦衣将军，雪地上留下一串浅浅的蹄印。苣儿还没有见过真的雪，只是听爹爹说过。灯滴溜溜地转个不停，马和人好像都从画中飞了出来，飘在空中。苣儿眨眨眼，马和人又回到了灯罩上。

"姑娘可喜欢这灯？"

她抬头，那人身上的短褐褪了颜色，面容在灯火间明灭不定。苣儿忽然发现自己孤身一人，鼎沸人声变得稀薄，左右看看，爹爹不见了。

"这灯上的画，不知怎么，像是活的。"她咬着嘴唇，心怦怦跳个不停。

那人微微一笑，手伸进胸前，掏出一个玉色丝帕包裹的物件，递过来。她注意到那人的手像爹爹一样纤长白皙，指尖有些微茧痕，不像是寻常引车卖浆之人。帕子温润细滑，被所包之物拱起一道奇异的皱褶，颤颤地浮在掌中，像一泓小小的春水。

她不敢接，又极想掀开帕子看。有这样的手的，该不是坏人吧？

"罢了。偶见姑娘注目这走马灯，倘若小女未夭，年貌心性，当与姑娘仿佛。这物是为小女所制，只是再也无法送出了。"那人惨然一笑，作势就要收回怀中。

"别……"情急之下,苣儿拉住那人,像拉住爹爹,又立刻松开。衣袂冷如寒玉,她的脸热了起来,忙低下头,一个字也说不出来。

"多谢姑娘。"

她听那人轻声说道,一抬头,人已经不见了,只剩下玉色帕子裹成的小包躺在青石板上。她俯下身,小心翼翼地捧起来。

"苣儿,苣儿。"

爹爹的声音由远及近,苣儿回过头,只见他两手各提一盏灯笼,跌跌撞撞地向她跑来。满山的灯不知何时已经暗了,隐隐传来了山寺的钟声。

## 二

苣儿想不出宛转环是怎么做的。那夜她揭开玉色丝帕,发现内里是一枚通体明澈的玉环。环壁极薄,壁内不知用何种技法,绘有极细微的山川林泉。更奇的是环的形制,既不是玉镯,也不是玉珏、玉璧,而是一条纤细玉带,像是被旋转了半圈,再将两端黏结而成。可苣儿找来找去,也不见黏结处的断缝,玉带通体光洁,没有半点刻痕。

"爹爹,这玉环是如何做的?"

她不止一次问爹爹,他却总是笑笑不答,实在被问得急了,便说,吴中的玉工把荸荠、木通草与玉石一起放入锅中焖煮,玉石就会变得绵软如泥,随意揉搓,名曰软玉法。苣儿不大信,冰糖荸荠汤是冬日里常喝的,她从姆妈的药匣里取了各种草药,再与荸荠、小石子一并放进砂锅里煮,可不管怎么煮,石头都是硬硬的。

"爹爹骗人。"

上早课时她扁着嘴,坐在画案前扭来扭去,墨也不磨,纸也不展。

他只好放下蘸了墨的湖笔，卷起展开的雪浪宣。得了宛转环那夜，他在茞儿睡去后细细察看，只觉非人力而为，可听茞儿描述，又纯是人世情事。直到他穷尽目力，终于在环壁内的微末间，寻得了玉工的名号，心下才如雪洞澄明了。那原是前朝名倾天下的琢玉圣手，使一双色赤如火的昆吾刀，刀法洗练如魏碑、清雅如南画，犹善在方寸间极尽工巧，以一支纤如毫发的水仙花簪出山，琢玉如塑泥，二十年无人勘破其中奥妙。

约莫十年前，他在苏松巡按时，听闻那人性子古怪，在每一件玉器上都要留下自己的名款。因在御制款上暗留名款，犯大不敬，被处斩那年，已是九年前。至于这宛转环如何制成，又如何流落到山阴灯会上，就不得而知了。

他知道茞儿那夜大概是遇了异事，并不愿将其中原委与她讲明。

"也罢，今日不动笔，爹爹教你看画。"他转身从楠竹柜中拣出一卷画，"等开春，就带你去游城外在造的园子，也是依画而建的。"

卷子徐展，是一轴水墨远景，画中有水、有树、有竹亭、有茅屋，都只是寥寥几笔，留了大片空白，只在远景上用淡墨薄染了些山影，无一实笔勾勒，看起来蒙蒙一片。茞儿想，那园子要是也像这样空，可不大好玩吧？

爹爹好像知道她在想什么，"叮叮"敲了敲盛了水的梅子青笔洗。

"茞儿看看这笔洗，要不是空的，就不能装水。轮毂上的辐条，要没有空间隔开，车轮就不轻便。再看这屋舍，因为有了空，户牖、墙壁才有了各自用途。没有空，实也不存在，正所谓有形但为无形造。看画也是一样，人只知有画处是画，不知无画处皆画。画的空处，往往是全局的关键。若求纸上云林，何处留空、如何留空，比如何画一木一石更重要。最精妙的画，若说是墨色画就，倒不如说是由空白画成的。"

"可山里有好多东西，去年夏天我们去曹山替姆妈放生小乌龟，石宕里的小鱼小虾数也数不过来，爹爹还说，芥子纳须弥，池中一大千呢。"苣儿仍不大信，山石树木都触手可及，可是空，摸不到、看不见，为什么这么重要？莫不是像软玉法那样，又是爹爹哄她的？

他笑了，伸手抚苣儿的头。

"苣儿又长高了。"他顿了顿，"碾玉也好，作画也好，造园也罢，都是要在有限之内，再现无限之天地自然。正因为山川草木广袤无边，才要以留空来给人以想象的余地。前朝有一位技艺高绝的玉匠，曾奉上命在玉扳指上雕百骏图，你可知他是怎么做的？"

苣儿皱眉。莫非就是做宛转环那人？

"他并没有真雕一百匹马。"爹爹徐徐道，"只在玉扳指上雕了层峦叠嶂与高耸城门。马只雕了三匹，一匹驰骋城内，一匹正向城门飞奔，一匹刚从山谷间露出马头。仅仅如此，却给人以马匹无数、奔腾欲出之感。就像这画，空白之间，有浩浩汤汤的淋漓之气，壁立千仞的嶙峋之意。"

"唔。"她有些失望，定定看了画卷一会儿，似乎明白了一点儿，又似乎并不明白。午歇时，她又拿了宛转环来看，环只是形制古怪，环内所雕景致虽细微，也历历可数，不过十余。看着看着，就睡着了。

爹爹望着苣儿握着玉环酣然的睡态，眉眼间仍是一团孩气。再读手中自北地传来的书信，千里之外崩裂的巨墙、飘摇的朝堂，也就像墨影一片漫漶，不再真切。他放了信，拾起笔来，继续为园中诸景做注。园子依山势而建，各景大都从诗文中得了名字掌故，不过园子本身还是简单地以寓山为名。

"爹爹，爹爹。"

苣儿不知何时醒了。"我做了个梦，梦见在画一样的山水间，但是活的，不是画。山里一个人也没有，我走得很快，像在飞，山崖是红褐色的，很厚，上面有绿油油的茶树，山溪又深又急，碧绿溪水卷着细细的白浪。还有琉璃瓦顶的亭子，檐角有风铃叮叮当当响，转过亭子去，又是一片红褐色的山岩，只是这里，茶树却长在了山崖下面，天地好像活过来，翻了个身，脚朝天了。"

"苣儿御风而行，游无上妙境，成仙人了。"他笑着说。

"不，那亭子是人建的。"苣儿摇头，"匾额上有他的名字。他叫子冈。"

他的笑容忽然凝住。那个吴越乃至天下都为之震动的名字，那个使有史以来最杰出的玉工断送了性命的名字，他并未向苣儿提起过。

"苣儿，再好好讲讲，梦里的世界是什么模样。"他一把抓起了宛转环。

"有厚厚的山岩、矮矮的茶树、卷着白浪的溪水、檐角有风铃的亭子……是了，爹爹，梦里的世界不是画上的，是宛转环里的！"

苣儿睁大眼睛，见爹爹用一支抄《灵飞经》的小楷狼毫，一点点地，把宛转环里的景致轮廓临到一张柔软的玉板宣纸上，用裁刀剖成一长条，扭转一下，再用糨糊把纸带粘起来，轮廓就立了起来。虽然只画了一面纸带，山岩、亭子却出现在了纸带两面，画的上下方位时有颠倒。两面的纸带经过扭转后，只剩下一个面，原先有画的一面和空白的一面，交替出现在新面上。

"可是梦里的景致连绵，并没有空白。"苣儿道，"他难道画了两个面？"

他摇摇头，用笔蘸了朱砂，沿着粘好的纸环边缘一笔划过，有画的一面和空白的一面，都染上了殷殷的红。

"神乎其技。"他长叹,"他必是先将玉以不知何法扭结成环,再雕刻其上。此环形制特别,能将单面的画呈现在双面上,以画中人看,可不就是天地都活了过来?你在梦中,是以画中人之身游历此环。"

"那,那可能不是软玉法吧?"沉默半晌,她讷讷问。

"爹爹也不知道。苣儿长大了,很多问题,爹爹也答不出了。"

不知为什么,她觉得他有一点点伤心。

# 三

春天到了,苣儿跟爹爹去看园子。园子很大,她和爹爹沿着园内的河堤走,初时还走走停停,注目水中的一尾小鱼、汀上的一只沙鸥,后来绕进山里,见了数不清的树木岩石,渐渐就忘了来路。爹爹却对每一个弯折、每一处隙地都熟悉。一会儿说这里临水而稍稍透迤,可植修竹,一会儿又说那里土层浅薄,可置茶坞。她觉得,他就像在这偌大的山林间作画,土木林泉,皆为笔墨,可随意挥洒,而且在没动笔之前,已想得很清楚了。

转过半山麓的草堂,花木中掩映着三间宅子,中间一间阔大,两边两间窄小,像供桌上的贯耳瓶。

"这里叫作瓶隐。"爹爹笑道,"古时有异人叫申屠有涯,放浪云泉之间,随身携一瓶,困乏时,就跃身入瓶,世人都叫他瓶隐子。今日爹爹也取此意,把这三间卧房筑成瓶形。"

"瓶子那么小,怎能容下这么大的人?"苣儿问,又自言自语,"是了,他肯定跟子冈一样,有软玉法之类的法子,就叫软骨法吧。骨头软了不够,还要缩小才行。"

沿着小径登上山脊,是一座五层的木阁。楼梯高而窄,苣儿扶着栏杆往上爬，登上最后一层，眼前豁然开朗，越中的山川云水，在微茫雨色中，真的好像画里一样空蒙迷离。再往远看，层叠山原间，有村烟袅绕、渔火遥明，更远处海潮涌动，记忆里，要坐很久马车才能见到的景象，都近在眼前。

"这是远阁。禹碑鹄峙，越殿乌啼，西园飞盖，兰亭流觞，广袤空间里的江山风物，只因此地势高，就都能收入，成了我园中的小景。造园之术，岂不有趣？"

爹爹背着手，从狭小阁间悠然眺望，直到听到苣儿断续的哭声，才惊觉她不在阁上。他奔下楼，只见苣儿趴在楼梯口，呜呜地哭。

"我想小解……下楼，从……从楼梯上跌下来了。"

"哪里痛，这里？"他见她的小手搓破了皮，只恐伤了筋骨，连忙按她手脚关节。

"不疼，可是，你看……"

苣儿从香囊里抖抖索索地掏出宛转环。玉环上，磕了小拇指尖大的一个缺口，露出环壁极薄的断面，原来是空心的。

"玉碎虽可惜，毕竟是身外之物。"

他舒了一口气，想那陆子冈鬼斧神工，名重一世，多少藏家为求一玉倾家荡产，此时则万不及苣儿安危了。"还能自己走路吧？来，爹爹背你。"

苣儿拿手背抹了抹眼泪鼻涕，想站起来，眼眶里，泪还止不住涌出，她揪了片细长的书带草，想把玉环擦拭干净，"啊"的一声，怔住了。

他顺着她的目光看去，只见书带草的草尖探入了玉环的缺口，竟随环内走势弯转起来，曲折之势，与那日他用纸带演示的、玉环未碎前的模样一样。

他也惊呆了。触碰玉环,仍硬硬的,玉所包之物,却从未想过。他忽然懂了。是了,不愧是大宗师、大手笔,枉我自夸以画造园,竟没想到此节。

他站起身,踱来踱去,松阴长衫在山风中呼呼作响,像一只青翼大鸟。不错,不错,如此这般,如此这般,这等神力,仅为博小女儿一笑耳,真是举重若轻,举重若轻。

"爹爹?"

苴儿好不容易定了神,却见他像是饮多了琥珀色的冬酒,面色忽而大喜,忽而发狂。

"爹爹?你怎么了?"

"苴儿,你还记得那日讲画,最精妙的山水,不是以墨色画成,而是以空白画成的?"

"是。"

"子冈治玉,也是空前绝后的技艺了。他在宛转环上琢的并不是玉。他不是用荸荠煮软了玉,而是以那对昆吾刀雕刻了空间。空间宛转成环,再以玉片贴覆其上,自然就延展成环,所以草尖放入其中,也会依势弯转。空,不可见,无定形,子冈却发现它可弯折、可扭曲,他所用的,其实是琢空之法。"

"那瓶隐子……"

他点点头。"瓶隐子应该也是以琢空之法,放大了瓶中空间,或是缩小了自己所处的空间。'无一物中无尽藏,有花有月有楼台。'苏长公诚不我欺,只有近乎道的技艺与苦心,才能在这无一物之中,现出万千世界啊。"

夜幕渐渐爬上了山林。两人不再说话,就着一片淡淡的月光,慢慢走下山去,各有各的心事。苴儿想着去哪儿寻一小片一模一样的白玉，把宛转环补好，他在想的，又要更多些。

## 四

已是十多年前了。祁幼文刚到任兴化府推官时，不过是弱冠少年。不要说知府、通判，就是府衙里职位低微的功曹小吏，看到竟来了个书生执掌一府的刑名，都哂笑起来。

可他听不懂。府中衙役见他不懂方言，更加肆无忌惮，不光当面用方言戏谑，做事也懈怠，今天所寻的案牍找不到了，明天理刑厅的地面上被人泼了污物，去追问，衙役们却纷纷摇头，一面操着蹩脚的官话说不知，一面偷笑。

怎么办？出身簪缨世家，自小熟读经史，十九岁得中进士，为官之初，他就暗暗立志，要精研律例，秉公为民，成为前朝海瑞那样的能臣，难道现在，竟被几个猾吏戏耍不成？可是孤身在这闽东，每天一睁眼，所听都是异乡语言，所见都是异乡面孔，只有城北壕沟开凿成的小西湖，能让他稍感慰藉。湖上有南北两堤，虽简陋，但绿柳拂荡、清波涌起时，也能让人想起西子湖上苏白二堤的风致。唉，又怎比得上真正的西湖！仕途漫漫，和媚生荡舟同游的日子，坐看暮色入林、兴尽戴月而归的日子，不知何时才会有了。

那时他与媚生成婚不过两年，新婚的欢愉还历历在目。初见她时，她穿了一件月色的褶裥裙，动静间，褶裥流动如月华一般。她并不像一般闺阁女儿那样娇赧，泠泠然的容姿，他从未忘记。

他几乎想得失了神，直到窗外传来街上小儿喧哗。小儿唱着歌谣，依然是难懂的方言。他忽然有了办法。他虽不懂方言意思，但自幼听诵诗书，有过耳不忘的功夫。他将字音以反切法记下，又悄悄买了两个本地粗使婢女。

十日后,祁幼文升堂议事,将猾吏侮辱之言一一翻译陈述,按《大明律》,骂本管长官者皆杖责。群吏大惊,从此无人敢犯。百姓听闻新任推官虽年少,处事却精明,也纷纷到府衙上诉。他在兴化府任推官六年,每年审公案两百余件,大到谋财害命,小到丢包换银,破了不少疑难杂案,但有一件他始终没有弄明白。

那本是一桩普通田产案。兴化地处闽东,山多土少,山间田地常划为无数小块,各小块间肥瘠不同,买卖典当不断,各家田地错杂。农户陈阿乾家有三亩薄田,紧邻当地富户方氏田产。陈家七口,生计本已繁重,他又常接济游方僧道,日子颇为拮据。

方家多次想收买陈家田产,以和自家良田连接成片,陈阿乾却不卖。过了几年,陈家老母失足跌下山崖,陈阿乾将田土以十两银子作价,抵押方家,筹措丧仪。方家在陈家田上圈地划界,陈阿乾却操着柴刀阻拦,称田地并未卖给方家,不信,拿田契来看。方家人回去一查,田契竟不见了。可当日明明抵押完成,十两银子也已从账上划去。

方家纠集了一伙流氓青皮,半夜强闯入陈家茅屋,将陈家大小拖出来,在屋中翻了个底朝天,终于在腌菜缸里发现油纸裹的田契。陈阿乾被扭送至县衙,方家本以为人赃俱获,不料田契再次在众目睽睽下消失无踪。县衙不知如何裁决,两家闹到府衙。

祁幼文仔细检查了方家存放田契之处。那是大宅深处的一座库房,进入库房,再打开锁柜,需要数把钥匙。他也计算了从进入大宅到打开锁柜的时间,家丁仆役来往不绝,无法在无人察觉的情况下做到。陈阿乾不过是一介农夫,难道,还会上天入地不成?

祁幼文注视着匍匐在地的农人。他肤色黝黑,目光呆滞,只有脸上时不时颤动的肌肉,显出内心波澜。自古以来,礼不及庶民,教化不闻于百姓，即使在海瑞这样的名臣笔下，乡民似乎也只是一群动物，既浑浑噩噩，又狠毒狡诈，易于冲动。刚开始为官时，他也不理解，为何他们因小事就打架斗殴，甚至自杀泄愤以陷害仇家，死亡对他们而言，竟是那么轻易。

后来他渐渐明白，并非所有人都像他一样长大。他们的生命里没有文章义理，没有诗情画意，没有至亲的谆谆教诲，也没有爱人的心心相印。士人习以为常的自尊自爱都需滋养，而当日复一日地挣扎于温饱、被侮辱损害的时候，卑微地活下去，才需要最大的勇气。他虽不能体会他们的切肤之痛，也并不愿只将他们看作愚氓。

"此案有何隐情？买卖本属自愿，你既已将田地抵押于方家，为何又屡次反悔？"他屏退左右，"说出详情，本官定还你清白。"

"大人！"陈阿乾忽然哭起来，"老母是被方家害死的！老母虽年迈，身体一向健康，山路走了几十年，怎会失足坠死？"

"可有证据？既如此，为何还抵押田地？"

"小人不能说……"农人脸上满是恐惧，"小人也是后来得知……可他们推下老母的情形，我看到了，真真切切……"

"到底为何？你看到了何事？"

"当时没看到，可是后来又看到了……"

陈阿乾语无伦次，他只得换个问题："那田契是怎么回事？你将田契藏在菜缸中，总该知道它是如何从方家消失吧？"

祁幼文皱眉。法术之说，他一向不信。可陈阿乾却赌咒发誓，是这个脸色蜡黄的方士帮他偷出了田契。此人形容枯槁，咳嗽不停，不像是江洋大盗。之前祁幼文也查办过不少以法术为名的骗案，或是假借鬼神，骗取钱财，或是以怪诞夸大之辞，迎合人心，只要仔细查问，根本就没有什么妖法巫术。

"你如何拿到田契？快从实招来！"

"天机不可泄。"方士瑟瑟发抖，却不肯说。

"本朝以道德律例治天下，法术这等卑污行径，人所不齿，依《大明律》，师巫邪术，为害民间者，当斩！"

"大人真认为，人间律例可治天下么？"方士抬起头，仍在发抖，"古有伏羲制八卦、文王演周易，今有钦天监正四时、释天象、定吉凶。天象失常，帝王都须避殿减膳，诏求直言，千百年如此。皇家的威权，朝代的兴衰，难道是依赖道德律例么？倒不如说，是某种不可说的规则。万事万物都因循规则，小人只是略微利用了规则。"方士竟凭空拿出了田契，双手举过头顶，"世人视法术为污贱，可法术只是法术，如何利用，全凭人心。就如钱财，世人都道钱财好，可又有多少人为谋财而害命，大人见过吧？"

祁幼文吃了一惊。为官多年，他的确见过无数人心的残酷与无奈，也常思考，律例如此严格，赋税愈发沉重，难民流徙四方，疾苦从何而来？所见不平之事越多，他对律例与经典的信仰越发动摇。

"是何规则能统摄万事万物？"

"圣人创物的规则早已流散，小人只知其中最微末者。是空，无处不在的空，包含万物的空。田契看似被层层锁住，但从另一个方向观之，门户大开又相互联通，不费吹灰之力，就可隔空取物……"

他就是在那时，隐约明白了空间可以舒纵卷缩的道理。许多自古流传的异事，只要想通此节，也就不再是传说。吸纳八纮九野之水的归墟是什么，不断增长、越掘越多的息壤又是什么？都是在空间上琢出一个小小的孔洞，再将其不断拉伸扩大，将万物导入其中，再从另一端取出。上古生民口耳相传的故事，今日只有卑微的方士还懂得。

直到看到以琢空法制成的宛转环，他才知道，仍有极少像子冈那样的人，不为世俗所扰，精研物质之性、空间之理，得以一窥奥妙，并更进一步，以宛转之形，使画中世界活了过来。

只是有一点他至今不解，陈阿乾是如何看到老母被推下山崖的？

当时方士再不肯说，只是不住磕头，额角渗出鲜血。祁幼文让他退下，思考良久，将田契烧掉了。

## 五

四月间，雨下得更大了。今年雨水极多，晾在院中的衣服还没干透，就得收回屋里。苣儿伏在窗上，看院角的芭蕉树喝饱了水，刚刚挺起碧绿的叶片，又被雨打得弯腰。已经很久没去园子里了，山上的草木，也越来越高了吧？

爹爹这几日一直不在家，每天早上就乘了肩舆往会稽城里去，有时还要乘小船往吴兴去。有时还与不同的先生一起回家，在书房里谈到半夜，早课与晚课都不上了。姆妈身子仍不大好，有时勉强精神教她几句诗文，苣儿却还是想去园子里。

"姆妈，爹爹为何还不回家？"

"今年雨大，江里发了大水，乡下农人的地被淹，房子也被冲了，爹爹是在筹借赈灾的米粮。会稽山边，大禹治水时留下的禹碑，带你去过吧？"

她伸手入香囊中，去抚宛转环的缺口。小玉片没寻到，爹爹也忙着。自从环破，之前鲜活的山水林泉，也在梦中渐渐模糊。她生怕再也见不到，甚至不敢握着宛转环入睡，好像不去看，梦就会一直在。雨这么大，爹爹的园子也不知道怎么样了。

这一晚苣儿没有睡着，望着窗外沉郁的云气，好久都找不到一颗星星。估摸着爹爹应该回来了,她悄悄起身,循着墙,蹑手蹑脚地挨近堂屋边。

爹爹和姆妈在谈论着什么,有些她能听懂,设立粥厂、开设药局。有些她听不懂,什么平籴、荒政之类的。后来又能听懂了,好像是官兵在哪里大战反贼。

说话声停了,她赶紧躲到一边。门吱呀开了,爹爹又往书房去。她不甘心,待到姆妈回去了,也往书房走。灯光下,只见他拿了一封信,看来看去,脸上显出一点古怪的笑容,终于放下,起身吹了灯,出去了。

她从虚掩门缝钻进书房,拿了信到窗边,就着黯淡天光,一点点往下看。信是一位王先生写来的,有些地方看不清,又有些字不认识,只能看个大概。

顷见尊园,盖有四负,君处其三,弟居其一。君深受国恩,当图报称,即退休林下,亦宜讲道论业,日思所以匡扶社稷、泽润生民,乃今两年于兹,不务乎此,而徒经营土木,刻镂花石,逞一己之小慧,忘天下之大计,人尽如此,国复何赖?是谓"负君"。尊大人久依有道,旁通宗乘,购书万卷……今君年近不惑,位居台谏,立身行道,岂异时事?而此志未见卓然……是谓"负亲"。君天资敏达,赋性忠厚,允称济世之通才,堪为入道之利器……而乃不自珍惜……混明珠于瓦砾,弃良田于秕稗,是谓"负己"。君堕此三负,而弟过蒙道爱,许之直言,乃不能于未发之前,绝其端芽,徒冀于已事之后,救以口舌……是谓"负友"。

再往下的笔迹愈加潦草,看不清了,可苣儿已经不想看了。王先生的文字她不能全懂,但是在狠狠责备爹爹,怪他不去做官,而是在家里造园子,是看明白的。再想起他为了筹借米粮,园子已经多日不理,却还被王先生这样批评,心里涌起一种从未有过的酸苦,竟比自己犯了错、被爹爹训斥还难受万分,忍不住抽噎起来。

"苣儿?为何哭了?"

爹爹不知何时又转回书房,点了灯,见苣儿汪然出涕,忙抱她,拭去她脸上的泪。

"爹爹……王先生骂爹爹……"

他见苣儿攥着信纸,望着她湿漉漉的小脸,一时间什么都说不出了。过了半晌,才从摇摇欲坠的书纸堆中,抽出一张画纸。

"苣儿不哭。王先生说得对,爹爹听就是了。"

"爹爹不要去做官。"她哭得更厉害了。

"不做,不做。王先生说负了,那负了就是。你看,爹爹打算在园子里,新起一座四负堂,就在远山堂后,可以植桑树、养蚕宝宝。"

"爹爹,为什么这世上,有这么多洪水,这么多灾祸,这么多可怜的人?"她终于止住哭,哑着嗓子问。

"这世间虽大,万民能平安生息的地方,并不多矣。"良久,他轻声道。

"那怎么办?"她望着爹爹,烛光下,他的侧影是金色的。

"爹爹也不知道。"他站起来,身子浸入黑暗里。"爹爹只能造一个小园,保苣儿平安罢了。回去睡吧。"

乌鸦在枝头叫了两声,夜雨从檐角滴滴答答坠下来,苣儿摸着宛转环睡着了。梦中的山水像被雨水化开,渐渐看不清了。

# 六

祁幼文在二十九岁时升任右佥都御史,这也是海瑞曾经就任的官职。媚生那时正怀着苣儿,身子不便,却还是随他北上,经停西湖。

他们在南屏山下放舟,媚生在夏日暖风中睡去,过了许久,才在船桨的欸乃声中醒来,说经此一别,只怕又是多年无法得见西湖风景。在那时,他就动了将山川湖海以寓山之园重现的念头。

然而时局一天天变坏了。他看过户部的邸报,陕西、河南,几乎没有一年不遭灾情。大旱、大水、秋蝗、时疫接踵而来,山间的青草树皮都被饥民搜刮干净,只能吃观音土,最后腹胀而死,尸身和大哭的婴孩充塞道路,侥幸出逃者沿途行乞,不知何时就会变为路边饿殍。就连祁幼文所巡视的苏州府、松江府一带,本是泽被天下的富庶之地,也能见到衣着褴褛的流民。

江南又如何,失了土地的农人,十户倒有其九!在苏州城门边,他见到无主苦工成群结队,伸长脖子,眼巴巴地等着雇主。北方的灾难是否会降临到他们身上?多少人会沦为乞丐?又有多少人会混入青皮无赖的路数?他上疏朝廷,陈民间十四大苦,却如泥牛入海。又能企盼什么?内有流寇,外有鞑靼,小民之命,还不是草芥一般。

让他最感寒冷的,正是这漠然。有时他甚至怀疑,是否自己才是异于常态。为官多年,他习惯了压抑细微的文人情感,他其实做得不错,下令当街杖杀欺凌百姓的泼皮时,围观人群无不畏惧。但他始终不能像海瑞那样,成为一柄真正的利剑。山川之美、阖家之乐令他太沉醉,朝局之乱、百姓之苦,则令他太悲愤。然而高居朝堂者对这一切视若无睹,甚至他们本身就是疾苦之源。

在宜兴,他审了另一桩案,使他不得不离开官场。

宜兴是周阁老的家乡。周阁老二十岁得中状元,文名远扬,曾是他仰慕的对象。宜兴文庙前有金碧辉煌的三层牌坊为他颂德。然而周家的子弟倚仗权势,横行乡里,闹得鸡犬不宁,乡民忍气吞声,直到那一天。

依然是田地。这次周家要强占的不仅是良田,还有良田上的祖坟。被占地的张保儿抵死不从,周家的家丁竟弄了几条母狗,拴在张家庄稼田边,招引众多公狗,与母狗咬打嬉戏,践踏青苗坟地。张保儿气急,将狗一一打死,抛在周家田里。次日,张保儿还未出门,就听见门外人声喧哗,他推门,门被顶住,奋力一推,咣当一声,一口沾着新土的棺材横在门前。

张保儿气得拿了菜刀冲出来,要与周家拼命,却被早有准备的家丁七手八脚摁住,以持刀伤人之罪,扭送县衙。张家妇孺和乡民赶到县衙牢房,却只见到一具焦黑尸体,说是狱中失火,还未升堂,人就没了。

忍耐多年的乡民终于愤怒了。几百人操着锄头镰刀,一把火烧了周家大宅,损毁了周家祖墓。祁幼文到宜兴时,臬司衙门的府兵也刚赶到。

深重暮色中,他看着县衙院内跪满一地的乡民,有白发苍苍的老者,也有尚未蓄须的少年。人人脸上写着绝望,人人脸上也写着不甘。没人抬头看他。他们眼里,他只是另一个官官相护的大员。

"烧周家宅院,毁周家祖坟,是谁领头起事?"

没人回答。

"你们可能不信任我,但我告诉你们,依《大明律》,不光要杖责纵火者一百,更会处斩谋杀良民、发掘坟冢的恶徒,不管他有什么靠山!你们以为,我大明的官员,就都只是尸位素餐、结党营私、盘剥百姓么?你们以为,我大明的官员,就只有甘草阁老、乡愿相公,就只会眼睁睁看生民困于水火,社稷陷于不复么!"

乡民惶恐抬头,只见火把映照下,不再年轻的巡抚大人眼中有泪闪动。

被迫辞官还家后,祁幼文还常常想起那个夜晚。他觉得自己在那夜无比接近海瑞,之后的命运也有相同的走势。但他不是海瑞。越中的山水林泉，让他能吟咏自娱，家庭生活也给他深刻慰藉。比起在荒凉瘴病的南海之滨，将毕生寄托于为国尽忠、为民请命的海瑞，他是幸运的。然而不幸也正在此，覆巢之下，焉有完卵。当他意识到，所有将在眼前被一点点碾碎时，巨大的焦虑攫住了他。他想起那些衣不蔽体的流民，有人的衣服还能隐约看出是上好的绸缎。他无法想象媚生与理儿、茞儿流离的样子。

田地。这十多年来所办的大小案件，上书痛陈的十四大疾苦，里甲、虚粮、私税、流民，最终都归结于田地。借米赈灾时，一日发七石米，每人每顿不过分得两勺薄粥。一亩良田，丰年也只产五石米，常田只产三石。他见过为了一碗清可见底的薄粥在污泥中挣扎的村人，也掩埋过腹部凹陷、皮若青纸的尸身。甚至是四起的流寇、犯边的鞑靼，所求的也不过是更多平安生息的土地。

他何尝不知症结。富者阡陌千里，贫者无立锥之地。何止是地方豪强。在瓜洲，他见到浩瀚江面上，数百只运送漕粮的船泊在运河水闸前，等待潮涌开闸，在夜雾里向北航行。一张晦暗巨网在天下的每一个角落铺展。

除了以士绅之名救荒，他还能做什么？难道真如挚友所言，在这东南一隅的小园中度过余生？他想起很久以前的兴化府案，想起画中的机巧，还有那枚使人入梦的宛转环。物质之性、空间之理，在笔墨里，在玉石中，或许也在土木林泉间。

## 七

杨梅熟时，天气变得好些，爹爹也不再整日出门。他的双鬓不知何时白了，好像老了一点儿，可目光炯炯，神色也开朗不少，又好像年轻了一点儿,两相抵消,也许还是没变。

他整夜在书房里画园子的图,白天则去园中指挥修建。每天晨光刚露头,他就叫小厮撑船往园子去,只不过三里多水路,半刻就到了,但他急得很,刮风下雨也不停歇。苣儿开始还同去,去得多了,见他对每一片石材的叠放,每一株草木的位置都要亲自调度,也就倦了。爹爹似乎是想把大雨耽搁的几个月赶回来,可树间还没有蝉儿聒噪,榻上刚铺上清凉的竹簟,漫长夏天才刚刚开始,不知道他在急什么。

爹爹每次去园子,都要带一沓画。有的像院本工笔,画了亭台楼阁的细部,有的像山水长卷,画了山林土地的远景。最大的一幅反倒什么也看不出,只有曲折的线,连起或圆或方的小块。苣儿开始不明白,后来才知道是园子的鸟瞰图,只有按照这图,才能确保建成的园子和构想中一样。

爹爹怎么知道鸟瞰园子是什么样?苣儿奇怪,可他说不难。他用纸叠了小树小屋,又在院中空地置了石头假山,以碗莲盆作水池,以对半剖开的竹笔筒作溪流,布成小小的园子,低头观看,就能画出来了。他还叠了许多纸形,有圆有方,还有各种叫不出名字的样式,有的是有尖角的圆弧片,有的像从圆纸球里削出的纸包。所有纸形都有各种扭结,其中最多的,还是像宛转环那样,中间扭了一下的圆环。难道也要在园中放这些么?苣儿问爹爹,他却总是笑笑,不说话。

第一阵秋风吹来时,纸形也像院中的梧桐叶一样,被翻得哗啦啦响,两人又往园中去。坐在小船上,从满河白茸茸的芦草间穿过,看着船后水纹分开又合上,微明天光从细如针尖的芦花上透出来。蝉与青蛙都噤了声,只有水鸟不知藏在哪里,扑棱着翅膀,忽然就有了一点凉意。

小船绕过一片青林,就从水路到了园子。苣儿摸摸眉毛,像是凝了盈盈的露，衣袖也沾了淡淡的湿气，还未进园，已身在琉璃国了。泊舟登岸，透过长廊看去，是让鸥池。风动清波，池中山影袅袅，分不清何处是云，何处是水。

"茝儿看，池边的亭台楼榭，有何特异？"

茝儿四下环顾，只见池西有一条长堤，伸入田田莲叶，叶间一座石台隐隐浮现，台后有竹林小山。池东是几间粉壁黛瓦的水榭，临水面湘帘半卷，每座楼台都向水面开了窗。再仔细看，每座楼台的朝向略有差别，都向着湖水中心，扭转了一个小角度。

"这亭台，好像是一群人聚在一起议事。"

"是了。此为向心之法，不仅池边亭台，这园中的一石一木，疏密变化，都以向心之法排布。"

"向心？"茝儿觉得爹爹今日所讲，并不难懂，却与平日画论不同。"那为何要以向心之法造园呢？"

"莫急。"他微微笑了，"不止向心，爹爹在这园中还试了二法，如能成功，比宛转环里更神奇的景致，茝儿也能得见了。"

两人沿着廊子，向池东水榭走去。穿过长廊，是一道短梁，梁环向北面，连起一座三层紫竹书楼。竹篱上新刷了桐油，在阳光下泛着一层湖水似的清光。拾级而上，楼阁高耸宽大，四面长窗都打开了，湖风轻拂案上书页，粼粼水光与天光映在细白的露簟上，像碎玉一般。相邻的一间花舍却极窄小，从荫蔽花木中探进去，又暗又凉。

"爹爹，这书楼与花舍，明明位置相邻，却为何处处相反？大与小，高与低，明与暗。"

"不光如此，看这相邻两处的屋盖，若从空中俯瞰，是什么样？"

茝儿看着两座亭舍，也学他的样子，拿一根小木棍，在地上画起小方块来。书楼朝向湖面的一边长，侧边短，花舍却正好相反，朝向湖面的一边短,侧边长。

"这两座建筑你进我退,势若掎角,从方位上看,也是处处相反。"

"不错,这就是园中的互否之法。园中的每一处,高低、进退、大小、明暗等等,乃至山、水本身,也均以互否之法排布。前人所谓'小中见大','欲扬先抑'等造园术,皆是此法的应用。有了此法,花舍之幽深宁谧,可反衬书楼之辽阔开朗,其实,这两处的面积,几乎是一样的。"

"果真如此?"她吃了一惊,"可在花舍之中,明明觉得逼仄,并不像书楼上那样通透。"

他笑了。"芷儿可还记得子冈用琢空法制宛转环? 其实,置山理水,叠石植木,以一园林泉纳半生湖海,才是真正的琢空之法啊。"

芷儿怔住了,想说什么,却说不出。她忽然意识到,爹爹并不只是厌倦了做官才造园,而是像子冈一样,意在一方小小的领域里,将毕生心血,倾入一件从未有人想过的奇事。她不敢深想下去。以琢空之法制得的宛转环,不过手掌大小,已是可惊可叹,而园子占地数十亩,倘若以琢空之法布置,又会是何等模样? 过了良久,她才轻问:"那第三法呢?"

他没答话,只牵了她,从池东经过一道小桥,转回了池西的竹林小山间。山间乔木苍幽,怪石嶙峋,比起池间的烟水空明别有一番味道。可就在山石之间,又有一眼满月似的清泉,好像把一池潋滟的水光,又带入葱郁山间。他掬起水,芷儿从掌心啜了一口,唇齿间竟充满了松风的香气。

"爹爹,这山间有水,水中又有山间的草木韵味,也并不是完全的互否吧?"

"这是山中之水,水中之山。园中每一处,不光取了互否之法,也取了互含之法,这便是园中三法的最后一法。"他点点头,"列子有云,大小相含,无穷极也,含万物者,亦如含天地。芥子纳须弥,并不是譬喻,其实是这大千世界圈圈相套、重重相摄的实在景象。"

"圈圈相套?可是,人所见的,只有这一个世界啊。"

"苣儿想想画,就能明白了。假如画纸没有厚度,一间画室,可容纳多少画上的山水人物?"

她努力想象。画上的人与景仿佛飘了起来,墨线轮廓在空中交错,无论画中如何摩肩接踵,鳞次栉比,在画外人看来,永远只是一片薄薄的影子。画中的须弥世界,在画外填不满一粒芥子。

"爹爹是说,有另一个世界,也套在这世界之外,把我们也当作画中么?"

他停了一会儿,道:"苣儿,可还记得《桃花源记》?"

"'土地平旷,屋舍俨然,有良田美池桑竹之属。阡陌交通,鸡犬相闻……'难道武陵渔人进入的,就是那世界?"

"世人只道桃源在画中。"他叹了口气,"不承想,只有把吾辈所在的空间当作画中,再跳出去,桃源人才能有取之不尽、用之不竭的美池良田。空间可以舒展蜷曲,乾坤可以环环相套,明白这点,才能得知桃源的真意。古人言有洞天福地,隐于名山大川之间,唯有仙家才得其门,实际上,洞天,只是那更高层的世界,在我们所在空间中的一处嵌入罢了,所谓的仙家,也不过是那世界的众生。"

"嵌入……就像画纸,把画中世界与我们这世界相连一样?"

"画中人即使有画纸为窗,也无法从画中跳出来。我们想进入那高层世界,也难上加难。即使机缘巧合,武陵人欲再访桃源,寻向所志,也不复得路了。那世界有芳草鲜美,落英缤纷,黄发垂髫,怡然自乐,这世界,万民却经受水火战乱。苣儿,你娇养长大,或许觉得天下之大,穷尽一生也游历不尽,对于他们,却并无立锥之地啊。"

"爹爹……"她轻声说,造化的神奇,世间的困苦,对她不过是遥远的影子,爹爹去施粥时的情形,还有那信上的字字句句,却是历历在目。"世事非爹爹一人能承受,有了这园子,参透了这天地间的大奥秘,便忘了那些吧?"

"宋儒讲为生民立命,为天地立心。虽放浪林泉,也还有一线知其不可为而为之的妄念。"他淡淡道,她听来,却如暮鼓晨钟,于万籁俱寂中轰然回响。

"可还记得子冈,以琢空法造宛转环?玉环的宛转之势,使得环内壁画活了起来,变得可游可居。爹爹所想的也是同样。只是这画不是笔墨画就,而是实在的山水林泉造就。将包含万物的空间,以宛转之法构造,那个无限广袤丰饶的世界,或许就会在园中显现。我辈所求,不过是一方小园,但这小园,却要扭转乾坤。"

"向心、互否、互含,这三法……"她摸着香囊中的宛转环,指尖在凉玉上滑过,一圈圈,找不到尽头。

他在地上画了一个圆,圆中涂了一半明,一半暗,明暗相对弯折,呈向心之势,又是明暗互否之势。明中有一点暗,暗中又有一点明,呈互含之势,像一尾黑眼白鱼,一尾白眼黑鱼。

"这原来是……"

"不仅如此。这也似是将两只宛转环从边缘相互粘连,再俯视所见之形。苣儿可知宛转环有几个面?"

"宛转环上,正反面循环往复,面,也就不成其为面……"

"是了。一只宛转环无正反之分,失却了面的涵义,却可将画中世界与我们所在的空间相连。两只宛转环从边缘相互粘连所得之物,边不成其为边,这事物,不妨称之为宛转瓶,应能把我们所在的空间,与更高层的世界相连。何为阴阳太极？也许不过是那高层世界留在上古生民心中的一把钥匙罢了。"

"爹爹，是要以三法，将园子建成这宛转之瓶？"

"何其难啊。"他摇摇头，"画中世界的宛转之势，唯有借助我们所处的空间，才能制得，而我尝试许久，叠了无数纸片纸环，竟无法将两只宛转环的边缘完全粘连。虽可构想宛转之势，却无法勾画细部，也无法依画建园，要功亏一篑矣。只可惜，那世间有广厦万千，我天下寒士，却不得其门啊。"

"爹爹莫急，假以时日……"

"苣儿。"他的声音忽然沉下去，像淹没在一眼深井里。苣儿从未听过他这样说话，一字一字，吐得极慢、极重。"这园子今日以前，原是培搂寸土，饶是穷思极虑，又安能保今日以后，还是列阁层轩？大厦将倾，爹爹与你相伴的时日，怕不多了。"

那日后来的情形已经模糊了，只记得有紫鹇鸟尖厉的呼啸在山林中回荡不止，她的童年，也就在那啸声中倏然结束了。

# 八

爹爹是在来年春天离家，北上南京的。那个春天，雨水前所未有地稀少。北都陷落、皇上殉国的消息传来时，苣儿正与他一起在园里，清理杂草丛生的泉眼。他想要起身，却支持不住，噗的一声跪下了，她忙去扶他，却见久旱的土石上，渐渐有了几滴清痕。

福王那时已到了南京。爹爹在书房中独坐了一夜，天色将明时出来，已拣了几册书卷，还有那轴尚未画完的寓山全景。她知道他又要去做官了，但不知怎的，却再也无法像从前那样求他留下。她看着马车摇晃着,在熹微晨光中扬起烟霞似的尘埃,消失在模糊的北方,一种绝大的空寂滚滚而下,将她浸没,忽然就明白了何为孤独。

爹爹绝少来信,寥寥几封,也只是问起家中的杂冗、园子的情形。乡中传来的消息却激烈得多,说闯军大将围困扬州,久攻不下,尽日掠夺临近村镇妇人,百姓奔避江南,民心大乱,可茝儿手中的信,却只说他新得了一幅西洋舆图,或可用于寓山园中。她初时气恼,乱世如此,连丫鬟小厮也时时议论天下局势,他却还把她当孩子。但信中言辞谆谆,又不像是故意瞒她。

那时她已知道爹爹先前两次辞官还家,都是得罪了朝中的要人。如今旧朝已散,新朝廷百废待举,他却又一次回来了。那个夜晚,细雨在竹叶间簌簌作响,他走进来,穿的仍是那件松阴色的旧衫,见了她,也依然温和地笑着,可她总觉得有什么东西变了,像有细小裂纹潜在内里,她在他面容上细细寻觅,却寻不到。

"茝儿,来看这《坤舆万国全图》,是西儒利西泰在肇庆刊印,金陵翻刻的,这图中,地与海竟是圆的……"

"爹爹,朝中情形如何了?"

"爹爹无用。"他摇摇头,"时事危乱,还是山中为稳。我已嘱咐了你哥哥,刻意苦心,侧身励行,从今往后,万勿动功名之想,只是读书务农,成为正人君子罢了。你虽为女子,吾门诗礼传家,也是一样的道理。"

茝儿见他心意坚决,只得就着烛光,去看舆图。图极大,漫漫展在书案上,四边垂下来。图的左上、左下各有一圆,内有陆地小图。图中间,巨大的圆角方框以纵横墨线密分成许多格,格子间距由中心向上下逐渐扩大,海水陆地,杂陈其间,东西两块大陆各据一方,用各色标示出万邦地名。她只识得正中的大明,邻近的高丽、日本、交趾、暹罗,再往远处的地名,均不认识,又有一块纯白大陆,面积很大,位于全图下方,未标地名,图的边缘处还画了许多从未见过的海怪,有的像人,长着鸟头和鱼尾,有的像虎豹,却有鱼身,像是《山海经》里的。

"爹爹,这极南地如此广袤,为何没有国君?倘若万民能迁徙至此,是不是就可再建桃源……"

"南风之时兮,可以阜吾民之财兮。可惜啊,泰西有言,大地为球,浮于天球之中,南北相对,那极南地不但被南溟所隔,且与极北地一样,终年苦寒,草木不生。"

"这极南地,面积与东西二陆相仿,却是无用。"她叹气,"这图虽好,也只能看看罢了。"

"不,这图自有无用之用。可还记得为寓山园画全景图,爹爹置了假山纸树,从上俯瞰?"

"是。"

"大地既为圆球,这坤舆图,又如何将圆球上的海陆,展开到长方形的画纸上?"

她试图在心中将纸球的表面延展开来,却无法将其放进长方形中。

"西学精深,西人并非从上往下看,而是假想这浑圆大地被围在一中空圆筒内,其纬线与圆筒相切,然后再假想圆球中心有一灯,从里往外看,把球面上的图形映到筒上,再把圆筒展开,即得此图。此图保持了圆球上的角度方位,如循着图上两点间的直线航行,海船方向不变,可直达目的地。西人长于航海,此图居功甚伟啊。"

"啊,那经纬线格逐渐扩大,难道,图中的陆地大小……"苣儿依言想象,好像发现了什么。

"是了,以此法画图,虽角度方位不变,但面积变形惊人。离圆球正中越远,变形越剧烈,极南地看似广阔,实际面积不过图中八分之一。"

"原来如此，观看方式不同，竟会有如此差别。"

"其实，前人论画也早知此节。宋人说山有三远，自下而上仰望山巅，为高远，自山前而窥山后，为深远，自近山而望远山，为平远。同是一山，观察方位角度不同，所得景象、意趣殊异。中西学问虽表面不同，都是以不违天时为宗。我自命以画造园，却只知从一个方位来摹画全景，以期得空间宛转之势，真是可笑，可笑。"

爹爹不再说话，在书房中来回踱步。苣儿闭了眼，想着应如何观看，才能把宛转世界的景致展开到全景图上，渐渐困了。他越踱越快，烛火摇曳中，她觉得坤舆图边上那些海怪渐渐变大，飞了起来，无数影子在墙面上分分合合，她很快就睡着了。

# 九

江阴，大雨。

祁幼文立于船上，面对码头上的人群。雨如瓢泼，他们的素色直裰已湿透，但无人回退。

他检视着他们的面容。一个个苍白、倔强的年轻面容，并不比理儿、苣儿大多少。倘在平日，绝难想见这样的面容也会纵火焚宅，毁坏坟茔。他们并不是暴徒，而是饱读诗书的少年士子。

他理解他们。京城沦陷，国难之际，京中的士人领袖却大片降附，烈皇帝的遗体收殓入棺，停放东华门外，几千前朝官员，哭拜者不足三十人。降臣中，有江南的学界宗师，更有士子视为精神领袖的老师，一朝权变，竟名节扫地，成了伪命之人，年轻学生的痛苦与失望难以描述。他们冲击南籍降附诸臣的家宅，捣毁府邸和祠堂，演为骚乱。

福王在南京监国首日，就重召祁幼文巡按苏松，抚平事态。

"江阴诸生！"他在大雨中声嘶力竭地呼喊，"叛逆不可名，忠义不可矜！国难至此，更需保持冷静，勠力同心！恳求诸位务必守礼恪法，上书条陈，我必代为呈进朝廷！诸位一日不能听我一言，我一日不走！"

泪水和雨水一起冲刷而下，年轻士子们面对这位威望素重的特使，愤怒渐渐平息了。但他心里五味杂陈。

呈进朝廷，就真是解决之道么？江北四镇，江南军营，月月发出军需匮乏之告，再加俸禄、国用，户部赤字已达二百二十五万之多，然而清查后，库银只有区区一千两。入不敷出，户部采取的对策就是变相加征。一年血比五年税，"可怜卖得贫儿女，不饱奸胥一夕荤"。南京街坊间流传的诗句言犹在耳，而朝廷又在干什么？

南京城里，福王刚登基，就在民间大选淑女。地方官胥趁机剥民肥身，城内凡是有未婚女儿的，不论年龄，都用黄纸贴了额头，封门索要钱财。南京街坊内人人惶骇，甚至有人不舍昼夜地嫁女娶媳，又有哪个巡抚大人能向他们保证？与此同时，朝内党争日盛，朝堂与外镇不和，朝堂与朝堂不和，外镇与外镇不和，江北压境的清兵，又有哪一方在意？

清歌漏舟之中，痛饮焚屋之下，这朝堂是再不能留了。这次离开时，所有的期望都已殆尽。余下的只有行囊中一卷自画的《寓山全景图》，一卷新得的《坤舆万国全图》。

十

爹爹又开始日日往园子去，后来干脆独自在园中住下。天气渐冷，帮工都已回家，乡中对新朝的议论也少了。厨房里已磨好粳米和糯米搭配的米粉，只等蒸糕师傅上门。苣儿最喜欢看师傅蒸糕，他们有专门的蒸笼，直径两尺，高三四寸，蒸出来的糕也有这么大，清香扑鼻。临近年关，苣儿照例陪姆妈去曹山放生祈福，石凼中，原先的鱼虾螺蟹都不见了，池边只留下乌青的螺壳。寺里的师父说，是自北地流荡至此的饥民捞去了。回到家，看到热腾腾的白玉蒸糕，她忽然像被什么哽住，再也吃不下了。

爹爹直到除夕才回来，手上像蛇一样蜕了皮，翻起灰白鳞屑。姆妈吓坏了，要请医者，他止住了。一家人默默围坐桌前，苣儿问起园中的情形，他只说吾家一向清简，建园子糜费过度，是失德，过了年，就要将园子山下一带捐给附近寺庙，家人还是以旧宅为居，力行俭朴为是。

爹爹究竟怎么了？苣儿此时已懂得，有些问题还是不问好，但忍不住翻来覆去想。明明已经参透了空间宛转的关键，怎又不要视若珍宝的园子？夜深了，鞭炮声越发稀疏，忽有遥远的人声响起，初时听不真切，渐渐地，由远及近，越来越大，在寂寥冬夜中起伏。

苣儿走出屋门，仰望天空，第一次，见到无数灿白雪花从幽冥中款款而下，忍不住也大叫起来。

"下雪啦——"

雪冰凉剔透，直到在温热掌心融成一滴晶莹水珠，苣儿还捧着不肯放手。红色灯笼在白雪映衬下愈发鲜艳，斑驳地面被雪覆盖，白茫茫一片。

"瑞雪兆丰年啊。"姆妈披了厚氅出来。

"真希望每年都能看到雪啊。"苣儿闭了眼睛，让睫毛上沾的雪花落到面颊上，脸已微微刺痛，却还不想进屋去。"爹爹，快来看雪啊！晚了雪就要停了！"

"苣儿莫急，以后，还会看到很多、很多的雪的。"他慢慢走出来，眼中竟有莹莹的光。

"爹爹,你怎么了?"

"只是被雪映得,不碍事。"他轻抚着苣儿肩膀,声音温柔,"心中有雪,世界皆洁白,苣儿现在,可懂了什么是荒寒吧?"

那日的记忆是如此鲜活深刻,以至于后来数月的时光都黯淡不清,只记得爹爹不再去园子,而是整日在家中赋诗论画。南都五月城破,到了六月,杭州城沦陷。扬州屠城的情形从北方只言片语地传来,山阴县上人心惶惶。小乱避城,大乱避乡,往年因海贼避居城镇的人家,如今纷纷打点行装,向更南的偏僻山间逃难。家中帮佣四散,苣儿心下起初害怕,但见爹爹言笑如常,并没有要逃的意思,也就不太怕了。

闰六月,清廷的聘书财帛送到,他置之一旁,仍与家人饮酒谈笑。那天饭桌上有白蛤煨汤,蛤蜊壳白如玉,配了新葱,在清汤中沉浮,像山溪间覆了青叶的白石。他搛了一个,望着窗外暮色中的南山,笑着说,山川人物,皆幻形也,今日山川如故,人生,却已经过了很久了。

苣儿始终不明白,为何自己没有听懂他的话。待次日赶到寓山园里,见熟悉的青白角巾在水面起伏,只觉在一场永远不会醒的大梦中。池水不深,人们说爹爹是端坐池中而绝的,听来并不真切。及至唐王追封兵部尚书、加谥忠敏公的诏书送到,她也仍不觉得实在,只是伸手去摸宛转环上的缺口。

唯有宛转环碎,世人才能知道子冈是耗费了何等心力啊。她想着,细薄断面嵌入指甲缝里,并不觉得疼痛。

<h1 style="text-align:center">十一</h1>

水已齐肩。

他仰望暗沉天空。家人此时已安然入梦，而他的人生如几点残星，即将被乌云遮蔽。他知道，明日清晨，他们将在这湖边悲恸欲绝。

他知道，无论他如何叮嘱，理儿还是会以故国乔木自任。他会在这园子结交宾朋，流连诗酒，以纨绔子弟的形象，掩盖结客谈兵的复国之念，直至家破。

他也知道，在媚生漫长的寡居生活里，所作的诗句将因为今夜，永远浸上一重黯淡。"当时同调人何处，今夕伤怀泪独倾。"他对不住媚生，二十五年的琴瑟和谐，留给她的只有尚未成人的儿女，以及无尽的感恋伤怀。

他还知道，这园中的一切苦心，今夜之后将无人知晓，除了他的莒儿，像他一样，对丹青、园林，对这个世界满怀好奇的莒儿。这世间曾有多少隐约显现的秘密，指向令人震颤的事实，却一次次被人遗忘，而他窥见了极度虚幻的真实，世界熟悉的形状片片剥落，露出苍白骨架，摧毁了一切语言。他想起很久以前的那件公案，终于明白了方士为何缄口不言。那是这个世界的书写者所用的笔与墨，凡人如他，本无力承担。

低下头，水已碰到下颌。水面如镜，面容随水纹荡开。比起在群星间隐匿，又与世间万物交缠的义理，一个人、一个家庭、一个民族、一个时代的幸与不幸，就像分开又合上的涟漪。在那牵一发而动全身的大网上，这园子，这生命，是否也如梦一般？

他没有答案。

## 尾 声

祁德莒再入寓山园，已是三十年后了。江山易帜，莒儿得了表字湘君，又成了姜氏娘子，随因通海一案遣戍宁古塔的丈夫前往苦寒之地，也已是十年前的旧事。故园的温润山水早已像前朝一样，在北地的风里黯淡。久已习惯了八月飞雪、九月冰河，十年之后，又一次见到葱茏草木与潺潺流水，竟陌生得让人害怕。

园子荒颓已久，踏上已成朽木的廊桥，沿着荻草覆盖的小路，向记忆中的水榭楼台走去，那日的情形，一点点浮上眼前。今日以前，原是培塿寸土，又安能保今日以后，还是列阁层轩？成毁之数，天地不免。父亲的样貌已经模糊了，说过的一字一句却还记得。在北方的短暂夏日，边塞小城外有玫瑰盛开，她也会牵了儿女，往漫山遍野的花海中去，讲在遥远的南方故乡，曾有一座永远不会被冰雪覆盖的园子，园中有山、有湖、有亭、有泉，泉水中有松风的韵味，父亲捧了泉水，给她讲如何以琢空三法造宛转之园，如何将画意融入园中，如何以一方小园容天地意趣、济世上苍生。孩子们听得似懂非懂，她也常常讲不下去了。故人的才思性情早已倾在一湾浅水里，只剩下吉光片羽，如微明的火，透过风沙雨雪，照亮茫茫旅程。

那书楼仍如童年时巍巍耸立，紫竹墙一片乌黑。她一阶阶走上楼去，灰尘扬起，咳嗽不止。酸软在骨肉缝隙间一点点蔓延，这十年，虽勉强可得温饱，但青丝多成白雪，身体也在酷烈天气里慢慢虚损。毕竟已是年届不惑了。

可这漫长的竹梯，好像没有尽头。从远阁飞奔下楼、摔了宛转环那次，只觉得眨眼之间，已从楼上到了楼下，初登书楼那次，也只是三步两步，就见到了四面通透的湖景。童年时觉得无比漫长的日子，再回想，却快得不知如何发生。她靠着墙停下，在幽暗中喘息着，难道，自己已怀了暮年心事么？

忽而就想起了盛年而逝的父亲，与现在的她年岁相仿。现在想来，父亲往浅水中走去时，应是抱了与三次辞官返家时相似的心情。那样的心性，参透的怕不是空间宛转，而是如河流般无情的时间本身。

可惜这废园，终不是他的洞天。她叹了口气，继续抬步向上。直到又登了百十阶，面前仍是一团幽暗，她才意识到，这楼梯，似乎是太长、太长了。

下意识地，伸手入香囊，才想起宛转环早已在流徙中丢失了。可是尘封多年的某种隐秘激动，渐渐地，在寂静中如鼓点响起。玉环早已不在，她却熟悉上面的每一处弯折。她曾捉了蚂蚁，看它由里到外，由外到里，踏遍环上的每一个角落，也被禁锢在环上，一圈圈循环。那时她常想，蚂蚁为何不会向环外踏一步？父亲说，蚂蚁就像画中人，目力所及只是平面，没有大千世界的深度。画中人需要意识到深度的存在，才能从画中跳出。

就像她现在一样。

难道父亲终究成功了么？可他既已参透空间宛转之妙，为何又放弃所有，自绝于云水之间？黑暗中，她听到自己重浊的呼吸和更重的心跳，眼前回闪过翠微润泽的山脉、深雪覆盖的绝巘。人世间的种种，像那个突然显现的上元夜晚，变得遥远、模糊。她闭上眼，想象两只宛转环粘连之形，屏住呼吸，等着随时的坠落，向楼梯外的虚空踏出了一步。

她站在了一个无比虚妄又无比实在的平面上。

睁开眼，她忽然明白了，四十年来，自己竟从未看过世界的真实模样。如果把世界看作一张画，之前所见，只是那张画的侧面，而这世界本身，包含无限多个侧面。幼年学画时，何曾注意过画卷侧面？不过是一条细线。

而现在，站在另一个深度上，这一条细线，就是她曾以为的所有的鲜活、广袤。世界在这个无法描述的虚妄平面上不断重复自己。沉寂湖水如同天际漫延开来，看不到边界，但她又明确知道，湖水不过是小园中有限一隅，与这世界中的每一山、每一石一样，都在静谧的虚妄中安守其位。

这是一个任一事物都无界而有限的高层世界。她仿佛置身一个漫长镜廊中，无数镜子互相映照，每一面都映照出世界的实相。实相从未如此清晰地显现，可以看到闭合竹柜里卷起的画轴，画轴上褪色的笔墨。万物以无数角度呈现。

她试图将目光集中到一个窄小范围，却发现无数细节由里到外，同时延展，里外失去了意义。她一阵晕眩，赶忙闭眼，定了神，再睁开眼，发现细节逐渐模糊。环绕身边的千万个实相变得扁平，像从真实跌落到画卷。她好像又回到了熟悉的世界，可一旦向任一处注目或靠近，画卷又展开成为世界本身。

高层世界的观者，就是这样在实相中穿梭么？世界在他们眼中，不过是无数镶嵌中的一片啊。

方向不再存在。信步踏上一条小径，她竟有几分轻松。且让这小径带她走向未知，那误入桃源的渔者，大概也并不知所寻何方。画卷与世界交替舒卷，虚空中，她仿佛走过了千山万水，又仿佛只在咫尺之间。行走在这个无向世界里，天空有时在她脚下流淌，湖水有时在她头顶盘旋，她想起了幼时的宛转环梦，丹崖白水，犹在眼前。颠倒的是天地，还是自己？所见所感，是真实，还是幻梦？

驻足仰望，她看到暮雨后的老宅已成残垣，乌篷船划过镜样的湖面，远山灯火燃起又熄灭，看到简牍间韦编断裂成灰，红色竹片零落四散，青色天空爬满裂纹，墨气淋漓中人影纷纷，看到无数发辫纠结成团，堆起一座黑色与白色的山。她从各个角度看到世界，熟悉和陌生的脸出现又隐去，她看到自己的五脏六腑，看到每一丝血肉、每一块白骨。难道这就是世界的本来模样？她感到全身的骨头在震颤。嘭、嘭、嘭、嘭、嘭，她意识到，这是一幅她永远无法理解的巨大图景的一部分。

芷儿，芷儿。遥远呼声响起，她从眩晕中惊醒，只见五色斑斓中，年轻的父亲着了松阴长衫，从湖中远阁上奔下楼来。紧接着，响起了自己的哭声。

湖中下起了纷纷扬扬的雪。那是她第一次看到雪，仰着脸，让雪花融化在睫毛上。红灯笼在雪中愈发鲜艳。

雪越来越大，几乎要吞没整个世界。一个垂老妇人披着毛皮大氅，由一个年轻后生搀着，颤巍巍地掀开门上的毡垫，望向一片晦暗中的南方，目光里，是与狂风暴雪相反的平静。只一眼，她就看出了老妇是谁。后生体格健壮，笼在皮帽里的脸颊通红，粗大的手骨节突出，只在眉眼间还有几分俊秀气。

起先是五味杂陈，慢慢地，那日父亲的泪光浮上眼前，忽然就明白了一切。

宛转之园终究是建成了。只是它不光扭转了空间，使高层世界显现，也扭转了时间。时空本为一体，是交织而成的网，时与空，是网的经线与纬线。高层世界是在时间的刻度上将现实展开而成的。武陵人再也回不到桃源，不仅是由于空间的封闭，也是在时间的刻度上错过了。

父亲正是在这扭结时空中，见到了过去、现在与未来同处一地。过去是一处低洼的池，未来是一座高耸的山。人无法登上山巅，却可以通过宛转之形，找到一个俯瞰全局的角度。

所以父亲看到，他的芷儿将在重冰积雪中度过余生，他的故国也将被战火刀兵蹂躏。他为之流尽心血的一切,将被荒草掩盖,在残阳里消弭于无形,昨日的世界曾如此实在,却将如梦一般被迅速遗忘,似乎从未存在过。

而他什么也不能做,只能揽了她的肩膀,看鹅毛大雪簌簌而下,将世界还原成一张白纸似的存在。从另一个深度看,世界也的确如纸一般。雪委婉地揭示了世界的本质,可是只有他懂得。他又怎么回得去,一旦明白了世界的单薄,还怎么能忍受日夜在只有一面的宛转环上跋涉。当清凉湖水渐渐盈满口鼻,实际上,是解脱了吧。

山川人物,皆幻形也。父亲的最后一句话是意味深长的。或许这时空本身,也不过是虚妄的梦境。如寄的人生,就在以寓为名的园中滥然消逝。是梦是觉,她已分不清,留下的,只有玉的坚韧温润。

她对着空中湖水坐下来,看着无数迷离片段萦绕不止,慢慢闭了眼睛。等待着,无限的时空,从虚无尽处,倾泻到她的肩头上。

原载《宛转环》